T0279747

LAS HIJAS DEL CARNICERO

YANIV ICZKOVITS

LAS HIJAS
DEL CARNICERO

ESPASA

Título original: זוקית רחא תוצח / The Slaughterman's Daughter

© 2015 Yaniv Iczkovits

Adaptación de portada: Planeta Arte & Diseño del diseño original de Janet Hansen
Ilustración de portada: © The High Road Design
Fotografía del autor: © Eric Sultan
Traducido del inglés al español por: Andrea Rivas

© 2023, Editorial Planeta Mexicana, S.A. de C.V.
Bajo el sello editorial ESPASA M.R.
Avenida Presidente Masarik núm. 111,
Piso 2, Polanco V Sección, Miguel Hidalgo
C.P. 11560, Ciudad de México
www.planetadelibros.com.mx

Primera edición en formato epub: septiembre de 2023
ISBN: 978-607-39-0559-6

Primera edición impresa en México: septiembre de 2023
ISBN: 978-607-39-0364-6

Impreso en los talleres de Impregráfica Digital, S.A. de C.V.
Av. Coyoacán 100-D, Valle Norte, Benito Juárez,
Ciudad de México, C.P. 03103
Impreso en México – Printed in Mexico

Para mis hijas, Daria y Alona

El autor extiende un especial agradecimiento
al profesor David Assaf del Departamento
de Historia Judía de la Universidad de Tel Aviv
por sus comentarios generosos
e iluminadores.

EL RÍO YASELDA

Del *Hamagid*

Edición no. 6, jueves 2 de Adar, 5654   (8 de febrero de 1894)

EL LAMENTO DE UNA MUJER MISERABLE

Imploro a los honorables lectores que se apiaden de mí, una mujer sola y abatida porque mi esposo me ha abandonado con nuestros tres hijos sanos durante el Pésaj, tan sólo cinco años después de nuestro matrimonio. Cuando viajaba hacia Pinsk para ganarse el pan de nuestra mesa, me mandó a llamar y yo lo seguí hasta el Sucot. Ahora ha desaparecido sin dejar rastro, pero me han dicho que fue visto en un hotel en Misnk y más tarde fue reconocido en el vagón de un tren con destino a Kiev; mientras tanto, yo me he quedado sin nada, desesperanzada y vencida, arrebatada de mis posesiones, sin una sola moneda y sin nadie que venga a ayudarme. Por ello, honorables lectores, les pregunto si tal vez alguno de ustedes sabe algo sobre el paradero de mi esposo. Tengan piedad de mí y ayúdenme, al menos, a obtener de él una carta de divorcio debidamente firmada. Estoy lista para pagar hasta ciento cincuenta rublos a cualquiera que me libere del yugo de mi esposo. Éstos son sus particulares: su nombre es Meir-Yankel Hirsch de la ciudad de Drahichyn, tiene veinticuatro años, estatura promedio, cabello castaño y rizado, barba clara y ojos verdes; tiene a su madre y a un hermano en la ciudad de Uzliany. Yo, quien acusa, soy Esther Hirsch, hija de Shlomo Weiselfisch, hombre justo de memoria bendita.

I

Pobre Esther Hirsch, piensa Mende Speismann mientras se recuesta sobre su espalda y guarda el recorte arrugado del *Hamagid* bajo el colchón. ¿Tiene tres saludables polluelos? Así lo dijo ella misma. ¿Ciento cincuenta rublos en el bolsillo? ¡Al menos! No está tan mal. ¿Entonces cuál es la prisa por anunciarlo en el periódico? ¿Por qué hacer tan público su nombre y el nombre de su familia? Por esa cantidad de dinero se puede contratar a un investigador privado, una bestia sin miedo que persiga al tal Meir-Yankel y no le dé un segundo de paz al hombre ni en sueños, que le tire todos los dientes, salvo uno solo, reservado para provocarle dolor de muelas.

Mende vuelve a sacar el recorte, con cuidado de no mover el hombro sobre el cual duerme su hijo, Yankele. Se estira con suavidad para aliviar el cuello adolorido que su hija, Mirl, ha estado lastimando con los codos. La respiración pesada de sus suegros, que Dios les dé larga vida, llega desde la habitación contigua. Mende sabe que pronto tendrá que levantarse, encender la estufa, vestir a sus hijos medio dormidos y servirles un poco de leche con granos de espelta en un cuenco de latón. Ellos se quejarán del sabor rancio, como siempre, y ella le pedirá a Rochaleh, su suegra, una cucharada de azúcar, sólo una, para que los niños la compartan. Y Rochaleh la mirará con una desaprobación que le estirará el rostro arrugado y la reprenderá: «¡Azúcar no! *Nit*! ¡Se acabó la fiesta!». Pero después de unos momentos, suspirará resignada. Cada mañana, a regañadientes, saca una sola cucharadita de azúcar.

Y, ¿qué hay en esta noticia de la pérdida sufrida por la pobre Esther Hirsch que hace a Mende leerla y releerla una y otra vez durante los últimos quince días?

Aunque nunca lo admitiría, este anuncio le produce tanto placer como los otros dos que aparecieron en la edición anterior del *Hamagid* (uno se titulaba «¡Un grito de auxilio!» y el otro «¡Llamado urgente!»), al igual que las docenas de historias similares que seguían apareciendo día tras día desde el otro lado de la Zona de Asentamiento. Mujeres que fueron dejadas atrás, mujeres encadenadas a matrimonios sin maridos, mujeres miserables, mujeres sin suerte abandonadas por sus maridos con promesas engañosas y farsas. Un esposo se va a Estados Unidos, *die goldene medina*, con promesas de llevar a toda la familia a Nueva York; otro zarpa hacia Palestina para ser quemado por el sol, un hombre le dice a su mujer que saldrá a hacer negocios fuera de la ciudad sólo para terminar siendo arrastrado por los círculos intelectuales en Odesa; un padre le promete a sus hijas que volverá con una gran dote y, de momento, una escucha que está besando la mezuzá de un burdel en Kiev. Mende sabe que sólo una tonta encuentra consuelo en el hecho de que otras sufren las mismas penas que una y, sin embargo, la alegría la recorre mientras lee, sobreponiéndose a cualquier sentimiento de solidaridad femenina que podría haber sentido por aquellas mujeres. No es como ellas, nunca será como ellas. No ha corrido a publicar anuncios, no se ha quejado con los líderes de la comunidad y no ha hecho circular descripciones de Zvi-Meir Speismann, el hombre que hizo su vida pedazos. Nunca haría algo semejante.

A Mende le duelen las extremidades a pesar de que aún está en su cama, como si se hubiese lastimado mientras dormía. El agrio olor del sudor entra desde la habitación de sus viejos suegros, que Dios los bendiga. Incluso el hedor de los padres de su esposo es motivo para agradecer al Santo Bendito. Cierto, su casa es tan sólo una oscura, dilapidada y vieja cabaña de madera putrefacta, con dos habitaciones pequeñas y una cocina; pero las paredes están selladas contra corrientes de aire y tiene piso de barro, un techo de madera y ventanas de cristales gruesos. A veces un espacio pequeño puede ser ventajoso, especialmente si la estufa de la cocina tiene que calentar la casa entera. Cierto, aquí nunca se sirve pollo y los pasteles de pescado de los viernes contienen muy poco pescado y mucha cebolla, pero durante cada comida se sirven pan de centeno y *borscht*, y el *cholent* sin carne para el *sabbat* no es tan terrible.

Los Speismann fácilmente podrían darle la espalda a Mende. Después de todo no soportaban a su propio hijo Zvi-Meir. Cuando él era joven, ellos habían tenido la esperanza de que los haría sentir orgullosos y lo enviaron a la ilustre Yeshivá de Valózhyn, creyendo que se convertiría en uno de sus mejores estudiantes; pero luego de su primer año, escucharon que su hijo estaba declarando abiertamente que los rabinos de la *yeshivá* eran todos unos hipócritas y que el mismísimo Gaón de Vilna se habría avergonzado de ellos. «Son un montón de despilfarradores buenos para nada», decía Zvi-Meir. «No son más que deshonestos estafadores tras la máscara de *jajamim*». Así que Zvi-Meir dejó Valózhyn, declarando que estaría mejor como vendedor ambulante que como sabio de la Torá, si ser un sabio significaba que tenía que ser oficioso, avaro y huraño.

A pesar de este cambio de carrera, Zvi-Meir aún encontraba numerosas razones para desperdigar culpas y quejas. Llevaba su carro de mercancías al mercado, pero nunca llamaba a los transeúntes a comprarle. Se ponía de pie como rabino frente a una congregación, convencido de que las personas se unirían en tropel en torno a su carro tal como lo hacían en la sinagoga durante el *sabbat*, pero los «fieles» pasaban de largo pensando: «si no se comporta como un vendedor, ¿por qué yo debería comportarme como cliente?». De tal modo que la casa Speismann era una de las más pobres en Motal. Cuando Zvi-Meir abandonó a su esposa y a sus hijos, ya habían tocado fondo. Iluminaban su casa con aceite en vez de velas y comían pan de centeno con papas sin pelar. Cuando Mende intentó razonar con su esposo y le dio consejos sobre negocios, él le respondió: «Cuando la gallina comienza a graznar como un gallo, es hora de llevarla con el matarife». En otras palabras: no te metas. Dios me libre, no hay nada más que decir.

Una presión sobre su pecho interrumpe la respiración de Mende. Sus hijos se aferran a ella en la estrecha cama. Ella mantiene su cuerpo inmóvil para que los polluelos no se despierten mientras su alma grita: «¿por qué son mi obligación estos niños?», sólo para inmediatamente ser golpeada por la culpa: «¡Todopoderoso! ¡Mis pobres bebés! ¡Dios mío, protégelos!», y entonces le pide al buen Dios que deje su cuerpo intacto para que pueda proveer para sus hijos y ofrecerles un lugar donde descansar sus cabezas, y le pide que la libere de los pensamientos herejes que se alzan en su cabeza como el Yaselda durante la primavera cuando se desborda e inunda los valles de Polesia convirtiéndolos en negros pantanos.

Otra mañana indigente les espera a ella y a los niños, pidiendo limosna a las puertas del amanecer. Yankele irá al jéder y Mirl la ayudará con el aseo en la residencia Goldschmidt en la calle del mercado, donde viven los ricos de Motal. Juntas friegan las baldosas del suelo de la opulenta casa de piedra del joyero, y una y otra vez mirarán el collar de perlas de la señora Goldschmidt con valor de tres mil rublos, el valor de una vida entera llegando apenas a fin de mes. Después irán a hacer más de lo mismo a la casa Tabaksmann y luego caminarán hacia la taberna: tal vez también allí necesiten una mano y tal vez Yisrael Tate, el terrateniente, le regalará a Mende otra edición vieja del *Hamagid* que ya nadie quiera leer.

Paños y trapos, estropajos y cubetas, baldosas y hornos, cuencos y lavaderos. De este modo sus uñas rasguñan el tiempo, una casa tras otra, el olor a detergente aferrándose a su piel y a su alma. Su duro trabajo termina con el ocaso, dejándoles sólo el tiempo necesario para recuperar fuerzas para el día siguiente. Y así crecen las aguas del Yaselda.

II

Una vez por semana, Fanny Keismann, la hermana menor de Mende, viene desde el pueblo de Upiravah, un viaje de siete verstas hasta Motal, y toma el lugar de Mirl en el trabajo de limpieza para que su sobrina pueda unirse a su propia hija a las clases de hebreo y aritmética. El trabajo de una sirvienta es vergonzoso y lo es aún más para una mujer que es madre y esposa. Mende se siente llena de culpa por arrastrar a su hermana hacia estos humillantes intentos por escapar de la pobreza. Lo que es más, Mende no sabe cómo agradecer a Fanny por su ayuda y, en lugar de eso, es cruel con ella. Todo lo que Fanny hace o dice se encuentra con las reprimendas de Mende: que nadie limpia así, que por que se olvidó de pulir el marco de la ventana, que no debería usar tanto jabón o desperdiciarán todo su tiempo limpiando la espuma.

Mende sabe que su hermana no tiene necesidad alguna del mísero sueldo que obtiene limpiando. Una vez vio a Fanny deslizar sus propias ganancias en el bolsillo de Mirl. Aunque no dijo nada, Mende enfureció. ¿Cómo se atreve? ¿Iba a permitir que aquella *yishuvnikim*, esta rústica judía, viniera de su pueblo a presumir su superioridad y les diera limosna sólo para probar que era mejor que ellas? ¿Qué dirían los demás sobre Mende? ¿Que toma dinero prestado de su hermana menor? ¡Ni Dios lo permita!

Fanny ya había llegado demasiado lejos cuando, tan sólo dos meses después de que Zvi-Meir se fuera, le sugirió a su hermana mayor que se fuera a vivir con ella a su pueblo. «Sabes que los niños aman estar juntos, hermana, y nosotras también lo disfrutaríamos». Ofendida, Mende respondió que la vida de pueblo no era para ella y mucho menos para Yankele y Mirl, murmurando para sus adentros la palabra *weit*, que significa remoto, aislado o incluso olvidado.

Fanny guardó silencio, pero Mende supo que su hermana entendía exactamente a qué se refería. ¿Por qué cualquier judío viviría en un pueblo en estos días? Quien lo hiciera debía de estar loco o ser un recluso. ¿Desde cuándo lo que la mayoría de los judíos encuentran agradable no es suficientemente bueno para los Keismann? ¿Qué tiene de malo un lugar como Motal, una ciudad decente con una sinagoga, un cementerio y un *mikve*? ¿Qué podrían hacer entre los *goyim* en el corazón de los campos y los pantanos? ¿Quién protegerá sus hogares de los matones que detestan a los judíos?

—*Weit* —dijo Mende de nuevo y Fanny fingió no escucharla. Luego, Mende agregó—: A veces no entiendo a Natan-Berl. ¿Por qué insiste en vivir en un pueblo?

Sacar a relucir el nombre de Natan-Berl en la conversación fue un grave error, un tirón innecesario para una cuerda que ya estaba demasiado raída. Fanny le devolvió la mirada fría e impenetrable de una mujer capaz de decapitar a su hermana sin pensarlo. Esto alarmó tanto a Mende que rápidamente miró hacia abajo para asegurarse de que las manos de Fanny estaban en donde debían de estar y no en el mango del cuchillo. Mende sabía que, bajo sus faldas, Fanny cargaba un *halaf*, regalo de su difunto padre, quien las crió solo luego de que su madre recibiera un llamado urgente desde Las Alturas.

—Natan-Berl sabe lo que está haciendo —dijo Fanny.

Mende nunca había logrado entender el *shidduch* de su hermana menor, mucho menos comprendía su éxito. Natan-Berl Keismann era una mole corpulenta, más un Goliat que un David, con una actitud silenciosa que era vista como marca de sabiduría por aquellos que lo amaban y como debilidad mental por todos los demás. Tenía el bronceado de un *goy* y la piel gruesa de un borracho; de su nuca descendían negros rulos de pelo negro que se volvían más gruesos en sus brazos y se arremolinaban en sus dedos. Cada día, se levantaba al alba para atender a sus gansos y sus ovejas; utilizaba la leche de las ovejas para hacer quesos finos que le habían ganado una buena reputación en toda la región. Cuando Mende y Zvi-Meir visitaban Upiravah, ansiaban el momento en que Natan-Berl apareciera con la bandeja de madera triangular, llena de rebanadas de queso que se derretían en la boca y debilitaban la mente. Amarillo, verde y azul, ácido y especiado, grasoso y fermentado, excesivamente delicioso para este mundo, demasiado fino para el paladar judío.

Mende no se atreve a contarle a Fanny los rumores que escucha sobre los Keismann. Durante el *sabbat* y las vacaciones, llueva, truene o relampaguee, los Keismann llegan a la sinagoga de Motal y, aunque reciben una bienvenida fría del resto de la congregación, siempre preguntan sobre los conocidos y parientes con sonrisas inquebrantables. Sin embargo, los rumores abundan. Se dice que los desafortunados

Keismann hacen amistad con los *goyim* y no sólo con propósitos mercantiles: hacen visitas a los gentiles con sus hijos, comparten queso y vino, y conversan en una mezcla entre yidis, polaco y ruso. La gente dice que su casa está hecha de ladrillos y que sólo está cubierta de madera para engañar ojos celosos. La gente dice que a los Keismann les sale dinero hasta por las orejas. La gente dice que instalaron unos aseos en su jardín con cinco aberturas para ventilación y un depósito enterrado en el suelo que sacan una vez al año para fertilizar el huerto de vegetales. La gente dice que Fanny ya sabe hablar las lenguas nativas y que conversa en polaco y ruso fluidos, y su esposo, dicen, no sabe una sola palabra de hebreo y que se balancea en la sinagoga como un tallo de trigo al viento: un verdadero gólem. La gente dice…

Mende rechaza con militancia estas historias sobre su hermana, ¿cómo podría un alma judía mezclarse con el alma de un gentil? Pero eso es lo que dice la gente: los Keismann han dividido sus lealtades, son camaleones hechos y derechos; y de haber vivido en Berlín o Minsk hace mucho que habrían seguido los pasos de los descendientes de Moishe Mendelssohn y se habrían convertido al cristianismo.

Mende sabe que lo que se dice a veces es más importante que lo que es verdad, así que rechaza cortésmente la invitación de Fanny para vivir en el pueblo con ella y su familia.

—Zvi-Meir —le dijo a su hermana menor con esperanza ferviente— volverá a casa, estoy segura. Ya sabes cómo es. No se contentará con nada que no sea lo mejor; incluso si eso lo condena a ser un mercader antes que un erudito, es natural que quiera expandir su negocio. ¿Qué diría si escucha que sus hijos se han ido a un pueblo y se han convertido en *yishuvnikim*?

Un sentimiento extraño y placentero inundó las extremidades de Mende mientras expresaba esta confianza en su esposo. E incluso ahora, diez meses después de la partida de Zvi-Meir, no se sentía como si hubiese pasado demasiado tiempo. Leyó en el *Hamagid* sobre mujeres casadas que habían esperado durante más de cinco años a su esposo y perdido toda esperanza cuando finalmente, sin ningún aviso, sus esposos regresaron a casa.

Hoy, con una perfecta sincronicidad, Mende está por recibir una sorpresa. Atrapada por la cotidianidad de la vida diaria, se ha olvidado de que hoy es el quinceavo día del mes de Siván del año 5654. Hoy cumplirá veintiséis primaveras y, tras sus espaldas, su hermana y su hija planean la mejor forma para celebrarla. Hoy Fanny vendrá para reemplazar a Mende y no a Mirl, de manera que su hermana tendrá el día libre para hacer lo que le plazca. Las conspiradoras ya han planeado todos los detalles y la Providencia les ha seguido el juego y les ha regalado un clima maravilloso. Después del trabajo, la hija y la hermana irán al mercado para comprar delicias con las cuales preparar un banquete para Mende; incluso consiguieron la promesa de Reb Moishe-Lazer de darle la bendición. Mientras tanto, Mende puede descansar en casa, o tal vez quiera escapar del ruido de la ciudad y dar una caminata en el bosque a lo largo del río. El rabino les ordenó decirle que el cumpleaños de uno es una oportunidad para renacer.

A Mende le inquieta el asunto de renacer. Las dudas comienzan a carcomerla: ¿cómo podría descansar y dejarlas trabajar tan duramente? Y ¿para qué el Santísimo creó el cielo y la tierra en seis días y no en siete? Después de todo, ella ya tenía un día para descansar cada semana, pero Fanny y Mirl respondían a todos sus recelos.

—El *sabbat* es la reina, es para celebrar lo sagrado, un cumpleaños es para celebrar lo mundano.

—Pero ¿por qué celebrar mi cumpleaños como si fuera algún tipo de logro? ¿Y qué hay que ver en el bosque?

—¡Aire fresco! ¡Moras azules! ¡Zarzamoras! ¡Grosellas! Sal y disfruta un poco de este mundo.

Mende refunfuña.

—¿Este mundo? Este mundo es... —Quiere decir terrible, condenado, pero tartamudea frente a su hija—. Y además... no tengo cómo cruzar el río.

Fanny y Mirl sueltan risillas.

—Sabíamos que te inventarías obstáculos. Hemos pensado en todo y hablamos con Zizek.

—¿Quieren que cruce el río en el mismo bote que un gentil?

—Zizek no es un *goy*.

—Pobre Zizek no sabe ni lo que es, que Dios lo ayude —dice Mende.

Fanny y Mirl se burlan.

—Todos son pobres y miserables a los ojos de Mende.

Mende mira contrariada a su hermana y regaña a su hija.

—¿Y qué hay de tus clases?

Los ojos de Mirl se llenan de lágrimas, pero Fanny le susurra a Mende al oído:

—Déjala, hermana, esto fue idea suya. La ayudaremos a ponerse al corriente con sus estudios después, yo me encargo.

A Mende le molesta cada vez que Fanny se vuelve contra ella y la llama *hermana*, como si su relación tuviese que ser resaltada una y otra vez. Al final, admite que las otras dos la han arrinconado y ahora tiene que celebrar, no por decisión propia, sino por la de ellas. El asunto está cerrado.

III

Fanny y Mirl la despiden en la entrada del mercado, junto al puesto de Yoshke-Mendel. Mende las ve alejarse, riendo, mirando hacia atrás y riendo de nuevo. Pase lo que pase, no irá a recoger moras. No es una mujer aventurera. ¿Qué tanto se arriesgaría en su día festivo? Probablemente del puesto de los pepinos hasta el de los rábanos, si de verdad ponía sus límites a prueba.

El mercado está hecho un bullicio con el clamor de hombres y bestias, las casas de madera retumban a cada lado de la calle árida. El ganado está en su límite y los gansos estiran sus cuellos, listos para morder a cualquiera que se acerque lo suficiente. El viento del este regurgita un hedor fétido. Las personas del pueblo le dan peso a sus palabras con ademanes y gesticulaciones. Se cierran tratos: unos ganan y otros pagan, mientras la envidia y el resentimiento prosperan en la tensión que ebulle. Así son los caminos del mundo.

Yoshke-Mendel mira a los paseantes de pie sobre su *tienda*, una carretilla de madera que ofrece esto y aquello: lápices y clavos y palillos y pañuelos y mercería. Todos saben que puedes encontrar cualquier objeto útil que puedas pensar en la carretilla de Yoshke-Mendel. Ahora él le sonríe a Mende con los dientes rotos acunados en su barba despeinada, envuelto en un caftán de pordiosero desgastado y una kipá arrugada.

—¿Escuché bien, señora Speismann? ¿Es su cumpleaños? ¡*Mazel tov*, entonces! ¿Por qué no se da un gusto con un broche de cabello de Yoshke-Mendel? Sólo dos kopeks, a mitad de precio, muchas gracias.

La gente vende vestidos de lino y botas de cuero, gallos y carne a su alrededor, y Yoshke está sonriendo con sus dientes pútridos.

Dios los cría y ellos se juntan. En efecto, Mende quiere darse un gusto por su cumpleaños y ha llegado a la carretilla de Yoshke-Mendel, quien la cubre de agradecimientos incluso antes de que compre alguna cosa. Mende hace una mueca de incomodidad cuando él llama:

—Muchas gracias, vuelva pronto, aquí estaré.

Camina entre los *luftmenschen*, los «hombres de aire», los intelectuales que bostezan al lado del camino, con un hedor a *grog* y *vishniac*, todos con mirada solitaria a pesar de estar sentados en grupos. Se reúnen en el mercado en búsqueda de trabajos provisionales para alimentar a sus familias, siempre hay necesidad de porteros y aserradores. Cuando los tiempos eran especialmente duros, Zvi-Meir acostumbraba unirse a ellos, a los *mujikim*, como los llamaba; gitanos. Hablan sobre dinero y lujos todo el día, y no tienen un kopek partido por la mitad en sus bolsillos. Admiran a los capitalistas responsables de su pobreza más que a cualquier otra persona. Pregúntale a un «hombre de aire» si preferiría vivir decentemente sin posibilidad alguna de volverse rico, o vivir en la pobreza con una posibilidad infinitesimal de hacer una fortuna y mira qué te responde.

Ahora Mende siente cómo los amigos de Zvi-Meir agachan la mirada mientras ella pasa, como compañeros en los crímenes de su esposo. ¿Quién entre ellos estará próximo a unirse a Zvi-Meir? ¿Quién dejará su hogar al amanecer y abandonará a su esposa e hijos? Este mundo está cada vez peor, piensa Mende; de pronto todos quieren gozar de los placeres terrenales y se olvidan de los ángeles de la destrucción que los esperan en el *Sheol*.

Al otro extremo del mercado, bajo la sombra del chapitel de la iglesia está la carnicería de Simcha-Zissel Resnick, que en realidad no es sino la cocina de su propia casa. Pollos enteros cuelgan de sus muslos junto a cortes de carne, costillas y salchichas en el escaparate —es decir, en la ventana delantera de la cocina—. Mende usualmente acelera el paso frente a la carnicería; el olor la lleva de vuelta a su infancia en Grodno, hacia los días en que nada le hacía falta.

Aunque su padre, el matarife Meir-Anschil Schechter, nunca fue abundante en afectos hacia sus hijas, sí les hacía banquetes dignos de la realeza; aunque, en los últimos tiempos, Mende apenas y ha tocado la carne, y se limita a succionar el tuétano de los huesos de pollo que sus hijos dejan en sus platos durante los días de *yontif*. Sin embargo, dentro de ella, se ha despertado una terrible necesidad de carne; un deseo incontrolable por el sabor de la res. En su estómago se abre un abismo y la cabeza le da vueltas. Se le hace agua la boca como si dentro tuviese un mar entero y se siente tan débil que necesita recargarse contra la pared de la sinagoga más cercana. Éste será su regalo de cumpleaños, la decisión está tomada. Un placer, qué delicia.

Pero ¿cómo puede ser tan extravagante? ¿Ha perdido la cordura? ¿Cuándo se ha oído hablar de una judía anhelando comer carne a estas horas de la mañana? ¿Qué dirá la gente de la gula que poseyó a Mende Speismann, la gula que la obligó a negarle a sus propios hijos el alimento por un efímero momento de placer? Sin embargo, estas objeciones sólo intensifican su deseo y la vuelven aún más frenética mientras corre hacia la casa de sus suegros a conseguir más dinero.

Rochaleh la ve entrar y no pierde tiempo en desahogar sus sentimientos. ¿Es que no le importa a ella, su nuera, Mende Speismann, que su suegra haya estado limpiando cada rincón de la casa para su cena de cumpleaños? ¿Para quién es todo este esfuerzo? Mende debería venir a ver, debería al menos percatarse de que todas las lámparas han sido pulidas y llenadas con el keroseno que Rochaleh guardó especialmente para esta ocasión.

—Me dejo la piel trabajando todo el día, ¿y para qué? —Se lamenta la suegra.

Es lo mismo de siempre, y ahora Rochaleh prosigue. Que si Mende sería tan amable de salir de nuevo porque necesitan más madera. Mende se disculpa, le da un beso en la agria frente a Rochaleh y se desliza hacia el fondo de la habitación para buscar los ahorros que guarda escondidos en una caja bajo el colchón.

Con un rublo debería de ser suficiente para comprar un corte decente. Toma dos rublos de la caja de madera, regresa uno y rápidamente cierra la tapa, la reabre y vuelve a pensar mientras cuenta las monedas: treinta y dos rublos y setenta y un kopeks, ésta es toda su fortuna. En pocas palabras, tomar dos de treinta y dos rublos no es poca cosa; pero incluso si gasta los dos rublos, aún le quedarán más de treinta. De pronto, en un brote maníaco de deseo, vacía los contenidos de la caja por completo en los bolsillos de su vestido y abandona la casa, mientras Rochaleh grita a sus espaldas:

—Me duelen todos los huesos, ¿y para qué?

Los ojos de la gente se clavan sobre Mende. Los limosneros la miran boquiabiertos. Evita el mercado cortando por un pasaje lodoso entre las casas de madera y llega hasta la cerca de la iglesia, luego se escabulle hacia la carnicería de Simcha-Zissel Resnick y le causa un sobresalto al carnicero que dormita sobre el mostrador. Él apenas y le presta atención. Normalmente Mende sólo viene a la carnicería a comprar piernas de pollo para las festividades y semejante clientela no es nada por lo que hacer demasiado alboroto. El carnicero se endereza y se moja los labios mientras con una mano toma el cuchillo para desplumar.

—¿Qué puedo ofrecerle, señora Speismann? ¿Pollo?

Pero Mende pide un corte de res y Simcha-Zissel acaricia las borlas de su *tzitzit* en búsqueda de la opinión del Todopoderoso sobre el asunto. La respuesta es recibida en forma de cuatro monedas de plata sobre el mostrador y Simcha-Zissel se encamina hacia su patio y vuelve con una pieza de res envuelta en papel. Mende abre el paquete, no puede resistirse. No podría haber pedido un corte más jugoso, probablemente es del lomo de la vaca. La carne es roja pero no brillante, tal como su padre le enseñó que debía ser, seca en el exterior y musculosa, cubierta por una capa fina de grasa. Simcha-Zissel Resnick se da unos golpecitos en la barriga y dice:

—¡Sólo lo mejor para la hija de Meir-Anschil Schechter!

Ella le devuelve la sonrisa: cuatro rublos la han transformado de ser una infeliz miserable a la hija de fulano de no sé quién.

Regresa al callejón que bordea al concurrido mercado. El hambre la golpea de nuevo y sus extremidades tiemblan. Abraza el frío trozo de carne contra su vientre y siente su corazón latir más y más rápido. De pronto, se congela, horrorizada: ¿cómo cocinará la carne? No puede volver a casa de sus suegros con un trozo de res de cuatro rublos, e incluso si una de sus amigas la dejara entrar a su hogar, ¿cómo justificaría esta indulgencia sin provocar celos? ¿Cómo podría atreverse a asar la carne frente a rostros pálidos y ojos hambrientos sin ofrecer una explicación, sin molestarse siquiera en compartirla?

Mende se apoya contra la cerca del patio de la iglesia. Su cuerpo se desliza hacia el negro y pantanoso suelo y el sol le da de golpe en la cara. La ciudad de Motal es bañada por una brillante luz que tiñe a las personas del mercado de una palidez traslúcida. Barbas, sombreros y pañuelos para la cabeza se mezclan con las persianas y los toldos. Las voces y el ruido se fusionan con el zumbido de las moscas. Levanta el paquete, le quita el envoltorio de papel y, sin detenerse a pensar, le da una mordida a la carne cruda. Los dientes le duelen por el frío y sus ojos se abren grandes mientras intenta desgarrar una necia mordida nerviosa. El sabor de la sangre le nubla los sentidos, le perfora los labios y adormece su lengua.

Por fortuna, Simcha-Zissel Resnick, quien sospechaba que algo no andaba bien, ha estado mirando desde su ventana y ahora deja a su esposa en el mostrador de la carnicería mientras se apresura a rescatar a Mende. Con gentileza la levanta del suelo, vuelve a envolver la carne y la guía hacia un cobertizo en el patio, donde hay una cocina hechiza en la que guarda madera, costales de granos y una vieja estufa. La sienta delante suyo en un banco, enciende la estufa y corta la carne en trozos gruesos que luego barniza con aceite y cubre de especias. Finalmente, los acomoda en el sartén y aviva el fuego con el fuelle. Unos momentos después le sirve el primer trozo.

Mende devora la carne, que habría sido suficiente para una familia de cuatro o seis pobres miserables, o diez niños huérfanos. Simcha-Zissel la mira con preocupación, pidiéndole que coma más despacio, que mastique y pruebe el sabor; pero ella se rebela en su propia lujuria, mirando la puerta a cada momento como un animal que protege a su presa. Cuando la carne congestiona su estómago y viaja de regreso por su garganta, Mende obliga a los trozos masticados a volver por el tracto de gula por el que vinieron. Simcha-Zissel la observa con consternación mezclada con un deseo suprimido. Luego su esposa lo llama desde la carnicería y él, reacio, abandona el cobertizo.

Mientras tanto, Mende se recuesta sobre un costal de trigo. La comida llena su estómago y el sabor aún la envuelve en felicidad. Rompe en carcajadas que siguen emergiendo hasta que ya no puede respirar. Nunca antes había reído de ese modo; ninguna mujer virtuosa se prestaría a semejante frivolidad, mucho menos una esposa y madre. De hecho, por un momento la ansiedad vuelve a sus pensamientos: ¿qué acaba de hacer? ¿Qué pasará si sus suegros se enteran? ¿Y qué hay de la leña que tiene que llevar a casa? ¿Y el dinero?

Siente las monedas en su bolsillo, pero no quiere volver a ser Mende tan rápidamente. Después de todo, Mende arremete todo el tiempo, Mende está enojada, Mende sufre, Mende se preocupa, Mende culpa: ¿dónde está Mirl?, ¿dónde está Yankele?, ¿por qué Fanny hace lo que hace?, ¿cuánto tiempo?, ¿por qué aquí?, ¿cómo pudo abandonarla?, ¿cuándo va a volver?... ¡No más! ¡No ahora! Aleja estos pensamientos de su cabeza, se levanta y camina de vuelta al mercado, un paso a la vez, un puesto a la vez. Antes de darse cuenta de lo que hace, ya ha elegido nuevos pañuelos en Grossman y está sentada en lo de Ledermann comprando zapatos finos de piel y luego dándole veinticinco rublos a Schneider para probarse un vestido color turquesa con borlas —¡qué audaz!— y pidiendo una rebanada de pastel de ciruela en la panadería de Blumenkrantz. Y todos toman su dinero y le devuelven su valor: no todos los días son bendecidos con una nueva clienta con tan buen espíritu. Piden diez rublos, ella sugiere ocho, acuerdan nueve, y todo sin los usuales murmullos que dicen «no me lo llevaría ni aunque fuera gratis» o «no es mi trabajo pagar por la dote de su hija». Mende pasea por el mercado como una novia en el día de su boda, colmando de sonrisas a los comerciantes y lanzando cumplidos por doquier. Mordecai Schatz, el propietario del carro de libros, no puede evitarlo y pregunta:

—¿Cuál es la ocasión, señora Speismann? ¿Es que hoy ha vuelto Zvi-Meir?

Y Mende explota a carcajadas y toma la última edición del *Hamagid,* impresa sólo doce días antes, un verdadero festín y por consiguiente sobrevaluado. Pero no podría importarle menos, ¡hoy va a comprarlo!

Una vez más se encuentra con los lamentos de una miserable *aguná,* esta vez con un titular mucho más subestimado: «Ayuda». Entonces ríe y lee con un falso tono melancólico:

«Imploro a los honorables lectores del *Hamagid,* quizá hayan escuchado hablar de mi marido, Reb Yosef Zilberstein, quien me dejó hace nueve años cuando se aventuraba hacia la ciudad de Minsk, y no he vuelto a escuchar una sola palabra desde entonces. Quizá atrapó un resfriado y, Dios no lo permita, su corazón se detuvo; ¿quizá fue capturado por bandidos? Estoy segura de que no nos negarán caridad a mí y a sus dos hijos golpeados por el hambre. En su ausencia, nos alimentamos sólo de nuestras propias lágrimas. Aquí sus particulares…».

Mordecai Schatz la mira impresionado, sin saber si reír o llorar, y Mende dice con una sonrisa maliciosa:

—Nueve años, Reb Mordecai, ¿usted qué piensa? ¿Enfermo? ¿Muerto? ¿Secuestrado?

Mordecai Schatz agacha sus indefensos ojos sin cejas. Mende le da unas palmadas en el hombro:

—¡Secuestrado por putas en un burdel!

En ese preciso momento, una idea surge en su cabeza y le pide a Mordecai Schatz una hoja de papel. Luego se dirige a la tienda de Yoshke-Mendel e intercambia un kopek por el cuarto de un lápiz. Todo pasa tan rápido que Yoshke-Mendel no tiene siquiera la oportunidad de decir «Muchas gracias». Mende se aleja del mercado y encuentra un sitio con sombra entre las cabañas maltrechas donde, con una gran emoción, se sienta a escribir su primera carta al *Hamagid* titulada: «La voz de una alegre y satisfecha mujer»:

Me gustaría agradecer al Bendito por llenarme con su generosidad y gracia, dándome un techo con el que cubrir mi cabeza y la de mis dos queridos hijos. Yo, señora Mende Speismann, hija de Meir-Anschil Schechter, no me encuentro en espera de mi esposo Zvi-Meir. Me resulta difícil recordar sus rasgos; en mi mente no hay una imagen de su rostro, no sé cómo describir su barba y el color de sus ojos ha sido olvidado hace mucho tiempo. Sin embargo, mientras yo tenga vida, seguiré cumpliendo mis deberes como manda el Creador, cuya generosidad hacia mí es fácil de observar.

Duda por un momento, preguntándose si este anuncio es de algún interés público y si se volverá tema de discusión, sin estar segura de qué era lo que quería decir o si cometió errores gramaticales, pero luego dirige la carta, de acuerdo con los detalles en la edición que tiene a la mano, al querido editor Ya'akov Shmuel Fuchs. Esta nota pública, sabe ahora, marca su renacimiento, y con manos temblorosas le pasa el sobre a Mordecai Schatz, quien viaja cotidianamente con su carro entre Pinsk y Baránavichi y puede depositar la carta en la oficina postal de Telejany. El asunto está zanjado.

Al volver a la calle se ajusta el pañuelo. El olor a excremento se eleva desde las letrinas tras las casas, regresándola a la realidad como si saliese de un sueño y una vieja casa a su lado descarga su propia contribución de estiércol, haciendo más profundo el hedor del brebaje maloliente. Hay moscas volando alrededor de las masas de heces y el estómago de Mende se vuelca con náuseas. Comienza el camino de vuelta a casa, pero luego recuerda que debe llevar leña. Cómo ha volado el tiempo. Llega al carro del vendedor de leños, Isaac Holtz y un escalofrío recorre su cuerpo, congelando su aliento. Sólo le quedan tres rublos y cuarenta y cinco kopeks en el bolsillo. Todo el dinero que había guardado para tiempos de necesidad, para comprar un boleto de tren, para enviar a Yankele a la *yeshivá*, para sobornar a un oficial por documentos, para darle a Mirl alguna dote…, se lo ha terminado todo en un solo momento de locura. Y ahora está de pie, indefensa frente a Issac Holtz, incapaz de darle sus últimas monedas a cambio de leña para encender un fuego.

A la distancia mira a dos hombres a caballo acercándose al mercado y Mende ruega que pase lo peor. Que sean bandidos, que roben y masacren y lo incendien todo. Recuerda los horrores con que su abuelo, Yankel Kriegsmann, la aterrorizaba cuando era niña; ella y Fanny se congelaban de miedo con las historias de masacres contra judíos perpetradas por Bohdán Jmelnitski. Las lágrimas la ahogan y desea desesperada que los dos jinetes resulten ser bárbaros cosacos. Pero sólo son Kaufmann y su hijo, los negociantes de caballos, quienes pasan a su lado y la saludan asintiendo con la cabeza. ¿Por qué todas las caras a su alrededor deben ser tan terriblemente familiares? ¿Dónde puede encontrar refugio y respiro? Los judíos se han apoyado tanto los unos sobre los otros que no se han dejado un sitio para respirar.

Su cabeza explota de dolor. Su espalda es golpeada por escalofríos como si fuesen látigos. Debe pedirle a los vendedores devolverlo todo. Incluso si sólo aceptan devolverle la mitad del precio original. O un cuarto… lo que sea. Pero Grossman no puede vender pañuelos usados y Ledermann ya le ha puesto los clavos a las suelas de sus nuevos zapatos, y Schneider ya ha cortado la tela para su nuevo vestido, incluso ha empezado a coserlo, y todos ellos se rehúsan a sus peticiones y no le devolverán ni un solo kopek.

IV

Pronto vendrán a buscarla. Sus suegros se preguntarán por qué ha tardado tanto, sospecharán que pasa algo extraño y no esperarán quietos a que vuelva a casa. La única excusa que tiene para su tardanza es cruzar el río y fingir que quería ser frugal y comprar leña más barata al otro lado.

Evidentemente no le dirá a nadie sobre su ataque incontrolable, ni siquiera a su hermana, e irá reponiendo las pérdidas con trabajos de limpieza extra. En lo profundo, Mende sabe que pagará un precio muy alto por el salvaje y repentino impulso que acaba de engullirla y, aún así, no puede admitir del todo que fue un error. Su corazón nunca había latido de aquel modo.

Camina hasta el Yaselda. El sol, ese viejo errático, envía haces de luz sobre su cabeza, pero los pinos y robles la cobijan bajo sus sombras fugaces. Se asoma sobre las cercas de los jardines y sigue una acalorada discusión entre los patos y los gallos. Una *shiksa* sale de su casa con sus dos hijos y barre la entrada con una escoba de paja. La mujer le dedica a Mende una sonrisa de dientes negros y Mende se pregunta si esta *shiksa* también ha sido abandonada con sus hijos.

A cierta distancia puede ver a Zizek esperando en su bote y, mientras éste acomoda los remos en su lugar, ella piensa que él también la ha visto y adivinado sus intenciones. Se aproxima a él con paso dubitativo, pero no dice nada. Con Zizek no se habla. Te subes al bote, te lleva al otro lado del río y luego de vuelta. No tiene interés alguno en discutir el pasado y ciertamente no someterá su rutina diaria a escrutinio. Pero si alguien quiere compartir un vaso de ron del barril en su bote, él estará más que feliz de complacerle. No usa kipá ni el taled de cuatro puntas con flecos como un buen judío, y no ha posado sus ojos sobre una página del Guemará desde que tiene doce. Cualquiera que desee viajar en su bote es bienvenido. Aquellos que no lo desean pueden alejarse. Y aquellos que lo llaman *sheigetz* pueden intentar decírselo a la cara y ver qué les pasa a continuación.

Todos saben que cuando era niño, el nombre de Zizek era Yoshke Berkovits y que su único pecado fue el de haber nacido en una familia muy pobre en un tiempo demasiado triste para el pueblo de Israel. En 5587, el zar Nicolás I, el zar de Hierro —que su nombre y su recuerdo sean borrados—, proclamó el Decreto Cantonista, por el cual ordenó el reclutamiento en el ejército ruso de un niño justo e inocente por cada mil judíos de la población. Cada ciudad, villa y asentamiento fue forzado a arrancarse un trozo de carne de su carne y a sacrificar a sus niños a Moloch. Los líderes de la comunidad anunciaron un ayuno, se enfrentaron a los altos funcionarios, tuvieron intentos de sobornos, pero todo fue en vano. Y entonces, cada hogar de Israel se dio cuenta de que debía defenderse por sí mismo. Los padres casaban a sus hijos apenas llegaban a los doce años, porque los hombres casados quedaban exentos del servicio. Familias enteras huyeron de la Zona de Asentamiento. Los funcionarios pedían sobornos a cambio de *corregir* fechas de nacimiento y falsificar los números registrados de integrantes de cada familia. ¿Y los nombres de quiénes permanecieron en las listas de reclutamiento de las autoridades? Los de las familias empobrecidas a las que nadie tenía prisa por casar a sus hijas, que carecían de los medios necesarios para sobornar o escapar.

Así es como los líderes de la comunidad eligieron el nombre de Yoshke Berkovits de doce años, hijo de Lame Selig, y enviaron al recolector de impuestos encargado del reclutamiento para darle la noticia de la decisión a los padres. La madre de Yoshke cayó al suelo de rodillas y su padre pateó y golpeó la pared hasta que le sangraron los nudillos. Selig y Leah Berkovits se apresuraron al patio de la sinagoga y le imploraron al rabino y a los líderes que cambiaran su decisión. Gritaron y lloraron la noche entera, sus aullidos mantuvieron a todo el mundo despierto y el rabino se encerró en su habitación y gritó de dolor. Sabía que el reclutamiento significaba la muerte segura. Estos niños serían bautizados y educados de acuerdo a las costumbres de los *goyim*: comerían *treif*, no participarían del *sabbat* y, si sobrevivían a la batalla, le rezarían a ese demente, Yeshua, quien había alucinado con ser el hijo de Dios.

En todo caso, los padres de Berkovits no abandonaban el patio y su presencia se volvió una molestia. Los residentes de Motal pasaban a su lado de camino a sus oraciones matutinas y los veían sollozando después de las oraciones de la tarde. Lo sagrado parecía estar abandonando la sinagoga y todos caminaban con los ojos fijos sobre el suelo, sin atreverse a levantar las cabezas. Durante la fecha señalada, Selig y Leah se rehusaron a llevar a su hijo con el asesor local. Lo dejaron en casa, no lo enviaron al jéder y no le permitían salir ni siquiera para traer el agua. Fue entonces que se vieron forzados a llamar al *khapper*, Leib Stein, quien se ganaba la vida secuestrando niños para llenar las cuotas de reclutamiento. Durante la tercera vigía, irrumpió en la casa de los Berkovits con una banda de matones, golpeó a Leah en el rostro cuando intentó resistirse y puso a Yoshke junto con dos huérfanos en una celda no muy lejos de la sinagoga. Leah Berkovits se plantó frente a las puertas de la cárcel, llorando desgarradoramente.

¿Qué aventuras vivió Yoshke en el ejército zarista? Nadie lo sabe. Algunas personas juran haber escuchado que Yoshke-Zizek asesinó a doscientos turcos con sus propias manos, mientras que otros creen que nunca fue más que un insignificante intendente. De cualquier modo, ya no era un judío. Sin barba, con el cabello partido hacia un lado, vestido con uniforme y medallas de hierro y con el aire inequívoco de grandeza y majestuosidad, reapareció en la ciudad treinta años después de haber sido arrebatado de su hogar. Los mercaderes estaban alarmados por el imponente legionario y dudaron antes de indicarle dónde se encontraba la casa de su madre. Ninguno de los vecinos reconoció al gentil niño que habían conocido y sospechaban que se trataba de un embaucador que se hacía pasar por él. Tres de sus hermanos estaban casados y ahora vivían lejos de Motal. El hermano que aún vivía con su madre temía la venganza de Yoshke, se negó a abrirle la puerta y no le dijo a su vieja madre de qué se trataba la conmoción que había en la entrada. Yoshke tenía la intención de decirle a su padre y madre que el menor de sus hijos estaba de vuelta, de pie frente a ellos como un hombre vuelto de entre los muertos. Pero luego uno de los vecinos le gritó que su padre había muerto de tristeza y que su madre evitaba cualquier contacto con el mundo exterior, que ahora sería mejor si no añadiera más peso a su dolor; ella moriría si supiera que él estaba ahí.

Incluso después de esto, Yoshke no dejó a los residentes de Motal en paz. Había acumulado grandes riquezas y privilegios como soldado, e incluso se le había otorgado una tarjeta amarilla que le permitía vivir en cualquier lugar fuera de la Zona de Asentamiento. Nadie le dejaría rentar una casa en Motal, así que compró un terreno en el lado norte del río, más allá del lago. En pocas semanas ya había construido un bote robusto para tres pasajeros con espacio suficiente para cuatro personas, sin embargo, en donde deberían estar los asientos de la tercera y cuarta persona, cargó un barril de ron añejo al que se había vuelto adicto durante su servicio. Y desde entonces se reporta a trabajar día tras día en el río Yaselda, listo para lograr una reconciliación entre las dos orillas y cargar con los corazones de todos los que lo veían con culpa. Comenzó a llevar a los pasajeros allá y a traerlos acá. Y ya que no cobraba ninguna cuota e incluso le ofrecía a sus clientes un vaso de ron mientras remaba, rápidamente construyó un monopolio. Zizek transformó su presencia indeseada en una necesidad y en un flagelo para los ciudadanos acechados por la culpa.

¿Qué es lo que Zizek quiere de los habitantes de Motal? Si tan sólo se los dijera, tal vez podrían entenderlo. Al inicio intentaron hacerlo hablar, le ofrecieron pagar con materia prima, pero Yoshke Berkovits rechazó cualquier tipo de compensación. Luego pensaron que tal vez no recordaba cómo hablar yidis e intentaron con ruso y polaco, pero él seguía remando sin responder cuando lo llamaban por su nombre. ¿Los culpa por su pasado o sólo está sufriendo? ¿Tiene esperanzas o está decepcionado? ¿Ha vuelto para darles ojo por ojo o para dar la otra mejilla? Una cosa está clara, el nombre «Yoshke Berkovits» trajo consigo memorias olvidadas que estaban mejor sin ser tocadas y no era un nombre digno para un hombre sin religión ni familia. Por lo tanto, cuando el nombre «Zizek Breshov», el nombre con el que lo llamaban en el ejército zarista fue dicho por primera vez, las personas de Motal sintieron alivio. Zizek es un nombre común entre los *goyim* y suficientemente común entre los soldados; a su manera, ese nombre era testigo de la completa transformación de Zizek de judío a gentil.

Ahora, sin embargo, Zizek asiente hacia Mende y mientras ella sube al bote, mira al pobre Yoshke Berkovits tras el uniforme de soldado y siente lástima por él. Con un remo en cada mano, se aleja de la orilla con cuidado de no balancear el bote más de lo necesario. Rema con precisión y su rostro muestra una calma absoluta. Mende comete el error, como tantos otros antes, de creer que será con ella con quien consentirá hablar y se atreve a dirigirse a él por su nombre original:

—¿Yoshke?

Pero nada se mueve en su rostro, sus labios resecos permanecen sellados, sus aletas nasales abiertas y sus brillantes ojos se mantienen fijados en el banco. De pronto, su serenidad le parece apatía, su mirada parece albergar la muerte como el cadáver vacío de un ciervo y entonces un dolor agudo le atraviesa el corazón. «¿Qué está mal con este mundo?» grita su alma, y siente las pocas monedas que quedan en su bolsillo. Un mundo donde niños pobres son arrebatados de sus padres, donde pueden ser alejados de su fe y los miserables son abandonados a una vida de tormentos. ¿Dónde está la justicia? Que Dios nos ayude.

Ya no está pensando en sí misma; ahora que tiene todo esto en consideración, no le va tan mal. Ella tiene sus mandamientos y costumbres, un techo sobre su cabeza y la de sus niños, se gana la vida y tiene buenos vecinos. Pero ¿por qué ahora tiene tanta prisa? ¿Para comprar madera para la estufa? ¿Para celebrar una comida de cumpleaños? ¿Cómo es ella diferente de los *goyim* que celebran en sus casas mientras los matones incendian los hogares judíos? Después de todo, ella se entrega a sus pequeñas preocupaciones igual que ellos, mientras los verdaderamente desafortunados ven su mundo caerse a pedazos.

—Detente —dice—. Quiero volver.

Pero Yoshke sigue remando a través del río.

—¡Detente! —suplica—. No puedo seguir.

El chapoteo de los remos continúa sin disminuir. La indiferencia de Yoshke la aterroriza. Lanza una oración a Dios Todopoderoso y se lanza a las aguas del Yaselda.

V

El río Yaselda no se presta a ahogamientos. Sus aguas son superficiales y las corrientes limitadas. Durante el invierno el agua se congela; durante la primavera riega los campos; en el verano su temperamento es tan moderado como el de un *tzadik*, el hombre justo que nunca brama sus oraciones hasta quedar ronco, nunca prodiga limosnas a diestra y siniestra en sus viajes al mercado y nunca se jacta de su sabiduría ante los demás. El *tzadik* mantiene los mandamientos en casa, da limosna en secreto y no le importa si impresiona o no a los miembros de la congregación.

Mende despierta en su cama. Apenas puede mantener los ojos abiertos y tiene visión borrosa. Reconoce el olor agrio de su suegra, Rochaleh, y luego reconoce la espalda encorvada y la voz fuerte con que Eliyahu, su suegro, combate la sordera. No es difícil identificar a Reb Moishe-Lazer gracias a su enorme barba bien peinada y reconocería las siluetas de sus hijos a cualquier distancia. De reojo percibe a una chica, o tal vez una mujer, probablemente su hermana menor Fanny, con los nervios deshechos golpeando la pared con un puño. Hay un hombre sentado en la cama al lado de Mende. No puede girar la cabeza para mirarlo y sólo puede notar la palma de su mano descansando sobre su propio corazón cuando, de pronto, él se levanta y agacha su cabeza a la altura de la barbilla de Mende. ¿Podría ser? ¿Será que su terrible situación ha traído a Zvi-Meir al arrepentimiento? ¿Por fin ha vuelto con su esposa e hijos? Intenta mirar su rostro, pero tiene el cuello demasiado rígido.

—Ha despertado —anuncia el hombre con voz chillona y ella necesita un momento para darse cuenta de que la voz le pertenece al doctor Itche-Bendet Elkana.

Abre y cierra varias veces los ojos y deja escapar un suspiro adolorido. Todos, excepto su hermana menor, se reúnen alrededor de su cama. Su hijo, Yankele, se posa pesadamente sobre su estómago y Mirl lo aleja rápidamente. «No», quiere decir Mende, «éste es un dolor maravilloso», pero la voz parece atorarse en su garganta. Rochaleh mira a su nuera largamente, lo suficiente para concluir que la paciente sobrevivirá.

—Bueno —dice, apretando con una fuerza innecesaria el brazo de Mende—, ¿ya has terminado de preocuparnos? —Acomoda la almohada debajo de la cabeza de Mende, sin soltarla del brazo.

—Esto no es culpa suya —dice Eliyahu—. Lo he dicho por mucho tiempo: ese Zizek sólo va a traernos problemas.

Mende piensa que ésta es la primera vez que lo escucha decir algo por el estilo.

—¿Él te empujó al río? —interviene Reb Moishe-Lazer Halperin, en virtud de su responsabilidad para con el bienestar de sus feligreses.

—¿Por qué la empujaría y la salvaría al mismo tiempo? —dice su hermana Fanny desde el fondo de la habitación—. Zizek fue quien la trajo aquí inmediatamente y mandó a traer al doctor.

El rabino se siente contrariado momentáneamente por este razonamiento, pero se recupera rápidamente.

—La empujó para cobrar venganza y la salvó para hacer las paces. Esto es lo que pasa cuando un hombre se ve dividido entre la fe judía y la cristiana.

Mende niega con la cabeza, incapaz de pronunciar palabra.

—Ahí está tu respuesta —dice Fanny—. Quería refrescar su cara por el calor del día y resbaló, ¿no es cierto, hermana? Ahora, dejen de interrogarla y envíen a alguien a agradecerle al querido Zizek por salvarle la vida.

Mende asiente y todos parecen decepcionados por una explicación tan simple del accidente. Cuando ocurren desastres debe haber culpables, incluso si la víctima no tiene el valor para acusarlos. Eliyahu le paga al rabino por sus bendiciones y le da su cuota al doctor Elkana, luego hace una reverencia en agradecimiento. Rochaleh le lanza a Mende una mirada aún más dolorosa que el apretón de brazo, una mirada que dice: «gastamos rublo tras rublo, ¿y para qué?».

El doctor se despide con una receta que podrían haber ideado sin su consulta: Mende debe descansar durante unos cuantos días, recuperar fuerzas con tres comidas al día, beber mucha agua y mantenerse caliente; y si su temperatura se eleva o su cuello se hincha, Dios no lo quiera, deben llamarlo de inmediato. ¿Qué hará entonces? Todos conocen la respuesta, nada. Aun así, es mejor escuchar estas cosas de un hombre con credenciales que de un inútil.

Reb Moishe-Lazer Halperin vuelve a entrar a la habitación para despedirse de Mende y le informa del extraordinario nivel de interés que ha despertado en la gente de Motal. No creerá lo que escuchan sus oídos, pero Ledermann, el zapatero, le ha enviado como regalo unas botas de piel y ya llamó a Chaya-Leike para pronunciar encanta-mientos que alejan el mal de ojo con huevos y pasta de manzanilla. Schneider, el sastre, promete enviarle un vestido turquesa, «ya sabe lo extravagante que puede llegar a ser ese Schneider». Y Simcha-Zis-sel Resnick, el carnicero, le ha traído un poco de salchichas junto con hierbas medicinales y flor de tila. Y todos preguntan qué más pueden hacer para ayudarla.

—Nunca antes había visto tanta camaradería en esta ciudad —dice exultante, antes de llamar a Yankele y a Mirl para que vayan de visita con los vecinos de modo que su madre pueda descansar.

Mirl se resiste a dejar el lado de su madre pero finalmente cede y, una vez que sus hijos se han marchado, en la habitación de al lado se dispara una acalorada discusión. Rochaleh y Eliyahu se quejan con Fanny, quien implora que dejen a su hermana en paz.

—¿Dejarla en paz? —grita Eliyahu, y esta vez su grito no tiene nada que ver con la sordera—. ¿Cómo podemos dejarla en paz cuan-do está actuando como una idiota? Llevo diciéndolo por mucho tiem-po, está volviéndose loca.

—¿En dónde se desapareció? —pregunta Rochaleh—. ¿Tú puedes explicarlo? ¡Eres su hermana! —dice poniendo énfasis en la palabra *hermana.*

—¿Sabías que encontramos una fortuna en los bolsillos de su ves-tido? —pregunta Eliyahu—. ¿Para qué necesita más de tres rublos?

—Nos debes respuestas —continúa Rochaleh furiosa—, nuestras vidas son un infierno, ¿y para qué?

—No la recibimos en nuestra casa para que termine arruinando nuestra reputación —dice Eliyahu.

Luego el silencio y numerosos «¡shh!» se dispersan en el aire. Cuando escucha a alguien entrar en su habitación, Mende finge estar dormida.

—Hermana —dice Fanny—, soy yo.

Pero Mende se interna aún más profundamente en sí misma. Las palabras de Fanny no pueden calmarla, tampoco sus «hermana» ni sus «soy yo». Mende está sola en el mundo y este mundo no es para ella.

Los días avanzan, se cuelan algunas noches, transcurre una semana y nada cambia. Mientras que el cuerpo de Mende se recupera del todo y sus pulmones se vacían del agua del río, las palabras se quedan atrapadas en su interior y su alma permanece abatida. Apenas y puede levantarse de la cama y como sus respuestas se limitan a asentir o negar con la cabeza, sus cuidadores ahora sólo le dirigen conversaciones cuya respuesta pueda ser un simple «sí» o «no»: «¿Tienes hambre?», «¿Tienes sed?», «¿Tienes sueño?», «¿Te quieres levantar?», «¿Estás cómoda?», «¿Quieres un cobertor?». En realidad, a Mende comienza a gustarle ese tipo de comunicación. En primer lugar, no requiere ningún esfuerzo mental de su parte. En segundo lugar, se centra en asuntos del cuerpo y no del alma. Y, en tercer lugar, desvía la atención de cualquier discusión sobre lo que pasó en el río con Zizek.

Pero hay una desventaja. Los pensamientos de Mende también se han encogido hasta consistir meramente en «ajá» o «no». Su mirada se ha vuelto vidriosa, sus labios están secos y su compañía está tornándose pesada. Pero si ha sido poseída por un *dybbuk*, es, en efecto, un *dybbuk* extraño. Su cuerpo no convulsiona, su boca no lanza maldiciones, su fe es tan fuerte como siempre y los sabios de Motal no están seguros de que un exorcismo para expulsar al *dybbuk* sea lo más conveniente para mejorar su condición. Los vecinos siguen llevándole talismanes, pero las visitas son cortas: un minuto en compañía de Mende es todo lo que se necesita para caer en el más absoluto aburrimiento. Sus suegros no pueden reñir a un objeto inanimado y sus hijos tienen demasiado miedo de acercarse a ella.

Sólo su hermana menor viaja todos los días desde el pueblo para visitarla, le trae un poco de pan y queso y a veces una rebanada de pastel de café o alguna mermelada. Fanny abre la ventana, ventila la habitación, alisa las sábanas y luego se sienta al lado de la cama de su hermana. Durante un rato le habla de sus hijos; le cuenta sobre las travesuras de Yankele y los progresos que Mirl y su propia hija han hecho en sus clases de aritmética y hebreo, y luego cuenta unas pocas noticias que escucha en Motal. Sin embargo, Fanny nunca ha sido la más habladora.

Durante los fines de semana Fanny viene con Natan-Berl y sus cinco hijos; a pesar del tortuoso camino a veces los acompaña Rivkah-Keismann, la madre de Natan-Berl, quien hace el trayecto sólo porque «le rogaron que viniera».

Mende Speismann no sabe cuánto dinero reciben sus suegros de manos Natan-Berl en secreto para que la cuiden; veinte o treinta rublos cada mes. Por el tono servil de Eliyahu, Mende sabe que sus suegros no serían capaces de llegar a fin de mes sin la ayuda de su hermana. Y, aun así, Mende es incapaz de demostrarle cariño. Un día, sin embargo, Fanny la sorprende con la noticia de que se ve obligada a alejarse por un tiempo. El tío de Natan-Berl está en su lecho de muerte y la familia completa va a reunirse en Kiev. No sabe cuánto tiempo estará fuera, quizá uno o dos meses, pero Mende no debe preocuparse porque Fanny ya lo ha planeado todo con Rochaleh y Eliyahu. A Mende se le va el aire y se ahoga con sus propias lágrimas. Se levanta a medias de su cama y se aferra al cuello de su hermana.

—No te preocupes, hermana —susurra Fanny—. Estaré pronto de regreso, antes del *Yamim Noraim*.

—Yo… yo… —tartamudea Mende y cierra los ojos para evitarle el paso a las lágrimas.

—Lo sé, hermana —murmura Fanny, aliviada de que Mende recuerde otra palabra, además de sí y no.

La ausencia de Fanny es muy sentida. Los días son monótonos, las fechas se vuelven insignificantes y el *Yamim Noraim* parece alejarse más y más cada día. El único cambio significativo que conllevan las estaciones es que son ellas quienes dictan qué tanto abren la ventana de Mende; los sonidos del mundo vibrante parecen burlarse de la mujer que aún está atrapada en su habitación. Los pasos resolutos de Rochaleh y Eliyahu resuenan acusadores por toda la casa. ¿Cuánto más, Mende, cuánto más? Y los polluelos, quienes eran su motivo de alegría y ahora son fuente de tormento, permanecen en el umbral de la habitación, ansiosos de afecto.

Un día recibe un paquete de Yisrael Tate, el dueño de la taberna. Se trata de una edición nueva del *Hamagid*, una rareza en esta Motal olvidada por Dios, que ni siquiera tiene oficina postal. Tan pronto como se va, Mende abre el periódico con una mezcla de emoción y vergüenza: ¿ya sería su turno? ¿Qué habría pasado con su anuncio? Pero hoy se encuentra con una doble decepción. No sólo no hay rastro del anuncio que escribió en su cumpleaños sino que se encuentra con una noticia con un título extraño, «Esposa perdida», en donde se busca ayuda para encontrar a una mujer —¿la esposa de alguien?— que ha desaparecido. Qué raro, piensa Mende, leyendo las primeras líneas que transgreden por igual las líneas del sentido común y la moralidad y su corazón se llena con una animosidad hacia las mujeres que le dan la espalda a su llamado.

Una mujer salió durante la segunda hora después de la medianoche y no ha vuelto desde entonces. Todos nuestros esfuerzos por encontrarla en pueblos y ciudades han fracasado. Su paradero es desconocido y no queda ningún rastro de ella. Por lo tanto, cualquier persona con la más mínima información en torno a esta mujer deberá apresurarse para hacérnosla saber. Ha abandonado a su esposo, cinco hijos y una miserable suegra, todos desesperados en su hogar en el pueblo.

Yishuvnikim, piensa Mende. Pueblerinos. No hay sorpresa alguna con esos pobres infelices. Viven entre los *goyim* e imitan sus costumbres. El negro es blanco, lo malo es bueno, la tierra es el cielo y la mujer es el hombre. El *Hamagid* es un periódico despreciable si consiente en imprimir esos anuncios abominables. ¿Qué interés podría tener el público en este caso anómalo que no explica nada sobre cómo deberían de ser las cosas? Además, no hay modo de saber si esta historia es sólo un invento; tal vez el escritor lo único que quiere es atención, impresionar a los lectores con su arrogancia.

Deja caer el periódico en el suelo al lado de su cama. ¿El mundo se puso de cabeza? ¿El mar se prendió fuego? ¿No hay nada más sobre lo que escribir? ¿Ha llegado el Mesías? ¿Está ella, Mende, en la Jerusalén reconstruida? ¿Los judíos llegaron al punto en que, Dios no lo quiera, mujeres desgraciadas pueden permitirse abandonar a sus pobres hijos y esposos? Comienza a llorar. Creador Todopoderoso, te imploro poner un obstáculo en el camino de esa mujer que abandonó su hogar en la segunda hora de la medianoche. Llévala de vuelta a su pueblo con su esposo y sus cinco miserables hijos y no dejes que otras mujeres también se salgan de su camino. Está por ocurrir una catástrofe, bendito Dios, puedo sentirlo en mis huesos.

Mende vuelve a levantar el periódico, ahora buscando una señal entre líneas de que su plegaria ha sido escuchada. Su atención vuelve a la noticia titulada «Esposa perdida» y esta vez la lee hasta el final.

Aquí están sus particulares: joven, de veinticinco años, su rostro es redondo, cabello claro —rubio—, ojos grises, es común, poco amistosa, en el brazo izquierdo tiene una cicatriz profunda de la mordida de una bestia. Al partir se la vio vestida de negro con una chaqueta rojiza. Su nombre es Fanny Keismann y yo, su suegra, Rivkah Keismann, les pido que ayuden a mi hijo, Natan-Berl Keismann. Estoy lista para pagar con creces a cualquiera que brinde alguna información sobre su paradero.

GRODNO

I

Fanny Keismann no ha podido dormir desde hace muchas noches. Los ojos tristes de Mende le recuerdan a los de su madre durante su infancia en Grodno. Profundos ojos negros con grandes ojeras. Cuando era niña, no hubo nada que Fanny no intentara para levantar los espíritus de su madre. La ayudaba con las tareas domésticas, preparaba *kreplach* y *krupnik*, aprendió a leer el *Tzena U'Renah* —la biblia de las mujeres— y el Pentateuco, e incluso recolectaba agua del Niemen. Solía tirar la mitad de regreso a casa, pero cargaba tanto como una niña podía cargar. No obstante, cuando se acercaba a su madre esperando a cambio un beso y un abrazo, siempre se encontraba con la misma respuesta:

—Ahora no, Fannychka, ahora no. *Mamaleh* está cansada. —Y un suspiro.

Su padre, Meir-Anschil Schechter, que usualmente era un hombre serio, tenía un chiste que le gustaba contar. Desechaba la idea de que un *dybbuk* pudiera haber poseído a su esposa y se negaba a escuchar hablar de exorcismos y talismanes.

—En realidad es una mujer feliz, y no hay nada en este mundo que ame más que a ustedes dos. Y si hay un mandamiento que dice: «con dolor darás a luz a tus hijos», entonces debe actuar acorde a él.

—¡No existe ese mandamiento! —dice Fanny indignada.

—Eres una niña brillante —responde su padre, con semblante suave—, muy inteligente.

A lo largo de su infancia, Fanny solía tirar de sus mejillas hacia abajo para prevenir la aparición de esas bolsas bajo los ojos tan características de su madre. Y, recientemente, tras haber pasado todas esas horas con Mende, se ha percatado de que sus manos otra vez están tirando de sus mejillas y sus pensamientos comienzan a aferrarse a aquellos lejanos días.

Incluso en las más altas horas de la noche, durante la segunda hora después de la medianoche, mientras dejaba su hogar y subía al vagón de Mikhail Andreyevich que la esperaba en las afueras del pueblo con su caballo, se sentía como si estuviera corriendo hacia el último lugar de descanso de su madre, en algún lugar entre los sembradíos de papas y los campos de trigo.

La última luz de su madre se apagó cuando Fanny tenía diez años y vio cómo acomodaban al cuerpo muerto de su madre en la cocina sobre un colchón delgado y luego lo cubrían con una sábana blanca. Su padre le explicó que estaban esperando a la funeraria del Jevra Kadisha, que estaba retrasada a causa de una tormenta de nieve. Su madre yació en el suelo toda la noche, en un espacio entre la mesa de la cocina y el horno, y Fanny no pudo dormir un solo segundo. Hubo un momento en el que creyó escucharla respirar desde la cocina y entonces se atrevió a abandonar su cama y fue a verla. Sintió sus manos frías y se arrastró debajo de la sábana que la cubría. Por primera vez en su vida no se encontró con el «Ahora no, Fannychka, ahora no» ni con ese maldito suspiro. La niña se aferró al cuerpo de su madre y la tomó de la mano hasta que su padre la encontró al amanecer. Estas horas fueron de las más felices que había vivido y su padre le sonreía desde arriba sin ninguna señal de alarma.

II

Meir-Anschil Schechter era un hombre decente: «*in ehrlicher Yid*», como todos solían decir. No era un sabio ni un erudito, pero ciertamente era temeroso de Dios. Descendía de una familia de reconocidos *shochetim* y había continuado la tradición observando atentamente las leyes para sacrificar animales, siguiendo de manera escrupulosa las reglas del *kashrut* y estableciendo un precio justo tanto para el vendedor

42

como para el comprador. Se negaba a recibir monedas de sus clientes: «son para especuladores», solía decir. A cambio de sus servicios de matarife, los clientes le llevaban cortes de carne, bolsas de trigo, jarras de leche, frutas y verduras, e incluso muebles y ropa. El escepticismo que tenía hacia el dinero había sido una marca distintiva de la familia Schechter durante muchas generaciones y los había salvado de preocupaciones sobre el impacto de la depreciación dependiendo de las condiciones políticas.

Meir-Anschil tenía una rutina estricta. Por las mañanas se levantaba, se lavaba las manos, proclamaba sus bendiciones, oraba, comía su pan y salía a afilar su *halaf* con una piedra. Cuidaba a sus hijas con una devoción estricta desde el momento en que se despertaban hasta que salían de la casa y luego se encaminaba hacia el matadero para cumplir con su trabajo del día.

El ganado y las aves de corral llegaban al negocio de Meir-Anschil atados y apretujados con el miedo a la muerte reflejado en los ojos. Llegaban vacas, ovejas, cabras, terneras, corderos y gallos, uno tras otro, con las piernas temblando, las lenguas secas y los espíritus rotos. Cuando los llevaban al matadero, olían la sangre e intentaban resistirse a entrar, con todas las fuerzas que les quedaban. Pateaban y gritaban hasta que se desgarraban las gargantas, dejando escapar exactamente los mismos gritos que habían escuchado a lo lejos, cuando viajaban en dirección al matadero. Los dueños azotaban con sus látigos, intentando evitar sus resistencias, pero Meir-Anschil les quitaba a los animales y pedía que esperaran afuera. Una vez que se quedaba solo con los animales, no sentía pena realmente. La verdad es que le daba agua a las vacas, acariciaba a las terneras y miraba a los corderos a los ojos; pero lo hacía por necesidad y por respeto, no por simpatía. Los animales registraban la expresión adusta en el rostro, olían la sangre de su delantal y sabían que ésta era la última caridad que les sería dada por ningún otro que su propio verdugo. Era su amabilidad, que excedía a la de sus dueños, lo que les hacía sospechar. Por lo tanto, cuando los lanzaba contra el suelo con las patas atadas y sus cuerpos en el lodo, lo miraban con expresión vacía, como si supieran que su destino estaba sellado.

Una vez que comenzaba el trabajo, Meir-Anschil nunca se estremecía y conducía su *halaf* en un solo y suave movimiento. Cortaba la tráquea y el esófago, la arteria carótida y la yugular con una sola acción, sin romper el cuello ni cortar de arriba abajo. No insertaba el *halaf* entre la tráquea y el esófago, ni apuntaba hacia ningún lugar más allá de la incisión: no apretaba ni rompía al animal y nunca trabajaba si estaba cansado. Una vez que se detuviera a revisar y que hubiera confirmado que las incisiones eran *kósher* y que la tráquea y el esófago habían sido cortados de manera adecuada, se limpiaba la frente y las manos, le agradecía a Dios por el mandamiento de cubrir la sangre con polvo y lanzaba un poco de tierra sobre el charco de sangre para que fuera absorbida.

Por la tarde volvía a casa con su esposa, Malka Schechter, y sus dos hijas; y ya que Malka usualmente estaba encerrada en su habitación, era él quien preparaba la cena para los cuatro. Meir-Anschil y sus hijas comían con ganas pan negro y vegetales frescos, granos y fideos y carne, mientras su esposa los miraba con aire preocupado. Meir-Anschil había construido su hogar en la orilla izquierda del Niemen, a una distancia decente del mercado, y había situado el matadero tan lejos como fuera posible de los oídos de la gente. Nunca le interesaron las habladurías y resentía los métodos de los sabios, por lo tanto, eran pocas las visitas que frecuentaban su hogar. Por las tardes lo único que quería era que lo dejaran en paz para poder fumar su pipa e irse a la cama temprano.

Amaba a su esposa con una pasión enloquecida. Sus padres habían acordado los términos de su matrimonio cuando era un niño de diez años y por mucho tiempo le hablaron de la belleza y sabiduría de Malka. Se enamoró de ella antes de haberla visto siquiera.

Se casaron dos años después de su bar mitzvá. Toda su vida, sus padres le enseñaron que las relaciones matrimoniales evolucionan de manera gradual por un sentido del deber, pero en presencia de Malka se sentía como un hombre atrapado en una tormenta: le ardía el rostro, su corazón bailaba y de su boca salían sólo mentiras y sinsentidos. No se sentía merecedor de su belleza, de su rostro redondo, sus mejillas rosadas, sus labios de escarlata, no sentía merecer siquiera el hoyuelo de su barbilla y cada vez que estaba con ella lo abrumaba la ansiedad. Sabía que la única razón del matrimonio arreglado era su profesión, que garantizaba buenos ingresos, pero era precisamente a causa de este trabajo que no podía permitirse tocar a su esposa. ¿Cómo podía acercarse a ella con las manos tan llenas de sangre? ¿Con esas ropas impregnadas con el hedor de la muerte? ¿Cómo eclipsar su esplendor con el mundo oscuro al que él pertenecía? En su noche de bodas no se atrevió a entrar en la cama y se necesitaron meses de dormir juntos en dos camas separadas para que ella se cambiara a la cama de su esposo, lo que lo obligó a profanar su delgado cuerpo con su propia carne torpe y gruñidos de animal. Por la mañana, cuando ella le sonrió con las mejillas sonrojadas, él sintió que ella sólo estaba fingiendo por respeto. No podía amarla del modo honrado en que los hombres aman a sus mujeres, por un sentido de responsabilidad y deseo de cumplir los mandamientos; él la deseaba con un hambre de bestia y estaba esposado a ella como un esclavo. Cada tarde él volvía a casa seguro de que ella se habría marchado y estaba eternamente agradecido de encontrarla lista para soportar, incluso por un día más, su presencia extraña, su olor agrio, su mente lenta y su profesión tan despreciable.

Recibió una señal del cielo en un sueño que comenzó a perseguirlo. Estaba en el matadero esperando a un cliente, el cual llegaba con un animal extraño, atado con una cuerda: una bestia con el cuerpo de una vaca y la cabeza de un ángel; un ángel con el delicado rostro de Malka. Los dejaban solos, al matarife y a aquella criatura de lengua seca y grandes ojos abiertos. Él clamaba a los cielos con lágrimas amargas y luego alzaba el *halaf* sobre el cuello de su víctima, pero la angustia lo hacía desgarrarle los órganos y profanar el acto. Ella moría lentamente en sus brazos, y él despertaba de la pesadilla empapado en sudor, petrificado.

La imagen del rostro de su amada esposa en el cuerpo de una vaca era suficientemente mala para Meir-Anschil, y el recuerdo de la desesperación en el rostro de Malka era, en efecto, espeluznante. Pero había algo más que lo inquietaba. ¿Cómo podían haber sido tan torpes sus manos como para desgarrar los órganos de la criatura como si fuese un *amateur* inepto? Se dio cuenta de que si seguía en aquel camino de deseo incontrolable hacia Malka, perdería primero su forma de sustento y luego él y su familia estarían perdidos. Ese verano expandió la casa de madera hacia el patio trasero, construyó una habitación extra para sí mismo y se mudó de manera permanente.

III

Desde que era una niña, Malka había vivido consumida por la culpa. Su padre, Yankel Kriegsmann, nunca dejaba de recordarle que ella era la responsable de todos sus infortunios. Los tiempos eran difíciles, sólo el Santo Bendito podía recordar mejores días, y el sustento de Yankel Kriegsmann pendía de un hilo. En su juventud había heredado vastas acciones de trigo que gradualmente se pudrieron porque nunca decidió qué hacer con ellas. Primero había querido exportar a occidente, pero sus planes se vieron suspendidos por la burocracia gubernamental. Luego aprendió a hacer cerveza, sin embargo, poco después se le prohibió a los judíos fabricar y consumir alcohol. Culpó de estos fracasos a sus hijos mimados, que necesitaban permanecer en un solo lugar y le drenaban el tiempo. Como consecuencia los atizaba constantemente y los aterrorizaba con historias sobre los ángeles que azotan a los muertos con sus hierros ardientes.

Pero incluso con hijos perezosos como los suyos, Yankel Kriegsmann descubrió que podía ganar un buen ingreso tomando grandes dotes a cambio de sus hijos y dando dotes nimias a cambio de sus hijas. Después de todo, no hay nada indigno en hacerse de ganancias. Por lo tanto no mostró nada especialmente particular cuando sus hijas comenzaron a recibir propuestas de matrimonio y decidió que Malka, la más bonita de todas, debía casarse con el hijo de Isaac-Wolf Schechter, que provenía de una familia de matarifes, lo que ciertamente no era una profesión respetable, pero eran los mejores en su oficio en todo el distrito. Malka tenía doce años cuando se casó.

Para Malka no fue ninguna sorpresa que su esposo no fuera a su cama inmediatamente después de la boda. A sus propios ojos ella había sido un lastre antes de su boda y seguiría siendo un lastre después de ésta, y si su padre lo sabía, ¿cómo podría haber esperado algo diferente de los demás? Por esta razón, no se sorprendió cuando Meir-Anschil no se acercó a ella en la noche de bodas y tampoco le pareció extraño que durmieran durante meses en camas separadas. Sin embargo, se inventó un juego de signos proféticos que le proporcionaban tanto esperanza como advertencias: si el gallo llama menos de tres veces, entonces Meir-Anschil le sonreirá, pero si llama más de tres veces, entonces su esposo mantendrá la expresión adusta de siempre. Si sirve el té sin derramar ni una gota, entonces su esposo se percatará de su belleza, pero si riega inclusive una sola gota, entonces la verá como una mujer fea. Si el caballo relincha, entonces vendrá la buena fortuna, pero si sus zapatos se cubren de lodo, entonces la golpeará el desastre. No es necesario decir que esta cadena de causa y efecto que le impuso a la realidad fue refutada una y otra vez. Sin embargo, no se necesitaba más que una predicción cumplida para que Malka se sintiera con control e inventara un nuevo pacto. De esta manera, durante una noche de tormenta, se prometió que si la ventana se abría por una corriente de viento, entonces se metería a la cama de su esposo: y así, cuando el viento abrió la ventana, ella cumplió la promesa.

Después de esa noche, Meir-Anschil siguió buscándola, pero ella no se sorprendió cuando, pocos meses después, él se dio por vencido y comenzó a dormir en otra habitación. Permanecía sola durante la noche, incapaz de determinar si estaba dormida o despierta, fantaseando con el bebé que la necesitaría y dependería de ella para ser consolado. Cuando nació Mende, Malka no la dejaba fuera de su vista y no dejaba que nadie se acercara a ella, por miedo al mal de ojo. Malka ataba a la recién nacida con una cuerda a su delantal porque sabía que, si los vecinos intentaban cargar a Mende, entonces no lograría conseguir un marido para su hija, y si alguna vez salía de la casa sin su madre, entonces seguramente la arrollarían las ruedas de una carreta. Incluso que su padre tocara a la niña le indicaba a Malka que se aproximaba el beso de la muerte.

Un año después, con el nacimiento de Fanny, las cosas se pusieron incluso peores. Malka terminó por perder el control y no podía predecir

47

más que catástrofes. No tenía ninguna duda de que un día el Niemen se desbordaría y sus dos hijas serían arrastradas por el agua. Podía ver a las niñas ahogándose mientras ella intentaba rescatarlas en vano. El duelo por la pérdida apenas y le permitía salir de la cama. Dio a luz con esperanza y las vio crecer con dolor, impotente frente a su destino definitivo.

IV

Cuando murió Malka Schechter, Meir-Anschil no tenía deseo alguno de cumplir el mandamiento de multiplicarse con otra mujer, pese a los repetidos intentos que hubo de traer su falta de herederos masculinos a su atención. Mantuvo su rutina matutina y luego dejaba a sus hijas con el abuelo, Yankel Kriegsmann. Le había pedido al viejo que les enseñara hebreo y aritmética, pero éste dedicaba la mayor parte de sus lecciones a describir con lujo de detalle el destino que las aguardaba en el infierno, donde a las mujeres se les colgaba del cabello y de los senos.

Una tarde en la que Meir-Anschil estaba sentado con sus hijas se percató de que Mende comía con inusual apetito. Fanny le explicó, sin muestras de alarde, que su hermana había roto el gozne de una puerta en casa de su abuelo y, por lo tanto, había sido castigada. Meir-Anschil intentó comprender el razonamiento detrás de castigar a una niña dejándola sin comer, y fue entonces cuando descubrió los métodos educativos del abuelo. Sin dejar que pasara un solo momento más, le indicó a las niñas que siguieran comiendo, tomó su *halaf* y dejó su casa para dirigirse a la de su suegro. Kriegsmann fue tomado completamente por sorpresa cuando la puerta de su casa se abrió de par en par y apareció su corpulento yerno en el umbral, con una capa negra con gorro de piel y sosteniendo un *halaf*. Meir-Anschil lanzó a Kriegsmann sobre la mesa de la cocina, lo tomó del cuello y presionó el cuchillo contra su garganta. El viejo se retorció entre sus manos y Meir-Anschil soltó un puño contra su mandíbula.

Desde aquel día, Meir-Anschil dejaba a sus hijas a cargo de Sondel Gordon, el sastre, para que pudieran aprender de su negocio. La realidad es que la profesión de costurera no es de buena paga y se corre el riesgo de dañar la vista, pero Meir-Anschil esperaba poder permitirse enviar a sus hijas al *Lower East Side* en Nueva York, donde, según los rumores, había una alta demanda de costureras y los judíos prosperaban. Lo que es más, la tienda de Gordon no estaba lejos del matadero y Meir-Anschil podía vigilar a sus hijas tanto como deseaba.

Sin embargo, la Providencia, como de costumbre, tenía otras ideas. Durante algunos días, Meir-Anschil había tenido el sentimiento de que algo no andaba bien y se encontraba mirando hacia atrás constantemente como si alguien estuviera siguiéndolo. Los animales sentían su nerviosismo y luchaban con mayor ferocidad; los clientes notaban sus dudas cuando les quitaba el ganado de las manos. A veces se desconcertaba al preguntarse si el Santísimo lo miraba trabajar, juzgando su técnica cada vez que acercaba el *halaf* al cuello de los animales.

Y sucedió que nada de eso estaba ocurriendo. En un momento de concentración y silencio, mientras cubría con tierra la sangre, escuchó sonidos que provenían del techo y concluyó que, en efecto, había estado siendo juzgado desde las alturas. Pero no se trataba de Dios en las alturas sino una voyerista inesperada, que resultó ser…

—¡¿Fanny?!

La niña casi cae del techo cuando escuchó a su padre gritarle por su nombre, y cuando él la ayudó a bajar cuidadosamente por la ventana, su primer instinto fue salir corriendo. Meir-Anschil la tomó del brazo y sintió cómo le temblaba todo el cuerpo. Los ojos grises del hombre se volvieron impenetrables y su rostro estaba tranquilo.

—No debiste haber visto eso —dijo, alarmado por la expresión en el rostro de su hija—. Ahora apúrate y vuelve con Sondel Gordon.

No dijeron palabra alguna durante la cena aquella tarde, pero cuando Mende se fue a levantar los platos, Meir-Anschil anunció que quería hablar con su hija menor.

—Lo que viste hoy —dijo— es *parnussah*, eso es lo que hago para ganarme la vida —dudó—. *Parnussah*, es decir, los animales, la sangre.

49

—Buscó las palabras—. Tu abuelo también era un *shochet* —suspiró—, y su abuelo. Toda la familia, en realidad. Lamento mucho que lo hayas visto —y dejó de hablar.

—Yo también quiero aprender —dijo Fanny, sus ojos brillaban detrás de su cabello rubio.

Meir-Anschil soltó una carcajada que asustó a Mende, pero luego se dio cuenta de que Fanny, que no tenía aún los once, estaba hablando en serio.

—¿Aprender qué? —preguntó para asegurarse de haberla entendido correctamente.

—Quiero aprender a usar el *halaf* —dijo ella.

El corazón de Meir-Anschil se llenó de orgullo. La sangre de los *shochetim* corría por sus venas, pensó, y luego recordó aquella mañana, un año atrás, cuando había encontrado a Fanny acostada bajo la sábana blanca al lado de su madre muerta. La niña había sostenido la mano de su madre y no había sido disuadida por la danza del alma al abandonar su cuerpo. Había sentido la necesidad de ser la última persona en despedir al cuerpo, el sentimiento exacto que empujaba a Meir-Anschil a reportarse a las puertas de la aniquilación cada una de las mañanas. Si había algo que Meir-Anschil detestaba era a los santurrones que se alimentaban de carne, pero sentían repulsión por la muerte y la sangre. Se quejaban de los gritos y chillidos y querían mover el matadero fuera de la ciudad para alejar el olor de los cuerpos. ¿Y entonces qué comida servirían en sus mesas?

Era impensable que una niña aprendiera el negocio de un matarife, mucho menos una futura madre y esposa. Sin embargo, violando por completo los deseos y las órdenes de su padre, Fanny se aferró a su propio plan y Meir-Anschil comenzó a notar señales preocupantes en el comportamiento de su hija. Primero que nada, aunque Mende sabía cómo remendar ropa a la perfección, Fanny no había aprendido una sola cosa de Sondel Gordon. En segundo lugar, Meir-Anschil la encontró husmeando en el matadero en dos ocasiones posteriores. En tercer lugar, durante los días de lluvia el techo comenzó a gotear en distintos lugares y cuando Meir-Anschil subió a revisarlo, descubrió que muchas tejas habían sido desprendidas. En cuarto lugar, el abrecartas había desaparecido de la mesa de la cocina y fue encontrado después en la habitación de Fanny. Y en quinto lugar, Meir-Anschil comenzó a encontrar profundos cortes en los muebles de la casa.

Lo que sea que Fanny pudiera negar, lo negó: el espiar, las tejas, los cortes en la madera, y más. Pero luego, una tarde, él se asomó al cuarto de su hija y la vio blandiendo el abrecartas con la mano izquierda y sosteniendo a una criatura imaginaria con la derecha; Meir-Anschil supo que estaba en grandes problemas. Sin embargo, un hombre como él no se entregaba a la angustia, así que prohibió que volviera a ocurrir aquello que presenció y aceptó aquello que estaba oculto a sus ojos, con la esperanza de que el capricho pasaría. Y luego el rabino fue a verlo a petición de Sondel Gordon, quien tenía miedo de hablar con Meir-Anschil sobre su hija menor pero quien también estaba preocupado por el abrecartas, el cual, al parecer, había estado usando para desmembrar insectos en el piso de la tienda.

El rabino le aclaró a Meir-Anschil que le hablaba de un padre a otro. Después de todo, Fanny había perdido a su madre recientemente y su rechazo a la costura junto con sus actividades con el cuchillo seguramente eran indicadores de que estaba pasando por tiempos difíciles. Era mejor prestarle atención especial y tal vez buscar la ayuda de una mujer; el Todopoderoso sabía que una niña necesitaba a su madre. De cualquier modo, debía quedar claro que no deseaba interferir en la crianza de la niña. Hasta donde a él le concernía, incluso podía convertirse en una *shochet* femenina, si así lo decidía el honorable caballero. Era sólo que sería mejor ponerla en el camino recto y seguro y evitar sellar su destino por un capricho infantil y por lo tanto…

—¿A qué se refiere con que «incluso puede convertirse en una shochet femenina»? —exclamó Meir-Anschil.

—No era mi intención ofender —dijo el rabino.

—¿Puede ser una shochet femenina?

—Perdóneme —dijo el rabino, levantando ambas manos—, pero esta conversación no se trata de eso.

—¿Las mujeres pueden hacer sacrificios religiosos? ¿Pueden llevar a cabo el acto?

51

—Es mejor que no. Pero eso no importa. La cosa es que…

—Si es así, ¿por qué está prohibido que lo practiquen?

—Pues —murmuró el rabino—, no hay una prohibición explícita y nuestras leyes lo permiten en principio, pero los más importantes gobernantes halájicos recomiendan que es mejor que las mujeres eviten practicar el negocio, debido a su timidez y fragilidad intrínsecas. Pero, discúlpeme, no es eso por lo que he venido a visitar al honorable caballero; no es eso lo que está en juego.

Al día siguiente, Meir-Anschil invitó a Fanny al matadero. Las condiciones quedaron claras: debía mirar en silencio. Le dio un enorme delantal viejo y la sentó en un banco en la orilla. Así es como él mismo empezó a los diez años; recordaba haber sido enviado a casa dos veces a causa del mareo y el vómito. Por la tarde, su padre fue a su habitación a decirle: «es cierto, no habrá belleza en tu mundo, pero a tu familia no le faltará nada». Había odiado a su padre por decirle aquello y siempre se sintió torturado por la profesión que le había sido heredada. Ahora sentía una punzada de arrepentimiento por no haber detenido a su hija de seguirlo en el mismo camino.

—¿Estás lista? —le preguntó a Fanny, esperando que cambiara de opinión.

Ella asintió.

Trajo al redil a un orgulloso carnero. Lo empujó hacia el suelo atado de tres patas. El carnero luchó con su cabeza y pateó con su pata libre, pero el *shochet* evadió con pericia los golpes. Llevó el *halaf* hacia el cuello del animal y, con un agudo gesto maestro, le rebanó la tráquea y el esófago.

Meir-Anschil miró a su hija mientras el carnero convulsionaba en una alberca de sangre. En vez de buscar consuelo en los ojos de su padre, Fanny tenía la mirada clavada en los últimos estertores del animal. No parecía sentir ningún tipo de miedo, sino que consideraba el trabajo como una suerte de juego. Cuando él se le acercó con el delantal manchado, ella acercó sus dedos para tocar la sangre y cuando el carnero dejó de moverse, Meir-Anschil le sostuvo el brazo para mostrarle cómo mover el cuchillo. La niña se detuvo sobre la alberca de sangre y miró el cuello del carnero, aparentemente lista para llevar a cabo el acto ella misma.

—¿Te das cuenta de que éste es un animal? —le preguntó su padre—. ¿Te das cuenta de que estaba vivo?

—Sí, me doy cuenta.

Miraba a su padre expectante y tensa, durante meses y meses esperó el momento de dejar el mundo de la teoría para entrar al mundo de la práctica. Mientras tanto, aprendía el procedimiento de su padre y lo ayudaba a echar tierra sobre la sangre derramada. Más de un año después, en su cumpleaños número doce, Meir-Anschil le dio un pequeño cuchillo para matar pollos. Fanny estaba encantada y lo afilaba con regularidad, e incluso le pidió a Mende que le cosiera una muñeca para que pudiera practicar.

Mende se rehusó tajantemente. En lo que le concernía, tanto su padre como su hermana habían perdido la cordura. Concluyó que ahora debía pasar más tiempo con la familia de Sondel Gordon. Mende sabía que cada vez menos gente miraba con buenos ojos las tonterías de su hermana menor y que estaba cerca el día en que tendrían que mudarse a otro sitio, por lo que el negocio de su padre se iría a la quiebra y entonces ella, la hermana mayor, no encontraría un *shidduch* adecuado. Por lo tanto, se mostraba siempre cortés, cumplía los mandamientos con avidez y se aseguraba de parecer gentil y modesta frente a cualquier hombre con el que se encontraba. Sabía que la gente había comenzado a llamarla «Mende Gordon» a sus espaldas, pero pensó que este apodo malicioso podría trabajar a su favor. De cualquier manera, era mucho mejor que el apodo de su hermana: *die vilde chaya,* el animal salvaje.

V

Fuese o no un animal salvaje, Fanny ciertamente demostró un extraño talento desde el inicio. Generalmente quienes experimentaban por primera vez el *shochetim* se alarmaban cuando un gallo asustado batía sus alas. Retrocedían ante el pico que buscaba morder y se veían azorados por el indomable deseo de vivir del ave. Usualmente terminaban cortando la garganta con manos temblorosas o incluso desprendiendo por accidente la cabeza del cuerpo del gallo. Fanny sabía que el corte tenía que hacerse con una mano firme y controlada, nunca frenética. Inmovilizaba al gallo con una mano, tomaba las alas con la derecha y con dos movimientos de la izquierda, atrás y adelante, le rebanaba la tráquea y el esófago. Luego, en vez de dejar al animal agonizar en un batir de alas y piernas en un charco de su propia sangre, como era costumbre, lo sostenía contra su pecho hasta que sentía cómo el alma abandonaba sus brazos y sólo entonces cubría la sangre con tierra y le sonreía a su padre.

Meir-Anschil miraba a su hija con una mezcla de orgullo y miedo. Durante dos años completos, Fanny sacrificó principalmente gallos y corderos, y he aquí que los clientes amaban su trabajo. Judíos de toda la ciudad venían para ver la maravilla con sus propios ojos y no había un contraargumento sólido, como la prohibición halájica explícita, que sus detractores usaban contra ella. No se permitía que los clientes entraran al matadero, pero el prospecto de ver a la delgada niña con rizos rubios y ojos de lobo en el patio del matadero era suficiente motivo para que se tomaran las molestias de viajar hasta Grodno. Saciaban su imaginación en las tabernas y descansaban sus cuerpos en las posadas; y los residentes de Grodno rápidamente se dieron cuenta de que la hija de Meir-Anschil era buena para los negocios. Los mercaderes adornaron la leyenda del «animal salvaje» y contaban cómo abrazaba sin miedo a los animales para producir carne *kósher* y cómo nadie blandía el cuchillo mejor que ella. «El Santísimo guía el trabajo de su mano izquierda», decían, y si se queman ofrendas hechas con su carne, llegarán bendiciones sobre los comensales y protecciones contra el mal de ojo. En poco tiempo no hubo una sola persona en Grodno, judía o gentil, que no quisiera llevar su ganado para ser sacrificado por el animal salvaje.

Un hombre como Yankel Kriegsmann, pobre como era, no podía desperdiciar semejante oportunidad. Comenzó a merodear el matadero ofreciendo bendiciones del abuelo del animal salvaje a cambio de unos kopeks. Meir-Anschil decidió que era hora de perdonar a su suegro por sus malas acciones y le ofreció trabajo pagado limpiando el matadero.

Yankel Kriegsmann se reportaba al trabajo cada tarde y limpiaba hasta que quedara impoluto. Realizaba sus deberes con una dedicación silenciosa, como si buscara enmendar su camino y poco a poco recuperar la confianza de su yerno. Meir-Anschil y su hija le delegaron la tarea de cerrar y, luego de que ellos se iban, él barría el suelo, lavaba las paredes y levantaba los desperdicios que recogerían los perros callejeros. Se aferraba a esta última tarea porque no quería volver a su solitaria casa vacía. Pasaba largo tiempo mirando a los perros alimentarse de la sangre y el desperdicio de tejidos, sintiendo que expiaba sus pecados y creyendo que hacía algún bien en el mundo.

No obstante, Kriegsmann terminó enfurecido a causa de uno de estos perros callejeros; su nombre era Tzileyger, un sabueso con tres patas y la cadera desviada, cuya timidez y debilidad lo dejaban eternamente hambriento y demacrado. Tzileyger esperaba a que los otros terminaran de oler, lamer y masticar la comida del día y sólo entonces se permitía caminar, titubeante, sobre sus dos patas delanteras y una trasera hacia el montón de desperdicios.

Kriegsmann decidió enseñarle al perro a marcar su territorio y le impidió el paso a la comida una vez que el resto de la jauría se hubiese marchado. Cuando veía a Tzileyger husmeando nervioso detrás del matadero, lo acorralaba, lo golpeaba con un palo y le lanzaba piedras. Una vez, una de las piedras golpeó la pierna delantera de Tzileyger y durante semanas el perro caminó sólo con una pata trasera y una delantera —que por fortuna estaban en lados opuestos, de manera que podía mantener el equilibrio—. El perro se veía obligado a esperar a que Kriegsmann se fuera y probaba suerte una hora después, pero el viejo, que no tenía otra cosa que hacer, siempre volvía para sorprenderlo bajo la luz de la luna.

Eventualmente, Tzileyger se rindió y comenzó a buscar su alimento en otros lugares, pero Kriegsmann no cedía. Por las tardes, se escabullía con restos de huesos y carne para atraer al perro a su casa con silbidos y «pss, pss, pss». Lo guiaba entre las calles lodosas de la ciudad hasta llegar a su casa, donde colocaba un tazón de carnada frente la puerta de la entrada, silbando y llamando: «Tzileyger, tramposo, ven por un bocadillo». Luego se asomaba desde su ventana y lanzaba una piedra cada vez que el perro se acercaba. Pero la tentación era demasiado grande para un perro muerto de hambre que, a pesar de las piedras que golpeaban su cabeza, conseguía de vez en cuando tomar un hueso que sería su sustento por varios días, masticando con placer en un hueco que había encontrado bajo los escalones de la casa de Kriegsmann.

Una mañana, el viejo despertó al olor de carne putrefacta y encontró restos de pollo y bolas de pelo en el espacio entre su casa y el terreno. Imaginó que ahí sería donde el perro desaparecía cuando lograba robar un trozo de hueso. Fue entonces cuando decidió enseñarle una última lección a Tzileyger: una trampa sofisticada. Sacó el tazón de comida como cualquier otra tarde, pero falló a propósito en lanzar las piedras al perro. Cuando vio que éste tomó un hueso jugoso, se escondió en el hueco de Tzileyger con su palo. Fanny, que iba caminando cerca de casa de su abuelo en el momento preciso, observó hasta el último detalle del incidente. Tzileyger, tomado por sorpresa, recibió los golpes de Kriegsmann con chillidos y aullidos: una de sus piernas delanteras estaba rota y su cuerpo tenía heridas graves, pero su mandíbula seguía fuertemente aferrada al hueso.

Fanny no dijo nada.

Yankel Kriegsmann estalló en carcajadas al ver la tenacidad del perro e intentó arrancarle el hueso del hocico y Fanny vio a Tzileyger exponer sus dientes filosos, gruñendo. El abuelo estaba tan enfurecido por la insurrección del perro que comenzó a jalar del hueso con una mano mientras seguía golpeando con el palo de la otra mano hasta que finalmente, triunfante, ganó el botín. Pero su triunfo terminó por ser su derrota. Los ojos del perro brillaban con odio. Fanny lo vio reunir coraje y saltar sobre el viejo con sus últimas fuerzas. Luego, con una ira que Fanny nunca había visto, el perro mutiló por completo la cara de su abuelo: desgarró su piel, le arrancó una oreja y le sacó los ojos.

Fanny quedó paralizada durante unos segundos. Era la primera vez que había visto a un animal tomar venganza. Cuando volvió en sí misma, intentó asustar al perro con su cuchillo, pero Tzileyger saltó sobre ella también, le mordió el brazo izquierdo y desapareció. Sobrecogida por el dolor, sentía que le arrancaban el brazo del cuerpo. Su abuelo yacía en la entrada de su casa, inconsciente y sangrando. Cuando llegó el doctor, logró detener el sangrado y limpiar las heridas del viejo, pero cuando volvió al día siguiente con ungüentos y medicinas, le dijo a Meir-Anschil: «me temo que sobrevivirá». Sólo quienes vieron la imagen horrorosa que era Yankel Kriesmann aquella noche entendieron a qué se refería el médico. El viejo nunca volvió a aparecer en público. Apenas y podía escuchar, su dieta ahora se limitaba a sopa tibia de pepino y su muerte ocurriría hasta el siguiente invierno.

Nunca se volvió a ver a Tzileyger en Grodno y desde aquel día, Fanny se rehusó a volver a sacrificar animales o a comer su carne. Cuando su padre objetó este cambio de opinión e intentó sermonearla diciendo que «los humanos tienen preeminencia sobre las bestias», ella lo miró y le dijo: «depende de qué humano y de qué bestia».

Fanny ya no necesitaba sacrificar para evocar el recuerdo del pecho de su madre y, unas semanas después, le pidió a su padre que encontrara un *sidduch* apropiado que compartiera sus principios. Meir-Anschil le prometió el universo al casamentero, Yehiel-Mikhl Gemeiner, quien a su vez dio algunas sugerencias, las cuales fueron rechazadas porque el casamentero no comprendió los *principios* de Fanny. Finalmente, Yehiel-Mikhl Gemeiner se vio forzado a viajar hasta Motal, donde escuchó sobre Natan-Berl Keismann, un golem corpulento y más bien lento que era mayor que Fanny por quince años. Natan-Berl había heredado un negocio de producción de quesos en el pueblo de Upiravah y se había creado un nombre como el granjero de ovejas más exitoso de todo el distrito.

El *principio* que guiaba su trabajo, le comentó en secreto a Yehiel-Mikhl Gemeiner, no era una forma especial de salar o un proceso especial de cuajado, sino mantener un rebaño pacífico y calmado, eso era todo.

—¿Esto es conmensurable con sus *principios*? —preguntó el casamentero a Meir-Anschil, sin molestarse en ocultar el tono de burla en su voz.

—Si encuentras un *sidduch* para Mende cerca —respondió Meir-Anschil—, enviaré a ambas a Motal.

VI

Antes de salir de su casa, en la segunda hora después de la medianoche, Fanny acarició la inmensa espalda de Natan-Berl mientras dormía. Recorrió con sus dedos los vellos negros de sus hombros. ¿Cómo podía alejarse de su extraño oso? ¿Cómo se atrevía a atormentarlo, cómo podría hacer a sus hijos tan miserables?

A sus propios ojos, Natan-Berl es tosco, grosero y ella sabe que no confía en sus propios pensamientos. Espera a que ella apruebe cada oración que sale de su boca y formula sus ideas con ella antes de presentarlas a otras personas. Antes de irse a dormir, le gusta fumar un cigarro en la cocina y escucharla hablar de su día. Sin embargo, en las semanas recientes, Fanny apenas ha sido capaz de hablar. Se ha sentado frente a él con un rostro inexpresivo: «Natan-Berl, tenemos que hacer algo con Mende», y él sabe muy bien que no hay mucho que pueda hacerse.

Su esposa quiere arreglar el mundo entero, pero Natan-Berl tiende a pensar que una persona no puede labrar el camino de los demás. Zvi-Meir quería alejarse de su esposa y lo hizo. ¿Qué puede hacer Fanny sino consolarla y darle ánimo? Debería sentarse al lado de su hermana hasta que sane y hacer todo lo posible para que regrese al bote de Zizek. Pero Fanny, por otro lado, es implacable en sus ataques: «claro que piensas eso, Natan-Berl». Y él se pone a la defensiva porque no ha hecho nada.

—Exactamente —dice Fanny—, no has hecho absolutamente nada, Natan-Berl.

Y él, que adora escucharla decir su nombre, fracasa en comprender qué más puede hacer. Cada mañana se levanta a ordeñar a las ovejas y cabras, atender al rebaño, sus manos están llenas de trabajo desde el amanecer hasta el atardecer para proveer a su familia. Un cordero enferma, los pastizales se vuelven pantanosos y tiene que alejarse a pasturas más remotas. Mañana tiene que limpiar el corral y la semana siguiente tiene que arreglar la cerca. Y si ella tiene que cuidar a Mende durante el día, ¿quién va a encargarse de batir?

—Lo único que hay en tu cabeza es leche, Natan-Berl —dice Fanny mientras se aleja—, y así es como el mundo va de mal en peor.

¿El mundo? Natan-Berl está perplejo. ¿Qué tiene que ver él con «el mundo»? Es un concepto que le parece imposible de aprehender, y las personas lo utilizan de modos que no comprende. A menudo escucha a los demás quejarse: «¿en qué mundo estamos viviendo?». Pero en lo que a él concierne, el mundo es como es; es como es y no puede ser de otro modo.

—Claro —se burló Fanny una vez—. Mientras las ovejas estén en calma en el corral de Natan-Berl, no importa que en el resto del mundo sean golpeadas y torturadas.

—En serio, Fanny Keismann —respondió él, ofendido—. Tengo una familia a la que cuidar.

A Fanny se le ocurrió algo repentinamente. La injusticia que atiza al mundo se deriva del sencillo hecho de que ella y Natan-Berl tienen una familia a la que cuidar: porque ella cuida a sus propios hijos, sufren los hijos de otras personas, y porque no está dispuesta a arriesgar los cimientos de su propia casa, las casas de los demás se desmoronan. Basta con mirar a aquellas mujeres, por ejemplo, cuyo primer deber es hacia sus hijos y cuya maternidad es la fuente de su virtud: aceptarían cualquier injusticia siempre que su propio lugar seguro permanezca intacto. Si esas mujeres salieran de sus hogares para cuidar a los demás, maridos como Zvi-Meir no se atreverían a abandonarlas en un abrir y cerrar de ojos; pero la injusticia siempre tiene agentes silenciosos en acción y cada aflicción que ocurre en un lugar es posible sólo porque en otro lugar se acepta silenciosamente. Ella es cómplice del crimen que ocurrió en el hogar de su hermana. No, no una cómplice. Peor que eso, una perpetradora.

El mundo no puede repararse porque son las rupturas las que lo hacen seguir girando. No hay una sola judía lista para salirse de su camino y arreglarlo. Ni siquiera ella.

59

No espera nada de los hombres. ¿Por qué socavarían su lugar de amos? ¿Por qué renunciarían a los títulos que se les otorgan, en ausencia de cualquier impugnación? Todos en Motal saben que Zvi-Meir ha abandonado a su familia, pero no han enviado a nadie a Minsk. Se precian de ser una comunidad unida con un rabino influyente, y lo último que quieren es agitar las aguas. Todos condenan enfáticamente al esposo pródigo, pero al no perseguirlo se reservan el derecho de hacer lo mismo. Sus denuncias a Zvi-Meir consisten en palabras vacías y nada de acción.

—Natan-Berl, deberíamos ir a Minsk. Debemos traer de vuelta a ese miserable Zvi-Meir.

—¿A Minsk? —dice confundido.

—Iremos todos juntos, Natan-Berl; los niños estarán encantados. La gente dice que Minsk es una ciudad maravillosa. Allí no hay un solo judío hambriento. Los llevaremos al teatro.

—¿El teatro? —murmura Natan-Berl.

—Ahora es el momento, Natan-Berl; ahora que los pantanos están secos y es fácil conducir por los caminos. En unas semanas el lodo y el hielo no nos permitirán movernos. Estaremos atrapados.

Natan-Berl no dice nada. Ella puede ver que él alza sus barreras protectoras y ella se llena de remordimiento. ¿Por qué lo tortura? Desquita todo su enojo hacia Mende contra él. En vez de llenar los oídos de Mende con charlas vacías, debería de hablar con su hermana sobre su salto al río y asegurarse de que nunca vuelva a perder las ganas de vivir; pero en vez de traer a Mende a sus cinco sentidos, se escabulle bajo la sábana blanca y toma su mano inmóvil y, por la tarde, desahoga el enojo con su esposo.

Un día, Fanny se arma de valentía. Espera a que Rochaleh se vaya a recolectar agua y cierra la puerta de la habitación de Mende tras de sí. Se sienta sobre la cama, acaricia la cabeza de su hermana mayor e intenta hallar un lugar para asirse dentro de sus ojos vacíos. Busca todas las palabras de autoridad que han venido a su mente incontables veces antes de aquel momento, pero su voz está enjaulada porque puede ver que su hermana no quiere *Tikún Olam*, no quiere reparar el mundo, no quiere que su alma se enmiende. Mende siempre ha querido sólo una cosa: un esposo e hijos o, en una palabra, familia. Sin uno de sus componentes, Mende no se siente completa, ciertamente no se siente fuerte y se rehúsa a salir de su dolor en aras de ser reconocida con un «qué valiente eres». Para ser franca, el estatus de *agunah*, una esposa sin esposo, no combina con su carácter y la precaria situación de su familia contradice su fe. El *dybbuk* que poseyó a Mende no es nada más que tristeza y furia a ser forzada, en contra de su voluntad, al mundo del pecado. No sufre por Zvi-Meir; anhela la autoridad de un esposo y la vida de una mujer casada. No vive por el bien de Yankele y Mirl, sino por el bien de ser madre. Por eso Fanny no dijo nada y se levantó de la cama para sentarse en una silla al lado de su hermana por unos momentos. Más tarde dejó la casa y caminó al norte por los angostos caminos de la ciudad hasta llegar al río Yaselda, donde se encontró con el bote de Zizek. Él la dejó abordar y remó atrás y adelante, de una orilla a la otra. ¿Por qué hizo eso? No lo sabe. Tal vez esperaba que Zizek dijera algo o que se detuviera en el punto en que su hermana se había lanzado; pero Zizek remó constante, calmo y sin detenerse, con expresión lejana y con un movimiento constante; fue entonces cuando Fanny se dio cuenta de que no había sido una coincidencia que, de entre todos los lugares, fuera en el bote de Zizek que Mende se percatara que su destino estaba escrito. Debió de haber sentido que así era como ella flotaría por los años, cómo diez meses de esperar a Zvi-Meir se convertirían en cien y cómo terminaría su vida igual que Zizek, con un movimiento constante hacia el sinsentido.

Luego, una intrépida idea atravesó la mente de Fanny y se atrevió a decirla en voz alta. Zizek mantuvo el semblante impávido, pero de algún modo ella supo que la había escuchado y comprendido. Todo lo que dijo fueron dos palabras, pero durante la segunda hora después de la media noche, mientras dejaba su casa con pesar, esperaba que Zizek encontrara la manera de ayudarla.

Aquella tarde se mostró sumamente emotiva con sus hijos, saltando, bailando y abrazándolos demasiado.

—¿Qué te pasa? —preguntó Gavriellah, la mayor—. Estás muy rara.

—Confío en ti, Gavriellah Keismann —dijo Fanny entre lágrimas, y los ojos de su hija la escrutaban con sospecha.

Cuando Fanny durmió a sus hijos, fue a ver a Natan-Berl a la cama y acarició durante un largo tiempo su espalda baja. Cuando la casa resonaba con las tiernas respiraciones de sus hijos dormidos, fue a la cocina y se sentó a meditar en la mesa.

Antes de salir a la oscuridad, de pronto se le ocurrió que debía dejar una nota, pero la emoción le drenó las palabras del cerebro. ¿Qué podía escribir? ¿Qué explicación justificaría abandonar a sus cinco adorados hijos y a Natan-Berl? Finalmente, arrancó un trozo de papel y anotó «volveré muy pronto», pero de inmediato detestó el mensaje críptico y en su lugar escribió «cuídense hasta que regrese». Quiso cambiar también aquel mensaje, pero se le terminaba el tiempo, así que dejó la nota sobre la mesa y salió.

Eran altas horas de la noche cuando se encontró con el cochero, Mikhail Andreyvich, como habían acordado, con su carreta —y un fusil para usar contra las bestias feroces—, y le pagó una considerable suma para asegurarse de que la reunión permanecería en secreto. Juntos condujeron al norte, hacia Motal, sorprendiendo a las lechuzas en las ramas más altas de los pinos y asustando a los venados. Avanzaron por el camino principal de Motal. Los perros corrieron detrás de las ruedas hasta que salieron de la ciudad, pero no se encendieron lámparas dentro de ninguna casa, gracias a Dios. Cuando llegaron al río encontraron el bote vacío de Zizek. La oscuridad era profunda.

Zizek emergió de entre los arbustos sosteniendo una lámpara. Rápidamente empujó su bote hacia el río y ayudó a Fanny a subir a bordo, luego saltó él mismo y remó con tranquilidad hacia la orilla norte. Cuando llegaron al otro lado, no sabía cómo agradecerle: las palabras y el dinero no significaban nada para Zizek. Así que tocó su brazo brevemente, pero él la sacudió, nervioso, alarmándola. Ella bajó del bote hacia el suelo pantanoso y mientras emprendía el camino se dio cuenta de que él iba detrás. Caminó hacia el pueblo más cercano, donde sabía que encontraría negocios que podrían ayudarla a rentar un carro con caballos al amanecer. Zizek aún la seguía. Comenzó a temer que quizá le había confiado demasiado. Él nunca dejaba el Yaselda, y ahora seguía sus pasos que se alejaban de las orillas del río. Fanny comenzó a formular un plan para deshacerse de él y tocó el cuchillo en su muslo.

Repentinamente, Zizek la rebasó, tomó la delantera e hizo que lo siguiera hacia una arboleda, donde descubrió dos caballos ocultos y un carro que había dejado listos. La ayudó a subir al asiento del vagón, tomó las riendas y puso en marcha a los caballos. Ahora su firme movimiento de remos había sido reemplazado por el tirar las correas de los caballos. Nada se movía en su rostro. Sus ojos brillantes estaban fijos en la estrella polar, que lo ayudaba a navegar su ruta hacia Minsk y las dos palabras que Fanny le había dicho aquella tarde guiaban su camino y se mezclaban con los latidos de los caballos. *Zvi-Meir...*, *Zvi-Meir..., Zvi-Meir...*

TELEJANY

I

La noche aprieta a Fanny, penetra su piel y se expande, llenándola con la noción repentina de su propia libertad. El ser humano fue dotado con cinco sentidos para percibir la creación —vista, oído, olfato, gusto y tacto—, y sólo un sentido, el sentido de libertad, le fue dotado a la creación para percibir al hombre. La presencia de Dios la utiliza para examinar el corazón humano y distinguir entre sirvientes, maestros y aquellos que no son ni lo uno ni lo otro y, en este momento, Fanny puede sentir a la libertad poniendo a prueba sus huesos, haciendo cantar a su alma y latir a su corazón. Siempre había sospechado que el buen Dios de las alturas no se satisface con tener entre sus creyentes a los que obedecen ciegamente.

Y luego, de la nada, la asalta una punzada de culpa. Natan-Berl estará devastado por lo que ha hecho y sus hijos la extrañarán terriblemente. ¿Quién más susurrará en sus oídos las primeras palabras que escuchan cada mañana? ¿Quién cocinará sus alimentos? ¿Quién vestirá sus cuerpos delicados y alejará sus malos sueños? ¿Qué libertad es ésta si está ligada por la traición y el tormento? Cada día de sus vidas ha tallado un camino en los cuerpos de sus hijos, en los rincones de sus almas y las grietas de sus corazones. Los ha despertado, alimentado, bañado y vestido; ha jugado con ellos y los ha consolado, cada día grabando nuevas señales de la maternidad en su carne. Se necesitaban pocas palabras; podía registrar los secretos más profundos simplemente por el hecho de escuchar el tono de sus voces. Para ella era suficiente con observar cómo servían su té o comían su arroz mientras sus almas temblaban. Nunca le dijeron una sola cosa que ella no supiera

65

de antemano ni reportaron nada que le resultara en noticias nuevas; todo lo que le dieron fueron los más dulces recuerdos. A sus ojos, sus hijos son eternamente jóvenes, desde bebé Elisheva hasta la mayor de ocho años, Gavriellah, cuyo coraje Fanny reconoció desde el momento en que emergieron de entre sus piernas al nacer. Ahora su desaparición súbita los marcaría con una fea cicatriz. Había roto su rutina y su estabilidad. La libertad de Fanny era la prisión de sus hijos. ¿Qué clase de madre era?

Sin embargo, desde el momento en que la idea de que debía emprender este viaje se posó en su mente, sentía que era su deber abandonar su hogar. Tal como en el momento de dar a luz a sus hijos, cuando el deseo abrumador de cuidarlos se fundió con su obligación de ser madre, ahora sabía bien que la libertad y la necesidad se entrelazan. Cuando vuelva, le explicará a sus hijos que decidió no pensar en el sufrimiento de su hermana como un decreto divino. Tenía que ir hasta Minsk para traer a Zvi-Meir de rodillas.

A Fanny le desagradaba Zvi-Meir incluso desde antes de que se casara con su hermana. Lo habían expulsado de la Yeshivá de Valózhyn —evidentemente no era buen estudiante— y, sin embargo, nunca había dejado de repartir las perlas de sabiduría que había recogido de la Guemará, señalando las contradicciones que creía haber encontrado en la Biblia. Siempre que la familia se sentaba a cenar y compartir sopa de fideos con col, pepinillos en conserva, kugel y pan de centeno, Zvi-Meir se sentaba a compartir también sus escrúpulos: ¿cómo era posible que Adán y Eva fueran castigados si habían recibido el don de la sabiduría sólo después de comer del fruto prohibido? Y claro, pronto la conversación se convertía en un monólogo entero porque Zvi-Meir no tenía interés alguno en escuchar a los demás y se adelantaba a cualquier cosa que pensara que podrían decir, incluso antes de que tuvieran la oportunidad de hablar. Si en algún momento cedía la palabra a los otros, sus oídos sólo captaban las palabras que su mente pudiera utilizar para apoyar sus sermones. Todas sus conversaciones terminaban del mismo modo, le decía a todos que debían de leer y estudiar un poco, y que, en primer lugar, era él quien se había equivocado por hablar de aquellos temas con semejante compañía.

Zvi-Meir merecía tenerlo todo y todos eran culpables de que no tuviera nada. Los rabinos en la Yeshivá de Valózhyn tenían la culpa de no haber cultivado sus talentos tan pronto como llegó. Los clientes tenían la culpa por no apresurarse a comprar sus mercancías en el mercado. Y Mende tenía la culpa porque, hasta donde le concernía al genio de Zvi-Meir, la intimidad debía consistir en su cara a cara consigo mismo y con nadie más.

Mientras tanto ella, Fanny, siendo testigo de la vergüenza de Mende, había elegido sentarse en silencio a la mesa para evitar traer aún mayores humillaciones a su hermana, pero Zvi-Meir nunca consideraba el silencio que seguía a sus sermones como un signo de hostilidad, sino como uno de victoria. Si tan sólo Fanny hubiese intervenido en aquel entonces, tal vez ahora no hubiese tenido que abandonar a sus dulces hijos y fugarse de su casa a esas horas propias de maleantes al acecho.

Zizek se quita su abrigo del ejército y se lo pone sobre los hombros a Fanny. Al inicio ella se alarma por el uniforme, que a sus ojos representa el poder aplastante del ejército, pero luego se acurruca en la tela cálida. Cuando el viento arrecia, abrocha los dos botones superiores y se percata de que Zizek está dando vuelta hacia el este, al lado opuesto del primer pueblo a las orillas del río. Fanny no entiende por qué es necesario este rodeo, pero no siente sospecha en lo más mínimo. Bajo cualquier otra circunstancia, ya habría empezado a planear la mejor manera de saltar de la carreta, pero en presencia de Zizek sólo se siente intimidada.

Con el primer rayo de sol se diluye la emoción de la noche, destellos sobrios brillan en la luz que pronto les llena los ojos. La niebla se evapora por completo. Ahora Fanny y Zizek están expuestos. Zizek se quita el uniforme, lo enrolla y lo guarda en una gran caja de madera. Ésta es la primera vez que lo ha visto sin su uniforme y la gorra del ejército que siempre oscurece su rostro. Ahora se da cuenta de que aparenta casi sesenta años. Sus ropas consisten en una chaqueta de campesino sobre un par de pantalones raídos, ambos con olor a pescado. Además, tiene una gorra plana de color gris, igual a la que usan los gentiles, una faja roja que los lugareños utilizan alrededor de la cintura para atraer la buena suerte y sus pies ahora están cubiertos por unos simples zapatos de líber.

Sin ningún tipo de preámbulo, le quita la chaqueta del ejército de los hombros y Fanny se encoge en su asiento con mira implorante hacia los brillantes ojos de Zizek. Aunque él no le devuelve la mirada, ella le permite desabrochar dos botones de su vestido y que le quite la mascada de la cabeza. Él saca un abrigo café de lana, como los que usan las abuelas locales y le da un pañuelo blanco adornado con el emblema de Polonia. Cuando su transformación está completa, se miran fijamente: son dos lugareños, él ya no es un soldado y ella ya no es una judía, y una breve mueca de alegría recorre los labios rotos de Zizek, o eso parece.

II

Una parvada de cuervos grises se lanza en formación hacia el cielo, los mirlos buscan gusanos y una cigüeña adormilada mantiene un ojo medio abierto desde un viejo roble desnudo. Los caminantes del Ya-selda succionan el lodo de las ciénegas negras y Zizek detiene el carro justo al llegar a un alto montón de juncos y musgo. Desengancha a los caballos y los ata cerca de un estanque de agua; luego descarga un costal de heno del carro y Fanny lo sigue a lo largo de la corriente empinada y lodosa.

Se percata de que el caballo gris parece ser muy viejo. La piel le cuelga de la espalda como una manta, su cuerpo es delgado, su vientre flácido y su crin está salpicada de pelos plateados que le dan un aire de nobleza más que de sumisión. Mastica con descontento el heno que ella le ofrece, estirando el hocico hacia su mano, como instándole a que se dé prisa y termine de servirle el pienso. Su mirada permanece impasible.

El caballo color nuez es mucho más joven. Tiene ojos curiosos y su cola se mueve en círculos. La huele durante algunos momentos y luego vuelve a comer heno con urgencia. Fanny regresa al carro, que Zizek ha camuflado con carrizos. Ante ellos hay campos de trigo, avena y linaza, hay arbustos de moras y a la distancia incluso pueden ver papas listas para la cosecha del verano. ¿Cuánto tiempo pasarán aquí? No está segura. Zizek descarga estacas y una lona. Su plan parece evidente, sólo viajarán en la oscuridad porque viajar a la luz del día en territorio desconocido es demasiado peligroso para dos extraños desarmados como ellos; y mucho más considerando que no cuentan con los papeles de viaje requeridos para los judíos que viajan entre países.

Zizek asegura las estacas en la tierra, pero no ata con demasiada fuerza la lona, seguramente para poder empacar y huir lo más rápido posible si lo requieren. Ajusta la posición de la tienda, manteniéndola baja para que tengan vista directa hacia los caballos y al mismo tiempo se mantengan ocultos de quienes viajan por el camino principal. Ella está sorprendida por las meticulosas preparaciones para su viaje y por el cuidado con que cada paso del trayecto ha sido preparado, y siente vergüenza por no haber traído nada más que dinero, pan y queso. Había pensado detenerse en los pueblos a dormir en posadas, hacerse de un camino con sus rublos y tomar el primer tren desde Baránavichi hasta Minsk. ¿En qué había estado pensando? ¿Creía que podía viajar entre un pueblo y otro con un montón de dinero en sus bolsillos sin levantar sospechas? ¿No atraería la atención con su acento extraño? Y, ¿qué asunto podía tener una judía del condado de Grodno en Minsk? ¿No le pedirían que mostrara su pasaporte? Y ahora, mientras Zizek descarga bolsas de papas y vegetales, ella comprende que no tiene la intención de hablar con una sola persona hasta que lleguen a Baránavichi.

El aire se torna agobiante. Zizek saca una botella de agua y se la pasa. Hay un problema que ninguno de los dos había anticipado: el sol abrasador de Polesia que durante tres semanas al año se vuelve insoportable. Hay una ventaja clara: durante el calor, los pantanos se secan y los caminos se vuelven más sencillos de transitar. Por otro lado, la tienda dispuesta por Zizek es como un horno y la luz del sol golpea despiadada, mientras la única sombra en millas está tras una colina demasiado cercana al camino principal. ¿Cómo van a descansar en estas condiciones? Sintiendo el malestar de Fanny, Zizek estira la lona para crear más sombra. Pero el calor y los pantanos atraen hordas de mosquitos a un cónclave urgente, y sus cuerpos sudorosos atraen moscas a puñados. Esta situación insoportable los mantiene despiertos y sus apetitos desaparecen por completo. Fanny sabe que dos días más de viaje como éste terminarán en un brote de cólera.

Zizek se acuesta sobre la tierra negra dándole la espalda a Fanny. Ella mete su cabeza en la tienda porque no puede soportar más el sol ardiente. Ahora que no tiene que cuidar niños ni mantener una granja, puede hacer lo que quiera, sin embargo, lo único que quiere es desaparecer. Si ahora estuviera en casa, ya habría lavado la ropa, cocinado, implorado a David que comiera algo y enseñado a Elisheva otro poema; cientos de acciones que cualquier persona podría hacer en su lugar, pero cuyo significado particular proviene del hecho de que ella, Fanny Keismann, es quien las está haciendo. Un espectador no habría percibido nada especial al respecto de su vida, no notaría la exuberancia de su lógica interna… Sólo miren a la pobre bruta, no ha tenido ni un día completo de libertad y ya extraña su casa.

Las moscas e insectos eliminan cualquier intención de dormir. Tan pronto como cierra los ojos siente algo subiendo por su pierna y picándole los tobillos. No lejos de donde está, suenan los susurros de un sapo…, ¿o es una nutria? ¿O una serpiente? Fanny se pone de pie de un salto; no hay modo de saber. El denso calor hace que incluso el tiempo se vuelva lento, pesado y sudoroso. ¿Cuántos días han estado de viaje? ¿Ni siquiera uno? Imposible. Y en tan sólo unas cuantas horas podrían estar de vuelta en el bote de Zizek y el tiempo recobraría sus dimensiones normales. Su desaparición pronto sería borrada de la memoria de su esposo y de sus hijos, y su travesía se olvidaría rápidamente. Su pasión por asegurar justicia por su hermana se reduciría a un breve intento y nada más. Han pasado cosas peores.

Justo frente a ella, la espalda de Zizek se mueve acompasadamente. Sus brazos están relajados y su gorra está boca abajo en el suelo a su lado. Fanny se pregunta si debería compartir con él sus inquietudes, pero sabe que la respuesta será el silencio. Si le pide ir de vuelta a Motal, él preparará los caballos y los guiará de vuelta por donde vinieron. El bote del Yaselda ha sido reemplazado por la carreta y Zizek está a su servicio. Pero ¿por qué él, de entre todas las personas, es quien ofreció su ayuda? ¿Cómo consiguió zafarse de su insignificante rutina diaria a orillas del Yaselda? Lo mira y sabe que, tal y como están las cosas, ellos ya no pueden volver. ¿Ellos? Sí. Ella y él.

Como si hubiese leído su mente, Zizek se levanta, guarda la tienda y dirige a los caballos de vuelta al camino. El caballo viejo se mueve con duda, probablemente tan exhausto por el calor como ellos, y Zizek aminora el paso. Fanny mira con aprehensión al hombre inmenso sentado a su lado; si siguen viajando a este paso, no avanzarán más de veinte o treinta verstas por noche. El camino a Minsk será más largo de lo esperado y ni siquiera se sabe si lograrán resistir ótro día como éste.

El rostro de Zizek no muestra expresión alguna, pero le pasa las riendas a Fanny y se gira para sacar un par de sacos de la parte trasera del asiento. Antes de que ella se percate, está preparando un espacio para que ella pueda recuperar sus horas de sueño. Y sin embargo ella se siente obligada a permanecer despierta a su lado, reconociendo que es la responsable de la situación en la que se encuentran. De manera que se encuentra batallando contra una fatiga tortuosa que hace a su cabeza caer de atrás adelante sin piedad. De pronto se despierta asustada porque casi cae del carro en movimiento. Zizek le pone una cuerda alrededor de la cintura y la asegura contra el banco del carro con un nudo bien apretado. Aceptando la derrota, admite el ir atada a su asiento y se da cuenta de que este viaje es un asunto mucho más complicado de lo que había previsto. Una pesada somnolencia desciende abruptamente sobre ella y sus sueños se ven envueltos en aromas de ron y aguamiel.

III

Durante el segundo día de su viaje, se detienen en un sitio más conveniente a orillas de un pequeño lago y bajo la sombra de sauces y juncos. Cuando el sol se levanta de nuevo, Zizek se da cuenta de que llaman demasiado la atención. A cuatro verstas de distancia pueden verse unas cuantas cabañas de madera, probablemente construidas de manera ilegal por los *mujik* que ya estaban hartos de tener que pagar rentas. Zizek decide guardar la tienda y permanecer en vigilia. Fanny intenta convencerlo de descansar un poco, pero su rostro, al igual que su determinación, permanece tan impávido como una roca. Sus oídos están alerta a cualquier sonido y él está listo para encarar cualquier amenaza que pueda aparecer.

La sombra reanima a Fanny y la nueva posición de descanso hace que se sienta más segura de que deben seguir adelante. Ella come una abundante comida de manzanas y pepinos que Zizek había empacado, y luego coloca a su lado un tomate y un par de ciruelas. En Motal existe el rumor de que la dieta de Zizek consiste en anguilas vivas que captura en el río. Otros creen que tras su apariencia modesta y andrajosa se esconde un millonario con una mansión lujosa donde hay mayordomos para servirle las comidas en porcelana fina de Kiev y verter vino francés en copas de Viena.

Zizek mira a Fanny como si buscara su permiso y, aparentemente contra su mejor juicio, toma una de las ciruelas. Su boca herida apenas y puede morder la fruta y su rostro se desfigura, como si se hubiese mordido la lengua. Fanny se da cuenta de que sus dientes están batallando contra la carne de la fruta, así que le quita la ciruela de las manos y la corta en trozos pequeños. Zizek no dice nada cuando recibe las rebanadas, pero ella se da cuenta de que ya ha puesto la mirada sobre la otra ciruela.

Come el alimento como una cabra vieja, masticando de manera monótona y torpe. Algo en la incongruencia entre su enorme tamaño y su gentileza le recuerda a Natan-Berl; pero mientras que los ojos de Natan-Berl siempre están llenos de una expresión de ternura, los ojos brillantes de Zizek no tienen vivacidad, angustia ni esperanza. La placidez infinita que se extiende por su cara es aterradora, como un lago sin peces que, sin embargo, apesta a peces.

Al medio día, sin que Zizek se dé cuenta, Fanny se levanta la falda y permite que la brisa sople entre sus piernas. Vestirse como campesina tiene sus ventajas; las conoce bien, viviendo en el campo como lo hace. Lejos de la gente de Motal, de vez en cuando se permite quitar varias capas de ropa y cuida de su jardín como si fuera una *shiksa*. Aunque sabe que su falta de modestia no obedece a los mandamientos halájicos, no se ve inclinada a pensar que está cayendo en una transgresión. Incluso en este mismo momento no siente la necesidad de orar y sin embargo siente la presencia absoluta del Todopoderoso rodeándola.

Protegidos por la oscuridad, vuelven a emprender el viaje y llegan al camino principal, donde se encuentran con carretas de buhoneros y mendigos en su camino a Telejany. La mayoría de las personas que viajan de noche tienden a ir de prisa y rara vez buscan compañía. Ellos no le producen miedo a Zizek. También hay algunos vagabundos con secretos que necesitan esconder, tal como ellos; pero hay otros ciertos tipos que la oscuridad incita a infligir daño y son éstos los que hacen a Zizek tener miedo.

Tan pronto como cruzan el canal de Oginski, unos cuantos borrachos les gritan, en un arranque de euforia, y Zizek se hace pequeño en su asiento y les dirige un saludo con la mano. No hay nada que un borracho odie más que ser ignorado y todo lo que uno tiene que hacer es reconocerlos en su alegría para que te dejen ser. Uno de la banda agita una botella y grita: «¡Vida! ¡Esto sí es vida! ¡Deberían probarlo, chicas!». Luego procede a suplicarle al conductor de su carro: «Detente, amigo, ¡vamos a conocer a esas bellezas!». Zizek se siente aliviado cuando los pasan de largo.

Cuando el camino se vacía, alrededor de la media noche, los ojos de Zizek comienzan a cerrarse de manera incontrolable. Al inicio se golpea las mejillas y se moja el rostro, pero cuando el cansancio empeora, se cambia de posición, se coloca de rodillas y se golpea la mandíbula con el puño. Fanny se ofrece a tomar las riendas —sabe moverse en la noche—, pero Zizek se pone de pie y urge a los caballos a galopar como un borracho demente con una botella de ron en la mano.

Un vagón cargado de costales de trigo se acerca a ellos y Zizek aminora la velocidad de inmediato. Una pareja de mediana edad va sentada en el vagón y pasa a su lado, saludando y deseando suerte.

—¿A dónde van, amigos? —pregunta la mujer, con el rostro oculto bajo el pañuelo del cabello que le llega casi hasta los ojos.

—Minsk —responde Fanny, sabiendo que Zizek no dirá una sola palabra.

—¿Y de dónde son, amigos? —inquiere la mujer.

—De Minsk —dice Fanny.

Zizek controla a los caballos para dejar que los campesinos los rebasen, pero ellos también aminoran el paso para viajar en paralelo. Hay un momento de duda mutua y Zizek evalúa todas las posibles rutas de escape. Si tan sólo hubiera estado más alerta, ya habría tomado otro camino, pero como no ve otra opción posible, detiene el carro por completo. Para su sorpresa, los campesinos también detienen el suyo, bloqueándolos por delante. La mujer los llama:

—¿Van a entregar mercancías?

—Sí —responde Fanny en polaco—. Papas.

Zizek le hace señales a Fanny para que termine la conversación.

—Deberían tener cuidado, queridos —dice el hombre, cuyas mejillas bien rasuradas brillaban a la luz de la luna y sus ojos estaban ensombrecidos por la boina—. A nosotros nos han atacado dos veces en este camino. Espero que estén armados, esta parte de Telejany está llena de ladrones.

Esta advertencia levanta las sospechas de Zizek, quien toma su látigo. El caballo viejo se tensa.

—Tu caballo está cansado —observa la mujer.

—Pero el otro caballo está alerta —dice el hombre—. ¡Vaya caballo! ¿Alguna vez habías visto un caballo como ése?

—No, Radek, ¡es un caballo maravilloso!

—¡Magnífico! —dice el hombre silbando entre dientes con admiración—. ¿Es éste el tipo de caballo que usarías para cargar papas?

—¡Un caballo tan adorable! —concuerda la mujer.

—A cambio del caballo —dice riendo el hombre llamado Radek— estamos dispuestos a dejarles las papas.

La mujer suelta una carcajada.

—¿Qué dicen, buenas personas? —Ella y Radek bajan del vagón, sumando al miedo de Zizek—. No dicen nada, Radek, ¿tal vez se les atoraron sus papas en la garganta?

—Tal vez están escondiendo algo.

—¿Crees que sean *zyds*? —dice la mujer, ahora caminando hacia ellos.

—El acento de la mujer me sonó extraño —dice Radek—. ¿Quién pronuncia Minsk como «*Miyansk*»?

—Tal vez alguien que no viene de Minsk, Radek.

—Tal vez alguien que no habla polaco, querida.

Zizek baja del carro, aún blandiendo su látigo. Bajo el manto de oscuridad intenta desatar las riendas para liberar a los caballos, con la idea de que Fanny pueda montarlos y escapar.

—Tal vez no sean *zyds*, Radek; los *zyds* no saltan de un vagón tan rápido. Los *zyds* se quedan pasmados.

Algo se agita entre los costales de trigo de los campesinos. Dos matones enormes se levantan de pronto y bajan para acompañar al hombre.

—Será rápido —dice la mujer mirando a Fanny y a Zizek y exponiendo sus dentadura rota—. Queremos todo lo que tengan en su vagón.

—Y también el vagón —añade Radek, ahora de pie, justo detrás de ella.

—Y al caballo —dice uno de los matones con una voz monótona—. ¡Qué caballo!

Ahora los tres hombres están detrás de la mujer. Zizek ve un mazo escondido detrás de la espalda de uno de ellos, y el destello de una daga en las manos de otro. Libera la rienda que faltaba y le hace un gesto a Fanny para que monte sobre el caballo joven.

—Zizek, hay que darles lo que quieren —susurra Fanny, temblando.

Zizek le indica que monte al caballo, tirándola con fuerza del brazo.

Fanny mira de nuevo a los bandidos y de pronto se da cuenta de que uno de ellos ha desaparecido. Antes de que pueda gritar una advertencia a Zizek, él recibe un pesado golpe sobre la cabeza y colapsa contra el suelo. Fanny grita e intenta subir al caballo, pero el otro matón arremete contra ella, la toma por la parte baja del vestido y la arrastra sobre su espalda. Zizek intenta ponerse de pie, pero un segundo golpe lo deja inconsciente.

El matón pone su pie sobre el hombro derecho de Fanny y le dice que se quede quieta. No puede respirar. Sólo puede mover los ojos, aún alerta. Mientras tanto, el hombre y la mujer comienzan a vaciar los costales. Gruñen y maldicen al no encontrar nada de valor. Frustrados, rompen los costales y vacían el agua, hasta que la mujer encuentra la caja de madera con el uniforme y el barril de ron. Con triunfo levanta el saco militar y grita:

—¡Radek, atrapamos a un soldado! —Luego se agacha a tomar del barril.

La banda celebra y el matón que había golpeado a Zizek sube al vagón y se pone el saco. El que estaba sobre el hombro de Fanny también sube para pelear por el botín y encuentra una playera, pantalones, faja y la chaqueta militar. Una vez que dividen el botín de acuerdo a una jerarquía que Fanny no comprende —principalmente porque la mujer parece estar a cargo de los otros— todos bajan del vagón y se acercan a Fanny.

—¿Sabes que es peor que un *zyd*? —pregunta la mujer. Y Fanny sabe la respuesta.

—Un asqueroso, traicionero polaco que se va a servir al ejército del zar. ¡Agh! —Escupe uno de los matones y patea a Zizek, que sigue inconsciente, justo en el estómago.

—¡Basta! —grita la líder, como si le costara concentrarse. Luego se agacha hacia el oído de Fanny y le dice, salpicándola con saliva—: Queremos que despierte el soldado, ¿sabes por qué?

Fanny está temblando. El aliento fétido de la mujer apesta a dientes podridos, *kvas* y carne salada.

—Antes de colgarlo, quiero ver a mis hijos cogerse a la puta de su esposa.

Los dos hijos estallan en carcajadas.

—La puta de su esposa…, buena ésa, *Mamaleh*…

Ahora Fanny debería de rezar o llorar o gritar, pero hay algo más que la incomoda: ¿cómo es posible que esta banda de bandidos sean familia? Imposible. La mujer debió haberlos recogido de la calle y luego los crió para volverlos ladrones. Pero luego Fanny se percata de cuán semejantes son todos, con los mismos ojos hundidos. Y, por alguna razón, saber que esta banda está hecha de algo tan convencional, como una familia, la ayuda a recuperar su ingenio. No está frente a los ángeles de la muerte, sino frente a gente ordinaria con carne y sangre, y, por lo tanto, con puntos débiles.

Uno de los matones está jalándole el cabello, el otro está desgarrando el cuello de su vestido y de pronto se ve a sí misma siendo arrastrada por la tierra como un animal. No le toma demasiado tiempo recordar la imagen de Tzileyger, el miserable perro de tres patas, y entonces su mano encuentra el camino hacia el cuchillo de carnicero que ha mantenido atado a su pierna desde que era una niña.

El hombre y la mujer intentan revivir a Zizek con agua y cachetadas y, mientras tanto, uno de los matones obliga a Fanny a doblarse sobre la plataforma del vagón. Mientras los hermanos pelean sobre a quién le toca detenerla y quién la tomará por detrás, ella levanta con cuidado su pierna derecha y con la mano izquierda libera el cuchillo y lo mantiene guardado cerca de su corazón. El matón que había tomado el saco del ejército se encorva frente a ella y ahora Fanny puede mirarlo a la cara. Los dientes prístinos y bien cuidados brillan entre sus mejillas rojizas y cubiertas de polvo. Tiene una nariz chata y delicada, y los ojos hundidos se mueven de arriba abajo como peces fuera del agua. Ella toma ventaja de su excitación para examinar con cuidado las arterias latiendo en su cuello y luego, sin pensarlo, le rebana la garganta con un único y ágil movimiento.

La sangre sale a borbotones desde su cuello hasta la cara de Fanny, su respiración se detiene, se le congela la boca y su mirada se queda fija. Cuando cae hacia la tierra con un golpe sordo, su hermano, tal vez pensando que estaba tan ebrio que no pudo más, ríe con desenfreno y levanta el vestido de Fanny. Fanny se gira hacia la derecha en un segundo y le rebana la garganta al otro hermano. Éste se toca la garganta y sigue riendo como si no se tratase más que de un piquete de mosco. Fanny ahora puede ver el increíble parecido entre los dos hermanos: podrían ser gemelos, incluso convulsionan y colapsan de manera idéntica.

El repentino silencio que viene del vagón llega a oídos de los padres. Dejan a Zizek y se acercan para encontrarse con una imagen terrible.

Sus dos hijos al borde de la muerte, sobre charcos de sangre y el aire pesado con un olor como el de las letrinas. Fanny está de pie, blandiendo un cuchillo para matar pollos en la mano izquierda. Radek intenta guiar a su esposa de vuelta a los caballos, pero ella, la líder, se abalanza sobre Fanny con una ira incontrolable, moviendo los brazos y soltando gritos de batalla. Fanny la avienta contra el suelo del vagón y le rebana la garganta. La mujer se convulsiona intentando llegar hasta Fanny, pero colapsa. Radek se da la vuelta, corriendo tan rápido como le es posible. Mientras abandona su vagón y a sus caballos, las bestias son lo único en lo que puede pensar; no puede creer lo que acaba de ocurrir.

Curiosamente, antes de caminar hacia Zizek, Fanny se inclina para revisar las gargantas cercenadas. La tráquea y el esófago están bien cortados, sus cuellos no están rotos y las incisiones están limpias. Satisfecha con el sacrificio *kósher* que acaba de realizar, regresa el cuchillo a su lugar.

IV

Cuando Zizek despierta, se encuentra acostado sobre su propio abrigo, tiene la frente vendada y el cuerpo cubierto con un saco del ejército con manchas de sangre. Un poco antes, Fanny había intentado arrastrarlo al vagón, pero era demasiado pesado para ella. Entonces le limpió las heridas con la poca agua que había quedado, puso vendas alrededor de su cabeza y volvió a asegurar las riendas de los caballos.

El caballo viejo, a pesar de haber estado en libertad todo ese tiempo, no tomó la oportunidad de huir. A su edad madura la libertad no significa lo que antes. Cuando era joven, anhelaba correr en los campos, pero en este punto de su vida se conforma con un establo limpio y un montículo de heno. Fanny acaricia su lomo irregular y lo mira con gratitud. El caballo joven golpea el suelo, emocionado y sin ápice de cansancio. En los últimos dos días ha visto más cosas que en el resto de su vida. Fanny se frota la frente y se acerca para liberar a los caballos de los bandidos, que aún están en medio del camino. Luego se sienta al lado de Zizek, con la esperanza de que despierte antes de que aparezcan las primeras luces, antes de que los encuentren.

Cuando Zizek abre los ojos y mira sus alrededores, piensa que el golpe en la cabeza y la oscuridad le alteran la visión. Su mirada se detiene en tres rocas cercanas, que parecen la silueta de tres personas acostadas con brazos y piernas extendidos; pero se gira hacia Fanny, ve sus ojos bien abiertos y comprende la severidad de la situación. Está viendo tres cuerpos, no hay duda.

Intenta levantarse sólo para volver a caer, agonizante. Su espalda está lastimada y la cabeza llena de sangre, y Fanny tiene que ayudarlo para que pueda enderezarse. Él camina balanceándose hacia los caballos y revisa que estén asegurados, luego mira hacia el camino para asegurarse de que esté libre. Tarda un momento en darse cuenta de que Fanny ya lo ha hecho todo.

Zizek se estira y mira a su alrededor. Lanza el uniforme militar al carro y comienza a subir a su asiento. Fanny lo ayuda empujándolo desde atrás y salta después de él. Ella intenta tomar las riendas, pero él se las arrebata y hace que los caballos comiencen a moverse.

—¿Zizek Breshov? —Fanny prueba suerte.

Pero como siempre, no hay respuesta; sin embargo, esta vez siente que su silencio está cargado con una acusación silenciosa.

Sentada al lado de Zizek, Fanny siente el cuchillo contra su muslo: ¿por qué había seguido cargando el cuchillo después de abandonar su carrera de matarife? No lo sabe. Intentó muchas veces guardarlo al fondo de la alacena, pero cada vez que se despegaba el cuchillo del cuerpo sentía como si algo le faltara, como si fuera otra parte, además de las doscientas cuarenta y ocho que los sabios de la antigüedad habían enumerado para el cuerpo humano. Ya que no podía ocultarlo de su familia, había comenzado a usarlo sin percatarse, como si fuera una cosa completamente natural. Sacaba el cuchillo para picar vegetales, podar ramas o cortar cuerda; una cuchilla banal para el uso cotidiano, pero cada vez que cortaba vegetales sabía que el cuchillo no estaba cumpliendo su propósito y que no era ésta la razón por la cual lo mantenía en su muslo. Y aunque encontraba horrorosa la idea de volver al negocio de matarife, seguía afilándolo cada día, tal como lo solía hacer el animal salvaje.

Cuando empuñaba el cuchillo, Natan-Berl la miraba con impotencia, incluso tal vez ofendido. ¿No confías en mí, Fanny Keismann? Escuchaba en su corazón los susurros de sus preguntas no pronunciadas. ¿No fue evidente desde el día de nuestra boda que ya no necesitarías de este cuchillo? Nadie mejor que ella sabe que no podría haber pedido un mejor esposo que Natan-Berl. Daría todo lo que tuviera, y más, antes de dejar que uno solo de los cabellos de su cabeza sufriera algún daño y nadie debía de confundir pensamiento lento con acción lenta. Si alguien hacía algo como levantarle una mano a sus niños, conocería el sabor del imponente brazo de un hombre que, aunque sólo usa la violencia como el último recurso, es por ese mismo motivo abrumadoramente formidable. La cosa es que Fanny nunca consideró que su seguridad dependiera de Natan-Berl; siempre supo que su mundo pendía de un hilo sin importar nada. ¿Y eso qué significa? Bueno, los niños atienden al jéder y las niñas están creciendo y Gavriellah, Santo Dios…, ha educado a una hija extraordinaria, tan inteligente y tan valiente. Natan-Berl está absorto con su trabajo, su suegra sigue quejándose en su cabaña, por supuesto, y no hay nada que puedan desear. Pero ¿qué hay de ella? Ella conduce el barco hacia la seguridad del puerto, asegurándose de que tiren anclas en el puerto más seguro. Pero luego de que todos se han ido a dormir, se sienta en la cocina por un momento y escucha el aullido de los lobos mezclados con los ronquidos de su familia. Y ella sabe que los lobos están afuera y su hogar está aquí, pero la barrera entre ambos le parece que es efímera o terriblemente delgada. En cualquier momento, el viento puede comenzar a rugir, las olas pueden arrastrarlos y todo puede venirse abajo. ¿Y qué significa *todo*? Pues todo es todo. Estarían náufragos, sin paredes o un techo sobre sus cabezas, indefensos. Y es por eso que necesita el cuchillo y no puede confiar en nadie.

Un día, Fanny se dio cuenta de que semejantes pensamientos podían sobrepasarla, así que fue a consultar con Reb Moishe-Lazer Halperin. Lo encontró en su lugar de siempre, en los aposentos rebosantes del rabino en el patio de la sinagoga, la misma cabaña vieja que también sus predecesores habían tenido que tolerar.

Cuando vio a Fanny, se tiró de la barba y dijo:

—Todos se marchan.

—¿Quién se marcha, Reb Halperin? —preguntó ella.

—Sería lo mismo si preguntaras quién no se marcha —dijo—. Los Weissman se marchan, y los Rosenstein y los Grossman y los Altherman.

—¿A dónde se van, Reb Halperin?

—Sería lo mismo que preguntarás a dónde no se van. Algunos a la Isla Ellis, otros a Berlín, otros a San Petersburgo y otros a Palestina.

—¿Y qué es lo que está mal de que se vayan? —preguntó ella.

—¿Y qué es lo bueno de que se vayan? —respondió él—. Se meten en la política como gente de cualquier otra nación. Toman partido como si fueran políticos de la nada: algunos están con el proletariado y otros con los intelectuales, algunos con los rusos y otros con la alucinación de Palestina. Es un desastre. Te lo digo yo, es un completo desastre. ¿Qué es lo que nos ha protegido en la diáspora, lo sabes?

Fanny guardó silencio.

—¿Lo sabe, señora? —preguntó de nuevo.

—¿Nuestra fe? —sugirió ella.

—¿Fe? Sí, ciertamente. —Fue rápido, incluso desdeñoso en darle la razón, tocándose la cabeza y el pecho con la punta de los dedos—. Pero mientras habitamos este lugar, las tierras de nuestro exilio, ¿qué nos ha protegido? Te diré qué: no nos hemos entrometido en la política. ¿Lo entiendes o no? Lo mejor es no tomar posturas políticas y en cambio fortalecer la lealtad al Santo Bendito. No podría importarnos menos si la nobleza discute con los campesinos y da lo mismo si los nacionalistas polacos están luchando contra los opresores rusos. Si hay algo que venderle a los gentiles o que comprar para sobrevivir, mucho mejor…, pero hasta aquí llegamos. Compartimos con ellos el mismo suelo, pero no el mismo mundo; respiramos el mismo aire que ellos, pero no el mismo trabajo de la creación. Mi querida dama, ¿sabe por qué decimos *Pohlin* en vez de Polonia?

Ella permaneció en silencio.

—¿Lo sabe o no? Bien, yo se lo diré: *Pohlin* está compuesto por *poh* y *lin*. *Poh*, donde se alojan los judíos, y *lin*, donde descansan, oran, cumplen el *sabbat*, celebran las fiestas y esperan al Mesías, hijo de David, para guiarnos hasta Jerusalén. Es aquí que nos alojamos, no en *di golden medina* o Berlín o Palestina. Y ahora, ¿quién se quedará? ¿Lo sabe, señora? Le diré quién, los que se quedan son aquellos que no tienen dinero para irse. Todos los dóciles, miserables, infortunados y mendigos. Y todos ellos, ¿a quién buscan cuando necesitan consuelo? ¿A quién sino a Reb Moishe-Lazer Halperin? Alguna vez hubo Weissmans y Rosensteins y Grossmans y Althermans que le hacían donaciones al rabino. ¿Y ahora? —Se besó un dedo y lo levantó hacia su frente.

En este punto Fanny entendió que el rabino estaba indicando que esperaba un donativo de una señora pudiente como era ella tan pronto como terminara la conversación. A diferencia de sus predecesores que murieron de disentería o congelados en la miserable cabaña en el patio de la sinagoga, Reb Halperin había conseguido sobrevivir gracias a su negativa rotunda a confiar en la generosidad espontánea de su gente y su extraordinario don para demandar, con tacto, un cobro por sus servicios. Fanny tomó dos monedas de oro y las puso sobre su mesa y él tomó uno de sus sombreros de fieltro y lo colocó sobre ellas para cubrirlas. Luego dijo:

—He pensado mucho en su hermana durante los últimos días, ¿está mi querida señora consciente de ello?

Fanny no estaba consciente de ello.

—¿Entiende la señora a qué me refiero? —preguntó y ella asintió sin tener la más mínima idea de a qué se refería.

—Se lo diré —dijo y procedió a soltar un efusivo sermón sobre el momento en que la unidad de una familia se pone a prueba y sobre el precio que la comunidad debe pagar cuando un hombre, como Zvi-Meir, se concede libertades que no le corresponden—. Pero su hermana, Mende, a diferencia de otros gansos en esta parvada, con perdón de la expresión, conoce su lugar en el mundo. Tan amable, tan modesta, todas las hijas de Israel deberían de aspirar a ser como ella. Como se dice: mira y aprende de Mende Speismann, ella acepta su predicamento con humildad, no causa controversia, se pone en las manos del Dios misericordioso quien tiene las razones de su pena.

Fanny asintió con vergüenza y dijo que en realidad había venido a tratar otro asunto con el rabino.

—Por supuesto. —Se levantó de su silla y dijo que le gustaría acompañarla a la puerta—. Al menos medio reino para la señora Keismann.

Ya estaban a medio camino hacia la puerta de salida y Fanny sentía que tenía que llegar rápidamente al punto. Le contó sobre el cuchillo que su padre le regaló de niña y cómo ahora no podía despegarse de él. Los ojos del rabino se encendieron y procedió a calmarla, diciendo que el asunto era tan claro como el cristal, el cuchillo no cargaba en sí el significado de un cuchillo, sino el del recuerdo de su padre Meir-Anschil Schechter, hombre justo de memoria bendita. Podía tratarse de que estuviera teniendo dificultades para separarse de una memoria de su infancia y también, si se le permitía decirlo, anhelaba un trozo de la carne que su padre justo solía servirle en bandeja de plata, lo que de nuevo los llevaba al cuchillo. Tal vez era tiempo, sugirió el rabino, de que ella volviera a las costumbres de los suyos porque lo dice en Génesis 1:28: «Y tendrá dominio sobre los peces del mar y sobre las aves del cielo y sobre cada ser vivo que se mueva sobre la Tierra», y entonces el cuchillo hizo su tercera aparición. ¿Y conoce Fanny la diferencia entre la ofrenda de Caín y la ofrenda de Abel? ¿Lo sabe, la querida dama? Él se lo dirá, Caín llevó una ofrenda de fruta de la tierra y Abel llevó las primicias y grasa de su rebaño. ¿Qué ofrenda aceptó el Creador? No hay nada que añadir, y el cuchillo hace su cuarta aparición. Y ya se ha dicho que, porque Caín era tan bondadoso con los animales, desquitó su violencia cruel contra los humanos y terminó por quitarle la vida a su hermano inocente, como se dice en Oseas 13:3: «Ofrecieron un sacrificio humano y besaron a las terneras».

—Y se puede decir mucho más —dijo el rabino—. Se pueden decir resmas de palabras, la conclusión es la misma, cuando se trata de las cosas que verdaderamente importan, uno debe de seguir a su comunidad y sus costumbres.

Fanny no dijo nada y esperó pacientemente a que terminara su sermón y las felicitaciones y adulaciones a ella y a su hogar, a su hermana y a su hogar, y a todos sus parientes y sus hogares. Cuando se fue, sintió el cuchillo y supo que no simbolizaba nada que ameritara una larga y acalorada explicación. Extrañaba a su padre, Meir-Anschil Schechter, hombre justo de memoria bendita, pero el cuchillo no representaba nada más que al cuchillo mismo. Es más lo conocido que lo desconocido. Era un objeto que su padre le había regalado de niña porque reconoció que ella tenía lo que se necesitaba para usarlo. E incluso cuando ella había hecho un juramento de nunca volver a sacrificar, no podía desprenderse de la confianza que le proporcionaba el cuchillo. Pocas personas eran tan hábiles con el cuchillo como ella. Su padre lo sabía cuando la envió a Motal. Lo sabía y no había dicho nada.

—El mundo está al borde de la aniquilación total —le dijo simplemente antes de que partiera—. Si mi hija quiere ceñirse un cuchillo al muslo, que lo haga.

Ahora el camino está vacío y ella cabalga aturdida al lado de Zizek, y no puede creer que verdaderamente haya llegado el fin del mundo, como el Diluvio. Ella, de entre todas las personas, la niña *schochet* convertida en asesina, es enviada al arca de Noé para navegar con la sombra de este hombre, por este polvo sin vida.

V

Es la segunda noche de vigilancia y el coronel Piotr Novak está asentado en la ciudad de Baránavichi, escondido en una oscura habitación que le rentó a uno de los locales, comparando los reportes de vigilancia enviados por los agentes secretos a su cargo, Lucian Ostrovsky y Mikel Simansky:

```
09:45   Vladimir deja su casa cargando consigo un bolso de piel.
10:01   Vladimir deposita dos sobres en la oficina postal.
10:13   Vladimir compra queso en el mercado.
10:26   Vladimir va a hacerse un corte de cabello.
```

Agente: Lucian Ostrovsky

```
09:45   Vladimir deja su casa y esconde un bolso sospechoso bajo su camisa.
11:01   Vladimir entra a la oficina de correos y mira a su alrededor.
        Desliza dentro de la caja postal dos cartas para ser enviadas, una
        de ellas está dirigida a la familia Levine, en París.
10:13   Vladimir mantiene conversaciones con los vendedores del mercado
        mientras compra queso. El presunto queso está envuelto en una
        bolsa de papel marrón.
10:26   Vladimir entra a la barbería. Cuatro hombres esperan en la fila
        y parece que leen el periódico. De vez en cuando intercambian mi-
        radas, pero no intercambian ningún queso.
```

Agente: Mikel Simansky

Novak sabe que cualquier otro oficial de la Ojrana habría despedido de inmediato a Lucian Ostrovsky por su reporte seco y monótono. Sin embargo, es el documento de Simansky el que Novak hace pedazos y tira a la basura. ¿Cómo puede saber si una bolsa es o no sospechosa? ¿Y por qué un grupo de hombres en la barbería leerían otra cosa que no fuera el periódico? ¿Y qué hace que un queso sea *presunto*?

Al día siguiente, Piotr Novak se encuentra con su alcalde, Albin Dodek, quien le pregunta a su comandante si el reporte de Simansky no era al menos un poco útil, teniendo en cuenta que revelaba que una carta había sido enviada a París, y a una familia Levine, ni más ni menos. Pero Novak le reprende:

—¿No es obvio? Simansky no descubrió nada. Todo lo que hizo fue deslizar un apellido judío para darle emoción a la historia que estaba inventándose.

—Pero ¿cómo sabe que no es la dirección verdadera? —pregunta Albin Dodek.

—El hombre al que estaban siguiendo me lo dijo —murmura Novak—. Está trabajando para nosotros.

—Ya veo. —Albin Dodek deja morir el asunto.

Desde el momento en que Piotr Novak vio que el alcalde había escrito mal su propio nombre en un sobre, no podía evitar escucharlo pronunciar palabras mal escritas cada vez que hablaba. Dodek es un burócrata que empezó como cocinero y cambió de trabajo en el ejército hasta que el rango de alcalde le cayó sobre los hombros. En la Ojrana, la mayoría de alcaldes intentan demostrar su inferioridad intelectual para evitar que sus superiores sospechen que están conspirando. En el caso de Dodek, sin embargo, este comportamiento es simplemente resultado de sus propias limitaciones naturales. Muchas veces Dodek ha sugerido cambiar a los líderes de las investigaciones sólo para encontrarse con que habían sido descartados desde el inicio. Sin embargo, tal vez Dodek no sea el único culpable de estos juicios erróneos; el inusual protocolo de investigación en los distritos de Grodno y Minsk bajo el mando del coronel Piotr Novak también debe ser tomado en cuenta.

En el resto de regiones del Imperio ruso, la Ojrana se encarga de atrapar a presas pequeñas. Gracias a la alta motivación de los agentes secretos, de la policía encubierta de bajo rango y de los informantes con imaginación vívida, logran capturar un flujo constante de revolucionarios de segunda. Arrestan a una polilla circulando panfletos, o le disparan a un mosquito que encabeza una protesta, sólo para despertar al día siguiente con la noticia de que el zar ha sido asesinado por los gigantes de Naródnaya Volia; pero es posible estar seguro de que nada de esto puede ocurrir bajo la mirada de Piotr Novak.

En el departamento de la policía secreta de Novak todo está en calma. Él no tiene interés en probarle a nadie que cumple con arrestos nuevos día tras día. Principalmente intenta insertarse en el tejido social de las grandes ciudades de su jurisdicción —Minsk, Grodno, Kaunas y Vítebsk— y a veces se le puede encontrar en los pueblos más pequeños, cuyos residentes nunca se imaginarían que el departamento de Ojrana estaría cuidando incluso de sus cloacas. No fue una decisión caprichosa por parte del mariscal de campo, Osip Gurko, dejar que su leal oficial Piotr Novak se hiciera cargo de aquellos distritos. Gurko había mandado a llamar a Novak a su oficina y le dijo: «Piotr, te necesito aquí y tú sabes por qué». Y en efecto, Novak sabía por qué. En estos distritos densamente poblados, todo mundo es conocido de todo mundo, incluyendo a los hombres de la policía secreta y los métodos anticuados de la Ojrana habían resultado ser ineficientes.

¿Cuáles eran, entonces, los métodos especiales de Novak? ¿Fulano de tal quiere empezar un levantamiento? Que lo dejen, dice Novak, y lo que es más, agentes infiltrados de la policía secreta lo ayudarán a organizar la revuelta. ¿El mismo rebelde quiere comenzar a dispersar sus ideas socialistas? ¡Que lo dejen! Y si necesita dinero, el departamento le brindará gustoso los fondos necesarios. ¿Qué cosas puede descubrir la policía secreta si nunca se vuelve parte de aquellos grupos? ¿Cómo lograrán conseguir los agentes la confianza de los rebeldes si no son ellos mismos quienes avivan las llamas de la revolución? La mejor prueba de eficacia para la policía secreta, como bien sabe Novak, es su forma de aplastar las revoluciones que ella misma fomenta.

Y es así como su excelencia, el gobernador Osip Gurko, envía con regularidad a sus oficiales de la policía secreta para ser entrenados por Novak. «¿Qué diablos podemos aprender de él?», se preguntan los altos mandos, sólo para descubrir después que hay mucho que aprender. Para empezar, hay varias reglas del juego. Primero, pocas veces se ve al coronel Piotr Novak en las grandes ciudades. En las bulliciosas metrópolis, ha aprendido, las espadas que afila la gente son, generalmente, metafóricas; y las ideas, hasta donde puede ver, no llevan a revoluciones. Es verdad, estas ciudades albergan bastantes universidades y hay abundantes jóvenes entusiastas; pero teniendo en cuenta que todos y cada uno quiere ser el líder indiscutible de la revolución, se distinguen entre sí sólo por desarrollar variaciones nimias del mismo tema. Es más probable que un socialista odie a su camarada revolucionario que a la mayoría de aristócratas leales al zar, incluso si el único error de dicho camarada ha sido omitir una coma del manifiesto de su movimiento. La experiencia le ha enseñado a Novak que las revoluciones que importan son las lideradas por una turba enfurecida. Y una turba enfurecida…, bueno, una turba enfurecida no necesita comas. Por eso es que Novak ronda pueblos y ciudades pequeñas, lugares como Baránavichi, por ejemplo, donde abunda la paz hasta que se desata el infierno.

En segundo lugar, como todos conocen a todos en estos lugares pequeños, uno puede medir el nivel de descontento mirando a un viajero que se ve obligado a pasar la noche en una posada, con una cantidad de dinero que no le alcanza más que para una habitación que se asemeja a una caverna.

Las tabernas y las posadas están en la línea de frente de esta batalla, y todo lo que uno necesita es sentarse ahí y escuchar, nada más, y dejar que el vodka haga su parte. No hay necesidad de hacer una brecha entre los locales. La brecha ha estado ahí desde el origen de los tiempos. La única capacidad que un buen agente secreto debe desarrollar, sabe Novak, es su capacidad de beber: deben formarse el hígado de un cerdo, el oído de un perro y la piel de un elefante. Mezclarse con borrachos y prostitutas no es para los inmoderados. Aquellos que quieren disfrutar de las ventajas reservadas para los poderosos no deben de trabajar en la policía secreta; para eso están los roles de los gobernadores y el ejército general.

En tercer lugar, como ya se mencionó, la revolución debe crearse para poder ser vencida; pero esto es más fácil de decir que de hacer. Si un hombre cruzara el Imperio ruso preguntándole a la gente qué es lo que quiere, se encontraría respuestas similares por todos lados: salud, un techo sobre sus cabezas, un salario decente, paz y oraciones. Gentiles o judíos, rusos o polacos, mercaderes o artesanos, ricos o pobres, todos dirían esto, cosas que hablan por sí mismas; pero si nuestro viajero los confrontara con preguntas sobre socialismo, democracia, educación y nacionalidad, estos mortales lo mirarían como si acabase de perder la cabeza y le ofrecerían un trago para ayudarle a calmar los nervios. ¿Por qué alguien haría preguntas sobre semejantes asuntos? ¿Eres un general o un aristócrata? Siéntate con nosotros y cuéntanos sobre tus viajes, ¿a quién conociste en Minsk y qué viste en Vítebsk? Deja de hablar de la decadencia imperial y deja de lanzar ideas que pueden poner en riesgo lo que tenemos. Así es como siempre ha sido: los ricos tienen mansiones, los buhoneros tienen vagones y los mendigos tienen manos. Siéntate con nosotros y deja de provocar antes de que la sangre comience a bañar las calles. Las revoluciones siempre terminan de la misma manera: un regidor corrupto es reemplazado por otro y los pobres siguen siendo pobres.

Por lo tanto es ésta la naturaleza de las cosas —y esto es algo que entendió Piotr Novak tan pronto como empezó a ser un oficial— que las sublimes ideas de libertad e igualdad deben estar enraizadas en sentimientos menos nobles, como la amargura y la envidia. Si un provocador se encuentra con que es difícil convencer a un buhonero de unirse a la revolución de los justos, y si un ciudadano nunca ha escuchado sobre la «igualdad para todos», todo lo que un revoltoso tiene que hacer es redirigir su atención a la riqueza de su vecino o señalar que fulano de tal es una carga para los contribuyentes.

Esta reflexión también le ha permitido a Piotr Novak reconocer la importancia de los judíos. Dicen que no constituyen más del quince por ciento de la población y, sin embargo, si vas a relajarte a una taberna, será propiedad de un judío; si rentas tierras para sembrar vegetales, los papeles de arrendamiento estarán a nombre de un judío; si necesitas un intérprete, aparecerá un judío; si buscas boletos de tren para ir a Varsovia, un judío te venderá los más baratos; si quieres comprar un caballo árabe, vas con los judíos del mercado. ¿Necesitas un chófer? Te darán un chófer judío junto a tus caballos. ¿Una vajilla checa? En la tienda de los judíos. Por amor de Dios, si quieres encontrar consuelo en una prostituta bronceada, será judía. En nombre del Padre, del Hijo y del Espíritu Santo, los judíos parecen ser los únicos que están haciendo cosas en este país, y si no quieres tener negocios con ellos es mejor que te vayas a vivir a la luna. En pocas palabras, si después de todas estas cosas tus compañeros de diálogo aún no tienen interés de unirse a la revolución, los malditos perezosos, y no albergan ningún tipo de odio hacia los judíos, y si fallas en incitarlos en contra de los ricos, e incluso si los gitanos, armenios y alemanes los mantienen ecuánimes, es entonces cuando se levantan las verdaderas sospechas. Esto es indicador de que uno está frente a un tipo particularmente astuto que no desenmascara sus verdaderos sentimientos hacia un viajante cualquiera.

En cuarto lugar, en breve, a los agentes, a la policía encubierta y a los informantes no les importa un carajo nada de lo anterior. Para ellos no hay diferencia alguna si en el trono está el zar o una rata. Es por eso que uno tiene que decir las palabras mágicas «cuenta de gastos» —que por algún motivo es mucho más atractiva que la palabra «salario»— para urgirles a entregar reportes de vigilancia concisos, sin huecos ni inconsistencias.

Los jefes de la Ojrana están muy impresionados por los métodos de Novak. Antes de conocerlo, creían estar bien plantados frente a una minúscula minoría dividida que amenazaba a la imperante paz y al orden. De vez en cuando, los socialistas, liberales, intelectuales y demócratas formaban una alianza y el trabajo de la policía secreta, o así lo habían creído hasta entonces, era prevenir esos cultivos germinales de proliferar. Novak los había conducido a darse cuenta de que su meta era dividir a las personas, enfrentarlas entre sí y minar el orden actual, separar la paja de los granos. Sólo cuando todos y cada uno se vuelvan culpables hasta cierto nivel, cuando cada casa del Imperio ruso esté empañada, sólo entonces se despertarán las suficiente sospechas para descubrir a los rebeldes verdaderamente peligrosos y, para ese momento, las verdaderas dimensiones de la revolución serán evidentes, será entonces cuando el valor de los comandantes se pondrá verdaderamente a prueba.

VI

Después de la conversación con Albin Dodek, el coronel Piotr Novak manda llamar a Mikel Simansky para despedirlo del servicio; pero antes de que Novak pueda decir una sola palabra, Dodek regresa en estado de shock, la ropa desacomodada, sudor sobre las cejas y noticias alarmantes: se han encontrado tres cuerpos en el camino cerca de Telejany. El informante está aterrado y fuera de sí. Les ha dicho que las víctimas son los Borokovsky, famosos bandidos; se encontró a la madre y a dos de los hijos sobre el camino con heridas de cuchillo y se desconoce el paradero del padre, Radek Borokovsky. Se han robado a los caballos, pero el vagón está intacto, junto con todos sus contenidos. Dodek termina su reporte informando con orgullo al coronel que ya se ha encargado de enviar agentes a buscar al padre, que probablemente estuvo involucrado en el asesinato.

Piotr Novak escucha todo atentamente y luego le pide a Mikel Simansky que traiga a Lucian Ostrovsky y espere afuera. Decide posponer su despido, asumiendo que necesitará tanta gente como sea posible en este trabajo. Siente el muslo de su pierna izquierda, que ha estado causándole dolor, y se sirve una copa de *slivovitz*, luego se la bebe de un solo trago. Eructa, frunce el ceño y luego suspira.

—Tenemos toda una investigación por delante, ¿eh, Dodek? —dice, volviéndose hacia el alcalde.

—En efecto —dice Dodek hinchando el pecho y añade—, más que una investigación, esto será una cacería.

—¿Una cacería, Dodek? ¿A quién estamos cazando?

—A Radek Borokovsky, por supuesto —dice el alcalde, que nunca aprende de sus errores.

—Ya veo, ya veo…, y yo que estaba pensando que debíamos cazar al asesino —dice Novak poniéndose en pie. En este punto, Dodek se da cuenta de que probablemente hizo lo que su comandante llama «deducción incorrecta». Pero como su superior parece estar disfrutando la conversación, Dodek pretende no comprenderlo.

—¿Radek Borokovsky y el asesino no son la misma persona?

—¿Tú qué crees, Dodek?

—No tengo idea.

—Bueno, ya vamos progresando con esta investigación, ¿verdad? Hace un momento sabíamos quién era el asesino y ahora no estamos tan seguros.

Dodek escribe una nota con cuidado en su libreta: «el hecho de que una persona presente en la escena del crimen no sea asesinada, no necesariamente lleva a la conclusión de que él sea el asesino». Por la tarde, antes de irse a la cama, leerá sus notas y repasará las lecciones del día.

Ahora Novak le indica que le pague veinte rublos al informante, el señor Otto Kroll, quien, sorprendentemente, no toma el dinero, pero mantiene la mano estirada. Novak cojea hasta el señor Kroll y le da diez rublos adicionales con la condición de que los guíe hasta la escena del crimen lo más pronto posible. Dodek anota: «un poco de cambio compra tiempo precioso».

El señor Kroll apesta, y no de manera figurada. Pueden ser sus dientes o tal vez la falta de los mismos. A Novak le toma un tiempo entender que su papel lo obliga a asociarse con gente de la más baja calaña, pero hace mucho que ha aceptado que la policía secreta es una organización detestable y corrupta, completamente vacía de cualquier tipo de decencia. Cuando servía en el ejército, estaba claro para todos los soldados quién era el enemigo y qué significaba el triunfo o la derrota; pero aquí todo es mentiras y engaños, y él sabe que para llegar al fondo de esta investigación se verá forzado a realizar innumerables fraudes y trucos de todo tipo. El coronel Piotr Novak no se hace ilusiones: cualquiera que sirva a su país con subterfugios no es un verdadero patriota. Cualquiera que saca a un viejo debajo de su cama en las más altas horas de la noche en nombre de la seguridad nacional, y que arrebata niños de los brazos de sus padres en nombre de un ideal, necesariamente debe de estar siguiendo una ilusión de seguridad y falsos ideales. Pero ¿él tiene la fuerza para cambiar al mundo? No con una pierna inservible. ¿Y quién podría decir si un método de investigación distinto a éste será mejor? Sólo un tonto puede tolerar estas cosas.

Y durante las cinco horas de cabalgata extenuante hasta la escena del crimen, a cuarenta verstas de distancia, recuerda la época en que cabalgó con orgullo bajo el mando del gran general Osip Gurko, cuando luchó sin miedo contra la caballería turca. El coronel Piotr Novak nunca elevaba los espíritus de sus tropas con discursos antes de la batalla y nunca fue a consolar a los heridos después y, sin embargo, ellos lo seguían con ojos cerrados en el ataque hacia los turcos. Se destacó como táctico y condujo a sus soldados sólo a enfrentamientos en los que superaran en número al enemigo. Y cuando una metralla de los otomanos le desgarró la rodilla y le rompió en pedazos la pierna durante la batalla del paso de Shipka, Novak siguió liderando a su ejército hacia la conquista de su objetivo. Se recostó sangrando y herido en el borde del Paso de Shipka durante un día entero, hasta que fue evacuado a un pueblo cercano donde le informaron que debían amputarle la pierna izquierda por encima de la rodilla. Novak se negó con vehemencia, noqueó al médico de un solo golpe y, justo antes de perder el conocimiento, exigió que le amputaran la pierna únicamente por encima del tobillo, usando el Método Pirogov. El cirujano hizo lo que le pedía pensando, probablemente, que de cualquier manera Novak no sobreviviría a la operación, pero el coronel recuperó la fuerza para sorpresa tanto suya como del médico.

Si hubiese perdido la vida junto con su pie, quizá no estaría ahogándose en el río de dudas que ahora invade su mente. La pierna arruinada no sólo afecta su cuerpo, sino que irrumpe en su mente de manera que, en vez de atesorar los recuerdos de los momentos más puros de la guerra, sus pensamientos siguen detenidos en otros detalles: extremidades amputadas, aullidos de dolor y los llantos desgarradores de los soldados llamando a sus madres. Y cada vez que lucha para poder bajar de un caballo o se inclina sobre el bastón que le provee el soporte que un pie faltante no puede ofrecer más, no piensa en sus honores militares o en la cruz de San Jorge por su valiente servicio en el Paso de Shipka; en cambio recuerda los cuerpos que encontraron sobre el pavimento en la ciudad sitiada de Plevna, mientras los paseantes les caminaban encima o tropezaban con ellos, indiferentes. Y los heridos, cientos de miles, reunidos en las iglesias y mezquitas mientras cientos de carcasas se evacuaban día tras día, y los incontables soldados con las orejas cortadas, las caras mutiladas y los genitales desprendidos del cuerpo por los turcos bajo el mando del infame Osman Pasha, y los cientos de miles de prisioneros de guerra turcos a los que el gobierno ruso abandonó sin ningún refugio, muertos de hambre y hundidos en el lodo; una cuarta parte de ellos murieron antes de la Navidad. Era imposible distinguir el bien del mal, al libertador del opresor, a quien estaba bien de quien estaba mal.

La herida de Novak también destruyó el sueño de su vida: se volvió imposible que lo promovieran a general; pero no soportaba la idea de volverse un administrador. Sin embargo, su ilustre comandante, Osip Gurko, no tenía el deseo de renunciar a sus excelentes servicios

93

y cuando lo nombraron gobernador, persuadió a Novak de transferirse a la policía secreta. Novak aceptó la oferta de convertirse en jefe de los distritos de Grodno y Minsk, pues no quería desairar a su comandante. El coronel Piotr Novak le es fiel a Osip Gurko y no cuenta las pocas cartas que éste envía ni se preocupa por las pocas visitas que recibe. Gurko es el último ápice de dignidad que le queda en la vida.

Ahora Novak sigue al informante, Otto Kroll, un idiota certificado que los guía por caminos sin sombra bajo el sol ardiente y casi los ahoga en uno de los afluentes del río Shchara. Con su ayuda llegan a la escena del crimen exhaustos y deshidratados.

Visten ropas sencillas, pero les delatan los corceles finos de los agentes; los vagabundos y transeúntes se esfuman a medida que avanzan. Kroll ha dejado a su esposa vigilando la evidencia y la simplona mujer está esperándolos en el vagón de los bandidos, masticando una salchicha que encontró en uno de los costales. Novak baja del caballo fingiendo no sentir el dolor insoportable que sube desde el muslo izquierdo hasta su costado. Recientemente, la pierna ha empezado a volver a la vida y las descargas eléctricas que produce se extienden al resto del cuerpo. Novak se recarga sobre el vagón y golpea una rueda con su bastón, pero, sorprendentemente, la esposa de Kroll no capta la indirecta y sigue masticando plácidamente. Kroll le indica a su mujer que baje, pero incluso entre los estúpidos hay niveles de estupidez: la mujer hace una mueca, se mete la salchicha en el bolsillo y baja, desgarrando aún más las roturas de su vestido.

Envalentonado por la actitud de su esposa, Otto Kroll se dirige a Novak para dar pruebas de cuán indispensable era su papel cuidando la escena del crimen.

—Aquí está el vagón —explica—. Y los cuerpos están ahí y el camino está ahí.

Y aquí está el piso, piensa Novak, y el cielo está allá y eso es el sol. Kroll enciende su pipa, se ajusta el sombrero y dice:

—Definitivamente fueron unos ladrones de caballos.

Una deducción irrefutable, piensa Novak y hace un gesto a Albin Dodek para que éste lo libere del investigador aficionado. Hay poco tiempo y muchas cosas por hacer, además los investigadores de la policía regular aparecerán en cualquier momento.

Kroll se aleja y Novak se voltea a examinar los cuerpos. Los dos hijos están sobre sus vientres en charcos de sangre seca color frambuesa, los cuerpos están embotados y la piel cetrina. Sus brazos descansan a los lados de sus cuerpos y cada uno tiene una mejilla contra el suelo. Su madre, por otro lado, está acurrucada en posición fetal, con las rodillas dobladas y la cabeza agachada. Y Novak, que ha visto los cuerpos de miles de soldados, sabe que estas posiciones indican cómo murieron. Los dos hijos, sin duda, fueron despachados con rapidez mientras que la madre sufrió un tiempo antes de morir.

El coronel toma un pañuelo de su bolsillo y saca un frasco de *slivovitz* de su chaqueta. Empapa la tela con el brandy de ciruela, se cubre la nariz y gira los dos cuerpos masculinos.

La naturaleza no tiene consideraciones con las necesidades de los investigadores de la policía. Aparecen nubes de moscas azules y sale a la luz una variedad de pruebas susceptibles a ser destruidas por alimañas; su frenesí no se detiene ni siquiera ante las manos que agita el detective a cargo de la investigación. Lo que es más, uno de los hijos tiene los pantalones abajo y Novak de pronto se encuentra frente a frente con una manguera rosada, parecida a una repulsiva gusana ciega que escapa de la ropa interior del hombre. Novak mira las rendijas sobrecogedoras en las gargantas de las víctimas: cortes profundos en la tráquea y esófago de las víctimas que no les habían proporcionado ni la más mínima oportunidad de sobrevivir. Probablemente convulsionaron unos segundos sobre su propia sangre y excremento antes de dejar sus vidas atrás. Nota contusiones en la cabeza de la madre, las cuales, concluye, no son lo que la llevaron a la muerte. Bastó con la profunda herida de su garganta.

A pesar del singular método de asesinato, Novak decide que la policía secreta no tiene un interés particular en el asunto. Se trata, en efecto, de un asesinato horripilante y Novak siente curiosidad por saber quién puede ser responsable, pero cree que este caso es más relevante para la policía regular que para el Departamento de Seguridad Pública y Orden.

—Salgamos de aquí —le dice a Dodek, pero luego se da cuenta de que éste se ha ido a sentar con los Kroll y también él está comiendo rábanos de los costales.

¿Qué clase de jefe adjunto silbaría con admiración ante la visión de la señora Kroll haciendo gestos sobre su propio cuello del asesinato de las víctimas de una investigación?

—¡Dodek! —grita Novak.

—Ya voy, señor, la dama está terminando de contar su historia…

—¡Ahora!

Dodek regresa con aspecto reprendido y avergonzado.

—¿Interrumpo la fascinante conversación que sostenía con la distinguida señora Kroll? —dice Novak, subiendo a su caballo la pierna punzante.

—La dama estaba por terminar su historia, seguramente podíamos esperar un poco…

—Agradece que te liberé de tener que pasar otro segundo con la idiota del pueblo.

—No creo que sea la idiota del pueblo —dice Dodek—. Ha visto muchas cosas durante su vida.

—Llama a la policía, Dodek. No tenemos tiempo para cuentos. Diles que se encontraron tres cuerpos en el camino entre Baránavichi y Telejany. Motivo probable: robo. Deja que ellos abran su propia investigación, nosotros cerramos la nuestra.

—Sí, señor. —Dodek da instrucciones al resto de agentes, aún perturbado por la reprimenda que recibió por interactuar con la señora Kroll—. La señora está muy agitada —le dice a Novak—. No logra calmarse.

Novak dirige su mirada hacia la señora Kroll que está representando sobre su propio cuello el ademán de asesinato para la multitud de curiosos que se ha reunido en torno a ella.

—Si sigue dibujando un cuello imaginario sobre su propia garganta imagino que le costará trabajo calmarse.

—Dice que así es cómo matan a sus animales los *zyds*.

Novak frena su caballo. Durante su tiempo en el ejército, se había encontrado con jóvenes judíos que habían sido obligados a convertirse en soldados. Algunos de estos reclutas habían insistido en observar las costumbres primitivas de su religión y habían sacrificado animales en un ritual pagano que implicaba una forma única de degollar a la bestia, aunque sabían que serían azotados por hacerlo. Era la primera vez que comprendía la creencia popular de que los judíos nacen ciegos y tienen que beber sangre para recuperar la vista, y por qué toda madre advierte a sus hijos: «*zyd wezmie do torby*», si te portas mal, el judío te llevará en su costal.

A pesar de todo aquello, piensa Novak, sería una completa sorpresa, quizá incluso sin precedentes, si el asesino resulta ser judío. Si hay algo que le sorprende sobre los judíos es la facilidad con la que se rinden cuando se les amenaza. Novak se ha aprovechado de esto en incontables ocasiones y su técnica siempre ha funcionado: atrapa a un judío en una posición estratégica, lo amenaza con un desastre —los desastres familiares son especialmente efectivos— y procede a extraer toda la información que pueda necesitar. Sin embargo, Novak ha aprendido que esto no se debe a que tengan un corazón débil, sino a la virtud de su lógica y pragmatismo. Su situación precaria como minoría en el imperio es clara para todos: la segregación los ha protegido efectivamente, pero también los ha aislado, y antes de un episodio violento tienen esperanza de recibir un poco de ayuda o de escapar. Por lo tanto, los judíos tienden a creer que si sucumben sin dar lucha, una y otra vez, se comprarán la paz para el resto de sus vidas. Si alguna vez montaban algún tipo de defensa militante, inmediatamente seguirían las recriminaciones, y luego no pasaría mucho tiempo antes de que los viciosos decretos se consideraran justificados, incendiarían sus casas, saquearían sus propiedades y exiliarían a su gente a Siberia. No, piensa Novak, es difícil creer que un judío se atendría a los riesgos de matar a tres personas y poner en juego su vida y la de su tribu.

Y aún así, hay evidencias sospechosas que considerar. Si los Brokovsky eran, en efecto, ladrones conocidos y todo esto fue en acto de defensa propia, ¿por qué el asesino no se entregó a la policía? ¿Tal vez tenían algo que esconder? Esta pregunta se vuelve más pertinente si se tiene en cuenta el modo del asesinato. Cortarle la garganta a los hijos es comprensible. Nadie querría dejar su destino en manos de un par de matones borrachos, especialmente cuando uno de ellos está mostrando el asqueroso animal rosado que tiene entre las piernas. Pero ¿por qué sintieron la necesidad de matar también a la madre? ¿Sería para no dejar testigos? En ese caso, ¿por qué no persiguieron también al padre? ¿Y por qué no tomaron posesión del vagón lleno de comida? ¿Y qué querían hacer con los caballos? Después de todo, el condado es pequeño y los rumores sobre caballos galopan más rápido que los caballos mismos. Extraño. Verdaderamente extraño.

En ese preciso momento llega otro informante a la escena. Esta vez se trata del hermano de Otto Kroll, Nikolai —el genio número tres—, quien ha sido enviado en nombre de Otto para revelar más evidencias y darle a la familia una nueva gratificación monetaria. Resulta que encontraron a Radek Borokovsky inconsciente en uno de los pueblos cercanos. Ha estado bebiendo *pálinka* toda la noche y «cantando como un canario». Por lo que pueden entender, el señor Borokovsky sostiene que un grupo de soldados rusos atacaron a su inocente familia en el camino que conduce a Baránavichi. Eran al menos tres o cuatro soldados robustos junto con una mujer inmensa y terrible. Él mismo escapó al despiadado ataque por poco.

—¿Lo arrestamos? —dice Albin Dodek.

—Por supuesto que no —responde Piotr Novak—. Pero no lo dejes fuera de vista.

Dodek asiente, lamentando haber hecho la pregunta. Debería recordar que este comandante no cree en los arrestos porque sólo se relacionan con crímenes que ya han ocurrido. Novak se reserva el derecho de aprehender a cualquiera por crímenes que tomarán lugar en el futuro y si evita actuar ahora mismo significa que los cargos se volverán más severos. «Debo escribir esto en mi libreta», piensa Dodek, «darle libertad al sospechoso y priorizar la vigilancia sobre el arresto».

Novak le paga veinte rublos a Nikolai Kroll, que se unen a los treinta que ya había recibido la familia aquel día. La información podría haber alcanzado a Novak de manera gratuita, pero el tiempo es lo más importante y los sobornos que paga para estar al frente de las investigaciones son dinero bien gastado.

Ahora es tiempo de abandonar el caso y que la policía regular se haga cargo como ya ha instruido. Abandonar el caso al menos oficialmente. Tiene toda la intención, naturalmente, de continuar con sus investigaciones infatigables detrás de escena. Mientras tanto, envía a su lugarteniente a alertar a todos los agentes disponibles. Deben comenzar de inmediato una búsqueda en las áreas aledañas, Telejany y Baránavichi deben mantener los ojos abiertos; se le pide a los comerciantes de caballos que vigilen transacciones inusuales y los dueños de las posadas tienen órdenes de reportar a cualquier huésped sospechoso. No todos los días se encuentra uno frente a tres cuerpos asesinados con técnicas de sacrificio judías, acusaciones contra un convoy militar y una mujer grande y temible, todo lo cual deben juntarse en una historia congruente. «Qué infierno», piensa Novak. «Este país está perdiendo la cabeza».

VII

Con la primera luz del día se vuelve claro el predicamento. Ambos están apaleados, abatidos, hechos trizas y Zizek necesita urgentemente ver a un doctor. No les queda nada además de un barril de ron, ni agua ni comida.

Zizek detiene el vagón a orillas de un pequeño lago donde los dos pueden lavarse y llenar sus botellas de agua. Fanny baja y se pone de cuclillas entre los carrizos. Zizek asume que está orinando, pero cuando pasa el tiempo y no regresa, él se acerca para asegurarse de que todo esté bien. La encuentra sentada sobre una roca con el vestido subido casi hasta las rodillas y afilando su cuchillo con una piedra lisa.

Se acerca sigiloso, con cuidado de no hacer ruido, asumiendo que Fanny está en estado de shock. Quiere decir algo, pero las palabras pelean unas con otras en su mente y no logra hacerlas salir.

A Fanny no se le escapa este intento fallido de hablar. Por primera vez, el enorme cuerpo de Zizek está mostrando signos de vida. Han viajado juntos durante dos días y él aún no ha pronunciado ni una sola palabra.

—¿Por qué viniste conmigo, Zizek Breshov? —pregunta en polaco, levantándose para encararlo.

Zizek se rasca la cabeza y agacha la mirada. Se retira. Ella lo persigue y lo toma del brazo mientras él retrocede como un niño que recibe un regaño.

—Lo siento, Zizek Breshov… —Puede sentir el llanto subiendo hacia su garganta.

Zizek mira la mano de Fanny sobre su propio brazo, como si fuese una espina que le penetra la carne. Se mantiene inmóvil, como si el más mínimo movimiento pudiera rasgar su piel y hacerlo sangrar. Sin embargo, no quiere alejarse. Siente hormigas que se arrastran bajo su piel y marchan en una fila por su columna vertebral hasta alcanzar su nuca. Un dolor crudo, adictivo, le paraliza los nervios y de pronto piensa en la muerte. Está listo para morir en ese preciso momento mientras los dedos de Fanny le muerden la piel. Siente como si lo hubieran lanzado al aire y unas primeras palabras brotan de su boca para salvar la distancia.

—Debemos volver a Motal. —Se siente sofocado por sus propias palabras—. Lo siento, pero nos encontrarán si nos quedamos aquí.

Fanny le suelta el brazo y se aleja. Si ha esperado tanto tiempo sólo para decir esto habría sido mejor que se quedara callado. Corta unos tallos de avena y se va a alimentar a los caballos.

Zizek sabe que ha cometido un error. Sus primeras palabras tras décadas de silencio no fueron recibidas como él deseaba. Tal vez habría sido mejor no abrir la boca; era un idiota por haberlo intentado. Sólo quiso evitar más problemas ahora que se han quedado sin comida y los buscan por asesinato a lo largo y ancho de toda la región. Si no se apresuran a volver a Motal, corren el riesgo de un arresto inminente o incluso de terminar en las garras de una turba enfurecida. Fanny podía regresar a su pueblo, podía volver a su vida normal sin levantar ninguna sospecha y todo estaría bien. Luego levanta la mirada y ve que Fanny ha soltado los arneses del caballo joven y lo dirige hacia él.

—Ten, Zizek Breshov. —Le ofrece las riendas—. Aquí tienes, yo me llevaré al viejo.

Zizek no puede pronunciar palabra antes de que ella se vuelva hacia el caballo veterano, que se mueve de atrás hacia adelante con nerviosismo, balanceando el vagón y avisándoles que no tiene ninguna intención de cargar él solo todo ese peso. Fanny intenta reprimirlo blandiendo el látigo y el caballo la castiga por aquella insolencia tirándola sobre el lodo.

Zizek se apresura a ayudarla, sin poder contener el inicio de una sonrisa ante la visión de Fanny revolcándose en el lodo. Ella ve sus labios rotos comenzando a estirarse y suelta una carcajada.

—¡Vaya caballo! —dice imitando la voz de la líder de la banda y ambos colapsan con la risa contagiosa de la locura y la desesperación.

Fanny toma la mano de Zizek y se levanta de la humillación en el lodo, se sientan juntos a orillas del estanque que, bajo la primera luz del día y a la distancia, les había parecido ser un lago, y ahora, de cerca, apesta a pantano. Contemplan la llanura cenagosa que se asemeja a la superficie de un pastel quemado y se miran el uno al otro, sin energías. Cuando iniciaron el viaje no podían haber soñado que para este punto estarían en medio de la nada con tres cadáveres detrás. Zizek saca su tabaquera y se limpia la nariz con una manga. Fanny se percata de que el corte en su labio es profundo y tiene pus.

Cuando vuelven a emprender el camino, él sirve dos vasos con ron y propone un nuevo plan con la emoción repentina de quien ha encontrado un tesoro precioso que pensaba haber perdido para siempre.

—¡Baránavichi!

—¿Qué? —dice Fanny con desconcierto.

—Baránavichi. Lo siento, pero conozco al dueño de una posada pequeña ahí, tal vez puedas quedarte, sólo por unas cuantas noches hasta que dejen de buscar. —Zizek dispara las palabras rápidamente sin detenerse a recuperar el aliento, como si lo impulsara la necesidad de recuperar el tiempo perdido—. Mientras tanto, debes quemar el uniforme ensangrentado, por favor; hazlo rápido y consigue ropa nueva para ti.

—No «para mí», Zizek Breshov —lo corrige—. Para nosotros.

—Lo siento, pero yo debo viajar al pueblo más cercano y confiar en la caridad de la gente a cambio de comida y ropa, no tengo opción.

De cualquier forma, tú no podrás pasear por ahí más de una hora, cualquier rumor sobre dos asesinos viajando entre ciudades se dispersará rápidamente. Por eso no puedes seguir viajando de noche. Tu única opción es mezclarte con la gente, fingir que tienes una familia, un padre y una hija. Si te hacen preguntas no digas nada. Y ve a la posada, puedes quedarte algunas noches hasta que cancelen la búsqueda.

—Podemos quedarnos ahí, querrás decir —responde Fanny—. No iré a ningún lugar.

—Por favor, apresúrate —dice él, ignorándola.

Fanny lo mira asombrada. Es deslumbrante el renacimiento de la voz de Zizek, pero ¿por qué no se incluye en los planes que hace para ella? No lo sabe. Pero sus instrucciones suenan razonables, así que responde a su mirada suplicante asintiendo con la cabeza. Petrificado aparentemente por el caudal de sus propias palabras, Zizek baja la mirada, le ajusta las riendas a los caballos y se pone a trabajar. Recoge el uniforme, el saco y el abrigo y los envuelve en un helecho espinoso que toma de las orillas del pantano. Le prende fuego a ese bulto incriminatorio y atiza el fuego para asegurarse de que todo su pasado militar quede hecho cenizas. Una vida entera en llamas y Zizek mira a Fanny con el entrecejo fruncido y angustiado, como un hombre que acaba de perder todo lo que le pertenecía. Aprieta los labios con la intensidad de un bebé muerto de hambre. Fanny lo toma del brazo, aún asombrada por el flujo verbal que acaba de recibir del hombre a quien todos consideraban el bufón del pueblo; y juntos, cubiertos de lodo seco, se levantan para mirar a las llamas agonizando.

VIII

Inspirados por el éxito en la primera parte del plan de Zizek, suben de nuevo al vagón y se encaminan al siguiente pueblo; pero después de poco tiempo, el resto del plan se cae a pedazos: se encuentran con un hombre boca abajo a un lado del camino. Zizek mueve las riendas para hacer que los caballos aceleren, pero en lugar de eso, el caballo viejo aminora el paso, volviendo difícil ignorar el cuerpo. De inmediato pueden ver que se trata de un pobre judío con un caftán roto en la cintura y un sombrero viejo que le cubre la mitad de la cabeza.

Dos cuervos negros se posan en el ala del sombrero del difunto, picoteándole el cuello, y Fanny murmura:

—Al menos deberíamos…

Zizek le pone un alto de inmediato.

—Lo siento, pero está fuera de discusión.

Pero justo cuando parece que el peligro ha pasado y que el extraño en el camino no puede causar problemas, miran hacia atrás atormentados y Zizek frena a los caballos. Toma una pala de una de las cajas en el vagón, baja con un gruñido, cojea con el cuerpo magullado y los nervios destrozados de vuelta hacia el cadáver.

Fanny también baja, se apresura a alcanzarlo y le da la vuelta al hombre para que quede sobre su espalda, sólo para descubrir que sigue respirando. Exaltada grita:

—¡Está vivo!

Pero la expresión en el rostro de Zizek le dice que ahora tienen un nuevo dilema: ¿cómo van a escapar con un judío suspendido entre este mundo y el más allá?

Le dedica a Fanny una mirada de disculpa. Si el extraño estuviera muerto, podrían enterrarlo como es debido, pero en las circunstancias actuales, estarían arriesgando sus vidas para salvar a un extraño cuya vida pende de un hilo. Zizek se da la vuelta para volver al carro, haciendo ademanes a Fanny para que sea razonable y lo siga, pero luego ve horrorizado que Fanny está inclinada sobre el judío y ha sacado su cuchillo. ¿Se volvió loca? ¿Va a matar a cualquier persona que se encuentren en el camino de ahora en adelante? Luego se da cuenta de que sólo está cortando los rizos y la barba del hombre para intentar disimular su apariencia judía; luego llama Zizek y le indica que traiga el vagón. Zizek se rehúsa y le implora que deje al judío en donde está, pero con una necedad imperturbable, ella se agacha para ponerse el brazo del hombre alrededor del cuello.

Mientras viajan hacia el pueblo, ahora con el hombre inconsciente reposando en la parte trasera del vagón, Fanny le explica a Zizek que las autoridades están buscando a una pareja: una mujer y un hombre, no a un trío. En otras palabras, es posible que se hayan conseguido una coartada. Si el palillo de hombre se recupera, ¿tal vez sacrificará la veracidad de su testimonio por ellos, agradecido de que le hayan salvado la vida? Ni siquiera tendrá que mentir…, al menos no conscientemente. Le ayudarán a refrescar su memoria.

—¿No puedes ver, Zizek Breshov, que este judío es una señal del cielo?

Zizek mira hacia el cielo, sus heridas ardiendo bajo los abrasadores dedos del sol, luego mira al judío que ha sido enviado para salvarlos, cuya barba y mechones han sido recortados para ocultar su judaísmo incriminatorio con un éxito limitado. Todo lo que Zizek puede hacer es asentir a regañadientes.

Tan pronto como entran al pueblo, el peligro se vuelve evidente. Usualmente, cuando llegan extraños al pueblo durante los meses de verano, los locales los reciben y les ofrecen *borscht* y pescado salado o al menos un poco de té dulce; pero hoy no hay una sola casa que esté preparada para ofrecer su hospitalidad. Para los gentiles, el hombre inconsciente en el vagón con labios resecos, y la barba cortada con una prisa evidente, es judío; aún con una cruz tallada en la frente seguiría siendo judío y de inmediato se ponen alerta frente a los polacos —en teoría, padre e hija— que lo transportan. Los habitantes de las tres casas con mezuzás en la puerta —es decir, los pocos judíos que aún viven entre los campesinos— también tienen sospechas; sin embargo, le hacen señas al vagón y le tiran una manta vieja, una camisa con hoyos, pan mohoso, fruta medio podrida y hasta un taburete roto.

Fanny sabe que tienen el tiempo contado. Estos pueblos de una sola calle no se pierden la llegada de una mosca y entienden que cada aleteo significa una picadura. Sin embargo, logran conseguir suficiente ropa usada para vestirse como campesinos: Fanny con un vestido rojo que tiene alfileres en vez de botones, un abrigo de abuela y una mascada para el cabello. Zizek se enfunda con una túnica de lana, una chaqueta de campesino y una roída faja roja. Les dan permiso de tomar agua de un pozo para abastecerse y dar de beber a sus caballos. Alguien ve el rostro lastimado de Zizek y le lanza vendas y una botella de medicina herbal; alguien más les da un frasco de sales aromáticas, tal vez para ayudar a revivir al hombre que tienen en la parte trasera del vagón. Fanny sabe cómo funciona la vida del campo; sabe que su aparición sin duda ya se ha vuelto el tema del día. Es hora de desaparecer, deben apresurarse a Baránavichi antes de que el rumor de los tres cadáveres llegue al pueblo.

Quizá gracias a las sales, el viejo judío finalmente despierta, sus grandes ojos negros se abren ante la visión del rostro herido de Zizek agachado sobre él. Intenta ponerse en pie y saltar del vagón, pero las piernas le tiemblan como a una oveja recién nacida y vuelve a caer. Sin embargo, una vez que entiende que se detuvieron por él y le ofrecen pan y agua, deja de tener prisa por levantarse. Le duele la espalda y tiene los músculos débiles, pero si come un poco de las manzanas que sus salvadores han ido consiguiendo en sus viajes, seguramente recuperará las fuerzas. Por otro lado, sus dientes están en mal estado, por lo que ¿tal vez puedan ayudarle a cortar la manzana en trozos? A Fanny y Zizek no les toma mucho tiempo descubrir que este judío es sumamente demandante.

Les cuenta que su nombre es Shleiml y que es cantante de *hazan*. A Fanny le sorprende esta revelación. Los *hazanim* usualmente son hombres devotos ampliamente respetados por las comunidades judías. ¿Qué le ha pasado y por qué estaba tirado al lado del camino con un caftán mugriento? Lo que es más, ¿por qué puede entender su polaco? Los *hazanim* usualmente hablan sólo yidis o hebreo, no necesitan otras lenguas. Shleiml, el cantante, simplemente se encoge de hombros sin ofrecer ninguna explicación. ¿Lo encontraron al borde del camino? Está sorprendido. Tal vez fue víctima de un golpe de calor o tal vez fue asaltado por unos bandidos…; sí, sí, ahora lo recuerda todo: había dos, tal vez tres, ogros, hijos de gigantes que lo acosaron, exigiendo saber por qué rondaba por los pueblos a pie, como un espía del gobierno, y él les explicó que es un *hazan* que deleita a los judíos con sus bellas melodías. Los bandidos preguntaron qué tipo de profesión es aquella y él respondió que la ocupación más honorable. Luego lo obligaron a demostrar sus talentos y a cantar para ellos, para ilustrar esta parte de su historia, Shleiml interpreta una canción para Fanny y Zizek como lo había hecho para los bandidos: «*Adon olaaam osherrr molochhh...*».

—¡Basta! —Zizek se pone las manos sobre los oídos y mira horrorizado a Fanny como diciendo «lo siento mucho, pero si Shleiml es un *hazan*, yo soy el zar». Entonces comprenden por qué este cantor se ve forzado a caminar sin rumbo entre los distintos pueblos: no fue golpeado ni por el sol ni por bandidos; simplemente es un cantante que canta como un muchacho en su bar mitzvá a quien el público le paga para guardar silencio.

De cualquier modo, ahora Shleiml estira la mano en espera de la paga por su talento. Fanny no puede contenerse y suelta una carcajada. Sin inmutarse, el cantante sigue: «*Be-terremmm kolll yetzirrr nivraaa...*», su mano sigue extendida y se vuelve evidente que no dejará de cantar hasta que un par de kopeks caigan en su palma. Cuando Fanny saca dos monedas de su bolso se dan cuenta de que este *hazan* no se gana la vida cantando, sino que le pagan por su silencio. De inmediato se siente «mucho mejor» y está listo para bajar del vagón y seguir su camino; sabe que no conseguirá más dinero de aquellos campesinos *shegetz*. Debe seguir cortejando la costumbre de los judíos del campo, quienes pueden estar inclinados a escuchar sus encantadoras melodías, o bien, rogarle que se detenga. Pero antes de que pueda dar un paso, Zizek lo toma del cuello.

—Por favor, cantor, venga con nosotros a Baránavichi.

A medida que avanzan, el *hazan* comienza a cantar de nuevo: «*Azzzai molochhh shemooo nikraaa. . .*» , pero Fanny le hace señas para que deje de tentar a su suerte porque Zizek ya está al borde de su paciencia. Intenta preguntarle dónde estudió, de dónde viene y dónde está su casa; las respuestas vuelven aún más clara su historia. Shleiml es un indigente sin educación que puede cantar *Adon Olam* y una serie de *piyutim* para la hora de la oración del Rosh Hashaná. Viaja por el campo, lejos de las grandes ciudades donde las sinagogas son escasas y los *yishuvnikim* judíos están dispuestos a pagar generosamente por escuchar las melodías con las que crecieron —o por hacerlo dejar de cantarlas—. Aprendió polaco mientras acechaba en las tabernas, cuando su negocio prosperaba y su racha de suerte en las cartas y las damas estaba guiada por intervenciones del cielo; pero, ahora que es más conocido en la zona, sus ingresos han disminuido. Le ha sido prohibido entrar a tabernas y ya nadie le ofrece un sitio para dormir en los establos. Sus antiguos compañeros de juego arruinaron su reputación, le negaron un sustento y, en última instancia, provocaron su colapso al borde de la carretera. Y ahora, si fueran tan amables de explicar, ¿por qué se requiere su presencia en Baránavichi? No es que tenga nada en contra de la ciudad, en realidad es bastante agradable, con muchos judíos y una bonita sinagoga, una *mikve,* un mercado y una taberna, pero sigue siendo un pueblo como cualquier otro y las casas allí no están hechas de oro, por lo que tal vez la dama podría suplicar al amable caballero que sostiene las riendas que deje que Shleiml el Cantor se baje del carro. Fanny mira a Zizek y sabe que ha llegado el momento de refrescar la memoria del *hazan.* Entonces Fanny le explica a Shleiml que ha estado cabalgando con ellos durante los últimos dos días, ¿no puede recordarlo? Lo recogieron cerca de Telejany, les pidió que lo dejaran en una de las aldeas, pero luego recibió un golpe de calor por el sol y perdió la cordura. Por eso lo llevan a Baránavichi, a la gran comunidad judía que hay allí. Tal vez pueda encontrar trabajo allí, o tal vez recibir ayuda caritativa, pero en cualquier caso estará fuera de peligro.

Shleiml reflexiona sobre esto mientras se rasca la barba recortada y busca sus rizos; sólo entonces se da cuenta de que le han robado su judaísmo. Agradece a Fanny por su acto bien intencionado, aunque su descripción de los últimos dos días le suena bastante extraña. Hubiera jurado que sólo estuvo al lado del camino una hora, dos horas como máximo. ¿Podría ser que este lamentable estado realmente duró dos días completos? Que así sea. De todos modos, si de verdad fueron dos días, y no es que esté diciendo que no, entonces debe estar aún más debilitado de lo que pensó al principio. Su cuerpo claramente ha llegado a sus límites, y si no tiene más comida y agua, en cantidades dobles y cuádruples, seguramente no lo logrará. Fanny le corta otra rebanada de pan y le pasa otra manzana; Zizek sostiene las riendas y mira al frente, tratando de controlar su ira. Ya que mencionaron Baránavichi, prosigue el cantor, es una ciudad realmente encantadora, y una gran comunidad judía suele ser una ventaja. Pero Shleiml tiene motivos para esperar bastantes, cómo lo diría…, desacuerdos allí y también parece que tiene algunas deudas de varios juegos de cartas y partidas de damas donde la mano del Divino lo había dejado a su suerte. Y luego, el cantor principal de la ciudad, por temor a la competencia, declaró la guerra al sustento de Shleiml y le prohibió cantar más. Le dijeron que su estilo vocal ya no era bienvenido en Baránavichi y que si intentaba volver a cantar allí, llamarían a las autoridades. En pocas palabras, teniendo en cuenta que lo obligan a visitar una ciudad donde sabe que estará en peligro, Shleiml quería saber si no tiene derecho a otra forma de compensación que no sea el pan.

Fanny y Zizek sienten un alivio doble cuando llegan a Baránavichi al atardecer porque un día más de viajar con semejante lunático les habría costado el resto de sus provisiones.

IX

La ciudad de Baránavichi tiene tres posadas. La que está en la calle de correos es de Tomashevsky, un hombre con gran sentido de los negocios y un profundo odio a pagar impuestos. En consecuencia, frecuentemente se instalan allí los cobradores de impuestos y oficiales de policía, disfrutando de bebidas gratis y «salchichas de ternera» con los agradecimientos de la casa. Lo que en realidad significa es que deben tolerar un menú que se deriva por completo de la col: sopa de col y ensalada de col, salchichas de col y pastel de col, todo lo cual Tomashevsky hace pasar por manjares de carne; pero nadie visita el lugar sólo por la comida y los borrachos hambrientos no tienen los paladares más refinados. Es poco probable, piensa Piotr Novak, que los asesinos puedan ir a lo de Tomashevsky y agradece no tener que ir a consumir los dudosos placeres de aquel santuario de la col.

La segunda posada, en la calle Alexander, está a cargo de Vozhnyak. Incluso antes de entrar a la sala principal, uno se encuentra en un suntuoso recibidor con portero y un lugar destinado a guardar los abrigos. Las paredes de la posada están hechas de piedra, para variar;

hay una chimenea en cada habitación y se sirve alcohol importado de Francia. Cualquiera que desee ver y ser visto en Baránavichi vendrá al lugar de Vozhnyak, vestido con sus ropas más finas para fumar tabaco y disfrutar brandy fino. ¿Es éste un local apto para asesinos en fuga? Parece poco probable, decide Novak, pensando con tristeza en el caviar fino que había probado allí en otras ocasiones.

En resumen, parece probable que, si los asesinos en efecto llegan a Baránavichi y si les hace falta contactos en la ciudad, se resguardarán en la taberna de Patrick Adamsky, al final de una de las callejuelas de la calle Marinska.

Un sujeto con ropa raída está desplomado allí en este mismo momento; una de sus mejillas manchadas de hollín descansando sobre una mesa. Pide un segundo trago del vodka más barato, una suerte de jugo ictérico color orina, probablemente destilado en una fábrica de jabón y, cuando nadie lo mira, vacía la bebida en una de las ranuras que hay en el suelo de madera. Luego, con cuidado se sirve de la botella de *slivovitz* escondida en uno de los bolsillos de los trapos a los que llama ropa. Si bien existe la posibilidad de hacerse notar entre la multitud de vagabundos, vale la pena el riesgo, aunque sea sólo para recordarse a sí mismo que, a diferencia de todos los demás vagabundos que lo rodean, a él todavía le queda una pizca de dignidad.

Hay otra razón por la que Novak eligió la taberna de Adamsky sobre todas las demás. La primera noche después de un asesinato es crítica. Los asesinos no habrán ido muy lejos y es posible que necesiten de la ayuda local. Después de todo, para bien o para mal, todos estamos unidos en un ciclo de dar y recibir. Y si recordamos que, de todos los dueños de posadas del pueblo, Patrick Adamsky es el único que ostenta un pasado militar y vinculamos este hecho con el testimonio de Radek Borokovsky sobre los soldados del ejército ruso, que supuestamente atacaron a su inocente familia, quizás encontremos una conexión plausible.

Para ser franco, el testimonio de Radek Borokovsky ya ha perdido gran parte de su credibilidad. Al encontrarlo ebrio e inconsciente, sus familiares y conocidos, preocupados, lo llevaron a las mejores clínicas de la región, que resultaron ser tabernas, donde le administraron un remedio: más licor. Nikolai Kroll, el informante, que ya expresó su deseo de hacer más oficial su servicio con la Ojrana, estuvo entre sus médicos tratantes e informó las diferentes versiones de la historia que surgieron de la boca de Borokovsky. Después de cada trago, Borokovsky soltó otra historia: inicialmente fue atacado por seis soldados dirigidos por un oficial y una mujer; luego el oficial era una mujer; y, más tarde aún, recordó a dos soldados gigantes con un fusil que acompañaban a una mujer, ¿o eran jinetes montados en una mujer con forma de caballo? En resumen, ya no está muy seguro de nada.

Albin Dodek le ruega a su comandante que arreste a Radek Borokovsky y le saque la verdad a través de la tortura; «sólo es un mentiroso nato, un borracho crónico y un apostador compulsivo»; pero Novak le dedica una sonrisa astuta a su lugarteniente. Él sabe que la verdad no se le puede arrancar a la gente. Se nutre y se persuade. ¿Qué bien puede traer el interrogar a este incompetente? A lo mucho otra historia, en todo caso dudosa, a la que se apegará por miedo a que lo consideren un mentiroso. Si siguen los métodos de Novak, tendrán varias versiones, lo que les permitirá comparar los detalles, buscar patrones y deducir que el asunto involucra a un número determinado de soldados, entre uno y seis; una mujer corpulenta y temible obviamente no puede ser ni oficial ni caballo y, como Novak ha identificado de forma clara, el estilo de asesinato característico del ritual de sacrificio *zyd* también es evidente. Lo que es más, si Novak insistiera en interrogar a Borokovsky y a otros de su calaña, entonces su cara, la cara de las autoridades, comenzaría a volverse familiar entre la gente de Baránavichi y no podría volver a pasar desapercibido entre las muchedumbres de las tabernas. Porque la gente que lo rodea en la taberna de Adamsky no tiene la menor idea de que el inútil vagabundo sentado entre ellos, con la mejilla apoyada en la mesa, no es otro que el oficial de la policía secreta con más alto rango en toda la región, el hombre que había sido alguna vez el coronel Piotr Novak.

BARÁNAVICHI

I

El Amo del mundo estira su brazo y sobrecoge al sol con su mano poderosa y brazo extendido, y ahora termina el calor y el viento sopla sobre los tres compañeros de viaje. Shleiml, el Cantor, ofrece otra explicación: «el sol famélico se ha extinto, y el sol no es inmune al hambre, ¿qué será de Shleiml el Cantor, el fósforo huérfano?».

Una sola mirada de Zizek es suficiente para hacer que el cantor se encoja en la parte trasera del vagón. El trayecto ha sido largo e incómodo; tal pareciera que sus órganos vitales no tuvieran un lugar fijo y un pulmón repentinamente pudiera reemplazar a la garganta o viceversa. Finalmente cruzan el puente sobre el Shchara y se aproximan a la calle principal de Baránavichi. Ahora el silencio es bienvenido. Deben fingir que no son más que extraños atravesando la ciudad; sólo un padre e hija de camino a Minsk con el mendigo al que recogieron en su trayecto. Mientras pasan por la sinagoga, Fanny toma el brazo de Zizek como lo haría una hija con su padre, pero la simulación incomoda a Zizek, que retrocede. De repente, ambos se dan cuenta de lo extraños que son el uno para el otro y de lo mucho que se han alejado de casa: Fanny de Natan-Berl y de sus hijos, y Zizek de su barco en el Yaselda. Los golpea la melancolía. En sus momentos más desafortunados, cuando estaban al borde de la desesperación, encontraron consuelo el uno en el otro; sin embargo, ahora el simple hecho de unir los brazos les es incómodo, incluso si es necesario para preservar su seguridad. Cuanto más evitan mirarse, más están conscientes de la mirada del otro.

El crepúsculo es el mejor momento para entrar a un pueblo donde los judíos constituyen la mitad de la población. El año espera las Altas Fiestas, la semana anticipa el *sabbat* y el día espera la oración, por lo que los judíos se apresuran a guardar sus puestos y cerrar sus tiendas antes de reunirse en la sinagoga. Afortunadamente para el trío de viajeros, nadie voltea a mirarlos. Si hubieran llegado al mediodía, todos en el pueblo se habrían preguntado quiénes eran y a dónde iban. Como mínimo, los habrían invitado a comprar algo; pero en este momento, ni una sola alma pregunta por qué están de paso.

Incluso los campesinos han salido de Baránavichi para regresar a los pueblos cercanos luego de venderle sus productos a los vecinos judíos. Los *mujiks* no tienen mucha vida nocturna. Para ellos el anochecer no marca el paso del tiempo, sino la ocurrencia de un evento. Los animales diurnos dan paso a los animales nocturnos, los colores se desvanecen y los sonidos se multiplican. Las ramas de los árboles se agitan al unísono, las hojas silban en el viento, las ranas protestan a coro y las manadas de lobos comienzan a deambular. Los campesinos prefieren sentarse en sus porches por la noche, con los dedos alrededor de tazas de té y los cuerpos acurrucados en cómodas sillas. Algunos de los *mujiks* se congregarán para compartir un poco de vodka, pero cuando llegue la medianoche la amargura los golpeará y entonces regresarán a sus hogares enojados y, con suerte, recordarán quitarse las botas antes de quedarse dormidos.

Los tres viajeros atraviesan la calle principal hasta llegar a la calle Marinska y se detienen fuera de la taberna de Patrick Adamsky. Las tabernas y posadas siempre están llenas a esta hora de la tarde. Es la hora en que los vagos olvidan su pereza y hacen las paces con su destino o, en otras palabras, se regocijan en la autocompasión. Zizek le pide a Fanny y al *hazan* que esperen en el vagón mientras él va en busca del dueño.

—¿De verdad confías tanto en él, Zizek Breshov? —susurra Fanny.

—Lo siento, pero confío en él más que en nadie —responde Zizek.

Sus primeros pasos son dubitativos; abre un poco la puerta principal e inspecciona la taberna. Está más llena y mohosa de lo que recordaba. Las paredes están hechas de madera rugosa y podrida, las vigas están en tal estado que apenas y soportan las habitaciones de arriba. Cada paso que suena en el piso superior altera los nervios de Zizek y piensa que el lugar parece mucho más lleno de lo que solía estar. La última vez que estuvo aquí, hace muchos años, los clientes de la posada se recostaban ociosamente en sus camas y pasaban el tiempo contando los cadáveres de cucarachas y los excrementos de rata que se acumulaban en las grietas del suelo de madera; pero ahora sonidos extraños e inesperados descienden del último piso: los chillidos y gemidos ahogados de adúlteros o monjes o sólo Dios sabe de quién más.

El comedor de la planta baja está dividido por llamativos arcos de estilo otomano. Hay un mural de Cristo en el Gólgota, que está tan descolorido que el cuerpo del salvador parece haberse derretido al sol y María Magdalena parece estar regocijándose de su miseria. Hay iconos por todas partes, pequeños floreros y marcos dorados, debajo de los cuales se sientan los peregrinos, rogando por una jarra de *kvas*.

Zizek ve un grupo de jugadores de cartas, simples novatos jugando con rublos que no tienen. Uno de ellos mira su mano y se ríe amargamente. En el otro extremo de la habitación, tres hombres conversan, quizás sobre política, con las cabezas juntas apuntándose con el dedo el uno al otro. Otros tres ociosos están sentados solos en mesas separadas. Uno está apoyado contra la pared, con cara de búho y ojos vacíos. El segundo es tan gordo que apenas y cabe en su silla. Y el tercero… bueno, cinco vasos de vodka vacíos y una mejilla contra la mesa garantizan que no se quedará con ellos por mucho más tiempo. De cualquier modo, aquí no hay policías ni mujeres. Zizek entra.

Patrick Adamsky baja las escaleras desde el piso superior seguido por un sirviente con una escoba en la mano. «Por ahí», Adamsky gesticula sin mirar al chico y el sirviente se aleja a toda prisa para barrer una de las esquinas. Adamsky tiene un porte abrumador y autoritario al que todos sus subordinados se han acostumbrado a lo largo de los años, pero Zizek no puede borrar de su memoria la imagen del niño huérfano con el que fue secuestrado por Leib Stein, el *khapper*, el cazador de niños.

II

En aquel entonces, Patrick Adamsky se llamaba Pesach Abramson y vivía con su hermano mayor, Motl Abramson, en la casa de su tío. Los padres de Pesach y Motl habían contraído tuberculosis y fueron llamados desde las alturas, por lo que los dos hermanos se unieron a los siete hijos de su tío y tía, Scholom y Mirka Abramson. La suya era la familia más pobre de Motal y de vez en cuando la gente del pueblo les ofrecía caridad, pero no con demasiada frecuencia, para que no se atiborraran hasta que se les reventara la barriga.

Cuando la maldita ola de cuotas militares llegó a Motal, el servicio militar obligatorio de Pesach y Motl podría haberse justificado fácilmente como una forma de quitar parte de la carga de los hombros de Scholom y Mirka. Y, sin embargo, con una terquedad insondable, el tío y la tía se negaron a entregar a sus sobrinos huérfanos y desafiaron la orden judicial. La noche en que el asqueroso cazador de niños, Leib Stein, llamó a su puerta, Scholom Abramson incluso se atrevió a enfrentarse a él empuñando un trinche. El trinche se partió en dos con un solo golpe sobre el muslo de Leib Stein y Scholom Abramson se sintió más cerca que nunca de su Creador cuando un segundo golpe le dio de lleno en la cara. El secuestrador tampoco dejó impune a la tía Mirka: cuando ésta corrió para ayudar a su esposo, Stein la abofeteó. El golpe fue tan violento y sorpresivo que todos ahogaron sus gritos y sollozos al instante, mirando horrorizados a Leib Stein, como si todo lo que había hecho hasta aquel momento tuviese grabado el sello de la razón. La sonrisa sádica del hombre era inequívoca: se deleitaba con golpear a las mujeres y, si se resistían, pasaba a sus hijas. En cualquier caso, Motl y Pesach fueron agarrados por la nuca por los matones de Stein y se unieron a otro niño petrificado, que ya esperaba en la prisión junto a la sinagoga.

Al llanto de Selig y Leah Berkovits se le sumó el de Scholom y Mirka Abramson. La gente de Motal lloró con ellos y el corazón del rabino se rompió en dos, sin embargo, aquella noche muchos suspiraron aliviados, agradecidos de que al menos sus propios hijos habían sido perdonados.

Pero luego sucedió algo que tomó por sorpresa incluso a Leib Stein. Su tarea había sido llevar a los niños con el *ispravnik*, el gobernador regional, y de allí al campo cantonista. Pero antes del amanecer, cuando estaban a punto de detenerse en una de las casas de gentiles donde habían arreglado el alojamiento y las comidas, Motl Abramson, de catorce años, saltó del carro y se precipitó hacia los pantanos negros. Leib Stein y su tripulación lo persiguieron, pero el niño desapareció como si se lo hubiera tragado el pantano. Leib Stein lo buscó hasta el amanecer, pero cuando llegó la niebla de la mañana, la tierra y el cielo se convirtieron en uno solo, y el niño desapareció sin dejar rastro.

¿A dónde había ido Motl Abramson? Nadie lo sabía. Pero una serie de eventos que siguieron a su escape llevó a Stein a la hipótesis de que no podía haber ido lejos, que se había quedado en el área para vengar el alistamiento forzado de su hermano, o tal vez para vengar a toda la población judía. Primero, un mes después del secuestro de Motl, se incendiaron las casas de los oficiales de bajo rango. Esto había sido, sin duda alguna, un incendio provocado y los sospechosos usuales eran los miembros de la resistencia polaca. Pero luego, dos meses después, ocurrió un accidente similar en Baránavichi, y esta vez el fuego comenzó en la casa del lugarteniente, el representante local del gobernador. La policía declaró estado de emergencia, se ofreció recompensa a cambio de cualquier información sobre el atacante y se anunciaron fuertes sanciones para cualquiera que se atreviera a ayudar a escapar al criminal. Se enviaron amenazas a los líderes de la comunidad judía. Después de todo, el ejército ruso fungía como un baluarte viviente contra los pogromos y alborotadores y, si se llegase a saber que los judíos estaban protegiendo a los forajidos, los soldados ya no tendrían las capacidades para protegerlos de una turba enfurecida.

La siguiente víctima en la lista fue uno de los matones de Leib Stein. Nadie supo cómo ocurrió, pero mientras el cazador de niños estaba de viaje, alguien entró a su casa y secuestró a su inocente hijo.

La última persona en pagar el precio fue el mismísimo *sborchik* de Motal, cuyo rol requería llenar las cuotas de alistamiento impuestas por el ejército. En este caso, el fuego se consideró excepcionalmente violento, al menos eso pensaron las personas de Motal, aunque no quedaba claro cómo era posible que un incendio fuera más violento que el otro incendio, salvo por el hecho de que éste había tomado lugar en su ciudad y el objetivo ahora era un judío, un integrante del pueblo. Para este momento, sin embargo, se volvió evidente para todos que Motl Abramson estaba involucrado en este asunto y los líderes de la comunidad no tenían ninguna duda de que estos actos despreciables de venganza tenían que ser detenidos. Si seguían, Motl podría arrastrar a toda la comunidad judía a un escenario sanguinario. Después de todo, el Rey de Reyes no consagró a los judíos por sobre todas las otras naciones sólo para que ellos se ahogaran en las rebabas de políticas y tratos seculares. Es por esto que aceptaban cualquier tipo de gobierno que apareciera en su camino y por la que le vendían sus mercancías al ejército ruso al mismo tiempo que a los enemigos de los rusos, sin pensar que pudiese significar conflictos de interés. No eran políticos porque sólo habían venido a hospedarse en Polonia hasta la llegada del Mesías, hijo de David, quien los guiaría de vuelta a Jerusalén. El asunto de Abramson, sin embargo, los ponía de frente a las autoridades y amenazaba con arrastrar a los judíos a un vórtice de violencia. Si un *sheigetz* resulta ser un asesino, entonces no es más que un demente, pero si un judío es un incendiario, entonces todos los judíos son traidores. No tenían alternativa. Motl Abramson tenía que ser entregado.

Como sea que fue hecho, y quien quiera que lo haya entregado, la información fue lo suficientemente precisa como para que diez policías sorprendieran a la familia Abramson en medio de la noche y organizaran un pase de lista de sus hijos. Scholom Abramson les pidió que contaran a los niños sin sacarlos de sus camas, pero el oficial a cargo insistió en despertarlos a todos, incluso al bebé, que tenía un año. La cuenta fue de siete niños, tal como lo señalaban los registros, tres niños y cuatro niñas, el mismo número que los patriarcas y las matriarcas en la Torá. Scholom Abramson se encogió de hombros como si el asunto estuviera resuelto, pero el oficial examinó los papeles de cada niño, hasta que llegó al mayor de ellos, un niño de unos catorce años, y gritó: «¡Nombre!».

—Yaki Abramson —respondió el niño confiado.

Los policías inspeccionaron con sumo cuidado el certificado y susurraron:

—Bien y… ¿cuántos años tienes, Yaki?

—No habla polaco —dijo Scholom Abramson.

—¡Edad! —gritó el oficial y luego, inesperadamente, dijo en yidis—: ¿*elter*?

—Diez… y ocho… —tartamudeó el padre, añadiendo—: crecen muy rápido.

El oficial frunció el ceño y, en lo que dura un parpadeo, el chico que actuaba como Yaki Abramson salió corriendo hacia la puerta. Los oficiales de policía que estaban haciendo guardia lo persiguieron y lo dominaron a golpes y patadas.

La información que recibió la policía había sido terriblemente acertada. Motl Abramson en efecto había estado escondiéndose en la casa de su tía y tío fingiendo ser uno de sus propios hijos en el lugar de uno de sus primos, Yaki Abramson, quien había sido enviado a los ocho años para aprender ser herrero en otra ciudad. Los policías esposaron a Motl y a su tío Scholom, mientras su tía y primos aullaban. La corte sentenció a los acusados a veinte años de trabajo forzado en Siberia. Un mes más tarde, se le informó a la familia que ambos habían muerto antes de que pudieran empezar a llevar a cabo su sentencia. La causa oficial de muerte: tifoidea.

Rota en mil pedazos, Mirka Abramson rechazó por completo el consuelo que le ofrecían tanto los líderes de Motal como el resto de la comunidad. Sólo accedió a encontrarse con Leah Berkovits, la madre de Yoshke; en todo caso, se encontraron en secreto. Y aunque las familias de los Berkovits y Abramson se recuperaron con los años, las dos madres continuaron reservándose para sí mismas; su única concesión ocurría una vez al año, cuando se reunían con el rabino Schneerson de Chevra Techiyas Hameisim, quien venía a Motal para informarles lo que sabía sobre sus hijos.

Los residentes de la ciudad respetaban el deseo de las madres de mantenerse encerradas en sus casas, aunque una década después esto les comenzaba a parecer bastante extremo y excesivo...; si al menos salieran por el bien de sus otros hijos e hijas, quienes merecían todos un *shidduch* adecuado y un mejor futuro. Después de todo, en casa habían quedado más niños de los que habían sido secuestrados. Sin embargo, cuando la gente intentaba explicarles este irrefutable hecho a la cara, sin importar con cuánta gentileza, se encontraban con un rechazo total y grosero, rayando en la ingratitud. Venían a ofrecerles ayuda y consuelo y salían sintiéndose despreciados y humillados. Cuando murió el rabino Schneerson, nadie más intentó romper los muros de sus soledades.

Pesach Abramson y Yoshke Berkovits llegaron al campo cantonista, donde debían de ser reeducados. Se rehusaban a sentarse en las clases de oración cristiana y no participaban en los ejercicios de marcha. Los maestros les explicaban que estas cosas significaban su único boleto hacia la sociedad rusa, pero la rebelión del par de jóvenes les ganaba numerosos azotes que les abrían las espaldas, pero nunca les rompían el espíritu. Su obstinación constante resultaba siempre en el peor castigo: limpiar las letrinas, lo que solía significar sentencia de muerte con la exposición a la plaga y la disentería.

El escape de Motl le daba esperanzas a Pesach de que su hermano volvería para rescatarlo de aquel infierno. Seguía llevando a cabo los mandamientos que recordaba y rezando al padre de los huérfanos, aunque a la luz de su trabajo en las letrinas le parecía que hubiera sido mejor si Dios no hubiese creado al hombre con tantos poros y orificios. Sin embargo, una vez que Pesach Abramson escuchó lo que había sucedido con su hermano y su tío Yoshke, nunca más se le vio llorar ni mostrar ningún otro tipo de emoción. El trabajo nauseabundo en las letrinas parecía obligar a Pesach Abramson a despojarse de las costumbres de su pueblo a la tierna edad de doce años. Al terminar su educación, pidió entrenarse con el cuerpo de infantería y, en su momento, fue bautizado como hijo de Dios y bautizado como Patrick Adamsky, nombre que le permitió llegar a ser oficial de campo. Fue dado de baja con honores con el rango de capitán y la mayoría de la gente simplemente lo llamaba «capitán».

118

Su valentía en la guerra de Crimea lo hizo tan famoso entre los soldados como odiado por el pueblo elegido. Según los rumores, cada vez que le ordenaban vigilar a una turba enardecida que se dirigía a linchar *zyds*, no instaba a sus soldados a llevar a cabo su misión de inmediato, sino que dejaba que algunas casas judías ardieran primero. En la guerra contra el Imperio Otomano, estuvo a las puertas de la ciudad de Stara Zagora y no parpadeó siquiera al ver su sinagoga ardiendo en llamas. Su odio guardaba sólo dos excepciones. La primera era el recuerdo del niño que había sido secuestrado con él durante la noche lejana de su condena, Yoshke Berkovits. La segunda excepción eran los sobres que enviaba una vez al mes a su tía, Mirka Abramson, que contenían la mitad de su salario militar sin ninguna explicación. Ahorró la otra mitad de su sueldo y cuando fue dado de baja del ejército compró la taberna de Baránavichi. No hace falta decir que no le daba la bienvenida a judíos en su taberna y los judíos tampoco le daban la bienvenida a él. En cambio, susurraban a sus espaldas: «Su hermano era un asesino, y él es mucho peor».

III

Zizek se da cuenta de que el cabello del capitán Adamsky se ha vuelto gris. Las patillas se han ensanchado y sus cejas están aún más pobladas; pero sus movimientos son vigorosos y sus ojos tan salvajes como los de un halcón. Inmerso revisando papeles sobre la barra, Adamsky se dirige a Zizek sin levantar la cabeza.

—¿Qué le ofrezco, señor?

—Lo lamento, pero me conformo con excremento de palomas —murmura Zizek.

Adamsky se echa hacia atrás como si hubiese recibido una bofetada. Inclinando la cabeza, lo mira cuidadosamente, como un animal a punto de abandonar su morada.

—¿Yoshke Berkovits?

Tiene que asegurarse de que el hombre frente a él es, en efecto, la única persona que conoce el chiste privado de sus días de letrinas, cuando cualquier comida que se pusieran en la boca sabía a excremento de palomas.

—Capitán —dice Zizek con ojos brillantes.

Adamsky refrena la media sonrisa que estaba a punto de aparecer en su rostro y murmura:

—Eres tú…, maldita sea.

Zizek sabe que, si no estuviera tan evidentemente herido, Adamsky probablemente lo echaría de su taberna sin preámbulos. En cambio, el capitán le indica a Zizek que lo siga al cobertizo detrás de la posada donde rápidamente le sirve una copa de vino tinto y pan, queso y salchichas. Zizek se toma el vino de un trago, se mete la mayor parte de la comida en los bolsillos y, sin explicar su urgencia, le pregunta al capitán si él y dos compañeros podrían refugiarse en la posada. Las cejas enmarañadas de Adamsky se unen sobre su nariz prominente. Accede a la petición: la taberna tiene cupo lleno, pero pueden quedarse en su habitación esta noche y la noche de mañana tendrán una habitación propia. Al notar la palidez que se extiende por el rostro de Zizek, el capitán comprende la gravedad de la situación. Esta visita no es una mera cortesía. Zizek y sus compañeros están en problemas.

—No es un buen momento —dice Adamsky—. El lugar está repleto de policías. Hay una orden de búsqueda de… Espera… —Adamsky escruta el rostro de Zizek y se encuentra sólo con su silencio—. No puede ser. ¡Maldita sea! Te están buscando en todos lados. Tienen un agente en cada esquina. Cualquiera que te dé refugio terminará en Siberia.

Ah, cómo había extrañado la manera directa de hablar de Adamsky. Le implora al capitán:

—Por favor, ayúdanos, tanto como puedas sin meterte en problemas. No compliques aún más las cosas.

—Sin meterme en problemas —dice—, ¡ja!

—No quería decir eso.

—Claro que sí —dice el capitán—. Maldita sea.

Adamsky le ordena a Zizek que le diga a sus dos compañeros que entren por separado y se sienten en lados diferentes de la barra hasta que pueda ubicarlos en una habitación. Quién sabe cuántos espías están al acecho dentro de la taberna. El capitán promete que alguien cuidará de sus caballos en los establos y le advierte a Zizek que no debe atreverse a salir de su habitación ni dirigirle la palabra hasta que el lugar esté completamente vacío. Zizek explica que su grupo incluye una mujer y los ojos de Adamsky se abren con sorpresa.

—¿Tuya?

Zizek se sonroja y niega con la cabeza.

¿Es bonita, al menos? —pregunta Adamsky con curiosidad y Zizek se atraganta.

—En ese caso —gruñe el tabernero—, la mierda sigue apilándose minuto a minuto. No le tomará ni un segundo a todos los borrachos comenzar a rodearla y ofrecerle la mitad del mundo. Los hombres son cerdos, Breshov, ¿no lo entiendes? Debe sentarse con su compañero en la misma mesa y fingir que son una pareja. Y tú, Yoshke, te sentarás conmigo en el bar. ¿Entiendes?

Sin esperar la respuesta, el capitán desaparece escaleras arriba. Zizek vuelve afuera con Fanny, quien espera ansiosa y ve que Shleiml está reposando en el vagón, masticando su tercera manzana. Zizek les comunica las estrictas instrucciones de Adamsky y les indica dónde deben sentarse. Se acerca al oído de Shleiml el Cantor, le advierte que no le permitirá ningún comportamiento idiota y le dice que no debe pronunciar una sola palabra en yidis. El cantor se vuelve hacia Fanny.

—¿*Wus ha ter gesugt*?

Zizek lo toma del cuello sólo para percatarse de que el cantor está divirtiéndose a lo grande; está completamente al tanto de que ellos lo necesitan más de lo que él los necesita: lo que significa un estado muy precario de las cosas. Así que Zizek le explica al cantor los sentimientos del dueño de la taberna sobre los judíos, le explica lo de la sinagoga ardiendo en Stara Zagora —sólo uno de los ejemplos de la crueldad de Adamsky—. Esto petrifica aún más a Fanny y sus ojos grises se vuelven similares a los de un animal vigilante. Zizek le da a cada uno un trozo de queso como señal de paz de su anfitrión.

Fanny y el cantor entran en un lugar que bien podría ser un nido de serpientes. Ningún judío practicante, y ciertamente ninguno del sexo bello, pondría jamás un pie en un establecimiento apartado con la doble función de taberna y burdel, un lugar que acoge a la clase de gente que da mala fama a la noche. Siguiendo las instrucciones de Zizek, se sientan en un rincón, manteniéndose alejados de los jugadores de cartas —quienes, por suerte, ni siquiera se fijan en ellos— y lejos del grupo inmerso en un intenso debate político que los evalúa con miradas rápidas, —uno de los integrantes parece estar probando un punto sobre extraños que se infiltran en su ciudad y roban los modos de vida de los ciudadanos honestos—, pero poco después de eso, regresan a su acalorada discusión sobre uno u otro tema. Los pocos borrachos que van solos están encerrados en su propia ebriedad y no se encuentran en condiciones de registrar la presencia de los viajeros. Fanny y Shleiml no saben dónde pueda estar Adamsky, pero asumen que el patético niño que está sirviéndoles *grog* no puede ser el temible capitán que torturaba a su gente.

Unos cuantos minutos después Zizek entra y se sienta en la barra sin mirarlos. De pronto, un chirrido de tablas de madera resuena desde el piso de arriba como el grito de un águila, seguido por una voz femenina furiosa y un pisoteo atronador en la escalera. La conmoción termina con un anciano que cae por las escaleras en ropa interior y aterriza en el piso de abajo. Las carcajadas de los jugadores de cartas y los abucheos de los diplomáticos parecen prenderle fuego a un antro que ya era volátil

—¡Esto no es un burdel! —le grita Adamsky al cliente al que acaba de patear escaleras abajo mientras jala del brazo a una mujer cuyo cuerpo está desnudo, salvo por una bata de tela traslúcida. Adamsky la lleva a rastras por las escaleras con los hombros desnudos y sus pechos dando saltos. El hombre humillado levanta una silla, blandiéndola frente al capitán.

—¿Entonces ahora no es un burdel? —vocifera a Adamsky.

Sacude la silla débilmente frente al capitán, y este acto, combinado con su mirada ebria y pecho fofo no hace más que hacerle una invitación al gancho certero de Adamsky que impacta en el vientre del viejo, empujándolo hacia la puerta con la silla aún en la mano.

La mujer semidesnuda se rehúsa a irse sin su ropa e insiste en recibir paga completa, incluso por un servicio hecho a medias. Adamsky le pone algo de dinero en la mano y él ordena a su ayudante que le traiga la ropa que dejó en el piso de arriba. Mientras tanto, el capitán mira alrededor de su taberna, los jugadores de cartas y el club de debate vuelven a sus asuntos y el resto de miserables que quedan sin duda tendrían que ser arrancados de sus sillas para conseguir perturbarlos. Yoshke está sentado en la barra y es sólo hasta ahora que Adamsky se percata de la extraña pareja sentada en la esquina.

En medio de su taberna, Adamsky fija su mirada en la pareja petrificada y enfurece rápidamente. El vestido de la mujer está abotonado hasta el cuello, tiene el cabello rubio mal peinado, sus ojos son suspicaces como los de un lobo, tiene la nariz afilada y su fealdad es extrañamente atractiva. El hombre, sin embargo, es un palillo andante; su barba está recortada con descuido y tiene rastros de los rizos que solía llevar a los lados de la cabeza. Adamsky podría reconocerlos a cinco verstas de distancia: *zyds*. Está furioso con Yoshke, quien le devuelve la mirada plácidamente, como si su presencia en la taberna de Adamsky fuera lo más natural del mundo.

El capitán respira profundo y mira a Fanny y ella, al sentir la mirada, se queda congelada. Le dirige un ademán para que ella y el palillo lo sigan por las escaleras. Fanny mira a Zizek, quien asiente y luego desvía la vista. Mientras pasan al lado de Zizek camino a las escaleras, Adamsky le susurra:

—Eres un cerdo, Yoshke. ¿Trajiste aquí a dos *zyds*? Maldita sea.

IV

Incluso para alguien que se hace pasar por un borracho, Piotr Novak tiene una impresionante variedad de vasos vacíos de alcohol en su mesa. Han pasado cuatro horas desde que los tres extraños entraron en la posada, y Novak ha observado que Patrick Adamsky, el célebre capitán, no les hizo firmar el registro, no envió al niño a recoger sus documentos de identidad obligatorios y no intercambió ni una sola palabra con dos de ellos. Novak ha tenido muchas ocasiones de lanzarse a la acción. Podría haber enviado al niño para llamar a la policía, o haber preguntado a los jugadores de cartas si conocían a la extraña pareja acurrucada en la esquina; la sola pregunta habría sido suficiente. Incluso podría haberle insinuado al mozo, con un guiño y una propina extra, que sus dos caballos cansados deberían recibir un trato especial. Pero en lugar de eso, Novak hace una nota mental para indagar más tarde en el pasado del capitán.

En defensa de Adamsky, al menos dos de sus tres invitados no parecen asesinos en lo más mínimo, por lo que tal vez tenga razón al decidir que no hay necesidad de denunciar cada alma arrepentida que aparezca por la taberna. La mujer no es grande ni aterradora; por el contrario, parece gentil y frágil, mientras que su esposo parece un cruce entre el tonto del pueblo y un palillo enfundado en las ropas de un gigante. Sus ojos negros están tan hundidos que bien podrían haber sido arrancados por un águila. Por otro lado, hay varios detalles que parecen conectar a estos invitados con el asesinato. En primer lugar, evidentemente son *zyds*. Su intento por parecer polacos hace reír a Novak. No han tocado el ron que se les sirve, no han dicho una sola palabra entre ellos —probablemente para no mostrar su acento— y la mujer puede usar tantos abrigos y mascadas como quiera, pero no es polaca. Y luego está el rufián mayor, el que se acercó primero a Adamsky. Novak conoce ese tipo de camaradería. Los hombres no se comportan de ese modo entre sí a menos que hayan visto el miedo a la muerte en los ojos del otro. Este hombre, el que tiene la boca herida y que fue con Adamsky a la parte trasera, salió de la taberna y luego volvió para sentarse en la barra, por lo tanto, debe ser un viejo camarada de Adamsky. Y, sin embargo, ambos parecían restringirse al hablar. No se abrazaron ni se dieron la mano. No hubo emoción visible. ¿Tal vez sus días de luchar hombro a hombro provocaron una separación entre ellos?

En suma, tenemos numerosos vínculos para unir las múltiples versiones de la historia de Radek Borokovsky: una conexión con el ejército, una mujer —aunque no es grande ni aterradora—, e incluso un posible vínculo con la forma de matanza judía; no hay motivo por el cual ese miserable palillo de aspecto inofensivo no pueda ser una especie de aprendiz de carnicero.

¿Podrían ser ellos? De los tres, el único que parece capaz de haber matado a los Borokovsky es el tipo grande con la boca rota; pero si fuera un soldado del ejército ruso, ¿por qué no entregarse a la policía para dar su versión de los hechos? Después de todo, Radek Borokovsky definitivamente no es conocido por su credibilidad y su testimonio podría ser desechado en un segundo al ser comparado con el reporte de un veterano del ejército del zar. Entonces tal vez el tipo sea un matón contratado por la pareja judía y es por ello que hizo uso del oacton toso método de matanza que les es exclusivo. No hay razón para preferir este estilo de matar, además del hecho de que es distintivo y, por lo tanto, envía un mensaje claro: los judíos son los responsables del asesinato de la familia Borokovsky que se interpuso en su camino. Estos asesinatos, a fin de cuentas, bien podían haber sido impulsados por un motivo ideológico.

En su cabeza, Novak repasa a los agentes que ha destinado en los condados de Grodno y Minsk, y considera la variedad de revolucionarios a los que se ven obligados a enfrentarse en su trabajo diario. Ha plantado cincuenta y dos topos dentro de los grupos socialistas clandestinos y quince más entre los agitadores democráticos; doscientos cuatro agentes están siguiendo a intelectuales y pensadores y él tiene ciento sesenta informantes vigilando a los estudiantes. Otros seis están investigando varias organizaciones caritativas, cuatro están plantados entre los jasídicos, veintiuno entre los seguidores de la manía por Palestina y una docena de agentes están siguiéndole la pista a los científicos. ¿Es posible que los tres huéspedes pertenezcan a alguno de estos movimientos subversivos? Los socialistas tienen como objetivo a los oficiales zaristas, no a los campesinos humildes, y los demócratas tienen la esperanza tan ingenua de otorgar el derecho al voto a gente alrevesada como los Borokovsky que haberlos matado implicaría una grave violación a sus propias creencias. Los intelectuales, con su fe equivocada en la santidad del alma humana, por lo general condenan la violencia, incluso cuando los estudiantes son la prueba viviente de que el alma humana se trata de ingenuidad temeraria y pasiones lujuriosas. Los filántropos alivian su culpa capitalista haciendo donaciones a las revoluciones que terminarán por decapitarlos. Los jasídicos dedican la mayor parte de su atención a luchar contra los mitnagdíes, sus opositores dentro de la comunidad judía. Aquellos que sueñan con Palestina terminan muriendo inevitablemente de malaria y los científicos usualmente se terminan suicidando. Parece poco probable entonces que los asesinos de la familia Borokovsky puedan pertenecer a cualquiera de estos grupos. Pero, si no, ¿cuáles fueron sus motivos? ¿Novak debería preocuparse por haber descubierto una nueva forma de insurgencia?

Ha pasado un tiempo desde que los tres invitados sospechosos subieron las escaleras y a Novak no le gusta el hecho de que se hayan demorado tanto en sus habitaciones, las mismas habitaciones que Adamsky rápidamente dejó vacantes para ellos. Esta taberna, que siempre ha albergado a los hombres y prostitutas de Baránavichi, ¿de pronto ya no es un burdel? ¿Ofrecen ahora la comunión aquí? ¿Y qué hacen esos tres arriba? ¿Durmiendo? ¿Conspirar con Adamsky? ¿Afilar cuchillos? ¿Cómo un borracho vagabundo —como el que finge ser— puede justificar subir las escaleras para espiar?

Novak toma su bastón y cojea hacia afuera para respirar aire fresco. Mira en dirección del segundo piso de la taberna. Las lámparas están apagadas y las ventanas oscuras parecen bocas abiertas. Se acerca sigilosamente a los establos. El mozo de cuadra está dormido en un pajar y algunos caballos están dormitando en sus establos. La noche envuelve a Baránavichi con un velo suave y nebuloso. Muy lejos de aquí, en San Petersburgo, Anna, su esposa, y sus dos hijos estarán profundamente dormidos. Si él apareciera de repente y los sorprendiera, ellos fingirían estar felices de verlo, pero sus sonrisas sólo enmascararían la vergüenza intolerable que impone su presencia. Mejor estar aquí parado, vestido con harapos, en medio de la noche, lejos de ellos, porque los harapos son su uniforme y éste es su trabajo, y porque su ausencia de casa al menos tiene una justificación honorable.

El dolor en su pierna se agudiza por las noches. Una vez que se recuperó de su lesión, aceptó sin dudar la oferta del mariscal de campo

Osip Gurko para unirse a la Ojrana, principalmente porque temía la vida sin propósito que le esperaba de otra manera. «Nuestra tarea ahora es demostrar el mismo coraje y dignidad en el frente interno que los que mostramos en la batalla», dijo Gurko a Novak al convocarlo a San Petersburgo. Así fue como Novak asumió su nuevo trabajo lleno de coraje y dignidad. Y era con coraje y dignidad que su red de agentes amenazaban a los civiles, hacían arrestos y arrastraban a niños aterrorizados fuera de sus camas. Todo bien hasta ahí, pero con el tiempo, Novak ha caído en cuenta de que su trabajo requiere del tipo opuesto de coraje y dignidad. La única justificación para realizar sus despreciables labores es ejercer el poder que le ha sido conferido por el Imperio ruso.

Ahora debe volver a la línea del frente que en este momento no es otra que el establecimiento de la mala reputación de Patrick Adamsky. Sabe que si el matón de la cicatriz en la boca es realmente un hábil asesino con cuchillo, el protocolo dicta que debe pedir refuerzos. Con una sola pierna sana, debe tener especial cuidado de evitar una pelea. Por lo tanto, despierta al mozo de cuadra y le dice que lleve un mensaje urgente a sus agentes, quienes probablemente estarán en el paraíso de las delicias de Tomashevsky. El niño se levanta y se sacude el heno de la ropa, como si pensara que es muy normal que un completo extraño lo despierte en medio de la noche y le ordene realizar una tarea. Específicamente esta tarea: debe encontrar a un hombre llamado Albin Dodek también y alertar a los agentes Ostrovsky y Simansky, lo más rápido posible.

Cuando Novak vuelve a su mesa en la taberna, descubre con gran satisfacción que ha tenido un golpe de suerte: el escuálido palillo judío que antes se sentaba con su remilgada y decorosa esposa, está bajando las escaleras, ansioso por unirse al juego de cartas. Los jugadores lo miran y se echan a reír, pero una vez que muestra algunas monedas, están felices de complacerlo. Le ofrecen un trago de vodka barato, anticipando una ganancia fácil y rápida. El palillo humano bebe y se las arregla para perder un rublo entero al final de la primera mano, después de lo cual se sienta acariciando su descuidada barba, como si quisiera aprender alguna lección de su pérdida. En la segunda mano emite una serie de «hmmm, hmmm» y juega su mano sólo tras considerar largamente sus opciones, aunque para todos a su alrededor es claro que su cerebro debe de ser resistente a cualquier forma de lógica. Durante su tercera mano comete un error tan evidente que comienzan a sospechar que en vez de cerebro debe de tener la cabeza llena de paja. Pierde cinco rublos en una sola mano.

En la séptima mano, los jugadores le dicen que está fuera del juego porque se ha quedado sin dinero. El palillo andante les ruega que lo dejen quedarse, declarando que pronto barrerá los bolsillos de todos y prometiéndoles una sorpresa si no lo hace. Felices de seguir burlándose de este desgraciado, los tiburones de las cartas le permiten quedarse en el juego. Después de las manos siete, ocho y nueve, debe cinco rublos adicionales que no tiene, y cuando le exigen la sorpresa prometida se quita el sombrero y ofrece un concierto gratis. «Soy un cantante famoso», anuncia, expulsando en su aliento una neblina de vodka.

«*Adoooooon olaaaaam...*» entona, ahora con un vibrato extravagante. Antes de terminar la nota, un puño cae contra su cara y él escupe un par de dientes en el suelo. Ahora no es sólo un hombre en bancarrota, sino un judío endeudado con un polaco, una situación que inevitablemente terminará mal; pero antes de que un segundo puño pueda encontrar su objetivo, Novak se pone de pie, acerca una silla y anuncia que pagará la deuda del *zyd*. En lugar de cinco rublos, saca un billete de veinticinco rublos.

Los jugadores de cartas se miran atónitos. Un miembro musculoso del grupo está tentado a tomar el dinero, pero su amigo le arrebata el billete y se lo devuelve a Novak con una reverencia. «No es necesario, su alteza». De un momento a otro, la fiesta se disuelve: uno de ellos se disculpa y dice que su esposa lo espera en casa, otro se ofrece voluntario para caminar con él, un tercero está cansado y un cuarto tiene que madrugar a la mañana siguiente. Novak sabe que acaba de descubrir su tapadera. No se supone que un vagabundo borracho como él lleve semejante cantidad de dinero en el bolsillo. Insiste en intentar pagar la deuda del *zyd* mientras comienzan a irse, pero el grupo persiste en rechazarlo y antes de partir incluso sientan al palillo en una silla y le alisan la ropa, aunque no es fácil acicalar a un tonto sin dientes y con la boca ensangrentada. Los siguientes en salir son los comensales de la mesa contigua, arrastrando consigo a un bebedor estupefacto que había estado sentado solo junto a la puerta. Finalmente, las únicas personas que quedan en la habitación son Novak y el *zyd* que mira ausente a un punto fijo delante suyo y murmura «*be-terem koll, yetzirrr nivraaa...*».

Novak se sienta frente a él y le vacía un vaso de agua sobre la cabeza. Aturdido, el palillo mira hacia arriba a Novak como un hombre cegado por la luz del sol.

—¿Dónde está tu esposa? —pregunta Novak con calma—. Te llevaré con ella.

—¿Mi esposa?

—¿No es tu esposa?

—¿Cómo voy a saber quién es? ¿Cómo va a ser mi esposa? Nos conocimos hoy aunque ella dice que fue antier. Me recogieron en Telejany, o eso dicen, aunque no recuerdo haber estado en Telejany. ¿Cómo pueden haberme recogido de un lugar al que no he ido? Sólo el diablo lo sabe. Tal vez el honorable caballero pueda explicármelo, porque no entiendo nada.

Y ahora se le presenta una excelente oportunidad a Novak. Puede cargar este palillo en su hombro y subir las escaleras al siguiente piso sin que se sospeche de sus verdaderas intenciones. Probablemente pensarán que fue caballeroso de su parte rescatar a su amigo de una manada de tiburones y nunca adivinarán que es el comandante de la policía secreta de los distritos del noroeste; pero la única pierna sana de Novak no puede soportar ni siquiera el peso endeble del palillo y cuando lo intenta cargar, resbala en el segundo escalón y el cantor inconsciente aterriza sobre su muslo mutilado. Patrick Adamsky, que debe haber oído el ruido sordo, baja corriendo las escaleras y agarra a los dos por el cuello.

—Cerdos miserables, ¡ya es suficiente!

Lanza al palillo hacia la puerta y patea a Novak en el vientre. El coronel intenta ponerse de pie a pesar de esta humillación, pero su bastón está fuera de su alcance cerca de las escaleras, por lo que se agarra a una mesa y se arrastra sobre un pie en dirección a su tercer pie. Adamsky se le adelanta, mira los grabados en el bastón y se da cuenta de que este no es el bastón de un vagabundo. Es más, Adamsky ha visto a decenas de estos hombres con el paso deformado por una herida de metralla y piernas amputadas por debajo del tobillo, gracias a la innovación del gran cirujano Pirogov. Ahora se enfrenta a Novak con aprensión. Es claro para ambos que sólo pueden ser amigos o enemigos ahora, nada en el medio.

—Entonces, ¿tiene una habitación para mí? —pregunta Novak sacudiendo el polvo y suciedad de la camisa.

—Lo siento, señor —dice Adamsky, asumiendo que este hombre no es más que un capitán—. Estamos llenos por esta noche.

—Puedo compartir con ellos —dice Novak—. Todos podemos apretarnos un poco. ¿Cree que les importe?

—¿Ellos?

—La bonita pareja por la que ha hecho tanto esfuerzo para conseguir una habitación.

Adamsky guarda silencio.

—¿Te pagaron al menos? Con dinero, quiero decir.

—¿Por qué más los hospedaría? —ríe Adamsky—. ¿Por nada?

—No tengo idea.

—Si no pagan, los llevo a patadas de aquí hasta la oficina de policía.

—Bien. —Novak toma asiento—, es precisamente de la policía que quiero hablarle.

Adamsky también se deja caer sobre una silla.

—¿Usted es…?

—No exactamente —dice Novak. Ha estado en el mismo trabajo durante diez años y aún le parece difícil admitir que se ha convertido en un patético espía de la policía, aunque sea uno de alto rango—. No le pediré sus papeles, señor Adamsky…, o debería decir capitán Adamsky.

Novak se da cuenta de que su interlocutor está temblando. El interrogador ha ganado la delantera.

—Como sea, estoy cansado, es tarde y necesito una cama. Como ha visto, o tal vez no, ocupado en los asuntos de su taberna, acabo de rescatar a este tonto de las garras de esos jugadores de cartas indignados.

130

No quiero hacerle daño. ¿Y qué pido a cambio? Compartir una habitación con el hombre cuya vida acabo de salvar. Su esposa también parece simpática, humilde y tímida. ¿Cómo terminó ella en esta alcantarilla? El diablo debe haber tenido algo que ver, aunque no puedo decirlo con seguridad. Seguramente a los dos les gustaría contarme sobre sus aventuras en el camino. Y mientras tanto, usted tendrá tiempo para hablar de los viejos tiempos con ese amigo suyo. ¿O es un adversario? Es difícil de saber. De cualquier manera, si se despierta por la mañana y descubre que la pareja se ha ido sin pagar, con mucho gusto me haré cargo de su cuenta. Podemos incluso mantener esto en secreto entre nosotros dos, ¿no cree?

En ese momento, el hombre de la boca llena de cicatrices baja las escaleras. Pasa junto a ellos y asiente cortésmente, luego se abalanza sobre el palillo que aún está cerca de la entrada. Por un momento parece tener la intención de revivir al pobre miserable, pero en su lugar lo patea en la cara, tira de su oreja y lo arrastra por el pescuezo. Desaparecen escaleras arriba. Novak rasca el piso sucio con su bastón como si le molestara una mancha, luego planta el bastón en el suelo y se pone de pie, cerniéndose sobre Adamsky, que permanece sentado.

—Puedo ver que le preocupa ese hombre, no crea que no me doy cuenta —dice Novak—. ¿Es realmente un viejo camarada, Adamsky? Si en verdad es su amigo, le garantizo inmunidad. Creo que nos entendemos, ¿no es así?

Adamsky palidece.

—Creo que si mantenemos a quienes nos importan cerca, tal vez encerrados en una habitación privada, es una apuesta segura el pensar que no recibirán ningún daño, al menos no esta noche. Y en cuanto a los otros, ¿por qué no dejamos que el destino tome su propio curso?

Adamsky asiente.

V

Alrededor de las tres de la mañana, Fanny se despierta sobresaltada, con la sensación de que una araña gigante trepa por su cuello. Hay

131

una figura sentada en una silla al lado de su cama, sosteniendo su brazo. Ella gira sobre su espalda y mueve su mano al cuchillo en su muslo, pero sus movimientos son demasiado bruscos, la figura la agarra por el cuello y le sujeta el brazo contra el colchón.

—No hay necesidad de tener miedo —dice el hombre en voz baja—, sólo soy yo.

Fanny pierde el aliento. La luz de la luna que entra por la ventana refleja un pequeño trozo de luz en el suelo, pero el resto permanece tan oscuro como la boca de un lobo.

—¿Qué quiere? —dice en voz alta, esperando que Zizek pueda escucharla desde la otra habitación o al menos hasta que despierte a Shleiml, que ronca en la cama contigua. Asume que el hombre sentado a su lado es Patrick Adamsky, el que odia a los judíos. Un hombre que ha incendiado sinagogas no dudaría en atacarla.

—Bueno, querida mía, no nos conocemos, pero yo no soy importante ahora mismo y ciertamente no pretendo convertirme en el tema principal de esta conversación. Usted, por otro lado..., no todos los días uno se encuentra con una mujer tan silenciosa y frágil en una taberna como ésta, especialmente no una con su acento tan peculiar. Si tuviera que adivinar diría que es judía, incluso una madre judía, pero no apostaría mi vida en esta información, porque es bien sabido que las madres judías no abandonan sus hogares ni a sus hijos, ¿no es así?

Cada uno de los sentidos de Fanny está alerta. La ropa del dueño de la taberna apesta a licor mezclado con un aliento desagradable, olor a sudor y la lejana esencia de la sangre. La mano alrededor de su cuello es fuerte y áspera; sería imposible escapar de ella.

—En todo caso, Adamsky, el dueño de esta taberna, me ha asegurado que podemos tener nuestra pequeña conversación sin miedo a que nos interrumpan e incluso he traído este fino brandy de ciruela para brindar por la ocasión. Como su gente dice: ¡*lechayim*! Si aflojo la presión de la mano, ¿promete no gritar?

Fanny asiente. Evidentemente el hombre que está sujetándola no es Adamsky. El bastardo les ha traicionado.

—Muy bien entonces. ¿Segura de que no tomará una copa conmigo? ¿No? No se preocupe, en cualquier caso el asunto está resuelto. En cualquier momento, unos cuantos amigos cercanos llegarán y me ayudarán a atrapar al matón que usted contrató para hacer su trabajo sucio. Perdóneme por no incluir la visión misma de la belleza que ronca a su lado, pero incluso después de un breve encuentro con él puedo decir con seguridad que si ese tonto está involucrado en algún crimen, fue sin su conocimiento. ¿No estaría usted de acuerdo? Lo trajo como seguro: una coartada, en lenguaje legal; pero confiar en el testimonio de un vagabundo como ese es una espada de doble filo que fácilmente puede volverse contra uno. En cualquier caso, dejaría que usted y su cuento siguieran adelante, y tal vez incluso la ayudaría, si eso me permitiera entender qué es lo que quiere. Sin embargo ya hay tres cuerpos en sus manos y me temo que el daño empeorará si no llegamos al fondo de todo esto aquí y ahora. Así que sólo tengo una pregunta y si usted es suficientemente inteligente para responder con honestidad, tal vez podamos evaluar su posición nuevamente. Mi pregunta es ¿por qué? Eso es todo. ¿Por qué?

Fanny permanece callada. La presión sobre su cuello se hace más fuerte.

—Zvi-Meir —susurra.

—¿Zvi-Meir? —La presión cede ligeramente—. ¿Qué demonios es un Zvi-Meir?

Desde el camino que hay afuera se escucha el sonido de cascos al galope. Los caballos se detienen frente a la posada, y luego el repiqueteo de los pasos de sus jinetes se eleva desde el suelo. El hombre que está junto a la cama de Fanny suelta su garganta y sale a saludar a los recién llegados. Convoca a un tipo llamado Simansky para que proteja a Fanny y luego, con serena autoridad, Piotr Novak ordena a los otros dos hombres que lo sigan hasta la habitación del propietario de la taberna, Patrick Adamsky, con la advertencia de que deben esperar cierta resistencia por parte del capitán y de su amigo, dos fuertes soldados.

Simansky no está del todo satisfecho con su tarea. Vigilar a una mujer es un asunto insignificante, cosa de reclutas novatos. Entonces, se queda en el pasillo, más cerca de la acción real. Quizás todavía tenga la oportunidad de mostrar su verdadero valor.

133

Los otros dos agentes y Novak irrumpen en la habitación de Patrick Adamsky y encuentran al propietario y a su fornido amigo profundamente dormidos. Adamsky se despierta de golpe, salta de su cama y le grita a Novak:

—¡Bastardo! Prometió dejarnos en paz.

Pero es golpeado en la cara por Albin Dodek. Ostrovsky y Dodek ya están controlando al tipo de la boca llena de cicatrices: le esposan los brazos a la espalda y le golpean la frente contra la pared. Novak patea a Adamsky con fuerza en el estómago, para devolver el golpe que el propietario le había dado antes y lo golpea en el pecho con su bastón.

—¿Sabe cuál es la diferencia entre un capitán y un coronel?

Adamsky se retuerce.

—Bien, será un placer explicárselo, mi querido señor. Un buen capitán debe ser un oficial ejemplar en el campo de batalla. Tiene que liderar a sus hombres siempre desde el frente, tiene que mostrar un gran coraje y conquistar a sus enemigos; pero un coronel debe ser más astuto, tiene que diseñar estrategias, diseñar desviaciones, incluso sacrificar un escuadrón por el bien de otro. En resumidas cuentas, tiene que ser un bastardo astuto. Cuanto más alto se llega en la cadena de mando, más personas hay que engañar, no sólo entre los enemigos, sino también entre los rangos que reportan al coronel. ¿No es así? Y ahora, volvamos a nosotros. Durante nuestra última conversación, sentí que no nada más estaba sacrificando a esta extraña pareja para salvar a su amigo, sino que también agradecería su captura, pero si este es el caso, entonces de acuerdo con el trato que hicimos, le estaría haciendo un favor y usted no sacrificaría nada por mí a cambio. Por lo tanto, si evaluamos de nuevo nuestra situación, nuestro trato es nulo en este momento. Y ahora, bebamos una copa de brandy de ciruela y tengamos una conversación amistosa, ¿qué le parece? ¡Simansky! —grita Novak hacia el comedor—. Trae a la mujer.

Había resultado ser un plan impecable, ejecutado a la perfección. Dodek y Ostrovsky miran a su comandante con admiración. Las instrucciones de Novak a su asistente y agentes han sido perfectas desde el principio y su evaluación de la situación brillante por igual, especialmente si se considera el hecho de que construyó todo el esquema después de pasar la mayor parte de la noche en esa alcantarilla, siendo pateado en las costillas y el estómago. Después del discurso agudo y preciso del coronel a Adamsky, sus colegas sólo pueden imaginar lo que podría tener reservado para el interrogatorio.

Sin embargo, hay una falla en el plan, aunque no se le pudo haber ocurrido a ninguno de ellos en aquel momento. Simansky, a pesar de sus instrucciones de vigilar a la mujer, ha estado parado afuera en el pasillo por un tiempo, molesto porque se le negó la posibilidad de participar en la acción principal en la habitación contigua. En la habitación que debía de estar protegiendo ha dejado a una pobre mujer indefensa y otra criatura miserable acostada a su lado, quien, a juzgar por el olor rancio, está durmiendo en un charco de su propia orina. Y se espera que él, Simansky, en vez de actuar como un oficial de la ley y el orden, pase el tiempo aquí haciendo de enfermero. Sus camaradas bien podrían llamarlo Florence Nightingale y reemplazar su fusil con vendas y desinfectante. De manera que, muy lentamente, abandona su puesto y se acerca cada vez más al campo de batalla principal en la habitación del propietario. Finalmente, dejando la espalda expuesta a cualquiera que pase por el pasillo, pega la oreja a la puerta tras la que se producen las detenciones.

De repente, Simansky siente un pinchazo en el cuello, seguido de un dolor agudo. Se congela, esperando que pase tan pronto como llegó, y luego pone su mano sobre el lugar donde ha sido picado para ahuyentar al mosquito o a la mosca en cuestión, pero cuando se da la vuelta para continuar escuchando a escondidas la acción en la habitación donde se encuentran los otros, se da cuenta de que su mano está mojada con un líquido extraño. Mira por encima del hombro y ve a la mujer que se suponía que debía proteger de pie justo detrás de él. Ella lo mira con ecuanimidad, la bruja loca, y él cree que debería decirle cortésmente que vuelva a la habitación. En ese momento, un dolor insoportable atraviesa su cabeza, derribando las puertas de su conciencia, y sus puños golpean la puerta, empujándola para abrirla.

Al ver a Simansky en el umbral, Novak lamenta no haberlo despedido inmediatamente después de haber presentado su informe fabricado.

135

Es una vergüenza para la Ojrana tener un agente en sus libros con esa apariencia, con los ojos saltones y la boca babeando como un borracho asqueroso.

—¡Simansky! —grita Novak—. ¿Dónde está la mujer?

Pero antes de que Simansky tenga oportunidad de responder, cae al suelo con un golpe seco, muerto. Su colapso revela a su asesina, aún de pie tras él y, por un momento, todos los enemigos de Adamsky están reunidos en una misma conmoción. Entonces Fanny irrumpe en la habitación y salta al cuello de uno de los dos hombres que sostienen a Zizek. A diferencia de Simansky, el agente Ostrovsky tiene una idea de lo que puede esperar, sin embargo, aún no está preparado para un trabajo tan rápido y decisivo. Le cortan la garganta y se hunde hasta la muerte, pareciendo casi disfrutar de sus últimos momentos. Se desploma en el suelo con la cara entre las rodillas, como si estuviera perdido en sus pensamientos sobre sólo Dios sabrá qué cosa.

Albin Dodek sujeta el brazo de Fanny y le quita el cuchillo de carnicero de la mano, y Novak respira aliviado. Prematuramente, sin embargo, porque el capitán Patrick Adamsky, que había sido inmovilizado por el bastón de Novak en el pecho, se aprovecha de la pelea y salta del suelo. A pesar de sus dos costillas rotas, logra arrebatar el bastón de las manos de Novak. Carga contra Albin Dodek y le golpea con el palo, gritándole al coronel que no se mueva. Dodek deja caer el cuchillo, Fanny lo toma rápidamente y vuelve a levantarlo; Adamsky le quita las esposas a Zizek. Antes de que huyan, el capitán mira con fijeza a Novak, quien le devuelve la mirada, hoscamente. El coronel sabe exactamente lo que pasa por la mente de Adamsky. Los capitanes suelen ser excelentes luchadores y, aunque su pensamiento estratégico tiende a ser algo limitado, saben lo que se necesita para ganar en el combate cuerpo a cuerpo. Adamsky levanta el bastón. Novak instintivamente protege su cabeza, pero el capitán opta por su pierna, y el bastón se parte en dos sobre la pierna ya rota de Novak. El dolor lo desploma tal y como lo hizo en la batalla del Paso de Shipka, cuando vio su miembro destrozado y supo que su sueño de convertirse en general, al igual que el gran Osip Gurko, había terminado. Se había arrastrado sobre la tierra llena de sangre como una lagartija rota con la esperanza de que los espadachines otomanos empalaran al desastre en el que acababa de convertirse. En cambio, el doctor del regimiento había logrado detener el sangrado y salvar su vida, lo que sólo lo llevó cuesta abajo. Ahora Novak se retuerce de dolor a los pies de Adamsky, gritando lo suficientemente fuerte como para que se escuche en todo Baránavichi.

—¿Sabe cuál es la diferencia entre un capitán y un coronel? —dice Adamsky escupiendo—. Un capitán no llora como un bebé.

Justo antes del amanecer, un carro sale de las cuadras de la taberna tirado por dos caballos. Sin embargo, no lo hace demasiado rápido, no debe parecer que sus pasajeros están huyendo.

Patrick Adamsky y Fanny Keismann están sentados uno a cada lado del conductor, Zizek. Ninguno de los tres ha emitido palabra desde su escape. Fanny fue emboscada en su cama, pero terminó victoriosa; Adamsky la traicionó, pero luego vino al rescate y Zizek, quien hasta hace muy poco había sido el objeto principal de la persecución de Novak, fue una vez más golpeado, encadenado y luego rescatado. En la parte trasera del carro yace otro hombre de nombre Shleiml el Cantor. Sobrevivió al drama y al horror de la noche, ya sea borracho, desmayado o dormido, y de todos modos se las arregló para hacer una interpretación de *Adon Olam*. Ahora el monótono trote de los caballos y el traqueteo de la carreta parecen complementar a la perfección su sueño profundo y sus ronquidos rivalizan con el repiqueteo de los cascos de los caballos. Los tres se vuelven para mirar al *hazan* y, aunque no lo admiten, sus corazones están alegres, aunque sea sólo por un momento.

MOTAL

I

Los judíos saben, y Mende Speismann no es la excepción, que el cuerpo puede moldearse con muy poco esfuerzo: todo lo que una tiene que hacer es saltarse una porción extra aquí, evitar dulces allá y en poco tiempo las ropas irán soltándose de la cintura y se moverán con el viento. Es el trabajo interminable sobre el alma propia, que Dios la ayude, lo que es tan desalentador. ¿Cómo va a ser posible que la fe que se le tiene al Rey de Reyes no decaiga en tiempos difíciles? ¿Cómo se puede resistir la tentación de los chismes y las calumnias, el *lashon hara*, la lengua del mal, o suprimir pensamientos heréticos? Por lo tanto, y puesto que debemos elegir con cuidado nuestras batallas, es mejor complacer al cuerpo con un terrón de azúcar cuando lo pide y estimular rigurosamente a un alma que es demasiado perezosa para ponerse en acción y orar. Por este motivo, la gente del pueblo elegido no suele escalar montañas; ellos raramente caminan en campos y llanuras, y sólo estiran sus extremidades una vez al día, por las tardes. A sus ojos, los intelectuales pueden mover montañas con el poder de sus mentes y el guerrero más grande de todos los tiempos es el que conquista sus propias necesidades. Descuidan las preocupaciones corporales en beneficio de la elevación del alma porque les es claro que es preferible tener un alma sana en un cuerpo enfermo a un alma enferma en un cuerpo sano. De eso se trata todo.

Aún así, desde el momento en que Mende Speismann se enteró de la desaparición de su hermana Fanny, ya no soporta estar acostada en su cama. Tras leer el impactante aviso en el *Hamagid*, miró hacia abajo a sus rodillas gordas, sus tobillos hinchados, sus pies carnosos y sus dedos similares a unos bulbos. Mende Speismann siempre se ha obligado a recordarse a sí misma que el cuerpo es lo segundo. Si, Dios no lo quiera, llegara a perder un brazo, aún sería Mende Speismann, pero si dejara de honrar el *sabbat*, ¿qué sería de ella? Sería tan miserable como los *goyim*, un animal sin alma, sin sentido ni propósito.

Aun así, algo en su cuerpo la inquieta de modo tal que no le permite concentrarse en su reflexión espiritual. Sus piernas se sienten como si hubieran cruzado un umbral extraño a través del cual dejaron de ser sus piernas. Esos pies hinchados, los muslos doloridos bajo el estómago flácido, ¿a quién le pertenecen? El bulto de carne podrida que está mirando en este momento no puede ser suyo. La debilidad de sus miembros de alguna manera parece no encajar con quien ella es verdaderamente. Debe estar mirando el cuerpo de un niño indefenso, ciertamente no su cuerpo. ¿Quién eres tú, Mende Speismann? Con el debido respeto por la humillación que sintió tras la desaparición de Zvi-Meir, nunca debió ignorar otras preocupaciones mucho más importantes; sus hijos, por ejemplo, o ayudar a su hermana. Claramente la familia Keismann la necesita en este momento. Natan-Berl y los niños deben estar agobiados y afligidos por el dolor mientras ella sigue acostada en su indolencia. Qué desgracia.

Por primera vez en meses, Mende se pone de pie. ¡Qué felicidad! La cabeza le da vueltas y su cuerpo está tembloroso, pero ella no regresa al cielo seguro de su cama y en lugar de ello se recuesta contra la pared hasta que pasa la tormenta. Cuando vuelve a sentirse estable, examina su habitación con desagrado. Como un rey que vuelve de la batalla para encontrar su reino en ruinas, ella grita con un timbre agudo:

—¡Yankele! ¡Mirl!

Pisadas como de ardilla suenan desde la habitación contigua. Yankele y Mirl estaban jugando en el suelo de la cocina, y un terror repentino les hace esconderse debajo de la mesa, como les han indicado que hagan si oyen caballos galopando. Rochaleh y Eliyahu se colocan frente a los niños, ella petrificada y él inseguro. Autoritario como un mariscal de campo, Mende entra en la cocina con un vestido color turquesa que no recuerda que le perteneciera. La pareja de viejos mira sin tener idea de qué está pasando.

—¿No leen nunca las noticias? —explota Mende—. ¿No saben leer? ¿Nunca hablan con los vecinos? ¿Se han estado escondiendo en su propia casa?

—¿Qué caja? —grita Eliyahu, girando una oreja hacia ella.

—¡Casa! —grita Rochaleh de vuelta.

—¿Por qué no están en Upiravah con Natan-Berl? —dice Mende—. ¿Por qué no me dijeron sobre mi hermana?

—¿No te dijimos qué? —replica Rochaleh a la defensiva—. Tú misma dijiste que está en Kiev.

—Entiendo que tienen tan poco interés en la casa de Israel que no podría importarles menos lo que pasa en su propia ciudad. Ésa es su decisión, pero ¿ahora quieren alejarse de su propia familia? Mi pobre hermana se ha ido, que el cielo nos ayude. Desapareció. Sólo Dios sabe dónde está. Abandonó a cinco miserables hijos y a un marido conmocionado.

—¿Emocionado? —Eliyahu está desconcertado.

—¡Conmocionado! —gruñe Rochaleh y se gira para replicar a las acusaciones de Mende—. Es una tragedia, en efecto, pero nosotros no sabíamos nada al respecto, te lo juro.

—Pero ¿cómo podemos quedarnos aquí cuando nos necesitan en otro lado? —dice Mende consternada—. Vamos, hay que guardar provisiones para el viaje; debemos llevarles buena comida, prepararnos para quedarnos allá tanto tiempo como sea necesario. Los ayudaremos con las labores de su hogar.

—¡Niños! —llama a Yankele y Mirl que aún están mirándola desde su escondite bajo la mesa—. ¿Se van a vestir hoy o no?

Rochaleh y Eliyahu se miran entre sí. Su primer instinto es obedecer, pero luego recuerdan su propia pobreza y se dan cuenta de que están por complacer los deseos de una loca absurda que sigue gritándoles. ¿Qué quiere decir con «buena comida»? Pero si no tienen nada además de papas y zanahorias. ¿Qué provisiones pueden llevarle a los Keismann? ¿Pan mohoso? Tan pronto como concluyeron sus negociaciones sobre los términos del matrimonio de su hijo con Mende Schechter, la hija de Meir-Anschil Schechter, los padres supieron que debían esperar problemas. Habían oído las historias de Grodno. Sabían de la madre de Mende, enferma de melancolía, y su hermana, *die vilde chaya*, los aterrorizaba, pero sucumbieron igualmente a las súplicas del escurridizo casamentero, Yehiel-Mikhl Gemeiner. Habló muy bien de Mende y de sus singulares cualidades y elogió la educación que había recibido de Sondel Gordon, el sastre. Lo único que compartía con su hermana Fanny, les dijo, era la generosa dote con la que llegó a la nueva familia.

Bueno, eso había quedado en nada. Su hijo había dilapidado la dote en su fallido negocio de buhonero, la hermana estaba y seguía loca, y ahora parece que su nuera va por el mismo camino.

—¿Cocinar para ellos? —se burla Rochaleh—. Tú cocina para ellos. Y más te vale empezar tú misma a cuidar de tus hijos en vez de desquitar tu furia sobre tus mayores y superiores.

Rochaleh señala el cuenco de verduras que no tiene más que una papa arrugada.

—Ahí están tus provisiones, a menos que puedas volver al río y volver con tres rublos en el bolsillo otra vez. ¿Y qué estabas haciendo con todo ese dinero? Me he abstenido de hacer esta pregunta durante un mes entero. ¿De dónde lo sacaste?

De acuerdo con las reglas habituales de compromiso, ahora se supone que Mende recibe una reprimenda de su suegra, pero Mende ignora a Rochaleh. La furia de la anciana suena de fondo como una orquesta de grillos. Mende centra su atención en la patata arrugada en su espléndido aislamiento. Dos pequeñas hojas emergen de su centro. Contra toda lógica, la papa sin vida está creando una nueva vida y Mende la recorre delicadamente con los dedos, acariciando las hojitas. Siente la vida latiendo por doquier. Ha ocurrido un gran milagro y se arrastra bajo la mesa para abrazar a sus hijos.

—Mis niños —dice entre lágrimas—. Aquí está mamá.

Los dos niños sollozan con su madre y luego ríen con ella. Rochaleh y Eliyahu miran estupefactos las risas y sollozos del trío: no habían presenciado una escena como ésta en un largo tiempo, especialmente no una inspirada por una papa vieja y arrugada. Se miran entre sí, preguntándose cómo distanciar a sus nietos de la influencia corrupta de su madre trastornada.

142

—Al mercado —le dice Mende a sus niños—, rápido, antes de que todo cierre.

Y guarda la papa en un bolsillo de su vestido.

—¿Qué vas a comprar si no tienes un solo rublo? —dice su suegra—. Deja a los niños aquí, líbralos de presenciar esa desgracia.

Pero Mende ya está saliendo por la puerta con sus dos niños y los tres caminan hacia el mercado como un trío de vivaces gacelas.

II

Es un sofocante día de verano en Motal, uno de esos días en los que un judío demuestra su fe incluso con la ropa que viste, ya que se le recuerda que la fe religiosa y la comodidad a menudo están en conflicto. Después de todo, si el Santo Bendito hubiera mandado a su pueblo a satisfacer su gula con comida, emborracharse en público y fornicar abiertamente, toda la raza humana habría sido devota seguidora de la Torá.

A pesar de que el ejercicio hace que Mende pierda el aliento, ella va saltando entre las casas con uno de sus hijos en cada mano. Al principio, piensa que es mejor quedarse en el sendero sombreado, pero sus pies la llevan al camino principal. Ve la torre de la iglesia y se dirige hacia ella. Su hijo, Yankele, camina con dignidad, tan orgulloso como un pavo real. Por otro lado, su hija, Mirl, está inquieta; en su rostro hay una sombra como la de quien intenta recordar algo importante.

—No te preocupes, hija —dice Mende, sintiendo que a pesar de las dificultades que han tenido que soportar, ahora caminan como si fuesen una sola persona—, nuestra familia debe ser fuerte para ayudar a los que sufren.

Mi pobre hermana, piensa Mende. ¿Será una lunática ahora? ¿Quizás se levantó mientras dormía, se alejó, enloquecida, y se perdió? ¿O tal vez siempre ha sido miserable con Natan-Berl, pero demasiado orgullosa para compartir su secreto?

Esta última posibilidad parece la más acertada. Siempre ha habido algo en la vida de su hermana que nunca ha sido del todo compatible con lo que se podría llamar *familia*. Natan-Berl es, cómo decirlo, un *yishuvnik* ignorante, un oso torpe y sin gracia, cuyos ojos apagados demuestran que el silencio no es necesariamente oro. Protege a sus rebaños de peligros y enfermedades bastante bien y es un quesero consumado, pero la verdad es que Mende siempre ha creído que el entusiasmo general por sus productos es exagerado. El queso es queso y sigue siendo queso aunque lo pises. Los matices que maravillan a los conocedores son meras insignificancias exageradas. Después de todo, sólo estamos hablando de leche madurada, que el cielo nos ayude. Al menos Zvi-Meir tenía cierta sagacidad oculta, cierta agudeza mental. Si alguien le preguntaba a su hermana por qué le gustaba Natan-Berl, sus respuestas no podían ser más que «ordeñar» o «sazonar». En el fondo de su corazón, Mende sabe que ella ha jugado un papel en la desaparición de su hermana. En vez de disuadir a Fanny y salvarla de un matrimonio sin sentido, guardó silencio y permitió que su hermana siguiera adelante con su decisión de pesadilla.

Pero ahora ayudará a Fanny y no se dejará intimidar por la falta de dinero. Mende se detiene resueltamente frente a la tienda de Simcha-Zissel Resnick mientras la aguja de la iglesia se cierne sobre ellos. El hombre está, como siempre, apoyado contra el mostrador medio dormido, pasando los dedos por su *tzitzit* como un plácido niño. La mayoría de los comerciantes se sientan en sus cobertizos traseros a estudiar la Torá mientras que sus esposas, mujeres justas como son, trabajan en el mostrador para santificar el ascenso de sus maridos por la escalera de la sabiduría. En las bodas, las mujeres cantan:

La mujer del zapatero a poner clavos va a aprender,
la del viejo carretero brea en las tablas esparcir,
la del sastre bajo luces de colores a coser,
la del rudo carnicero hace la carne ir y venir.

Pero Simcha-Zissel, su esposa llegó a saber, se queda profundamente dormido tan pronto como pone sus ojos sobre las Sagradas Escrituras. En los primeros días de su matrimonio, esto la enfurecía.

—Qué vergüenza, Simcha-Zissel, sentado sin hacer nada mientras tu esposa se rompe la espalda.

144

—Querida mía, ¿cómo puede un hombre estudiar todo el día sin cerrar los párpados de vez en cuando? —abogaba el carnicero en defensa propia.

A lo largo de los años, su esposa se dio cuenta de que Simcha-Zissel Resnick nunca se uniría a la élite de los intelectuales y decidió que, en su lugar, podría pasar el tiempo medio despierto en el mostrador. Por desgracia, uno no puede permanecer de pie todo el día y, mientras se apoya en el mostrador, de vez en cuando un ojo se le cierra mientras el otro permanece alerta para que la señora Resnick no le tienda una emboscada en su momento de dulces sueños.

Entonces entra Mende aclarándose la garganta. El carnicero despierta sobresaltado, pero suspira con alivio cuando se da cuenta de que no es su esposa la que está parada frente a él. Se hace la barba a un lado y pregunta:

—¿Qué puedo ofrecerle, señora? ¿Pollo?

Sin esperar una respuesta, toma el cuchillo que tiene más cerca y comienza a cortar rebanadas de una salchicha que no le fue solicitada.

Ahora que ha demostrado que está despierto, la mira, pero no reconoce su rostro. Después de otra mirada a sus hijos, barre los restos de salchicha del mostrador y se los ofrece caritativamente en una hoja de periódico. Se pregunta qué sastre cruel podría haber donado un vestido tan ceñido a esta pobre mujer regordeta. Vistas como ésta hacen que Simcha-Zissel Resnick esté aún más convencido de que la línea entre la caridad y el abuso a menudo es borrosa. Es por eso que nunca da a los necesitados nada más que sobras de salchichas. Si un mendigo probara un corte decente, aunque fuera una sola vez, podría volverse loco pensando en todos los sabores que su vida nunca tendrá.

Pero esta implacable mujer no parece satisfecha en lo más mínimo. Aún está de pie en su tienda haciéndole perder el tiempo. Típico de los mendigos, siempre confunden generosidad con debilidad. Exigirán más y más de él y, si él se niega, instantáneamente se convierte en un tacaño; si accede, se convertirá instantáneamente en un filántropo al que nunca dejarán de explotar.

—Muy agradecido —le dice a la mujer con sus dos pilluelos. El olor es insoportable y los cuerpos raquíticos de los niños producen una visión deprimente.

—Simcha-Zissel Resnick —dice la mujer—, soy yo.

¿Yo? ¿Qué quiere decir esta pobre mendiga con «soy yo»?

—Soy yo, Mende Speismann.

Mende Speismann. Simcha-Zissel Resnick no se ha olvidado de ella. Desde su última visita a la carnicería, a menudo se le aparece en sueños, sentada en la choza detrás de su casa, mordiendo tiras de carne roja que él le ha preparado. En sus sueños están acostados desnudos sobre montones de carne cruda, sus dientes gotean sangre y sus apetitos son insaciables. Poseídos se devoran uno al otro, la sangre corre por el rostro frenético de Mende mientras le clava los colmillos en la piel. Una vez que han terminado de comer, se duermen abrazados. Esta misma mañana Simcha-Zissel Resnick despertó excitado después de soñar con Mende Speismann y ahora esta mujer nauseabunda dice que se llama Mende Speismann; sin embargo, un simple nombre no es suficiente para unir a la Mende de sus fantasías con la que está de pie frente a él. No puede ser.

—¿Mende? No puede ser Mende; hace tan sólo un mes ella..., y luego el río..., dijeron que Zizek..., no sabía que...

—Simcha-Zissel Resnick —dice Mende—. Le sorprenderá saber que estoy bien, pero mi hermana está en problemas, que Dios la ayude.

—¿Su hermana? —El carnicero lucha por estar al tanto de esta sobreabundancia de eventos—. ¿Quién? ¿Qué ocurrió?

—Nadie lo sabe. Pero es un asunto delicado. ¡Apresúrese! Debo partir antes del anochecer.

—¿Qué me apresure? —dice el carnicero, perdido.

—Póngame algunos de sus cortes más finos, por favor. Cuatro niños hambrientos están esperándome.

El carnicero duda. Dominando sus fantasías salvajes ha logrado identificar algunas de las características de Mende en la cara flácida que tiene delante, pero aún no puede decidir si ella realmente se ha transformado de mendiga a cliente. Él espera que Mende comience a

146

buscar rublos en sus bolsillos, pero ella permanece allí mirándolo, imperiosa.

—¡Simcha-Zissel Resnick! —grita—. Puedo ver que el honorable caballero está tomándose su tiempo. ¿Tal vez espera un pago? Tal vez se olvida de sus propias deudas. ¿Sabe Reb Moishe-Lazer Halperin cómo tomó ventaja de una mujer en aprietos cuando vino a usted a comprar en su cumpleaños?

¿Tomar ventaja? Pero usted...

—¿Sabe la señora Resnick cómo encendió usted la estufa del cobertizo y luego sedujo allí a dicha mujer?

—¿Seducir? ¡Esto es inaudito!

—La carne, por favor, señor Resnick, y no piense ni por un segundo que con ello pagará toda su deuda.

En este oportuno momento aparece la señora Resnick.

—¿Tu deuda? —Se apresura al lado de su esposo y mira a Mende—. ¿Qué deudas estás discutiendo con esta mujer? ¿Ahora tenemos deudas?

Como cualquier otro hombre judío, Resnick sabe que una esposa tiene una forma de quitarle el aguijón a la autoridad de su esposo. Todo lo que tiene que hacer es dejar que su rostro se vuelva amargo y dejar de hablar —cosas que él no puede prohibirle que haga— y entonces la casa se inundará de tristeza. Resnick sabe que cuando la esposa es feliz, la familia es feliz; mientras que el esposo podría estar feliz o triste y a nadie le importaría. Así que se vuelve hacia su mujer con aire culpable y le cuenta el milagro que acaba de ocurrir. Esta *mujer* con la que está hablando no es otra que Mende Speismann, resucitada de entre los muertos. Es su deber darle los mejores cortes de carne, ¿cómo podría hacer otra cosa?

La señora Resnick no está convencida, pero Mende la deja discutir con su esposo y reanuda su paseo por el mercado con sus hijos. Los cómplices de su última juerga de compras se precipitan sobre ella, la culpa por su participación en la crisis de Mende supera todo sentido comercial. Schneider se posa sobre ella, diciéndole que ha estado pensando en visitarla durante bastante tiempo y ahora ella se le ha adelantado. Después de todo, necesita arreglar su vestido turquesa, el que le cosió el día de su cumpleaños. Ahora puede ver que calculó mal. Es demasiado estrecho en la cintura, y calculó mal la anchura de los hombros. No tiene más remedio que hacer el vestido de nuevo desde cero. El sastre se dirige a Mende como si fuera una novia. Recordando también a sus hijos, toma las medidas de Mirl para un vestido café con muselina blanca y encuentra una nueva chamarra y una camisa limpia y blanca para Yankele. Y cuando Mende le promete pagar su deuda, él la interrumpe:

—¿Es que acabamos de conocernos? Entre amigos no existen las deudas.

Ledermann no se queda atrás. Les da a Yankele y a Mirl un par de sandalias a cada uno, y cuando los dos lo miran asombrados, les pone en las manos dos pares de zapatos de goma para los próximos meses de invierno.

—Para su madre —anuncia con voz potente—, planeo hacer un par de botas de piel. Ahora, ya sé lo que está pensando, señora Speismann: «acaba de hacerme un par de botas, ¿para qué necesito dos pares?». Bueno, déjeme decirle exactamente el porqué...; hoy no estamos conformándonos con lo necesario, sino esforzándonos por lo posible.

Y antes de que Ledermann termine su trabajo, Grossman, el vendedor de pañuelos y Blumenkrantz, el panadero, están parados en las entradas de sus tiendas, discutiendo sobre a quién debería visitar a continuación: ¿será al mejor vendedor de pañuelos del distrito o al pastelero cuya reputación ha llegado hasta Minsk?

Pero Mende sale de la tienda de Ledermann sin prestar atención a ninguno de los dos. Ahora tiene poco tiempo para ellos, así que tal vez sea mejor que vayan a su casa en los próximos días.

—¿Su casa? —dice Blumenkrantz, inseguro.

—Quiero decir, esto es inusual..., pero claro, ¡su casa! —acepta Grossman, sobrepasando el entusiasmo de su rival.

Qué milagro. Hace poco, en su vigésimo sexto cumpleaños, Mende Speismann había caminado por el mercado con treinta y dos rublos y setenta y un kopeks en el bolsillo, una suma considerable, y unas horas más tarde estaba inconsciente y casi arruinada. Ahora, sin una sola moneda a su nombre, regresa con sus suegros con un lote impresionante de cosas: ropa y calzado finos, suculentos cortes de carne y las promesas de visita de los comerciantes. ¿Cómo podría haber dudado alguna vez de la sagacidad y la fe del Todo misericordioso, en la generosidad de su pueblo, sabiendo cuán ansiosos están por cumplir sus mandamientos?

—¡Bendito sea siempre! —grita mientras salta con sus niños todo el camino de vuelta hasta casa de sus suegros, sintiendo la nueva vida pulsando dentro de sí. ¿Podría haber un niño creciendo en su vientre a pesar de que su marido la ha abandonado desde hace tanto? Cree en los milagros, por Dios que cree, pues nadie podía haber predicho que algún día volvería a salir de la cama. Y ahora está preparándose para viajar al pueblo y rescatar el hogar de su hermana. Mientras el protector de Israel esté en el cielo, cualquier cosa es posible, sin importar qué tan escandalosa pueda parecer.

III

La gente dice que Rivkah Keismann, la madre de Natan-Berl Keismann, es una mujer difícil. La verdad es: Rivkah Keismann es una mujer de naturaleza buena.

La gente dice: Rikvah Keismann se queja todo el día. La verdad, la mayor parte del tiempo Rivkah Keismann no dice nada porque sus penas están más allá de las palabras.

Es verdad que, de vez en cuando, su viejo cuerpo deja salir un gruñido. No puede evitar tener las manos nudosas por lavar ropa en el río, o la espalda torcida por cargar cubos de agua durante años, o que su piel no sea tan suave como solía ser. Uno debe recordar que Rivkah Keismann ya no es una jovencita; se acerca rápidamente a los sesenta años. Aún así, nunca se ha quejado en toda su vida. Le dijeron que se casara con Shevach Keismann y así lo hizo. Le dijeron que debería ser la esposa valiente sobre la que todo mundo habla en la víspera del *sabbat*, y lo fue. Le dijeron que siguiera a su esposo a donde fuera, y ella lo hizo, a pesar de que él eligió vivir junto a los *goyim* en el campo.

Le dijeron que Natan-Berl sería todo lo que el Dios de las alturas le daría en la vida y entonces se volvió su prioridad, su único hijo al que ama tanto. Le dijeron: «tu hijo se ha convertido en hombre y debe encontrar una esposa, así que debes dar un paso atrás y mantenerte al margen». Bueno, ¿y no fue lo que hizo? Pero no le dijeron que la pareja olvidaría el mandamiento que dice «honrarás a tu padre y a tu madre». Y no le dijeron que «al margen» significaría una cabaña en el patio en lugar de una habitación dentro de la casa. Su hijo y su nuera no quieren vivir bajo el mismo techo que ella, así que la envían a dormir a la letrina, como un perro. En lugar de apreciar su ayuda, la tratan como una carga. ¿Y qué pide en su vejez? ¿Dinero? Dios no lo quiera. ¿Amor? En sus sueños. ¿Salud? No a su edad. Entonces, ¿qué es, en resumen, lo que ella pide? Un poco de atención y respeto, eso es todo. Cosas que no cuestan dinero y ni siquiera toman tiempo: una palabra, una mirada, un colchón dentro de casa. Si Dios pudiera ver cómo vive. Estaría mejor muerta.

La gente dice: Rivkah hace un infierno de la vida de su nuera, Fanny Keismann. Critica todo lo que hace Fanny. Si Fanny acaba de limpiar la casa, Rivkah detecta una mota de polvo en el rincón. Si Fanny hace lentejas, Rivkah recomienda un condimento diferente. Cuando Fanny viste a los niños, inmediatamente escucha un grito en la habitación contigua: «¡Hace demasiado calor para un abrigo!», o bien, «¡Hace demasiado frío para una sola capa!». Ningún error pasa desapercibido para Rivkah Keismann, ¿y cuál es la fuente de cada error? Que la tarea no estuvo en manos de Rivkah Keismann desde el principio, por supuesto.

La verdad es: Rivkah Keismann es la única sometida a tal escrutinio. ¿Por qué no iba a pensar que Fanny, su nuera, conocida en la congregación de Grodno como una *vilde chaya*, una bestia que mata ovejas con un corte rápido, no es lo suficientemente buena para su hijo? ¿Es inaceptable pensar que las habitaciones no están suficientemente limpias después de que Fanny las haya barrido? ¿Es alarmante decir que la comida de Fanny es demasiado salada? ¿Acaso Rivkah Keismann no crió a su propio hijo como para saber la diferencia entre nietos juguetones y desobedientes? ¿Y qué hay de los gastos imprudentes de su nuera? Ropa nueva, ¿no es suficiente remendar la ropa vieja? Comida suntuosa, ¿no eran felices antes de comenzar a comer truchas? Lecciones de hebreo y aritmética para sus hijas, ¿acaso Rivkah Keismann no se casó y tuvo una familia sin necesidad de ninguno de los dos?

Naturalmente, se guarda la mayoría de sus opiniones para sí misma; cualquier cosa por una vida tranquila. Ella trata de mantenerse en buenos términos con todos, y tal vez ése fue su error. Porque no se puede negar que esta mujer, Fanny Keismann de nombre, una mujer justa en verdad, salió de su casa en medio de la noche. Dejó un breve y ridículo mensaje para su esposo, Natan-Berl: «Cuídense hasta que regrese». ¿Cómo se cuidarán los niños desconcertados, abandonados por su madre? Y la *Mamaleh* pájaro aún no ha regresado al nido de sus polluelos.

Al principio, Rivkah Keismann le dijo a los niños que su madre se había ido para cuidar a su abuelo; pero luego cayó en cuenta de que estos niños tenían la edad suficiente para recordar que Meir-Anschil Schechter murió hace un tiempo, así que les dijo que su madre se había ido, sólo por una semana, para ocupar un importante puesto administrativo. Shmulke se sorprendió de que su madre hubiera sido nombrada empleada, Mishka quería saber por qué necesitaban ganar más dinero y David contó siete días, un día a la vez, y exigió una explicación cuando hubo transcurrido una semana. Sin mencionar a la pequeña Elisheva, quien de vez en cuando mira el delantal de su madre colgando de una silla en la cocina y grita «¡*Mamaleh*!»; y Gavriellah, la mayor, que carga a la hermana menor, la bebé, y la consuela con una expresión impenetrable en el rostro. El corazón de Rivkah está hecho pedazos. ¿Qué puede decirles? Fija la mirada en el suelo y no dice nada.

¿Y qué hay de Natan-Berl? Pues bien, su caso es simplemente desgarrador. La gente dice que nada puede penetrar la piel de armadura que tiene su hijo porque él acepta las maravillas y las aflicciones del mundo con ecuanimidad. La gente dice que Natan-Berl imputa cualquier diferencia entre lo que un hombre quiere y la realidad de cómo es el mundo —una importante diferencia en que la mayoría de las personas tiende a culpar al mundo— a sus deseos excesivos y su cabeza estúpida. ¿No preferiría que el resto de la gente cuidara de sus animales tan bien como él? No hay dudas. Por supuesto que lo haría. Pero ¿quién es él? ¿Qué es él? Uno de tantos. Hay tanto de todo y tan poco de él, ¿entonces por qué todo debería de alinearse con su propia voluntad?

Pero la verdad es que, como Rivkah Keismann se permite decir, nadie conoce el alma de un hombre como su madre. Natan-Berl camina por la casa como si lo hubiera partido un rayo. No dice una sola palabra en la cena, se acuesta temprano y se va de casa antes del amanecer.

La gente dice que así ha sido siempre Natan-Berl. Se despierta antes del amanecer para ordeñar las cabras, luego bate la leche, pastorea el rebaño y antes del anochecer regresa a casa con su familia. La verdad es que uno puede realizar las mismas acciones con alegría, buscando lo sublime en la vida diaria o puede pasar miserablemente por cada uno de los movimientos. Por supuesto, nadie detectaría una diferencia en los gestos de Natan-Berl. Su rostro afronta cada día sin delatar ningún signo de crisis. Sus manos gruesas y peludas siguen ordeñando a los animales con su ternura mágica; pero en el fondo, ay, en el fondo, sólo su madre sabe cómo se le desgarra el alma y se le paraliza el corazón.

El nombre «Zizek», que aún no se ha pronunciado en la casa de Natan-Berl, está en boca de todos los demás. En una extraña coincidencia que ni siquiera el diablo podría superar, tanto Fanny como Zizek desaparecieron en la misma noche. De todos los hombres que hay en el mundo, su nuera se fugó con un *goy* bueno para nada, un hombre que le dio la espalda a su fe judía por un plato de sopa de cerdo, un hombre que se sienta solo a remar como el idiota del pueblo.

Rivkah Keismann se ha visto obligada a tragarse su orgullo y a empezar a dormir dentro de una casa donde no es bienvenida. Tuvo que tomar la iniciativa, moviendo ella misma sus pertenencias y tendiendo un colchón junto a sus nietos. Sin pedir permiso a nadie, también envió una misiva urgente al *Hamagid*. Que cualquiera diga una palabra. Que cualquiera diga que Rivkah es entrometida, que Rivkah interfiere. ¿Y cuál es la verdad? ¡Esa Rivkah tiene razón! Rivkah lo supo todo el tiempo. Rivkah sospechó. Rivkah dudó. Lamenta mucho que no estén de acuerdo con sus acciones, pero en momentos como estos debe elegir entre lo malo y lo peor para su familia.

Si, acaso, alguien todavía quiere disfrutar de su escepticismo, que se acueste en vela toda la noche como ella lo hace. Que escuchen a su hijo sollozar en la habitación de al lado y que sus noches sean perturbadas por las pesadillas de los niños. La gente le dice a Rivkah Keismann que los niños tienen pesadillas, que siempre ha sido así, y que Natan-Berl es famoso por sus ronquidos estentóreos. Rivkah responde que un extraño que escucha sin duda creería que se trata de un simple ronquido; pero en el fondo, Dios mío, en el fondo, el corazón maltrecho de su hijo palpita en agonía.

IV

La mañana del viernes, mientras su hijo Natan-Berl discute el problema de los lobos con sus pastores, preocupado por el sonido de los aullidos cada vez más cerca de su rebaño y preguntándose si deberían aumentar la altura de sus cercas, Rivkah despierta con pánico. Le arden los huesos. Casi llega el *sabbat*. La cabeza le da vueltas con el número de tareas que tiene por delante. No sabe por dónde empezar. A su edad debería de ser la invitada de honor en el *sabbat* de su familia. Un momento antes de la llegada de la reina del *sabbat*, debería entrar a una habitación llena de nietos cariñosos rodeando una mesa repleta de manjares, pero en lugar de esa existencia tranquila, se encuentra criando a la familia de su hijo. Y ahora, mientras mira por la ventana, ve algo inquietante. Una mujer corpulenta y dos niños flacuchos se acercan a la casa empujando un carro de madera cargado de costales. Deben estar esperando algún tipo de limosna de la casa Keismann. Si tuviera dinero de sobra, ¿no ayudaría? Por supuesto que lo haría, no es una mujer cruel, pero estos son tiempos difíciles. Cuando las cosas se ponen difíciles, no hay lugar para la generosidad engreída con la que uno parece decir: «Yo tengo y tú no tienes», una mezquindad que sólo los ricos pueden considerar caritativa.

A juzgar por el elegante vestido de la mendiga —a pesar de su atroz color turquesa—, esta judía no es una limosnera cualquiera. El vestido obviamente está hecho a medida, el cuello es elegante y la tela es un lino de excelente calidad, por lo que esta mujer debe ser una dama que hace poco cayó en el infortunio. En este punto siente miedo, pero también curiosidad. ¿De quién puede tratarse?

Un golpe en la puerta es seguido por dos golpes rápidos y sincopados. ¿Es así como es en estos días?, ¿extraños llamando a las puertas de las personas con tanta despreocupación?

Siguen tres golpes más del mismo patrón rítmico, Rivkah abre un poco la puerta y se asoma con malhumor.

—¿Qué desea, señora?

—¡Abuela! —exclama jovial la mendiga con los brazos abiertos.

—¿Abuela? —Rivkah es tomada por sorpresa e intenta cerrar la puerta.

—¡Abuela! —La mendiga la empuja e irrumpe en la casa—. ¿No me reconoces? Soy Mende Speismann, la hermana de Fanny, y estos son mis hijos, Yankele y Mirl. Nos enteramos de la tragedia y hemos venido a ayudar a Natan-Berl y los niños.

Rivkah lo sabe todo de Mende Speismann. Siempre ha sido la mejor de las dos hermanas. Una mujer humilde de buenos modales, una ama de casa ejemplar y una buena madre. Su esposo es un inútil, por supuesto, un bueno para nada, pero Mende lo sobrelleva con vergüenza y dignidad. Ni siquiera insinúa que algo anda mal, nunca se queja, se guarda el dolor, como debe hacerlo una hija de Israel. Siempre ha tenido una cierta gracia inspiradora, algo agradable y sereno en el rostro. Entonces, ¿quién es esta mujer que se planta tan audazmente ante Rivkah? Una vagabunda abotargada. Y, a juzgar por su arrebato, una muy grosera. Tiene una barriga ancha y flácida, y su rostro está acolchado con pliegues de grasa como los de un bebé; las mejillas casi se tragan sus ojos, su barbilla está hundida y sus labios demasiado rellenos. Podría ser Mende Speismann, pero, incluso si lo es, Rivkah Keismann no necesita su ayuda, y en este momento está considerando seriamente pedirle que se vaya de la casa a pesar de que el *sabbat* ya casi está aquí y ella es familia.

—He traído buena comida —declara Mende Speismann y se voltea hacia el carro para sacar los costales. La abuela detiene la oración que estaba por pronunciar mientras ve las bolsas de papas y vegetales, los zapatos para niños y tela para ropas nuevas.

—No necesitamos nada de eso —murmura Rivkah, husmeando entre los vegetales y eligiendo los mejores rábanos.

—Como sea —dice Mende alegremente mientras extiende las telas sobre una silla—. Como desees.

—Así no —dice Rivkah reacomodando las telas y alisando las arrugas—. No las pongas así.

Este extraño grupo de cuatro se sienta a comer una rebanada de pan con un poco de cebolla y pepino que Mende ha traído. Rivkah Keismann le cuenta a Mende sobre la desaparición de su hermana y la invitada chasquea la lengua durante todo el relato.

—Es simplemente espantoso —dice Mende poniéndose las manos en la cara—. Qué tragedia. Mi pobre hermana miserable.

Y asiente con simpatía cuando Rivkah dice:

—¿Realmente crees que ella es la pobre y miserable? ¿Qué hay de Natan-Berl? ¿Qué hay de sus hijos? ¿Qué hay de mí?

Mende vuelve a chasquear la lengua.

—¡Qué Dios los ayude a todos, todos son miserables!

—No todos son miserables, señora Speismann, no todos. ¡Hay sombras y matices en estos asuntos!

Sin embargo, en medio de esta escena, la abuela nota una sonrisa extraña en el rostro de Mende Speismann. A Rivkah le gustaría saber qué puede tener de divertido semejante calamidad y comienza a preguntarse si, al igual que su hermana, Mende habrá perdido el juicio.

Mende se levanta para cortar un poco de salchicha que saca de los costales y los ojos de Rivkah se mueven alarmados hacia la puerta. No había visto carne en esta casa durante años y desde que se convirtió en Keismann ha sobrevivido principalmente de queso. Los Keismann han aborrecido la carne desde el principio de los tiempos. Apenas recuerda el sabor de la salchicha.

Pero ahora, mientras Mende le pone una rebanada de salchicha en el plato, Rivkah Keismann no protesta. Disimula el delicioso espasmo producido por el picante de la carne con regaños a Yankele y a Mirl —que enderecen las espaldas y que no coman con la boca abierta ni pateen la mesa y que pidan las cosas con educación— y ellos a su vez la miran con calma absoluta y se mantienen firmes, ignorándola por completo. Para sorpresa de Rivkah, Mende se une a su coro de críticas diciéndole a sus hijos que obedezcan las instrucciones de la mujer, las cuales deberían de haberles sido obvias, en primer lugar. Ahora que Rivkah Keismann tiene apoyo, continúa diciéndole a los niños no sólo que guarden silencio, sino que también les prohíbe hablar en su lenguaje secreto de señas. «Un gesto es lo mismo que una palabra», dice la abuela y su madre concuerda. Al final, Rivkah le ordena a los niños que se levanten de la mesa y laven los platos.

Mende también obedece esta orden, lo cual es desconcertante para Rivkah. Evidentemente, Mende no tiene el temperamento rencoroso de su hermana. Incluso toma una escoba y barre el piso con una sonrisa aún más tonta que la que tenía antes. ¿Y si les permitía quedarse? Después de todo, Rivkah podía ayudar a esta pobre familia, podía ponerlos de nuevo en pie y dar sentido a su vida sin padre ni marido. Han estado vagando de aquí para allá con el carro de un buhonero, y ahora están sentados en una casa decente con abundancia de delicias para el *sabbat*. Queda mucho por hacer antes de que llegue la reina, pero Rivkah cumplirá una *mitzvá* importante si les permite disfrutar de una comida festiva rodeados de la familia.

Y entonces, sin más preámbulos, Rivkah le explica a Mende todo lo que debe hacerse antes del mediodía y la invitada asume la responsabilidad de todo. Mende es perfectamente consciente de que la abuela trata a sus hijos con crueldad y de que se está aprovechando de la ayuda —después de todo, Mende no es una completa tonta—, pero en este momento, integrarse en el hogar de la familia de Natan-Berl es lo que más le importa. Entonces pone la mesa para el *sabbat* de acuerdo con las instrucciones de Rivkah como si ella misma, y no Fanny, fuera la nuera de la anciana. Mende ha hecho lo correcto al venir a ayudar a los pobres huérfanos de Keismann en su hora de necesidad.

V

Los preparativos para el *sabbat* están atrasados. Mende está haciendo las cosas completamente al contrario de lo que normalmente haría. Enciende demasiado tarde el fuego, poniendo en riesgo los estrictos horarios de la reina del *sabbat*. No envuelve el jalá en su cobertura trenzada. El *borscht* es insípido. Las *kartoshkas* no están bien cocidas. Los cinco hijos de Fanny gritan, refunfuñan y se niegan a obedecer a su tía cuando les indica que vayan a asearse y vestirse adecuadamente.

El pandemonio reina en la casa. David viste sus ropas del *sabbat* al revés y Gavriellah pule los candeleros a pesar de que ya se había limpiado las uñas. Mende corre por la casa mientras los niños pelean y Rivkah Keismann se sienta a la mesa y dirige los procedimientos dando instrucciones de última hora. Si tan sólo la hubieran escuchado desde el principio, todo habría estado bien, pero ahora todo lo que podía haber salido mal, ha salido mal. Rivkah debería haber asumido que Mende era incapaz de pensar racionalmente. La próxima vez ensayará hasta el último detalle con ella.

El caos es coronado con una pelea porque Mende no deja de defender a su hermana.

—Es imposible saber qué le pasó por la cabeza —dice Mende.

Esto encoleriza a Rivkah.

—No importa qué es lo que le pasó por la cabeza.

—No puedes juzgar a las otras personas hasta no estar en sus zapatos —prosigue Mende.

Rivkah golpea la mesa con un puño.

—Si ése fuera el caso, nadie que haya cometido un crimen se enfrentaría nunca a juicio.

—Decir crimen es una exageración.

—¿Entonces cómo lo llamarías?

—Un error.

—Un crimen.

—Un error.

157

—Déjame preguntarte algo —dice Rivkah—. ¿Tú te irías? Nunca. ¿Abandonarías a tus hijos? Sabes que no lo harías. Bueno, dime entonces, ¿fue un crimen o un error?

—La palabra no tiene importancia; es posible que mi hermana haya sido miserable durante años.

—¿Y tú no eras miserable con Zvi-Meir?

—Por supuesto que no —dice Mende, horrorizada—. Hubo tiempos difíciles, pero nunca fui miserable.

—¿Y desapareciste de casa?

—¡Cómo te atreves! No soy tan salvaje.

—¡Ajá! —La abuela aplaude—. Entonces, ¿por qué proteges tanto a tu hermana rebelde?

—No quería decir eso. Cada caso es diferente. Algo pudo haberle pasado. Tal vez la secuestraron.

—¿Y el secuestrador dejó una nota?

—No lo sé.

—¿Y qué sí sabes?

—Que ella es mi hermana y debo ayudarla.

—Nadie puede discutir eso.

—Entonces estamos de acuerdo.

—¿En que tu hermana es una salvaje? ¡Totalmente!

Sin embargo, a pesar de estos debates fútiles, y aunque los hijos rebeldes se mecen en la silla de Rivkah Keismann como un bote en alta mar, la calma invade sus miembros. Así debería haber sido siempre. Si tan sólo Natan-Berl se hubiera casado con otra mujer, una mujer como Mende Speismann, entonces Rivkah podría haber confiado a su hijo a sus manos hábiles y unirse al Creador. En su lugar, las preocupaciones que ha tenido que soportar durante los últimos años han prolongado su vida en contra de su propia voluntad y teme que, si deja a su hijo en estas condiciones, se verá eternamente atrapada entre este mundo y el siguiente. ¿Para quién sigue viva? Estaría mejor muerta.

Mientras Mende pincha una *kartoshka* con su tenedor para probar qué tan suave está, David se vuelve a poner la kipá en la cabeza, Gavriellah peina el cabello de Elisheva, Mirl se arrastra debajo de la mesa con un trapo para ayudar a su madre a limpiar el comedor, Yankele, Mishka y Shmulke juegan con fósforos; y la abuela se pregunta: ¿por qué no deberían de ser siempre así las cosas? Fanny no regresará, e incluso si lo hace, Natan-Berl no la aceptará. Quizás la elocuencia y la vivacidad no estén entre los puntos fuertes de su hijo, pero no hay nada que le importe más que la dignidad y el decoro. Una madre conoce los pensamientos más íntimos de su hijo y Rivkah confía en que Natan-Berl ha decidido olvidar a Fanny.

Bueno, ¿por qué no modificar la práctica del *yibbum* y reemplazar a la esposa ausente con su hermana actual? Si los hombres judíos pueden casarse con las viudas de sus hermanos, ¿por qué no casar a Mende con su cuñado viudo? Ciertamente, este asunto debe discutirse con Reb Moishe-Lazer Halperin en primera instancia. Después de todo, ella no está calificada para tomar decisiones halájicas. Aún así, es difícil imaginar que la ley se opondría a una unificación natural de la familia.

Con esto en mente, cuando Mende saca distraídamente la pierna de cordero que trajo de Simcha-Zissel Resnick para colocarla a asar en el horno, la abuela se levanta, pone sus manos en la cintura de Mende y explica que sería mejor si Natan-Berl nunca supiera que la carne había entrado en su cocina. Mende tiembla por todas partes: ¿cómo pudo haber sido tan estúpida? Pero la abuela la tranquiliza; por suerte para ella, Rivkah está aquí, de lo contrario, ¿quién sabe qué habría pasado? Natan-Berl podría haber volcado la mesa en su ira y nunca volver a mirar la bonita cara de Mende, pero ahora que el desastre ha sido evitado, Mende Speismann suspira con alivio y comienza a creer que quizá su rostro podría haber mantenido algo de su belleza, a pesar del peso recientemente ganado. Rivkah Keismann misma lo dijo. Al escuchar la voz de Natan-Berl llamando a sus cabras cerca de la casa, siente aleteos en el estómago.

Natan-Berl no entra a la casa de la manera habitual. Tal vez el vagón de Mende estacionado afuera despierta sus sospechas, o tal vez sea la conmoción dentro de la casa. Pueden ser los olores desconocidos que provienen de la cocina, no se sabe cómo funciona la mente de Natan-Berl o hasta dónde pueden llegar sus agudos sentidos. De todos modos, de pie en el umbral, se asoma al interior, cuenta el número de personas y se da cuenta de que es más alto de lo habitual. Alzando los ojos con esperanza, ve a su cuñada, Mende. Avergonzada, Mende comienza a explicar por qué está aquí, pero la abuela le pellizca el brazo, como diciendo: el silencio de Natan-Berl es una buena señal. No hay necesidad de arruinar el momento con palabras.

Los niños inmediatamente saltan sobre la espalda de su padre-oso, e incluso Yankele y Mirl están felices de verlo. David y Mishka ya están discutiendo sobre quién saldrá con los pastores el domingo y Gavriellah está enojada con ambos, porque rompieron un plato de col en la carrera por llegar hasta su padre. La joven Elisheva se desliza entre todos para colgarse del cuello de su padre: «¡Yo! ¡Yo!», y el repentino alivio en su rostro les dice que ya ha tomado una decisión. De alguna manera, ante sus propias narices, en un breve momento de distracción, el padre y su hija menor han hecho un pacto con una sola mirada. Se decide que el domingo será el día de Elisheva para salir con el rebaño.

Pero la envidia no se convierte en amargura. Los hermanos de Elisheva saben que ella necesita a su padre más que ellos. Durante los últimos tres días ha llamado a su madre sin recibir respuesta y a pesar de que su abuela ha intentado consolarla —«Ya, ya, aquí está abu»—, la niña no deja de sollozar y quedándose dormida sólo después de ceder a la fatiga del llanto. Los niños no hablan entre sí de esto, sin embargo, entienden que no es el momento para comportarse mal cuando no consiguen lo que quieren. Su madre hubiera querido que fueran generosos con su hermanita. Tras dos semanas de ausencia, el recuerdo de Fanny se ha mezclado con la ira y el resentimiento. Su voz suave aún resuena en sus mentes y el anhelo doloroso que sienten sólo se intensifica. Desafiando toda lógica, su incapacidad para entender por qué ha desaparecido no les quita la confianza en que volverá. Ajustarán las cuentas con ella a su debido tiempo.

En cuanto a Natan-Berl, nadie sabe lo que pasa por su mente. Bendice el vino y luego se lava las manos como siguiendo un ritual. Sentado en la cabecera de la mesa, parece no recordar por qué están reunidos, ni darse cuenta de que debe pasar la jalá después de la bendición sobre el pan. La abuela se aclara la garganta y Natan-Berl se

160

incorpora, sorprendido. Si alguien le hubiera dicho que hoy era martes, habría dicho «tanto mejor», y se hubiera puesto a comer. Mende toma nota de que en esta casa no se recibe el *sabbat* tan extravagantemente como ella y Zvi-Meir lo solían hacer.

Los adultos no intercambian una sola palabra durante la comida, aunque de vez en cuando se dirigen hacia los niños. La abuela con reprimendas, Mende con peticiones y Natan-Berl con uno que otro asentimiento. Mende piensa para sí misma que si Natan-Berl regresara a casa y encontrara a los tres patriarcas y las cuatro matriarcas sentados a su mesa, bajaría la cabeza, se sentaría y masticaría bruscamente su comida. ¿Quién puede culpar a su hermana por huir de semejante tedio? Si se tratase de parientes lejanos, les habría dado las gracias al final de *sabbat* y habría regresado felizmente a casa; pero estos niños, que Dios los ayude, son sus sobrinos y sobrinas, sangre de su sangre. ¿Cómo puede dejarlos abandonados sin una madre que les enseñe la diferencia entre el bien y el mal? No tiene elección. Se le ha ordenado que los ayude. Si los deja cuando termina el *sabbat*, nunca podrá volver a mirarse a la cara en el espejo.

Al mismo tiempo, piensa que el silencio también puede tener sus ventajas. Recuerda un viernes por la noche en que estaba muy cansada y Zvi-Meir había llegado a casa en un estado de gran agitación, queriendo discutir con ella un tema que ningún sabio de la Torá había contemplado antes: ¿cómo era posible que Adán y Eva pudieran comprender la prohibición del fruto del árbol del conocimiento, si fue hasta que comieron del fruto que se les otorgó la capacidad de razonar?

—Es una paradoja, ¿lo ves?

—Más o menos.

—¿Qué quieres decir con *más o menos*?

—Después —suspiró Mende.

—Esto no puede esperar, ¿por qué no puedes entenderlo?

Mende, exhausta, se vio obligada a estirar los límites de su comprensión y asentir durante la caótica conferencia de Zvi-Meir que duró toda la comida. Él notó el cansancio de su esposa y le pidió que repitiera lo último que había dicho; ella le pidió que dejara el asunto, admitiendo su fatiga. Zvi-Meir se levantó de su silla y golpeó la mesa.

—¿Exhausta? ¡Eres estúpida! —Succionó sus propias mejillas, que estaban enrojecidas por el alcohol, y luego siseó—. ¿Por qué estoy discutiendo los asuntos de la Torá con una mujer?

Ahora, mientras se sienta en silencio, Mende piensa que no hay nada de malo en los silencios fluidos. En cualquier caso, su experiencia le ha enseñado que las personas pueden hablar sin parar sin comunicar nada realmente. Sin embargo, cuando Natan-Berl deja la mesa sin siquiera mirarla de reojo, sabe que sus días aquí están contados. Rivkah toca su pie y le susurra al oído:

—¿Puedes ver lo contento que está Natan-Berl de que estés aquí? No lo había visto tan feliz en mucho tiempo.

VI

Mende tiene pocos defectos. En sus mejores momentos es una mujer agradable, respetuosa y modesta. Se opone firmemente a las frivolidades del jasidismo; Mende no hace preguntas sobre asuntos elevados y nunca duda de lo que le enseñaron a creer. Su fe descansa en el cumplimiento de los mandamientos. Incluso si alguien le presentara una prueba irrefutable de que el Creador no requiere que ella ayune, ella persistiría con aquella tortura autoinfligida. Mende pone su confianza en las prácticas milenarias de los judíos sin preocuparse nunca de por qué tales prácticas deberían seguir siendo necesarias. Y al ser tan receptiva en cuestiones de fe, tampoco es quisquillosa en lo que respecta a asuntos familiares. Cuando murió su madre durante su infancia, se distanció de su padre y de su extraña hermana, albergando un único deseo: tener una familia propia. No soñó con un marido que fuera un erudito brillante o un hombre de negocios experimentado. Apenas podía visualizar una cara. De hecho, no tenía ni idea de cómo sería él, pero cada vez que pensaba en sus cinco hijos imaginarios sentados alrededor de la mesa mientras servía carne con papas, sabía que él también estaría allí. Su figura estaba más allá de su alcance, pero su presencia estaba fuera de toda duda.

Algunos dirían que Mende Speismann tenía pocas expectativas en lo que respecta a su futuro esposo. La presencia, estar en un lugar determinado en un momento determinado, es después de todo una necesidad clara en un cónyuge. Sin embargo, siendo honesta, Mende nunca le pidió a Zvi-Meir nada más. Así como su mente aguda y sus estudios en la prestigiosa Yeshivá de Valózhyn fueron un regalo inesperado del Dios de las alturas, la brusquedad y los latigazos que su esposo le asestaba con la lengua fueron defectos que tuvo que soportar. Lo bueno siempre está ligado a lo malo y la vida nunca es en blanco y negro. Mientras se sienten juntos para la cena del *sabbat*, eso es suficiente, y alabado sea Dios.

Y de este modo, el desayuno que Mende prepara el séptimo día de la semana para la familia de Fanny le parece el cumplimiento de su visión. Hay cinco niños sentados alrededor de la mesa. Su Yankele y Mirl la ayudan a servir el *krupnik* que había preparado antes de que interviniera la reina del *sabbat*. La abuela vigila a todos y Natan-Berl come gustoso. La casa está bulliciosa, platos y cucharas que hacen ruido, gritos y risas, y Mende no tiene ni un segundo que perder. Un corazón zumbante libre de pensamientos engorrosos es exactamente lo que necesitaba. La cocina y la limpieza hacen que acostarse en la cama sin hacer otra cosa sea aún más dulce. No se puede descansar si no se trabaja. Una mujer ociosa sin un hogar que administrar o una familia que cuidar se hunde en las profundidades sin fondo del alma y se ahoga en un océano de descontento.

Pero Mende no es tonta. Ella sabe que no le corresponde tener este bullicio y sabe que éste no es su hogar. Con el último bostezo del sol y el primer destello de las estrellas, mientras la reina del *sabbat* se despide, Mende se pregunta si puede sacrificar tanto por el bien de algo que ni siquiera es suyo.

Rápidamente descubre que no le corresponde a ella tomar esa decisión, pues el Santo Bendito la guía en su camino, una señal a la vez.

La noche anterior Mende y sus hijos habían dormido en el suelo de la cocina, pero ahora la abuela aparece con sábanas limpias y cobijas y los guía hacia la cabaña en el jardín. La abuela les explica que ella solía dormir en esta cómoda y acogedora habitación, sin embargo, ahora debe dormir junto a sus pobrecillos nietos, que necesitan a su abuela. Durante la mayor parte del día Mende y sus hijos permanecerán dentro de la casa, no habrá diferencia entre los Keismann y los Speismann. Es su interés común paulatinamente unir a las dos afligidas familias. Han ocurrido dos tragedias y sus lazos de sangre requieren que se cuiden unos a los otros ahora.

—Pero ¿es realmente una tragedia? —dice Mende, pensando en Zvi-Meir.

—¿La muerte de tu hermana no es una tragedia? —pregunta Rivkah sorprendida.

—¿La muerte de mi hermana? ¡Ni Dios lo permita!

Rivkah Keismann no puede entender por qué Mende parece tan horrorizada. ¿Qué piensa? ¿Que una mujer puede abandonar a su esposo y que su suegra no la considere como si estuviera muerta? Pero entonces se da cuenta de que Mende ha tomado sus palabras de manera literal y está profundamente aturdida por la idea de que Fanny pueda estar realmente muerta, y a Rivkah se le ocurre una idea.

—¿No lo has descubierto a estas alturas? Pobre criatura —dice dando palmadas en la espalda de Mende—. ¿Cómo podría defenderse una mujer sola en un mundo de violencia y depravación con la única compañía de un bufón que no puede hablar? ¿Qué pensabas? ¿Qué están en Minsk o en Pinsk? ¿Viviendo felices para siempre? ¿Él remando y ella en una cabaña? Deben de haber abandonado Motal sólo para ser atacados por asaltantes o devorados por bestias salvajes.

—¿Cómo sabes eso? —Ahora Mende está llorando—. Estás llamando al mal de ojo.

—Una puede confiar mejor en la verdad cuando los rumores y el sentido común coinciden en una misma cosa.

—¿Rumores?

—Eso es lo que dice la gente en Motal.

—¿En Motal? ¿Desde cuándo?

—Desde el primer día de su desaparición. Lamento ser yo quien tenga que darte las malas noticias; pero ¿preferirías que te lo escondiera?

—No, por supuesto que no —susurra Mende.

—Bueno, ahora descansa, querida mía, tenemos un largo día por delante mañana.

Mende da vueltas y vueltas en la cama durante toda la noche. Desea que el mundo se detenga, que el Santo Bendito abra las puertas del cielo para que los ángeles lloren con ella, o que los cielos muestren una señal de que su hermana todavía está con vida. ¿Será que en este mismo momento los ángeles de la destrucción están atormentando a su pobre hermana menor, tal como lo describía el abuelo Yankel Kriegsmann, hombre de bendita memoria? A medianoche, se rinde ante su agotamiento. Cuando se despierta con el canto del gallo, sus ojos se encuentran con el sol que resplandece a través de la ventana. El mundo ha seguido girando como si nada hubiera pasado: los surcos dorados, los campos cosechados y las ciénagas negras custodiando el horizonte como monstruos adormecidos. Una vez más, Mende lucha para poder salir de la cama, pero al mirar a sus dulces hijos se promete no volver a hacerles daño. Mira de nuevo a través de la ventana y ve calabacines acurrucados en el suelo, ramas que brillan cargadas de manzanas, margaritas por todas partes y el árbol del jardín de su hermana lleno de cerezas. La fruta favorita de Fanny. ¿Es una señal? Mende no puede decirlo. Por ahora debe concentrarse en las cosas que sabe con certeza. Ella está aquí. Sus hijos están aquí. ¿Y qué hay de su hermana? Seguramente, Rivkah debe preocuparse por el bienestar de su nuera; ella no mentiría en ese punto. De todos modos, hasta que Mende no reciba pruebas claras que respalden las afirmaciones hechas sobre Fanny, no las creerá. Mientras tanto, esperará el día en que la familia de su hermana finalmente pueda salir de esta pesadilla. Sólo entonces el trabajo de Mende en la casa Keismann habrá llegado a su fin.

Todos estos trastornos familiares han minado las fuerzas de Rivkah Keismann, obligándola a buscar el consuelo y el consejo de Reb Moishe-Lazer Halperin. Primero pensó en enviarle una carta con uno de los granjeros que viajaban a Motal, pero mientras luchaba por poner sus pensamientos en palabras decidió que, en su vejez, no había necesidad de que hiciera arreglos por adelantado para poder tener una conversación de cinco minutos cara a cara con el honorable rabino.

Viajó a la ciudad en el vagón de uno de sus vecinos *goy*, Tomasz Grabowski, que cultiva papas para ganarse la vida. Hizo a la abuela sentarse sobre una rueda destartalada, seguramente a propósito, pensaba Rivkah, pero, intencionalmente o no, llegó a Motal con la espalda adolorida. El vagón avanzaba lentamente porque hoy, de todos los días, había decidido llevar una doble carga de papas. Rivkah no es de las que se guardan sus pensamientos.

—Ustedes, jóvenes, siempre tienen prisa. Las cosas que funcionaban perfectamente bien ayer ya no te sirven hoy. Así que ahora eres un hombre de negocios, ¿eh, Grabowski?, ¿y a mis expensas?

Cada vez que llega a las afueras de la ciudad, Rivkah Keismann queda horrorizada por la suciedad y la brusquedad de sus habitantes. La fruta podrida está esparcida por el borde de la carretera como si fueran cadáveres y las moscas se estrellan frenéticas contra su cara como las chispas de una hoguera. Las casas de madera idénticas son tan silenciosas que uno podría pensar que están abandonadas. El hedor que sale de las alcantarillas es intolerable. Esta gente, los habitantes de esta ciudad que se dicen a sí mismos cultos, ni siquiera pueden colocar sus letrinas a una distancia decente de sus hogares. ¿Y ya viste sus pozos? Apestan a moho y hongos. Estos hombres ilustrados van a las tabernas o hablan de obras de teatro representadas en Minsk, mientras la disentería se propaga en sus propios patios traseros. Asqueroso.

Rivkah camina hacia la sinagoga que es un modesto edificio de dos plantas. Llama a la puerta de la oficina del rabino y, antes de recibir respuesta, entra. La oficina está vacía y Rivkah no se sorprende al ver que no hay libros sagrados abiertos sobre el escritorio. Siempre ha sospechado que Reb Moishe-Lazer Halperin prospera gracias a su pragmatismo más que a su erudición. Sus predecesores rebosaban de conocimiento de la Torá, incluso mientras dejaban que sus cuerpos se marchitaran. Su entrega a la fe, a la inmersión de su mente en el estudio, fue tan grande que se olvidaron de alimentarse. ¿Pero éste? Éste pasea todo el día por Motal. El placer que siente por su trabajo es evidente en su figura rotunda. Recauda asiduamente sus cuotas de la comunidad y nunca rechaza las donaciones, ni siquiera si vienen de viudas y huérfanos. Hay rumores de que además del impuesto estatal, Motal tiene algo que se llama impuesto Lazer. Si lo pagas fuera de tiempo desearás haber muerto en un pogromo. Reb Moishe-Lazer Halperin persigue primero a los deudores con su mirada penetrante, luego los acorrala y empieza a contarles todo sobre los asimilacionistas de Berlín y los jóvenes que van en tropel a Nueva York o Palestina en busca de sueños fútiles. ¿Y por qué hace esto? Porque la sinagoga carece de fondos y la comunidad está perdiendo cohesión. Después de lo anterior, Reb Halperin tiende una emboscada a sus feligreses en la sinagoga frente a sus familiares y vecinos, exigiendo públicamente saber si han hecho su donación este mes. La gente de Motal sabe muy bien que es mejor pagar por adelantado, no sea que se vean obligados a desembolsar el dinero después de un escarnio público.

Pero Rivkah Keismann no nació ayer. Podría ver a través de Reb Moishe-Lazer Halperin aunque fuera ciega. A lo largo de los años, ella ha perfeccionado un arreglo con él: queso a cambio de conversaciones. Él puede engordar con queso elaborado por Keismann, el mejor del condado de Grodno, y ella puede disfrutar de la atención del líder de la comunidad. En espíritu de ese acuerdo, deja la canasta de queso que ha traído consigo y se sienta en una de las sillas de roble.

En efecto, su señoría entra dos minutos después en compañía de dos hombres a los que Rivkah no había visto antes y ninguno de los dos parece ser de la ciudad. Uno recarga su peso sobre un bastón de aspecto particular y arrastra una pierna, tal vez por una herida en la columna. El otro viste ropa elegante de intelectual extranjero.

—¡Señora Keismann! —exclama el rabino.

—Sí, así como me ve —dice Rivkah Keismann.

—Espero que esté bien, sé que son tiempos difíciles. ¿Hay noticias de la joven señora Keismann?

La indiscreción del rabino la sorprende cada vez que lo visita. Ni siquiera le ha presentado a los hombres a su lado y aún así habla de sus problemas personales en presencia de los extraños.

—Qué tragedia —dice él en voz baja, mirando a los dos hombres.

—Dios nos está cuidando —dice Rivkah. Había ido a recibir consuelo y ahora era ella quien estaba consolando al rabino—. No puedo quejarme.

En aquel punto se percata de que el hombre intelectual está traduciendo todas sus palabras a polaco para el hombre cojo. Muy extraño. ¿Desde cuándo el rabino se mezcla con gentiles?

—Claro que sí —murmura el rabino—. Quiero decir, gracias a Dios... De cualquier modo, permítame presentarle a estos dos distinguidos caballeros. Han caminado por el desierto durante cuarenta años y ahora han vuelto a la tierra prometida. ¿Sabe quiénes son?

—¿Moishe y Aaron?

—Akim y Prokor.

—¿Akim y Prokor? —A Rivkah la sorprenden estos nombres extraños, terriblemente polacos.

—Por favor, no saque conclusiones precipitadas, señora Keismann, estos dos justos hermanos fueron enlistados en el ejército del zar cuando eran niños y los despojaron de sus nombres originales en el momento del secuestro. Sirvieron en el ejército durante cuatro décadas. Uno ha olvidado su lengua madre y el otro le ha dado la espalda a sus mandamientos. Pero ahora, gracias a Dios, se mantienen de pie en virtud de la fe que siguió ardiendo dentro de sus almas con su llama perpetua.

Rivkah Keismann intenta recordar los nombres de los niños secuestrados de Motal hace cuarenta años. Además de Zizek, los únicos niños que le vienen a la mente son los hermanos Abramson, Pesach y Motl.

—No son de aquí. —La tranquiliza el rabino—. Son de Vítebsk. Nuestros Akim y Prokor no son otros que Avremaleh y Pinchasaleh Rabinovits.

—¿Rabinovits? —Rivkah pregunta. El apellido tan común le parece sospechoso—. No sé de ningún Rabinovits en Vítebsk.

Y esto es verdad: no conoce a nadie en Vítebsk, ni Rabinovits ni ningún otro. Y, sin embargo, ahí está, haciendo que todos se sientan nerviosos, especialmente el máscara políglota, el intelectual, que los mira con una hostilidad particular.

—Desafortunadamente sus familias los han rechazado —prosigue suavemente el rabino—. Les han impuesto una sentencia injusta y sin sentido. ¿Sabe cuál es el secreto de la supervivencia de nuestra pequeña comunidad? ¿Lo sabe o no, señora Keismann? Bueno, se lo diré. En Motal somos una comunidad pequeña y muy unida. Como dicen las escrituras, «en Israel responden unos por otros». Pinchasaleh se ha comprometido a fundar una *yeshivá* dentro de tres años que rivalizará con las de Minsk y Vilna. Éste es el amanecer de una nueva era para Motal, señora Keismann. ¡Una nueva era!

Las últimas palabras del rabino aclaran muchas cosas a la vez para Rivkah Keismann. Reb Moishe-Lazer Halperin puede verse desde ahora dirigiendo una *yeshivá* prestigiosa, eso es obvio; pero hay algo que no tiene sentido para ella: independientemente de que los hayan secuestrado cuando eran unos niños inocentes, ¿qué tienen que hacer viniendo aquí ahora? Los nombres Pinchasaleh y Avremaleh Rabinovits no podrían ser más incongruentes. Tiene mucho más sentido que se llamen Akim y Prokor. Los ojos de Pinchasaleh miran en todas direcciones y claramente él se siente incómodo con la idea de su identidad judía. Debió haber sido un hombre apuesto y orgulloso en el pasado, pero ahora está encorvado y apagado. Su discapacidad física se ha extendido claramente desde su pierna hasta el resto de su conducta. Cree que también puede detectar una bocanada de alcohol procedente de él, *zisse bronfen*, algún tipo de licor. Si fue entrenado para la vida como soldado, ¿por qué no seguir siendo soldado? ¿Por qué sacar a la luz turbios recuerdos de la infancia? Avremaleh también parece una causa perdida. No parece que quiera volver a los judíos en absoluto. No puede ocultar el desprecio que siente por su entorno y no hay una pizca de emoción en su rostro del tipo que esperarías de alguien que regresa a casa después de una larga ausencia. Entonces,

¿quiénes pueden ser estos dos? No queda claro y, lo que es más, no parecen ser el tipo de hombres con suficiente dinero para financiar una gran *yeshivá*. Por otro lado, Rivkah Keismann tiene problemas más urgentes en mente en este momento. Ella debe hablar con Reb Moishe-Lazer Halperin, después de lo cual, el honorable rabino puede ocuparse de sus propios asuntos, sean cuales sean. Por lo tanto, le da la espalda a los extraños y cortésmente se aclara la garganta.

Sin embargo, el rabino no le pide a los caballeros que esperen afuera. En su lugar, les explica que la señora Keismann ha viajado un largo camino para consultarle sobre una gran catástrofe que ha caído sobre su familia.

—Su nuera, Fanny Keismann, ha desaparecido. ¡Qué tragedia!

Rivkah está enfurecida. ¿Qué creen que están haciendo, conversando a sus expensas?

—¿Fanny Keismann? —pregunta Akim sorprendido y mirando a su amigo Prokor.

—¡Sí! —Al rabino se le enciende el rostro—. Ésta es su suegra, la señora Rivkah Keismann, que viene del pueblo. La gente viene de todas partes de la región a pedirme consejo. Miren esta canasta —dice emocionado—. ¡Nunca han comido un queso tan fino en su vida!

—Queso —traduce Akim para Prokor.

—¡Queso hecho por Natan-Berl! —dice el rabino felizmente.

El rabino ha cruzado la línea. No sólo la está haciendo perder el tiempo, también tiene la intención de desperdiciar los frutos de su trabajo en estos don nadie. No se tomó todos los problemas del viaje para venir a darle caridad a todo el mundo. Si quieren queso, que lo compren.

—Bueno, puedo ver que el rabino está muy ocupado —anuncia Rivkah Keismann y se levanta para irse.

Reb Moishe-Lazer Halperin sabe que no debe dejar que Rivkah Keismann salga decepcionada de su oficina, por lo que se apresura a bloquearle el camino, postrándose en arrepentimiento. Pide a los caballeros que esperen afuera por unos momentos, de pronto enfocado y alerta, finalmente despierto de su ensoñación sobre la espléndida *yeshivá* que Avremaleh y Pinchasaleh han prometido.

—Señor —susurra Rivkah—. Temo por el bienestar de mi hijo.

—Claro, claro —dice el rabino asintiendo—. Esto es un desastre terrible. ¿No se encuentra bien?

—Me temo que no. —La señora Keismann saca un pañuelo—. Y sólo se está poniendo peor.

—¿Por qué su hijo no viene a verme? —El rabino mira su reloj con las orejas paradas para escuchar cualquier cosa que pueda estar ocurriendo al otro lado de la puerta—. Encontrará consuelo en el cálido abrazo de la congregación de Motal.

—Mientras tanto encuentra su consuelo en la compañía de las señoritas de Upiravah. Le traen todo el día pay y pastel.

El rabino casi se ahoga.

—¿*Shiksas*? ¿Mujeres no judías?

—Están dispuestas a convertirse por Natan-Berl. —Rivkah se limpia una lágrima—. Ya no me importa. Estoy exhausta. Míreme. Estaría mejor muerta.

El rabino salta de su silla y comienza a pasearse nerviosamente por la habitación, sus pensamientos perdidos en algún lugar entre Akim y Prokor, Natan-Berl y las *shiksas*. Se pasa la mano entre el corazón y la frente, dejándola subir y deslizarse por su poblada barba.

—Pero esto es inconcebible —dice finalmente—. ¡Natan-Berl todavía está casado!

—Un viudo, quiere decir.

—Vi… ¿viudo? —tartamudea el rabino—. ¿Pero qué…? ¿Cómo…?

—No hay necesidad de ser generoso, señor, no tiene que protegerme de la verdad. No soy una niña. He conocido a muchos rabinos de Motal durante mi vida, pero ninguno tan inmerso en la vida de su comunidad como usted. No tiene sentido protegerme de lo que todos saben.

—¿Quién sabe qué? ¿Todos lo saben? Pero…

—… pero siempre hay esperanza —dice ella anticipándose a sus palabras—. Aún así, todos entienden que mi nuera fue secuestrada y asesinada por un bruto y que nunca volverá para ser la madre de sus hijos.

—Pero el Santo Bendito está mirando…

—...el Santo Bendito está cuidándonos —concluye Rivkah—. No tengo dudas. Por supuesto que esta justa mujer descansará en paz, pero mientras tanto las mujeres del pueblo están aprovechándose del dolor de mi hijo y estoy segura de que una de ellas terminará viviendo en mi casa. Estoy cansada, señor, y si no fuera por Mende Speismann que ha venido a ayudarme y a cuidar de mi familia, no sé qué sería de nosotros.

—Mende Speismann es una mujer piadosa —concuerda el rabino.

—Sólo una viuda puede entender a un viudo. Debería de verlos juntos. Una pareja celestial.

—¿Viuda? No, una *agunah*, una mujer abandonada, querrá decir.

—Mi señor, por favor, no soy una niña. Escucho lo que todos están diciendo.

—¿Qué están diciendo? —pregunta el rabino preocupado, caminando alrededor de la oficina y mirando a través de la rendija de la puerta para asegurarse de que los hombres siguen esperando.

—Mende es miserable, que Dios la socorra, tiene que cargar con la vergüenza de su esposo —dice Rivkah Keismann, con tristeza—. Primero se le vio en compañía de anarquistas, luego la gente decía que frecuentaba las tabernas *sheigetz* y hace poco se enteraron de que se había matriculado en la universidad. Desafortunadamente, el *estudiante* está estudiando la religión equivocada, aferrándose a creencias equivocadas y abrazando ideas heréticas. «Jesús y Moishe son uno mismo»; esto lo va gritando por las calles de Minsk; sale a nadar completamente desnudo en el Svislach y reparte panfletos llenos de absurdos a los extraños.

¿Cómo diablos se le ocurrió todo eso? Sólo el diablo lo sabe, pero una vez pronunciadas esas palabras se vuelven verdades.

Rivkah Keismann rompe a llorar.

—Reb Moishe-Lazer Halperin, por favor, dígame: ¿realmente querría que regresara a Motal? ¿Mende Speismann todavía está unida por su matrimonio, o es viuda y sus hijos no tienen padre? Será mejor que su señoría piense seriamente en estos asuntos. En lo que respecta a la gente de Motal, Zvi-Meir, el pobre diablo, está muerto y enterrado. E incluso si estuviera justo frente a ellos vivo y bien, dirían un *kadish* a su memoria en su cara. En vez de preocuparse por los muertos, su señoría debería abandonar su cómoda habitación y visitar a los judíos del campo. Hay una viuda infeliz y una viuda justa, la hermana de la difunta Fanny, que el Todopoderoso cobre venganza por su muerte. Los dos juntos, Natan-Berl y Mende, como las inocentes ovejas que son, se enfrentarán a la catástrofe sin la guía de su rabino: pueden sucumbir a las depravaciones de Sodoma y Gomorra o disfrutar de un matrimonio consagrado. Los judíos tenemos la costumbre del *yibbum*, ¿o no?

—¿Matrimonio? ¿*yibbum*? —el rabino está perplejo—. La Torá que se nos otorga en el Sinaí no…

—La Torá fue dada por igual a hombres y mujeres en el Sinaí. Si un hermano puede casarse con su cuñada, entonces una hermana puede casarse con su cuñado.

—¡Señora Keismann! —El rabino inhala para recuperar el aire—. Se lo suplico, por favor no…

—Por supuesto, no diré ni una palabra. El tiempo no apremia. Aunque para mí será culpa del rabino si uno de nuestros hijos más queridos en la congregación se casa con una Magdalena o María, ¡ni Dios lo quiera! Estaría mejor muerta.

—Haré una visita al pueblo tan pronto como me sea posible —dice el rabino golpeado por el pánico—. Hablaré con ambos.

—Cuanto antes mejor —dice Rivkah poniéndose de pie. Su visita ha terminado—. Y, naturalmente, de mí no escuchó ni una sola palabra.

—Naturalmente —dice el rabino acompañándola a la puerta—. Todo esto ocurrió en la más estricta confidencialidad.

Rivkah Keismann sabe que la próxima vez que Natan-Berl escuche a la gente hablar de su esposa, se le informará que Zizek la secuestró o que la devoró un oso. Al principio tal vez reaccione de forma violenta. De hecho, la rabia que su hijo esconde detrás de su silencio no tiene límites, pero a su debido tiempo se dará cuenta de que sus hijos no pueden quedarse huérfanos y que debe casarse con una mujer que se convertirá en su madre, momento en el que ella, Rivkah Keismann, tendrá paz y podrá dejar este mundo por fin.

VIII

La gente dice: Rivkah Keismann siempre hace que todo se trate de sí misma. La verdad es: Rivkah Keismann es la última persona sobre la tierra a la que le importa Rivkah Keismann. No tiene importancia. Todo lo que le preocupa es su familia.

La gente dice: no hay remedio para la tragedia que ha caído sobre las familias Keismann y Speismann. La verdad es: Rivkah ha descubierto que problema más problema no siempre equivale a un doble problema, sino que a veces lo que se da es una solución. Problema número uno: una mujer bonita y modesta cuyo único defecto es querer ser madre y esposa, termina desgraciadamente en los brazos del granuja Zvi-Meir. Problema número dos: se dice que una madre con problemas mentales que abandonó a un marido devoto y cinco hijos fue devorada por una bestia salvaje, si no es que algo peor. La solución es: Keismann tiene lo que le falta a Speismann, y Speismann tiene lo que le falta a Keismann. Tal vez todo lo que está bien, termina bien.

La gente dice: sólo la mente de Rivkah Keismann contaría esto como una solución.

La verdad es: nadie dice que esta solución sea perfecta. Natan-Berl aún tiene que demostrar aunque sea el más mínimo sentimiento hacia su cuñada y Mende está lejos de sentir que esa casa sea su hogar.

La abuela le dice:

—Ven aquí, siéntate con nosotros, descansa un poco.

Pero Mende se comporta como si fuera su sirvienta. Se siente culpable si no se mantiene ocupada.

La abuela le dice:

—Te hemos recibido en nuestro hogar y siempre eres bienvenida de quedarte. ¿Cuánto tiempo te comportarás como si estuvieras pagando una deuda?

—¿Ya terminaste? —pregunta Mende Speismann antes de quitarle de delante el plato sucio.

Esto no preocupa a Rivkah Keismann en lo más mínimo. La gente puede decir lo que quiera. Si hubiera escuchado las cosas que dicen las otras personas, nunca se habría casado con el padre de Natan-Berl.

174

Entre los judíos, el afecto nace de la convivencia, no al revés. El hombre y la mujer aprenden a quererse por un sentido del deber y un destino compartido. Desarrollarán sentimientos el uno por el otro al enfrentar juntos la carga de la vida cotidiana y las presiones de su compromiso. El amor debe descansar sobre bases sólidas, no sobre un capricho.

Esto es lo que Rivkah piensa para sí misma mientras observa a Mende quitando piedras del jardín. Otras personas pueden decir lo que quieran. En lo que respecta a Rivkah, ésta es una familia en formación. Yankele se ha unido a David y Mishka, y los tres están estudiando con Schneor Mendelovits, el tutor que viene todas las mañanas desde Motal para llevarlos a la carpa de la Torá. Mientras tanto, las nietas de Rivkah Keismann juegan cerca y Mirl saca agua del pozo.

El padre sale a ganarse el pan, la madre se ocupa de las tareas del hogar y los hijos se mantienen ocupados. Del mismo modo que lo hacen todas las buenas familias. Sus calumniadores le dirán a Rivkah Keismann que los miembros de su propia familia también son cariñosos, que hablan entre ellos, que los padres duermen en la misma cama y que los niños saben quiénes son su padre y su madre. Cierto, no hay mucho amor, conversación o simpatía en el hogar de los Keismann; pero hay que ver bien que tampoco hay maldiciones ni peleas. ¿Y se puede decir lo mismo de otras familias? Exactamente.

A la distancia Rivkah espía a dos caballos acercándose a galope. Sin embargo, antes de decirle a sus queridos nietos que vuelvan a la casa, mira con más detenimiento. Nunca ha visto algo semejante en toda su vida: uno de los caballos es cabalgado por un hombre guapo, fornido y hábil jinete, y justo delante de él va Reb Moishe-Lazer Halperin, cabalgando con ambas piernas colgadas del mismo lado del caballo. Rivkah Keismann no puede descifrar el significado de esto, pero sí sabe que cualquier hombre que pueda ser obligado a montar un caballo de ese modo ha perdido la claridad mental y fácilmente podría ser persuadido de adorar a un falso profeta.

Una vez que reconoce a Reb Moishe-Lazer Halperin, infiere que el propósito de esta visita es la conversación que el rabino prometió tener con su hijo, aunque ya no está segura de qué tanto sea necesaria ahora. La idea de casar a Natan-Berl con Mende Speismann ahora le parece obsoleta. Han pasado tres semanas desde la desaparición de Fanny y, sinceramente, Rivkah Keismann está bastante satisfecha con el rumbo que han tomado las cosas. No sólo eso, sino que el momento que Reb Moishe-Lazer Halperin ha elegido para invitarse a sí mismo a su casa es sumamente sospechoso, al igual que la presencia de sus extraños compañeros. ¿No se llamaban Adim y Protor? —¿Qué tipo de nombres son, de todos modos? Tal vez no los recuerda correctamente—. El rabino sabe muy bien que su hijo Natan-Berl sale de la casa al amanecer para llevar el rebaño a pastar, así que de cualquier manera, lo más probable es que a la casa Keismann le faltaría un hombre a una hora tan avanzada de la mañana.

Francamente, a Rivkah no le gusta el prolongado entusiasmo del rabino por aquellos dos filántropos por varias razones. En primer lugar, si de verdad son de Vítebsk, y si de verdad pasaron por todo lo que dice el rabino, entonces siente pena por ellos; pero ahora que ya no son Avremaleh y Pinchasaleh, sino Adim y Protor, no está tan segura de querer que se acerquen a sus nietos.

En segundo lugar, no le queda claro cómo dos soldados pudieron volverse tan ricos. Las personas que ganan su dinero trabajando arduamente no suelen estar inclinadas a ser caritativas. Las personas que ahorran kopek tras kopek, y apartan un rublo a la vez para construir una fortuna, por lo general, dejan el dinero a sus hijos y familiares. Los filántropos son miserables, miserables porque no tienen que trabajar para vivir y no saben nada de la dureza del trabajo diario que convierte a un don nadie en alguien. Sus generosas donaciones sólo pretenden justificar su existencia y limpiar su conciencia mientras ven a la mayoría de las personas ceder ante la presión de ganar un salario. El problema es que cuanto más se esfuerzan por agradar al hombre común, más intentan distanciarse de ellos.

En tercer lugar, ya sean Adim y Protor o Avremaleh y Pinchasaleh Rabinovits, la gente dice que no puedes juzgar a alguien hasta que no hayas caminado en sus zapatos, y ella no quiere conocer los secretos de sus corazones tan bien como el Todopoderoso puede hacerlo. Dicho esto, sí que ha escuchado de algunos niños judíos reclutados que desafiaron la educación del ejército zarista y prefirieron la muerte a la transgresión halájica, y el hambre a la comida impura. Por estas razones, y otras que preferiría no mencionar ahora, Rivkah vuelve a entrar en la casa y le pide a Mende que les diga a sus visitantes que no se siente bien, que la abuela se va a acostar y que no puede recibir invitados.

Rivkah Keismann se dirige sigilosamente a la cocina, corre la cortina de la ventana y escucha atentamente la conversación que tiene lugar al otro lado de la pared. Oye el débil zumbido de la charla, el gruñido de un caballo irritado y luego silencio. Después, tres golpes rápidos en la puerta la toman desprevenida. Lo mejor que puede hacer es retirarse a una de las habitaciones en la parte trasera de la casa, pero antes de que pueda moverse, la puerta se abre repentinamente. Reb Moishe-Lazer Halperin está en el umbral con los dos caballeros, Adim y Protor, justo detrás de él y dejando entrar la luz del sol cegadora.

—¡Señora Keismann! —exclama el rabino levantando los brazos con júbilo—. Escuchamos que no se siente demasiado bien, sin embargo, pensamos que debíamos entrar porque confiamos en que las noticias que le traemos ayudarán a sanar cualquier mal que pueda tener.

¿*Nosotros*? ¿*Nosotros* confiamos? ¿Las noticias que *traemos*? ¿Es que los tres hombres de pronto se han convertido en uno solo?

—¿Por qué ha salido de su cama si no se siente bien? —pregunta el rabino.

—¿Por qué salió usted de Motal?

—Usted me pidió que lo hiciera —dice el rabino, golpeado por el desprecio de Rivkah—. Dijimos que yo vendría y…

—Eso fue hace una semana.

—No puede ser tanto, estoy seguro.

—Una semana exacta.

—Surgieron otros asuntos —dice el rabino con tono de disculpa—. Sabe que trabajo arduamente, pero le traigo buenas noticias.

—Natan-Berl no está presente para escucharlas —dice la señora Keismann—. E incluso si estuviera aquí, no le gustaría escucharlas frente a una audiencia tan grande.

El rabino se toma su tiempo antes de responder y Rivkah piensa que al menos ha comprendido el motivo de su enojo. En su premura por obtener el dinero de los filántropos, ha descuidado sus obligaciones para con la congregación.

—¿Sería demasiado pedir si... nos pudiera ofrecer un vaso de agua? —dice el rabino acercándose una silla.

Un vaso de agua, ¿no? Siempre empieza con un vaso de agua y termina con una invitación para todo lo demás.

—Aún me siento débil —dice ella con voz temblorosa—. ¿Quizá su señoría podría servirse él mismo agua de la jarra?

Reb Moise-Lazer Halperin camina hacia la jarra de agua y sirve tres vasos. Con aires de un simple sirviente le ofrece agua a sus corpulentos invitados, que aún están de pie en la puerta. Ahora entran a la casa y la abuela se da cuenta de que el cojo que se hace llamar Protor es más pesado de lo que podía recordarlo, y sin su bastón probablemente tendría que arrastrarse. Sus ojos se mueven rápidamente, espían cada rincón, como si estuviera buscando algo. Adim, por su parte, mira a su alrededor con desdén, y cada vez que sus miradas se cruzan, inmediatamente mira hacia otro lado, como diciendo: «no puedo creer lo atrasados que son. Bien podrían estar viviendo en la Edad de Piedra, mientras que yo he viajado a lo largo y ancho del mundo. Soy educado. Sé ruso y francés». Yo, yo, yo. Un hombre así, que piensa que todo gira en torno a él nada más, no puede ser judío. Los modales del judío revelan autodesprecio y futilidad.

Sin embargo, hay algo acerca de Protor. Tal vez su discapacidad la hace sentir compasión, o tal vez se ha ablandado con los años. Afortunadamente, el Santo Bendito la dotó de sentidos particularmente agudos y, aunque la mayoría de la gente prefiere la vista, ella es muy sensible al olfato. No tiene ninguna duda de que Protor es un esclavo del alcohol y claramente ha tratado de enmascarar el olor del alcohol más fuerte bebiendo algún tipo de licor de frutas: melocotón, ¿verdad?

¿O tal vez ciruela? Pero además de su cojera o su intoxicación alcohólica, hay un motivo para su andar inestable. Mira a su alrededor como alguien que nunca antes ha puesto un pie en un hogar judío, con los ojos grandes de un niño. Se compadece de un judío que ni siquiera reconoce un candelabro de *sabbat*. Podría haber sido posible traerlo de vuelta a la comunidad si no estuviera ya perdido en una tormenta de alcohol y dolor.

Reb Moishe-Lazer Halperin indica a sus invitados que se sienten a la mesa. Sólo una vez que éstos se han acomodado, se permite a sí mismo hundirse en una silla y tomar un sorbo de agua. ¿Cómo fue que esta ciudad fiel se convirtió en una ramera? Únicamente la codicia puede explicarlo.

—Lo que tenemos que decir —dice el rabino en nombre de los tres hombres presentes— lo diremos en persona y en privado y juraremos que nada de esto abandonará esta habitación.

Otro secreto que se va al caño, piensa la abuela.

—Estos generosos caballeros —sigue el rabino— han estado preocupados desde que la conocieron. De hecho su visita hizo que Akim y Prokor, discúlpenme, Avremaleh y Pinchasaleh, se conmocionaran sobremanera.

Así que Protor es Prokor y Adim es Akim. No importan los nombres; su memoria ya no es lo que solía.

—De pronto recordaron que la última vez que visitaron Baránavichi, ¡conocieron a la señora Fanny en una taberna! —continúa el rabino.

—¿Una taberna? —se mofa Rikvah—. *Kvatsh, kvatsh mit zozze*, tonterías.

—No es una tontería —dice el rabino a la defensiva—. Lo que es más, cuando les hablé del desastre que ha caído sobre su familia, no pude evitar mencionar a la hermana, Mende Speismann, y al derrochador de su esposo, Zvi-Meir. ¿Y sabe lo que me dijeron? Que se encontraron con un hombre llamado Zvi-Meir en Minsk, y cuanto más lo describía, más convencidos estaban de que él es nuestro Zvi-Meir. Lo vieron en la sinagoga, señora Keismann, ¡la sinagoga!

—Baránavichi —La abuela está atónita—. ¿Minsk?

—Akim y Prokor pueden enviar a alguien de inmediato hacia Ba-ránavichi. Me dicen que está quedándose en...

—Con Adamsky —murmura Akim—. Patrick Adamsky.

Y Protor... es decir, Prokor, asiente para confirmar la informa-ción.

—Adamsky —hace eco el rabino—. Patrick Adamsky. Ahí es don-de la vieron, sentada en una taberna y no tirada en el bosque hecha pedazos por las bestias salvajes. Sencillamente debe haberse detenido a descansar y a beber algo. Son noticias maravillosas... y hay más.

No más, por favor, no más, piensa la señora Keismann.

—Ya le he hablado de la generosidad de Avremaleh y Pinchasaleh y he hablado largamente de su compasión. Bueno, los dos están pre-parados para financiar la búsqueda de Fanny Keismann y ayudar a restaurar la paz en las familias Keismann y Speismann. Por lo tanto, el propósito de nuestra visita en realidad no es prevenir más desastres, sino advertir que no ha ocurrido ningún desastre en absoluto, ya que el Bendito Santo, padre de los huérfanos y resucitador de los muertos, ha estado protegiendo a sus familiares desaparecidos todo el tiempo. En poco tiempo, el esposo regresará a su hogar, la madre volverá a sus hijos y la felicidad prevalecerá. ¿Se siente mejor ahora, señora Keis-mann?

En realidad, a la abuela ahora le duele la cabeza y sus extremidades se sienten débiles.

—En cualquier caso —insiste el rabino—, necesitamos todos los detalles que pueda darnos sobre su nuera y Zvi-Meir. Los caballeros le piden que no oculte nada ya que incluso los detalles más triviales pue-den convertirse en los más importantes. Después de eso, los caballeros enviarán mensajeros y traerán de vuelta al redil a nuestra oveja perdi-da. Vamos, señora Keismann, el tiempo apremia y hay mucho que hacer. Usted describirá, Akim traducirá y yo descansaré un poco por-que mi estómago está rugiendo. Si tiene pan seco sobrante del desayu-no, será bienvenido. Y si queda alguna corteza de queso, sería una pena tirarla. ¿Por dónde deberíamos empezar, señora Keismann? ¡Empecemos! ¡El tiempo apremia! No escatime en detalles.

NESVIZH

I

Cuando Dios creó el cielo y la tierra, la oscuridad flotaba desde el vacío. No había necesidad de crear oscuridad, sólo luz. El Todopoderoso iluminó entonces incluso a las miserables almas de los hombres, para evitar que se estanquen en su forma primordial, es decir, en una terrible soledad. Por eso los creó varón y hembra, a su imagen y semejanza como diciendo: «Ustedes los humanos son incapaces de la civilidad. Sólo serán realmente humanos una vez que hayan aprendido a vivir juntos en armonía».

Pero ahora, mientras los cuatro viajan en un carro destartalado en plena noche, la oscuridad absoluta del exterior y la desolación del interior inundan el abismo en sus almas. Cada uno de ellos quiere estar solo, lo más lejos posible de cualquier otro ser vivo y olvidar todo lo que ha pasado. ¿A qué le temen? El uno al otro, más que nada. El capitán Adamsky entierra su rostro entre las rodillas. ¿Qué cosa, en nombre del Padre, del Hijo y del Espíritu Santo, acaba de hacer? ¡Maldita sea! Ahora las autoridades confiscarán su taberna, eso es seguro. Había invertido los ahorros de toda su vida en ese negocio. Se esfumó el resultado de treinta y cinco años de servicio de combate en el cuerpo de infantería. Su amistad con Yoshke Berkovits es cosa del pasado, pertenece a una época en la que Adamsky era sólo un niño judío indefenso, un patético cobarde llamado Pesach Abramson. Tan pronto supo cómo su comunidad había entregado a su hermano a las autoridades, cómo su fe había llevado a sus líderes a fabricar una historia que justificara esta monstruosa injusticia, supo que no quería nada más de esos cerdos y su religión, cuyas leyes inmutables siempre se pueden torcer para adaptarse a necesidades e intereses cambiantes. Cierto, Yoshke ha salvado la vida de Adamsky en más de una ocasión, pero no es por eso que el capitán acudió en su ayuda. Lo hizo a pesar de eso. Después de todo, nunca le pidió a Yoshke que salvara su maldita vida. ¿Entonces por qué lo arriesgó todo y se hundió hasta el cuello en este asunto? Lo que es más, su antiguo amigo racional se ha convertido claramente en un corderito ingenuo que ha sido engañado por aquel misterioso demonio de mujer. Ella no es la esposa de Yoshke y obviamente nunca han tenido intimidad. ¿Es algún tipo de relación comercial? Si es así, ¿qué ganará él? ¿Es demasiado tarde para cambiar de bando?

Fanny también está agobiada con sus propios pensamientos. Con una mano se palpa el cuello, que poco antes estaba siendo apretado por el puño de acero de un oficial, y con la otra mano toca el cuchillo, que pretende tirar a la basura en la primera oportunidad. Este desastre no podría estar más lejos de su plan original para ayudar a su hermana. Todo lo que quería hacer era cruzar el Yaselda y cabalgar hasta Minsk, enfrentarse a Zvi-Meir y hacerle firmar una carta de divorcio allí mismo. Nunca imaginó que se encontraría matando a una familia de bandidos y luego huyendo de la escena de un segundo crimen con un pirómano de sinagogas a cuestas y con las gargantas cortadas de dos policías en su conciencia. Natan-Berl debe estar enfermo de preocupación. De haberlo sabido, podría haber sido capaz de entender lo que su esposa tenía la intención de hacer. La conoce bien y, después de todo, lo que un hombre quiere y lo que es el mundo rara vez pueden reconciliarse. ¿Alguien puede obligar al mundo a someterse? Todos saben que sólo el Santo Bendito puede. Pero en cualquier caso, incluso si Natan-Berl hubiera aprobado su plan inicial, nunca aceptaría sus consecuencias: hay cinco cadáveres a su nombre y su propia vida corre grave peligro.

Natan-Berl jamás podría entenderlo, desde la ridícula nota que les había dejado. «Cuídense hasta que regrese». ¿Es eso lo que una madre y esposa le escribe a sus seres amados cuando sabe que estará lejos por un largo tiempo? ¿En qué estabas pensando, Fanny Keismann? Seguramente sus hijos ahora andan de puntitas alrededor de su padre, abatidos por el dolor y la culpa. Fanny sabe que Gavriellah será la única en la casa que de algún modo podría consolarlos. Y su suegra, Rivkah Keismann, estará disfrutando cada momento. Rivkah, que siempre le advirtió a su hijo sobre la hija del *schochet*, el animal salvaje. ¿Es demasiado tarde para que Fanny cambie de parecer y vuelva a casa? ¿O podría ser que en realidad —y el pensamiento le provoca escalofríos— desde el inicio supo que los estaba dejando para siempre?

Estos dos fugitivos se temen el uno al otro. Adamsky ha visto con sus propios ojos lo peligrosa que puede ser la frágil mujer con su cuchillo y ella ya ha visto que el capitán es capaz de traicionarla sin pestañear. Cierto, después arriesgó su vida para salvar la de ella y tampoco puede ignorar cómo la mujer rescató valientemente a Yoshke Berkovits, contradiciendo todo lo que había pensado sobre esos judíos cobardes, pero ninguno de estos eventos fue planeado y no se sabe qué vendrá después o cómo resultará. Fanny se pregunta: ¿volvería a traicionarla el capitán? Adamsky se pregunta: ¿también le cortaría el cuello a él? Sólo el tiempo dirá. Tendrán sus respuestas quizás en días, quizás en horas, quizás en segundos. Por ahora, pueden sentarse uno al lado del otro nada más, tensos y vigilantes.

¿Y qué hay de las fuerzas de la ley y el orden? Tienen mucho que temer en ese sentido. Es probable que este asunto termine en el patíbulo. Ya sea encubierto o uniformado, todos los oficiales de la región se tomarán esta cacería como algo personal. Ya no se trata de matar bandidos en los caminos; ahora los buscan por masacrar agentes secretos.

El comandante de los agentes resultó ser el borracho cojo de la taberna. Les sorprendió descubrir que semejante hombre pudiera ser un agente experto de la Ojrana y que fácilmente podría presentarse mañana disfrazado de *tzadik*. No deben subestimar su astucia, ni su sed de venganza, y no deben olvidar que el capitán ha aplastado la pierna ya herida del oficial, añadiendo un insulto agónico a la lesión.

Las primeras luces del amanecer no alivian la tensión entre los pasajeros. Necesitan decidir a dónde van. ¿Qué mantiene unida a esta banda, aparte del hecho de que todos están huyendo tanto de polacos como de rusos? ¿Y del hecho de que han logrado despertar la ira tanto de los delincuentes como de las fuerzas del orden? Durante la noche, la oscuridad facilitó evitar mirarse el uno al otro; pero ahora, a medida que el cielo se aclara y el horizonte se abre ante ellos, esta intimidad parece evaporarse y la presencia tangible de los cuatro viajeros se vuelve imposible de ignorar.

Fanny se asoma a Adamsky. Sus ojos son de un color ámbar profundo. ¿Cómo pueden esos ojos, sabios como los de un búho, servir a las fuerzas del mal? Parece enfermo, las cejas pobladas le dan un aspecto andrajoso y su labio superior es anormalmente delgado. Quizás alguna vez, antes de que comenzara a quemar sinagogas, Zizek pensó en él como en un verdadero amigo; pero después de anoche queda claro que su odio hacia los judíos es mucho más fuerte que cualquier sentido de lealtad que pueda haber tenido hacia su pueblo.

Adamsky se arriesga a mirar en dirección a Fanny. No había visto una fealdad tan atractiva en mucho tiempo. Su nariz es afilada, su mirada fría y distante, su cabello rubio está escondido debajo de un pañuelo que hace que su expresión impasible sólo parezca más gélida. La profunda cicatriz de su brazo izquierdo no deja lugar a dudas: es una leona, una guerrera; pero si carece de emociones como cualquier otro judío, ¿por qué arriesgó su vida para salvar a Yoshke Berkovits? Es un misterio.

No puede evitar exclamar:

—¡Maldita sea! ¿Y ahora qué?

—No le digas nuestros planes, Zizek Breshov, sólo volverá a traicionarnos con la policía —le susurra Fanny a Zizek en polaco.

Adamsky está furioso.

—Claro, eso es si conservo la garganta intacta. A menos que también intentes asesinarme a mí.

—Es más fácil quemar sinagogas.

—¿¡Qué!?

—Me escuchaste.

—¿Cómo te atreves...?

—No, ¿cómo te atreves tú?

Zizek jala las riendas y detiene el vagón. Ni Fanny ni Adamsky parecen haber estado pensando demasiado en él. Zizek abandonó su bote en el Yaselda para ayudar a Fanny Keismann a encontrar a Zvi-Meir después de ver a su hermana arrojarse de su bote. Trajo consigo sus dos caballos, un anciano corcel de sus días en el ejército y un potro testarudo, y desde entonces Zizek ha sufrido bajo el calor sofocante, muerto de hambre y colapsado por el agotamiento. Luego, en medio de la noche, fue víctima de un intento de robo en la carretera, los bandidos lo golpearon hasta dejarlo sin sentido y lo convirtieron en un fugitivo. En la taberna de Patrick Adamsky fue esposado por agentes secretos que le aplastaron la frente contra la pared y, de no haber sido por Fanny y Adamsky, se habría encontrado en la horca poco después.

—¡Ey! —exclama Zizek de pronto y luego deja de hablar abruptamente. Su propia voz le suena como si fuera nueva, como si fuera la voz de un extraño.

Adamsky está irritado.

—¿Ey, qué? Idiota.

Zizek guarda silencio.

—Maldita sea —gruñe Adamsky, pero Zizek se percata de que Fanny lo mira expectante.

—Ey —dice de nuevo—. Dejen de pelear. Lo siento, pero si alguien quiere bajar del vagón, que lo haga ahora mismo y rápido; estos caballos no se detendrán hasta llegar a Minsk, si no les importa. Pero si ustedes dos quieren seguir peleando, tendrán que hacerlo al lado de la carretera porque ninguno de los dos es el santo de esta historia. Todos tenemos algo de lo que arrepentirnos y tal vez si todos salimos de esto con vida, entonces tendrán la oportunidad de discutir quién tiene más culpa aquí. ¿Entendido?

Fanny y Adamsky escuchan atentamente su arrebato y la seriedad con que habla es alentadora. Al final del discurso, sin embargo, se miran: todavía tienen sus dudas. ¿Por qué un judío observante se quedaría en el mismo vagón que un traidor cantonista? ¿Y qué tiene en común un capitán del ejército del zar con una judía loca? ¿Y qué tienen en común cualquiera de ellos con un pseudo-cantor inútil, que podría haber sido profesor de música sólo si roncar melodiosamente pudiera hacerte ganar un título? Para colmo, no queda claro quién debe sentarse en el asiento del conductor: ¿Zizek Breshov o Yoshke Berkovits? Un ermitaño o un demagogo; un mudo o un orador. Además, no se incluyó a sí mismo en su pequeña protesta, hablando como si ellos fueran los únicos sentados aquí y él todavía estuviera allí atrás, de vuelta en su bote en el Yaselda. Y si bien es cierto que todos nacieron judíos, basta mirar de cerca para revelar que lo único que tienen en común en este momento es que todos están huyendo.

De todos modos, ninguno de ellos abandona el vagón y sus temores comienzan a disminuir después del discurso de Zizek, a pesar de sus vacilaciones y disculpas tontas. Entonces, ¿de qué no tienen miedo en este momento? En primer lugar, de ellos mismos. Fanny sabe que el cuchillo ha vuelto a su verdadero propósito, después de muchos años de inactividad en su muslo. Adamsky recuerda cómo su taberna lo había vaciado de su orgullo: en lugar de llevar tropas a la batalla, trajo prostitutas a sus invitados en el último piso. Zizek ha recuperado su voz por primera vez en mucho tiempo. Y el cantor, bueno, no hay mucho que decir sobre él, pero está mejor en el carro con un barril de ron que abandonado a su suerte en el camino.

Sigue la cuestión de qué camino tomar. ¿Cómo viajarán hasta Minsk sin atravesar pueblos y ciudades, a lo largo de caminos expuestos o campos abiertos, al mismo tiempo que evitan los pantanos negros? No existe tal camino en la Zona de Asentamiento ni en ninguna parte del Imperio ruso. Sin embargo, Adamsky conoce bien el área y le susurra algunas palabras al oído a Yoshke, quien palidece de pronto. Sin más preámbulos, Adamsky toma las riendas. Fanny lo mira con curiosidad, pensando que es posible que finalmente haya perdido la cabeza.

—¡Ah! ¡Che la morte! —grita Adamsky poniéndose de pie sobre la plataforma como el general de un ejército de un solo hombre—. ¡A las barracas, Yoshke! —Señala hacia el noreste—. ¡Ah! ¡Che la morte!

Hacia la muerte.

El brutal golpe en la pierna lastimada de Novak lo ha dejado humillado. Su ayudante, Albin Dodek, ahora lo ha visto gritar y retorcerse como un niño asustado. Y cuando llamaron al médico del pueblo, el ilustre coronel exigió nada menos que una inyección de cloroformo: un poderoso anestésico que se usa para noquear a los caballos.

¿Cuánto tiempo lleva en este estado, en cama? Una semana, a juzgar por las llagas en su espalda. Vuelve a sus sentidos y siente los ojos hinchados; por las sonrisas en los rostros a su alrededor, sus labios deben haber estado murmurando tonterías. La pierna duele menos, gracias a Dios, y Novak rápidamente dispersa a la ruidosa multitud en su habitación, en su mayoría oficiales, agentes e informantes, incluso le pide al médico que se vaya. Se levanta de la cama, la cabeza le da vueltas, y se apoya contra la pared por un momento para poder orientarse. Luego baja las escaleras hacia la sala principal de la taberna de Adamsky y llama a Albin Dodek para que se reúna con él en la mesa junto con otros dos agentes cuyos nombres se le escapan de la mente. Son los reemplazos de Ostrovsky y Simansky, que sus almas descansen en paz.

Si pudiera, Novak pediría que lo dejaran solo para poder pensar, pero en momentos como éstos sabe que la Ojrana espera una respuesta rápida. Si se tomara su tiempo, sería visto como una señal de debilidad. En cambio, le pide a su asistente que le informe sobre lo que sucedió mientras estuvo inconsciente en la habitación de arriba, y se sorprende al saber que Dodek se ha dedicado principalmente a los arreglos del funeral de las víctimas. Sin duda, ha actualizado a los informantes, notificado a los comerciantes y dueños de tabernas en la región, y alertado a todos los agentes relevantes, pero parece más interesado en describir ahora los últimos respetos que se le rindieron a los dos héroes, Ostrovsky y Simansky, sintiéndose especialmente orgulloso de la coronas de flores que enviaba a sus familias.

A Novak le arden las mejillas.

—Un funeral respetable es importante, ¿no, Dodek? —Los dos agentes sin nombre, que rivalizan con Dodek en la competencia por el más estúpido, asienten—. ¿Puedo asumir que llamaste al artista de retrato hablado para preparar carteles de los fugitivos?

—Por supuesto —responde Dodek—. Es decir, iba a llamarlo en carácter de urgencia, pero pensé que primero debía enviar a un grupo de búsqueda.

Novak respira pesadamente.

—¿Y lo hiciste?

—Sí, sí —dice Dodek—. Aún no.

Novak mira a los dos agentes que asienten junto con Dodek.

—¿Puedo suponer que le escribiste al teniente general Mishenkov en las barracas de Nesvizh pidiéndole que nos envíe regimientos de apoyo?

—Sí, sí —dice Dodek golpeando la mesa con sus puños flácidos para asentir—. Debemos escribirle.

—¿Pero ya lo has hecho?

—Por supuesto, claro. Definitivamente le escribiré. —Y poniéndose en pie le hace señas a los otros dos agentes para que lo acompañen a llevar a cabo las órdenes que acaba de recibir.

Piotr Novak al fin está solo. Una excelente oportunidad para servirse un vaso de *slivovitz* y reflexionar sobre los recientes acontecimientos. Su primera conclusión de los eventos de la otra noche es que algunas veces vale la pena escuchar a los idiotas. Radek Borokovsky, el único superviviente de una familia de ladrones, borrachos y tontos, ha dado innumerables versiones de la cadena de hechos que acabaron con su familia: primero describió a seis soldados, luego a dos gigantes armados con fusiles, luego un pelotón de caballería y luego quién sabe qué más. En ninguna de sus versiones, sin embargo, omite la presencia de una mujer grande y espantosa. Novak no había pensado mucho en este detalle porque la judía que había visto en la taberna no era nada grande y ciertamente no era espantosa. Su cara era redonda, sus caderas cargaban consigo la experiencia del parto y había movido las mejillas de vez en cuando con incomodidad, pero no con agitación. Un completo idiota se había sentado a su lado, pero no era más que un payaso buscando problemas, no exactamente un hábil cómplice de un maratón de degüellos. En ausencia de cualquier signo de peligro en esa esquina, Novak se había centrado en el rostro del hombre corpulento con la cicatriz en la boca. Qué gran error. De las cuatro personas involucradas en los crímenes de la taberna, ese tipo había sido el más inofensivo. Incluso Albin Dodek, de brazos flácidos, lo había sometido y esposado sin que prestara resistencia.

La segunda conclusión de Novak sobre los eventos de esa noche es que las presuposiciones obstruyen el juicio de uno. Había supuesto que, siendo mujer, sería incapaz de asesinar, mientras que el tipo más corpulento, siendo hombre, tenía que ser la fuente de cualquier violencia. Cuando entró a la habitación de la mujer y se sentó junto a su cama, le acarició suavemente un brazo mientras dormía y, por un momento, se sintió reconfortado; una sensación casi inevitable en realidad, una fuerza mayor, aunque fuera sólo porque estaba sentado al lado de una mujer.

Pero había más que eso. El conocimiento de que estaba a punto de tocar a una judía, seguidora de costumbres ajenas, no lo repelió, sino que lo entusiasmó aún más. Extraño, ¿no? Pero es que las exigencias de su vida como oficial del ejército han creado una brecha entre él y Anna, su esposa y sus dos hijos. Nunca fue bueno escribiendo cartas ni dirigiendo los sobres en los que les enviaba dinero con las palabras «Para mi esposa y mis dos hijos, de parte de Piotr», como si aquello lo liberara de cualquier obligación adicional hacia ellos.

Cuando regresó a casa herido después de la batalla en el Paso de Shipka, tuvo que permanecer en su habitación durante semanas. Se había sentido como un objeto extraño alojado en la garganta de la familia, porque con cada mirada impaciente que le dirigía, Anna parecía estar tratando de expulsarlo de su hogar. Cuando le habló de la invitación directa que había recibido de Osip Gurko para incorporarse al Departamento de Orden y Seguridad Pública, ella ni siquiera preguntó cuál sería su cargo. Si alguien le hubiera preguntado hoy a qué se dedicaba su marido, no habría podido dar una respuesta precisa, sólo podría decir que estaba en algún lugar cerca de Grodno o Minsk, haciendo algo para los servicios de seguridad, no tiene idea de qué.

Novak nunca olvidará la forma en que lo cuidaba mientras estaba postrado en cama. Cuando ella le traía sus comidas, nunca pudo descifrar los evasivos ojos que parecían no verlo, incluso cuando miraban en su dirección. Cuando volvía a recoger los platos, él elogiaba su forma de cocinar y ella fruncía los labios en una sonrisa artificial. Ella lo miraba con el desprecio que reservaba para los cobardes. Nadie lo había mirado de esa manera. Cuando trató de contarle lo que había soportado en el Paso de Shipka, ella apretaba los labios para evitar reírse. Le tomó un tiempo darse cuenta de que había perdido la oportunidad de hacer que ella pensará en él como en un héroe hacía mucho tiempo. No había estado presente cuando nacieron sus hijos y casi nunca se había sentado a cenar con ellos; ella había criado a sus hijos como huérfanos de padre. Para ella, él no era un oficial valiente sino un cobarde mundano y un saboteador de la rutina, lo que a sus ojos lo convertía en el peor criminal de todos.

Pero mientras tocaba el brazo de la judía, lo superaron sus propias emociones. Cómo le hubiera gustado abandonar la investigación y deslizarse debajo de su manta. No la habría desnudado bajo ninguna circunstancia, por amor de Dios, no es un bárbaro. Sólo se habría aferrado a su cuerpo cálido y se habría hundido en un sueño profundo. Así se la imaginaba, suave y tierna, y por lo tanto no había captado su sorprendente compostura cuando empezó a interrogarla. Oh, no, para él ella era una mujer, y como todas las demás mujeres llevaba dentro de sí la promesa de consuelo, o al menos eso creía Novak, hasta que la vio rebanando la garganta de sus dos agentes.

La tercera conclusión de Novak es que cuanto más descubre sobre la identidad de los asesinos, más difícil se vuelve discernir sus motivos. En primer lugar, el nombre «Zvi-Meir» ha sido discutido como el causante de todo. Un nombre judío, por supuesto, pero uno que no le es familiar. Novak no recuerda ningún Zvi-Meir en ningún grupo de insurgentes socialistas o soñadores palestinos. Debe descubrir rápidamente quién es y en qué está involucrado. En segundo lugar, Novak está convencido de que Adamsky no arriesgaría su sustento por el bien de una variedad tan extraña de personajes, incluso si uno de ellos fuera un viejo amigo, pero cuando un hombre que tiene algo que perder actúa de manera tan irracional, significa que está luchando por un ideal. Y, sin embargo, el ideal suele dictar el curso de acción que, a su vez, alude a su principio subyacente. Los ideales y las luchas deben ser recíprocos. En este caso las acciones son insondables e ilógicas: ¿por qué meterse en problemas tanto con los forajidos como con la ley? ¿Y por qué sacrificar a las personas como si fueran ganado?

Novak decide que sólo hay una clave para la investigación: está dispuesto a apostar que no hay muchas mujeres carniceras entre los *zyds* y que todo lo que se necesitará para encontrar el hogar de ésta es tener un lugar para espiar alrededor de los pueblos cercanos. Novak sabe que sólo tiene que comenzar a golpear un par de puertas para que las mujeres comiencen a correr gritando «¡*Gevalt! Gevalt!* ». ¿Qué le pasa a esta gente que se asusta con el más mínimo soplido del viento? Apenas y enciendes un cigarrillo en su presencia y ya creen que has venido a incendiar su casa. Y, por lo tanto, una vez que se den cuenta de que únicamente quieres un poco de información, suspirarán aliviados y te dirán todo lo que saben.

III

¿Qué es lo que quiere un soldado en tiempos de paz? Guerra. Adamsky sabe que si los enemigos del zar hubieran podido ver la valentía del ejército ruso en tiempos de calma, no se habrían atrevido a declararle la guerra a este oso disciplinado. Sólo hay que mirar la base militar cerca de la ciudad de Nesvizh. Hay tiendas de lona espartanas dispuestas al lado de edificios de madera improvisados, que transforman el área en una ciudad de oficiales y soldados. Cada unidad es una familia y cada regimiento tiene sus propios panaderos, sastres, zapateros, herreros y, por supuesto, lo más importante para la moral de las tropas: bandas de músicos y retratistas para inmortalizar a los héroes de la guerra.

Los soldados están sentados en grandes grupos; hombres altos, corpulentos de pechos anchos y cintura estrecha. Cada uno viste una elegante *képi*, una túnica verde oscuro y pantalones anchos metidos en botas altas hasta las rodillas. La moral está baja porque están en Nesvizh, muy lejos de las pocas áreas donde su ejército aún combate a

191

los turcos. No hay nada más deprimente para los soldados que sentirse excluidos.

Como norma, el zar Alejandro III, el pacificador, tiende a evitar el conflicto con otros países. Para consternación de sus soldados, pasa la mayor parte de sus días construyendo alianzas, creando coaliciones y conquistando extensiones de tierra en Asia simplemente mediante la firma de acuerdos. A este ritmo, estos hombres terminarán retirándose del servicio militar sin ver ninguna acción. Mientras tanto, limpian diligentemente sus armas, cambian los puestos de guardia y entrenan durante el día. En otras ocasiones, juegan a las cartas, examinan el reflejo de sus ojos en el fondo de vasos vacíos y se queman la garganta con el humo del cigarrillo. Su pasatiempo favorito es difundir rumores. En este momento, los nuevos planes para movilizar fuerzas hacia el Danubio despiertan sus esperanzas.

Ganan treinta y dos rublos al mes, que es el doble del salario de los soldados turcos, pero sólo la tercera parte del de los franceses y la cuarta parte del de los británicos. Esto no les impedirá, sin embargo, marchar a un paso de cinco verstas por hora cuando se les ordene hacerlo. Su equipo está siempre listo: una mochila que contiene una tienda de campaña, un saco de dormir, una jarra de cobre para preparar café, vendas y un grueso abrigo gris enrollado y atado con una cuerda.

Los soldados de caballería son completamente diferentes. Armados de pies a cabeza, cada uno lleva al hombro un mosquete nuevo con bayoneta; las empuñaduras de pistola y espada sobresalen de sus cinturones. Son compactos, sus rostros sabios, ojos pequeños y bocas grandes; se parecen entre sí hasta el punto de ser indistinguibles. Su cabello es espeso y no más largo que sus hombros, de un color que tiende a ser más claro que el de sus bigotes. Se diferencian por el pedigrí de sus caballos y la calidad de su arreo. Sin embargo, todos tienen una mentalidad terriblemente cerrada. Para ellos la guerra no es un asunto político: es el lugar del que puede emerger un hombre ya sea orgulloso o humillado. Creen que el campo de batalla es donde uno puede dar la expresión más elevada a su humanidad. Y si el zar, que es el emisario de Dios, ha decidido que deben atacar

Constantinopla, nunca preguntarán por qué, sólo preguntarán cuándo.

Los oficiales duermen en tiendas separadas. El grado de veneración del que gozan suele ser inversamente proporcional a su antigüedad. Los oficiales jóvenes son los más admirados, pero servir en tan estrecha intimidad con sus tropas los deja exhaustos. No proceden necesariamente de familias aristocráticas, por lo que su honor depende de hechos más que de títulos. Están listos para la batalla, son valientes e inteligentes, resienten el dogmatismo y admiran las soluciones improvisadas. Un buen comandante de pelotón es un buen oyente, tanto para sus propios soldados como para el enemigo.

Subiendo un nivel, se encuentran los coroneles y generales de división, comandantes de regimiento y división. Éstos suelen provenir de familias prominentes y crecen pensando que la vida en San Petersburgo es demasiado burguesa. Sus razones para unirse al ejército son casi existenciales, y piensan en el campo de batalla como el único lugar donde uno puede encontrar la realización personal y llevar una vida que tenga sentido. Su estilo de liderazgo es filosófico y distante. ¿De qué otra forma podrían enviar a cientos de hombres a la muerte? Tienden a observar a sus subordinados desde la distancia y reflexionan sobre la naturaleza humana: ¿qué les hace seguir mi ejemplo? ¿Por qué no huyen o desertan? ¿Cómo puedo estar seguro de que me escucharán mañana?

En la cima de la pirámide está el general del ejército; un príncipe o un conde que puede recitar *chansons* francesas y arias italianas. A la luz de la lámpara de noche, estudia detenidamente *El príncipe* de Maquiavelo y realiza caminatas matutinas por el campamento para inspeccionar sus dominios. El general promedio puede comandar veinte mil subordinados o más sin haber disparado una sola vez en una batalla real. Habrá adquirido sus cualificaciones profesionales en la academia militar de San Petersburgo, estudiando sobre todo manuales tácticos obsoletos escritos por estrategas conservadores e inflexibles como el profesor Levitzky. Las principales fallas en las habilidades de liderazgo de un general de este tipo suelen ser: retraso en las decisiones, no aprovechar una ventaja, no enfrentarse al enemigo, esforzarse demasiado para enfrentarse al enemigo, error de cálculo estratégico, familiaridad insuficiente con el terreno, mala división de sus soldados y, en resumen, una falta general de comprensión del campo de batalla. Un general típico ocultará su incompetencia alegando que oculta sus *verdaderas* intenciones y sus maniobras *secretas*. Después de todo, sus subordinados no pueden comprender el panorama más amplio como él y carecen de la totalidad de la información detallada que sólo él tiene a su disposición. No obstante, a pesar del resentimiento que albergan hacia él, los subordinados del general de todos modos lo idolatran y se dirigen a él como «su magnificencia», ni más ni menos. El mismo hecho de que sea él quien posea este rango, en lugar de cualquier otra persona, hace que todos piensen que debe tener algo especial, aunque no sea tan evidente de inmediato. Después de todo, en ausencia de razones de fondo para tal admiración, todavía pueden hablar interminablemente con él sobre los buenos cigarrillos *Sobranie* que guarda en la caja dorada en el bolsillo de su abrigo.

En el campamento militar cerca de la ciudad de Nesvizh, junto al pueblo de Uzanka, todo funciona más o menos como debería bajo el mando del teniente general Mishenkov. El general no está en el campamento en este momento. Dos días antes lo invitaron a un festín en casa del asesor y aún no ha regresado. En la academia militar, Mishenkov aprendió que un buen comandante es juzgado por lo bien que funciona su unidad en su ausencia y a menudo pone a prueba sus habilidades de liderazgo al desaparecer del campamento durante días, a veces semanas, y dejar a cargo a su lugarteniente, el general David Pazhari. Cada vez que Mishenkov regresa, le complace percatarse de los frutos de su soberbio liderazgo: el campamento está en forma, el entrenamiento progresa de acuerdo al calendario y todos los reportes le esperan sobre su escritorio, llenados de manera escrupulosa por su segundo al mando.

IV

Otro día en el campamento está llegando a su fin. Las armas han sido pulidas hasta brillar como un espejo, todo el equipo ha sido almacenado y está a punto de ser el cambio de guardia. Y entonces, el sargento a cargo ve un carro que transporta a tres mendigos acercándose a la distancia y envía a dos soldados para alejarlos del lugar.

Los fugitivos han estado viajando por carreteras secundarias todo el día. Como poco a poco han comenzado a confiar el uno en el otro, se han turnado para hacer vigilias, dando a los demás la oportunidad de dormir. Primero Fanny se unió al cantor en la parte trasera del carro, luego Zizek la reemplazó, e incluso Adamsky se permitió dormitar junto al borracho empapado de orina. Las personas son cerdos. Es un mundo podrido.

Vuelven a emerger en la carretera principal y un gran campo se extiende ante ellos, el sitio del campamento del ejército bien conocido por Adamsky. Se acercan dos soldados de infantería, con los fusiles al hombro y cigarrillos colgando de los labios. Uno de ellos toma una piedra y la arroja en su dirección, y Adamsky se para en la plataforma del vagón y agita los brazos como un hombre perdido en el mar.

—Piérdanse, idiotas —grita el otro soldado, indiferente, y continúa caminando con paso relajado hacia ellos mientras su camarada toma otra piedra.

Zizek toma las riendas y hace que se detenga el vagón. Los dos soldados también se detienen, manteniendo la distancia, y el segundo de ellos, que ahora está enrollando un nuevo cigarrillo, les grita una vez más:

—Lárguense, escoria. —Sin siquiera mirar en su dirección.

Los soldados intercambian unas cuantas palabras y ríen, claramente disfrutando su caminata por el campo.

—Soy el capitán Adamsky —grita el hombre que hasta hacía poco tiempo había sido el dueño de una taberna de mala fama—. Tercer regimiento, quinta división, ejército undécimo.

—Y yo soy Pedro el Grande —grita el primer soldado de vuelta y golpea el vagón con otra piedra.

Enfurecido, Adamsky salta del vagón.

—Soldado —ruge—, ¡exijo hablar con tu superior!

—Está aquí mismo —dice el primer soldado, señalando al segundo que ahora se ahoga de risa, exhalando humo de cigarrillo por la boca y la nariz a la vez.

—¿Y quién es tu superior? —le pregunta Adamsky al segundo soldado.

—Él —dice el segundo señalando al primero, que toma otra piedra y la lanza hacia las botas de Adamsky.

—¿Y frente a quién se reportan ustedes dos? —dice Adamsky ahora caminando hacia ellos.

—A él —ambos apuntan hacia el cielo.

El soldado amante de las piedras dice:

—En serio, abuelo, no dé ni un paso más, no queremos herirlo.

Adamsky, furioso, mira atrás hacia Fanny y Zizek, su rostro está morado, la mandíbula apretada. Vuelve a subir al vagón y le quita las riendas a Zizek.

Los caballos notan que una mano diferente toma las riendas, una mano que tira de ellos con agresividad y urgencia, pero hacen caso a Adamsky, incluso cuando los dirige directamente hacia los guardias. De repente, alarmado, el soldado que fuma cigarrillos agarra su fusil y dispara un tiro al aire. Los caballos retroceden un segundo ante la explosión, pero luego siguen adelante; el soldado que lanza piedras blande su fusil con una bayoneta al final del cañón. La mano de Fanny se retuerce hacia su cuchillo, pero Adamsky se anticipa a sus acciones y le advierte con una mirada aguda que ni siquiera piense en tal cosa.

—Soy el capitán Adamsky —vuelve a gritar—. Tercer regimiento, quinta división, ejército undécimo.

—¡Alto o disparo! —grita el soldado que antes había estado tan divertido, ahora aterrorizado.

Los disparos de los fusiles se escuchan en los cuarteles y, en tiempos de paz y aburrimiento, ese sonido puede encender fácilmente la imaginación. Pronto se acercan dos húsares más, los primeros en responder, seguidos rápidamente por docenas de otros soldados ansiosos por participar en la batalla. En poco tiempo, el carro es rodeado por un pelotón de infantería completo, y los dos primeros soldados, los héroes inesperados del momento, dan cuenta del incidente hasta ahora. Le hicieron una advertencia a los intrusos y luego les arrojaron piedras para asegurarse de que recibieran el mensaje, pero entonces uno de los pasajeros del vagón, un tonto o un loco, les gritó: «Soy el capitán algo, de tal y tal regimiento, y tal y tal división», y comenzó a acercarse con el vagón en su dirección, con la intención de atropellarlos. Sin otra opción, dispararon sus fusiles al aire para terminar el asalto.

El silencio cae sobre el campo de rocas atravesado por riachuelos que el sol ha labrado con sus cuchillas, aguas estancadas que brotan bajo la luz crepuscular como sangre derramada. Un húsar fornido de hombros anchos y rostro dulce como el de un niño desenvaina una espada al mismo tiempo que suena el chirrido de un pájaro. Detiene su caballo detrás del vagón y mira dentro, buscando la fuente de los ruidos extraños. Para su sorpresa, descubre a un tipo soñoliento acostado allí, empapado en orina, con una barba mal recortada y las mejillas enrojecidas por el *grog*. El pasajero se frota los ojos, enrolla un mechón de su cabello alrededor de un dedo y luego, ¿por qué no?, se chupa el pulgar. Éstos son los últimos momentos de indulgencia de su sueño. Cuando vuelve a abrir los ojos ve más o menos lo que esperaba y, acostumbrado a despertar en la casa de los locos, levanta una mano hacia su frente, aún recostado sobre su espalda y saluda al soldado que blande una espada frente a él.

El húsar deja escapar una carcajada y los soldados también se ríen a carcajadas, incluso sin poder comprender la ridícula vista en su totalidad; pero Adamsky conoce todos los matices de esta risa y sabe que hay un lado siniestro en el alivio de los soldados. Todos se han dado cuenta de que el vagón no representa una amenaza de peligro, sino una oportunidad para saquear. Efectivamente, el húsar ya está hurgando en los sacos vacíos del carro y estudiando el barril de ron. Adamsky se incorpora en toda su altura y se vuelve hacia él.

—¡Soy el capitán Adamsky! —exclama—. ¡Tercer regimiento, quinta división, ejército undécimo!

—No eres más que un sucio *zyd* —se burla el húsar—. Quédate donde estás.

Hay muchas cosas que se pueden decir de Patrick Adamsky. ¿Que es sucio? Claro. ¿Un tabernero depravado? Definitivamente. ¿Un proxeneta y un sinvergüenza? Por qué no. ¿Pero un *zyd*? Cualquiera que se atreva a sugerirlo lo hace bajo su propio riesgo. Adamsky ha dedicado gran parte de su vida al único objetivo de borrar su pasado y negar su identidad. Ningún húsar gordo y de segunda lo devolverá a la noche en que fue secuestrado por Leib Stein. Por esta razón, Adamsky no se detiene a considerar si éste es el mejor momento o si es el curso de acción correcto, rodeados como están por una unidad de infantería completa, antes de saltar sobre el soldado, derribarlo de su caballo y luchar con él en el camino lleno de lodo. Sorprendentemente, nadie se apresura a deshacer la pelea y partir a Adamsky por la mitad, y Adamsky se da cuenta de que si puede ignorar las desventajas de su propia edad, puede resistir el contraataque de un húsar que es treinta años más joven que él.

El capitán Adamsky no se ganó su fama por su tamaño o por su fuerza, sino por su temperamento salvaje, que era como el de un depredador voraz. Mientras sus camaradas asaltaban a los enemigos, lanzando puños y golpes y rodando por el suelo hasta que lograban agarrar a un enemigo por la garganta, Adamsky mostraba los dientes y arrancaba narices y orejas, hundía los dedos en las cuencas de los ojos y rasgaba la piel de los cuellos y las bocas. Dominando a sus enemigos sin mucho esfuerzo, los dejaba sangrando en el suelo, desgarrados y maltrechos, buscando un lóbulo de oreja faltante o un trozo de fosa nasal. Esto incluía no sólo sus propios combates cuerpo a cuerpo, sino también todo el curso de las batallas en las que luchó. Los soldados turcos observaron incrédulos al lobo del zar mientras se lavaba los dientes chorreantes de sangre y los ojos ámbar sedientos de otra pelea. Nadie más luchaba de esa manera, despojándose de cada fragmento de humanidad o, peor aún, esforzándose sin piedad por aplastar la posibilidad misma de ser humano.

Ahora, sin embargo, Adamsky siente que sus huesos se hacen añicos bajo los fuertes puños del húsar, sus piernas se doblan como columnas al borde del colapso y sus costillas crujen bajo la tensión. Y, sin embargo, haciendo acopio de fuerzas, se inclina hacia adelante y clava los dientes en la barbilla de su rival. El húsar queda desconcertado por este nuevo tipo de ataque y trata de sacudirse a la bestia salvaje, pero las mandíbulas de Adamsky están desgarrando su carne. Los soldados que observan sólo pueden mirar con asombro cómo su camarada grita de dolor, rechazando el ataque a lo que le queda de la barbilla con una mano y golpeando el aire con la otra. Enfrentándolo con su ventaja recién ganada, Adamsky vuelve a probar suerte.

—Soy el capitán Adamsky —dice escupiendo trozos de la piel del enemigo—. Tercer regimiento, quinta división, ejército undécimo.

El húsar, sangrando, saca su pistola de la funda y apunta a Adamsky, pero la sujeta con debilidad y dispara demasiado bajo; la bala roza la rodilla del capitán y va directo hacia una de las ruedas del carro. Adamsky está a punto de lanzarse a la carga, pero otra bala pasa silbando junto a su oído, esta vez disparada desde atrás. Se vuelve y encuentra al otro húsar, un teniente, con un fusil humeante al hombro y una pistola en la mano.

—¿Qué quiere, capitán? —pregunta el teniente con cortesía. Sus ojos están ligeramente cerrados y su cabeza llena de cabello rubio que aún no ha conocido el sabor de las trincheras.

—¿Quién quiere saberlo? —jadea Adamsky limpiándose la boca—. ¿Tú o la pistola?

—La pistola está aquí para asegurarse de que no me beses la barbilla también a mí —responde el teniente, complacido con el sonido de las risas de los soldados a su alrededor—. Yo, por otro lado, quiero saber por qué no están largándose de aquí.

—¡Dispárele! —grita el húsar con el rostro lleno de sangre mientras busca con los ojos el resto de su barbilla en el suelo.

—Quiero hablar en privado —dice Adamsky.

—No estás en posición de hacer tratos —dice el oficial levantando la voz.

—Soy capitán en el ejército del zar —dice Adamsky—. He servido a Rusia por treinta y cinco años.

—¡Dispárele! —grita el húsar mutilado mientras comienza a caer en cuenta de la magnitud del daño hecho a su rostro.

—¿Le has servido a Rusia? —ríe el teniente, ignorando el tormento de su camarada—. Te has servido a ti mismo, le has servido a tu familia.

—¡Y he arriesgado mi vida! —Adamsky está estupefacto. Nadie se hubiera atrevido a hablarle así en su día, mucho menos los húsares, y mucho menos ante los oídos de los soldados de infantería.

—Y te pagaron generosamente por hacerlo, ¿no es así?

—Es evidente que nunca has estado en batalla, niño —sisea Adamsky dando un paso hacia él—. Exijo hablar en privado con su oficial al mando.

—Como quieras —dice el teniente, amartillando la pistola—. Me aseguraré de que le lleguen tus últimas palabras.

Cae un silencio de muerte. Hay un enfrentamiento entre la pistola y la obstinación de Adamsky. Ambas están hechas de acero. Las tropas esperan una señal para asaltar el vagón. Fanny y Zizek se acercan uno al otro e incluso el cantor está mirando, preguntándose si éste podría ser un buen momento para intentar entonar de *Adon Olam* para romper la tensión.

—¡Dispárele! —implora el húsar.

La noche anterior, cuando Adamsky todavía tenía algo que perder, se había comportado como un completo imbécil y había arriesgado todo lo que poseía por el bien de Yoshke. Ahora, que ya no tiene nada que perder, sigue actuando como un completo imbécil e ignora el cañón de un arma que le apunta entre los ojos. Uno sólo puede concluir que Adamsky es un imbécil, poniendo su vida en manos de un teniente subalterno cuya lengua afilada ya ha demostrado crueldad y malicia, rasgos comunes en la generación más joven. Debe haber sido educado en una de esas escuelas burguesas que, en lugar de enseñar a sus alumnos a respetar y buscar la justicia, los exponen a la red de intereses e hipocresía detrás de esos *principios*. Ocultan sus almas corruptas detrás de comillas que, como pinzas para la ropa, sujetan las palabras a los tendederos del cinismo para desecar su hermoso significado hasta el punto en que la conciencia y la dignidad se convierten en palabras vacías invocadas en sesiones de peleas intelectuales con sus amigos.

Quién sabe si el teniente rubio realmente apretará el gatillo. Adamsky da otro paso en su dirección de todos modos.

La estupidez, tal vez incluso la arrogancia, deben ser cualidades admirables en el ejército porque el teniente aún duda en apretar el gatillo y un murmullo de admiración comienza a surgir de entre los soldados que rodean al capitán Adamsky. Sin duda este hombre es un oficial, un guerrero intrépido, y la idea de partirle el cráneo con una bala parece inapropiada dadas las circunstancias. Adamsky considera dar otro paso pero, de todas las cosas estúpidas que ha hecho últimamente, decide que seguir hacia adelante en el crepúsculo, rodeado por veinte soldados que vigilan cada uno de sus movimientos sería tentar a su suerte.

Así que interrumpe su ceremonia de cuidadoso acercamiento y avanza confiado hacia el joven oficial, quien se da cuenta de que, ahora que el anciano se ha arriesgado tanto, no puede responder con algo como un cobarde disparo de pistola. Si tiene que luchar en la tierra y arriesgar la integridad de su bonito rostro, que así sea. Incluso el húsar sangrante guarda silencio, esperando que no sea el único que salga humillado de este incidente.

El joven teniente, sin embargo, desmonta su caballo y saca a Adamsky del círculo de soldados que los observan. Hablan en voz baja durante unos momentos. El teniente señala hacia el campamento, Adamsky dibuja algo en el suelo y luego continúan intercambiando comentarios en voz baja durante un largo rato. Finalmente, regresan al grupo, cogidos del brazo como viejos amigos. Adamsky señala a Zizek, y Fanny está convencida de que el *sheigetz* ha hecho otro trato a sus espaldas. El capitán pondrá a salvo a Zizek y a sí mismo, y ella y el cantor se convertirán en presa de la mafia; pero luego el teniente le pide permiso a Fanny para subir al vagón y le da a Zizek un cálido apretón de manos.

—Es un gran honor, señor —susurra el oficial—. Si lo hubiésemos sabido, todo esto habría sido evitado. —También sonríe hacia Fanny como excusándose—. Le suplico que nos disculpe por nuestros modales, señora.

Y sin mayor explicación, se dirige hacia sus soldados.

—Estas personas serán nuestros invitados de honor durante los próximos días. Si escucho que alguno de ustedes se atreve a acercárseles sin permiso, me encargaré personalmente de cortarle la lengua a esa persona.

Adamsky vuelve a subir al vagón y se sienta al lado de Zizek. Fanny aún mira con desconfianza; finalmente no puede contenerse y exige:

—¿Qué les dijiste?

—Dos palabras, nada más —dice Adamsky.

—¿Zvi-Meir? —pregunta Fanny incrédula.

—¿Zvi-Meir? —dice Adamsky—. ¿Qué diablos es un Zvi-Meir?

—No importa —gruñe Fanny.

—Le dije «Yoshke Berkovits», dice Adamsky misteriosamente y Fanny se percata de que hay un cambio casi imperceptible en la expresión del rostro de Zizek.

—¿Yoshke Berkovits?

—Es todo lo que tenía que decirse —replica el capitán—. Maldita sea.

V

Algunas personas no pueden estar satisfechas nunca. En sus cabezas tienen la imagen de cómo deberían de ser las cosas y si la realidad no se ajusta a esta imagen, no sospechan que algo pueda estar mal con dicha imagen sino que culpan a la realidad. Pues bien, Shleiml el Cantor no tiene ninguna imagen en su cabeza. Como la mayoría de los mendigos, su vida es una sucesión de necesidades humildes, aspiraciones momentáneas y gratificaciones inmediatas.

Huérfano desde la infancia, porque así lo quiso el Todopoderoso, primero fue enviado con su tío en Cracovia, luego con su tío abuelo en Pinsk y desde el momento en que pudo pensar por sí mismo, se ganó la vida limpiando zapatos a cambio de miserias. ¡Si tan sólo hubiera una historia que contar acerca de cómo, poco después, llamó la atención de un rico filántropo que lo sacó de la pobreza y le dio su primera oportunidad en la vida! Qué lindo hubiera sido imaginar a Shleiml el Cantor como un aprendiz de metalúrgico que terminó como dueño de una empresa de construcción de ferrocarriles. Sin embargo, lo que esperaba del Creador era algo mucho más modesto. Si todo lo que él hubiera hecho fuera producir pan de la tierra y no llevarlo a la boca de Shleiml, esto habría sido suficiente. Si todo lo que él hubiera hecho fuera llevarlo a la boca de Shleiml, donde el pan tuviera un gusto desagradable, esto habría sido suficiente. Si el pan hubiera sabido bien y él no le hubiera enviado una papa de vez en cuando, esto habría sido suficiente. Si él le hubiera enviado una patata de vez en cuando, pero no le hubiera permitido comer muslos de pollo en las Altas Fiestas, esto habría sido suficiente. Si él le hubiera permitido comer muslos de pollo en las Altas Fiestas, pero no alegrar su corazón con brandy, esto habría sido suficiente. Si él hubiera alegrado su corazón con brandy y no lo hubiera bendecido con el talento de cantar *Adon Olam*, esto hubiera sido suficiente. Sin embargo, el Padre Misericordioso duplicó y triplicó la buena fortuna de Shleiml y, a menudo, lo invitaba a un establo o un granero para descansar su cabeza. ¿Alguien puede apreciar la alegría de Shleiml el Cantor mientras camina a través de las noches nevadas de Uzda con perros callejeros ladrando desde todas las direcciones, cuando de repente un judío sale para abrirle la puerta del establo? ¿Alguien puede imaginar el momento en que es generosamente invitado a unirse a una cena festiva, quitarse las botas empapadas de agua y acurrucarse con sus anfitriones alrededor de la estufa? ¿Puede alguien imaginar lo afortunado que es?

Pero la caridad del Todopoderoso no conoce límites y él no le da la espalda a Shleiml el Cantor. Míralo ahora, mientras el cantor itinerante es conducido ceremoniosamente a una base militar. ¡Y se le muestra el camino a una tienda de campaña! ¡Le dan una cama plegable, con un colchón! ¡Y le dan un uniforme, un juego limpio! Cierto, es demasiado grande, pero ¿por qué debería quejarse un hombre cuando sus propios harapos están empapados de...? Bueno, afortunadamente nadie se ha dado cuenta. Ahora el demacrado cantor viste el uniforme del ejército zarista, dispuesto a entretener a los soldados cantando *Adon Olam*, sobre todo cuando le hacen preguntas tan maravillosas. ¿Ha comido? ¡No! ¿Ha bebido algo? ¿Le gustaría comer y beber algo? ¡Sí!

Francamente, el trío de caras amargas que lo acompañan están arruinando el ambiente. Reconoce a uno de ellos por sus ojos amenazantes, pero no recuerda de dónde. La dama que lo arrastró a esta aventura parece estar fuera de sí y no deja de frotarse la mejilla. Debe recordar tener una conversación amorosa con ella. Unas pocas palabras de Shleiml el Cantor podrían mejorar su estado de ánimo, y si no, seguramente con una canción logrará su cometido. Y el corpulento personaje con la boca llena de cicatrices al que llaman Zizek es tan sombrío que uno podría pensar que acaba de presenciar la tercera destrucción del Templo. Todos se sientan abatidos, como si estuviera a punto de ocurrir una catástrofe mientras les traen pan, papas y carnes en conserva a su tienda. Un consejo de Shleiml el Cantor: el desastre puede ocurrir o no, pero mientras tanto, deben erguir la espalda y disfrutar de un festín como el que no ha visto en mucho tiempo. Sin embargo, mientras el cantor itinerante pide más pan sin importarle si fue horneado hoy o la semana anterior, los otros tres están sentados con caras hoscas, picando migajas, bebiendo poco e intercambiando miradas malhumoradas. Cualquier tonto, y Shleiml el Cantor no es la excepción, sabe que el alma humana se separa del cuerpo al borde de la muerte con gran agonía. La mayoría de la gente imagina que el alma se extrae de sus ataduras corporales en el lecho de muerte y asciende a lo alto; pero Shleiml está convencido de que la mayoría de la gente no entiende que es el cuerpo el que se separa del alma y se marchita porque la gente se entrega a sus tormentos mentales desde la más tierna edad hasta el punto en que, como sus compañeros de viaje, las angustias les niegan el placer del pan y de las papas. Esto es lo que le sucedió a Adán y a Eva, a quienes se les dio el jardín del Edén para satisfacer todos sus deseos y en lugar de complacerse en la generosidad de la creación de Dios, agonizaron por la prohibición de no poder comer de una fruta particular. Así es que desde la época del primer hombre hasta el día de hoy, las personas aprenden a ignorar sus cuerpos infantiles que gritan cada vez que no comen o no duermen, creyendo que las necesidades del alma son más importantes. A diferencia de ellos, el alma del cantor se escinde de su cuerpo y más tarde, cuando pide más pan, el espíritu obedece. Y cuando el cuerpo pide más papas, el espíritu dice: «no hay por qué demorarse». Y cuando el cuerpo pregunta: «¿hay más brandy?», el espíritu alegre responde: «¿por qué no? Por favor, bebe tanto como quieras».

Por lo tanto, el cantor no adopta la indiferente dieta de sus tres compañeros. Sus estómagos deben estar pensando que sus bocas han perdido la cabeza. Y si dejan algo en su plato, ya sea un mendrugo de pan o una patata, inmediatamente les pregunta: ¿no te gusta? ¿Por qué no comes? ¿Y qué hay de esto? Qué pena dejar toda esta comida en el plato. Qué vergüenza. Y cuando un soldado entra en la tienda para preguntar por ellos, el cantor no se calla como sus amigos, por temor a que los arrojen a los pantanos, sino que descaradamente le pregunta al soldado si podría humedecer su garganta con algo más que agua tibia. Cualquier *variedad* bastará. El extraño humor del desgraciado libertino hace que el soldado se ponga serio y por un momento parece que el cantor itinerante va a recibir un puñetazo en la cara. Pero luego el soldado sale de la tienda sin decir una palabra y un momento después regresa con dos botellas de hidromiel. Y el cantor está radiante.

Su melancólica compañía, sin embargo, rechaza obstinadamente la bebida, como si estuvieran en medio de serias negociaciones. ¿Es tan malo lo que se ofrece? ¿Un poco de alegría para el corazón y reposo para el cuerpo? ¿Qué es exactamente a lo que se niegan? ¿No quieren sentirse mejor de lo que se sienten ahora? Sin embargo, no hay razón para que se queje. A veces, el alma de las personas las aísla de la realidad obligando a sus mentes a obsesionarse con el mañana y el ayer, las oportunidades y los riesgos. De esta manera, dejan la libertad a aquellos cuyos ojos están atentos al presente y cuyas almas siguen a sus cuerpos. Disfrutar de una lata de carne en conserva y dos botellas de hidromiel nunca le ha hecho daño a nadie.

VI

Adamsky no soporta a sus acompañantes. De no ser por su viejo amigo, Yoshke Berkovtis, le habría gustado quemar esta tienda junto con todos sus ocupantes. El cantor es un cerdo glotón. En menos de una hora estará roncando y meándose encima de nuevo. La mujer está tan amargada que no puede ni pensar en agradecerle por salvarle la vida. Piensa que puede depender de su cuchillo como si su filo la pudiera ayudar en un campamento del ejército repleto de soldados despiadados. ¿Qué la pasa a estos judíos? ¿Por qué siempre están esperando la siguiente catástrofe? ¿Por qué siempre esperan el desastre?

Adamsky recuerda el día del incendio de Stara Zagora. Las fuerzas turcas y las unidades de *basi-bozuk* habían asaltado y saqueado la ciudad. El regimiento de Adamsky fue llamado para ayudar unas horas más tarde; cuando llegó a las afueras de la ciudad vio una larga fila de refugiados búlgaros, incluyendo judíos, con vagones cargados con todo lo que pudieron rescatar de sus hogares ahora incendiados. Parecían haber lanzado en los vagones un taburete por aquí, una estantería por allá, unas mantas sin orden racional, probablemente dejando atrás joyas y objetos de valor.

Los *basi-bosuk*, un grupo de mercenarios barbáricos que visten turbantes rojos y fajillas anchas, armados con pistolas, dagas *shibriya* y gritos de «*Allahu Akbar*» aterrorizaron a la ciudad, masacraron a los residentes que no lograron escapar —más de diez mil—, violaron a las mujeres y luego les cortaron las orejas y los genitales a sus cuerpos sin vida.

Adamsky nunca olvidará la espantosa vista. Un valle de la muerte con cadáveres chamuscados y profanados, la nube de hedor a descomposición y enjambres de moscas azules y verdes. Sólo una manada de sobrevivientes estupefactos salió de este caos: bebés gritando, madres intentando silenciarlos, niños petrificados y padres atónitos que tiraban de mulas obstinadas. Sus pasos vacilantes demostraban que no estaban huyendo del caos. Permanecieron en medio de la carnicería, uniéndose a ella. Rostros subhumanos pasaban junto a Adamsky sin decir palabra, atravesándolo con su mirada: ¿y ahora qué? ¿A dónde vamos? ¿Cómo pudiste dejar que esto sucediera? ¡Incluso quemaron la iglesia esos salvajes!

De repente escuchó voces animadas y vio que se acercaba una mula tirando de un vagón con una numerosa familia judía: ancianos, mujeres y niños. Conduciendo la mula, los hombres de la familia estaban enfrascados en un acalorado debate. Medio asfixiados por el humo que habían inhalado, los ancianos del vagón parecían apenas vivos. Las mujeres estaban deshidratadas. Al recordar el sonido del yidis de su infancia, Adamsky se interesó en escuchar la conversación de los hombres.

—Los musulmanes y los cristianos están peleando entre sí y nosotros pagamos el precio —dijo uno.

—Siempre ha sido así —añadió otro.

—Pero ¿qué tienen los turcos contra nosotros? —preguntó un tercero—. Sólo este año les vendimos tres toneladas de trigo.

—Los turcos siempre nos han odiado —dijo un cuarto.

El quinto hombre no pronunció palabra.

—Y cuando los búlgaros regresen con el ejército ruso —dijo el primero—, ¿entonces será todo mejor?

—Peor —dijo el segundo.

—Uno es tan malo como el otro —observó el tercero.

—Los búlgaros siempre nos han odiado —afirmó el cuarto.

El quinto hombre permaneció en silencio, apretando los dientes.

—Quemaron la *yeshivá* —declaró el primero.

—Y quemaron la Torá —siseó el segundo.

—Asesinaron a Itzhak Galet, el padre de Aryeh.

—Itzhak Galet siempre tuvo algo contra mí —dijo el cuarto con tono de saberlo todo.

El quinto permaneció en silencio y sombrío.

Adamsky seguía escuchando porque no podía creer cuán aisladas e indiferentes eran estas personas, viviendo en su pequeño mundito. ¿Por qué ni siquiera mencionaron el terrible desastre que estaba cayendo sobre la ciudad y sus habitantes? Para ellos, la catástrofe sólo los afectó a sí mismos, a su familia y a su sinagoga. Eran inocentes y todos los demás tenían la culpa. A sus ojos, cualquiera que no hablara su idioma únicamente servía para el comercio. Su olvido los había llevado a pensar que podían vender trigo al ejército ruso un día, al ejército turco al día siguiente y seguir siendo vistos como neutrales.

Pero por sobre todas las cosas Adamsky notó el alivio de los hombres, detectando un dejo de júbilo bajo su cansancio y el hollín de sus rostros, como si el desastre que habían estado esperando, una vez que finalmente los golpeó, los hubiera liberado de las garras de la ansiedad. Y entonces Adamsky se dio cuenta de que estas personas no anticiparon la catástrofe, sino que la vivieron, dejando que moldeara su forma de ver el mundo. El desastre no era una posibilidad, sino una necesidad. Las semillas de la destrucción no quedaron ociosas en manos de los bárbaros, sino que se sembraron por todas partes. Y así, si un *goy* rechazaba su oferta en las negociaciones comerciales, no podía ser un hombre de negocios que tomaba una decisión comercial, sino que tenía que ser un asesino que odiaba a los judíos, que aparecería en su puerta un día con una multitud empuñando trinches y antorchas.

Y ahora, como era de esperar, Fanny está sentada a su lado absorta en una amarga contemplación, a pesar de que acaba de encontrar un escondite ideal para ella. Sin él, ella ya estaría colgada de una soga y él todavía no puede entender por qué demonios arriesgó su vida y desafió al destino por ella. Es hora de entender en qué se ha metido realmente y exige que ella le diga quién diablos es este Zvi-Meir y cómo está conectado con Yoshke Berkovits. Así que Fanny, recelosa, le cuenta sobre su hermana Mende Speismann —qué interesante—, a quien abandonó su esposo, Zvi-Meir —oh, ¿de verdad? Adamsky está al borde de las lágrimas—, y que ella, la hermana de Mende, simplemente quería llegar a Minsk y confrontar al esposo desaparecido.

—Y… ¿cuándo empieza la verdadera historia?

—Ésta es la verdadera historia.

—¿¡Qué!?

Es decir, más o menos… El resto no fue planeado. En el camino fueron atacados, ocurrieron cosas, escaparon y se encontraron en problemas con la ley, y él conoce el resto de la historia.

—¿Eso es todo?

Fanny asiente.

—Maldita sea.

Adamsky respira hondo, cierra los ojos y vuelve a hundirse en la cama. Shleiml el Cantor, que también acaba de escuchar la historia por primera vez, levanta su copa de hidromiel.

—¡*Lejayim*! ¡Que encontremos al sinvergüenza Zvi-Meir lo antes posible!

Adamsky abre los ojos y mira al imbécil, luego a la mujer que le acaba de explicar, seca y fríamente, la ridícula razón por la que acaba de perderlo todo. Dirige su mirada hacia su amigo, esperando una explicación, aunque sólo sea parcial; pero su amigo sigue sufriendo, retraído, rechazando la comida y encogiéndose de hombros. El rostro de Yoahke no ofrece la menor explicación de por qué ha metido a Adamsky en este patético enredo.

Adamsky recuerda cómo se enteró de la traición de su hermano mientras limpiaba las letrinas del campo. Otro chico, que había sido secuestrado en Pinsk, le habló de los rumores de Motal. A cambio de generosas recompensas, un vecino de su tío y su tía, Itche-Schepsl Gurevits, un experto en limpiar relojes de péndulo, le hablaría al asesor sobre los evasores de impuestos y falsificadores de nombres entre sus hermanos judíos. Era un *mitnagdí* acérrimo que comenzó traicionando a sus archienemigos, los judíos jasídicos. Pero a su debido tiempo, también comenzó a hablar sobre sus compañeros *mitnagdíes*, y algunos dicen que incluso criticó a su propio cuñado. Todos lo sabían y hacían la vista gorda porque sus acciones rara vez los afectaban directamente y porque no querían meterse en problemas con las propias autoridades. La policía que buscaba al hermano de Adamsky, Motl Abramson, terminó contactando a Itche-Schepsl Gurevits, quien dijo que no había notado ninguna actividad sospechosa en la casa de Abramson, pero que tal vez deberían revisar sus documentos con más cuidado. Eso fue todo.

Todos sabían cuál sería el resultado de su traición y nadie hizo nada. A sus espaldas decían que Itche-Schepsl pulía los relojes como si limpiara su conciencia; pero mientras los cielos no cayeran sobre su cabeza, Itche-Schepsl Gurevits seguía caminando por Motal como si nada hubiera pasado, asistiendo a la oración de la tarde siempre en punto.

Y de repente un día desapareció de su casa y no regresó más. ¿Quién lo había secuestrado? Bueno, no era difícil de adivinar. ¿Qué tormentos infernales sufrió? Uno puede imaginarse eso muy fácilmente.

Todo lo que se puede decir es que cuando Adamsky lo atravesó con una daga y arrojó su cadáver a los pantanos de Polesia, sintió que había roto irreparablemente el vínculo con su pueblo y que, de ahora en adelante, sólo los encararía desde el extremo opuesto de una cuchilla. Y ahora, el humillado capitán se levanta y sale furioso de la tienda, no sin antes notar que Fanny, esa mujer descarada, lo observa con su mirada helada de loba, casi amenazándolo. Hasta ahora ha sido un imbécil. A partir de este momento, todo cambiará.

VII

Fanny nunca soñó que algún día se pondría el uniforme del ejército zarista; pero aquí está ahora, en un campamento del ejército, vestida con una túnica verde y pantalones anchos, una mujer sola rodeada de miles de hombres. A su lado está sentado un tonto mendigo y al otro lado está Zizek del Yaselda. Resulta que Zizek es un famoso héroe de guerra. ¿De qué otra manera se puede explicar la hospitalidad que comenzaron a disfrutar tan pronto como se mencionó el nombre «Yoshke Berkovits»? En los últimos días, en realidad había comenzado a gustarle, pensando que podía detectar en sus ojos brillantes una fragilidad desgarradora. En lugar del hombre torpe que estaba sentado en su bote con un semblante bovino y que apestaba a pescado salado, ahora había comenzado a notar su lado más suave, su cabello siempre cuidadosamente peinado hacia un lado, la frente tensa y las fosas nasales alertas. Y ahora resulta que Zizek es un asesino despiadado que ha masacrado a soldados enemigos por docenas, tal vez incluso por cientos.

Se pregunta si es casualidad que haya terminado en compañía de asesinos. ¿Cómo no se le habría ocurrido al salir de su casa a las dos y media de la noche, viajando por carreteras secundarias, que le sería imposible llegar a Zvi-Meir sin pasar por lugares donde nunca se había visto un manto de oración judío, donde ninguna mujer judía ha puesto un pie antes que ella?

El anhelo que siente por sus hijos es como una roca que rueda por la ladera de una montaña, sujeta a la fuerza de la gravedad y al impulso de la necesidad. Ella rueda hacia ellos en sueños que se rompen cuando se despierta. En su imaginación, pasa los dedos por el vello de la espalda de Natan-Berl de la misma manera en que él toca los extremos de su manto de oración, el *tzitzit*, una borla a la vez, y luego ella le da un masaje a la grasa de sus hombros. Se tortura a sí misma por no estar allí para acostar a sus niños en la cama y cuidarlos mientras duermen, porque en lugar de eso está escuchando a Shleiml liberar eructos ostentosos que apestan a carne enlatada. Extraña y añora y está exhausta, pero hay una cosa que no siente: arrepentimiento. No, no está arrepentida. ¿Cómo podría estarlo?

Mientras los conducían a la base del ejército y se abrían paso entre la fanfarria, los oficiales se inclinaban y saludaban con la mano, Fanny esperaba que su madre los estuviera observando desde arriba. Malka Schechter solía sentarse en su habitación, abrumada por la ansiedad, murmurando: «Todo estará bien con ayuda de Dios». Esta frase era la favorita de su madre, siempre acompañada de un fuerte suspiro, lo que inquietaba aún más a los demás miembros de la familia. Nada aterrorizaba a su madre más que lo desconocido. A sus ojos, un futuro incierto era una amenaza mayor que un desastre concreto. Malka Schechter nunca dejó de creer que si tan sólo le dijeran dónde y cuándo ocurriría la catástrofe, ella sería capaz de afrontarla. Era el elemento sorpresa lo que no podía tolerar. Y, aunque sabía que las probabilidades de que sus hijas fueran atropelladas por un carro eran casi nulas, ¡existía la posibilidad! Si dos niños de cada cien morían de difteria, ¡esos dos estaban claramente destinados a ser sus propias hijas! ¿Cuál es la diferencia entre las probabilidades de dos a cien y dos a dos? Por eso, tejió una densa red de construcciones mentales de «si…, entonces…», pensando que al menos podría mantener el lado *si* de la pregunta bajo su propio control. Si ella hace esto y aquello, sucederá tal y tal cosa. Y así, con la ayuda de Dios, todo estará bien.

Desde una corta edad, Fanny miraba a su madre esconderse en su cama mientras las capas de humanidad se le iban desprendiendo, una a una. «Ahora no, Fannychka, ahora no. *Mamaleh* está cansada».

Cuando escuchaba a sus hijas moverse por la casa emitía el mismo pesado suspiro que retumbaba en los oídos de las niñas como nubes de tormenta, luego soltaba las palabras: «Todo estará bien con la ayuda de Dios». La noche en que murió su madre y su cuerpo fue dispuesto en la cocina hasta el amanecer, Fanny no pudo cerrar los ojos. Mientras la catástrofe comenzaba a brotar en su propia imaginación, ella empezó a tejer su propia maraña de «si…, entonces… ». Rogando que, con ayuda de Dios, todo saliera bien, terminó mojando la cama.

Conducida por un impulso instintivo, apartó las mantas y se arrastró hasta el lugar de descanso de su madre. A la luz de la linterna, el rostro de Malka Schechter estaba pálido y sereno. Fanny nunca antes la había visto tan tranquila. La hija había apretado las manos sin vida de su madre, lo que le devolvía un extraño calor. Las bolsas debajo de los ojos de Malka se habían suavizado y sus labios estaban separados como si estuviera a punto de decir algo. Para Fanny, la muerte de su madre fue una muestra de esplendor en comparación con la vida demoledora que había habitado su cuerpo. Con su bonito y apacible rostro, los labios de su madre llevaban la promesa de una palabra de ternura. Fanny sabía que ningún juego de hipótesis y consecuencias podía derribar el hecho de la muerte de su madre, así que no le suplicó al Todopoderoso que la resucitara de entre los muertos, ni rogó para que la protegiera de los ángeles de la destrucción. Se aferró a su madre y le acarició el pelo con amor. Fue al no orar que se sintió lo más cerca que jamás se había sentido del Dios de las Alturas y fue a través de su falta de fe en que Él traería de vuelta a su madre que encontró su consuelo. En el puro sinsentido de la muerte, encontró a Dios por primera vez en su vida.

Fanny durmió junto a su madre hasta el amanecer, prometiéndose a sí misma que nunca cedería frente al miedo. Con la misma pasión con la que antes mojaba los dedos en el guiso de carne que su madre preparaba, Fanny juró ensuciarse las manos en el caldero de este mundo y sumergirse por completo en la vida terrenal. Por desgracia, su acceso a esa vida se había visto bloqueado cuando se vio obligada a convertirse en costurera. Fanny se alejaba de su vocación cada día que pasaba con Sondel Gordon, el sastre, mientras el ojo de la aguja le hacía desperdiciar el sentido de la vista. Para ella, todos en Grodno eran como su madre: aislados del mundo en la seguridad de sus hogares. Un judío no puede llamarse a sí mismo judío a menos que se esconda detrás de los muros del yidis y habite en la ciudadela del *shtetl*. Los hombres no pueden cumplir los mandamientos a menos que eviten la tentación y exijan la conducta modesta de las mujeres. Las mujeres no pueden estar completas sin sus maridos, incluso si la virtud de sus maridos no es nada para poner en un pedestal. Cada detalle minucioso debe estar regulado y ordenado, todo debe estar en su debido lugar. Tratar de huir de la regla de la halajá es seducir al peligro.

Para Fanny, esta forma de pensar no sólo implicaba una vida de autoengaño, sino de sacrilegio: estas personas le habían dado la espalda a la obra de la creación. Así que se acercó más a su padre y aprendió su oficio, luego viajó hasta Motal para casarse con Natan-Berl y abrazó la vida en el campo, encantada con las costumbres de los aldeanos. Comparada con Mende y las mujeres de Grodno, Motal, Pinsk y Minsk, Fanny era una renegada. Para todos, estaba medio loca. A sus espaldas, los chismosos susurraban que si te acuestas con perros no deberías sorprenderte si te despiertas con pulgas, lo que significaba que era sólo cuestión de tiempo hasta que la tragedia acaeciera sobre los Keismann que habitaban entre los gentiles. Por su parte, Fanny se sentía envalentonada por su necesidad de demostrarle a las mujeres de Motal que los judíos no debían darle la espalda al mundo y que su reclusión era en realidad una receta para el desastre; así que aprendió a hablar polaco y se hizo amiga de sus vecinos y dirigió un exitoso negocio de quesos, todo mientras seguía cumpliendo con los mandamientos y siendo ama de casa en un hogar tradicional. Y ya que estamos hablando de perros, especialmente de perros con pulgas, Fanny nunca olvidó a Tzileyger, el callejero que soportó toda una vida de miseria hasta la noche en que peleó por su libertad con cada ápice de coraje que tuvo. Al igual que el perro, ella deseaba derribar los límites de su fe y mutilar el rostro de cualquiera que se interpusiera entre ella y el camino de su libertad.

Cuando la hicieron desfilar por las barracas, creyó estar en grave peligro y que tenía todos los motivos para estar nerviosa. El pasado le había enseñado que los soldados gentiles del ejército zarista no tienden a sentir lástima por las mujeres y mucho menos por las judías, pero ahora sabe que no sufrirá ningún daño. Se siente segura con estos soldados que inclinan la cabeza ante ella y le ofrecen su comida. Y está llena de curiosidad acerca de cómo Yoshke Berkovits se ganó una reputación entre ellos.

—¿Zizek Breshov? —se dirige a él.

Él no responde.

—¿Yoshke Berkovits? —Intenta de nuevo sintiendo que está cruzando una línea.

No hay respuesta.

Como un hombre que se esconde en un búnker con los oídos tapados durante un bombardeo, Zizek está acostado en su litera con los brazos cubriendo su cabeza. A pesar de los honores con los que ha sido colmado, Fanny se da cuenta de que ingresar al cuartel con este antiguo nombre claramente lo ha inquietado. Cuando se sentaron a comer picoteó de mala gana el pan y luego se tumbó en el catre y se quedó mirando la lona sobre sus cabezas. En los últimos días, le han brotado bigotes grises en el rostro generalmente suave, lo que contribuye a su aspecto desaliñado. Las palizas que recibió de los bandidos y los agentes le dificultan encontrar una posición cómoda. Parece un hombre tendido en un campo yermo tratando de quitarse piedras invisibles de debajo de la espalda.

Luces extrañas penetran a través de las puertas de la tienda y, por un momento, Fanny teme que estén rodeados por una muchedumbre con antorchas. Asomándose afuera ve que hay soldados aproximándose a su tienda, cargados con velas y flores como si Zizek Breshov fuera un santo cristiano.

Maravillada por la vista, Fanny levanta la solapa, pensando que esto complacerá a Zizek, pero éste sólo se da la vuelta y se cubre la cabeza con una manta. Ella comprende el gesto.

Fanny sale a saludar a los soldados boquiabiertos. Uno de ellos se acerca, portando un lienzo estirado sobre un bastidor y un pincel, y le pregunta en polaco si sería posible pintar hoy al Padre.

—¿Al Padre? —dice confundida.

—Sí, Yoshke Berkovits —dice el pintor.

—Lo siento, no se encuentra bien, hemos viajado un largo camino.

El pintor traduce de inmediato esta conversación al ruso para los otros soldados, que los rodean como abejas.

—Por supuesto —dice el pintor sonriendo—. Entiendo. ¿Podría por favor preguntarle si cree que mañana sea conveniente? No hay una sola pintura del Padre en toda la armada rusa.

—¿Por qué lo llaman así? —pregunta Fanny.

El pintor se acerca y dice misteriosamente:

—Él es el Padre que nos salvó.

—¿Los salvó? ¿Un soldado salvó a una división entera?

—¿Una división? ¿Qué tal un cuerpo? ¿O un ejército? ¿No lo sabe? Pensé que era su esposa.

—Oh, no. —Fanny suelta una carcajada, pero luego aprecia que el pintor parece ofendido, aparentemente en nombre del Padre—. Viajamos juntos. —Comienza y el pintor se ve decepcionado—. Soy su sobrina —miente y el rostro del pintor se enciende de nuevo—, pero no nos habíamos visto en muchos años.

—¿Le preguntará?

—Por supuesto —promete Fanny. Luego, incapaz de contenerse pregunta—: ¿era un oficial?

—Un cabo, tal vez sargento —susurra el pintor.

—¿Un guerrero valiente?

—Un cobarde.

—¿Qué? ¿Y entonces cómo?

—Con el poder de las palabras. ¿De qué otro modo?

—Dígame más.

—Con una condición.

BYALA

I

Un hombre y una mujer están sentados en un vagón. Él sostiene un pincel y ella es toda oídos. Más temprano acordaron que ella debía conocer la verdad sobre Yoshke Berkovits, el héroe más tímido de todo el ejército zarista, bajo la condición de que el artista tendría el honor de pintar a la sobrina del Padre.

La luz de luna es como una corbata que envuelve a la noche, sus rayos se deslizan sobre un traje de oscuridad. Las estrellas parpadean en el cielo como linternas. Un viento fresco acaricia la espalda de la tierra que se ha combado bajo el peso del calor del día, suplicando alivio. Los sapos hacen sonar sus llamadas amorosas y el aire está impregnado con el olor a hierba y estiércol. El pintor comienza desde la primera pincelada.

Contorno del rostro

Perdóneme, señora, soy un hombre de muchos defectos, pero nunca nadie me ha acusado de ser un hombre de palabras. ¡Nadie! Se me ha concedido un don celestial al que yo llamo sentido de la belleza. Perdóneme, señora, pero la mayoría de la gente tiene ojos. ¿Y qué ven con esos ojos? Que Dios nos ayude. ¿Puede creer que la gente inventó la palabra *fealdad*? En verdad esta palabra se utiliza para describir a personas con ciertos defectos en el rostro. Pero yo, el pintor, nunca he visto nada que sea *feo*. Durante años viví con la sensación de que mi mente era débil y lenta para comprender porqué me fascinaban las personas que los demás encontraban poco atractivas. Todos se burlaban de mí: si todo es tan hermoso, se reían, entonces nada en este

217

mundo es repugnante, ni siquiera el lunar gigante en las nalgas de fulano de tal, decían. Claro que yo me avergonzaba. No quería decir que todo fuera perfecto, simétrico y atractivo. Quería decir que incluso las cosas que encontramos repugnantes son hermosas a su manera, e incluso los lunares gigantes pueden conmover el alma.

Perdóneme, señora, por el largo preámbulo, pero la historia que está a punto de escuchar es contada por un pintor. ¿Es esto todo lo que pasó con lujo de detalle? No lo sé. ¿Es así cómo me la contaron a mí? No puedo acordarme; pero así es como me la cuento a mí mismo: una historia contada por un hombre que siente la belleza incluso en las letrinas y la fosa común. Si desea escuchar otra versión puede preguntarle a alguien más, a un herrero o a un panadero, quienes seguramente le narrarán el curso de los eventos desde la perspectiva del metal o del pan. Tal vez pensarían en usted como una mujer extraña o incluso aterradora. Su cabello rubio, sus ojos de lobo, su nariz afilada y sus pequeñas orejas parecen haber sido traídos todos desde distintas partes del mundo; pero creo, y perdóneme si soy franco, que es usted hermosa. Detecto un gran secreto detrás de esos ojos serenos de Madonna.

Perdóneme, señora, pero la palabra con la que me veo obligado a iniciar la historia de Yoshke Berkovits es *mierda*. Sin duda, no estoy usando otras como heces, estiércol o excremento por una buena razón. Estoy usando *mierda*, ese bulto marrón parecido a una salchicha que sale de las nalgas de las personas una vez al día y dos veces en un buen día. Bueno, la historia de la mierda es de hecho la historia de la raza humana, o al menos la historia de la salida del espíritu del cuerpo, que en gran medida está ligada a la ridícula distinción entre la belleza y la fealdad. Si de verdad usted es pariente de Yoshke Berkovits —un hecho que encuentro difícil de creer mientras dibujo su rostro redondo que no se parece en nada al rostro angular del Padre—, entonces es judía. De cualquier manera, si conoce su Antiguo Testamento, debe estar familiarizada con la historia de Adán y Eva, quienes comieron del árbol del conocimiento. Tal vez pueda recordar, querida señora, cuál fue la primera cosa que hicieron una vez que comenzaron a ver el mundo de manera diferente. ¡Se vistieron!

218

De pronto sus cuerpos se convirtieron en motivo de vergüenza, y sin motivo alguno, ¿se da cuenta? En el momento en que se volvió posible distinguir entre el bien y el mal, se encontró al culpable: el cuerpo es la maldad y la mente es la bondad. En ese preciso momento, mi querida dama, empezó la historia de la mierda. Pues, si nos avergüenza nuestro cuerpo, su desperdicio nos produce aversión.

Perdóneme, señora, ¿acaso estas palabras son demasiado duras para sus oídos? Lo que es más, no se supone que un artista culto y pintor sublime se interese por la mierda. ¡Al diablo con eso! El artista en cuestión en realidad se preocupa por la mierda y no tiene intención de dejar el asunto. ¿Sabe por qué? Porque Yoshke Berkovits dio sus primeros pasos independientes justo sobre montón de mierda.

Así es, mi querida señora, el día en que fue secuestrado por un maldito ladrón de niños, Yoshke Berkovits fue enviado con otros niños judíos pobres, muchachos polacos delincuentes y huérfanos rusos a la escuela cantonista cerca de Kiev, a orillas del Dniéper. ¿Y qué aprendieron en esa escuela? Bueno, profesiones útiles para la vida del ejército: algunos aprendieron a hornear pan, otros a vendar heridas, algunos aprendieron a tocar tambores y algunos incluso eran lo suficientemente atléticos como para ser entrenados para la batalla.

Por favor, señora, le ruego que no se mueva. Estoy por completar el contorno de su cara y cada movimiento cambia el ángulo, y, por lo tanto, todo el esbozo, así que si no le importa…, exacto. Eso es.

De cualquier modo, Yoshke llegó a esa escuela a los doce años de edad, con su amigo Pesach Abramson, y los dos se convirtieron en los cadetes más tercos del campamento. Cuando se les llamaba para la misa del domingo…, ellos no atendían. Cuando se les ofrecieron veinticinco rublos para ser bautizados en el río…, desaparecieron. La cocina no era *kósher*…, ellos se resistían a comer carne. Estaba estrictamente prohibido usar kipá…, se cubrían las cabezas con una mano. Ponga atención, señora, porque es importante que lo entienda: sus espaldas recibían cerca de cien azotes cada semana. Al final, fueron sentenciados al peor castigo que puede dársele a un cantonista: limpiar las letrinas; un trabajo que acortaba, por no decir borraba, la esperanza de vida de los condenados a él. En el primer mes, el cuerpo contraería una enfermedad, en el segundo mes tendría altas fiebres y en el tercer mes sería enterrado en la parcela más alejada del cementerio; pero los dos lograron perseverar gracias a su sentido del humor. Se llamaban entre sí coronel Mierda y general Orín. Fingían que estudiaban cada día, en la escuela, la doctrina de la estructura y los orificios del cuerpo, y discutían largamente como dos eruditos si fulano de tal había almorzado maíz o trigo. Consumían su comida con indiferencia, ya que consistía mayormente en puré de patata. En poco tiempo, ya no podían distinguir entre sus comidas insípidas y los excrementos de paloma que les ordenaron limpiar de las ventanas. «¿Qué hay de comer hoy?» preguntaba uno; «Excremento de paloma», respondía el otro. La broma de siempre.

Perdóneme, querida señora, pero no sé si puede entender lo que estoy tratando de decir. Dos niños de doce años que crecieron en un remoto pueblo judío fueron arrancados una noche de sus camas y arrastrados en un carro por cientos de verstas para ofrecerles amplios privilegios a cambio de obediencia. Y, sin embargo, algo en el fondo de sus almas les decía que resistieran. Y nosotros, en el ejército ruso, apreciamos la resistencia obstinada y nada nos hace más felices que tratar de quebrar a una mula obstinada. Es por eso que sus instructores los exiliaron a ese montón de mierda, dándoles en efecto dos opciones: el arrepentimiento o la muerte. Los dos se levantaban temprano cada mañana y marchaban hacia las letrinas. Inicialmente, intentaron mantener su ropa limpia, vomitando profusamente cuando las manchas de estiércol se extendían más allá de sus uniformes. Comenzaron a respirar sólo por la boca e ignoraron los enjambres de gusanos y lombrices que encontraron. Con el tiempo se dieron cuenta de que ése iba a ser su mundo, por muy apestoso que pudiera ser, y que su protección debía consistir en ojos cerrados y fosas nasales tapadas.

Continuaron orando todas las mañanas, tardes y noches, sin siquiera saber por qué, recitando los fragmentos que podían recordar. Con el paso de los días, cambiaron. La gente dice que Dios se echó a reír cuando los escuchó alabando su nombre mientras estaban todos llenos de mierda. Esto no sucede muy a menudo, ya sabe, que Dios se muera de risa. Él hace demandas constantes y castiga, y a veces incluso muestra algo de misericordia. Pero ¿reír? Nuestro propio Dios también es tan seco como el pan duro. No me gustaría asistir a cenas familiares con el Santo Padre y el Hijo.

Pues bien, la risa de Dios le dio valor a la pareja entre más oraban y a su corta edad descubrieron algo que la mayoría de la gente no entiende ni hasta su último suspiro: no hay nada malo con el cuerpo, ni siquiera con sus excreciones. Todos los días esperaban en la cabina larga a los miles de soldados bien alimentados que visitaban las letrinas. Eran como atentos cantineros en una taberna, que siempre recuerdan lo que piden sus clientes habituales, los dos aprendieron a reconocer a los soldados por el olor, la forma y el color de sus excrementos.

Bromeaban: aquí viene la salchicha rosada del capitán, seguida de la pepita hinchada del herrero y luego la salpicadura del sargento de artillería —que parece que nunca puede encontrar el agujero—, y el estiércol de oveja del panadero. Oh, mira, hoy los cocineros han cambiado el menú de puré de papas a arroz con frijoles, como puede inferirse por este fibroso mojón. Somos polvo y en polvo nos convertiremos, ¿no está también en las escrituras?

Ojos
¿Podría relajar un poco su rostro? Empecemos con los ojos. Ya son dominantes por sí mismos así que, por favor, no frunza el entrecejo. Gracias.

Perdóneme, querida señora, pero Yoshke y Pesach trabajaron en las letrinas durante dos meses sin enfermarse ni una sola vez. Si tuviera que adivinar, creo que dos años completos no habrían logrado quebrantar sus ánimos. Otras cosas lo consiguieron, por supuesto. Algunos lo llamarían *emociones* o *tormento mental*, pero ésas son sólo formas floridas de describir las heridas y contusiones que sufre el alma al desgarrarse.

Perdóneme, señora, pero como seguramente ya pudo darse cuenta, no soy muy patriótico. Me gusta Rusia, pero no moriría por ella.

En el ejército se me da comida a cambio de mi arte, incluso si se trata de pintar retratos halagadores de generales. Pido a Dios, como todo el mundo, que no atraiga la atención equivocada y que no me vean como un intelectual sarcástico. Incluso si lo intentara, no encontraría una idea por la que estaría dispuesto a sacrificar mi cuerpo. Es por eso que siempre los he admirado a ustedes, los judíos —es decir, si usted es realmente judía— por la resulta manera que tienen para evitar cualquier tipo de patriotismo y su estricta lealtad a su familia y comunidad.

Un día como cualquier otro, mientras Pesach Abramson estaba apoyado contra un retrete después de vaciar el tanque de una letrina, uno de los cantonistas se le acercó para informarle el rumor de que su hermano había sido arrestado. No conozco todos los detalles, pero aparentemente el hermano de Pesach también fue reclutado, logró escapar y decidió vengarse. Sus considerables actos de venganza finalmente llevaron a la comunidad judía a entregarlo a las autoridades.

Perdóneme, querida señora, pero cuando escuché esta historia por primera vez, me pareció difícil de creer. ¿Puede nuestra mano golpear nuestra propia cara? ¿Puede nuestra rodilla clavarse en nuestro propio estómago? Resulta que una vez que se siembra el miedo entre ustedes, estalla el odio y se convierten en sus propios peores enemigos. Uno se resiente del otro, el otro lo detesta, éste traiciona, el otro chilla y toda la comunidad se fractura. Finalmente, alguien entrega al culpable en nombre de todos los demás. Esa noche, Pesach Abramson yacía en su cama con los ojos bien abiertos, mientras pensamientos heréticos asaltaban su corazón indefenso. Empezó a recordar incidentes a los que no había prestado mucha atención hasta entonces, que ahora le parecían sumamente significativos.

Recordó, por ejemplo, que varios días después de su secuestro y de la fuga de su hermano, su secuestrador, Leib Stein, lo había arrastrado a él y a Yoshke a la casa de un granjero *goy* en un pueblo en el camino, con quien había arreglado alojamiento y comida a cambio de una generosa suma. Había velas de *sabbat* en la mesa de la cena y Pesach miró a Yoshke con incredulidad: se habían aventurado tan lejos de casa que ni siquiera se habían dado cuenta de la llegada del *sabbat*. En una repentina demostración de devoción, los secuestradores rezaron como cantores ante el granjero avergonzado. Luego hicieron *kidush*, se lavaron las manos y pasaron la jalá alrededor de la mesa, y Pesach los observaba con ecuanimidad porque ¿qué judío no recibe el *sabbat* con alegría? Un extraño como el granjero nunca podría entenderlo.

Pero cuando supo cómo su hermano había sido entregado a las autoridades, Pesach recordó esa noche con consternación. Interpretando la expresión del granjero de una manera completamente nueva, se dio cuenta de que no había mostrado vergüenza, sino lástima y resentimiento pensando: ¿cómo pueden estos villanos serpenteantes cantar alabanzas a la guardia de Israel después de secuestrar sin piedad a los hijos de esa misma guardia? Los bastardos no ven contradicción entre sus actos crueles y sus súplicas de protección, seguridad, salud y una vida digna; es decir, aspiran a tener las mismas cosas que niegan a los demás. Pesach tembló ante la idea de que para algunas personas la religión sólo existe para servir a sus necesidades egoístas y los mandamientos se cumplen de labios para afuera. Entonces comenzó a preguntarse qué uso podrían tener las oraciones de sus venerados líderes comunitarios, si dichos líderes hubieran permitido que sus conciudadanos entregaran a su hermano a la policía. ¿En nombre de qué lo sacrificaron? ¿El de la fe? ¿La Torá? Oh, no. Había sido simplemente para servir a los intereses egoístas de los hombres que temen a las autoridades. ¿Y qué mentira se dijeron a sí mismos para reprimir su culpa? ¿Qué versículo citaron para racionalizar esta transgresión? Un dolor agudo atravesó el cuerpo de Pesach, pero no gritó ni lloró, sabiendo que era el dolor del desapego. Debía purgarse de la presencia de estas personas en su vida sin dejar un solo rastro. Debía mirarlos con el mismo resentimiento que había mostrado el granjero. ¿Y la escoria que traicionó a su hermano? También a éste le llegaría su día.

Yoshke Berkovits estaba acostado en la cama de al lado y podía sentir la furia de su amigo. También se había quedado completamente despierto y extendió su mano para sostener la de Pesach. Un gesto importante porque, después de esa noche, quedó claro que Pesach ya no podía seguir siendo Pesach. A la mañana siguiente, se presentó ante sus instructores y pidió ser bautizado en el río. Fue relevado del servicio de letrinas y se unió al entrenamiento de infantería. A Yoshke Berkovits se le envió un nuevo aprendiz; su nombre era Imre Schechtman, y casi nunca volvió a ver a Pesach Abramson, ahora Patrick Adamsky, durante el día. Pero por la noche, sin pronunciar palabra, Yoshke y Pesach yacían en sus camas tomados de la mano, sabiendo que su vínculo no debía nada a ninguna nación ni religión.

Su expresión me dice que esta historia sobre Pesach Abramson la sorprende, o tal vez la incomoda. Es extraño que, como pariente del Padre, no sepa sobre el nacimiento de Patrick Adamsky. Su sorpresa será retratada en la pintura. Lamento decirle que no puedo evitarlo.

Perdóneme, querida señora, pero será mejor que diga también unas palabras sobre Imre Schechtman, pues lo encuentro especialmente entrañable. Es posible que entienda más adelante porqué. La familia de Imre vino del lejano reino de Hungría en busca de una vida mejor. Su padre era un comerciante de sal que se mudó con su familia a Odesa para endulzar sus ganancias al estar más cerca de las rutas comerciales del mar Negro. Le dijeron que el clima del sur podría mejorar el herpes de su esposa. Y, en efecto, después de un verano se sintió mejor que en toda una década. Pero quienquiera que le haya dado aquel consejo a su padre olvidó mencionar los crueles vientos que soplan a través del golfo de Odesa en invierno; y fueron estos vendavales los que al final se llevaron la vida de la señora Schechtman y dejaron a Imre Schechtman, el menor de siete hijos, sin madre. El negocio del padre también enfrentó despiadadas tormentas. Sus poderosos competidores sabían que el mar Negro era la clave de su éxito. Sin embargo, a diferencia del padre, tenían varias ventajas: fluidez en el idioma local, contactos importantes y solvencia económica. En poco tiempo, el señor Schechtman se quedó con sacos de sal arruinados por la humedad debido a la falta tanto de un lugar para almacenarla como de compradores, y no es difícil entender cómo llegó a convencerse de que su hijo menor enfrentaría un glorioso futuro cantonista en el ejército del zar.

El joven Imre aún no tenía ocho años cuando se inscribió para el servicio militar, haciéndose pasar por un niño de doce años. En poco tiempo, muchos comenzaron a considerarlo un idiota: le costaba leer y no podía escribir, y se mordía la lengua y permanecía mudo cada vez que lo regañaban. La única tarea que se le podía asignar era el servicio de letrinas, ya que no requería ninguna habilidad retórica o cognitiva en lo más mínimo. Aquí es donde conoció al experimentado Yoshke Berkovits, quien le enseñó todo lo que un niño de ocho años necesita saber sobre la mierda.

Pero Imre Schechtman no era Pesach Abramson. ¡Vaya que no! Se le rompió el espíritu y su cuerpo se hizo añicos. A diferencia de su antecesor, no llegó a encontrar ningún consuelo en su trabajo. Cada día lo pasaba en silencio con una expresión cada vez más apática en su rostro. Yoshke Berkovits renunciaba a sus propias comidas de excremento de paloma y se las ofrecía al niño, pero Imre Schechtman vomitaba todo lo que comía y se hizo tan quebradizo como una rama, de manera que antes de terminar su primera semana, colapsó agotado. Su cara inocente y frágil parecía lista para la muerte. Yoshke lo llevó a la enfermería, seguro de que los días del niño estaban contados.

Perdóneme, señora, volveremos a Imre. En efecto, sé que esta historia debe parecerle larga e inconexa, pero estamos apenas en el inicio, lejos aún del asunto principal. Mientras tanto, si me lo permite, dedicaré más tiempo a sus ojos, que me dicen mucho sobre usted, mucho más de lo que desearía saber.

Cada mañana, Yoshke Berkovits se presentaba a solas para el servicio y no hablaba con nadie en todo el día. Había olvidado todas las oraciones excepto aquella que se relacionaba con los orificios, por la conexión con su trabajo. Se había vuelto oscuro el recuerdo de su padre y el de su madre, Selig y Leah Berkovits. Los principios por los que tanto había luchado se desvanecieron. Resultó que el cuerpo necesitaba tierra firme, pero Yoshke Berkovits se sentía flotar en el espacio. Soñaba con el día en que pudiera dejar la escuela cantonista y encontrar el camino de vuelta a casa, siguiendo las estrellas. En su imaginación, no avanzaba por caminos rocosos y caminos de tierra, sino que volaba suavemente por encima de las montañas, los bosques y los pantanos de Polesia, cruzando rápidamente el Yaselda y aterrizando en Motal; pero una vez que regresaba a su casa, olvidaba por qué exactamente se había propuesto llegar allí, y no podía recordar qué estaba haciendo en aquel lugar. Luego regresaba al aquí y ahora, y a la mierda hasta las rodillas sobre la que estaba parado.

Incapaz de dormir por la noche, seguía sosteniendo la mano de su amigo convertido. El cuerpo de Patrick Adamsky se ensanchaba con el entrenamiento, aparecieron púas sobre su labio delgado y su postura se volvió envidiablemente augusta. Los otros niños estaban entusiasmados con las hazañas atléticas de Adamsky y más de una vez Yoshke se preguntó si su amigo ya no le estaría extendiendo su cálida mano por necesidad. La obstinación de Yoshke se volvió ridícula. Nadie se acercaría a él por su trabajo. No le quedó más remedio que enfrentarse a la realidad y emprender un nuevo camino en el seno de Cristo. Y, sin embargo, querida señora, por alguna razón, Yoshke Berkovits sintió que nunca podría consentir ser bautizado en el río. La causa de esta reticencia ya no era su ascendencia judía, por la que, al igual que su amigo, no sentía nada. Su desafío se derivaba nada más que del desafío mismo. Las consideraciones pragmáticas hicieron poco para cambiar su opinión, y seguía rechazando las ofertas que Patrick Adamsky le comunicaba. Yoshke Berkovits quería rebelarse, y su judaísmo era principalmente una rebelión contra la conveniencia.

Perdóneme, querida señora, porque hemos llegado a la peor parte de nuestra historia. En una noche como cualquier otra, Yoshke estaba acostado en la cama esperando a que regresara su amigo Pesach Abramson. Podía escucharlo charlando y riendo con los otros chicos. Cuando Pesach entró en el dormitorio, se acercó a la cama de Yoshke y se desvistió como de costumbre. Yoshke esperó pacientemente a que su amigo se acostara, se estirara y suspirara profundamente mientras se relajaba. Pero cuando Yoshke extendió su mano, esperando el toque familiar, sus dedos se quedaron agarrando el aire. Patrick Adamsky estaba acostado a su lado, respirando tranquilamente, pero no estiró la mano y, después de un momento o dos, Adamsky se levantó de su cama, dobló sus cosas y se trasladó a otra cama, más cerca de sus camaradas.

Yoshke permaneció acostado ahí, con un peso sobre el corazón. Para él, ésta era realmente la primera noche lejos de casa a pesar de que ahora habían pasado muchos meses desde que lo arrancaran de su cama en Motal. Se sentía tan olvidado como una parte del cuerpo que ha sido amputada: inútil y sin esperanza. Había amado a Pesach Abramson como a un hermano e incluso podía vivir con Patrick Adamsky, pero ahora lo sobrecogía un miedo vertiginoso y le costaba trabajo respirar.

Cualquier persona sabe, y Yoshke Berkovits lo sabía mejor que nadie, que la incontinencia significa la pérdida de la dignidad. Es por eso que ustedes, los judíos, bendicen a su Dios con esa extraña oración que nunca nos atreveríamos a pronunciar en la iglesia, alabándole por haber hecho al hombre con orificios y cavidades. Los admiro por esto. Pero esa noche, se abrió un nuevo abismo en el corazón de Yoshke Berkovits, del cual no brotaron lágrimas ni secreciones. Sólo estaba lleno de un dolor sordo que extinguió su deseo de vivir. A la mañana siguiente, el inspector lo echó a trabajar sin desayunar, y después de haber vaciado los primeros baldes de la mañana, Yoshke se dejó hundir en un pozo de mierda y perdió el conocimiento.

Nariz
Querida señora, ahora que hemos terminado con los ojos, pasemos a la nariz. Teniendo en cuenta que la mierda ha sido el principal tema de nuestra discusión hasta este momento, también podríamos haber trabajado en su retrato de abajo hacia arriba, si sabe a lo que me refiero. Pero una pintura puede seguir una historia de una manera asombrosa: deja que los ojos huelan, la nariz vea, la boca oiga y los oídos hablen. A la nariz, entonces, el centro de la cara.

Yoshke Berkovits aún está hundido en mierda y no de manera figurada. Su rebelión terminó en un foso inmundo y de no haber sido por uno de los sargentos, cuyo nombre es Sergey Sergeyev, nuestra historia también habría terminado allí.

El sargento Sergey Sergeyev odiaba la carne. En cambio, comía cantidades excesivas de pan y papas, por esto, sus evacuaciones

227

intestinales eran particularmente lentas y dolorosas. Esa mañana, el sargento Sergeyev estaba agachado para otra agonizante defecación cuando vio una mano que sobresalía del agujero debajo de él. Inmediatamente pidió ayuda para sacar el cuerpo. «¡Todavía está respirando! ¡A la enfermería, rápido! ¡Quizás todavía tenga una oportunidad!».

Perdóneme, querida señora, pero a menudo es mejor dar la espalda y cerrar los ojos en tales ocasiones. Un sargento está agachado y gimiendo, su cuerpo rígido y tenso, forzado al límite. No es, de ninguna manera, un momento glorioso. Ve una mano que sobresale de un agujero. Puede seguir en sus asuntos con toda facilidad, sabiendo con certeza que al ejército zarista no le importará la ausencia de semejante soldado. Nadie vendrá a buscarlo y algún día se agregará a la lista de los desaparecidos en batalla, pero el sargento Sergey Sergeyev no le dio la espalda, ni se hizo de la vista gorda. En cambio, llevó a Yoshke Berkovits inconsciente con el médico del campo, Dmitry Yakunin.

El doctor Yakunin solía decir que podía curar cualquier enfermedad curable. Tenía otras tautologías que parecían igualmente cargadas de significado: sólo podía hacer lo que podía hacer, y en tales situaciones todo lo que uno podía esperar era lo que uno podía esperar, siempre terminando con el chiste de que uno debe esperar lo mejor y prepararse para lo peor. Los pacientes, independientemente de si mejoraban o empeoraban, estaban perfectamente contentos con sus métodos de tratamiento, porque el doctor se aseguraba de que recibieran las dos cosas que más les importaban: un capellán y medicamentos.

El doctor permitía que el padre Alyosha Kuzmin entrara en su enfermería, pero no permitía que otros sacerdotes se acercaran a sus pacientes. Pensaba que todos los demás clérigos eran hipócritas. Deambulaban por la tienda, sosteniendo sus molestos cascabeles y mostrando sus iconos, y siempre les decían a todos exactamente lo que querían oír. El padre Kuzmin, por otro lado, le decía la verdad en la cara de los pacientes. Entre que se embutía de vodka o de aceitunas —¿por qué le gustaban tanto las aceitunas? Sólo el diablo sabe—, caminaba entre las camas escupiendo huesos de aceitunas y maldiciendo a cada paciente al que veía. «¿Por qué deberías de ser curado?

¡Maldito bastardo! Has sido un pecador toda tu vida... ¿Y tú? ¡Escoria! ¿Por qué Cristo debería acordarse de ti? ¡Patético tahúr!». Por alguna razón, los pacientes lo amaban. Tal vez porque decía la verdad o tal vez sólo porque era tan depravado como ellos.

El doctor Yakunin administraba los medicamentos en la proporción inversa a la necesidad de los pacientes. Mantenía el cloroformo alejado de los moribundos y los dejaba retorcerse de agonía, mientras que a los pacientes que superaban infecciones leves se les administraban sedantes en altas dosis. Sorprendentemente, este sistema absurdo funcionaba porque todos sus pacientes intentaban mostrar signos de recuperación para obtener al menos una receta. Esto evitaba que el doctor Yakunin tuviera que lidiar con los habituales gritos y gemidos y, como consecuencia, su clínica se convirtió en un oasis de tranquilidad.

Por lo tanto, querida señora, puede imaginarse la reacción del doctor Yakunin cuando vio por primera vez la silueta sucia e inconsciente del soldado Yoshke Berkovits. Inmediatamente ordenó a las enfermeras que lo pusieran en la peor cama de la enfermería. Dos de las patas de la cama eran montones de ladrillos y estaban ubicadas debajo de un gran agujero en la lona de la tienda por donde pasaba la lluvia. El médico dio la orden de limpiar el cuerpo de este despojo humano en preparación para su inminente entierro y lo dejaron tendido desnudo en la cama, cubierto nada más con una fina manta. El médico invitó al padre Alyosha Kuzmin, quien escupió dos huesos de aceituna sobre el niño y dijo: «Es un *zyd*, ¿no lo ves? ¡Se irá directo al infierno!». Aunque el soldado Yoshke estaba delirando por la fiebre, el doctor Yakunin no tenía intención de desperdiciar ninguna medicina en él.

Sin embargo, Yoshke Berkovits tenía una ventaja, señora, un remedio que pocos pacientes tienen la fortuna de poseer. Cada mañana, tarde y noche, el sargento Sergey Sergeyev iba a visitarlo. Este soldado viejo lo había visto todo en su día. Como ayudante de numerosos generales, había recorrido la mitad del mundo. Había conocido mujeres de cabello oscuro y ojos almendrados en las estepas de Mongolia y hombres fornidos en Ereván. Había visto a miles de rusos peregrinar a Jerusalén y dormir al aire libre cerca del Santo Sepulcro. Había sido testigo de las tropas sádicas que habían saqueado y violado, y de los soldados que habían mostrado misericordia en las situaciones más terribles. No había nada que no supiera sobre la naturaleza humana y había llegado a la conclusión de que la virtud está sobrevalorada. En su mayor parte, sostenía, las personas a las que se les enseña a odiar odiarán y las personas con la espalda contra la pared harán lo que se les diga. La realidad no se forma por la elección entre el bien o el mal, sino por la elección de lo necesario y lo conveniente. Y sí, siempre hay excepciones a esta regla, pero ¿qué pasa con eso?

Había una cosa que el sargento Sergey Sergeyev nunca había podido probar, querida señora: el amor de una familia. Se unió al ejército antes de tener la oportunidad de casarse y la carrera que eligió no le dejó mucho tiempo para esas tonterías. Nunca tuvo hijos, al menos ninguno que él supiera, y sus padres murieron antes de que cumpliera los veintidós años. Usted, por otro lado, claramente es una persona de familia. Transmite la confianza que sólo una madre puede transmitir, aunque en este momento su esposo e hijos estén lejos. Esto plantea una pregunta intrigante: ¿se separó de su familia voluntariamente o bajo coacción?, ¿por elección o necesidad? Dejaremos eso de lado por ahora.

Querida señora, el sargento Sergey Sergeyev siempre había deseado tener un hijo. Y cuando la oportunidad se presentó, no tuvo la opción perfecta. Con casi trece años, Yoshke ya no era un niño. Tenía el cuerpo tan roto como el espíritu y no hablaba ni ruso ni polaco; pero uno no puede elegir a su propia familia, así que el sargento Sergey Sergeyev cumplía con sus visitas y peleaba por los derechos de *su hijo*. Al doctor Yakunin no le gustaba tener visitantes dando vueltas por su enfermería. Le dijo a Sergey Sergeyev que bien podía ponerse a moler agua porque el chico era una causa perdida. El padre Kuzmin le insinuó al sargento que sería mejor adoptar a un tonto de su propia calaña, en lugar de tomar a un asesino de Cristo bajo su protección. Pero Sergey Sergeyev no se desmotivó por sus insinuaciones y advertencias, y exigió que le dieran a Yoshke una cama adecuada.

Querida señora, el sargento pasó horas y horas al lado de Berkovits. ¿Quizás está pensando que sus tiernas palabras y otras tonterías ayudaron a Yoshke a recuperarse? En ese caso estaría bastante equivocada. Fue lo que Sergeyev hizo por Yoshke, junto con lo que le dijo, lo que le salvó la vida. Sin embargo, antes de continuar, permítame servirle un poco de ron del barril aquí en la parte de atrás, que he estado observando durante un tiempo. Si tuviera que adivinar, diría que este es el ron oscuro, el favorito del Padre, el licor marrón que salvó la vida de su supuesto tío.

Sí, en efecto, a menudo se considera que Yoshke Berkovits no es más que un borracho inútil por aquellos que no entienden por qué siempre tiene un barril de ron al alcance de la mano; pero no es un borracho, y ciertamente no es un inútil. Aprendió de su padre adoptivo, el sargento Sergey Sergeyev, un secreto que lo ha mantenido saludable hasta el día de hoy: que las cualidades especiales del ron residen en todo aquello que no es. Cuando Yoshke Berkovits escuchó por primera vez la explicación del sargento, pensó que su delirio había regresado. Sin embargo, su padre adoptivo le obligó a tragar la bebida y se negó a ceder, incluso cuando su hijo lanzó los contenidos de su estómago sobre la almohada. El sargento le dijo: «Aprenderás a beber ron, te guste o no, porque las cualidades del ron están en lo que no es». Si puede usted creerlo, el niño estuvo mejor en una semana.

El ron es un licor añejo extremadamente fuerte. Su sabor dulce pronto se vuelve amargo y paraliza el estómago durante varias horas. Si se bebe en un día caluroso de verano, uno termina ardiendo; si se conforta uno con ron en la nieve, se termina congelado. Sus cualidades están en aquello que no es: en otras palabras, en el hecho de que no es agua.

¿Por qué no sería agua?, se estará preguntando. O quizá, ¿qué puede estar mal en el agua? Bueno, mi querida señora, sacamos nuestra agua de pozos contaminados y en aquel momento plagas terribles asolaban nuestro pobre continente. Incluso Florence Nightingale, si alguna vez ha oído hablar de ella, la célebre enfermera que sirvió a los ejércitos enemigos en la guerra de Crimea, pues incluso ella perdió a la mitad de sus pacientes. Por lo tanto, querida señora, cualquiera que bebiera ron podía abstenerse del agua, y por eso las cualidades curativas de la bebida provienen de aquello que no es.

Yoshke Berkovits había sobrevivido durante meses al trabajo de letrinas, pero el Yoshke Berkovits de ese período había sido tan rebelde como era posible y, mientras tuviera a Pesach Abramson a su lado, podría haber soportado las torturas de un *basi-bozuk*. Sin embargo, la separación de Pesach lo había dejado abatido y apático, e incluso una pequeña dosis de agua contaminada lo habría aniquilado fácilmente. Así que fue bueno que no bebiera agua gracias a la atenta supervisión del sargento Sergey Sergeyev, misma que sólo puedo describir como un acto de bondad, incluso si no entiendo por completo el significado de esta palabra. Verá, señora, desde el momento en que Yoshke Berkovits recobró el sentido, fue evidente que la distancia que había entre él y el sargento nunca podría acortarse. El sargento tenía casi sesenta años, era un sombrío recluso que rápidamente se percató de que no conseguiría un hijo cariñoso de todo este asunto. La ascendencia judía de Berkovits, es decir, su extranjería, fue evidente para él desde el principio y apenas podían comunicarse en un idioma que ambos conocían. Sergeyev nunca recibió un agradecimiento adecuado por sus cuidados porque el niño estaba completamente devastado por haber sido salvado. Durante cada visita, Berkovits se levantaba de su cama como un signo de respeto. Bebía una copa de ron con Sergeyev y luego volvía a acostarse con rostro inexpresivo. A pesar de todo, el sargento seguía yendo a la enfermería porque el cuerpo, querida señora, está dispuesto a hacer grandes concesiones en aras de la intimidad. Sergeyev no sólo acompañó a Yoshke; se negó a dejar que volviera a caer en la melancolía y empezó a enseñarle polaco. Cuando Yakunin y Kuzmin le pidieron que dejara en paz al lamentable muchacho, se burló de ellos diciendo que las personas de mérito nunca usarían la palabra «lamentable», la palabra más horrible del diccionario, una exasperante combinación de su ignorancia y arrogancia.

—Qué absurdo —dijo el Padre Kusmin e hizo sonar la campana para llamar la atención de los otros pacientes—. ¿Dónde estaríamos hoy sin Cristo, el Hijo de Dios, cuyo evangelio entero está basado en el amor y la lástima?

232

—¿Amor y lástima? —dijo el sargento riendo—. Son dos palabras opuestas. ¿Cómo puedes tener lástima por alguien a quien amas? No es posible sentirte cercano a alguien a quien le tienes lástima.

El doctor Yakunin se percató de que sus pacientes no estaban inclinados a favor de la posición del Padre Kuzmin y puso un fin a la conversación.

Pero sepa, querida señora, que el sargento Sergey Sergeyev era fiel a sus palabras. No tenía lástima de Yoshke Berkovits y no era suave con él. Cuando el muchacho recuperó sus fuerzas, el sargento comenzó a acompañarlo en caminatas alrededor del patio cada mañana y cada tarde y, en poco tiempo, logró que Yoshke fuera transferido de la enfermería a su propia tienda privada contra las recomendaciones del doctor Yakunin, y a pesar de las advertencias del Padre Kuzmin, quien estaba seguro de que un mes más en la enfermería habría sido suficiente para convencer al hereje de unirse a la iglesia ortodoxa. Sergeyev cambió el nombre del chico a Zizek Breshov, el nombre con el sonido más cercano a Yoshke Berkovits en el que pudo pensar y se aseguró de que este cambio fuera registrado en todos sus documentos oficiales. Por su parte, Zizek no mostró ningún signo de objeción ni de estar de acuerdo. Estaba absolutamente roto y había perdido cualquier motivo para seguir viviendo. No podía importarle menos si su nombre era Zizek o Yoshke.

¿No he hablado de bondad, querida señora? Sí que lo he hecho. He intentado describirla de diversas maneras. He descrito la necesidad de una familia del sargento Sergey Sergeyev. He hablado sobre su soledad. He hecho notar su oposición tenaz y resistente a Yakunin y Kuzmin. He demostrado que no ganó mucho con este asunto porque su hijo adoptivo no estaba listo para tener un padre. Pero ¿puede algo de esto explicar la decisión del sargento de legar a Zizek Breshov todos sus bienes?

Se nota que está sorprendida, querida señora, y por suerte he terminado de dibujar la nariz, que ahora tiene una leve contracción. Comenzaremos a dibujar sus labios de inmediato, pero será mejor que primero nos tomemos un momento para calmarnos. Para tranquilizarla, sólo diré que los *bienes* del sargento ascendían a unas pocas docenas de rublos, no se trataba exactamente de una fortuna. El sargento había derrochado casi toda su paga en mujeres y ron. A los conocidos que le suplicaban que apartara dinero para los días de tormenta, les respondía que siempre guardaba unas monedas en el bolsillo para un abrigo y un paraguas.

Querida señora, no me refería al dinero cuando mencioné los bienes, sino a las palabras, es decir, a los idiomas: polaco, ruso, francés e inglés; las cuatro lenguas que cualquier asistente hábil haría bien en dominar. Cada mañana, Zizek Breshov se despertaba a la herencia que le fue legada a través de un estricto régimen de entrenamiento. No hubo suficiente tiempo para enseñar cada idioma por separado, por lo que aprendió frases comunes y palabras esenciales en los cuatro idiomas simultáneamente. Lo que hiciera con este conocimiento dependía de Zizek, pero, por su parte, el sargento se aseguró de que a la hora del desayuno el chico hubiera aprendido veinte frases nuevas en ruso, polaco, francés e inglés.

Zizek estudiaba sin entusiasmo, memorizando día tras día frases como: «¿qué desea que le traiga?» y «¿a dónde desea ir?» en cuatro lenguas distintas. Sólo tenía una condición, o quizá una petición, había otro chico en la enfermería llamado Imre Schechtman que estaba acostado en una esquina ardiendo de fiebre y tosiendo casi hasta expulsar los pulmones. Si Sergeyev pudiera compartirle un poco de ron y salvarle de la trampa mortal del doctor Kuzmin, Zizek podría aprovechar la compañía de otro estudiante. El sargento aceptó la petición porque la percibió como un signo positivo de vida, y fue así como Sergeyev se encontró dando clase a dos jóvenes muchachos.

Desafortunadamente, el ron tuvo efectos poderosos en Ignat Shepkin, de ocho años; el niño que antes había sido conocido como Imre Schechtman. Con la cabeza colgando y dormitando durante todo el día, sólo podía permanecer despierto durante dos horas seguidas. La furia del sargento por el niño débil se encontraba con una sonrisa tonta y mejillas sonrosadas.

Sergey Sergeyev no tuvo otra opción que la de castigarlo. Sacó un colgante de su bolsillo, que albergaba una miniatura de Nicolás I, el zar de Hierro, y le dijo a Ignat Shepkin que copiara el retrato con la máxima precisión. La más mínima desviación de las facciones del zar de Hierro provocaba que le arrebataran el papel de dibujo y lo arrojaran a la papelera, lo que significaba que el niño tendría que empezar todo de nuevo. Una semana después, Ignat pudo dibujar el bigote, la frente alta, los mechones rizados y la mirada noble del zar con una precisión admirable, ganándose así un poco de derecho al sueño tras un sorbo de otra copa de ron agridulce. En un año, Zizek Breshov podía mantener conversaciones en cuatro idiomas, y en ese momento Sergeyev decidió que era hora de que su protegido aprendiera sobre elocuencia y refinamiento. Sacó al *Eugene Onegin* de Pushkin de su biblioteca, que no era más que una caja de municiones carbonizadas, y le indicó a Zizek que memorizara la carta de Tatyana a Onegin.

Querida señora, ningún ruso de verdad sería capaz de suprimir las lágrimas al leer esta carta. Nuestro amigo Zizek tampoco pasó sin afectaciones por ella. ¿En quién pensaba cuando leía esos versos? ¿En su madre? Posiblemente. ¿En alguna antigua llama de su ciudad natal? Tal vez.

A diferencia de Zizek, que memorizaba a Pushkin desde el amanecer hasta el anochecer, Ignat Shepkin apenas y abría la boca. En su lugar, aprendió a dibujar al zar de Hierro con tanta precisión que por la noche sufría terribles pesadillas por miedo a haberse desviado de los majestuosos rasgos de Nicolás I, lo que significaba que tenía que empezar a dibujar de nuevo.

Tal fue el legado del sargento Sergey Sergeyev y es imposible exagerar el valor de sus legados a sus dos hijos adoptivos. El resto de la historia lo aclarará.

Boca

Perdóneme, querida señora, pero mi reloj me dice que ya ha pasado la media noche y, sin embargo, sus compañeros de viaje no han venido a buscarle. Muy extraño. ¿Qué clase de compañerismo es éste? Le ruego me perdone, el ron me vuelve inquisitivo.

Los ojos, como dicen, son las ventanas del alma. Y si, como he dicho antes, nuestra principal preocupación aquí no es el alma, sino la carne, uno podría decir que la boca es la ventana al cuerpo. Cierto, la boca muerde nuestra comida y nos permite bostezar, satisfaciendo dos necesidades corporales distintivas. Sin embargo, uno podría añadir que también se usa para besar y para hablar: dos necesidades distintas del alma. ¿Qué entendemos entonces de todo esto?

Debería saber, querida señora, que no hay un peligro más grande que el de la separación del cuerpo y del alma. Porque, si es usted en verdad sobrina de Yoshke Berkovits, como judía seguramente se ha encontrado de vez en cuando con *goyim* —o como sea que nos llamen— que la miran con desprecio. Los *goyim* afirman que ustedes son terribles y que propagan enfermedades. Algunos están convencidos de los judíos son criaturas sin alma. Una madre amorosa tocará la frente de sus hijos y les advertirá sobre el judío diabólico que conspira para secuestrarlos. ¿Qué hacemos con eso?

Pero ¿sabe por qué los odian tanto? ¿Tiene idea de por qué los odio? Porque hablan de la traición al Hijo de Dios hasta que las vacas vuelven a casa. Dicen que es una guerra entre las dos religiones, citando su envidia por el éxito financiero de uno, o inquietándose por nuestro distanciamiento y alienación; pero déjeme decirle lo que opino como pintor: no me puede quedar más claro que ven en uno sus peores rasgos, sus características más íntimas. El campesino polaco se cree mucho más justo y generoso de lo que realmente es, mientras que el aristócrata ruso se considera valiente y majestuoso, sin duda en exceso. Ninguno de los dos admitiría nunca que ellos también sufren de miedo, y soledad, y alienación, y codicia, y lujuria, y, sobre todo, que también tienen cuerpos de carne y hueso: arrugados, flácidos, feos y viles. No son tan sublimes como les gusta pensar, por eso es que cargan sobre nuestras espaldas el peso del que tanto se esfuerzan por librarse. La paradoja de todo esto es que odian en uno las mismas cosas que los persiguen a ellos.

Hice este preámbulo porque la historia de Yoshke Berkovits es la historia del cuerpo. No estoy hablando del cuerpo como una masa de órganos y huesos. Hablo aquí de una criatura que entiende que su humanidad es irremediablemente una expresión de su cuerpo, porque sin un cuerpo su humanidad no podría expresarse. Estoy hablando aquí de un chico que comenzó su vida en lo más profundo de la mierda. No en heces, defecaciones o excreciones, querida señora —y perdóneme por repetir este lenguaje vulgar una y otra vez—, sino en mierda. ¡Sí, mierda! No hace falta ser un erudito para seguir con la mirada ese bulto amarronado que surge entre las piernas todos los días. Uno no tiene que ser un genio para saber que es gracias a este mojón que tú —tus amores, sentimientos, palabras, nociones y reflexiones— existes. No tiene sentido ir a la universidad para aprender sobre la naturaleza humana si no se puede conceder este punto, o si tales temas te parecen obscenos y vergonzosos. Hay que estar loco si se cree que querer una mano para sostenerte mientras duermes es un asunto de la mente. Si no comprendes que es la carne la que suspira por el calor y la intimidad al caer la noche, eres un tonto. Si no te has dado cuenta de que extender tu mano una noche y sostener nada más que aire te romperá el corazón, entonces nunca has vivido. Si no sabes que las palabras pueden ser tan afiladas como un cuchillo, y no sólo figurativamente, sino como un cuchillo real, entonces no sabes qué son las palabras. Y si ya no quieres extender la mano para tocar la mano de alguien sin importar el resultado, y no te das cuenta de que tu cuerpo tembloroso y tu corazón roto prefieren la muerte a la soledad, entonces es posible que ya estés muerto.

Ahora que tenemos esto en claro, será más fácil entender el progreso que hizo Zizek en los rangos del ejército zarista.

El legado que heredó del sargento Sergey Sergeyev resultó ser invaluable. La mayoría de los soldados ni siquiera sabían escribir o leer, y los pocos alfabetizados entre ellos generalmente sólo sabían ruso. Por lo tanto, un posible ayudante que hablara cuatro idiomas con fluidez después de dos años de entrenamiento, incluso si era un humilde soldado raso, era un bien codiciado entre los rangos más altos. Naturalmente, el sargento Sergey Sergeyev lo sabía muy bien, por lo que entrenó a su hijo adoptivo para que se convirtiera en el ayudante de campo perfecto. Y cuando el sargento se enteró de que se estaba reclutando un nuevo regimiento para la región cercana al Danubio, no lejos de Bucarest, dijo las palabras correctas a las personas adecuadas y Zizek Breshov, con menos de quince años, fue ascendido a cabo y cabalgó hacia el noroeste en compañía de Ignat Shepkin. El sargento registró a Shepkin como artista militar, a pesar de que sólo podía dibujar al zar de Hierro, lo que le permitió unirse a Zizek Breshov en su camino hacia la unidad recién establecida bajo el mando del coronel Gregory Radzetsky.

Interludio

Ya que la mera mención del nombre Radzetsky el Terrible es suficiente para hacerme estremecer, tal vez deberíamos detener la pintura en este punto para evitar que estropee la línea de sus labios. Contrariamente a la opinión popular, querida señora, el alma del pintor no necesita sufrir demasiado para capturar la inmortalidad y tampoco se necesita estar loco ni el llamado de una musa para que dibuje los labios con la mayor de las precisiones. Un pintor puede estar feliz, o incluso eufórico, y aún así producir una obra de arte digna. Por lo tanto, en vista de la confusión emocional que estamos a punto de encontrar en nuestra historia, permítame dejar mi pincel a un lado por un momento, por favor. También puede aprovechar la oportunidad para relajarse.

¿De dónde vino Gregory Radzetsky? Nadie lo sabe. Algunos dicen que es el décimo hijo de un yakuto de Siberia, un pastor de renos que obligó a sus hijos a tomar el camino suicida de unirse al ejército a pesar de que su distrito no obligaba a enviar reclutas cantonistas. Viajaron miles de millas, cruzaron los montes Urales, soportando temperaturas cercanas a los veinte bajo cero, y luego marcharon hasta San Petersburgo. Sólo dos de los hermanos lo lograron, incluido Gregory, y se rumorea que sobrevivieron alimentándose de la carne de sus hermanos caídos. Otros descartan esta historia por completo, argumentando que tanto la distancia como el clima serían imposibles de superar. Sin embargo, incluso esos escépticos, después de haber conocido a Radzetsky el Terrible, están preparados para conceder que bien pudo haber participado de un lugar de canibalismo fraterno, incluso sin la larga caminata.

Y ahora un acertijo: por encima de las colinas y del valle más allá, un águila negra y bicéfala sus huevos colocará, son el regalo de Dios, ¿qué es lo que los huevos son? Bien dicho, señora, papas. Catalina la

Grande y Pablo I habían intentado persuadir a sus súbditos para que cultivaran este nutritivo bulbo; pero los rusos son un pueblo testarudo y estaban convencidos de que las papas eran peligrosas, tóxicas y malignas, implicadas en una muy sospechosa conspiración por parte de la corona. Solo el zar de Hierro se atrevió a imponer su voluntad a los campesinos del imperio. Superando la obstinada resistencia e incluso la rebelión, convenció a los *mujiks* de que el suelo de la patria sería ideal para cultivar papas. Más tarde se dieron cuenta de que ninguna familia puede vivir sólo de papas.

Otra historia, y ésta probablemente sea la más cercana a la verdad sobre Gregory Radzetsky: se dice que era hijo de un granjero patriota que no tenía ni un centavo; vivía cerca de Kazán y comenzó a cultivar papas como otros en la región. El propietario, a quien el padre de Radzetsky arrendó la tierra, cobró impuestos tan altos que se terminó quedándose sin ganancias. Sin embargo, como un verdadero patriota, el padre abrazó su destino y agradeció a la madre Rusia por dejarlo trabajar, incluso sin paga. Vio la conscripción cantonista como una bendición más que una maldición, una rara oportunidad de hacer el último sacrificio para mostrar su deber. Sin duda, no quería que sus hijos murieran; pero si iban a morir, bien podría ser en la batalla, defendiendo al país y al zar.

En aquellos días, las batallas libradas en nombre de la defensa de Rusia en realidad eran provocadas por la expansión del imperio a nuevos mercados o por la necesidad de sofocar las rebeliones locales. Las guerras en Grecia, el Cáucaso, Persia y Turquía ciertamente no sirvieron para defender San Petersburgo. A pesar de ello, los patriotas, siendo patriotas, tienden a pensar que la justicia y los intereses de su país son lo mismo. Siendo de esa mentalidad, el joven y entusiasta Gregory Radzetsky se unió al Cuerpo de Infantería Imperial.

Ahora un segundo acertijo: a un pelotón de infantería se le ordena tomar una colina. La colina está ocupada por soldados otomanos con equipo y artillería superiores. Un oficial dice: «Ésta es una misión suicida, será mejor que esperemos o que creemos una distracción». Otro oficial dice: «Éstas son nuestras órdenes y debemos seguirlas sin cuestionarlas». ¿A quién cree usted que ascenderá el ejército zarista? ¿Será el oficial sabio e ingenioso que anticipa el resultado de la batalla? ¿O será el oficial obediente quien cargaría contra la boca de un volcán si así se lo ordenaran? Bueno, lo ha adivinado, ¿y sabe por qué? Porque el ejército del zar, querida señora, se construye sobre la disciplina. Obediencia significa promoción. Seguir órdenes significa honor. Un oficial no se mide por sus victorias o por sus derrotas; lo que más importa es si sus soldados marchan en línea recta, si se presentan para el servicio bien vestidos y arreglados, si su banda de música toca constantemente y si sus tropas alguna vez se atreverían a desertar. El acertijo de la colina, querida señora, no es hipotético. Gregory Radzetsky, entonces sargento, tomó el mando de un pelotón cuyo teniente llegó a la conclusión de que sus órdenes de asaltar la colina desde el sur significaban un suicidio y que, por lo tanto, debían flanquearlo desde el norte. El sargento Gregory Radzetsky volvió a los otros soldados contra el oficial recalcitrante y los condujo cuesta arriba hacia su muerte, rugiendo: «¡Ah! *Che la morte!*». Sólo tres sobrevivieron, Radzetsky entre ellos, de la unidad de treinta hombres, y cuando regresaron al campamento, inmediatamente lo nombraron oficial.

En muchos sentidos, eso era lo correcto. Desde las guerras napoleónicas, el alto mando ruso se había dado cuenta de que sólo podían ganar una campaña si perseveraban lo suficiente y seguían enviando un flujo constante de soldados al frente. Incluso si perdieran tropas en masa, más que cualquier otro ejército, y aunque la gran mayoría de ellos muriera por las miserables decisiones de sus superiores porque abandonaron a los heridos y avanzaban sin esperar a que sus líneas de suministro los alcanzaran, el ejército zarista aún tendría patriotas analfabetos en número suficiente para mantener sus ataques. Ganarían la guerra cansando a sus contrincantes y las malas decisiones de los generales se ocultarían cuando declararan la victoria. ¿Sabe, querida señora, cuál era el enemigo más peligroso de los soldados del zar en aquellos días? ¿Cree que era el valor de los turcos? ¿O la astucia de los generales persas? Nada por el estilo. Por cada soldado muerto en batalla, docenas de otros morirían de la plaga, de enfermedades y heridas de batalla. ¿Sabe por qué los soldados no disienten, querida señora? Bueno, tan sólo intente desobedecer a Gregory Radzetsky.

Radzetsky estaba en su elemento en el ejército. Estar allí le permitía exigir obediencia a sus tropas así como el abrumador sentido de lealtad al zar que su educación le había inculcado. En aquel entonces era prerrogativa de los oficiales azotar a los soldados, pero Radzetsky lo consideraba una obligación. Los soldados tenían que ser azotados todas y cada una de las semanas mientras no pudieran probar su inocencia, y no sólo tenían que probar su propia inocencia, sino también la de sus compañeros. El procedimiento estándar de Radzetsky era el castigo colectivo. Un soldado desertor sabía que todo su escuadrón sería llevado a la cárcel y que, por su culpa, cada camarada sería azotado cincuenta veces por día. Un tirador sabía que si no cabalgaba hacia una muerte segura en la batalla, sería colgado de los tobillos en el calor abrasador hasta que le suplicara al Ángel de la Muerte que se lo llevara. El sentido del deber hacia el zar era absoluto.

El rápido ascenso de Gregory Radzetsky en las filas se puede atribuir a su contribución al término de la Revolución húngara. Se llamó a un regimiento del ejército del zar para ayudar al Imperio austríaco a desmantelar el levantamiento; más de ocho mil de los soldados de infantería que cruzaron los Cárpatos fueron derrotados por las fuerzas húngaras que eran superiores. Sólo sobrevivieron dos mil soldados rusos que lograron escapar de la muerte o del cautiverio. El pelotón de Radzetsky no salió mucho mejor que el resto del regimiento, pero sus tácticas llamaron la atención de los altos mandos del ejército. Al inicio, los generales creían factibles las historias, pero como los rumores persistían, no quedó lugar a dudas. Por un lado, el joven teniente no permitía que sus soldados ayudaran a evacuar a sus camaradas heridos después de la batalla. A sus ojos, estar herido significaba que uno no había cumplido con su deber; era una marca de mediocridad y quien la portara quedaba suspendido entre los únicos resultados deseables: la victoria o la muerte. Un soldado herido arruinaba la logística. Una baja podía poner en peligro a los soldados sanos y, además, el país tendría que gastar una fortuna en la recuperación de un hombre que tal vez nunca regresaría al campo de batalla, lo que equivalía directamente a saquear los cofres del zar. Si alguien resultaba herido se esperaba que no cayera en la autocompasión y en cambio que volviera a unirse a las filas y siguiera luchando para hacer que su muerte fuese valiosa. Así es, querida señora, que Radzetsky prohibió a sus tropas que desalojaran a los heridos y en principio, aunque suene ridículo, les prohibió resultar heridos. Los hermanos de armas se veían obligados a ver a sus compañeros tirados en el suelo sangrando —los traidores—, gimiendo de dolor o tomados cautivos —los cobardes—, ya sea sufriendo una muerte lenta o siendo asesinados y secuestrados por el enemigo. Radzetsky sostenía que los heridos podrían haber muerto rápidamente, para ahorrarse la terrible experiencia, y pocos se atrevían a estar en desacuerdo.

Pero también había un punto de vista religioso un tanto sensible: el teniente Radzetsky se rehusaba a desalojar a los cuerpos de los muertos. Declaraba que mover los cuerpos aplastaría la moral de las personas porque encuentros tan tangibles con la muerte volvían extremadamente difícil negar su inminencia. Y la negación es esencial para la habilidad de un soldado de funcionar en el campo de batalla.

Además, como habrá podido deducir de lo dicho hasta ahora, Radzetsky creía que un oficial no debía esforzarse por agradar a sus soldados. Los soldados no marchan hacia sus muertes por amor y no mantienen la formación gracias a los afectos. Un soldado debería saber que obedecer órdenes es su única posibilidad de supervivencia.

Y, finalmente, a Radzetsky no le importaba la camaradería de su pelotón. Los soldados no deben ser amigos entre sí. La disciplina en la batalla, como ya sabemos, debe basarse únicamente en la obediencia y el deber. En resumen, querida señora, Radzetsky no exigió de sus soldados nada que no se exigiera a sí mismo. Y todo lo que se exigía a sí mismo ascendía a una disciplina férrea, un fervor sin límites y una muerte heroica como resultado de la obediencia.

El joven teniente no escatimó en su intento por someter a los rebeldes húngaros. Destruyó por completo a sus soldados en emboscadas sin sentido cerca de Hermannstadt. Luego atacó pasos de montaña en los Cárpatos desde posiciones débiles, atrayendo a toda una compañía rusa a la debacle. El comandante de la fuerza fue asesinado y parecía natural que Radzetsky tomara su lugar, pero en lugar de retirarse a Valaquia y dejar que su unidad se lamiera las heridas, Radzetsky envió a sus soldados a una maniobra desesperada de flanqueo y, gracias a un error de orientación, llevó a sus tropas directamente a la línea de fuego principal del enemigo. Los comandantes del ejército miraban con admiración al nuevo teniente: ¿había alcanzado logros notables? No. ¿Había causado pérdidas innecesarias? Sin duda. ¿Había demostrado ser un estratega impresionante? No precisamente. Bien, mantengamos los ojos sobre este prometedor oficial. ¿Y por qué? Muy sencillo: no había habido deserciones, los soldados marchaban en formaciones impecables, la banda militar tocaba las trompetas hasta el último suspiro, los soldados cargaban a muerte sin rechistar, y en un notable alarde de frugalidad logística, la división se había evitado la necesidad de cuidar a los soldados heridos o muertos. Si nos dan mil Radzetskys más, saldremos a conquistar las islas británicas, aunque mueran veinte rusos por cada soldado británico.

Como puede imaginar, querida señora, si el sargento Sergey Sergeyev hubiese sabido que estaba enviando a su hijo adoptivo con este demente, habría hecho todo bajo su poder para prevenir que ocurriera semejante error; pero cuando escuchó que había un *nuevo* regimiento no muy lejos de Bucarest, no sabía que la historia de éste se remontaba a Catalina la Grande.

Tampoco sabía que la mayoría de sus soldados, incluido el ayudante, habían perecido en una u otra de las desventuras de Gregory Radzetsky. Así fue que nuestro protagonista, a quien hoy llamamos el Padre y que en ese entonces era un aprendiz de quince años, se reportó a la unidad de Radzetsky. A su lado cabalgaba Ignat Shepkin que aún no había cumplido los once años y no poseía habilidades útiles, de no ser por su talento para las producciones en serie del retrato del zar de Hierro. Ahora por fin puedo seguir dibujando su boca; sólo el nombre de este dúo, Zizek e Ignat, es suficiente para calmarme.

Boca, continuación

Radzetsky estaba muy emocionado por su llegada. A su regimiento aún no se le había asignado un nuevo ayudante, y mucho menos un artista militar. Inmediatamente ordenó al soldado Shepkin que pintara un retrato de él estudiando detenidamente mapas del Danubio.

¿Qué hizo Shepkin? Lo mismo de siempre. Pintó al zar de Hierro, cubriendo las entradas en la cabeza de Nicolás I con mechones de cabello y agregando el pañuelo marrón que Radzetsky mantenía anudado alrededor de su propio cuello.

Querida señora, déjeme decirle algo: no hay nada que le guste más a la gente que ver un retrato halagador de sí misma. El sargento Sergey Sergeyev sabía lo que estaba haciendo cuando castigó a Ignat Shepkin obligándolo a copiar el retrato del zar. De repente, Gregory Radzetsky se vio a sí mismo, hijo de *mujiks* de un pueblo cerca de Kazán, ascendido al rango de coronel sin título ni vínculos, como nunca antes se había visto. Miró la pintura de su rostro apagado —cráneo alargado, piel áspera, ojos marrones, cabello despeinado, nariz torcida con desdén y labios cubiertos de espuma— y vio el rostro de un aristócrata. Los ojos verdes, el bigote cuidado, las patillas recortadas, la frente quizás un poco alta y el mentón algo abultado, formaban la imagen de un oficial modelo, un hombre de honor y deber.

Radzetsky examinó su retrato durante mucho tiempo y Zizek notó que sus ojos parecían suavizarse. Más tarde, Zizek se daría cuenta de que era la primera vez que Radzetsky no se veía a sí mismo como el hijo analfabeto de un agricultor de papas. ¡Ahora era un oficial erudito, un verdadero miembro de la nobleza! Un artista de buena fe ha pintado mi retrato, pensaba para sí mismo… Gregory Radzetsky, éste eres tú, éste eres tú sin lugar a dudas.

—¿Puedes marchar? —le preguntó Radzetsky al soldado Shepkin.

—Sí, señor.

—¿Puedes seguir pintando incluso si las balas pasan silbándote al oído y sus cascos llueven a tu alrededor?

—¿Sí? —dudó Shepkin. Se recompuso—. Sí.

—¿Conoces alguna maldita palabra que no sea *sí*?

—No, señor. —Shepkin no estaba seguro de qué debía decir, pero el tono indicaba que esta pregunta tenía sólo buenas y malas respuestas.

—Soldado, ¿estás consciente de que te acabas de contradecir?

—Sí, señor.

—¿No te molesta?

—No, señor.

—¡Excelente! ¡El trabajo es tuyo! La próxima vez dibuja más abajo la línea del cabello, ¿entendiste?

Shepkin asintió a pesar de que no estaba muy seguro de haber entendido.

—E intenta no ponerme doble papada, maldita sea. Y tú... —Radzetsky se giró hacia Zizek y escupió a través del espacio que tenía entre los dos dientes delanteros—, ¿qué diablos estás haciendo aquí?

Zizek comenzó a enlistar sus impresionantes habilidades como ayudante: administrar la lista de hombres de servicio y de licencia, inspeccionar a los heridos y optimizar el despliegue. El coronel no parecía impresionado. En su regimiento no había necesidad de pasar listas. Los soldados se contaban tres veces al día, y si cada conteo era el mismo que el anterior, sus nombres no importaban en lo más mínimo. A las tropas de Radzetsky nunca se les concedían permisos y los soldados heridos, como sabemos, debían evitarse a toda costa.

—En otras palabras —le dijo a Zizek— tus habilidades son inútiles. Ve a la armería y haz que alguien te enseñe cómo operar un mosquete. Luego repórtate en alguno de los malditos pelotones.

A Zizek no le sorprendió el resultado de su entrevista a pesar de que no había ido según lo planeado. No había mencionado su fluidez en cuatro idiomas, lo que podría haberle evitado convertirse en fusilero en el regimiento de Gregory Radzetsky. Dos días después, se presentó ante su nuevo pelotón y, como a cualquier otro soldado subalterno, se le ordenó lustrar las botas de los otros soldados y servirles la comida. Es difícil culpar a las tropas de Radzetsky, querida señora, por obligar al joven Zizek a servir su pan y carne enlatada vistiendo una cinta de prostituta en la cabeza. Estos soldados enfrentaban una muerte casi segura, la desesperación era una característica constante en sus vidas, su separación de las tentaciones terrenales estaba cerca y estaban preparados para creer en el más allá de un modo más certero que nunca. La única forma en que podían sentirse mejor consigo mismos era degradar y humillar a sus inferiores, disfrutando el hecho de que el destino de estos niños era incluso peor que el suyo. Además, Zizek no era el único en ser despojado de toda su dignidad. Cada nuevo recluta que entraba a las tiendas lo hacía como mayordomo, lustrador de zapatos, o para llevar a cabo tareas que es mejor no mencionar en presencia de una dama.

Sus labios están tensos por el horror, querida señora. Le ruego que se relaje, así no me ayuda a retratar su rostro duro y tenaz. No quiero que piense que la historia que le cuento es sólo de sumisión y desesperación. En lo más mínimo. El cuerpo nunca es derrotado y el Padre encontró un modo de sacarse a sí mismo de su predicamento. Aunque no ocurrió de la noche a la mañana. En el campamento cerca del Danubio, Zizek sufrió humillaciones durante meses a manos del regimiento de Gregory Radzetsky.

¿Sabe, querida señora, cuál es el peor enemigo de un soldado? No, no el hambre, la sed ni el cansancio. Tampoco la nostalgia ni la muerte. Los soldados están bien preparados para todas estas cosas. Incluso si estos obstáculos son desagradables, siempre se puede encontrar una solución, excepto para la muerte, claro, que es la solución final para todo lo demás. La respuesta es *el frío*, querida señora. Sí, sí, el frío. Cualquiera que haya portado el uniforme le dirá lo mismo. Mientras que el calor puede ser molesto, el frío es pura agonía. Te intentas proteger de él acurrucándote e invocando tus propias fuerzas, te pones cada prenda de ropa que posees, incluso el casco, a pesar del silencio de los cañones. Te cubres las orejas y te tapas la nariz. Darías lo que fuera por un abrigo de piel de oveja o una piel de mangosta. Pero si el frío es suficientemente determinado, termina entrando por una rendija y alcanzando a tu piel, penetra tu carne y anida en tus huesos sin importar lo que hagas. A menos que cuentes con los medios para comprarte un abrigo de piel, te encontrarás, como se encontraba Zizek, arremolinado con otros cuantos muchachos en una emboscada sin sentido en el Daubio durante tiempos de paz, con el cuerpo temblando, los huesos furiosos, las entrañas rugiendo mientras tiemblas lleno de dolores. Éstos son los momentos en los que el cuerpo se ve desprovisto hasta de la última gota de fuerzas, querida señora, cuando la mente no puede pensar en nada más que en el frío. En aquellos momentos cualquiera vendería a su madre a cambio de una taza de té, a sus hijos por un plato de sopa caliente y le prendería fuego a su propia casa a cambio de un baño caliente. En momentos como ése el corazón se hace añicos. Es cuando los jóvenes soldados, que usualmente son indiferentes y reticentes, y no tienen abrigos de piel, se permiten convertirse en poetas.

Un soldado comparte un recuerdo de un día como cualquier otro, sentado a la mesa del comedor en su casa en Yaroslav; su padre sirve sopa de pollo y sus hermanos intercambian patadas debajo de la mesa. La historia fluye sin que suceda gran cosa y luego, de repente, sus camaradas están ahogados sus sollozos, liberando represas de dolor sin lágrimas y anhelo sin límites. Otro soldado dice:

—Ojalá pudiera escribirles.

Y el narrador dice sorprendido:

—¿Por qué querrías escribirle a mi familia?

Los soldados intercambian sonrisas y agradecen al Señor por este momento de gracia que les hace volver a sentirse humanos. Las emociones rompen la helada costra de la obediencia y el deber, haciéndoles reconocer su amor mutuo, su hermandad y el consuelo que comparten. Entonces Zizek dice:

—Puedo escribir esa carta por ti.

Todos guardan silencio. Los soldados mayores no aprovechan la oportunidad para castigar a este sabelotodo que se atreve a ser condescendiente con los analfabetos del grupo. Normalmente, no hay nada que los fusileros detesten más que las personas cultas, esos que piensan que sentarse en bibliotecas los hace sabios y, sin embargo, la oferta de Zizek no es ridiculizada. En vez de eso, los soldados mayores se vuelven hacia él con reverencia para programar horarios para la escritura de cartas, discutiendo sobre quién irá primero y por cuánto tiempo, luchando entre ellos en lugar de luchar contra el enemigo.

Y así es como Zizek se convirtió en el soldado más indispensable de su pelotón. Sus camaradas le quitaron el fusil y lo reemplazaron con pluma y papel. En secreto total, comenzó a escribir una carta tras otra para los soldados mayores. Después de la medianoche, apenas capaz de mantener los ojos abiertos, hacía todo lo posible para escribir algunas cartas también para los nuevos reclutas. En poco tiempo, Zizek incluso comenzó a ofrecer asesoramiento editorial.

—En lugar de «saluda a los niños», ¿qué tal «dile a los niños que no pasa un día sin que piense en ellos»?

El soldado dictando la carta dudaría.

—¿Eso te suena mejor?

—El significado es el mismo —respondería Zizek—, pero así resulta más idiomático.

—¿Idiomático?

—Sí, idiomático.

—Bueno, si significa lo mismo entonces hay que ser idio… lo que sea.

Zizek le diría a otro soldado:

—«Extraño sentarme en mi silla junto a la hoguera» no está mal, pero quizá podrías decir «extraño mirarte mientras me siento al lado de la hoguera».

El soldado entonces se pondría a la defensiva:

—¿No crees que es vergonzoso que un hombre escriba de esa manera?

—¿Por qué sería vergonzoso? Estás diciendo lo mismo… ¿no extrañas sentarte en tu silla al lado de la hoguera?

—Claro que sí.

—¿Y qué ves mientras te sientas en esa silla?

—A mi esposa en la cocina.

—Bien, pues ambas son la misma cosa.

—Entonces, ¿no es vergonzoso?

—Claro que no.

Algunos soldados no buscaban a Zizek y no esperaban en fila para recibir su ayuda. Tal vez sus cartas eran demasiado personales. Tal vez temían que otros escucharan sus secretos más profundos. Quién sabe. Del modo que sea, Zizek había conocido antes a uno de ellos y ambos habían evadido sus miradas cada vez que sus caminos se cruzaban en el campamento. El soldado en cuestión era un joven sargento que se había unido recientemente al régimen de Radzetsky, pero ya tenía toda una reputación por su coraje y valentía. Su nombre era Patrick Adamsky y el corazón de Zizek parecía detenerse cada vez que éste pasaba a su lado. De ancho torso y ardientes ojos ambarinos, Adamsky sometía a sus subordinados a una disciplina rigurosa que hacía que lo admiraran aún más. Zizek esperaba que en algún punto el sargento Adamsky quisiera dictarle una pequeña carta para su tía Mirka Abramson; pero Adamsky nunca se acercó a Zizek ni le dirigió la palabra. En su lugar, decidió enviarle flores a su tía en sobres sin palabras desde la oficina postal de Bucarest.

Sin embargo, Adamsky constituía una anomalía. Todos los demás se reunían en torno a Zizek como si fuese el Mesías. Querida señora, los meses de invierno del año mil ochocientos cincuenta y dos fueron los más felices para las esposas del ejército ruso desde el nacimiento del Imperio ruso. No sólo fueron lo suficientemente afortunadas de tener maridos obedientes y sostén confiable para sus familias, sino que sus hombres también resultaron ser poetas sensibles en sintonía con los matices de la mente femenina. Sin embargo, esto resultó ser una bendición extraña. Antes, las esposas de los soldados creían que su soledad era una forma de sacrificio a la par de la de sus maridos, y les decían a sus vecinos que era un honor y un deber llevar esta carga, aunque en secreto les molestaba tener que hacerlo. Criaron solas a sus hijos y tuvieron aventuras con hombres de menor valor, pero más cercanos que sus maridos. Y ahora, de repente, estas mujeres querían a sus maridos de vuelta y no les interesaba en lo más mínimo si el ejército ruso se caía completo a pedazos.

Querida señora, quizá pueda preguntarse cómo era posible que un muchacho de quince años escribiera cartas tan afectadas. ¿Qué podía saber él sobre el amor y las mujeres? ¿Cómo podía tener el valor para corregir la expresión de un padre que extraña a sus hijos? Es cierto, no sabía nada sobre las mujeres y no tenía hijos; pero sabía mucho sobre la añoranza, sobre el dolor y sobre extrañar el hogar. Añada todo eso a la prosa inspiradora de Pushkin y ¡mire! Uno solo de estos elementos habría bastado, pero Zizek lo tenía todo. Querida señora, esas cartas eran obras de arte.

A su edad, de no haber estado en el ejército, Zizek se habría casado con una damisela de su ciudad. Así que, mientras escribía las cartas de los soldados, iba revelando la vida que debía de haber sido la suya, lo que es decir, la vida de Yoshke Berkovits. No escribía para la esposa de un sargento en Kiev ni para los niños de un húsar en Yaroslav; escribía para Mina Gorfinkel en Motal, cuyos ojos había visto en el mercado, aunque Zizek nunca había estado seguro de si realmente habían intercambiado miradas o se lo había imaginado. Verá, querida señora, después de que Patrick Adamsky se fuera y Pesach Abramson y la ciudad de Motal se disolvieron por completo de su mente, las cartas que Zizek Breshov escribía fueron lo único que mantenía vivo a Yoshke Berkovits. Mientras escribía, Zizek Breshov evocaba a Yoshke Berkovits como nunca había sido y nunca sería. Lo describía el día de su compromiso y el día de su boda, lo imaginaba en su noche de bodas. Escribía sobre las travesuras con sus hijos, evocaba una imagen de sí mismo como un hombre autoritario y confiado, suave y sensible, confiable y valiente. Inspirado por las cartas de Tatyana a Onegin, escribía imaginándose sentado en el único lugar al que nunca llegaría: su hogar.

Una vez al año, Zizek Breshov veía al rabino Schneerson de la Sociedad para la Resurrección de los Muertos, quien le traía una carta de su madre, Leah Berkovits. Zizek examinaba cada centímetro del sobre. El papel no le resultaba familiar, el sello le era extraño y la escritura hebrea que denotaba su nombre, Yoshke Berkovits, bien podría haber sido un criptograma. Zizek no había olvidado su yidis, pero no entendía lo que estaba leyendo. Había palabras como «mi niño», o «mi zissale», o «*Mamaleh* está aquí», que Zizek leía una y otra vez, tratando de comprender su significado. No se atrevía a escribir cartas a su verdadero hogar. Sólo fue capaz de usar su pluma para crearse una vida imaginaria.

¿Y qué tenía esa casa? ¿Qué era lo que Zizek lograba transmitir en todas las cartas que escribía para otros que conmovía tan profundamente a todas las esposas del regimiento? ¿Cuál era la esencia destilada de estas cartas, común a cualquier forma de amor y a todas las relaciones entre marido y mujer, que conmovía a tantos corazones? En realidad no tenía nada que ver con la esencia o las relaciones, la destilación o la purificación. Al contrario. Zizek Breshov escribía sobre minucias tan aburridas y rancias que los soldados tenían todas las razones para darle un puñetazo en la cara cuando sugería, por ejemplo, que sus cartas deberían mencionar una tetera.

—¿Una tetera? —preguntaría un soldado, confundido.

—Una tetera —insistiría Zizek.

El impulso de resucitar a Yoshke Berkovits con palabras inspiró a Zizek a visualizar la vida junto con Mina Gorfinkel hasta el más mínimo detalle. La tetera, que imaginó que era de hierro fundido con un pico en forma de trompa de elefante, presagiaba momentos idílicos: una pareja tomando té y disfrutando del delicioso bizcocho *lekach*. O, mientras escribía cartas para un padre joven, imaginaba a un bebé que se despertaba llorando en medio de la noche y uno de sus padres ponía la tetera a calentar para preparar avena. En otra carta más, los padres ocupados intercambiaban sonrisas a pesar de no tener un momento libre para el té de la tarde. Zizek incluso podía sentir el calor del té y se le hacía agua la boca ante el sabor imaginario del pastel derritiéndose en su lengua.

Los fusileros sabían que no debían interrumpir a Zizek mientras escribía, incluso si describía a un camarada pagano caminando a misa del brazo de su esposa o si expresaba el pesar de un padre por no poder ver a sus hijos dormidos, cuando el padre en cuestión nunca habría hecho tal cosa. Para Zizek era primordial que se escribieran estas cosas en sus cartas. A los soldados les gustaba su forma de describirlos, sin importarles ser fusionados, momentáneamente, con las vidas de Yoshke y Mina Berkovits.

¿Le sorprendería, querida señora, si le dijera que la sede de Radzetsky se inundó de pronto con solicitudes de permisos? ¿Se imagina a un mayor sediento de batallas al que se le ordena una mañana que consulte los derechos de sus tropas, porque el alto mando ha recibido quejas sobre soldados que no han estado en casa en más de dos años, y ahora este mayor tiene que tomar en consideración las necesidades de los militares, maldita sea?

—¿Necesidades? —Radzetsky escupió—. ¿Derechos? —gritó al entrar en la tienda que le servía de oficina—. ¡Les voy a enseñar sus derechos!

No hace falta decir que Radzetsky no consideró que fuera necesario seguir las órdenes que había recibido. De vez en cuando, creía Radzetsky, la corrupción y la estrechez de miras del alto mando producían órdenes que eran ilegales o contra el sentido de la milicia. Aquí es donde el soldado raso, en este caso un joven mayor, debe ejercer su juicio y mantenerse firme. Además, este problema de derechos tenía que ser erradicado de una vez por todas, para lo cual Radzetsky necesitaba saber lo que sus soldados estaban escribiendo a casa. Como el nombre de Zizek Breshov aparecía cada vez que se mencionaba la escritura de cartas, Radzetsky lo llamó a su oficina.

—Me dicen que puedes leer —gruñó Radzetsky.

—Sí, señor —respondió Zizek, mirando a Ignat Shepkin que estaba sentado al lado, con un pincel en la mano—. En cuatro idiomas.

—¿En cuatro idiomas? —rió el oficial—. ¿Eres un maldito intelectual?

—No, señor.

—¿Eres un jodido sabelotodo?

—No, señor.

—¿Qué eres, entonces?

—Un asistente, señor.

—¿Un maldito asistente?

—Sí, señor.

—¿Ves esta pila de cartas?

—Sí, señor.

—Toma una y empieza a leerla, maldita sea.

—Sí, señor.

La urgencia de la petición nubló el juicio de Zizek. Tomó una carta y comenzó a leerla en voz alta.

—«Mi amada Lyudmila, el duro invierno está por terminar. A pesar de los sabañones en mis pies, he logrado sobrevivir. No puedo esperar el día en que vuelva a casa y te tome entre mis brazos...».

—¡Alto! —gritó Radzetsky—. ¿Quién envió esta carta?

Zizek no respondió a pesar de que sabía perfectamente que se trataba del soldado Yevgeny Stravinsky que le escribía a su esposa Lyudmila y a sus hijos que vivían cerca de Kiev.

—¿Yevgeny Stravinsky? —Radzetsky parecía sorprendido por el nombre en el sobre, como si supiera exactamente quién era Stravinsky y se sintiera traicionado por sus palabras—. Espera a que sienta que lo tome entre *mis* brazos —dijo.

Perdóneme, querida señora, pero debe darse cuenta de que este giro de acontecimientos resultó muy significativo, incluso histórico, diría yo; porque en ese momento comenzó la censura de cartas en el Ejército Imperial Ruso. Zizek fue transferido de su escuadrón de infantería y nombrado ayudante en jefe de Radzetsky. Su trabajo principal era leerle al mayor las mismas cartas que había escrito unos días antes. Naturalmente, después del desafortunado caso de Yevgeny Stravinsky —el pobre hombre fue azotado hasta desfallecer y nunca más sirvió en una unidad de batalla—, Zizek adaptaba cuidadosamente las cartas a medida que las leía, para mantener feliz a Radzetsky. Y así, en lugar de «El invierno está acabando conmigo», la línea era leída para el mayor como: «No hay nada como el frío para forjar el alma de un hombre». En lugar de «Extraño mi hogar», leía: «Mi sumisión debida a las órdenes del zar y de mis oficiales me ha ganado el derecho a extrañar mi hogar». Y en lugar de «Los extraño mucho a todos», o «Pienso en ustedes todo el tiempo», leía: «El pelotón es mi familia. Me siento seguro en su abrazo, aunque pienso también en ustedes». Sin embargo, al poco tiempo quedó claro que los quinientos latigazos que había ordenado como castigo no se debieron tanto al contenido de las cartas como al envío de éstas en primer lugar, pues las tomaba como señal de debilidad y cobardía.

Pronto Zizek se dio cuenta de que lo mejor era que los soldados se abstuvieran de enviar cartas en definitiva. Aconsejó a las tropas del regimiento que hasta nuevo aviso no enviaran a sus familias nada que no fuera dinero, ni siquiera una nota. Por su parte él dejó de escribir las cartas y la correspondencia del regimiento se redujo a prácticamente nada.

A decir verdad, Radzetsky, por otro lado, se había vuelto adicto a las horas de escuchar las miserables cartas de sus soldados y decidió que era impropio y cobarde por parte de sus soldados haber dejado de escribir cartas por miedo al castigo. Emitió una nueva orden de acuerdo con la cual, de ahora en adelante, todo soldado debía escribir a su familia una vez al mes, no menos de cuatrocientas palabras, bajo pena de un castigo aún más severo que quinientos latigazos.

Querida señora, en pocos meses los soldados se convirtieron en muertos vivientes. Sus espaldas estaban desgarradas por el látigo, tenían los espíritus demolidos y no había escapatoria. Independientemente de lo que dictaran a Zizek o de lo que él escribiera, el resultado seguía siendo el mismo. Desde que Zizek les había enseñado a escribir cartas en primer lugar, lo que antes había sido su amado camarada se convirtió en una responsabilidad insoportable.

En este punto, querida señora, parece que ocurrieron numerosos milagros. Antes de que lleguemos al milagro más importante, permítame contarle acerca de algunos pequeños pero notables que lo precedieron.

A lo largo de la historia, los humanos han estado convencidos de que su raza, como toda la naturaleza, está obligada a luchar por el dominio sobre las demás. ¿No caza el león a la gacela? ¿Acaso el tiburón no devora a la foca? ¿Los humanos somos realmente diferentes? Sólo intente refutar este argumento; intente decir, por ejemplo, que cuando el león caza, no mata a una manada entera, sino a una sola gacela. ¿Y eso qué?, responderá cualquier interlocutor. No hay ninguna diferencia; los leones son bestias, pero nosotros somos humanos. ¡Imagínese!

Aún así, los tontos crédulos siguen uniéndose al ejército para servir a sólo Dios sabe qué propósito. Pregúntele a estos soldados por qué se enlistan y le darán cátedra sobre el deber, el amor a la patria, la defensa de su hogar, el seguimiento de líderes valientes y la lucha contra los malvados déspotas. Sin embargo, es claro que no lo están haciendo sólo por el bien de la ideología. La mayoría de los soldados, a menos que sean unos completos idiotas, son recompensados considerablemente con respeto o dinero, lo que les hace la vida más fácil en comparación con la mayoría de las personas. Incluso si sus beneficios se redujeran a la mitad, aún obtendrían el crédito por luchar a favor de una causa importante.

Pero una vez cada pocos siglos hay un despertar, o una desilusión, si se quiere, y entonces se reconsideran todos esos principios. Es esto exactamente lo que sucedió en el regimiento de Gregory Radzetsky. Con el tiempo, los soldados empezaron a pensar que haberse enlistado en el ejército zarista había sido un error lamentable, y que les hubiera ido mejor trabajando en granjas para terratenientes codiciosos, donde al menos se habrían ahorrado los azotes. Empezaron a obsesionarse con preguntas profundas: ¿realmente nacimos para escondernos en trincheras y luchar contra otros hombres, sin importar si son turcos, británicos o franceses? ¿Realmente esta en nuestra naturaleza matarnos unos a otros? ¿Qué hay en el campesino turco que significa que debemos odiarlo? ¿No sería mejor acercarnos a él, hacernos amigos, tal vez comerciar con él, en lugar de estallarle una bala en la frente? ¿Somos traídos a este mundo sólo para terminar en un campo de batalla que pronto estará sembrado de ríos de sangre y cadáveres mutilados, algunos de los cuales serán nuestros? ¿Coinciden necesariamente los intereses del zar con los nuestros?

Querida señora, puede llamarme ingenuo o pensar que estoy loco, pero le aseguro que los soldados que estaban en el regimiento de Radzetsky perdieron el deseo de luchar. Sin importar cuánto las presionaran, las tropas ya no podían pensar que los hombres a los que se enfrentaban en batalla eran sus enemigos. Lo que es más, cayeron en la cuenta de que los principios que les habían taladrado en la mente durante sus entrenamientos no eran más que un adoctrinamiento diseñado para instaurar el miedo y erigir barreras entre ellos y sus enemigos e, incluso, entre ellos y su humanidad. Naturalmente, esta nueva conciencia no podía traducirse en acciones concretas. La obediencia seguía siendo fundamental para evitar la horca y salvar lo que quedaba de sus espaldas mutiladas. Por lo tanto, siguieron caminando, perdiendo compañeros por docenas y por cientos, permaneciendo amargados hasta la médula y libres, si podemos llamarlo así, sólo en espíritu.

No pasó mucho tiempo para que ocurriera el segundo milagro. ¿O fue el mismo milagro que el primero? Es difícil saberlo. De cualquier modo, era de esperar que los soldados dirigieran su ira contra el famoso escritor de cartas, Zizek Breshov, cuyas palabras eran las causantes de sus latigazos. Sin embargo, con el paso del tiempo, los soldados le pidieron a Zizek que no modificara sus cartas para adaptarlas a los caprichos de Radzetsky y que, en cambio, escribiera lo que realmente querían decir. Una vez que fueron libres de pensar en otras cosas que no fueran actos de valentía y dejaron de imaginar sus senos adornados con la cruz de San Jorge, sólo les quedó la vida misma, o al menos lo que quedaba de ésta. Como eran vapuleados hicieran lo que hicieran, Radzetsky ya no les causaba terror y se sentían lo suficientemente cómodos como para seguir el consejo inicial de Zizek y volver a la poesía de sus primeras cartas.

Tengo que luchar contra mis lágrimas, querida señora, recordando las líneas que escribieron. Ojalá pudiera haberlos leído. Contenían recuerdos del futuro y planes para el pasado, lamentos de vidas desperdiciadas y los últimos deseos de los que aún no habían partido. Los soldados recordaron la infancia perdida que un niño secuestrado de su familia nunca podría tener, y de repente Zizek se dio cuenta de que estaban escribiendo la vida perdida de Yoshke Berkovits. De hecho, mientras escribía cada carta, Zizek tenía que imaginarse a sí mismo en sus hogares, cruzando el umbral, escuchando el crujido de la puerta, admirando la mesa junto al fuego, pasando el brazo alrededor de su esposa y abrazando a sus cinco hijos.

Llegado a este punto, Zizek decidió que ya no podía seguir siendo un espectador ocioso: él, Zizek Breshov, ayudante, salvaría la vida de sus camaradas. Eso sí, esta idea no era nada nuevo. El deseo de rescatar al regimiento del azote de su cruel comandante estaba arraigado en todas y cada una de sus tropas. Y si puede guardar un secreto, puedo decirle que la idea de asesinar a Radzetsky había surgido más de una vez. No faltaron oportunidades: podrían haberle metido una bala en la espalda durante la batalla, o incluso podrían haber envenenado su comida. El plan de Zizek, sin embargo, era completamente diferente y, si se me permite agregar, encajaba con su profesión en el ejército a la perfección. Zizek quería salvarlos escribiendo cartas.

La idea se le ocurrió mientras estaba sentado con Radzetsky leyendo una carta que había sacado al azar de una pila. Procedía de San Petersburgo y había sido escrita por la esposa del sargento Surikov, un granadero alto y con cara de niño que era conocido por su valentía. La esposa de Surikov, Ágata, sin saberlo, había infligido un gran sufrimiento a espaldas de su amado. En cada carta, deseaba su inminente regreso y se preguntaba cuándo terminarían finalmente esas *batallas estúpidas*, como ella las llamaba. En cartas anteriores le había dicho que su única hija, Yelena, quería casarse con su amado, y que lo único que esperaba la pareja era el consentimiento del *soldado perdido*, como llamaba Ágata a su marido. Al hojear la carta, Zizek le informó a Radzetsky que no tenía ningún interés en particular: aparte de su hija que pronto se casaría, la esposa escribía sobre la buena salud de la abuela, una obra que había visto en el teatro y cuchicheos de Kazán. Al darse cuenta de que los oídos del oficial se aguzaron ante la mención de «cuchicheos de Kazán», Zizek decidió hacer su jugada.

—Aquí hay otra carta —dijo antes de que Radzetsky pudiera emitir la orden de castigar a Surikov— de la esposa de un capitán Venediktov o algo así. Debe ser nuevo en el regimiento.

A Zizek le temblaban las piernas mientras inventaba el nombre.

—Mmmm… —murmuró Radzetsky—, ¿Venediktov? Claro…, claro, lo conozco. Un tipo podrido. Bueno, ¿y qué dice?

—Es muy interesante —dijo Zizek—. La familia es de San Petersburgo.

—¿Malditos aristócratas?

—Algo así —dijo Zizek—. ¿Me salto esta carta?

—¿Dije que la saltaras, Breshov? ¡Lee la maldita carta!

Mi querido,

Los niños y yo te enviamos nuestros saludos y nuestro amor, pero estoy muy preocupada. Los vientos del cambio están sobre Rusia y hay rumores de que el zar teme confrontarse con otros poderes del continente. Aquí en San Petersburgo, elogian al general Paskévich por demorarse durante toda la primavera en el ataque planeado contra los otomanos, el pato defectuoso de Europa. Si estuvieras aquí, no hubieras creído lo que veías: Paskévich recibió una orden explícita de sitiar Silistra, y respondió diciendo que debía tener más tropas y artillería. ¿Y cómo se cumplen sus demandas aquí en la capital? ¡Con elogios por su genio y previsión! Gorchakov

se esconde con sus fuerzas a orillas del Danubio y duda en entrar en
batalla, ¡y los príncipes quieren promoverlo!

Qué triste es esta era en la que vivimos si ya no estamos listos para
pagar el precio del honor de Rusia; ¡si nos negamos a redimir a la ma-
dre patria con nuestra sangre! ¿Nos convertiremos en uno de esos países
patéticos que se ahogan en la cobardía de sus caballerías cuando rugen los
cañones? ¿Nos esconderemos en nuestros fuertes como efendis mientras el
imperio se desmorona? Puedo decirte esto, querido, al menos en esta casa,
esta mujer y estos niños saben que tú eres de otra estirpe.

Tuya siempre,
Yelena Venediktova

Por primera vez en mucho tiempo, el mayor escuchaba la carta en silencio. Su expresión era pasiva pero sus manos respingaban.

—Qué mujer —dijo finalmente—. ¿Cómo dijiste que se llama?

—Yelena Venediktova —respondió Breshov, aún temblando.

—¿De San Petersburgo? —inquirió Radzetsky enrollando las puntas de sus bigotes.

—Sí —replicó Breshov, ahora esperando escuchar el castigo que le correspondería al imaginario capitán Venediktov.

—Traiga a este Venediktov.

—A la orden. Una vez que vuelva de Bucarest, por supuesto. —Breshov podía escuchar los latidos de su corazón.

—En la primera oportunidad —concedió Radzetsky y envió a su asistente a cancelar la emboscada que había ordenado cerca del Danubio.

Zizek experimentó la oleada de júbilo que inunda a los exploradores o a los científicos cuando descubren uno de los secretos de Dios. ¿Fue la carta ficticia de la señora Venediktova lo que provocó la orden de Radzetsky de retractarse de la emboscada? Tal vez. En ningún caso puede descartarse. Estaba claro que Zizek había descolocado al mayor y lo había hecho intencionalmente. Había fusionado a un patriota implacable, un símbolo del orgullo nacional, con la aristocracia sin carácter de San Petersburgo y, helo ahí, algo de este cotilleo de la capital había penetrado en la dura piel de Radzetsky. La fortaleza que el mayor había trabajado tan duramente para construir en torno a su sentido del deber se había resquebrajado y ahora algo parecido a un *interés personal* llamaba a su puerta. Y finalmente, Zizek había encontrado su propia voz. Ya no usaba las palabras de Pushkin o dejaba que Tanya hablara desde su pluma. Ahí estaba, escribiendo en una nueva lengua de su propia invención: la lengua de la señora Venediktova. Había funcionado. Zizek no tenía otra opción, debía intentarlo de nuevo.

La semana siguiente llegó otro sobre.

—¡Una nueva carta de la señora Venediktova! Ya sabemos que nos es leal, pasemos a otra cosa —dijo Radzetsky sonriendo. Luego, intentando suprimir su curiosidad, y fallando—: ¿Qué dice? ¿Algo interesante?

—No realmente —dijo Zizek—. San Petersburgo y más San Petersburgo y más hombres nobles con miedo a pelear y más cotilleo y jóvenes generales citando *El arte de la guerra* de Sun Tzu y lo que la gente dice sobre la herida de Paskévich y…

—¡Breshov! —gritó Radzetsky—. Debemos leer esta carta de inmediato.

Querido mío,

Los niños y yo te enviamos nuestros saludos y nuestro amor, pero estoy muy preocupada. Rusia está en peligro. Probablemente ustedes los soldados no están al tanto de lo que pasa detrás del telón. Ustedes reciben órdenes: ¡ve allá! ¡Vuelve aquí! Pero no saben lo que la gente está diciendo en San Petersburgo. Dicen que Paskévich fingió su herida. ¿Puedes creerlo? Dicen que utilizó una vieja herida que recibió de una metralla como excusa para retirarse como héroe nacional y abandonar Rusia en el momento más oscuro, dejándola en las manos de cobardes aún peores que él.

Fui al teatro con mi padre y mi tía. Estábamos sentados al lado de unos cuantos generales y unos príncipes disolutos. Veneraban la moderación de Paskévich y decían que Rusia debería eliminar sus doctrinas arcaicas. Decían que los oficiales que continúan asaltando posiciones enemigas de frente, derramando la sangre de sus tropas, deberían ser reasignados a la frontera con Siberia. Luego elogiaron a Sun Tzu, ¿puedes creerlo? ¡Ahora estamos aprendiendo de los bárbaros! Y también admiraban tácticas avanzadas que utilizan el potencial de las unidades. Todos aquí están obsesionados con el pragmatismo y la sofisticación militar, la potencia de fuego optimizada y las oportunidades aprovechadas. Hablan del alto mando en términos de costo y beneficio, y ya puedo ver la próxima guerra liderada por banqueros y contadores. Ni creerías su última idea: ¡que los soldados deberían ser más felices! Que beban ron en lugar de agua, es lo que dicen. ¿Te imaginas a tus tropas cargando a la batalla en un completo estado de embriaguez? Con Dios como testigo, eso es lo que están diciendo.

Los azotes también son un tema de debate constante porque muchos afirman que son inhumanos. Dios mío, ni siquiera entiendo lo que significa esta palabra. Inventan nuevos términos que arrojan una luz reveladora sobre la verdad, ya ves. La disciplina ha perdido todo su significado. ¿Qué pasó con el honor? ¿Qué pasó con «atacar primero»? ¿Hay aspiración más alta que morir por nuestra patria?

¿Y quiénes son esos nuevos oficiales que ascienden una y otra vez? Nuestros ideales están en ruinas, nuestra fe es débil, las modas de París y Londres están perturbando el buen juicio de nuestras mujeres, las mansiones de lujo se ofrecen a la venta en los periódicos, los caballeros admiran la buena comida con palabras como «suculento». ¿Qué significa «suculento»? Nuestro amado país se ha convertido en un gran burdel lujurioso y decadente.

Donde sea que estés, querido mío, estoy segura de que nadie habla de suculencias porque ustedes sí son soldados con el corazón en la nación. Mi querido, al menos en esta casa, esta mujer y estos niños saben que tú eres de otra estirpe.

Tuya siempre,
Yelena Venediktova

La expresión en el rostro del mayor era ininteligible, pero Zizek notó que golpeaba el suelo con el pie y que las venas de su cuello estaban abultadas. Por primera vez en su vida, Radzetsky se enfrentaba a un dilema. Por un lado, tenía en su cabeza una imagen clara de su propia muerte heroica: siendo desmontado, pero todavía cargando directamente contra las fauces del enemigo, sus últimas palabras dejando una impresión indeleble en sus tropas admiradas, aunque algo resentidas. De todo eso estaba seguro. Por otro lado, ahora se sentía un poco reacio a morir a la antigua. ¿Debería darle a esos malcriados petersburgueses el placer de recordarlo como un húsar tonto que galopaba hacia su muerte? ¿Está realmente fuera de sus posibilidades demostrarles que puede ser un oficial *moderno*, uno de mucha más calidad que cualquiera de ellos?

Radzetsky se levantó de su silla, se limpió una fosa nasal con el dedo y miró a Breshov. El ayudante se preparó para un golpe del mayor. Estaba seguro de que la carta era demasiado densa, que la inclusión de las citas de Sun Tzu era demasiado artificial y acababa de delatar su propio engaño. ¿Debería haber dejado de lado los comentarios sobre flagelaciones y ron? Ahora Radzetsky seguramente preguntará por el capitán Venediktov y, ¿qué dirá entonces él? ¿Es que Breshov realmente ha decidido que si no rescata a sus camaradas debe terminar muerto? El comandante pellizcó la nariz de Breshov, como si tratara de limpiar las fosas nasales de su ayudante también, y luego dijo con voz ronca:

—Yelena Venediktova, ¿eh? Toda una mujer.

Querida señora, esa semana cesaron las flagelaciones en el regimiento de Radzetsky. Lo digo con Dios como testigo. Por supuesto, no hubo un comunicado oficial al respecto, pero tampoco se emitieron órdenes contrarias y, a falta de instrucciones claras en ambos sentidos, los comandantes optaron por abandonar la práctica. Dos semanas más tarde, bajo la influencia de la siguiente carta de la señora Venediktova, Radzetsky solicitó permiso a sus superiores para tender una emboscada a las fuerzas enemigas en retirada.

—Atacarlos de frente —explicó al comandante de la división— no nos permitiría aprovechar el potencial de mi unidad.

—¿Potencial? —repitió el comandante de la división atónito—. Si quiere organizar una emboscada al este, hágalo Radzetsky, pero deje de decir tonterías.

Mientras las fuerzas rusas sitiaban Silistra, Radzetsky movilizaba su unidad hacia el noreste, desplegando su caballería e infantería en un área con vista a uno de los estrechos valles del Danubio. Desde que comenzó a leer las obras de Sun Tzu con la ayuda de su ayudante, y con gran interés, sabía que «un general sabio se empeña en confiar en el enemigo para obtener suministros», y enviaría a sus tropas a recuperarse en los pueblos cercanos, a beber hidromiel y a buscar prostitutas a sus anchas para que pudieran regresar con la moral en alto. «Para que pueda haber una ventaja al derrotar al enemigo, nuestros hombres deben tener su recompensa». ¡Así lo dijo Sun Tzu!

Estimada señora, estamos a punto de completar la línea de su labio. Aunque las líneas en sí no son poco interesantes, el verdadero enigma de la boca es su color. Sus labios no son rojos sino de un rosa claro que roza el blanco. Su palidez parece reflejar su compostura natural. Encuentro gran interés en este rostro suyo incandescente e impenetrable que irradia anhelo y determinación. No puedo decidir si su corazón está lleno de libertad o de restricción, de pasión o de dolor, de engaño o de veracidad, de principio o de fin. En cualquier caso, hemos llegado a las orejas, el órgano más propicio para oler, gustar y ver.

Orejas

La oreja, querida señora, es la única parte del rostro que los pintores pueden esconder completa o parcialmente, usando ya sea cabello o un ángulo específico. A veces sólo delineamos el lóbulo, a veces dibujamos los canales internos. La oreja es un verdadero reto para los pintores. Pone a prueba no sólo nuestra precisión, sino nuestra habilidad para mostrar el tipo de oyente que tenemos frente a nosotros.

Querida señora, podemos decir con confianza que Zizek Breshov era un buen oyente. Con esto no quiero decir que tuviera la paciencia para sentarse y escuchar los problemas de otras personas. Por supuesto que no. Quiero decir que Zizek Breshov escuchaba el pulso del espacio y del tiempo; escuchaba el latido del corazón de su época.

¿Qué clase de época era? Pues bien, una era en la que, como dice Sun Tzu, para matar al enemigo los hombres deben despertar la ira. Imagine esto, dos personas en dos partes diferentes del mundo: una en Rusia, la otra en Inglaterra, Francia o Turquía. No saben nada el uno del otro. No conocen a la esposa o a los hijos de su contraparte, ni siquiera a su suegra, Dios los ayude. Sin embargo, debido a que se criaron en un tiempo y lugar determinados, aprenden a albergar un odio sin fondo y están ansiosos por destruirse entre sí, uno aspira a cortar las orejas de su enemigo y el otro planea cortarle la cabeza a éste. ¿Y por qué? Porque el primero creció en Kazán y el segundo en Constantinopla. ¡Maldita podredumbre!

Se preguntará, ¿cuál fue el gran descubrimiento revelado por las habilidades de escucha del Padre? Pues bien, se dio cuenta de que, contrario a la opinión popular, los hombres no se unen al ejército siguiendo sus ideales: los hombres se enlistan y los ideales justifican sus acciones después. En otras palabras, cuanto más elevados son los valores que se profesan es más probable que hayan sido inventados por algún maldito príncipe —así lo expresó Radzetsky— para legitimar sus decretos y mandatos. Cuanto más se invoca el nombre de Dios, más probable es que se haga en nombre de fines licenciosos.

Zizek notó un cambio gradual en el pensamiento del Mayor Radzetsky a la luz de los rumores inventados de San Petersburgo. Anulando todos sus planes anteriores, ordenó a su regimiento que permaneciera estacionado donde estaba y, mientras las fuerzas imperiales sufrían una derrota miserable en la batalla de Silistra, la caballería de Radzetsky esperó pacientemente refuerzos que nunca aparecieron. La división a la que pertenecía el regimiento de Radzetsky fue enterrada en la tierra —miles murieron en la batalla y decenas de miles más sucumbieron al cólera—, pero las tropas de Radzetsky quedaron ilesas, a excepción de algunos hígados descompuestos por el consumo excesivo de ron y algunas víctimas de sífilis. Cuando Radzetsky fue convocado para informar sobre el desempeño de sus soldados, todos se sorprendieron al saber que su unidad había salido sin un solo rasguño y que incluso habían escapado al cólera. En respuesta a las preguntas de sus colegas, fingía sorpresa ante sus enfoques anticuados: ¿no sabían que Sun Tzu había dicho que «no hay peor estrategia que el sitio de una ciudad amurallada»? ¿No era bien sabido que «el que sabe cuándo pelear y cuándo no pelear, vencerá»? Los comandantes de los otros regimientos miraban a Radzetsky sin saber si estaban mirando a un genio o a un tonto. Aún así, fue un milagro que sus tropas no se vieran tan afectadas por la enfermedad. En otros regimientos, por cada héroe ruso muerto en batalla, diez hombres habían muerto a causa de las plagas: tiritando, vomitando e incontinentes, las almas se separaban de sus cuerpos deshidratados sólo después de tormentos insoportables, incapaces de aliviar sus cuerpos resecos con agua a la que de cualquier manera no tenían acceso. «¿Agua?», les decía Radzetsky confundido. «Mis soldados toman ron y un poco de café como lo recomiendan los representantes del zar en San Petersburgo, ¿no lo sabían?». Pero claro, ¿cómo podían saber el contenido de las cartas de la señora Yelena Venediktova de San Petersburgo?

De cualquier modo, incluso si no podían decidir si Radzetsky era un táctico excepcional o un completo idiota, había dos cosas que parecían ciertas; la primera, Radzetsky evidentemente estaba conectado con la aristocracia de San Petersburgo, y la segunda, Dios tenía que estar de su lado. Y, por lo tanto, merecía un ascenso de inmediato.

Convertirse en coronel y entrar a los rangos mayores del ejército asombró a Radzetsky. Rápidamente se dio cuenta de que había sido demasiado abrupto al juzgar a aquellos magnates de San Petersburgo y quizá su actitud hacia los altos comandos había sido demasiado dura. Después de todo, al final habían reconocido sus habilidades. De acuerdo a la señora Venediktova, se rumoraba que las unidades secretas seguían de cerca a los *basi-bozuk* teniendo sofisticadas emboscadas y los nombres de sus comandantes sólo eran conocidos por los más altos mandos de la armada rusa.

Naturalmente, Radzetsky seguía guiándose por su sentido del deber y reprimía su entusiasmo por la admiración que ahora recibía de sus tropas. Mientras caminaba por el campamento, los oficiales se hacían a un lado para dejarlo pasar, los húsares se erguían, los sastres se inclinaban y los cocineros lo invitaban a probar un poco de pan recién horneado. Sin embargo, todavía los examinaba de pies a cabeza, comprobando que sus armas estuvieran bien aceitadas y que sus cinturones estuvieran rectos y apretados. La admiración está muy bien, pero tenía un regimiento que dirigir.

Radzetsky mantenía a su ayudante en todo momento a su lado, pero nunca imaginó que la admiración de la que gozaba en realidad se dirigía al Padre, el hombre que había alargado la vida de los soldados mucho más allá de todas sus expectativas, el hombre sin el cual habrían sido eliminados. Zizek continuó enviando cartas de soldados a sus esposas e hijos y, en su tiempo libre, incluso enseñó a leer y escribir a muchos soldados de infantería. Eran como sus hijos. Sentados a su alrededor en dos círculos como lo harían alrededor de una fogata, absorbieron sus enseñanzas, reflexionando las palabras que podrían usar para su próxima carta. Por su parte, él escuchaba sus historias y conocía sobre la vida que pudo haber sido la suya: imaginaba que todas sus esposas eran Mina Gorfinkel, todos sus pueblos natales eran Motal y todas sus casas se parecían a la casa de la que lo habían arrebatado cuando era niño. Ellos necesitaban de sus palabras para encender sus corazones y él necesitaba sus vidas para encender el alma de Yoshke Berkovits: esposo, padre, hombre de familia.

Todo este tiempo, Imre Schechtman seguía pintando el retrato de Radzetsky. Como coronel, Radzetsky contemplaba su retrato, que de hecho seguía siendo el del zar de Hierro, de una manera completamente diferente. Ahora era miembro de la aristocracia. Por extraño que parezca, sus rasgos se habían vuelto más nobles, adaptándose perfectamente a su rango. Un hombre común que mirara el retrato de Radzetsky nunca habría adivinado que el dignatario representado allí descendía de campesinos. No hubiera imaginado que el hijo de los cultivadores de patatas pudiera adquirir la apariencia inexpugnable y distante de un líder espartano, un aspirante a comandante del ejército. ¿Y por qué no comandante en jefe? Yelena Venediktova seguía diciendo que Rusia había perdido la cordura y que se hablaba de expulsar a la vieja guardia que había gastado en vano gran parte de la fuerza militar del imperio. ¿Y quién intervendría una vez que se hubieran ido? ¿Quién más podría ser nombrado comandante en jefe, sino un oficial moderno de esos que la señora Venediktova encuentra tan repugnantes? Yelena Venediktova, ¿eh? Toda una mujer, a pesar de sus ideas anticuadas.

Por lo tanto, cuando Radzetsky fue nombrado general de división y se le asignó la tarea de reforzar a las tropas sitiadas en Sebastopol y que se enfrentaban a la derrota, solicitó permiso para desplegar sus tropas al norte de la península de Crimea para bloquear cualquier ataque sorpresa de las fuerzas combinadas británicas y francesas en aquel flanco. Los generales de alto rango lo escucharon atentamente, reacios a negar su pedido a pesar de que semejante ataque parecía tener probabilidades mínimas. Y así, mientras las batallas de Balaclava e Inkermán se desarrollaban en Crimea, en un sangriento intento por romper el asedio de las fuerzas aliadas, la división del mayor general Radzetsky se instaló en las tierras bajas de Ucrania sin disparar un solo tiro.

—¿Otra carta de la señora? —preguntó el mayor general, lánguidamente, mientras sus compañeros sufrían fuertes bombardeos en Sebastopol—. ¿Qué pasa, Breshov, te has tragado la lengua? ¡Lee la maldita carta!

Querido mío,
Los niños y yo te enviamos nuestros saludos y nuestro amor, pero hay cosas que se han vuelto insoportables. Rusia se está cayendo a pedazos y no estoy hablando de la derrota en Crimea. No, querido mío, hemos conocido peores derrotas. La madre Rusia está enfrentando un colapso espiritual y es por ello que estoy sumamente ansiosa por su futuro. Ustedes, soldados, tienen a los santos para que los protejan, soportan la carga en las trincheras sin saber sobre la revolución que está ocurriendo en casa. Los príncipes y nobles de San Petersburgo están hablando de paz, en efecto, apuñalándolos a ustedes, soldados, por la espalda y la gente dice que el zar está siendo dominado. El rumor dice que su salud se ha deteriorado y hay incluso quienes dicen... —mi mano está temblando, perdóname, querido...—, algunos dicen que sólo le quedan unas cuantas semanas de vida y todos sabemos bien quién lo sucederá en el trono. Alejandro Nikolayevich no puede ser llamado un hombre de la milicia y están diciendo que le quitarán su cargo a todos los oficiales responsables de las derrotas en Crimea y luego los enviarán a Siberia.

Ayer fuimos a la ópera y escuchamos una nueva producción de Glinka, Una vida por el zar. *Sin duda es su mejor ópera. Estábamos rodeados por los grandes y buenos de la capital, y mientras veían el maravilloso drama de Iván Susanin, el héroe ruso que sacrifica su vida por el zar, decían que el ejército debería retirarse a la frontera y llevar a su fin*

266

la carnicería sin sentido. ¿Lo ves, cariño? Si mañana, Dios no lo quiera, pierdes la vida en una batalla cruel, pensarán que tu muerte es innecesaria. Para ellos, el coraje por sí mismo no es razón suficiente para dar la vida. Para ellos el honor es moneda corriente, la lealtad un objeto y el amor por la patria sólo una idea entre muchas. Quieren fomentar una nueva generación de oficiales que piense de forma independiente, que preserve las fuerzas bajo su mando y, sobre todo, que proteja a sus soldados del cólera. El próximo comandante en jefe tendrá que ser enfermero y sus oficiales servirán pan y carne a sus propios soldados.

Dicen que Sebastopol está a punto de caer. Sin embargo, esto no les impide vestirse para la ópera y buscar a los culpables. Dicen que todo el alto mando será exiliado a Siberia. Para nuestra gran vergüenza, la mitad del ejército ruso está escondido en una pequeña península. Sé que a tus ojos es bueno intentar romper el asedio a costa de decenas de miles de vidas. Sin embargo, sabemos que a los oficiales como tú se les llama «pasados de moda» y que gracias a tu valor y lealtad terminarás siendo ahorcado como un despreciable traidor. No te preocupes, querido, al menos en esta casa, esta mujer y estos niños saben que eres de una estirpe diferente.

Tuya siempre,
Yelena Venediktova

Si toda guerra se basa en el engaño, como enseñó nuestro amigo Sun Tzu, Breshov concluyó que la no guerra también puede basarse en el engaño. Pero si había algo que se podía afirmar con toda certeza era que la guerra de Crimea terminó terriblemente mal para Rusia y enseñó a las tropas de Radzetsky lo siguiente: que es mejor evitar mezclar ron con café, que los tubérculos pueden aliviar la indigestión y que las putas de Odesa se enojan terriblemente si no les pagas.

En este punto, los primeros *hijos* del Padre fueron dados de baja del ejército, veteranos de entre cuarenta y cincuenta años que habían llegado a la edad de jubilación. Le contaban a sus hijos y nietos sobre su segundo padre, Zizek Breshov, el ayudante, o más bien Yoshke Berkovits de Motal, quien antes de los dieciocho años había salvado la vida de su padre con el poder de las palabras. Zizek fue el primer padre en la historia que pudo presumir a una edad tan temprana de tener miles de descendientes, todos los cuales eran al menos veinte años mayores que él.

Patrick Adamsky también se convirtió en uno de los hijos de Breshov. Adamsky, un segundo teniente en aquel entonces, se salvó una y otra vez de llevar a cabo misiones suicidas bajo las órdenes de Radzetsky. En varias ocasiones, el escuadrón de Adamsky fue desplegado en lugares vulnerables y rodeado por las fuerzas superiores de los *basi-bosuk*, una receta perfecta para el desastre ideada por Radzetsky cuando no quería sentirse completamente excluido de la guerra. Sin embargo, justo a tiempo, el ayudante le leería al mayor general una carta que acababa de llegar de la señora Venediktova, y haría que Radzetsky se preguntara si realmente era una buena idea atacar. Resultaba, según la carta, que los condes y príncipes de San Petersburgo estaban tan impresionados con la astucia de Radzetsky que comenzaron a referirse a él como el Húsar. El Húsar, decía la gente, derrotaba al enemigo y mantenía a sus soldados sin resultar heridos y su nombre, susurraban los príncipes, ya había llegado a oídos del zar. ¿De verdad quería arruinar su reputación con un fiasco en el campo de batalla? Tal vez no. En su lugar, Radzetsky enviaba órdenes para asegurar los flancos y retirarse, diciéndole a los oficiales que su misión estaba cumplida. ¿Y cuál era su misión? Mantener a las tropas intactas, como era evidente.

Eso sí, querida señora, esto no significa que se reavivó la amistad entre Abramson y Berkovits. Todo lo contrario, en realidad. Adamsky no era un gran patriota, pero lo impulsaba un deseo de muerte incontrolable. Y así, cuando terminó la guerra de Crimea, fue transferido a otra unidad por petición suya. En su nueva unidad, bajo la supervisión de un general anticuado, Adamsky cumplió su deseo. Luchó en innumerables batallas en la guerra del Cáucaso, logrando morir al menos una docena de veces a los ojos de los fusileros que lo vieron desarmar las líneas enemigas con sus propias manos. Adamsky, por su parte, simplemente era indiferente a la idea de hacerse matar. Incluso el Ángel de la Muerte prefirió dejarlo en paz antes que correr el riesgo de perder un lóbulo de la oreja o un ojo. Adamsky fue condecorado con todas las clases de la Orden de San Gregorio y nunca pidió permiso de descanso. Su mayor placer era saquear las casas de los judíos mientras estos observaban. Pisaba las hogazas de pan y los vegetales, vaciaba los contenidos de las cacerolas sobre los escalones, destrozaba toda la porcelana que podía encontrar, desgarraba las ropas y orinaba en los leños de las hogueras. Cuando uno de sus oficiales de reporte le preguntó por qué no se dedicaba a disfrutar del botín, Adamsky respondió, mientras aplastaba una calabaza bajo su talón: ¡Quién dice que no estamos disfrutando!

Pero todo esto fue después de que abandonara la unidad de Radzetsky. Mientras estuvo con el regimiento en el Danubio, Adamsky ignoró los muchos intentos de Zizek por llamar su atención, asumiendo una expresión vacía cada vez que la sombra de su amigo de la infancia estaba cerca. Zizek se ponía fuera de sí cada vez que veía a Adamsky a la distancia. La tensión alcanzó su punto máximo cuando se encontraron por casualidad y Zizek esbozó una vacilante media sonrisa.

—Soldado —gruñó el oficial Adamsky—, ¿a quién cree que le está sonriendo?

—Pero si eso fuera verdad —dice Fanny—, ¿por qué Adamsky arriesgó todo y nos refugió en su taberna?

—¿Su taberna? —pregunta el pintor sorprendido y levanta la cabeza de la pintura—. Eso no lo sé, querida señora, esos asuntos pertenecen al presente; pero si tuviera que adivinar, pues entonces... No importa. Terminemos de pintar su oreja.

Intervalos

Ya tenemos el contorno del rostro y la nariz, la boca, el cabello y las orejas. Sin embargo, el retrato aún está incompleto porque las proporciones no están listas. La gente suele pensar que las proporciones están determinadas naturalmente por los intervalos entre los rasgos. Pon la nariz aquí y los labios allá y habrá un espacio entre ambos, pero si lo haces demasiado ancho la expresión se disipa; si es demasiado angosto el rostro se vuelve grotesco. Las proporciones correctas no se crean por los rasgos faciales, sino por los intervalos entre sus partes; eso es lo que determina la forma. Los intervalos, querida señora, son los que forman el corazón de nuestra historia. ¿Me permite continuar? Entonces siéntense derecha, por favor.

El intervalo de tiempo que lleva nuestra historia a su conclusión es de un poco más de veinte años. Llegados a ese momento quizá podrá hablarme de la vida del Padre, ya que dice ser su sobrina, aunque me siento escéptico. Sin embargo, dudo que lo que pueda decirme supere la siguiente parte de mi historia, en la que el Padre se encuentra con el zar, nada menos. Para colmo, tendría que explicarme cómo el Padre conoció al único que supera en rango al zar, es decir, Dios mismo. Pero esto, supongo, con el debido respeto, es algo que no puede hacer.

Cuando se reanudaron las batallas en el Danubio, Radzetsky fue nombrado teniente general. Ya no necesitaba a la señora Yelena Venediktova. Un comandante no sigue el consejo de una dama de San Petersburgo, por muy noble que sea. En otras palabras, para entonces Radzetsky había asimilado por completo la forma de pensar de Venediktova. Por un lado pensaba «sé astuto, Radzetsky, dale a esos malditos aristócratas lo que quieren. Derrótalos en su propio juego». Por otro lado, «nunca olvides que eres de la misma estirpe que los hombres admirados por la señora Venediktova».

Y en efecto, sus esfuerzos le dieron frutos. ¿Quién hubiera pensado que cuando Alejandro II reunió al alto mando en el punto álgido de la guerra ruso-turca, se enviaría un mensaje a toda prisa desde la ciudad búlgara de Byala a las fuerzas de Radzetsky estacionadas cerca de Bucarest, pidiéndole que se reportara urgentemente con el zar en la ciudad blanca a orillas del Yantra?

Todo el mundo estaba ahí. Leyendas vivas, mitos andantes, los titanes de la gloria y el esplendor. El testarudo Osip Gurko y el intrépido Mikhail Skobelev y muchos otros generales famosos, incluido Radzetsky, el hijo del granjero de papas que había allanado su camino hacia la cima sin vender su alma al diablo.

Zizek había pasado por Byala varias veces durante su servicio militar y tenía buenos recuerdos de la ciudad. Era pequeña y limpia, rodeada de colinas blancas y hogar de amigables residentes y tabernas alegres. Pero ahora el ejército ruso, que había arrasado la ciudad y expulsado a los turcos, marchaba por calles que apestaban a cadáveres podridos. El aire era viscoso y denso, y las aguas del Yantra estaban putrefactas. Era imposible encontrar comida por menos de un rublo, y Radzetsky se mostraba indignado porque los malditos lugareños se aprovechaban de los rusos honestos y parloteaban sobre la inflación, cuando deberían haber estado agradecidos por sus conquistadores civilizados. Habrían hecho bien en preguntarse si preferían despertarse todas las mañanas con las llamadas de los almuedanos desde las mezquitas.

Los locales, por otra parte, generalmente eran indiferentes a los uniformes que circulaban por sus calles. Todos saqueaban sus cosechas, se tomaban su vino y le arrancaban la virtud a sus mujeres, y les tenía sin cuidado si los perpetradores hablaban ruso o turco. Estos colosales desarrollos históricos iban tomando forma muy por encima de sus cabezas, pero los golpeaban directamente en el estómago, y ellos preferían sentarse en sus puertas y ver cómo se desarrollaban los acontecimientos.

El zar tomó una mansión turca abandonada en el corazón de la ciudad rodeada de vallas y sauces llorones. Se hospedaba en una residencia temporal habilitada en el patio, mientras que las reuniones se realizaban en el pabellón principal, donde también se hacían las comidas. Radzetsky y su ayudante fueron invitados a lavarse y cambiarse a su uniforme de gala —hubiera sido inapropiado encontrarse con el zar usando un uniforme polvoriento y gastado con el que uno ha cabalgado durante casi una semana—. Ignat Shepkin ya había retratado al general Radzetsky con un uniforme blanco, exudando poder y orgullo, y el radiante general instruyó a su talentoso pintor para que representara la reunión con su habilidad habitual, de modo que pudieran sorprender al zar con un grácil tributo.

Hemos ignorado a Ignat Shepkin en nuestra historia, querida señora. Esto probablemente se deba a mi reticencia a molestarla tanto a usted como a mí mismo. De cualquier modo, con su permiso, ahora diré unas cuantas palabras respecto a él.

El trabajo de Shepkin era verdaderamente aburrido, pero con el paso de los años lo absorbió por completo. Adamsky quemó los puentes hacia su infancia y se centró en su futuro, es decir, en su muerte; Breshov esperaba resucitar su pasado; mientras tanto Shepkin se sumergió en el presente, es decir, en el arte de pintar. Podría pensar, querida señora, que en su tiempo libre Shepkin pintaba caballos, paisajes, campos de batalla y delicias culinarias. Éste es un error común. Shepkin nunca trató de pintar otra cosa que no fuera el mismo maldito retrato que el sargento Sergey Sergeyevich le había enseñado a dibujar casi treinta años antes. La mayor parte del tiempo, Shepkin dormitaba en su tienda, esperando a que su comandante lo llamara. La satisfacción de Radzetsky con el trabajo de Shepkin le había otorgado el estatus y las ventajas, pero tomaba inspiración de algo más: aspiraba a producir el retrato perfecto, la obra de arte más vívida jamás realizada en la historia de la pintura.

Shepkin nos enseñó a los artistas una importante lección de humildad. ¿La inspiración es esencial? Absolutamente. ¿Entretener? Muy bienvenido. ¿Los arrebatos de creatividad? No lastiman a nadie. Pero sin exactitud y precisión matemática uno no tiene derecho a llamarse pintor. Hoy en día, incluso el advenimiento de lo que se llama *cámara* no ha hecho que nuestros servicios sean superfluos. ¿Y por qué? Porque, como nos enseñó Shepkin, una pintura puede ser más precisa que una fotografía.

Si esta observación le parece extraña, querida señora, piense en un hombre que mira su propia fotografía y no logra reconocer el rostro envejecido delante suyo. Radzetsky, por otro lado, pensaba que Shepkin lo plasmaba de manera impecable en sus retratos, con una arruga de más o de menos. En última instancia, una pintura refleja mejor la imagen que tenemos de nosotros mismos.

Shepkin a menudo dejaba el campamento para ir de vacaciones a las montañas, donde se ocupaba de sus asuntos privados que principalmente consistían en atender a burdeles. Los meseros peleaban por atenderlo y las prostitutas competían por su atención. Como Shepkin carecía de casi cualquier deseo concebible, sus vacaciones también significaban tiempo libre para ellos. Comía lo que le sirvieran en el plato, daba propinas exorbitantes y acariciaba a las prostitutas sin forzarlas a nada. Los hijos de muchas de esas mujeres fueron bautizados como Ignat Shepkin, pero nadie sabe si realmente fueron fruto de sus entrañas. No obstante, Shepkin le enviaba dinero a todos y visitaba a su supuesta descendencia cada vez que podía. Los jóvenes inicialmente tenían miedo y lloraban sólo de verlo, pero él los trataba como ningún otro hombre al que hubieran conocido; es decir, los envolvía amor y calor. Ellos, por su parte, necesitaban tiempo para acostumbrarse al hombre demacrado que los colmaba de besos, los levantaba en sus brazos e incluso que los acunaba para dormir. Una vez que se acostumbraban a su presencia, él se dedicaba a enseñarles el arte que le había salvado la vida. Para cuando cumplieron diez años, todos sus hijos podían hacer el retrato de un hombre altivo vistiendo un suntuoso uniforme del ejército.

Ahora puedo decirle que mi nombre también es Ignat Shepkin y, por lo tanto, estoy inmiscuido de algún modo en esta historia. Si puede creerlo, lo recuerdo bien: sin importar qué tan dócil llegara al burdel, su presencia iluminaba los rostros de todos en la habitación. Mi madre se maravillaba y reía, y todo lo que ella quería, él se lo daba.

¿Por qué, entonces, le advertí a la señora que esta historia la entristecería? Bueno, nuestra historia aún no termina. Desearía, querida señora, que aquí terminara; pero estábamos discutiendo intervalos, y es en este punto que un intervalo se vuelve imposiblemente angosto.

Cuando el zar recibió amablemente a los jefes de su ejército y estrechó calurosamente la mano de Radzetsky, el general recién nombrado sintió como si su vida hubiera llegado a su cenit. ¡Su alteza lo reconoció! Ahora no cabía duda de que el Húsar se había hecho de un nombre. Radzetsky no podía apartar los ojos del zar y le indicó a Shepkin que comenzara a pintar. A su lado, el ayudante Breshov esperaba, tenso y preocupado, preguntándose qué giro podrían tomar los acontecimientos.

El zar estaba exhausto, tenía la cabeza caída y la garganta dolorida y congestionada, pero estaba encantado de escuchar acerca de las tropas leales que habían sacrificado sus vidas en las batallas en el Danubio, los batallones que habían cargado contra las superiores fuerzas enemigas de *basi-bozuk* y acerca de las pequeñas victorias en el Danubio y el Paso de Shipka. Entonces la conversación se desplazó a la ciudad sitiada de Plevna. Skobelev estaba furioso porque el ejército no lo había atacado antes, mientras que otros generales defendieron su decisión de contenerse.

El momento de Radzetsky había llegado. Se aclaró la garganta, tosió y luego murmuró:

—¿Por qué sitiarlo en absoluto?

Skobelev y los otros oficiales se quedaron en silencio y buscaron la fuente del zumbido que había interrumpido su conversación. Cuando sus ojos se posaron en Radzetsky, éste se puso rojo de orgullo y se aventuró con una cita de Sun Tzu:

—Un asedio consumirá tu fuerza. El general, incapaz de controlar su irritación, enviará a sus hombres a atacar como un enjambre de hormigas, con el resultado de que un tercio de sus hombres morirá y la ciudad quedará sin tomar. Tales son los efectos desastrosos de un asedio.

El zar levantó la cabeza y miró a Radzetsky.

—¿Quién es ése? —Skobelev le preguntó al ayudante del zar en vez de dirigirse directamente a Radzetsky.

—Éste es el general Radishevo —dijo el ayudante del zar revisando las listas.

—Radzetsky —lo corrigió el ayudante Breshov—. General Radzetsky.

—Sí, por supuesto —murmuró el ayudante en jefe mirando nuevamente las listas—. Radzetsky del noveno ejército.

—Del undécimo ejército —dijo Breshov.

—¿El undécimo ejército? —dijo Skobelev riendo y dirigiéndose al zar—: éstas son las fuerzas que estamos manteniendo como reserva cerca de Bucarest.

Los oficiales sentados alrededor de la mesa estallaron en carcajadas y Skobelev se volteó para encarar a Radzetsky.

—No han disparado una sola bala en años, así que, ¿por qué no mantiene la boca cerrada?

La cara de Radzetsky parecía estar en llamas. Nunca antes había sido humillado de semejante manera. Permaneció sentado a la mesa, pero le temblaban las manos y ardía de rabia. Y para empeorar las cosas, cuando otro general de alto rango entró en el pabellón, notó el retrato que Shepkin hacía del zar. Quitó el lienzo de su caballete, lo volvió hacia la asamblea y comentó:

—Su alteza parece que este pintor extraña a su padre, Nicolás I.

Sonaron más risas de los generales, quienes exigían saber cómo era que el artista había logrado producir una pintura tan extraña.

—Señor. —El general sacudió a Shepkin por los hombros—. Un nuevo zar ascendió al trono hace más de veinte años. ¿Quién es su comandante?

Y así el nombre de Radishevo, es decir, el de Radzetsky, fue mencionado en otro contexto humillante. Ahora era el hazmerreír de los altos mandos.

—Semejantes son los efectos desastrosos de la pintura —dijo Skobelev, imitando el tono ceremonioso de Sun Tzu y mejorando de inmediato el buen humor alrededor de la mesa.

Radzetsky le lanzó a Breshov una mirada que no prometía nada bueno.

El general humillado permaneció encogido en su silla hasta que terminó la reunión. En un instante había vuelto a ser el humilde hijo de un campesino de Kazán, el objeto de burlas de la nobleza de San Petersburgo.

Cuando terminó la reunión, el zar siguió sus consultas con Skobelev y con Gurko. Breshov y Shepkin sintieron la misma punzada que había golpeado el corazón de Radzetsky. El zar levantó brevemente los ojos de los mapas y miró directamente a Radzetsky. El general se irguió: ¿el zar iría a pedirle consejo o compartir un asunto confidencial con él? Pero el zar se limitó a mirar vagamente un botón de su abrigo, como si pudiera ver a través de él. Radzetsky respiró hondo. Él les enseñará a llamarlo «Radishevo». Les demostraría que estaban equivocados sobre aquello de «no disparar una sola bala».

Querida señora, seguramente puede adivinar qué es lo que pasó después. Ninguna carta puede detener a un hombre de intentar probar un punto con su propia muerte, ni siquiera la sorprendente carta que uno de los oficiales de Radzetsky recibió poco después de parte de su madre. Ferviente patriota de octava generación de San Petersburgo, la preocupada dama advertía a su hijo que en la capital se hablaba de las intenciones de la aristocracia de destituir a toda la cohorte de generales que, según ella, estaban conduciendo a Rusia a su desaparición. Dos nombres que seguían apareciendo, continuó, eran Skobelev y Gurko, quienes insistieron en enviar a sus tropas a misiones suicidas que fracasaron estrepitosamente. Serían guillotinados y reemplazados por oficiales más prudentes, concluía la carta. Radzetsky escuchó atentamente mientras Breshov leía y luego exclamó:

—¡Mierda! Nadie se acuerda nunca del prudente.

Y así, Breshov, que había salvado decenas de miles de vidas gracias al poder de las palabras, estaba indefenso dos días después cuando Radzetsky ordenó a su unidad que se dirigiera al suroeste hacia Plevna. Las tropas marcharon durante semanas bajo el intenso calor y cerca de cuatrocientos de ellos murieron deshidratados en el camino. La mitad de los que quedaron con vida marcharon con fracturas, estrés y esguinces de espalda. ¿Y quién se sumó a la marcha? Shepkin y Breshov, el pintor y el ayudante, que habían sido expulsados del cuartel general porque los retratos de un antiguo emperador y las cartas inventadas ya no tenían demanda. Radzetsky estaba decidido a lanzar a su unidad a la refriega.

Cerca del pueblo de Pórdim, Radzetsky se encontró con las unidades de Skobelev. En vez de unir fuerzas con el ejército más grande de un general mayor, Radzetsky ni siquiera se detuvo para acampar, sino que siguió avanzando para flanquear el siguiente pueblo, Lyubcha, exponiendo a sus tropas al fuego otomano mientras cruzaban a campo abierto en territorio completamente bajo el control de los turcos. Ignorando el plan de Skobelev que había sido concebido meses antes para atacar Lyubcha, Radzetsky ordenó a sus soldados que cargaran directamente contra los cañones del enemigo. Era tarde en la noche cuando el primer proyectil cayó entre sus soldados.

El pistolero otomano lo había disparado casi de mala gana al escuchar ruidos susurrantes que se elevaban desde los campos de maíz, ni siquiera estaba seguro de si provenía del frente de batalla o de su sueño, pero una vez que escuchó la conmoción provocada por el proyectil, alertó a sus compañeros para que tomaran sus posiciones, mientras éstos se percataban de que estaban frente a todo una armada rusa a punto de atacar. Radzetsky, que había estado esperando ansiosamente este momento, cabalgó hasta la primera línea y ordenó el ataque a su caballería.

¿Contra qué debían atacar? Querida señora, estoy seguro de que puede imaginarlo. Escudos, balas y lanzas en posiciones fortificadas. Uno a uno los hombres de Radzetsky cayeron en las garras del fuego mientras su comandante en Jefe los urgía hacia su muerte:

—¡Ah! *Che la morte!*

Quedándose atrás, el regimiento de infantería se desintegró gradualmente, velado por la metralla y el humo. Unas cuantas docenas quedaron dentro del rango de tiro de las posiciones turcas, pero cada disparo se encontró con salvas de respuesta letales. Antes de que transcurriera media hora, las tropas de Radzetsky se dispersaron en todas direcciones. Algunos de ellos se retiraron hacia Pórdim, mientras que otros huyeron directamente a manos de los refuerzos otomanos. Unos pocos afortunados se escondieron en los campos y esperaron a ser rescatados. Únicamente cuando amaneció fue visible la verdadera escala de la catástrofe. No sólo había sido diezmado todo un cuerpo del ejército ruso, querida señora, no quedaba un cadáver sin una oreja cortada o genitales amputados. Las cabezas rodaban como rocas, los uniformes habían sido arrancados de los cuerpos y los cadáveres se convertían en alimento para las aves carroñeras y los animales salvajes. La cabeza de Radzetsky yacía a una distancia considerable de su cuerpo, sus ojos miraban hacia su torso sin orgullo ni paz.

Shepkin se sentó en el suelo tan pronto como sonó el primer disparo. Zizek intentó hacer que se moviera del lugar, pero mi padre se sentó en una roca, tomó papel y lápiz de su mochila y comenzó a dibujar un retrato de Nicolás I, el zar de Hierro, mientras los cañones retumbaban desde todas las direcciones. Aún respiraba cuando lo encontraron los turcos. Bajaron sus espadas por un momento y miraron el dibujo. Fue, sin lugar a dudas, el mejor trabajo de mi padre. Partió de este mundo, querida señora, dejando un hilo de luz en el corazón de la oscuridad. Mujeres y niños a lo largo y ancho de toda Rusia lloraron en silencio. No lloraban necesariamente la pérdida de un padre o de un esposo, pues no estaban acostumbrados a tenerlo cerca; pero cuando yo escuché de su muerte, sentí que había perdido algo que nunca supe que tenía y mi dolor fue insoportable.

Sin embargo, no deberíamos de estar hablando de las penas de un pintor oscuro, querida señora. Deberíamos estar hablando del Padre y cómo los santos lo protegieron en la trampa mortal de Radzetsky. Nadie sabe cómo sobrevivió y esperaba que usted, su supuesta sobrina, pudiera saber algo sobre su misteriosa desaparición del campo de batalla. ¿Se tiró al suelo y fingió estar muerto? Si fue así, ¿cómo logró mantener las orejas intactas? ¿Se sumergió en el río? Si fue así, ¿cómo es que no se ahogó? ¿Logró correr a esconderse en un pueblo cercano? Si fue así, alguien debió de saberlo. Desapareció del suelo sangriento sin dejar rastro. Semejantes circunstancias, querida señora, son legendarias. Los soldados que sobrevivieron a esta masacre no pudieron ponerse de acuerdo sobre si ascendió a los altos cielos en una nube de tormenta, si fue tragado por la tierra o si fue rescatado por un serafín que montaba un dragón gris. Un carabinero juró haber visto con sus propios ojos este milagro:

—El Padre embistió junto con todos nosotros, pero de repente un ángel de Dios se posó en el campo de batalla montado en un temible dragón, puso a Zizek sobre su espalda y voló hasta los cielos.

Si la extravagancia de las leyendas sobre el Padre nos dice algo sobre la admiración que le tienen los soldados, entonces este cuento es un buen ejemplo. Puede que no hubiera un dragón gris y es poco probable que alguien descendiera de los cielos; pero muchos imaginaron que Zizek, el Divino, fue extraído de ese valle de muerte por el mismísimo Espíritu Santo. Uno podría esperar que este escape hubiese enfurecido a sus camaradas, ya que finalmente no pudo rescatar a sus tropas de la destrucción, pero desde el momento en que Radzetsky nombró a Zizek como su ayudante, generaciones enteras de soldados fueron rescatadas y esos soldados tenían hijos, esposas, padres y amigos. Puede decirse, sin miedo a exagerar, que una infinidad de rusos están en deuda con el Padre y, si no hubiese nacido judío, sin duda lo habrían declarado santo.

Ya casi terminamos, querida señora. Creo que su curiosidad ha sido saciada mientras que mi propia curiosidad aún está hambrienta. Antes de presentarle el resultado de nuestra sesión, tengo una petición para usted: quiero escuchar que el Padre tiene un hijo propio. Aunque tenga que mentirme —y ya puedo ver sus ojos crispados—, dígame que logró vivir una vida plena donde las palabras volvieron a ser palabras en lugar de herramientas. Dígame que encontró consuelo en los brazos de Mina Gorfinkel y que el niño que ella parió sanó su alma y que encontró reposo en una modesta casa de Motal. Descríbame cómo Zizek Breshov volvió a ser Yoshke Berkovits y no le pediré nada más, sin importar si es usted sobrina o enemiga. Nadie creía que tendríamos el honor de encontrarnos con el Padre antes de morir, por eso nos resulta intolerable su soledad. Queremos saber que no le falta nada. Nuestro único sueño es saber que cuando Yoshke Berkovits se va a dormir, puede decirse a sí mismo que su hogar es su castillo y que esos días lejanos de Yoshke y Pesach en las letrinas se han ido para siempre. ¿Lo esperó Mina Gorfinkel? ¿Lo recibieron con alegría cuando volvió a su ciudad natal? ¿Tuvo hijos? ¿Pasó algo de todo esto, querida señora, o todo esto son sólo deseos vacíos?

Puedo asegurarle que el motivo por el que está usted aquí no nos incumbe, aunque ciertamente despierta nuestra curiosidad. Lo que es más, mientras haya sangre corriendo por las venas de los soldados y húsares que servimos aquí, nadie podrá hacerles daño. Incluso si el zar mismo ordenara su arresto, nosotros les llevaríamos a un lugar seguro y frustraríamos cualquier plan contra ustedes. Sólo hay una cosa que nos gustaría saber: ¿el Padre es feliz? Sí, tan simple como eso. ¿Hay dicha en su corazón? ¿La odisea ha llegado a su final? ¿Logró recuperar las palabras que había expropiado para el bien común y hacerlas suyas una vez más? ¿Logró dirigir el deseo de sus palabras no para las enamoradas de otros, sino para sus propios seres amados? ¿Fue capaz de usar las palabras como si las pronunciara el primer hombre?

Su expresión no es tranquilizadora, querida señora. Su ausencia de palabras dice mucho. No quiero escucharla murmurar verdades a medias. Entonces, separémonos. Por favor, olvide la fábula que acabo de contarle porque no es más que una fábula. Cualquier soldado aquí en el campamento le contará una versión completamente diferente de esta historia, dependiendo de su imaginación y del tiempo que tenga. No obstante, cumplí mi parte del trato y no puedo quejarme de la suya. Se sentó aquí durante mucho tiempo escuchando a un artista emocional y afligido que ahora tiene un recuerdo de alguien que pretende ser la sobrina del Padre. Su retrato es el único recuerdo que tengo de mi familia. Porque nací Ignat Shepkin, con el nombre de un hombre que seguramente no era mi padre, pero que me trató con nada más que con amabilidad. ¿Le gustaría echar un vistazo ahora?

II

Ignat Shepkin le dirige una reverencia a Fanny y voltea la pintura para que pueda mirarla. No está acostumbrada a verse en el espejo y ciertamente no está acostumbrada a verse en un lienzo, sin mencionar el mirarse en presencia de alguien más. En efecto, puede reconocer su rostro con forma de luna, el cabello claro y los ojos brillantes que el artista ha dejado desdibujados. Sin embargo, piensa que la nariz está desproporcionada y la arruga entre las cejas apenas y puede notarse. Fanny no cree que éste sea un retrato fiel y piensa que Ignat Shepkin ha fallado al no seguir el consejo de su padre y limitarse a dibujar una sola cosa. El rostro que aparece en el lienzo es triste, las bolsas bajo los ojos suprimen cualquier rasgo de vitalidad que podría existir. Espera un momento…

Fanny se toca las mejillas sintiendo la piel y la grasa que ha adquirido en las últimas fechas. ¡Imposible! Se percata de que sus ojos en la pintura tienen negras ojeras alrededor y su barbilla incluso tiene un pequeño y profundo hoyuelo.

—¿Qué es esto? —dice Fanny—. ¿A quién pintaste?

Shepkin sonríe y dobla el lienzo.

—¡Dámelo! —Intenta arrancarle la pintura.

—Absolutamente no. —Él le empuja el brazo.

Los pensamientos de Fanny rápidamente viajan hacia su cuchillo.

—Un trato es un trato —dice el pintor ahora molesto y baja del vagón—. ¿Qué es lo que está mal con usted? Evidentemente no es su sobrina —dice y desaparece en la oscuridad.

¿Qué está pasando con ella? No puede dejar de pensar en el retrato. La pintura mostraba ojos sumisos, todo lo contrario a sus propios ojos. Eran los ojos de Malka Schechter. ¿Cómo podía Shepkin saber sobre su madre que había muerto hacía más de diez años en Grodno? ¿Podría haber reconocido en Fanny la resignación que consumió a su madre? Imposible. A diferencia de su madre, incluso cuando era niña, Fanny se prohibió pensar en los juegos de «si…, entonces…» y tomó su destino en sus propias manos. Decidió perseguir ella misma a Zvi-Meir en lugar de rezar como los rabinos por la liberación de las esposas sin marido del matrimonio. ¿Cómo puede un artista estúpido confundir la frivolidad con el vigor o la debilidad con la determinación?

La ira reprimida enciende el rostro de Fanny y sus dedos se deslizan hacia el cuchillo en su muslo. Tocar la hoja la calma, pero esto rápidamente se convierte en miedo y, en su angustia, le cuesta trabajo respirar. Se pone las manos sobre el cuello como si intentara liberarlo de las manos de alguien más. Fanny siente la compulsión de tomar su cuchillo: ¿quién anda ahí? ¿Quién se atreve a intentar ahogarla?

Plácida e indiferente, la noche no delata nada. La luna se encoge como una pera seca, el paisaje se disuelve y Fanny escucha los ronquidos que pululan en las tiendas. Ahora que finalmente es dueña de sí misma, la perspectiva de perder el control de su vida la aterroriza. Los viejos pensamientos de «si…, entonces…» de su madre regresan sigilosamente. Si se queda dormida aquí en el campo, será capturada al amanecer. Si mira a los ojos al viejo caballo de Zizek, la enviarán a Siberia. Pero si se baja del carro con el pie derecho primero, los cuatro seguramente se salvarán. Y si suelta el cuchillo, todo este lío quedará en el olvido. ¿Qué debe hacer? Desciende del carro y se apresura a regresar a la tienda. A la tenue luz de la linterna se da cuenta de que Adamsky y el cantor no están allí. Sólo Zizek está en la tienda, acostado sobre la cama de espaldas a ella. Pasa por encima de unas cajas para ver si está despierto. Sus ojos, los ojos de una carpa muerta, no se dan cuenta de su presencia. Ella toca suavemente su hombro.

—Zizek —susurra—. Lo siento mucho. No quería…, pero ¿por-qué me ayudaste?

Zizek no se da la vuelta, pero sus párpados se mueven. Su negativa a mirarla, como un niño obstinado, la apuñala directamente en el co-razón. El cuerpo despreciado de Zizek, que nunca ha sido tocado, está rígido hasta el punto de volverse áspero. Su mirada angustiada pro-yecta una lucidez que ella reconoce en sus hijos: la mirada de un niño regañado que pide perdón. Si una mujer lo tocara, rogaría por una madre; si una madre lo tocara, se encerraría en sí mismo. Su cuerpo nunca ha sido necesario; las únicas afirmaciones de su existencia han sido las imaginaciones que dictaba a sus camaradas. El acto de amor hacia Mina Gorfinkel es tan improbable ahora como cuando era un niño.

Y aún así, Fanny lo toca: primero toca su boca herida, luego le re-corre los labios con los dedos, aprieta su mejilla y le quita el cabello de la frente. Estas caricias, incluso si están prohibidas, no se sienten como un acto de infidelidad porque no son excitantes en lo más míni-mo.

Un suspiro de dolor escapa de los labios de Zizek. ¿Hasta dónde llegaron sus caricias? No puede saberlo, pero mientras le acaricia la frente nota que sus hombros se ponen rígidos y arquea la espalda como si se alejara de ella. Ella se acuesta a su lado, presiona su cuerpo contra el de él y le pasa un brazo alrededor del vientre. Zizek perma-nece acostado sin pronunciar una sílaba, pero su respiración se vuelve más suave. Ahora no puede alejarse de él y no puede decir si es por el bien de Zizek o de ella.

TOBULKI

I

Ningún hombre en el campamento tiene una sola mala palabra que decir sobre el subcomandante, el coronel David Pazhari. A medida que las ausencias del teniente general Mishenkov se hacen más largas y frecuentes, se considera a Pazhari como el comandante interino del regimiento. Mientras Mishenkov está fuera, Pazhari tiene la libertad de elegir hacer lo que quiera. Podía beber finos vinos desde el amanecer hasta el anochecer, fumar puros magníficos o fornicar con las mujeres locales; pero a veces, cuando uno se encuentra con un aristócrata de San Petersburgo, se da cuenta de que ciertas cosas que se toleran en la capital no se toleran en otros lugares.

El subcomandante es alto, de hombros anchos y tiene un rostro anguloso. Su cabello amarillo, que cae sobre su frente como una yema de huevo, está cuidadosamente recortado en la parte posterior con una línea recta que enorgullecería a cualquier dibujante. Se afeita todos los días, incluso en invierno, y nunca se le vería con botas andrajosas unidas con pegamento barato, como sí puede verse a sus compañeros. Incluso cuando se levanta por la noche para orinar, el coronel se pone el cinturón antes de salir de su tienda. Pazhari, dice la gente, nunca sería atrapado con los pantalones abajo.

Además de su impresionante estatura, rasgos distintivos y una pequeña cicatriz sobre su labio superior, Pazhari se distingue por la extraña cualidad de dominar tanto a hombres como a mujeres. Un comentario trivial suyo en una reunión puede hacer que los oficiales no estén seguros de si están molestos o sienten amor, por no decir pasión, por él. Y dado que la pasión entre los hombres es diez veces más

283

inspiradora que la trivial alternativa, pueden interactuar con Pazhari sólo si lo aman incondicionalmente o si sienten náuseas por su presencia.

Los que sienten náuseas se enfrentan a un dilema. Si tan sólo pudieran señalar con el dedo una falla en la conducta de Pazhari, al menos sentirían que su actitud tiene justificación, pero el comportamiento del coronel es impecable. Podría seguir fácilmente el ejemplo de Mishenkov, dejar a su propio adjunto a cargo e irse a cenar con los funcionarios del gobierno en la ciudad. Tal traspaso de autoridad podría durar para siempre, terminando con un humilde soldado raso como comandante en jefe; pero Pazhari prefiere la rutina de la vida en los cuarteles a los placeres sensuales y las intrigas políticas. Le gusta conversar con los nuevos reclutas, meterse en un catre vacío en una tienda de campaña para una siesta rápida, hacer una inspección de la cocina una vez por semana y fumar con sus oficiales. Si algo escapa a la atención de Pazhari, significa que Pazhari lo dejó escapar a propósito porque le da tranquilidad saber que hay algunas cosas que no necesita saber. El coronel se ha dado cuenta de que cada soldado rompe al menos una regla por día. En su opinión, es preferible que dichas transgresiones sean referentes al opio, la morfina y el aguamiel en lugar del contrabando de armas o, Dios no lo quiera, al espionaje.

Una mañana, pocos días después de la llegada del cuarteto al campamento, el coronel Pazhari recibe un telegrama urgente del Departamento de Orden y Seguridad Pública. Un bonito nombre para las ratas de la Ojrana, piensa Pazhari. La carta está dirigida al teniente general Mishenkov y el coronel se pregunta de qué se tratará. Buscando el nombre del firmante en la parte inferior de la página, se sorprende al descubrir que fue enviado en nombre de nada menos que el comandante de los distritos del noroeste de la Ojrana, el coronel Piotr Novak.

Aunque Pazhari estuvo bajo las órdenes de Novak apenas unos quince días, conoce a su antiguo comandante mejor que los oficiales que sirvieron a las órdenes del coronel durante veinte años a causa de un accidente fortuito: Pazhari, que era capitán de caballería en aquel momento, estaba allí cuando un proyectil alcanzó al caballo de Novak durante la batalla en el Paso de Shipka. Como el húsar decidido que era, Pazhari se encontró en la primera línea de ataque y fue testigo de cómo el oficial superior se retorcía de dolor en el suelo, arrastrando la pierna como una serpiente con la cola cortada, sin saber a dónde dirigirse. Dejando un rastro de sangre a su paso, Novak se apoyó en un fusil en un intento desesperado por ponerse de pie y, contraviniendo todas las órdenes, Pazhari saltó de su caballo con la idea de arrastrar a su oficial al mando lejos de la línea de fuego, sin embargo, tan pronto como lo intentó, recibió un puñetazo en la cara.

—¿Qué crees que estás haciendo, idiota? —gritó Novak—. ¡Sube al caballo y devuelve el ataque!

Pazhari obedeció la orden, pero no podía evitar mirar al puré horrendo, sangriento y lleno de hollín que alguna vez había sido una pierna. La sangre brotaba de la rodilla desgarrada por la metralla, empapando la carne chamuscada. Mientras hacía una mueca, Pazhari se dio cuenta de que Novak había visto el terror en su rostro. Alzando la vista, el coronel parecía preguntarle: ¿es tan malo? ¿Realmente no hay esperanza? Pazhari no tuvo el valor de mentirle a su oficial al mando. Ignoró la súplica de Novak y volvió al caos.

Contrario a lo que la gente suele pensar, nuestra brújula moral no necesariamente nos da la capacidad de hacer lo correcto en los momentos críticos. En todo caso, suele pasar lo contrario. Aquellos que son inherentemente justos no son virtuosos, ya que nunca han tenido una debilidad o un defecto que deban superar. Por desgracia, la mayoría de las personas se vuelven una versión borrosa de sí mismas y pierden el juicio por completo cuando aparece el mal. Por lo tanto, es un error juzgar la moralidad de uno en tiempos de crisis. La mayoría de las personas, y Pazhari no es la excepción, se dan cuenta de su moralidad sólo en retrospectiva, una vez que han reconocido sus errores y la injusticia irreparable que han desatado. De la misma manera que un sastre novato hace ropa inferior antes de aprender a producir prendas impecables, las personas desarrollan el sentido de la moral a través del fracaso, la imperfección y el pecado.

Durante muchos años, Pazhari reprodujo en su mente esa escena de la batalla en el Paso de Shipka y se dio cuenta de que su papel como comandante en el ejército del zar era enseñar a sus hombres a aceptar la realidad tal como era. Nada más. Si pudiera volver a ese momento —y cuántas veces imaginó que podía, no pasaba un solo día sin que deseara poder hacerlo—, se habría vuelto hacia el rostro suplicante de Novak y habría dicho con severidad: «La pierna se ha ido, supéralo».

E incluso si Novak hubiera esperado que le ofreciera consuelo, Pazhari habría cumplido con una obligación moral básica: ver a las personas como son —en este caso, con una pierna destrozada— y no como deberían ser.

De cualquier manera, incluso si Pazhari no hubiera tenido idea de quién era Piotr Novak, una solicitud que proviene de un comandante de distrito del Departamento de Orden y Seguridad Pública no es un asunto trivial. Además, el telegrama exige saber inequívocamente si en el campo se han avistado cuatro forajidos fugitivos, tres hombres y una mujer, miembros de una especie de organización clandestina, probablemente judía, que han asesinado a una familia inocente y a dos agentes en un cruel ataque y que lograron escapar en un viejo vagón de mercancías que se dirigía a Minsk. Más abajo, una línea escrita con una caligrafía diferente dice: «Cualkiera que oculte información sobre su identidad o ubikasion se lo considerará cómplise por conspirasión y instigación y fusión».

Quien sea que haya escrito aquella línea debía de ser un completo idiota. No podía ser cosa de Novak, piensa el coronel Pazhari; pero la sonrisa que le provocan estos errores gramaticales no debe opacar la seriedad que expresan las palabras. Pazhari sabe que es costumbre pensar que la policía secreta sigue sus propias reglas, pero cualquiera que pueda pensar por sí mismo sabe que la policía secreta no sigue ningún tipo de reglas. Si deciden que mañana mismo David Pazhari debe irse, entonces David Pazhari se irá, y si al día siguiente deciden que David Pazhari nunca existió, entonces nunca existió.

Por lo tanto, después de leer el telegrama, el coronel de inmediato ordena a sus oficiales que encuentren a cualquiera que sepa algo sobre cuatro fugitivos en la zona. Le dice a los comandantes de las unidades que revisen sus puestos de avanzada más lejanos e instruye a la caballería para que envíe jinetes a las aldeas cercanas. No pasan ni treinta minutos antes de que su pregunta sea respondida con negativas, lo que lo hace sospechar. En primer lugar, estos rumores suelen estimular la imaginación de las personas aburridas e impulsarlas a inventar cosas de las que no saben nada. Si se le da a un *mujik* una razón para denunciar, se le ocurrirán historias imposibles que implican a cuatro personas inocentes sin coartada, pero en este caso nadie vio nada. Y segundo, ¿cómo podrían haber llegado ya a los puestos de avanzada más alejados y regresar, si estos puestos de avanzada están a media hora de viaje de ida y media hora de vuelta?

En circunstancias normales, a Pazhari no podría importarle menos si sus soldados tienen secretos. Si fuera cualquier otro asunto el que estuviera en juego, habría dejado así las cosas; pero la combinación de la exigencia del telegrama con la celeridad de las respuestas lo inquieta.

—¡Glazkov! —le dice Pezhari a uno de los comandantes de su batallón—. Hoy te quiero cerca de Nesvizh. A partir de esta noche establecerás controles cerca de todas las entradas de la ciudad. ¡Demidov! Movilización hacia Minsk a partir de mañana. ¡Zarobin! Movilización hacia el sur, hacia Baránavichi. Sus soldados no dormirán ni darán un solo parpadeo hasta que los atrapemos, ¿queda claro?

Pazhari nunca había visto a sus oficiales en semejante estado.

—¿A Nesvizh? —murmura Glazkov.

—¿Dónde dijo que debíamos establecer controles? —pregunta Demidov.

—¿A dónde debo ir yo? —dice Zarobin confundido.

—¿Aún están aquí? —grita Pazhari, ahora revisando mapas del área—. ¡Váyanse! ¡Cada minuto cuenta!

El coronel encuentra divertida la vacilación de sus oficiales. Una vez que han salido de la tienda, se asoma al exterior y los ve con las cabezas juntas. Normalmente nunca cuestionan sus órdenes, pero ahora están inquietos y vacilantes. Pazhari sabe que su secreto no tardará mucho en salir a la luz.

De hecho, una vez que las órdenes llegan a las filas y se hace evidente la inutilidad de perseguir a sus invitados durante más de una semana, Zarobin regresa a su comandante con noticias: uno de los centinelas de su regimiento informó que dos de los cuatro fugitivos fueron vistos cerca del campamento anoche. Se han enviado grupos de búsqueda para llevarlos con Pazhari.

—¿Y qué hay de los otros dos? —pregunta el coronel.

—Como dije, señor, el centinela sólo reportó a dos personas.

Podemos suponer que los soldados se sienten obligados sólo hacia el Padre y su sobrina. A nadie le importa Adamsky, a pesar de haber sido un capitán condecorado en su día, y claramente, nadie se ha encariñado con el cantor sordo y glotón.

A decir verdad, algunos de los soldados decían que era una regla de hierro fundido nunca meterse con el Departamento de Orden y Seguridad Pública. Si el departamento exigía que se entregara a cuatro personas, se debía entregar a cuatro personas, incluso a costa de entregar a Breshov. Sin embargo, otros creían que renunciar incluso a un miembro del séquito del Padre equivaldría a un sacrilegio. Por respeto al ejército zarista y sus tropas, sería mejor no detenerse en las discusiones que estallaron en las tiendas de los soldados, que rápidamente se convirtieron en peleas a puñetazos, amargos altercados, ajustes de cuentas y algunas narices rotas. Eventualmente se decidió que entregarían a dos de los invitados y rescatarían a los otros dos, aunque no quedaba claro a dónde habían ido los dos destinados a ser arrestados. No estaban en la tienda de Zizek Breshov y nadie sabía dónde pasaron la semana que siguió a su llegada.

II

Después de darse cuenta de que Yoshke y sus compañeros, liderados por esa vil mujer, lo habían engañado —¿cómo podría haber perdido toda su fortuna debido a una estúpida pelea conyugal?—, el capitán Adamsky sale de la tienda y desciende en la noche con el mismo andar de un local. Con sólo mirar las cuerdas que están atadas a las estacas de las tiendas, puede saber cuáles sobrevivirán a los vientos otoñales y cuáles serán arrancadas y saldrán volando hacia el mar Negro. Las tiendas están repletas con el sonido de ronquidos, sollozos ahogados, palabras entrecortadas y huesos que se rompen, sonidos tan familiares que podría usarlos para componer una sinfonía: un pedo inicial, seguido de una maldición y una piedra arrojada al hombre que se tira el pedo golpea accidentalmente a un hombre que ronca, quien a su vez grita, enfurecido:

—¡Déjenme dormir, bastardos!

Otros lo silenciarán:

—¡Chúpamela!

El silencio será restaurado brevemente hasta que un centinela entra y grita:

—¡Levántate, Igor!

Igor le responderá de vuelta:

—¡No voy a levantarme!

Este intercambio será acompañado por ojos abiertos y oídos vigilantes de un soldado que, incapaz de dormir, busca la redención; éste será el primero en morir en el campo de batalla.

Si quisiera, Adamsky podría apoderarse con facilidad de una cama vacía en una de esas tiendas. Podría despertar a la mañana siguiente y prepararse para el pase de lista; sería lo más natural del mundo, incluso podría conducir él mismo un pase de lista. Conoce todos los procedimientos y podría adaptarlos para esta generación más joven y débil. Ellos hablan mucho más, son más comprensivos y más empáticos; en otras palabras, son mucho más suaves que su generación. En fin. Puede vivir con esta mierda.

Lo que pasa con la vida militar es que uno rara vez se enfrenta a preocupaciones más existenciales. ¿Se acerca un pase de lista? Hay que estar preparado. ¿No hay pase de lista? Habrá que dormir. ¿Hay una batalla? Hay que luchar. ¿No hay batalla? Hay que dormir. En medio de todo esto se puede comer, si es posible, beber y jugar a las damas o a las cartas por la noche. Adamsky sabe muy bien que se puede pasar toda una vida de esta manera, una vida en la que todo vale: la oreja desmembrada de un amigo, los genitales amputados, los sabañones y los cuerpos agrios por el sudor. Maldición, incluso puedes acostumbrarte a las bromas del ejército. Y mientras firmas los papeles de baja, maldices tu maldita libertad porque te hace darte cuenta de que tu servicio militar fue arbitrario e inútil, y que no tienes nada en común con la mayoría de los militares, incluso con aquellos a los que cuentas entre tus amigos más cercanos.

No, estaría fuera de lugar en estas tiendas. En su lugar, toma una chaqueta ligera y unos pantalones de un tendedero para que le sea más fácil pasar la noche sin tener que inventarse un sinfín de explicaciones. Extrañamente, esta noche preferiría evitar enfrentamientos o peleas y revivir su antigua vida sin preocupaciones, incluso por unas pocas horas.

Alejándose del centro del campamento, nota un halo distante en la oscuridad, probablemente una hoguera. Se vuelve en su dirección con la esperanza de encontrar licor y compañía, y, sobre todo, una oportunidad para olvidar a aquella atroz Fanny que ha arrasado con todo lo que tenía con un solo golpe de su cuchillo. ¿Quién lo compensará por su taberna? ¿Quién le devolverá su propiedad? La mujer incluso tiene la audacia de mirarlo fijamente con sus ojos crueles y salvajes, sin un mínimo de... ¡No! Ciertamente no necesita su lástima. ¿Qué se puede esperar de una maldita judía? Aún así, ella no es como otros de su calaña, tiene algo que a ellos les falta o, mejor dicho, le falta algo que ellos tienen. Si le hubieran ordenado regalar a un niño bajo el Decreto Cantonista, nunca habría cedido; ella habría perseguido a todos los ladrones de niños y se habría encargado personalmente de su decapitación.

Por Dios, sólo pensar en sus ojos de loba hace que le hierva la sangre. No lo había poseído una rabia así desde que murió hermano. Sería mejor que siguiera caminando hacia la luz, de lo contrario volvería a la tienda, le quitaría el cuchillo y la amarraría. Es mejor que no lo haga. Una vez que comienza, no hay modo de que lo detengan.

Cada soldado experimentado sabe que no hay nada más engañoso que las luces de la noche. Mientras no provenga ningún sonido desde la dirección de la incandescencia, es casi imposible estimar qué tan lejos está. Pensando que se está a punto de llegar, podría caerse en un arroyo o verse obligado a escalar otra colina, convencido de que será la última, pero luego hay una cresta precedida por una grieta que hay que cruzar, y después la luz desaparece y ya no se está seguro de si alguna vez existió fuera de la imaginación. Efectivamente, Adamsky tropieza y cae mientras se aventura en la creciente oscuridad, maldiciendo rotundamente al Creador: si quería tener oscuridad, ¿por qué se molestó en tener una luna? Y si quería tener una luz nocturna, ¿por qué la luna se pone tan temprano? Cualquier tonto podría haberlo planeado mejor. Maldita sea.

No hay nadie a quien culpar sino a ti mismo, dice una voz dentro de su cabeza. Eres un tonto que repite el mismo error una y otra vez. ¿Qué tienes en común con Yoshke Berkovits? ¿Qué le debes? Él eligió seguir trabajando en las letrinas hasta que contrajo la plaga. Decidió ser leal a la comunidad que lo volvió un fugitivo y destrozó a su familia. Pensó que podía engañar al mundo entero con sus cartas hasta que le salió el tiro por la culata. Todo su ejército fue aniquilado en una miserable batalla.

Y en realidad estabas de permiso por una vez, en Bucarest, cuando sucedió. ¿Por qué regresaste para rescatarlo? ¿Por qué estabas tan angustiado cuando te enteraste del plan de Radzetsky? Cabalgaste durante cinco días sin descanso, sin comer nada más que pan y cebolla, y durmiendo en la silla. ¿Qué estabas persiguiendo? ¿Qué te proponías salvar? ¿Qué querías probar? Lo viste, el cobarde, cargando con la cuarta o quinta oleada del asalto. No usó su fusil ni una sola vez. Corría junto a todos los demás como un perfecto idiota, sin importarle si vivía o moría.

Y cuando te vio, el gran bebé, comenzó a llorar. Lo abofeteaste dos veces. Deja de llorar, no hay tiempo para eso, idiota. Baja la cabeza y larguémonos de aquí. «Pesach», te dijo, su voz temblaba. Y lo dejaste. Como un pobre tonto lo dejaste.

Debiste tirarlo de tu caballo y dejarlo a merced de los *basi-bosuk*. Enfurecido, lo amenazaste con tu daga: si volvía a llamarte Pesach, le cortarías la lengua. Y el idiota te arrebató la daga y se cortó la boca, y siguió murmurando con la lengua sangrando y las encías rotas:

—Pesach, Pesach.

No podías creer lo que veían tus ojos. Lo botaste del caballo y lo arrastraste por el suelo.

—¡Idiota! —gritaste—. ¿Qué estás haciendo?

El idiota seguía aullando:

—Pesach, Pesach.

—¡Eres una causa perdida!

—Pesach, Pesach.

—¿Para qué quieres seguir viviendo?

—Pesach, Pesach.

—¡Respóndeme, Yoshke!

—Pesach, Pesach.

Lo arrastraste al pueblo más cercano para conseguir ayuda médica. No había otra opción. Su boca no dejaba de sangrar. Lo dejaste al cuidado de una familia a cambio de unos cuantos rublos y huiste tan pronto como te fue posible. ¿Y ahora? ¿Es la misma historia? ¿Sin pensarlo dos veces? Aparece en tu taberna y de inmediato sales al rescate. Te lo mereces, Adamsky, es tu culpa.

Adamsky asume que las personas sentadas alrededor del fuego son oficiales. Seguramente querían descargarse del esfuerzo de tener que permanecer erguidos todo el tiempo, deber que llevan como una joroba sobre la espalda. Su suposición es confirmada por el sonido de risitas femeninas. Contrabandear prostitutas en el campamento requiere de poder y medios, y si los oficiales tienen alguna ventaja sobre los soldados rasos es precisamente su salario superior y la variedad de oportunidades que éste conlleva.

Sin embargo, es imposible ver el bosque a través de los árboles. En realidad hay un bosque, uno denso con abedules de troncos tan delgados, como un dedo moteado, que sobresalen del suelo y arañan el cielo con sus afiladas uñas. Adamsky se abre paso a través de la espesura en su intento por alcanzar la luz, preguntándose cómo logró vislumbrar el fuego si tiene que cruzar esta maldita maleza espesa para llegar hasta él. Una vez que está fuera del bosque, no se encuentra ni con oficiales ni con prostitutas, simplemente con soldados y mujeres locales que casualmente pasaban por ahí. Para su sorpresa, ninguno amartilla su arma ni le ordena al extraño que se identifique. No les podría importar menos si es un asesino polaco clandestino o un veterano que sólo quiere fumar un relajante cigarrillo en su compañía.

Tres soldados y cinco mujeres lo miran fijamente. Uno de ellos, que luce un bigote descuidado y una cara sin afeitar, lo invita a unirse.

—Ven aquí, abuelo —llama.

Y antes de que Adamsky pueda responder, otro soldado, delgado y parecido a un grillo, le entrega una pipa llena de un tabaco extraño. Adamsky sospecha que pueden haberlo empaquetado con opio, una suposición confirmada por la tranquilidad de la compañía. Los hombres no están prestando demasiada atención a las mujeres y las mujeres no los alejan de sus cuerpos. Todos están en una bahía de complacencia sin fondo. Si Adamsky todavía fuera un oficial, los habría arrojado a todos a un calabozo sin más preámbulos; pero tales pensamientos ni siquiera cruzan sus mentes tranquilas en este momento.

Una de las mujeres se levanta y se sienta al lado de Adamsky.

—Eres muy viejo —ríe, pero por alguna razón él no se siente ofendido—. Tienes arrugas en los ojos.

Ella le toca la cara y Adamsky cierra los ojos y se concentra en su pipa.

—Dinos, abuelo —dice un tercer soldado, que a juzgar por la corpulencia detrás del uniforme, probablemente es un cocinero—, ¿peleó en la guerra contra Turquía?

—¿Contra Turquía? —resopla Adamsky—. Estuve en el desastre de Crimea.

—¡Crimea! —El hombre del bigote de pronto está alerta—. ¿La batalla de Inkermán?

—Inkermán, Balaclava, Sebastopol. —Adamsky infla el pecho—. La guerra contra Turquía fue un juego de niños comparada a Crimea.

—Dicen que las cosas de nuevo están poniéndose calientes al este —dice un soldado con voz nasal, como de grillo—. También nosotros vamos al frente, quizá el mes que viene. Quién sabe qué se está preparando. Finalmente iremos a luchar.

—¿Qué te hace pensar que te enviarán al frente? —refunfuña su amigo de bigote—. ¿Qué se está preparando? Sopa de pepino fría, si tienes suerte. Nuestra generación está condenada. Mira a este viejo.

Un soldado, dos guerras. ¿Y qué hay de nosotros? Aceitamos armas todo el día. Cuéntanos, abuelo —prosigue—, cuéntanos sobre los británicos. ¿De verdad son tan buenos sus francotiradores? ¿Es verdad que no lloran en los funerales? ¿Peleaste con ellos cara a cara?

—Sí —dice Adamsky—. Se podría decir. Es decir, no podía ver sus caras realmente, pero…

De pronto la joven mujer que está sentada al lado de Adamsky pone su cabeza sobre su hombro y estira las piernas. Había estado a punto de hablarles sobre cómo laceraba las entrañas de sus enemigos, pero lo piensa mejor, mirando de soslayo a su admiradora, treinta años menor que él, mientras se aferra a su cuerpo. No parece casualidad que se haya acurrucado a su lado, aunque su gesto más que seductor parece una petición de protección.

—¿Y bien? —Lo apremia el hombre gordo.

—¿Cuál es tu rango? —pregunta el soldado de bigote—. ¿Sargento?

—Sí —miente Adamsky—. Retirado.

—Retirado —dice el grillo—. *Eres* un abuelo.

Adamsky guarda silencio. Una vez que su compañera ha cerrado los ojos, él nota las peculiaridades inusuales que hay en su rostro. Sus dientes están muy separados y sus labios están hinchados. Los ojos son extrañamente estrechos y la nariz es chata como la de un bulldog. Se pregunta si podría tener algún tipo de discapacidad o condición particular. El pensamiento no le hace sentir lástima ni repugnancia. Acaricia su suave cabello y también cierra los ojos. Su rostro se calienta con el calor del fuego y la fatiga alivia su cuerpo tenso. En poco tiempo, está visualizando a Ada —ha decidido que ese es su nombre— preparando la cena y esperándolo en su casa, mientras regresa de los campos con un maldito trinche. De pronto se echa a reír, pero no está seguro de si es una expresión de felicidad momentánea o de ridículo por haber elegido ser un campesino y no un príncipe, incluso en sus fantasías.

¿Cuánto tiempo pasó con este grupo? Quién sabe. Las noches se mezclaban con los días y los pechos de Ada eran suaves y acogedores. Una cosa está clara: la pipa que fumaba no estaba llena de tabaco; de lo contrario, sería imposible explicar sus salvajes ensoñaciones y el hecho de que se despertara una mañana en una cama de paja, en una tienda de campaña al otro extremo del campamento. Seguramente sus nuevos amigos habían terminado las vacaciones de su semana y lo habían arrastrado desde el bosque hasta aquí, sin saber quién era. ¿O podría ser que toda aquella semana, de inicio a fin, no hubiera sido más que un dulce sueño y que Ada, como un halo distante en la oscuridad, fuera solamente un filamento de su imaginación? Fuera lo que fuera, en este momento se siente como si hubiera rodado desde la cima de una montaña hasta un turbio pantano. El recuerdo de Ada le envía punzadas desconocidas de anhelo a través del cuerpo, vívidas e intensas, aunque no puede decidir si ella era real o imaginaria.

Nunca se había sentido así por una mujer. De hecho, nunca había pensado mucho en las mujeres. Durante sus años en el ejército, e incluso más recientemente como dueño de una taberna, para él las mujeres siempre habían sido un medio para satisfacer un impulso: prostitutas pasajeras, una salida para los deseos carnales. Con toda honestidad, nunca sintió necesitar nada más de ellas. Por mucho que lo intentara, la visión de una mujer sólo provocaba en él una de dos reacciones: atracción o repulsión. Pero de entre todas, esa mujer inocente y poco atractiva que apoyó la cabeza en su hombro y le pidió protección sin saber siquiera su nombre, le ha hecho abrirse a una posibilidad que ni siquiera sabe definir.

Y hay otra cosa. Adamsky intuye que, antes de poder salir a buscarla, debe volver a la tienda de Yoshke y poner fin a esa historia; es decir, si los demás siguen ahí y no lo han dejado para enfrentarse a la música completamente solo.

Recuerda bastante bien el camino de regreso a la tienda. Sus sentidos, aunque un poco nublados, todavía son lo suficientemente agudos como para guiarlo en la dirección correcta. Se mezcla perfectamente entre la multitud de soldados gracias a su uniforme robado. Nadie adivinaría que es un capitán retirado. Encuentra la tienda y entra con cautela a través de las puertas traseras. Aunque reconoce de inmediato la expresión beligerante en los ojos de Fanny, no siente la ira que su presencia suele provocarle. No le importa si sospecha de él o intenta usar el acero de dragón que guarda en su pierna. Ya ha terminado con ella.

Atraviesa la tienda, pero se detiene ante la mirada de Yoshke, que está postrado en una cama, como un cadáver. ¿Qué ha hecho durante toda la semana? ¿Disfrutado de la autocompasión? Un hombre de su tamaño tendido boca abajo como un saco de papas, agobiado por las derrotas de su infancia, víctima de sus miserables elecciones. Adamsky sorprende a todos al sentarse junto a la cama de Yoshke. Yoshke no se mueve. Adamsky sacude su hombro derrotado y susurra:

—Yoshke, soy yo.

Revivido como por arte de magia, Yoshke se da la vuelta con ojos brillantes que se clavan en su antiguo amigo:

—¿Pesach?

Adamsky examina fríamente su rostro de barba despeinada y ojos aturdidos. La boca llena de cicatrices de Yoshke tiembla.

—Esto es todo, Yoshke —susurra Adamsky—. Se acabó, me voy.

La serenidad perfecta que impregna lentamente el rostro de Berkovits le dice a Adamsky que Zizek entiende perfectamente lo que quiere decir: sin importar lo que pase a continuación, ésta será la última vez que se ven. Adamsky no vendrá nunca más a rescatarlo. Su historia ha llegado a su fin. No habrá reconciliación.

—Esto es todo —repite Adamsky y extiende su mano a Yoshke que se ha vuelto a dar la vuelta, con los brillantes como un escarabajo.

—Como quieras —dice Yoshke y mira hacia otro lado.

—Patrick Adamsky, no irás a ningún lado —dice Fanny con la voz cargada de desprecio—. Si te atrapan, todos seremos responsables.

—¿Responsables? —explota Adamsky haciendo pedazos su juramento de ignorarle, incapaz de tolerar su insolencia—. ¿Qué sabes tú de responsabilidad? ¡Niña malcriada! Paseando por todo el imperio por una estúpida historia de amor, destruyendo las vidas de los demás a tu paso… ¿A eso le llamas justicia? ¡No me des lecciones sobre responsabilidad!

Y se da la vuelta para irse.

—Dije que no irás a ningún lado —repite Fanny.

Incapaz de contenerse un segundo más, Adamsky da una zancada y la toma del brazo izquierdo antes de que ella pueda alcanzar su muslo. La sujeta contra la lona de la tienda y gruñe a centímetros de su cara:

—No eres tan heroica sin tu cuchillo, ¿eh? Podría aplastarte como a un mosquito, ¿entiendes? No me digas que puedo y qué no puedo hacer. Estoy harto de todos ustedes.

Mete la mano bajo la falda de Fanny y le arranca el cuchillo del muslo. El breve roce de su mano contra la pierna de la mujer lo excita. Espera ver miedo en sus ojos, pero se encuentra con una sonrisa que casi parece una invitación. Ella simplemente no lo cree capaz de ir tan lejos. Adamsky quiere probarle que se equivoca, pero no puede hacerle daño. Sabe perfectamente que está cometiendo un error, que pagará más tarde por su debilidad, pero no puede obligarse a poner más fuerza sobre el brazo con el que la sujeta.

—¡Pesach! —grita Zizek.

—¡No te atrevas a llamarme Pesach, bastardo!

Adamsky apunta con el cuchillo a Zizek, que ahora está parado frente a él. A pesar de la imponente altura de Zizek, Adamsky sabe que la mujer sigue siendo el verdadero peligro. Sujeta el cuello de Fanny con la mano y mantiene los ojos fijos en ella. Quienes han dejado una sola grieta en sus defensas cerca de Fanny han acabado degollados.

Entonces, de repente, sin previo aviso, el puño de hierro de Zizek aterriza justo en la cara de Adamsky. Adamsky, que sabe todo sobre pelear, se da cuenta de que ninguna defensa es posible contra este tipo de puño, y si trata de mantenerse de pie y devolver el golpe, su brazo agitado golpeará nada más que al aire y terminará en el suelo. Basándose en toda su experiencia, se vuelve hacia su oponente y se lanza sobre Zizek, listo para destrozarlo con uñas y dientes.

Ruedan por el suelo, forcejeando. La piel de Adamsky está desgarrada, Zizek golpea sus costillas e intentan estrangularse hasta dejarse sin sentido. Entonces Fanny toma el cuchillo que Adamsky dejó caer y lo sostiene contra la nuca del capitán.

—¡No! —jadea Zizek—. Tú no te metas.

Zizek suelta la garganta de Adamsky.

El capitán también deja de luchar y se acuesta en el suelo en un amasijo de extremidades, sudando y respirando furioso.

—Entonces finalmente has despertado, ¿no? —dice Adamsky—. Has estado dormido cuarenta años. Es un poco tarde para empezar a pelear ahora, ¿no crees?

Zizek no responde. Su cuerpo está abatido y lastimado. Su respiración entrecortada apenas y puede proveer de oxígeno a su cuerpo.

—¿Entendiste lo que acabo de decir? —dice Adamsky.

Zizek lo mira sin decir palabra.

—Esto es todo —dice Adamsky—. Se acabó. Me voy. Si vuelvo a ver tu cara, para mí sólo serás un extraño.

Zizek cierra los ojos como si un espasmo agradable acabara de atravesarlo y Adamsky, que esperaba más resistencia, se encuentra con que no tiene con quien discutir.

—Debí dejarte morir —dice Adamsky, exasperado, mientras se pone de pie. Por primera vez en años, desde que eran niños, en realidad, Adamsky ve una amplia sonrisa en el rostro de su oponente.

—¿Eso es lo que querías? ¿Morir? —dice Adamsky—. Eso puede arreglarse con facilidad.

Adamsky toma una manta y la usa para envolver algunas latas de comida que hay esparcidas por la tienda. Toma una de las botellas desechadas junto a la cama vacía de Shleiml el Cantor y la llena de agua. Mira a su alrededor, ignorando a Fanny y Zizek, y se dirige hacia la salida, pero justo cuando está a punto de salir de la tienda, encuentra su camino bloqueado por cinco centinelas con órdenes de llevar urgentemente a Adamsky y Cantor al cuartel general.

—¡Yo no tengo nada que ver con ellos! —protesta Adamsky señalando a Fanny y Zizek cuando le dicen que suelte todo lo que lleva en las manos.

—Excelente —dice el oficial—. No vine por ellos.

—¿Me están arrestando? —Adamsky está lívido—. Estaba con ellos... llegué con ellos.

—No me importa quién llegó con quién. Recibí una orden clara y pretendo obedecerla. Por cierto, ¿dónde está el otro hombre, al que llaman Cantor? ¿Alguien lo ha visto recientemente?

III

La pregunta del comandante en guardia resume perfectamente la situación actual de Shleiml el Cantor. De hecho, pasará otra semana antes de que lo encuentren. Tranquilízate, seguirá vivo; pero el mismo hecho de que alguien lo esté buscando, de que alguien se interese por él, puede explicarse por la llegada de Shleiml el Cantor al campamento del ejército, desde el momento en que disfruta de una vida que nunca antes había probado. Por primera vez a alguien le importa si él está cerca o si no está.

Todo comenzó, por supuesto, con el suntuoso banquete que disfrutó el día de su llegada. Después de haber ingerido más de dos libras de carne enlatada —*kósher*, por supuesto, o eso afirmaron los soldados que trajeron la comida—, una hogaza de pan y tres botellas de vino —también *kósher*, le aseguraron—, el cantor se hundió sin percatarse en un sueño profundo. Y luego, habiéndose atiborrado más allá de su capacidad, se vio obligado a levantarse en medio de la noche y salir corriendo para responder a las deficiencias de su maldito cuerpo.

Incluso entonces, algo preocupó a Shleiml el Cantor y le impidió volver a dormir. Al principio, sospechó que era uno de esos pensamientos siniestros que lo poseían sin previo aviso de vez en cuando; una nube oscura, sin lluvia, que lo envuelve con melancolía y bloquea sus lágrimas. Sin embargo, un ligero murmullo en su estómago anunció que su hambre simplemente había regresado y que la sensación de pesadez en su estómago era sólo la patada de un apetito embrionario.

A los ojos del cantor, su apetito era una pequeña criatura que se le retorcía en el vientre, capaz de asumir dimensiones monstruosas sin previo aviso y minar sus fuerzas. Acostumbrado a estos embarazos, escucha las pulsaciones de su feto con una mezcla de dolor y placer. Dada la oportunidad, puede dar los detalles de todas y cada una de las comidas que alguna vez le han calmado el estómago, más aún si consistieron en varios platillos. En este último caso, el mero recuerdo de los platos lo volvía a saciar días después de la comida.

Da la casualidad de que la comida de la noche anterior —sabrosa y abundante, al parecer, su recompensa por haber escoltado al Padre,

¿quién es el Padre de todos modos? No lo sabe— lo ha dejado hambriento y sediento, y ahora mismo no tiene ganas de enfrentarse a otra larga gestación. En el ejército, piensa, parece haber recompensas inmediatas que se pueden ganar, y si juega bien sus cartas, esas comidas podrían convertirse en una rutina.

En poco tiempo, se encuentra con un grupo de jugadores de cartas que están reunidos en una de las tiendas y se pregunta si puede unirse. Lo reciben cordialmente y él deduce por las apuestas bajas —veinte kopeks la ronda— que se trata de un partido amistoso. Esto, sin embargo, no le impide acumular pérdidas vertiginosas y pronto encabeza la tabla de perdedores con una deuda de cinco rublos. Por alguna razón sus nuevos amigos se divierten con sus pérdidas y no exigen un pago inmediato, al contrario, le ofrecen *kvas* y salchichas de ternera —*kósher*, por supuesto— y se ríen a carcajadas de todo lo que dice o hace.

—¡Gané! —declara Shleiml el Cantor, mostrándole a todos la peor mano de la mesa y el grupo toma aire—. Subo la apuesta —anuncia orgulloso con su gracioso sombrero.

Un soldado rompe una botella contra uno de los tubos de la tienda para dejar de reír.

—¿Hay algo más de comer? —pregunta el palillo después de haberse atiborrado doce salchichas.

Sus anfitriones ríen histéricos. Cuando llega el momento de despedirse, colocan en una pila diez fusiles al lado del cantor y le dicen que debe aceitarlos para cuando llegue el amanecer. El cantor acepta con gusto, sorprendido de que esta tarea vaya a ser todo lo que necesite hacer para saldar su deuda. La mayor parte de sus desafortunadas noches terminan a golpes, pero ahora tiene la nariz en su lugar, las costillas intactas y el espíritu alto.

¿Qué sabe Shleiml el Cantor sobre fusiles? No mucho. Cree recordar que si se jala el gatillo en un extremo, muere quien esté en el otro extremo. Como sea, si puede pagar su deuda limpiando en lugar de que le rompan la cara, entonces la vida militar resulta ser más atractiva de lo que podría haber imaginado. Ha viajado constantemente desde la infancia, escapando por un pelo de la vida en un orfanato. ¿Quién hubiera pensado que estaría permitido racionar la comida de un niño? Todo lo que servían allí era una rebanada de pan al día, un poco de queso y caldo de verduras sin verduras. Alternar entre el hambre y la glotonería en el mundo exterior es mejor que pasar hambre todo el tiempo en un supuesto orfanato.

El estilo de vida que eligió Shleiml está ligado a la suerte. Es difícil predecir el comportamiento de las personas. Una vez, cuando era joven, se encontró con una mujer gruñona que había empezado a intimidarlo antes de que pudiera abrir la boca:

—Y siendo un chico de tu edad, ¿por qué no estás trabajando? ¡Gorrón! Serás un cantor solamente en tus sueños. Tan sólo mira a mis hijos, acarreando baldes desde el amanecer hasta el anochecer.

La cantaleta fue seguida por ella lanzándole un zapato sin previo aviso y fallando apenas por un pelo. Mientras él se alejaba, decepcionado, ella volvió a entrar en su casa, sólo para regresar con una bandeja llena de delicias: sopa de repollo, *borscht* caliente, guiso de carne con *kartoshkas* y bizcochos de *lekach*. Imagina eso. En otra ocasión, se encontró con una madre misericordiosa que había salido de su casa, derramando palabras melosas:

—Te entiendo, claro que sí. Nadie es huérfano, querido mío, todos tenemos a nuestro padre en el cielo. Nada de lo que te ha pasado es culpa tuya. Vamos, nuestra casa es tu casa, siéntate a cenar con nosotros, esto es un mitzvá.

Pero mientras a sus hijos les servía *goulash* de una olla, a él le dio una zanahoria pálida y marchita que parecía el dedo de un muerto. Después de todo, una no podía darle al estómago de un mendigo más de lo que pudiera soportar. Ella no podía hacerse responsable de la muerte de un *tzadik*.

Como la salvación siempre le ha llegado a Shleiml el Cantor de fuentes inesperadas, ha aprendido que nunca hay razón para perder la esperanza. Sus mayores triunfos habían llegado justo cuando estaba convencido de que se enfrentaba al fracaso y la humillación. Es por eso por lo que acepta limpiar los fusiles, con la esperanza de que se le proporcione una recompensa adicional. Esta vez, sin embargo, piensa que su fortuna no se debe a la suerte, sino a la conclusión de un proceso perfectamente lógico. Por un lado, jugaba y festejaba a expensas de sus anfitriones. Por otro lado, no había pagado ni un maldito céntimo. Era perfectamente natural que a cambio le pidieran hacer una tarea y tenía sentido que las tareas de los soldados involucraran cosas como armas y no flores. Mientras aceita el cañón del fusil, Cantor se pregunta si éste es el tipo de orden y disciplina que su vida necesita desesperadamente. Si todo lo que tiene que hacer es limpiar unos cuantos tubos de metal a cambio de carne enlatada —*kósher*, por supuesto—, en ese caso le gustaría enlistarse en el ejército ruso. ¡Cuanto antes mejor!

Al día siguiente le anuncia su plan al grupo medio dormido y mucho menos ameno que la noche anterior, quienes le ordenan que preparé el café. Procurando dar pruebas de su dedicación, obedece, haciendo mención una vez más de su deseo de enlistarse mientras les sirve el café.

—Estoy de acuerdo —grita un soldado—. Puede reemplazar a Oleg.

—¡Gran idea! —dicen otros a coro—. ¡Qué remplace a Oleg!

Cantor se pregunta si reemplazar a Oleg involucra comida y bebida y todos le aseguran que, de ahora en adelante, la comida y la bebida serán la última de sus preocupaciones.

Es difícil describir qué ocurre con un hombre cuyas máximas inquietudes se convierten en la menor de sus preocupaciones. Por un lado, está definitivamente emocionado. Por otro lado, desaparece la esencia de su ser, su vida ha tomado un curso enteramente distinto. Si ya no tiene que hurgar restos de comida, ¿qué más se supone que debe de hacer?

—¡Vamos! —ordena otro soldado—. ¡A reemplazar a Oleg!

—¿Debo traer algo? —pregunta el cantor.

—¿Qué cosas tienes? —pregunta el soldado.

—Nada.

—¿Qué traerías contigo entonces?

En efecto, la lógica militar del soldado tiene mucho sentido. A Shleiml le tomará cierto tiempo dominarla.

El camino es largo y el sol cegador. ¿Quién iba a saber que el puesto de Oleg no estaba realmente en el campamento sino entre dos colinas bien pronunciadas? Naturalmente, el cantor se rezaga de los pasos largos y seguros de los soldados. Cuando llegan a su destino en el paso, Oleg resulta ser Dmitry, un carabinero apostado para ser guardia del flanco oriental del campamento; y el Oleg verdadero, aprende Shleiml, fue devorado por lobos en este mismo punto.

—Estoy jugando —ríe su acompañante—, es sólo una broma.

—Fue hace mucho tiempo —dice Dmitry, con tono tranquilizador—. Vienen a ver si estoy bien cada dos días.

—¿Cada dos días? —El cantor está preocupado—. ¿Y qué hay de…?

—¿Ves esa caja? —dice el soldado señalando—. Podrías alimentar a la mitad del ejército con toda la comida que hay ahí. Come todo lo que quieras.

El cantor abre la caja, aleja a algunas moscas y comienza a saquear sus delicias. Si Dios hubiera producido pan de la tierra y no lo hubiera llevado a la boca de Shleiml, hubiera sido suficiente. Si Dios lo hubiera llevado a la boca de Shleiml, pero no le hubiese permitido una lata de carne, sardinas, galletas y vegetales razonablemente frescos y cuatro botellas de licor, habría sido suficiente. Si le hubiese permitido una lata de carne, sardinas, galletas y vegetales razonablemente frescos y cuatro botellas de licor, y no le hubiese brindado una pequeña tienda bajo la cual descansar sus extremidades, habría sido suficiente. Si le hubiese brindado una pequeña tienda bajo la cual descansar sus extremidades sin una cama de paja donde recostarse, habría sido suficiente. Si le hubiese brindado una cama de paja sin una vieja almohada de plumas, habría sido suficiente.

¿Puede alguien apreciar el júbilo de Shleiml el Cantor? Reemplazará gustoso a Oleg.

—¡Puede confiar en mí! —exclama y lleva una mano hacia su gorro ridículo—. ¡Señor! —agrega por si acaso y los soldados explotan en carcajadas.

Después del cambio de guardia, Dmitry se arrodilla y se santigua varias veces. Incluso Cantor entiende que este gesto significa que este puesto de avanzada es peligroso y que las posibilidades de supervivencia que tiene aquí disminuyen en proporción inversa a la duración de la estadía. Si recuerdan tu existencia después de dos días, es posible que salgas relativamente ileso; pero si se olvidan de ti, un turno de dos semanas que incluye incursiones casi diarias de bandidos o lobos hará que tus posibilidades de supervivencia se desplomen. Dmitry, según parece, pasó cuatro días aquí. El hecho de que no haya sido masacrado por gitanos, polacos, turcos o lobos es muy alentador.

Dmitry y los otros soldados comienzan a alejarse del puesto de Oleg.

—No olvides que también tienes a Olga. —Dmitry grita sobre su hombro, señalando a una espantapájaros con cabello de paja.

Cantor está impresionado por su torso de lona y los brazos hechos de tablones, uno de los cuales tiene la mitad de la longitud de su contraparte.

—Encantado de conocerte, Olga. —Está contento de saber que tiene compañía. Agitando la buena mano de Olga sugiere—: ¿Cenamos?

IV

Cuando los soldados sacan a Adamsky de la tienda, el Padre corre tras ellos con Fanny justo detrás de él.

—¡No! —grita.

Todo un pelotón inclina la cabeza ante el sonido de la voz que han querido escuchar durante tanto tiempo. Saben muy bien que la única manera de rescatar al Padre del Departamento de Orden y Seguridad Pública es mantenerlo atado y amordazado en su tienda y, sin embargo, nadie se atreve a hacerlo, aunque están dolorosamente conscientes de que su falta de acción expone a su santo a un grave peligro.

Tres de los cuatro fugitivos son llevados con el coronel Pazhari. El cuarto, el que es presa fácil, es el único al que no pueden encontrar. Por lo que Pazhari entiende, este personaje es bastante conspicuo: un extraño hombre demacrado con la barba y rulos mal cortados, tan *zyd* como es posible.

—Búsquenlo —ordena Pazhari—. Debe estar en algún lugar del campamento.

Pazhari no podría estar más en lo cierto, aunque hay un hecho en particular que se le ha escapado y los soldados que llevaron a Cantor a reemplazar a Oleg han guardado el secreto. Cuando llegó la orden de arrestar a los cuatro sospechosos, sin meditarlo ni coordinarse, fingieron no saber nada de Cantor. Cuando el mensajero apareció en su tienda con la orden, lo miraron de arriba abajo y se encogieron de hombros sorprendidos por el mensaje que llevaba y aún más sorprendidos por la posibilidad de encontrar a un *zyd* en su tienda.

Una vez que el mensajero se hubo ido, fueron golpeados por la gravedad de sus acciones. ¿Por qué habían arriesgado todo por el bien de un pobre palillo? Si la verdad salía a la luz, uno de ellos, o todos ellos, pagarían con creces. Dios mío, podrían enfrentarse a una corte marcial. Y aún así, por alguna extraña razón, resolvieron no entregarlo, como si Cantor —aquel *zyd* huérfano y nómada insaciable— fuera uno de ellos. Imagina eso.

En cualquier caso, cuando el coronel se vuelve hacia los sospechosos, se pregunta por su amigo desaparecido, porque ninguno de estos tres le parece un asesino. En efecto, la mujer es poco convencional y lo mira directo a los ojos sin mostrar miedo. ¿Qué estará buscando? Él no lo sabe, pero aunque ella esté tramando algo, su rostro pálido, exhausto y desgastado le asegura que no llegará muy lejos. El polvo de la carretera y la pólvora quemada han teñido su cabello de gris claro debajo del pañuelo que tiene en la cabeza y su tez se asemeja a una hoja de col ennegrecida. Su fragilidad y angustia, así como el hecho de que está desarmada, hacen que sea difícil imaginar que sus puños puedan llegar a ser peligrosos.

El tercer sospechoso se hace llamar capitán Adamsky y no deja de balbucear sobre el tercer regimiento, quinta división, undécimo ejército, en el que supuestamente sirvió. Lo que ve Pazhari, sin embargo, es un enano con uniforme de soldado raso, un gnomo con patillas de proxeneta, un personaje que a menudo se ve saliendo de las tabernas al amanecer para tambalearse por las calles como un pollo sin cabeza, lo que lo hace preguntarse: «¿De verdad estoy sacrificando mi vida por esto?». No hay forma de probar si de verdad es un capitán. No tiene ningún documento para demostrarlo y ahora mismo su palabra no vale ni un pedo.

—¿Por qué no están encadenados? —pregunta Pazhari al comandante del presidio.

—Señor… —duda el soldado—. No podemos encadenar al Padre. Es nuestro invitado.

—¿El Padre? —pregunta Pazhari—. ¿Padre de quién?

El guardia al mando, avergonzado, guarda silencio.

—Él es el Padre de verdad —dice Zarobin.

Pazhari se siente irritado por la reverencia que tiene Zarobin por este hombre, pero de pronto entiende qué es lo que están intentando decir.

—¿Quién de ellos? —exige saber, asombrado, y adivinando la respuesta antes de que Glazkov se lo señale.

—Y ésta es su sobrina —añade Demidov.

—Pero éste —dice Zarobin señalando a Adamsky— nadie sabe qué está haciendo aquí.

—Soy el capitán Adamsky, Tercer regimiento, quinta división, undécimo ejército.

—Estás bajo arresto —dice Pazhari fríamente.

Aunque el arresto inesperado sin duda ha interrumpido la capacidad de Adamsky para pensar con claridad, aún puede calcular la distancia entre su puño y la cara del coronel y asesta un puñetazo ultrarrápido a la barbilla de Pazhari.

Adamsky ha llegado a aprender que golpear caras puede tener diversos grados de efectividad. Puedes aplastar un pómulo, romper una nariz, aplastar las cuencas de los ojos, romper los dientes de un hombre uno a uno…, pero un solo golpe en la barbilla irá mucho más lejos. Y, de hecho, el coronel Pazhari se derrumba en el acto y Adamsky huye de la tienda como un demonio.

Si uno tuviera que evaluar sus probabilidades de escapar del campamento, bueno, uno se concentraría en estos hechos: un veterano que ha pasado de su mejor momento, que ha celebrado cincuenta y seis primaveras, escapa del pabellón bien custodiado del comandante del campamento. Más allá de un círculo de tiendas de oficiales, decenas de miles de soldados realizan sus ejercicios matutinos con las armas listas. En el círculo exterior, miles de intrépidos jinetes esperan con sus caballos en forma y bien alimentados. Y, sin embargo, nuestro hombre todavía pensaba que sería una buena idea intentar romper esta línea de defensa.

Sin embargo, Adamsky siempre ha tenido una ventaja. La mayoría de los soldados que lo rodean no tienen idea de qué se trata el combate realmente. Claro, luchan entre sí durante los entrenamientos, le disparan a objetivos estáticos y saltan sobre obstáculos a caballo como caballeros ingleses; pero todo lo que se necesita es arrancarles una oreja a mordidas y los verás arrastrándose sobre el suelo con las narices en la tierra para encontrarla.

Adamsky supera sus propias expectativas. Se abre paso entre los centinelas, atraviesa el círculo de tiendas de campaña de los oficiales, perfora quince ojos —dos de los cuales pertenecen al mismo oficial—, aplasta siete narices —dejando a un hombre completamente sin labios—, arranca veintiún lóbulos de las orejas —tres de los cuales se encuentran rápidamente, aunque sus dueños no pueden identificar cuál es el suyo—, y evade ciento doce balas; dos balas por cada año de vida de Adamsky —el capitán las contó todas—; el mismo hombre que Pazhari pensó que era un gnomo y un proxeneta.

¿Por qué fracasa la escapada? Como siempre pasa con Adamsky, su mal genio tiene la culpa. Si hubiera utilizado el caos que desató para pasar al guardia más lejano y huir a lomos de un potro joven, podría haber llegado hasta Ada, la joven con la que quiere construir un futuro. Pero Adamsky no puede evitar atacar cada oreja que encuentra en su camino y, finalmente, una masa furiosa de hombres armados lo inmoviliza.

Ahora está rodeado por docenas de centinelas, todos los cuales saben exactamente de lo que es capaz su boca y sólo por este hecho se sienten obligados a tocarse la nariz y las orejas para asegurarse de que todavía están allí. Regocijado, Adamsky se arrodilla, se santigua cuatro veces y estira los brazos hacia las cadenas.

Atado y golpeado, el capitán es arrastrado hasta el subcomandante del campamento. Después de todo, no hay mejor prueba de coraje y astucia en combate que atacar a un soldado encadenado. Pazhari ya se ha recuperado del golpe en la barbilla, a pesar de que le duelen la cabeza y la lengua, mientras que Adamsky yace de costado, gimiendo y escupiendo sangre. Zizek y Fanny se quedan paralizados al ver su cuerpo destrozado. Pazhari se agacha para mirarle la cara.

—¿Por qué? —le pregunta el coronel a Adamsky.

—¿Por qué no? —dice el capitán.

Pazhari respeta la respuesta honesta, pero no puede dejarla pasar.

—Llévenselo —ordena a los centinelas—. Quiero tres guardias sobre él, incluso cuando orine. ¡Y ustedes! —se dirige ahora a Fanny y Zizek—. Ustedes vienen conmigo.

V

Dentro de la tienda de Mishenkov hay una sección recluida a la que el general llama «la oficina»; sus subordinados prefieren llamarla *el burdel*. Mishenkov ha planeado su oficina de manera que le permita pagar a sus amigos de alto rango entreteniéndolos con los mejores placeres que la vida moderna puede ofrecer. A pesar del telón de fondo militar, ha logrado poner en vergüenza a muchos salones lujosos.

Un nuevo mundo espera a los invitados detrás de la puerta de entrada, un espacio pintado en colores brillantes, perfumado con esencias exóticas y adornado con telas sedosas. Un sofá de terciopelo verde está frente a una mecedora de roble con cojines de satén, una mesa de café asiática en el centro ofrece un tablero de ajedrez con piezas talladas en dientes de foca, una hielera alberga una fina botella de vodka Wyborowa, acompañada por un barril de ron inglés al lado de una caja de puros franceses. Hay un estante repleto de obras de teatro de Racine y Molière, y una despensa repleta de caviar, pescado, huevos de avestruz, carne de res y frutas tropicales —¿cómo se las arregla Mishenkov para encontrar esas frutas tropicales?—, te obliga a hundirte en los cojines del sofá y atiborrarte hasta quedar sin sentido.

Normalmente Pazhari nunca se atrevería a poner un pie en la oficina de Mishenkov en ausencia de su comandante, pero ahora hace pasar a los distinguidos invitados y los invita a sentarse en el sofá. Si el gobernador, o incluso el zar, hubieran estado allí, a Pazhari no se le habría ocurrido recibirlos en una tienda polvorienta y nunca les habría servido un té tibio con galletas rancias. De la misma manera, quiere recibir al Padre de la mejor manera. Así que ahora, el subcomandante del campo se vuelve y ofrece a Zizek y Fanny una copa de Wyborowa, aunque nunca lo ha probado. Ambos se niegan, pero Zizek está mirando ansiosamente el ron y el coronel capta la indirecta. Zizek apura su taza y se la devuelve para que la vuelvan a llenar. Pazhari sonríe para sí mismo y con gusto le sirve una segunda ronda.

Como todos los demás, Pazhari también conoce una u otra versión de la leyenda del Padre, aunque ciertamente no está tan inmerso en los detalles como Ignat Shepkin. La generosidad de Pazhari hacia Fanny y Zizek no sorprende a sus tropas ni a sus invitados. Fanny se pregunta si quizás la propia vida de Pazhari no se salvó gracias a una de las cartas de Yelena Venediktova, y si no la suya, quizás la vida de su padre, un hermano o un tío. Sólo el diablo sabe cuál de ellos estaba suspendido entre la vida y la muerte hasta que intervino el ayudante Zizek Breshov. Pero la verdad es que Pazhari sirvió en una unidad desplegada mucho más al norte, nunca conoció a Radzetsky y ninguno de los miembros de su familia, que él sepa, sirvió en el ejército, por la sencilla razón de que no tiene familia alguna. Por lo tanto, se puede decir con confianza que su apego emocional al Padre no se basa en la gratitud por su propia vida.

De la manera que sea, todos los soldados del campamento, desde el soldado raso hasta el capitán, están complacidos con la forma en que su comandante está tratando al Padre, contentos de que Zizek Breshov haya tenido un buen recibimiento por parte de un vástago de la nobleza de San Petersburgo. A decir verdad, también están equivocados en eso. Es decir, no se equivocan sobre la grácil recepción, sino sobre los orígenes nobles de su comandante adjunto. Para explicar su error, no tenemos más remedio que indagar en el pasado del coronel David Pazhari, quien todavía podría parecer una figura marginal en el viaje de Fanny y Zizek, pero en virtud de ser el comandante adjunto del campo y el oficial en cargo, desempeñará un papel decisivo en la configuración de su destino.

VI

El primer error del coronel fue haber nacido en una taberna, por razones que hasta la fecha permanecen inciertas. El publicano —es decir, el regenteador de las prostitutas— podría haber sido su verdadero padre y su madre probablemente intentó corregir su error demasiado tarde. Una cosa queda fuera de duda: una taberna no es lugar para criar a un niño.

Aunque los registros indican que Pazhari fue enviado a un orfanato a los cinco meses de edad, él puede jurar que tiene recuerdos de su madre, una mujer vivaz y carnosa con cabello rizado y las cejas bajas a la que rememora cantando una canción de cuna con acento francés: «*Mon chéri,* mi dulce, mi joya, *mon petit*».

Esta canción de cuna o, mejor dicho, el recuerdo de ella, puede proporcionar toda la información necesaria para contar la historia de David Pazhari. Nunca sintió rencor hacia su madre y nunca soñó con el día en que le reclamaría por los males que sufrió. Ni siquiera cuando fue azotado por el director del orfanato, un sacerdote piadoso, porque intentaba escapar cada vez que podía. Aceptaba los azotes, sabiendo que eran una advertencia necesaria para evitar que otros niños siguieran su ejemplo y con cada latigazo calculaba su próximo escape.

En su noveno intento, durante Nochebuena, el santo matrimonio entre el nacimiento de Cristo y el consecuente resultado de ebriedad le permitieron al niño salir corriendo de la ciudad y refugiarse en el bosque. Los únicos inconvenientes en su plan eran la nieve que frenaba su huida y el frío, que le quitaba el aliento y le obligaba a buscar calor en los establos del camino. Acurrucado bajo viejos arneses y protegido por montones de heno, de alguna manera logró sobrevivir durante tres semanas, sufriendo sólo tres sabañones, dos en las piernas y uno entre la boca y la nariz, que le dejaron una cicatriz visible hasta el día de hoy, arruinando la irritante simetría de sus facciones.

En cuanto a la comida, no tenía mucha. Ocasionalmente se colaba en casas vacías y saqueaba despensas. En el pueblo de Tobulki, no lejos de Motal, finalmente encontró trabajo como sirviente en la casa Komarov, una familia campesina que lo dejaba dormir en un pequeño cobertizo en su patio. Para él era como si le hubiesen concedido un palacio. Estaba adornado con herramientas y clavos, estantes y latas de pintura, baldes de varios tamaños e incluso un barril lo suficientemente largo como para ponerlo de costado, rellenarlo con heno y usarlo como cama.

Los Komarov eran una familia cristiana devota y el niño aprendió a amar a Jesús como nunca antes lo había hecho. Su historia favorita era la propia versión familiar de la Santísima Trinidad: Jesús, su madre María y María Magdalena; historia que el cabeza de familia, Lev Komarov, quien evidentemente estaba dotado de una ferviente imaginación, describía a sus hijos con grandilocuencia. Nada conmovió más al joven David que el amor de Jesús por María Magdalena. En sus sueños ella era carnosa, de pelo rizado y frente baja, y le cantaba a Cristo con acento francés: «*Mon chéri*, mi dulce, mi joya, *mon petit*». Lev Komarov notó que el sirviente escuchaba sus historias y le permitió dejar de quitar el polvo de la repisa de la chimenea y aprender sobre la crucifixión. El niño quedó maravillado con este acto de generosidad.

Un día, su idílica nueva vida se vio interrumpida. Un grupo de campesinos de fincas vecinas llegó a casa de los Komarov, exigiendo saber si habían notado alguna actividad sospechosa en su tierra. Dijeron que los ladrones habían saqueado la cabaña de Teplov en lo que era el segundo allanamiento de Tobulki esa semana.

—No. —Komarov se encogió de hombros—. ¿Qué buscaban en la cabaña? Niños, ¿ustedes vieron algo?

Los niños guardaron silencio al igual que David.

—No hemos visto nada —dijo Komarov.

—El bastardo amenazó a Teplov con un hacha. Teplov jura que fue un *zyd*, lo vio con sus propios ojos.

311

—¿Un *zyd*? —escupió Komarov como si la palabra se tratase de una maldición—. Espera un momento, iré contigo. Llevaremos algunos caballos del establo. David, ve a ensillarlos.

¿Qué era lo que había en aquella palabra *zyd* que enfurecía tanto a su amo? David tenía curiosidad y le rogó a Komarov que le permitiera acompañarlos. Komarov estaba de buen humor. Le dio una palmada en el hombro y le permitió al chico sentarse detrás de él en el caballo. David no podía haberse sentido más feliz mientras se encaminaba con el equipo de búsqueda por el bosque de abedules, cazando al fugitivo; en su camino prendieron fuego a un campo de trigo de un *zyd* y quemaron una bodega de madera que le pertenecía a otro *zyd*. Cosas emocionantes.

—¡Muerte a los *zyds*! —gritó el hermano de Teplov.

—¡Que se mueran! —Le siguió David.

Había júbilo en el equipo de búsqueda. David estaba consumido por el deseo de atrapar al ladrón y todos sus sentidos se aguzaron. ¡El bastardo! Irrumpe en una cabaña, amenaza personas con hachas, ¿quién se cree que es, el sucio *zyd*? Muerte a todos ellos.

Volvieron varias horas más tarde sin el culpable, sin embargo, muy complacidos consigo mismos, sintiendo que habían renovado sus defensas al mostrarle a todos su valor y coraje. El grupo se sentó en la mesa de Komarov. Los hombres bebieron hasta el estupor y el niño les sirvió las sobras de la cena: *borscht*, cerdo y pasteles de papa con crema ácida. Cuando David terminó de limpiar la cocina, Komarov lo envió de vuelta al cobertizo donde había una sorpresa esperándolo.

Dentro de su barril, en la oscuridad, había agazapada una figura. David no pensó ni por un segundo en huir. Ese cobertizo era su hogar y estaba dispuesto a morir protegiéndolo. Alcanzó la sierra, pero la bestia saltó sobre él y lo golpeó en la cabeza con un balde. David levantó la sierra, y luego escuchó los susurros aterrorizados:

—¡No! ¡No! —Ésta era la única palabra que la bestia conocía en polaco, David dejó caer la sierra y miró al niño que tenía delante. Había encontrado el causante del motín de los campesinos.

Todo lo que podían ver el uno del otro eran sus siluetas turbias y no podían comunicarse. El fugitivo hablaba yidis y un poco de hebreo,

David Pazhari hablaba polaco y un poco de ruso; pero escucharon la respiración del otro y de repente David se dio cuenta de que, aunque le costara todo lo que tenía, ayudaría a este chico lo mejor que pudiera.

El fugitivo estaba mojado hasta los huesos. David inmediatamente sacó su camisa de domingo, una bufanda vieja, un gorro de piel de lince que había encontrado cerca del río que protegía sus orejas de la congelación por las noches —¿quién hubiera creído que un niño como él alguna vez sentiría la suavidad de la piel de lince?— y un par de botas viejas con suelas bastante flojas. Incluso consideró darle los pantalones que llevaba puestos, el único par que tenía. Levantó una tabla del piso y le mostró al fugitivo su tesoro secreto de comida, pan fresco —sólo una semana de viejo—, media col, queso de vaca y mermelada de arándanos. El aterrorizado chico se lanzó sobre el pan y se llenó la boca con un trozo tan grande que parecía una mano saliendo de su garganta, estirando los dientes con los dedos.

David estaba complacido. Se sintió abrumado por la satisfacción al ver al *zyd* comiendo vorazmente el pan que había guardado para sí mismo. La lealtad es algo extraño. Un hombre puede traicionar a su benefactor más generoso mientras que otro puede seguir ciegamente a su adversario. David no se detuvo a sopesar los pros y los contras del asunto, sino que se volvió para apilar las cubetas, sellar los agujeros en las paredes del cobertizo, mover su barril-cama y crear un escondite para el niño. Si lo hubiera encontrado en el bosque una hora antes, lo habría decapitado. Sin embargo, ahora, aunque sabía que entregar al fugitivo lo convertiría en un héroe, David estaba dispuesto a dar su vida para salvar a su invitado.

El gallo empezó a llamar al sol mientras el alba se colaba por las rendijas que David había tratado de sellar. A juzgar por su respiración profunda y regular, el fugitivo todavía estaba dormido. David se sentó en un rincón como un centinela, incapaz de pegar ojo. ¿Cuántas noches se quedó el fugitivo? David no podía recordar. ¿Cuántas palabras intercambiaron? Si uno dijera que ninguna estaría en lo correcto, sin embargo, si alguien más dijera que intercambiaron un número infinito, también estaría en lo correcto.

David todavía recuerda la última noche de su invitado. Pasada la medianoche, el niño se atrevió a salir de su escondite y sentarse a su lado. Apestaba a orina, pero a David no le importaba. Nunca había imaginado que un cuerpo humano pudiera emitir calor como un hogar. Los dos terminaron abrazándose con fuerza y el invitado levantó sus ojos brillantes al cielo, asegurándole a David que había hecho lo correcto.

David se despertó a la mañana siguiente y descubrió que su amigo se había ido. Sin el fugitivo, el cobertizo se había convertido en un lugar extraño y vacío que ya no se sentía como un hogar. David empacó la ropa que le había prestado a su invitado, quien la había dejado en una pila cuidadosamente doblada, y comenzó a planear su escape de los Komarov. Su destino era San Petersburgo. ¿Por qué la capital? Porque San Petersburgo era el lugar más difamado en los oídos de David. En la casa de Komarov, se decía que la metrópoli era una gran taberna, una cloaca repleta de grupos pomposos que deambulaban sin rumbo fijo por la avenida Nevski. Vestían con lo último de la moda y hablaban a favor de la reforma social en los terrenos del Palacio Stróganov. ¿Quién se beneficiará de esta reforma? No ellos, por supuesto. No la chusma, los aldeanos, *mujiks*, siervos y demás esclavos que se ganan la vida haciendo un trabajo real y cultivando cosas que se pueden saborear u oler, todas las cuales no tienen nada que ver con la aristocracia. Entre sus debates sobre la reforma, los habitantes de San Petersburgo frecuentan el teatro, principalmente para cotillear e incluso cuando la ópera que han ido a ver llega a su clímax, simplemente permanecen boquiabiertos ante el último enamorado de tal y cual persona. Funcionarios e hijos de funcionarios, ninguno de los cuales sabe nada de trabajo real, eso es lo que habita la capital, ellos son quienes idean las reformas. David entendió poco de estas críticas, pero su corazón se sintió atraído por el lugar que los Komarov despreciaban tanto.

¿Cómo pasó Pazhari de ser un vagabundo a un vástago de la nobleza de Petersburgo? En realidad no lo hizo. Cuando desembarcó en la estación de tren de Moscú a las ocho y media de la mañana, el chico estaba en la terminal, deslumbrado por la avalancha de rostros sombríos. ¿Qué estaba pensando? Se vestían de manera diferente, olían diferente, hablaban un dialecto ruso que nunca antes había escuchado. Quería preguntar cómo llegar a…, pero ni siquiera sabía a dónde iba. Peor aún, cuando finalmente habló se sintió avergonzado. Caminó hasta la plaza Vosstániya y siguió andando hasta llegar al monasterio Nevski y a las orillas del Nevá, sintiendo que los policías lo miraban con desconfianza como si estuviera a punto de robar un bolso. Al ver a algunos soldados que se habían reunido en una calle lateral, se acercó a ellos y por alguna razón se sintió más cómodo.

Al día siguiente, el chico se presentó en el cuartel general de la ciudad y se enlistó en una escuela militar al este, más allá de las montañas Urales. Cuando le preguntaron su nombre y lugar de procedencia, respondió:

—David Pazhari, San Petersburgo.

Notó que las caras de sus entrevistadores ahora le prestaban atención.

—¿Es pariente del conde Pazhari de San Petersburgo?

—Por supuesto que soy pariente de Pazhari —respondió David como si aquello fuera una obviedad.

—¿Es uno de los hijos de su alteza? —preguntaron intrigados.

En este punto, David se dio cuenta de que seguramente había un malentendido, pero decidió apegarse a la historia.

—Soy su sobrino —murmuró—. Hijo de su primo.

El conde Alejandro Pazhari de San Petersburgo era uno de los hombres más conocidos y venerados del imperio. Era uno de los asesores más cercanos e influyentes del zar y una apuesta casi segura para el puesto de canciller, el cargo más alto en el aparato político. Vivía en la avenida Nevski —¿dónde más?— y era amigo íntimo de la familia Stróganov. David Pazhari, el niño que ahora se considera pariente de este importante estadista, fue recibido en el campamento del ejército con el respeto que está reservado para los reyes. Sus camaradas lo trataban con gran cortesía, los oficiales exigían informes semanales sobre su bienestar y todos los comandantes, que llevaran a Pazhari a una misión de cualquier tipo, consideraban necesario dejar constancia de que la cicatriz que tenía entre el labio y la nariz existía desde antes de que fuera parte de sus unidades.

Sin embargo, pronto se supo que el niño mimado tenía todo un talento militar. Le fue bien en sus estudios, se enfrentó a los oponentes más fuertes, demostró ser un excelente tirador y se adaptó rápidamente al clima. En invierno se paseaba sin pieles y a la hora de comer se conformaba con un trozo de pan con algo de queso y mermelada.

El rápido ascenso de Pazhari en las filas estaba absolutamente justificado. Si su apellido le daba alguna ventaja, era sólo que todos los comandantes deseaban tenerlo estacionado en su unidad. Con el tiempo, comenzaron a correr rumores en la capital sobre el sobrino guerrero del conde Pazhari, que para entonces era un oficial subalterno y, sorprendentemente, el conde no negó la conexión. Ninguno de los hijos del conde Pazhari —un montón de mocosos indolentes— había elegido servir a su país en el ejército. Las únicas peticiones que hacían eran: «Papá, hazme asesor aquí», «Papá, déjame abrir un bufete de abogados allá». Papá, Papá, Papá. No tenían ni una pizca de decencia. A la familia no le haría ningún daño si se supiera que uno de sus descendientes era un oficial militar de verdad.

Si alguien hablaba sobre David Pazhari con él, el conde eludiría el asunto de su descendencia.

—Su excelencia, escuchamos que a David Pazhari le va bien —le decían—. No tiene ni treinta años y ya ha sido promovido a capitán.

—Un buen muchacho —respondía el conde con entusiasmo—. Siempre supe que estaba destinado a ser grande.

Cuando a los treinta y cinco años David Pazhari fue promovido a coronel, comenzó a recibir ofertas para unirse al servicio civil. Pazhari las rechazó todas, determinado a seguir al lado de sus soldados.

—Su excelencia —le preguntaron a Alexander Pazhari en San Petersburgo—, ¿qué le pasa a su sobrino? ¿Pretende envejecer en las barracas?

—David Pazhari no es un hombre ordinario —dijo el conde—. Por sus venas corre la sangre de un príncipe.

VII

Cuando Pazhari se sienta frente a Zizek y Fanny, siente que toda su vida lo ha estado conduciendo hasta este momento; es la cima de su existencia, ni más ni menos. Cuando escuchó por primera vez la historia del Padre, supo de inmediato que lo había conocido antes, que sus caminos se habían cruzado en casa de los Komarov. El fugitivo que se había escondido en el cobertizo había sido Yoshke Berkovits. Pazhari lo sentía en los huesos. Quienes conocían mejor la leyenda del Padre habrían hecho una conexión más razonable: Yoshke Berkovits no pudo ser a quien Pazhari conoció en el cobertizo, pero bien podría haber sido Motl Abramson, el hermano rebelde de Pesach. Había sido aproximadamente en ese momento y en esa zona que Motl había huido; muchos detalles coincidían. Naturalmente, sólo un huérfano de buen corazón como Pazhari, incluso una vez que se convirtió en coronel y comandante adjunto del campo, podría creer que en las vastas extensiones rusas que se extienden entre las fronteras ridículamente largas del imperio, tal coincidencia podría ser posible. Una vez que escuchó acerca del Padre, esta convicción se asentó en su mente y no cedía, como si no hubiera habido otros niños ladrones en el imperio, incluyendo a los *zyds*, que pudiera haber conocido. De hecho, su creencia carecía de fundamentos, no obstante, la fantasía de Pazhari podría beneficiar a la pareja arrestada, lo cual es una coincidencia, una serendipia en sí misma.

—¿Qué los trae a este lugar? —pregunta Pazhari a la pareja perpleja que se sienta frente a él sobre el sofá de terciopelo.

No responden.

—Usted es Zizek Breshov, ¿cierto? —Pazhari hace esta pregunta obvia con la intención de traer al hombre a la conversación.

Sin comentarios.

—¿Y tú? —Se dirige a Fanny—. ¿Sabes que la mitad del imperio está persiguiéndote?

Pazhari nota un cambio extraño en la cara de la mujer. Sus ojos ahora son de depredadora y su rostro está tenso. Su mano izquierda se desliza hacia su muslo. Algo está pasando.

—Fanny. —Salta Breshov y Pazhari se sobresalta. ¿Es posible que esté menospreciando a esta dama?

—Lo siento, pero... —dice su invitado.

—Está bien —murmura Pazhari—. No pasó nada.

El comandante en jefe del campamento saca su pistola. Un movimiento en falso y disparará. No tiene ninguna intención de convertirse en la próxima víctima del extraño par ni de sus misteriosos motivos. Pazhari sabe que ahora no es el momento para actos precipitados. Si la mujer se da cuenta de que él notó cómo se movía su mano, es posible que se anime a ejecutar su plan. En sus muchos años como oficial, ha aprendido que si un soldado te miente en la cara, es mejor evitar una confrontación directa y darle la oportunidad de arrepentirse. Enfrenta a un estafador con sus mentiras y se sentirá culpable en tu presencia y te odiará para siempre.

—¿Va a entregarnos? —pregunta la mujer, haciéndolo sentir que una respuesta afirmativa sellaría su destino. ¡Qué agallas!

—No —dice Pazhari.

—¿Cómo podemos creerle? —exige Fanny.

—Señora, puedo darme cuenta de que mi lengua no es fácil para usted —dice Pazhari intentando ponerla amablemente en su sitio. Luego señala a Breshov—: deje que él hable.

—Lo siento, pero... —Breshov inclina la cabeza.

—No hay necesidad de disculparse. ¿Por qué están aquí?

—Estamos... Por favor, debe apresurarse... —tartamudea Zizek—. Patrick... Adamsky... es... impulsivo... él...

—Es un imbécil —dice Fanny—. Suerte que lo atraparon antes de que nos arrastrara consigo a todos.

—No puedo ayudarlo —dice el coronel mirando directamente a Zizek—. Van a colgarlo pronto y créame, le están haciendo un favor. Usted, por otro lado...

Pazhari está totalmente desarmado para lo que sigue. Zizek guarda su cara entre las manos y se deshace en lágrimas. El coronel lo mira desconcertado. El hombre solloza, luego aúlla, jadea y tiembla. Aquel inmenso ser es un hombre roto, llorando.

—Pesach... —Y sofoca los sonidos de su boca con su propio antebrazo.

—Zizek —La mujer le acaricia la cabeza—. Pesach Abramson ha sido Patrick Adamsky por un largo tiempo. ¿Puede entender eso?

—Mire —El coronel se acerca a ellos—. Veré qué puedo hacer sobre Pesach..., es decir, Adamsky.

Zizek levanta sus ojos brillantes hacia Pazhari como un hombre que acaba de presenciar un milagro.

—No me importa si las sospechas que hay en torno a ustedes son reales o no —sigue Pazhari— De hecho, es mejor que no me digan si son responsables por todas esas muertes. Sólo tengo una muy sencilla pregunta que hacerles: ¿qué están haciendo aquí y a dónde quieren ir después?

—Con Zvi-Meir Speismann —dice Fanny de inmediato.

—¿Zvi-Meir quién?

—Zvi-Meir Speismann —dice ella—. El esposo de mi hermana. Está en Minsk.

—Lo siento, pero... —murmura Zizek—. Dijo sobre Pesach... él está...

—No se preocupe. —Pazhari toca el brazo de Zizek—. Yo me encargaré de que su amigo no sufra ningún daño.

No tiene ni idea de cómo logrará cumplir esa promesa.

—Por favor —susurra Zizek mirando con ansiedad la mano de Pazhari, como si fuera una serpiente enrollándose en su antebrazo.

—Me encargaré personalmente de Adamsky —dice el coronel avergonzado—. Sólo dígame qué le pasó a Zvi-Meir.

—No le pasó nada a Zvi-Meir —dice Fanny—. Ése es el problema.

Pazhari no responde y mira a Zizek, quien a su vez mira hacia el suelo.

Fanny comienza su historia.

—Abandonó a mi hermana y a sus hijos y ahora debe rendir cuentas.

El coronel cruza los brazos y se mueve con incomodidad en su silla.

—¿Y Breshov que tiene que ver con eso?

—Breshov está ayudándome. Soy su sobrina.

—Quieres decir que está ayudando a tu hermana cuyo esposo está en Minsk. Y si eres sobrina de Breshov, entonces ella también es su sobrina.

—Exacto. Sí.

—¿Y Pesach? Quiero decir, Patrick.

—Él está con Breshov —dice Fanny.

—¿Y el cuarto hombre?

—Él no tiene nada que ver con todo esto.

—Lo siento —repite Breshov.

—No hay por qué disculparse. —Lo tranquiliza Pazhari—. Todo está bien.

Acabo de meterme en un desastre, piensa Pazhari para sí mismo mientras les pregunta con educación:

—¿Les importaría esperar?

Pazhari se apresura a ir a la prisión para asegurarse de que no lastimen más a Adamsky, pero la expresión de su lugarteniente le dice que es demasiado tarde. El prisionero yace inconsciente y todos los miembros de su guardia lo han golpeado terriblemente. Uno de ellos incluso llegó a arrancarle el lóbulo de la oreja con un mordisco salvaje, luego lo masticó y lo tragó. Adamsky le sonrió brevemente antes de desmayarse. Sólo un verdadero salvaje puede apreciar el salvajismo de otro.

Pazhari sabe que si Zizek lo ve en este estado, toda su búsqueda terminará en ese momento. Por otro lado, si continúa la búsqueda, ¿cómo beneficiará a Pazhari? ¿Cómo podía saberlo? ¿De qué le sirve esconder a un fugitivo en su cobertizo? Menos comida y menos mantas. Algunos dirán que el coronel es blando y demasiado amable, pero cualquiera que lo haya visto en las trincheras dará fe de que es duro. Entonces, ¿por qué está tramando como un forajido? Bueno, éstas son demasiadas preguntas para responderlas todas a la vez. Él no tiene la más mínima idea.

Cuando regresa a la oficina de Mishenkov, donde lo espera la pareja, Pazhari concluye que tendría más sentido dividir al grupo en dos. Zizek y Fanny serán escoltados a Minsk, donde arreglarán las cosas con Zvi-Meir. Los otros dos —si es que logran encontrar a su cuarto compañero—, incluido Adamsky, herido de muerte, los esperarán aquí en el campamento. Mientras tanto, Pazhari retrasará a Novak con una u otra excusa, le arrojará un hueso, fabricará pistas falsas y, cuando se acabe la historia, tendrá que entregar a uno de ellos, presumiblemente el cuarto sinvergüenza; pero antes de que pueda llegar a la oficina, escucha a un oficial de la prisión gritando en la distancia:

—¡Atención! ¡General Mishenkov, señor! ¡A la orden!

VIII

El teniente general Mishenkov suele enviar un aviso previo de su regreso al campamento. Dos días antes de su llegada, envía a un mensajero para obtener informes sobre el estado de las unidades y el progreso del entrenamiento. En su reunión con su adjunto dos días después, Mishenkov y Pazhari repasan las actualizaciones que se han presentado para la revisión del general.

Mishenkov: Muy bien, viejo, entiendo que sabes todo sobre nuestra exitosa maniobra de artillería.

Pazhari: ¡Por supuesto, señor! Salió muy bien.

Mishenkov: ¿Sabías que sólo dos soldados desertaron este mes, camarada? Son excelentes noticias.

Pazhari: ¡Sí, señor! Barazov y Gossin. Los encontraremos.

Mishenkov: Bien, cuando lo hagan, cuélguenlos de los tobillos, no les tengan compasión.

Pazhari: Naturalmente, señor.

Mishenkov: Y entiendo que sólo doce hombres han muerto de tifoidea, me parece que es un gran logro.

Pazhari: Sí, señor. Quiero decir, no, es decir, hablando relativamente…

La segunda cosa que le gusta hacer a Mishenkov cuando regresa es cambiar algún aspecto de la rutina del campamento. Hay muchos aspectos que no son de su agrado, pero no quiere agitar demasiado las cosas. En una ocasión le molestaban las banderas: «Viejo, no podemos mostrar los símbolos del imperio en esos trapos. ¡Remplácelos de inmediato!». En otra ocasión fueron los caballos: «¿Por qué no se reportan al pase de lista con los hombres de caballería? ¡Prepárelos para unirse a las filas!». Para evitar las órdenes absurdas de Mishenkov,

Pazhari suspende su ejecución y se acerca al general una hora más tarde para sugerir enmiendas atenuantes: no hay nuevas banderas almacenadas para reemplazar las que ya tienen y se tendrían que pedir otras nuevas desde Minsk; es una excelente idea incluir a los caballos en el pase de lista, pero, con el exceso de trabajo que tienen, los mozos colapsarían si esto se añadiera a sus tareas. ¿No sería igual de eficaz que los húsares inspeccionaran sus caballos en los establos?

—Ciertamente, viejo —concuerda rápidamente Mishenkov, feliz de ver que sus órdenes contribuyen al espíritu de la unidad—. Eso es precisamente a lo que me refería. Hagámoslo así.

Mishenkov comenzó a llamar a Pazhari *viejo* desde el día en que él, Mishenkov, fue nombrado general. Pazhari es varios años mayor, y este apodo es la forma en que Mishenkov le recuerda a Pazhari que la edad, la experiencia y, ciertamente, el pedigrí no son necesarios para ascender en el ejército. Sólo hay que mirarlo, el teniente general Mishenkov, hijo de un noble menor que el conde Alexander Pazhari, que creció en Kazán, no en San Petersburgo, y sin embargo llegó primero a teniente general. ¿Qué tiene que decir Pazhari al respecto?

A Pazhari, por supuesto, se le ofreció el rango de Mishenkov cuatro años antes, pero lo rechazó después de explicarle a sus superiores que prefería pasar su tiempo con las tropas y no detrás de un escritorio. Y el coronel no quiere sobresalir demasiado entre la multitud. Si la mentira que lo había catapultado a una posición tan importante alguna vez salía a la luz, perdería instantáneamente todo lo que tenía.

De cualquier modo, Mishenkov ahora viene de regreso de su último viaje a caballo. Lo sigue una calandria conducida por su cochero personal, quien trata de seguir al general, sacudiendo sin piedad a sus pasajeros, hombres uniformados que parecen ser ayudantes de otra unidad.

—¡Viejo! —exclama Mishenkov saludando y tirando las riendas de su caballo—. Espero que tengas buenas noticias para mí.

—Siempre, señor —responde Pazhari—. Por supuesto.

—Entonces, ¿los capturaron?

—¿A quién? —dice Pazhari fingiendo no entender.

—A mi oficina, ahora —ordena Mishenkov mientras baja del caballo—. Ahora.

Minutos antes, cuando Pazhari había escuchado al oficial gritar: «¡Atención! ¡General Mishenkov, señor! ¡A su servicio!», corrió de vuelta a la oficina, empujó a Zizek y Fanny por la puerta trasera de la tienda y ordenó al guardia que los pusiera bajo arresto de inmediato y los escondiera en una celda remota junto con Adamsky.

—Es mi deber informarle que las tropas se rehúsan a seguir esta orden, señor. Nadie accederá a encerrar al Padre.

—Es el único modo de salvarlo —urgió Pazhari—. Debes decirles.

Cuando Mishenkov entra en sus aposentos, Fanny y Zizek ya están en la seguridad de una fétida celda. Como el agujero al que fueron arrojados está justo al lado de una alcantarilla, el hedor de su celda de prisión hace que Fanny vomite. Por su parte, Mishenkov vacía sus intestinos de manera más convencional después de su largo viaje, y luego procede a cortar un poco de salchicha y la hunde en caviar.

Al ver una taza en su escritorio, el general la levanta hacia sus fosas nasales y exclama:

—¡Mi ron!

Se voltea hacia Pazhari quien se encoge de hombros derrotado y dice:

—Tomé un poco, señor.

—Oh, no hay necesidad de explicar —sonríe Mishenkov—. Adelante.

Le coloca la costosa botella en las manos y mira a Pazhari con expectativa, como un chef que espera la aprobación de su cena.

—¿No te parece que mi ron es el mejor que has probado?

Pazhari asiente avergonzado. Mishenkov se pone más serio.

—Bueno, tenemos dos asuntos urgentes. En primer lugar, a mi llegada noté las tiendas del segundo regimiento. ¿Por qué no están más cerca de las del primer regimiento? Parece que los regimientos se enfrentan como enemigos. Diles que quiten las vallas y se acerquen.

—Sí, señor —responde Pazhari, sabiendo que tendrá que acercarse a Mishenkov más tarde para sugerir que reubiquen sólo una tienda; la única que en realidad había sorprendido al general por estar demasiado lejos de las demás. Se necesitaría más de un mes para cambiar el campamento de un regimiento completo.

—Y respecto al otro asunto, viejo. Estaba con el consejero Bobkov…; conoces a Bobkov, ¿no es así? Buen hombre, muy cercano a Anton y Maria.

Pazhari sonríe para sí mismo ante la inclinación de Mishenkov por mencionar nombres. Anton y Maria Radziwill son la pareja dorada de la aristocracia. Es muy dudoso que Mishenkov los haya conocido alguna vez.

—Bueno, pues estábamos discutiendo asuntos del ejército y del estado y Bobkov me dijo que Anton y Maria están organizando un baile en Berlín e insisten en que haga todo lo posible para asistir. Son la pareja más adorable, Anton y Maria. Como sea, en ese momento dos agentes secretos entraron sin molestarse en tocar la puerta, asustando a las señoritas. «¿Qué está pasando?», exigí saber, «¿qué quieren?». Y me dijeron que tenían un mensaje de parte de Novak. Calmé a los otros y me retiré con los agentes a la biblioteca. ¿Cómo logró encontrarme en casa de Bobkov este tal Novak? Lo sabrá el diablo, pero me encontró. Lo que es más, le dio instrucciones a sus agentes para que me dijeran que diera la orden a todas las unidades bajo mi mando de que se unieran en búsqueda de cuatro fugitivos. ¿Escuchas lo que te digo? ¿Quién se cree que es, diciéndome cómo debo operar a mis unidades? Era un patético mayor cuando se retiró del ejército. Nosotros le enseñaremos. Vamos a capturar a esos rebeldes, cueste lo que cueste.

—Por supuesto, señor —dice Pazhari, asqueado por su propio servilismo.

No importa cuán lejos haya llegado el sirviente huérfano desde que dejó a los Komarov y huyó a San Petersburgo, todavía se arrastra ante la autoridad.

Mishenkov toma su botella de ron, sirve apenas una gota para Pazhari y una cantidad generosa para sí mismo, da un gran trago y dice:

—Los agentes están diciendo que estos sospechosos son más peligrosos que los revolucionarios de Naródnaya Volia. Tres hombres y una mujer, sucios *zyds*; ¡quiero que empecemos la búsqueda de inmediato!

—¡Por supuesto, señor! —asiente el coronel.

Por lo general, en este punto Pazhari dejaría los aposentos de Mishenkov y regresaría una hora más tarde con una propuesta más sensata para mitigar la orden del general; pero ahora, desconcertado por la determinación inusual de Mishenkov, suelta:

—Pero ¿qué hay del entrenamiento, señor? Una persecución es agotadora y los soldados necesitan urgentemente su entrenamiento. Los fusileros no están capacitados, los jinetes no pueden permanecer sobre sus caballos y, lo peor de todo, los artilleros siguen fallando.

—Combinaremos la búsqueda con un ejercicio conjunto para todos nuestros cuerpos, ¡excelente idea, Pazhari!

Si hay algo que hace temblar a los soldados, les da sequedad en la boca, picazón en la espalda y una terrible erupción, son las palabras «ejercicio conjunto». Pazhari se percata de su error demasiado tarde. Ahora, con el fin de encontrar a cuatro sospechosos, tres de los cuales están recluidos en una celda a una milla de distancia de la oficina de Mishenkov, el general enviará a todo el cuerpo a derretirse en el calor abrasador. ¿Qué puede hacer? Debe encontrar una solución, y rápido.

—Dé la orden, Pazhari. ¡Ahora!

—Sí, señor. —Pazhari bebe su ron lentamente.

—¡En este instante!

Mientras se dirige a sus oficiales suele ser el momento en que a Pazhari se le ocurre una alternativa a las brillantes ideas de Mishenkov, sin embargo, en esta ocasión no se le ocurre nada. Una opción es hablar con franqueza con el general, decirle que el Padre es su invitado y pedirle que le siga el juego; pero Pazhari sabe muy bien que hay dos tipos de personas: los que santifican la ley y los que siguen su propia conciencia. El primero siempre ganará cualquier discusión y el segundo siempre hará lo correcto. Mishenkov pertenece al primer grupo y Pazhari ya puede escuchar en su cabeza la respuesta de su superior: «Por triste que sea, viejo, no nos corresponde a nosotros juzgar el bien y el mal. Si las autoridades han decidido que Zizek Breshov es un asesino, ¿quiénes somos nosotros para ayudarlo a escapar de la ley? Si todos hiciéramos lo que quisiéramos, siguiendo "nuestra conciencia", como se suele decir, o dicho de otro modo "nuestros caprichos", la anarquía prevalecería».

Pazhari no es un erudito ni un experto en conjeturas, sin embargo, se devana los sesos en busca de una manera de persuadir a Mishenkov. Completamente fuera de sí cuando entra en su tienda, echa un vistazo a los mapas topográficos que hay sobre su escritorio, busca inspiración en una manzana a medio comer que se pudre en el suelo y escucha los aullidos de un perro callejero. Aún así, no puede encontrar una manera de disuadir a Mishenkov de cumplir con las demandas de Novak.

Finalmente, llama al capitán de la caseta de vigilancia, el capitán Istomin, un fornido oficial en quien Pazhari ha llegado a confiar. Mira fijamente a los ojos del joven.

—Entenderé si te niegas a seguir esta orden. Debes saber que, si falla, tú y tu escuadrón serán juzgados por traición. Si te sirve de consuelo, seré juzgado junto a ustedes. Deben escoltar a los tres detenidos a Minsk antes de que la unidad regrese del ejercicio conjunto. Necesitan encontrar a un hombre llamado Zvi-Meir Speismann. Ayúdalos a encontrarlo. Las únicas personas que pueden acercarse a los detenidos son tus cinco mejores hombres. Deben darles comida, agua y tratamiento médico. No toquen a Patrick Adamsky. Acuéstenlo en el carro y busquen una enfermera para él. Mantengan vivos a los tres y que nadie más lo sepa. Eso es todo. ¿Lo harás?

—¡Sí, señor! —Istomin saluda y se aleja.

Al día siguiente, con mucha prisa, el teniente general Mishenkov ordena comenzar el ejercicio conjunto y parte hacia Nevizh inmediatamente después para «obtener algunas autorizaciones, visitar a un viejo amigo, cuidar presupuestos y suministros, ¿entiendes?». Deja la maniobra a cargo del coronel Pazhari y pide recibir actualizaciones constantes sobre la búsqueda hasta que pueda regresar a retomar las riendas del mando.

Pazhari está en ascuas. No sabe cuánto tardará Novak en enterarse de la visita de los cuatro forajidos al campamento, por lo que decide adelantarse, y poco antes de partir para el ejercicio envía una misiva urgente a las oficinas de la Ojrana en Grodno y Minsk. Debe arrojarle un hueso a Novak, Pazhari lo sabe, pero no demasiado jugoso. Informa que tres hombres extraños habían pasado por el campamento; no está seguro de si tenían una mujer con ellos o no y no pudo verificar sus nombres. Uno se presentó a los guardias como Patrick Breshov, y el otro dijo que era Zizek Adamsky, o algo por el estilo. En cualquier caso, no se quedaron mucho tiempo ni despertaron sospechas entre los centinelas.

Mientras Pazhari cabalga al frente de la maniobra, está preocupado por la posibilidad de una confrontación con Novak. ¿Cuánto durará este ejercicio? Si se le preguntara a Mishenkov, diría que hasta completar la misión, sin molestarse en aclarar a qué misión se refería y cuál de los trabajos era más apremiante: capturar a los sospechosos o entrenar a sus tropas. ¿Quién permanece en el campamento? Pues bien, los centinelas, unos cuantos detenidos —tres de los cuales están recluidos en un calabozo oculto—, un puñado de administradores, soldados enfermos y heridos, al menos dos caballos, y varios centenares de centinelas y espías en los distintos puestos de guardia, algunos de los cuales son bastante remotos y por lo menos uno está a cargo de un cantor escuálido con un apetito prodigioso.

El cantor, por cierto, está cada vez más convencido de que la vida militar es la vida adecuada para él. Este Oleg al que fue enviado a reemplazar debe ser un hombre extraño. ¿Por qué renunciar a un trabajo tan maravilloso? Todo lo que se le pide es que se siente en un lugar durante todo el día. No hay escasez de comida, aunque las sardinas se acabaron hace mucho y, a juzgar por lo rápido que ha estado devorando la carne enlatada, sólo durará unas pocas horas más, y las galletas saladas —¿cómo debería decir esto?—, las galletas obstruyen las vías internas que deben permanecer despejadas, pero uno nunca debe quejarse de tener el estómago lleno.

Y, sobre todo, debe estar agradecido por la compañía que le han organizado. El cantor no es un tronco. Sabe que Olga es sólo un espantapájaros rubio. Cuando le habla, sabe que sus palabras rebotan contra una lona. Y, sin embargo, su indiferencia es refrescante; Cantor no necesita andarse con rodeos ni temer una bofetada en la cara o que le rompan los dientes por molestarla.

Olga no lo ha rechazado ni una sola vez desde que se conocieron. Cantor pone a sus pies col rancia y restos de pepino. Menos mal que hay gente en el mundo como Oleg que, descontentos con su suerte, se van y persiguen otras fantasías. Cantor está feliz de tomar el lugar de Oleg, aunque pronto debería venir alguien a reponer sus suministros de alimentos, de lo contrario tendrá que regresar al campamento y exigir lo que se le debe. No está preocupado por sí mismo, pero es lo mínimo que puede hacer por una dama respetable como Olga que siempre lo vigila y lo protege de los aullidos de los lobos al anochecer.

GRODNO

I

En ese preciso momento, el coronel Piotr Novak se encaminaba al este desde Baránavichi hacia la ciudad de Grodno. ¿Por qué Grodno? Pues...

Durante la semana que necesitó para recuperarse de la maldita noche en la taberna de Adamsky, ésta se convirtió en un cuartel general improvisado para la policía secreta y todos los borrachos que frecuentaban el lugar fueron expulsados. Cuando le fue posible, Novak salió de la taberna y se dirigió al mercado para estirar su pierna maltrecha. Por primera vez en su vida, se detuvo en los puestos de los *zyds*. Apoyado en su bastón y apretando los dientes, observó a estas criaturas que siempre le habían parecido inferiores y primitivas.

Le repelían sus apariencias, sus atuendos extraños. Las barbas pobladas, los ojos hundidos y la forma en que se humedecen los dedos con la lengua mientras hojean sus libros misteriosos. Hay todo un mundo afuera y, sin embargo, ¿prefieren mantener los ojos pegados a su guión cuadrado? Malditos sean. Y su mal olor, ¿nunca se lavan? No en vano están rodeados de enjambres de moscas pestilentes.

No hay necesidad de sermonear a Novak sobre cómo todos los humanos son creados a imagen de Dios. No hay necesidad de decirle que a un niño se le puede dar forma en cualquier molde. Puedes criarlos para que piensen que sentarse en el interior y estudiar todo el día todos los días es normal. Puedes criarlos para que piensen que los hombres que caminan con rizos a los lados de la cabeza son normales. Puede criarlos para que piensen que cubrirse la cabeza en todo momento con un sombrero o una kipá es normal. Novak sabe todo esto y más, y, sin embargo, cree que al menos deberían tener la decencia de encajar, de hacer el mínimo esfuerzo para integrarse con el resto de la sociedad. Pero precisamente porque es consciente de su aversión instintiva hacia los judíos, Novak comienza a preguntarse si no pudo haber actuado como un miembro cualquiera de la chusma al lanzarse a su investigación sin una pizca de reflexión seria. Que Dios le dé fuerza, se enfrentó a los cuatro sucios *zyds* hace tan sólo una semana. La mujer del grupo asesinó a sus agentes, otro miembro del grupo le aplastó la pierna y el tipo que parecía palillo no dejaba de cantar. El que tenía la apariencia más alarmante, el matón de la boca llena de cicatrices, estaba silencioso como una roca. Ninguno de ellos podría describirse como un erudito. Si hubieran usado ropa sencilla de campesinos, podrían haber pasado fácilmente como granjeros locales. La mujer era ciertamente intrigante, una Juana de Arco judía, tal vez, pero, maldita sea, ¿qué mujer se comporta como una bestia salvaje? ¿Cómo lo hace? ¿Cómo puede ser insolente y atractiva al mismo tiempo?

Mientras deambulaba por el ajetreado mercado, Novak se obligó a detenerse y observar a los *zyds* con atención. Miró los carros gastados llenos de un revoltijo de utensilios de cocina y herramientas de trabajo. Estaba desconcertado por la cola en el local de Levinsohn, el famoso pastelero, y tomó nota de sus formas de actuar como ganado sin quejarse mientras la fila se hacía más grande. Estudió sus gestos al conversar: una anciana le gritaba a un vendedor de verduras que le respondía con la misma fuerza, sólo para terminar abrazándose e intercambiando kopeks y pepinos al momento siguiente. No había espacio, únicamente una masa humana cuyos miembros se ven obligados a pelear y quejarse, como si cada transacción debiera alcanzar una disonancia climática antes de poder resolverse. Cada palabra en su idioma extraño suena conspiradora y repugnante. ¿Por qué no pueden encontrar un lugar propio? ¿Por qué insisten en infiltrarse en un país que no los quiere?

Para su propia molestia, los pensamientos de Novak lo conducían una y otra vez a las mismas conclusiones, lo que no resultaba demasiado útil para su investigación. ¿Qué quería? Entender sus costumbres.

Por eso es que se detuvo a observar. Y, sin embargo, sus observaciones sólo han arrojado conjeturas que refuerzan sus principios iniciales, por lo que tal vez su método sea defectuoso. Tal vez, en lugar de observar, debería probar la experiencia de primera mano.

Novak nunca se ha acercado a los *zyds* sin declarar su propio rango y estatus. Cada conversación que ha sostenido con ellos era con el único propósito de sacarles información, que es precisamente lo que pretendía hacer ahora. Se acercó al vagabundo que acaba de completar su transacción de pepinos.

—Hola —saludó Novak en polaco.

El hombre movió la cabeza con poca certeza. De inmediato Novak se percató de los ojos de los vendedores vecinos mirándolo.

—¿Cuánto cuestan? —preguntó Novak tomando unos cuantos pepinos.

—*Acht und zwanzig* —replicó el viejo mientras quitaba un tomate putrefacto de su puesto.

—¿Cuánto? —repitió Novak y le pidió al vendedor que escribiera la cifra.

—*Acht und zwanzig* —dijo el vendedor de nuevo, ignorando la petición.

Novak no dijo nada más. El rostro demacrado del anciano estaba manchado como el rostro de una hiena hambrienta, sus manos moteadas se ocupaban de las verduras como las manos de un granjero que remueve la tierra, su nariz estaba inexplicablemente azulada y la punta negra como la punta de un lápiz. Novak sacó una moneda de rublo y la golpeó contra la balanza con un ruido metálico, pero el anciano ni siquiera miró el dinero. Novak devolvió los pepinos y volvió a meter la moneda en el bolsillo. Los ágiles dedos del vendedor reorganizaron rápidamente los pepinos en el montón.

Novak se alejó para hacer fila en la pastelería de Levinsohn. Unos cuantos campesinos más adelante en la cola conversaban con los judíos en un dialecto de polaco y yidis. Novak tomó esto como una señal alentadora: tal vez los judíos de aquí hablarían con él. Pero en cambio, la cola a su alrededor se desvaneció. ¿Qué estaba pasando? Ésta era la mejor pastelería en Baránavichi. Todos decían que los pasteles de Levinsohn eran imposibles de superar. La gente esperaba en esta fila durante todo el día, lloviera o hiciera sol. ¿Y tan pronto como llegó Novak, todos desaparecieron?

Un sentimiento extraño se apoderó de él: su presencia allí no era bienvenida, era un extraño en su propio país. Peor aún, parecía no saber absolutamente nada de las costumbres del lugar. Habiendo estado siempre inmerso en los asuntos del Departamento de Seguridad y Orden Público, nunca antes se había comportado como un ciudadano normal y los *zyds* eran los primeros en notarlo. No se levantaba por la mañana e iba a la misma oficina, no volvía a casa con la misma mujer al final de cada día. Vivía en las sombras y su rostro lo demostraba. ¿Qué tenía que hacer para ser reconocido como un ser humano normal por los judíos locales?

Eventualmente, Levinsohn se giró hacia él y Novak señaló una rebanada de pastel de ciruela o de cereza, no estaba seguro realmente. Esperó recibir cambio de su moneda de un rublo, pero Levinsohn le sirvió su pastel envuelto en papel, se encogió de hombros y se volvió para servir al siguiente cliente. ¿Podría ser éste el precio de una sola rebanada? Era exorbitante en cualquier escala; era el precio de una comida completa. Los clientes que habían comprado antes que él no habían pagado tanto por sus rebanadas del mismo pastel, pero al no saber cómo hacer la pregunta y porque encontraba la política de precios incomprensible, Novak salió furioso de la tienda. Tan pronto como se fue, la fila volvió a formarse; los judíos y los lugareños se juntaron de nuevo, aparentemente aliviados de verle las espaldas.

Novak también se sintió aliviado al volver a observarlos a una distancia segura. La línea que los separaba volvió a trazarse. Se había sentido fuera de lugar en un lugar muy cercano. Como comandante de la Ojrana, su trabajo consistía en sembrar el miedo y la sospecha en los corazones de la gente. Sabía que un intercambio de pocas palabras con cualquiera de las personas amontonadas en la fila habría sido suficiente para que otro sacara una daga y apuñalara la espalda de la persona frente a ellos. Podía ponerlos a todos en contra en un abrir y cerrar de ojos, pero en ausencia de una amenaza concreta, viven juntos en paz. Todo lo que se necesita es un buen trozo de pastel de bayas silvestres —se equivocó al pensar que era ciruela o cereza; es un dulce denso de arándanos y moras blancas, ¡delicioso!—, para que el polaco olvide que la mayoría de los *zyds* ganan el doble que él, y que esta horda de seres con kipá posee la mayoría de los negocios de la ciudad.

En un nivel filosófico, podría decirse que los humanos son criaturas con necesidades y deseos estrictamente materiales. Lo único que necesitan los polacos es un trozo de tarta, aunque sea la mitad de la tarta que se le desliza por la garganta en ese momento, para hacer las paces con los *zyds*. Sin embargo, para fortuna de Novak, los polacos aborrecen las preocupaciones materiales más que a cualquier cosa. Siempre tratan de demostrar que son espirituales, inspirados por la divinidad. Sabe que sin los *valores* de los polacos no habría violencia y, por preferible que sea, sin violencia Novak se quedaría sin trabajo. Por lo tanto, todo lo que tiene que hacer es preguntar a los polacos qué opinan sobre el asunto: «¿Qué es más importante para ti, la moral o las moras?», y en sólo veinticuatro horas, Novak podría enfocar la mente de la mafia para tenerla prendiendo fuego a la mitad de las casas de la ciudad. Sin embargo, tal vez podría haber otra forma de infiltrarse en las filas de los *zyds*. Si no puede meramente observarlos o hablarles como una persona normal, entonces, piensa, la única solución es volverse uno de ellos. Necesitaría una mentira particular para proteger su identidad y, por supuesto, un intérprete, preferentemente alguien local que conozca las costumbres de los *zyds* y hable de manera fluida su lengua conspirativa. Si Novak se les acerca como si fuese uno de los suyos, seguramente se abrirán con él.

Pero ¿qué hay de su apariencia? Es algo triste de admitir, pero el rostro del coronel está desgastado y curtido desde hace mucho tiempo. Una vez escuchó por casualidad a uno de sus agentes bromeando con sus colegas de que nadie sospecharía que Novak trabajara con la Ojrana porque se parecía demasiado a los *zyds*. Y ahora su apariencia decrépita podría resultar útil. Esta investigación, estaba convencido, lo obligaría a cavar muy profundo. Debe enmascarar todo sobre sí mismo si quiere encontrar a los culpables.

II

Novak se retiró del mercado y su cojera se hizo más pronunciada con cada paso. Regresó a la taberna de Adamsky para encontrar a su ayudante, Albin Dodek, estudiando detenidamente un mapa. La flecha del norte apuntaba directamente al vientre fláccido de Dodek, mientras éste revisaba los símbolos en el mapa como si tratara de descifrar un código.

—¿Algo interesante, Dodek? —preguntó Novak y su delegado se sonrojó como si lo hubieran atrapado con las manos en la masa.

—Sí, señor, estoy intentando descifrar en cuál de estos pueblos cercanos pueden estar escondiéndose.

—¿Y a qué conclusiones ha llegado?

—Si no están en un campamento del ejército, lo que es sumamente improbable, definitivamente estarán en uno de estos pueblos.

La confianza que tiene Dodek para descartar la posibilidad de que los fugitivos escaparan de un campamento del ejército inmediatamente hizo que Novak sospechara que era allí precisamente donde estaban.

—¿Ya han vuelto nuestros mensajeros con la respuesta del general Mishenkov?

—No, señor, los enviamos tan sólo ayer, pero envié una nota diciendo que era urgente —dijo Dodek—. Escribí que cualquiera que estuviera escondiendo información sobre la identidad o ubicación sería considerado cómplice, o algo por el estilo.

—Pero ¿quién te dijo que hicieras eso? —preguntó Novak.

Ahora toda la región pensaría que el comandante del Departamento de Seguridad y Orden Público era un idiota.

—Envía dos agentes a Nesvizh de inmediato —ordenó—. Mishenkov probablemente está pasando el tiempo con Bobkov. Quiero que los agentes le dejen en claro a Mishenkov que el gobernador Gurko está involucrado en este asunto y quiero a sus unidades bajo mis órdenes.

—¿El gobernador Gurko? —dijo Dodek, impactado—. Sí, señor, ¡de inmediato!

En ese momento, escucharon un estrépito repentino que venía del piso de arriba. Un hombre había intentado saltar por la ventana y dos agentes lo habían atrapado sujetándolo del cuello, sólo para ser inmovilizado por otros dos jóvenes y una mujer de mediana edad, todos tratando de liberar a su amigo. Novak tardó un momento en darse cuenta exactamente de lo que estaba pasando, porque parecía estar observando el desarrollo de un *sketch* cómico barato: un montón de bufones sujetando a dos de sus desacreditados agentes. Dodek explicó con calma que «sólo son *zyds* entregados por los lugareños. Hicimos redadas al amanecer en sus casas y ahora están haciendo un escándalo».

—No entiendo —dijo Novak con las manos en la cabeza—. ¿Cómo se relacionan en nuestra investigación?

—Son *zyds*.

—Al igual que la mitad de los residentes de esta maldita ciudad.

—Sí, pero estos *zyds* fueron reportados con nosotros.

—¿Reportados por qué motivo?

—Bueno, éste, por ejemplo —Dodek señaló al hombre que había intentado escapar—, dicen que estaba repartiendo panfletos.

—¿Y qué dicen los panfletos?

—La religión es el opio de las masas, señor.

Novak miró al panfleto que se veía exactamente igual que tantos otros que había visto en cada esquina del imperio. Una página impresa que los socialistas hacían circular para incitar a la mafia.

—¿Cómo se vinculan los panfletos con esta investigación?

—No lo sé, señor, pero estoy seguro de que lo descubriremos. Ese es nuestro trabajo. ¿Y este tipo? Sólo se ríe en nuestras caras, el bastardo insolente. ¿Sabe cómo se hace llamar? Akaki Akakievich, como si eso fuera un nombre real.

—Es un nombre real. ¿No has escuchado de Gogol?

—Su nombre no es Gogol, señor, es Akaki Akakievich, como ya dije.

—Da igual, Dodek. Suéltalos y vamos a trabajar.

—Sí —dijo Dodek sin añadir el *señor* honorífico.

Novak, que conocía cada señal de descontento de Dodek, estaba imperturbable. Sólo un idiota necesita la aprobación de otro idiota.

—Espera un momento —dijo. Y luego una idea atravesó su mente—: trae a Akaki.

—Sí, señor —Dodek se puso de pie de un salto, feliz de que su superior hubiera decidido comportarse de manera sensible después de todo.

—Y déjanos a solas —añadió Novak.

La cabeza de Akaki Akakievich tenía zonas calvas como un bebé y sus labios tenían forma de pez loro —¿o era una doble papada?—, su piel rosada y sin imperfecciones lo hacía parecer casi delicado. Si Novak no hubiera sabido que era un forajido, habría pensado que el hombre que estaba frente a él era un lacayo o un mayordomo.

Su conversación puede ser descrita como un monólogo para dos personas o como un diálogo de una sola persona. Del modo que sea, Novak fue quien llevó toda la charla. No podía parar, las palabras llenaban su boca como una avalancha verbal.

—El nombre Akaki Akakievich me dice todo lo que necesito saber del caballero sentado frente a mí. Usted, señor, es un intelectual arrogante que ha leído los gloriosos trabajos de Gogol y de Pushkin, y está convencido de que todos a su alrededor son unos zopencos. En el caso de la abrumadora mayoría de la Ojrana, esto no está muy lejos de la verdad; pero sucede que conozco bien a Gogol e incluso sé una o dos cosas sobre Pushkin y un día me encantaría discutir *Eugene Onegin* con usted, o quizás las aventuras de Chichikov y quizás incluso sobre autores menos conocidos como Eliza Ozheshko, debe haber oído hablar de ella, ¿no? Oh, ¿no la conoce? Es una talentosa escritora que vive en Grodno y, por lo tanto, no hay posibilidad de que su nombre llegue a los oídos de las reuniones eruditas en San Petersburgo. Debe saber que yo mismo he dado la orden de cubrir con paja el camino que pasa por su casa para amortiguar el ruido de las ruedas del carruaje y no perturbar su paz. ¿Sabe qué es la cultura? Bueno, debería levantar la vista de sus libros y mirar alrededor. Esto es cultura. Debería respetar eso.

»Quizá le sorprenda, señor, saber que un alto oficial de la Ojrana se preocupa por cosas que el público en general podría considerar insignificantes. Pero déjeme decirle esto: si una dama no puede escribir en paz, ¿para qué estamos defendiendo el imperio? Tal vez un cosmopolita, un revolucionario superior como usted, cree que los policías son simplemente tontos en uniforme. Tal vez la cabeza del señor Panfleto esté llena de las ideas que se gestaron en la mente de ese prusiano gordo y decadente, Karl Marx, un hombre que no ha trabajado un solo día en su vida y fue impulsado por puro aburrimiento a planear su revolución para el nuevo mundo. Si es así, déjeme preguntarle esto: en el nuevo mundo de este perezoso prusiano, ¿quién esparcirá paja por los caminos para que Ozheshko pueda escribir en paz? ¿Es esto algo que su revolución ha tomado en consideración?

»Ciertamente las intenciones del señor Panfleto son buenas. Debió pensar para sí mismo: estoy enfermo y cansado de ser un insignificante judío, quiero ser un hombre del mundo, quiero encajar; pero nos odian tanto —¿cómo nos llaman? ¡*Goyim*!—, nacieron odiándonos y usted no puede reconciliar su deseo de encajar en la sociedad *goy* con la repugnancia que siente en nuestra presencia. Por eso el honorable caballero se ve obligado a intentar cambiarnos, a criticarnos, a hacernos más parecidos a él. ¿Qué podría ser mejor que el socialismo, que busca eliminar las diferencias religiosas y sociales? Pero luego el señor Panfleto descubre que se queda sin familia por un lado, y sin todos los demás por el otro. Ninguno quiere tener nada que ver con él. Su familia tradicional lo repudiaba, mientras que los *goyim* no lo consideraban más que un maldito intelectual. Todo lo que puede hacer es declararse revolucionario y repartir folletos a los analfabetos. En ausencia de amor y aliento de cualquier otro sector, se le deja abrazar la *justicia*, la *libertad* y la *verdad* con la esperanza de que algún día los millones que lo desprecian ahora pierdan sus anteojeras y se deshagan de sus grilletes… y luego despellejarán vivo a nuestro señor Panfleto en la plaza del pueblo el día que tomen el poder.

»De cualquier modo, en este punto sólo tiene una forma de escapar del embrollo de panfletos en el que se encuentra. No tendré ningún problema para averiguar su verdadero nombre. Una vez hecho esto, también se revelarán los nombres de sus padres, su esposa, hijos y cualquier otra persona con la sangre de Akaki Akakievich en sus venas. Si hay una manzana podrida en la cesta, todas las demás manzanas deben inspeccionarse de inmediato. Me imagino que no quiere terminar en Siberia y no quiere que sus hijos reciban una carta informándoles sobre la enfermedad que llevó a la muerte de su padre…; no muerte intencional, Dios no lo permita. Esto es justo lo que suele suceder, estoy seguro de que lo comprende. El camino a Siberia es largo y arduo y las pésimas condiciones en las prisiones son una clara desventaja de la región. Y hay que admitir que las condiciones de vida de los delincuentes condenados difícilmente pueden estar entre las principales prioridades del gobernador, ¿no le parece?

»No se preocupe, mi querido señor; no ha llegado al final de su camino y puedo ver que tengo toda su atención. Tal vez le alegrará saber que el hombre frente a usted no tiene intenciones de arruinar sus planes y exponer a sus contactos. Por el contrario. El señor Panfleto y el Departamento de Seguridad y Orden Público están del mismo lado, en realidad. Imagínese, señor, qué pasaría si no hubiera más panfletos. Imagínese qué pasaría si la gente se despertara una mañana y descubriera que todos los manifiestos subversivos se han desvanecido. ¿Qué pensarían? ¡Pensarían que el régimen es opresor! ¡Que no hay libertad de expresión! ¿Me entiende, señor? El gobierno necesita resistencia. Si una minoría se opone al gobierno, eso debe significar que la mayoría lo apoya, lo que no es un mal mensaje para enviar. Por lo tanto, la Ojrana no tiene ningún problema con sus folletos y no son éstos la razón por la que estamos aquí.

»Me gustaría hacerle una simple propuesta: les daré inmunidad total a usted y a su familia, a cambio de la cual, me ayudarán a capturar a cuatro forajidos que han estado arrasando el distrito por razones que aún no están del todo claras. Por lo tanto, le solicito que me acompañe y sirva como mi intérprete. Todo lo que quiero es conocer mejor a su gente, no a los marxistas —por supuesto, sé muy bien cómo manejarlos—, sino a los judíos, la gente de su nacimiento, es decir, antes de que decida darles la espalda. Usted, señor, ayudará a Piotr Novak a convertirse en uno de ellos.

»Su nuevo nombre encubierto puede ser Akim, que es lo suficientemente parecido a Akaki Akakievich, pero más creíble, mientras que mi nombre debería ser algo que comience con P, tal vez Prokor, el nombre de un valiente oficial que una vez conocí en el ejército. No ha dicho una palabra desde el comienzo de nuestra conversación, Akaki, es decir, Akim. ¿Entonces, qué piensa?

Antes de que iniciara la conversación, el panfletero se había burlado de los agentes de la Ojrana al decirles que su nombre era Akaki Akakievich, pero en este momento estaba paralizado por el miedo. Novak detectó que bajo su piel rosada este hombre no era más que un tímido bebé, un pequeño ladrón cuyas muestras previas de valor habrían sido en debates ideológicos en una u otra academia. Y ahora había descubierto que repartir volantes, ese refugio de cobardes, lo había llevado directo al abismo. Los parches calvos en la cabeza de Akim aparecían de color violeta, como si las palabras de Novak lo hubieran picado y dejado una erupción en la cabeza. Su bigote arreglado, un signo seguro de vanidad, revoloteaba arriba y abajo mientras jadeaba:

—No puede… En absoluto…

Las frases entrecortadas le sonaron a Novak como burbujas al estallar.

—Es imposible, nunca podría convertirse en uno de ellos, nunca creerían…

—¡Exactamente! —dice Novak jubiloso—. Por eso es que lo necesito.

—Pero yo…, ¿yo quién soy? Usted no entiende; yo no soy uno de ellos…; mi propia familia no me dirige la palabra…, apenas y puedo recordar la lengua.

—¡Excelente! —Novak le dio unos golpecitos en el hombro a Akim—. Y ahora usted lamenta haberse ido y desea volver. Es una historia maravillosa, ¿lo ve? Ya estamos haciendo progresos.

—Pero… —Akim se retorcía.

—Mire, amigo —Novak dijo, acercándose a él—. Mi querido Akim, hay un momento en que se terminan las explicaciones y dejan de importar las contradicciones y entonces se termina la conversación. Y en ese punto debemos enrollar las mangas de nuestras camisas y ponernos a trabajar. ¿Quiénes somos? Akim y Prokor. ¿Qué somos?

Judíos. ¿Por qué deberían creernos? Eso aún es incierto, pero es por eso por lo que estás aquí y estás vivo. ¿No es así?

Novak no podría haber predicho los resultados inmediatos y, habría que añadir, excepcionales de su idea de reclutar al llamado Akaki Akakievich. Esa noche, dos hombres salieron de la taberna de Adamsky: Avremaleh y Pinchasaleh Rabinovits, también conocidos como Akim y Prokor. Mientras caminaban hacia la plaza del pueblo que se estaba vaciando y los puestos del mercado se cerraban, se encontraron con un grupo de vendedores ambulantes cuya conversación parecía haberse olvidado de los negocios para convertirse en cotilleos. Akim se acercó a ellos, algo aprensivo, y les contó brevemente la triste historia de Avremaleh y Pinchasaleh. Los vendedores ambulantes escucharon atentamente y Prokor se unió a la manada en silencio. Podía adivinar cuándo Akim había obtenido con éxito la información que le había enviado a buscar: ¿sabían de una *shochet* femenina de la zona? En medio de la espesura de su extraño dialecto, Novak identificó el nombre de la ciudad de Grodno y sonrió para sí mismo. La receta que había ideado había dado como resultado una sustanciosa cazuela.

Para cuando Akim terminó de interrogar a los judíos, Novak supo, incluso sin ayuda de su intérprete, que iban camino a una ciudad que conocía bien, donde lo esperaba una oficina agradable con agentes confiables. Encontrarían a la familia del carnicero y descubrirían los motivos de la mujer. Sería interesante saber si levantaría su cuchillo cuando alguien pusiera una daga contra el cuello a sus padres y sus hermanos.

—Buen trabajo, Akim —le dijo a su nuevo y petrificado lacayo—. Nos vamos mañana al amanecer.

III

No hay nada de lo que Rusia se precie más que de su tamaño y no hay nada de lo que Rusia sufra más que de su tamaño. El imperio es una giganta corpulenta que no puede ver por debajo de su estómago o inclinarse para atarse sus propias botas: nunca sabrá qué es lo que pasa entre los pliegues de su abdomen. Un comerciante de sal moscovita puede ser llamado para visitar Astracán por negocios y estar ansioso por saber que su esposa embarazada está en Moscú, pero cualquier carta que reciba se habrá enviado hace seis meses. Si responde, su esposa recibirá la carta seis meses después. ¿Puede el hombre cambiar el pasado o predecir el futuro? Por supuesto que no; por lo tanto, es mejor que sus cartas eviten dar consejos sobre asuntos de la vida cotidiana y se centren mejor en dar palabras de afecto, preguntas sobre el bienestar y salud de sus hijos y palabras de oración. Estas cosas siempre han sido libres de las restricciones de lugar y tiempo.

Por consiguiente, no es de extrañar que la propuesta del ingeniero austríaco Franz Anton von Gerstner de conectar Rusia por ferrocarril, fuera recibida con entusiasmo por el zar Nicolás I. Sus asesores no dudaron de que esta aventura podría mejorar el estado de la economía del imperio, pero no estaban convencidos de que la engorrosa giganta rusa pudiera transformarse en una atleta veloz de la noche a la mañana. Se preguntaron si decenas de miles de verstas de acero realmente podrían atravesar la extensión desolada e intratable, o si el ferrocarril cambiaría el carácter de Rusia.

Hasta entonces, los yakutos vivían con los yakutos en Siberia y los moscovitas vivían con los moscovitas en Moscú. Si los yakutos se encontraran con los moscovitas, la idea de que eran súbditos del mismo imperio les habría desconcertado igualmente. Sus apariencias no podrían haber sido más diferentes: unos eran turco-mongoles y los otros eslavos de Europa del este. Su religión era diferente; a pesar de los intentos de conversión de los moscovitas, los yakutos permanecieron en la fe chamánica. ¿Y qué hay de sus ocupaciones? En un lugar eran ganaderos y en el otro eran oficinistas y burócratas. ¿De qué podrían hablar el yakuto y el moscovita? Bueno, podrían haber podido intentar una conversación si tan sólo supieran el idioma del otro. ¿Eliminaría el ferrocarril todas estas diferencias? Era difícil creer que podría hacerlo.

En cualquier caso, muchos en el gobierno se preguntaron en aquel momento: ¿por qué los yakutos y los moscovitas deberían parecerse entre sí? Esta aspiración parecía demasiado descabellada. ¿Todas las relaciones deben basarse en un lenguaje común, una fe idéntica y ocupaciones similares? ¿Qué tiene de malo una relación basada únicamente en la venta de productos, la distribución de bienes o la construcción de fábricas? La boda entre un hombre yakuto y una mujer moscovita aún podría tardar en llegar, pero mientras tanto, el comercio era una perspectiva realista y las vías del tren multiplicarían las oportunidades en ese sentido. Antes de que un yakuto y un moscovita pudieran casarse, primero sería necesario construir la línea San Petersburgo-Varsovia.

Cuando Novak llega a la concurrida estación de tren de Baránavichi con su camarada de mejillas sonrosadas, la sala de espera está llena y un anuncio informa que hay retrasos debido a trabajos urgentes en la línea Baránavichi-Slonim. Probablemente se trataba de un *mujik* sobre las vías en un estupor inducido por el alcohol. Esto no es una ocurrencia rara en sí misma, pero en lugar de atropellarlo, el conductor del tren debe haber decidido perdonarle la vida y frenar bruscamente, descarrilando el tren y doblando sus ejes. Ahora toda una región está paralizada, los pasajeros están desesperados y nadie sabe cuánto tiempo llevarán las reparaciones.

En el mostrador de boletos, Novak se entera de que todos los trenes que se dirigían al este de Slonim se cancelaron hasta nuevo aviso. En cuanto a la pregunta de cuándo se reanudará el servicio, el adormilado cajero se quita las gafas, se frota los ojos y se encoge de hombros. Un conductor apoyado contra la pared al lado de Novak fuma su pipa y dice:

—Por cómo se manejan las cosas en este país, nos llevará una eternidad.

Novak ve que el hombre espera iniciar una conversación. Nada mejor para entablar una plática que una denuncia inicial sobre cómo se dirige al país, que pronto lleva a hablar de la avaricia de la aristocracia, de la corrupción de los burócratas y termina con la indefensión del hombre obrero frente al Estado. Una verdadera pérdida de tiempo.

De vuelta en la taberna de Adamsky, Novak decide evitar el accidente. Viajarán a Slonim a caballo y luego tomarán el tren a Grodno vía Bialystok. El camino a Slonim no es corto; son más de sesenta verstas de colinas escarpadas, pero Novak cree que no deben esperar. Sin embargo, al final de su primer día de cabalgata, está gimiendo de dolor a causa de su pierna.

Para este momento los anestésicos son inútiles. Maldito sea Adamsky por despertar al monstruo de la agonía que estaba dormido. Novak podría pedirle morfina a un médico una vez que lleguen a Slonim, pero ésta lo dejaría inconsciente y el espectáculo del coronel Piotr Novak murmurando tonterías debajo de sus sábanas está fuera de discusión. Tiene dos opciones: aprender a vivir con el dolor o morir a causa de éste.

—¿Necesita ayuda? —le pregunta el labio de pez loro.

«El día en que necesite ayuda con la pierna por parte de este personaje», piensa Novak, «me reventaré una bala en la cabeza»; pero cuando llegan a la posada, donde interrumpirán su viaje para descansar, Novak apenas puede desmontar su caballo. Se ve obligado a dejar que su intérprete, que parece ahora un mayordomo, lleve su bolso al piso de arriba y firme el registro. Novak se acuesta tan pronto como puede, pero permanece despierto durante horas, con la cara enterrada en la almohada mientras la vergüenza se mezcla con el dolor y la ira.

Cuando se encaminan hacia Slonim, el segundo día, y el intérprete se queda dormido en su silla, Novak no puede evitar preguntarse por qué sigue persiguiendo fantasmas. Sus compañeros frecuentan suntuosos salones, se codean con aristócratas y plutócratas, y aún dejan tiempo para sus asuntos personales encargando a subordinados que hagan el trabajo por ellos. ¿Y qué pasa con él? ¿Todavía está tratando de complacer a su maestro, el gobernador Osip Gurko, o esta investigación se ha convertido en una venganza personal contra Adamsky por agravar su pierna? ¿Está impulsado por el deseo de descubrir el motivo detrás de los asesinatos, o por su atracción hacia su enigmática perpetradora? ¿Es posible separar ambos? Sin embargo, lo que es seguro es que Novak habría cabalgado hasta Grodno en cualquier caso.

Durante el segundo día sólo consiguen recorrer un tercio de distancia que habían recorrido el día anterior. Novak necesita descansar y el plan original de llegar a Slonim en dos días parece absolutamente irreal. Tendrán que cabalgar durante cuatro o cinco días más. La decisión de visitar el lugar de origen del carnicero es crítica: si no rinde frutos, Novak habrá perdido una semana vital en la investigación y podría ser imposible recuperar el tiempo perdido.

Novak no soporta a Akaki Akakievich. Los detenidos tienden a buscar ganarse el favor de sus carceleros para que los escuchen si tienen necesidades, de manera que suelen prestar atención y honrar a la autoridad, pero Akai no es así. A veces trata a Novak como si fuera su paciente.

—¿Necesita ayuda? ¿Tiene hambre? ¿Tiene sed?

—Suficiente de estas preguntas —dice Novak—. No necesito nada de ti.

Imperturbable, Akaki empieza a hacerle preguntas personales al coronel, asumiendo el rol de un interrogador intrusivo.

Akaki: ¿Y de dónde es su familia?

Novak: San Petersburgo.

Akaki: ¿Y cuándo los vio por última vez?

Novak: Hace un año.

Akaki: ¿Los extraña?

Novak: Es una pregunta extraña. Supongo que sí, pero si fuera tú no me metería en esos asuntos.

Akaki: ¿Por qué no los visita más seguido?

Novak: Trabajo.

Akaki: ¿Cuántos hijos tiene?

Novak: Todos chicos, Ivan y Alexei.

Novak se ve obligado a recuperar su autoridad lanzando un contrainterrogatorio.

Novak: ¿De dónde es tu familia?

Akaki: Vítebsk, Minsk, Kovne.

Novak: No lo entiendo.

Akaki: Yo tampoco.

Novak: ¿Y cómo llegaste hasta Marx?

Akaki: Él fue quien me encontró a mí.

Novak: ¿Qué?

Akaki: Exacto.

Las respuestas lacónicas de Akaki son demasiado difusas para que Novak logre conectar los puntos. Sin embargo, Akaki está a su disposición e incluso si el detenido intenta fingir control sobre la situación, su cuerpo tembloroso delata su miedo.

Sin embargo, con respecto a este último punto, Novak ha cometido un error grosero y poco característico. Un hombre que realmente teme a la autoridad no se burla de la policía secreta presentándose como Akaki Akakievich. No hay garantía de que Novak pueda obligarlo a someterse.

De hecho, no sabe que Akaki sufre de una artritis crónica que lo atormenta con escalofríos y temblores constantes. Fue por esta razón que dejó su casa para ir a estudiar medicina a Minsk. Su nombre, por supuesto, no es Avremaleh y nunca ha conocido a un Pinchasaleh; su nombre es Haim-Lazer y no nació en Vítebsk, Minsk ni Kovne —nunca ha puesto siquiera un pie en la última—. En realidad es nativo de la ciudad de Mir. ¿Cómo terminó repartiendo panfletos marxistas? Hace muchos años, en su clase de anatomía, conoció a Minka Abramovich, una chica judía que lo ponía de cabeza. Parecía ser muy progresista e inteligente, hablaba ruso fluido y se vestía a la moda de San Petersburgo. Si ella le hubiese pedido que se uniera a un grupo clandestino que se dedicaba a adorar a algún faraón, él habría repartido panfletos alabando al monarca egipcio. ¿Qué le importa? Y aunque desde el inicio fue evidente que nunca tuvo ni una oportunidad con ella, esto no minaba su entusiasmo en lo más mínimo. Era demasiado anticuado para su gusto; en otras palabras no podía renunciar por completo a su judaísmo. En efecto, había renunciado a la *yeshivá* y se había ido a estudiar medicina, pero no había olvidado por completo el viejo mundo y se sabía que de vez en cuando se escabullía a la sinagoga.

A diferencia suya, Minka era salvaje. Hablaba de la revolución mundial, el proletariado y el levantamiento internacional. Las venas de su frente se enervaban ominosas cuando daba discursos públicos. Donde se necesitaran voluntarios para repartir panfletos, ella era la primera en levantar la mano y él era el segundo.

Después de dos años, Haim-Lazer dejó la escuela de medicina y se unió a la célula clandestina bajo el mando de Minka. Al igual que otros jóvenes revolucionarios que tienden a olvidar las motivaciones personales que originalmente los atrajeron a la causa de la rebelión, las ideas y los principios se convirtieron en lo más importante del asunto, incluso después de que Minka se casara con un *goy* y más aún después de que fuera arrestada y exiliada a Siberia. Años más tarde, Haim-Lazer se convirtió en el líder de una célula clandestina y se volvió experto en política interna, que siempre le había parecido tan corrupta como el gobierno que quería derrocar. Cuando fue atrapado por la policía secreta en Baránavichi, no quiso ser liberado ese mismo día. Tenía la intención de volver con sus camaradas después de una semana de encarcelamiento, no, no, después de un mes de detención para impresionarlos. Por eso se hizo llamar Akaki Akakievich y se sorprendió cuando ninguno de los agentes reconoció la procedencia de su alias. Cuando conoció a Novak, se dio cuenta de que al menos éste leía algo además de los informes policiales, y después de escuchar el discurso del interrogador, se dio cuenta de que se había enredado con un oficial de la Ojrana de alto rango. Un oficial de alto rango de la policía secreta no le impondría un mes de detención, sino lo que los grupos clandestinos llaman «una evaporación». Y, sin embargo, al enterarse de los cuatro sospechosos que Novak está persiguiendo, Haim-Lazer decidió que tiene que hacer todo lo que esté a su alcance para interrumpir la investigación. Los cuatro sospechosos no son socios en su crimen, pero son forajidos, lo cual es suficiente para que él quiera ayudarlos.

Una cosa sorprende a Haim-Lazer: por mucho que lo intente, no puede odiar a Novak. Éste es su primer encuentro sustancial con un policía de tan alto rango, un hombre que representa todo lo malo en el decadente reinado del zar. Después de todo, el coronel está autorizado para revisar las cartas personales de cualquier alma viviente; puede invadir cualquier casa en nombre de la seguridad nacional, sacar a la gente de sus camas, poner sus hogares patas arriba y separarlos de sus seres queridos. Bajo la égida de la justicia, la ley y el orden, siembra el caos en la vida de los ciudadanos, quienes, temerosos de que puedan atacarse unos a otros en ausencia de un gobierno central, permiten que la quimera imperial abuse de ellos. Sin embargo, a diferencia de otros de su rango, parece que Novak cree que él es, verdaderamente, el protector del orden público. Su cuerpo maltrecho está cubierto de cicatrices, sus pómulos sobresalen de su rostro desgastado y se arrastra como un hombre roto. A decir verdad, Novak está tan solo como Haim-Lazer; ambos son hombres que han dejado su casa atrás. Si Haim-Lazer tuviera que adivinar si la persona cabalgando a su lado era un comandante de distrito de la Ojrana o un judío turbado como él mismo, habría dicho que se trataba de lo segundo. Por lo tanto, a pesar de que Haim-Lazer quiere ver a Novak perder, no quiere que su derrota sea humillante.

IV

Cuando Akim y Prokor llegan a Slonim, Novak es un desastre. Durante el día, el dolor de su pierna escala hacia su espalda baja, la irritación por la silla de montar se convierte en un salpullido y cada pedazo de su piel ahora brilla en un espectro de rojo diferente, volviéndose casi morada al acercarse a su ingle. Novak, hay que recordar, está próximo a retirarse y sus huesos no son tan fuertes como solían ser.

Calcula el horario del próximo tren a Bialystok y luego a Grodno. El viaje en tren no alivia su dolor en lo más mínimo: los días de cabalgar ya han hecho que le duelan los huesos y el temblor del tren les da una tremenda sacudida. Llega a Grodno exhausto, pero al salir de la estación de tren, Novak recibe aliento de las vistas familiares de la ciudad: el río Niemen que la rodea, el antiguo castillo —ahora es una base militar— y las torres de San Xavier que vigilan el mercado. Hay un límite para la cantidad de sufrimiento que puede soportar. Novak desea poder hacer una parada en su oficina local. La cabalgata de cinco días y el agotador viaje en el tren nocturno seguramente le han valido el derecho al descanso. Pero ¿qué pasaría si alguien, incluso un solo judío, lo viera salir de las oficinas de la Ojrana, que están justo al lado del ayuntamiento y la plaza del mercado? ¿Cómo continuaría actuando como Pinchasaleh Rabinovits si parece que ha sido recibido por agentes secretos? Y, sin embargo, el deseo de colarse en una oficina agradable, abrir una nueva botella de *slivovitz* y cambiarse los calcetines es tan abrumador que Novak intenta idear alguna justificación. Finalmente, reúne la fuerza suficiente para aceptar que su lamentable estado actual es ideal para infiltrarse entre los judíos del mercado. Le da a Akim largas instrucciones sobre cómo proceder. Primero, debe contar su historia con la mayor credibilidad posible, decir que se mueren de hambre y preguntar por los mataderos del pueblo; luego preguntará despreocupadamente por la carnicera de Grodno, Fanny Schechter, la hija de Meir-Anschil Schechter.

Todo sale de acuerdo al plan. Akim rápidamente entabla conversación con un anciano desdentado que rezuma fuertemente el olor del betabel y los rábanos que vende. El vendedor escucha atentamente a Akim y otras almas curiosas también comienzan a reunirse a su alrededor. Conmovidos por la historia de los dos judíos perdidos de Vítebsk, generosamente les ofrecen pan, cebollas y rábanos. Novak está muerto de hambre por el viaje y se lo devora todo sin importarle el moho, y espera a que Akim llegue al meollo del asunto.

Cuando la audiencia escucha que preguntan sobre Fanny, la hija de Meir-Anschil Schechter, rápidamente se reúnen para discutir el asunto.

—*Die vilde chaya?* —dice uno.

—*Eine barbaren!* —replica otro.

—*Oistrakht,* cuentos de hadas —se burla el sastre.

Novak está muriendo de curiosidad. ¿Qué diablos están diciendo? Maldita sea, ¡qué lengua tan extraña! ¿Qué clase de lengua es el yidis exactamente? ¿Alemán de segundo grado? ¿Bávaro obsceno? ¿Prusiano refinado?

El rostro de Akim se sonroja ante sus comentarios. Novak intenta llamar su atención, pero Akim lo evade y continúa escuchando a la multitud. Novak trata de hacerle a un lado para escuchar la traducción, pero Akim lo ignora. Novak tira de su chaqueta.

—¿Qué están diciendo? —exige.

Akim murmura:

—No está aquí.

—¿Qué quieres decir con que no está aquí? —dice Novak horrorizado—. ¿Dónde está su familia?

Akim sonríe, aparentemente de modo tranquilizador, pero Novak detecta un dejo de satisfacción en sus ojos mientras dice:

—Todos están en el más allá.

—¿Qué? —pregunta Novak con voz ahogada. Es todo lo que puede hacer para no gritar—. ¿Estás seguro?

Antes de que Akim pueda responderle, algunos de los judíos de los alrededores comienzan a conducirlos a través del mercado, más allá de los dos castillos de la ciudad, el antiguo y el nuevo, que dan al río, hacia la sinagoga principal y hacia una choza oscura y húmeda que resulta ser un restaurante. Allí les sirven una ensalada de aspecto extraño de pepino con eneldo, un plato gelatinoso y repulsivo —probablemente algún tipo de pescado—, albóndigas que saben a uñas fritas y zanahoria rallada, tan picante que quema la boca. Novak se obliga a seguir sonriendo mientras prueba estos asquerosos alimentos y agradece a todos, «Dank! Dank!» —una palabra que aprendió de Akim—, percatándose de que al menos una docena de curiosos se habían reunido a su alrededor. Se quedan frente a él y sus ojos brillan felices mientras siguen cada bocado que come, haciéndole imposible escupir algo en una servilleta. Un sorbo de slivovitz le habría hecho tolerable la experiencia, o al menos le habría refrescado el paladar y atemperado los sabores, pero en su lugar le sirven yash, una bebida entre el brandy y el ron mezclada con orines de vaca. Vacía un vaso tras otro, sin parar, hasta que le arde el corazón.

Tan pronto como termina la cena, los arrastran por un callejón hasta una casa grande con un amplio patio. Akaki logra susurrar a Novak:

—Estamos entre los jasídicos, nos están llevando al gute Yid, el buen judío, el rabino, bisnieto del rabino Alexander Ziskind, el justo, autor de La fundación y raíces de la adoración, aclamado como un genio por el mismo Gaón de Vilna. ¡Es un gran honor!

—Maravilloso —susurra Novak—. Pero ¿qué hay de Fanny Schechter?

—No tengo idea —dice Akaki encogiéndose de hombros.

El rabino les da la bienvenida con un cálido abrazo y ojos llorosos, como si fueran sus propios hijos perdidos hace mucho tiempo. Momentos después, el *gabbai* de la sinagoga ha medido a Novak para ponerle un caftán, otras manos le han colocado un sombrero de piel en la cabeza, brotan *tzitzit* debajo de su camisa y todos bailan a su alrededor en círculos exultantes. Cuando llega el momento de la oración en el *shtiebel* —una casa de oración en mal estado, sin adornos y bastante húmeda, llena de un grupo variopinto, que recuerda a Novak a los integrantes de la plaza del mercado—, los hombres se arremolinan a su alrededor, se inclinan hacia adelante y hacia atrás, a la derecha y luego a la izquierda, envueltos en chales sagrados que huelen a col en escabeche. En lugar de deleitar los cielos con sonidos melodiosos acomodados en perfecta armonía, en lugar de purificar el aire con incienso y perfume, gimen y gimen con el éxtasis de ovejas balando.

Le ponen un libro de oraciones en las manos. Uno de los hombres del rabino se pone de pie a su lado y lo ayuda a seguir el guion angular, palabra por palabra. Después de la oración, todos se acercan para darle la mano e invitar a Avremaleh y Pinchasaleh a la mesa. Novak está desesperado por que termine la velada para tomarse una copa de *slivovitz* para quitarse el mal sabor de boca, antes de agarrar a Akaki Akakievich por el cuello para ajustar cuentas. Sin embargo, previamente a sentarse a comer una vez más, el rabino pronuncia un discurso, con una copa de vino en la mano. Y Novak se encuentra siguiendo el ejemplo de los demás, gritando «*lejayim*» cuando ellos gritan, bebiendo cuando ellos beben, murmurando cuando ellos murmuran, sentándose cuando ellos se sientan, cantando cuando ellos cantan, divirtiéndose cuando ellos se divierten y bailando cuando ellos bailan. Le sirven diferentes platos que, sin embargo, saben exactamente igual a su comida anterior, especialmente el *yash*. Esta vez, sin embargo, el estómago de Novak está más calmado, por lo que devora todo, independientemente del sabor, abrazando la mutilación de sus sentidos por la fuerte bebida y el baile pesado.

Al caer la noche, en lugar de golpear a Akaki en la cara por haberlo hecho participar en aquella farsa, Novak felizmente se acuesta en una cama desvencijada en una choza que sus habitantes despojaron para cedérsela. Está en paz. En este momento, Fanny Schechter está lejos de su mente, e incluso logra olvidar el tortuoso viaje a Grodno. Poco después de apoyar la cabeza en la almohada, se queda profundamente dormido, todavía vestido, con el corazón animado por los ecos del inescrutable discurso del rabino.

V

A veces, el canto del gallo despierta los deseos de venganza. El sol aún no ha salido, pero un par de gallos peleándose dan picotazos a los retazos del sueño de Novak. En momentos como estos, el coronel lamenta no llevar consigo una pistola. A sus compañeros siempre les explica que el Departamento de Orden y Seguridad Pública libra una guerra silenciosa, donde cualquier uso de armas de fuego sería señal de fracaso: «Nuestros cañones son nuestros oídos atentos y una buena memoria», es su ocurrencia favorita. Pero ahora, cuando le explota la cabeza y la comida de la noche anterior avanza poco a poco por su garganta, los oídos y la memoria no le sirven de nada.

Sólo una mirada al hombre que ronca a su lado le recuerda a Novak todo lo que preferiría olvidar. Al llegar a Grodno ayer por la mañana, fue arrastrado a una fiesta de tontos. Lo hicieron beber un vino espantoso al mediodía y cantar *Shalom Aleijem* al final de la noche. En el *shtiebel*, una nueva palabra para su vocabulario, se balanceó para hacer oración y fingió leer su libro incomprensible. ¿Y para qué? Resulta que las personas a las que buscaba, los familiares de Fanny Schechter, ya no están con nosotros. Novak está fuera de sí.

También empieza a sospechar que este Akaki Akakievich no es un cordero inocente. ¿Supo desde el inicio que su arduo viaje terminaría en nada? Si éste era su plan desde el principio, entonces el mayordomo pálido es un hombre deshonesto con escamas de pez loro. Muy interesante. Si Akaki continúa siguiendo sus propios planes, incluso después de las amenazas de cárceles siberianas de Novak, entonces el coronel se enfrenta a un oponente digno.

Novak es muy consciente de que la cadena de inferencias que lo ha llevado a esta cama no está exenta de debilidades. Es más, la facilidad con la que fue persuadido para asistir a esa fiesta, el *tisch* que celebraron en su honor anoche, sugiere un comportamiento frívolo, negligente y poco profesional. Y, sin embargo, mientras recuerda la alegría salvaje que se aferraba a esos hombres jasídicos, el atuendo que le hacían usar, la comida que tenía que tragar, el baile que le daba vueltas en la cabeza, no puede identificar un solo momento en el que hubiera tenido la oportunidad para escapar de sus garras. Simplemente lo rodearon, lo arrastraron y corrieron junto a él y lo sentaron a la mesa. Es algo difícil de admitir, pero en su compañía había sentido una oleada de energía, incluso felicidad. Habían pisoteado su voluntad como una manada de búfalos y, para su sorpresa, pareció dar la bienvenida a la estampida. Incluso su pierna se siente un poco mejor y está apunto de cumplirse un día completo en el que no piensa ni una sola vez en ella. Su botella de *slivovitz* permanece en su bolsillo, intacta.

Por lo tanto, aunque sabe que de alguna manera debe escapar y regresar a Baránavichi, Novak no protesta cuando dos jóvenes entran en la cabaña e invitan a Akaki y a él al *shtiebel*. Se levanta de la cama y se pone el caftán que le prestaron el día anterior. Hay que mirarlo ahora: el coronel Piotr Novak marchando del brazo con tres *zyds* con la cabeza adornada con un *spodik* —el sombrero alto de piel—, el caftán largo y negro que se desliza por su cuerpo, y un *gartel* de tela alrededor de su cintura, apoyándose en su bastón por un lado y en su *hermano*, Avremaleh Rabinovits, por el otro.

En su camino hacia el *shtiebel*, Novak nota algunos patos que se pasean por los patios como borrachos y cerezos cargados de frutos color rojo intenso, e intercambia sonrisas y cálidos apretones de manos con los otros jasidistas. Naturalmente, si los colegas de la policía secreta de Novak se encontraran con él en este momento, podría explicar su comportamiento hasta el último detalle: ha renunciado a su intención inicial de conocer a la familia de Fanny Schechter, pero todavía quiere aprender sobre los *zyds* y su forma de vida lo suficientemente bien como para pasar por uno de ellos. No hay nada de malo con eso. Sin embargo, si se encontrara a sus colegas en este preciso momento, mientras entra al lugar de oración rodeado de una multitud que se balancea en oración, Novak probablemente no mencionaría que su corazón late con alegría.

Para el almuerzo, él y Akim son invitados a unirse a una familia: marido, mujer y siete hijos, cuatro de los cuales juegan al escondite alrededor de Novak. Uno de los pequeños bribones choca contra la esquina de una mesa y comienza a sollozar. Su madre lo levanta y regaña a sus hermanos, la abuela trata de calmar a todos y el padre le ofrece una rebanada de *lekach* —una palabra más que se agrega al vocabulario de Novak—, y el niño inmediatamente olvida su dolor y se concentra en la golosina, provocando los celos de sus hermanos. Ellos también son compensados con un poco de pastel y se produce un breve silencio.

Novak nunca entendió qué se suponía que debía de hacer...; es decir, con su propia familia. Por supuesto, está casado tal y como se esperaba de él y su esposa dio a luz a dos niños saludables; pero esta unidad familiar que se suponía él debía de comandar..., ¿hacia dónde tiene que ir? ¿Contra quién deben de luchar? ¿Qué están defendiendo? ¿Cómo se define su éxito? Sus hijos recibieron la mejor educación que el dinero pudiera comprar. Ivan ya es un notario y Alexei está estudiando ingeniería en Moscú. Anna, su esposa, tampoco es infeliz, o eso parece. Novak ha trabajado durante toda su vida para proveer y cuidar de ellos, y de no haber ascendido en el ejército y enviado sobres con montones de dinero cada mes, no habrían llegado ni de cerca hasta donde estaban ahora.

Después de hacer un gran esfuerzo para poder atender a la boda de su hijo mayor, Ivan, el novio, le dio la mano y le dijo: «Muchas gracias por venir, señor», como si se tratara de un invitado cualquiera. Y cuando su hijo menor dejó Moscú, Novak viajó a la gran ciudad para asegurarse de que todo estuviera en orden y le dio en las manos un sobre con dinero para un año entero de renta. Alexei lo miró, avergonzado, sosteniendo los billetes con aprehensión, como si se los hubiese dado un usurero. Y a pesar de que su hijo le había agradecido profusamente, Novak sintió que este gesto sólo los había separado más.

Ahora, después de presenciar la vida familiar de sus anfitriones, se excusa, deja a su traductor y sale para tomar un trago de *slivovitz*. Luego camina solo entre los callejones estrechos, lentamente atraído hacia una calle ancha que conduce a la calle principal y la gran sinagoga. En poco tiempo, está de vuelta en la plaza del mercado. Los transeúntes lo miran con curiosidad: su cojera provoca repugnancia o lástima. Dispuesto a arriesgar todo lo que ha logrado hasta este momento, camina directo a su oficina, junto al ayuntamiento.

VI

Los agentes de Novak están acostumbrados a sus disfraces. Lo han visto vestido como mendigo y como proxeneta, como carretero y como conserje, incluso como mujer. Se puede suponer con seguridad que si un civil entra en la oficina del Departamento de Orden y Seguridad Pública sin prestar atención a los centinelas vestidos de civiles en las puertas, esta persona debe ser Novak. Una vez que se nota su cojera, se confirma la suposición; sin embargo, por alguna razón, no se sospecha que el judío que se acerca a la puerta sea Novak. Ni la cojera impide que los guardias le bloqueen el paso, gritando:

—Prohibido el paso, *zyd*. —Y levantan una piedra imaginaria que le lanzan.

Por extraño que parezca, Novak se siente herido. Está desconcertado por la falta inmediata del decoro básico que ha recibido y su pierna le duele como si una piedra real acabara de golpearla. Recompone la compostura.

—Adrian, Néstor, soy yo, Novak.

Y de inmediato se ponen firmes.

—Sí, señor. Disculpas, señor.

Lo miran con admiración mientras entra al edificio, susurrando sobre el venerado comandante que nunca deja de sorprenderlos. Es suficientemente impresionante que pueda hacerse pasar por mendigo o por proxeneta, pero ¿por un *zyd*? El hombre nunca descansa y ciertamente no lo hace sobre laureles. Se vuelve completamente absorto

explicar por qué se aleja del asunto que se ha apoderado de todo el distrito. ¿Ha encontrado a los asesinos? Si es así, ¿por qué no están tras las rejas? ¿Ha averiguado sus motivos? Si es así, ¿cuáles son? Esta trama tiene demasiados cabos sueltos. ¿Qué le diría Novak a Gurko? ¿Que quiere dejar esta investigación porque tiene muy poco sentido y porque las únicas cosas que alguna vez tienen sentido sobre sus investigaciones también son siniestras y corruptas? ¿Debe decirle a Gurko que es la misma lógica la que es injusta? ¿Se atreverá a confesarle al comandante que tanto admira que está asombrado por el extraño viaje en el que se encuentran estos tipos torcidos, más aún, quizás, porque ignora su propósito? ¿Confesará que quiere retirarse de la investigación no porque esté renunciando, sino al revés, siente que es su deber renunciar porque quiere retirarse de la investigación?

En ese momento alguien llama con fuerza a la puerta de su oficina y Novak se quita el caftán, abre las persianas, extiende la pila de cartas sobre su escritorio y saca un sello y un abrecartas. Abriendo la puerta con el aire de quien ha sido interrumpido en medio de un trabajo importante, se sorprende al ver de pie en el umbral a su adjunto Albin Dodek, el portador de noticias urgentes.

—Lo busqué por todo el distrito, señor, y al final tomé un tren.

Maldita sea, piensa Novak, arriesgué mi pierna en ese viaje extenuante para nada. Este estúpido perezoso llegó aquí antes que yo.

Dodek continúa:

—Resulta que, contrariamente a su opinión, mi adición al final de la carta que le enviamos a Mishenkov ha resultado útil. Me refiero a la parte de que «será considerado cómplice el que oculte información sobre su identidad o paradero». Aunque usted resultó enojado, creo que yo tuve la razón.

Este comentario podría ser cierto, piensa Novak, si no viniera de alguien incapaz de razonar. Entre más tiempo pasa lejos de Albin Dodek, más se sorprende Novak cuando vuelven a encontrarse de que este imbécil sea su ayudante.

—En cualquier caso, señor —sigue Dodek—, ha llegado un mensaje urgente del coronel Pazhari. Afirma que los cuatro que estamos buscando pasaron cerca de su campamento hace varios días, que uno de ellos se llama Patrick Breshov y otro Zizek Adamsky; pero como conocemos un nombre, Patrick Adamsky, podemos suponer cuál es el segundo nombre: ¡Zizek Breshov!

—Tal vez sí, tal vez no —murmura Novak y vuelve a los sobres en su escritorio.

—Ya he hecho interrogatorios, señor. Resulta que sólo hay un Zizek Breshov y vive en Motal. Apuesto a que encontraremos toda la información que necesitamos sobre sus cómplices allí.

—¿En Motal? —dice Novak sorprendido.

—Sí, Motal. Envié agentes al lugar.

—¿Hiciste qué? —Novak está horrorizado.

—¡Ayer! —dice Dodek complacido—. Deberán llegar al pueblo en cualquier momento.

—¡Detenlos de inmediato! —grita Novak en la cara de Dodek—. ¡Manténlos lejos de ese lugar!

—¿Qué? ¿Por qué, señor?

—Porque yo lo digo —susurra Novak, percatándose de que el otro lo mira con alerta—. Quiero ir y ver las cosas por mí mismo —dice, como si esto fuera algo evidente.

—Por supuesto, señor, les diré que hagan retirada —dice Dodek en tono de conspiración.

—Ahora vete. Déjame trabajar.

Dodek se toma su tiempo para salir de la oficina, aparentemente preguntándose por qué la conversación que acaban de tener no es considerada como trabajo.

Tan pronto como su adjunto sale de la oficina, Novak llega a dos conclusiones. En primer lugar, esta investigación ya no está en sus manos. Como un pulpo monstruoso, este caso ha estirado sus viscosos tentáculos en todas direcciones. Novak estaría en apuros para hacer que desaparezca sin que nadie se dé cuenta. En segundo lugar, si las familias de los culpables se encuentran realmente en Motal, Albin Dodek eclipsará al coronel Piotr Novak, quien parecerá negligente por no haber aplicado un análisis frío y calculado, tal vez incluso directo, involucrándose demasiado personalmente y por insistir en que el caso es más complejo de lo que realmente es. Más aún, juzgó mal las lealtades de Adamsky y luego cayó en el cliché de que una mujer, y además una mujer judía, no podía ser la asesina. Pero anoche se superó a sí mismo cuando siguió la fiesta jasídica y bebió lo suficiente como para sentirse cómodo cantando *Shalom Aleijem*. Y ahora su estúpido adjunto cruza los nombres de Patrick Breshov y Zizek Adamsky, pregunta dónde vive Zizek Breshov y encuentra una ciudad olvidada de la mano de Dios que ni siquiera se le había ocurrido a Novak.

Motal. ¿Podía ser posible? Cuando revisó las ciudades cerca de Pinsk había aparecido este nombre: un lugar aislado rodeado de pantanos. El hogar de comerciantes de madera y granjeros que cultivan linaza y papas; sus residentes usualmente prefieren quedarse dentro de los límites del pueblo y pocas veces se aventuran más allá de los mercados de Pink y Telejany. Sólo les interesan las trivialidades: bodas, nacimientos y lavar la ropa en el Yaselda. Se enorgullecen de la calidad de su madera y de su ropa, que consideran tan suave como la seda. El último crimen en la ciudad se registró cuando un *mujik* borracho regresó de la taberna una noche y accidentalmente entró en la casa equivocada, donde se dio un festín con la carne de cerdo y el trigo sarraceno que su esposa le había dejado, o eso pensó en aquel momento. Agradecido por la buena comida que no había probado en mucho tiempo, se quitó las botas, planeando deslizarse en la cama de la generosa cocinera y abrazarla en señal de agradecimiento. Sin embargo, en el momento en que se encontró con un pecho peludo en lugar de curvas deliciosas, se desató un infierno. Se saldaron viejas cuentas por hermanos, tíos y conocidos que se sumaron a la refriega, misma que había surgido de un despiste fortuito, como todos coincidían, pero cuyas consecuencias eran inevitables. ¿Podría Novak haber estado tan distraído que no se dio cuenta de que la fuente del problema estaba en Motal?

Es verdad, algunos de los errores de Novak revelaban cierta superficialidad a la hora de dirigir la investigación. Podría haber enviado a otros agentes a Grodno, ¿no era así? Podría haber ido a Minsk en vez de a Grodno para buscar al tal Zvi-Meir, quien parecía ser la clave del asunto. El primer principio que le enseña a los comandantes de distrito que Gurko envía a entrenar es la ubicación del comandante durante la investigación.

—No pueden elegir dónde quieren estar; esto es algo que la misión misma dictará. Es una consideración puramente objetiva.

Y hay que mirarlo ahora. ¿Dónde están sus consideraciones objetivas? Su curiosidad e impulsividad han tomado el control de su mente. Ni siquiera tuvo la paciencia de esperar a que arreglaran las vías del tren y en su lugar se lanzó como poseído en una cabalgata de cinco días con Akaki Akakievich. ¿Y a dónde lo condujo el hilo de los orígenes de Fanny Schechter? A masticar gelatina con sabor a pies y albóndigas con sabor a botas.

Sale de su oficina todavía vestido de judío, y tiene la sensación de que los empleados lo miran con lascivia. Al asomarse a la oficina de Dodek, ve dos pares de piernas cómodamente estiradas ante el escritorio de su ayudante. Al darse cuenta de Novak, Dodek asiente hacia él. Si quiere saber qué agentes están sentados en la oficina de Dodek, Novak tendría que asomar la cabeza por la puerta, pero decide no hacerlo. Tan pronto como decide esto, asume lo peor: que a partir de ahora, los dos agentes en la oficina de Dodek lo seguirán. Esto no es paranoia. Él mismo impuso la doctrina de la vigilancia a sus agentes, que se basa en la premisa de que la Ojrana no es jerárquica, sino como una telaraña, dejando a todos sus miembros igualmente vulnerables a la investigación.

Novak encuentra a Akaki, como era de esperar, en la cama. Después de la bendición requerida, Avremaleh Rabinovits almorzó huevo, un honor reservado para los invitados especiales, ensalada de pepino y té tibio con torta de sémola seca para el postre. Luego volvió a la cama para continuar con su recuperación de las celebraciones de la noche anterior y afrontar su agradable regreso al redil judío. Novak golpea el vientre de Akaki con su bastón.

—Despierta, nos vamos a Motal.

No puede sino sorprenderse cuando la respuesta de Akaki resulta ser una sonrisa.

El trayecto hasta Motal es corto. En Grodno toman un tren con destino a Baránavichi y, cuando llegan, Novak ordena el carruaje más nuevo y los caballos más frescos. Esa misma noche Akim y Prokor parten rumbo a Motal en una calesa con capacidad para cinco pasajeros, con enormes ruedas, radios color cobre y finos asientos de cuero, con un chasis resistente a todo tipo de golpes. A medida que avanza el carruaje, uno no puede dejar de admitir que éste es un buen chasis, maldita sea, así es como debería ser un chasis. No es de extrañar que la pareja llegue a Motal en menos de un día.

Esta vez no caminan hacia el mercado. Novak sabe que si repite el mismo error terminará otra vez en una *shtiebel* mirando escritos indescifrables por la tarde y engullendo sopa insípida de col por la noche. Oh, no. Esta vez encontrará de inmediato al líder de la comunidad, el rabino, y hará discretamente una generosa oferta: si entregan a los culpables, se perdonará a los inocentes. Ha llegado el momento de apretar las cuerdas.

VII

El plan de Novak es un éxito rotundo. Incluso si los agentes lo están siguiendo, lo único de lo que pueden acusarlo es de serendipia, de que su avance se produjo por casualidad.

De cualquier manera, cuando Akim y Prokor se reunieron con el rabino de Motal, Reb Moishe-Lazer Halperin, y le contaron sus grandes planes para la ciudad —la construcción de una nueva *yeshivá* y la renovación de la *mikve*—, no podrían haber imaginado que, en ese momento, la señora Rivkah Keismann estaría esperando dentro de su oficina. Incluso si lo hubieran hecho, no habrían pensado que sería una persona de interés para su investigación, pero cuando el rabino presenta a la anciana y les habla de su desafortunada nuera, Fanny Keismann, la combinación del nombre de Fanny y el hecho de su desaparición resuena en los oídos de Prokor como tambores en batalla. Tiene que usar cada pizca de autocontrol para mantener la calma. Una vez que Reb Moishe-Lazer Halperin les explicó sobre el desastre que golpeó a la familia y les habló sobre la hermana y su esposo, Zvi-Meir, Prokor se llenó de alegría. Dos pájaros de un tiro,

Fanny y Zvi-Meir pertenecen a la misma familia. ¿Por qué no lo había descubierto él mismo?

Y, sin embargo, hay algo en la historia del reverendo que molesta a Novak. Reb Halperin ha descrito las dos desapariciones, la de Zvi-Meir y la de Fanny, como dos incidentes completamente aislados, pero Novak está seguro de que ambas están conectadas. Después de todo, la asesina lo había revelado cuando él la tomó por el cuello.

Novak decide que es momento de conocer a la familia Keismann que vive cerca del pueblo de Upiravah y bloquear Motal.

Cuando finalmente llega a la casa de los Keismann, han pasado casi tres semanas desde la partida de Fanny, y ahora ni siquiera una cigüeña podría salir de Motal sin el permiso de Novak. Sus agentes observan con admiración mientras aprieta los lazos de un corsé invisible y ceñido alrededor de la ciudad. Tiene policías encubiertos esperando en la otra orilla del Yaselda, y más al sur, cerca del pueblo de los Keismann, un cabecilla que se presenta a trabajar con su gente, antorchas en mano, siempre que se le indique. Tiene a su disposición un pequeño grupo de soldados acampando no lejos de Pinsk, e incluso varios vagabundos dispersos por los pantanos negros, listos para reportar cualquier nueva información. Una multitud de agentes e informantes recién reclutados se infiltran en Motal: en la taberna, el restaurante, la plaza del mercado. Un informante podría vender coles a otro sin que ninguno de ellos se diera cuenta de quiénes eran realmente.

Novak llega a la cita con la señora Keismann en Upiravah —otro agujero olvidado de la mano de Dios—, seguro de que está a punto de resolver el caso. Las piezas están alineadas en el tablero de ajedrez tal como a él le gusta, y aunque sus cuatro rivales todavía están en libertad, la reina incluida, el resto está atrapado en una inteligente trampa. Deja que la reina vague libremente, deja que vea cómo sus peones se derrumban uno por uno. Déjala correr entre las ruinas de su reino. La libertad no siempre es señal del triunfo, y nadie lo sabe mejor que Novak.

No hay nada sospechoso en el patio de la casa de Fanny. Unos cuantos pollos libres, dos gansos y un huerto de vegetales. Una casa de madera sencilla, pero suficientemente grande y, por algunos detalles particulares, Novak se percata de que es una familia con dinero. ¿Y los niños jugando en el patio? En primer lugar, es algo bueno que estén aquí. La posición de negociación de los oponentes se debilita sustancialmente cuando los niños están en juego. Y en segundo lugar, los ojos brillantes y penetrantes de la hija mayor le recuerdan a su madre. Tendrá que preguntar por su nombre.

Reb Moishe-Lazer Halperin los apresura a entrar a la casa. Acaba de contarle a la señora Keismann sobre su encuentro con Fanny y Zvi-Meir, mientras Akim traduce para Prokor. Ahora el rabino le pide a la anciana que les diga algo que pueda ayudarlos a encontrar a los dos fugitivos.

—¿Qué está diciendo ahora? —Prokor le pregunta a Akim.

—Que se les terminó su queso de cabra favorito.

—¿Qué tiene que ver el queso?

—El rabino tiene hambre —explica Akim.

Mientras Reb Moishe-Lazer Halperin picotea el pan y el queso sobrante en un rincón, los dos se sientan frente a la anciana señora Keismann, que sorprendentemente no tiene arrugas. Parece tener la ira concentrada en los ojos y las gruesas cejas que cuelgan sobre ellos como algarrobos. No les sorprendería que fuera ciega, porque sus ojos permanecen inmóviles incluso cuando se sientan justo frente a ella. La señora Keismann parece estar repitiendo sus preguntas a las paredes y luego respondiéndose a sí misma con farfullos y murmullos. Akim traduce cada palabra para Prokor.

Pregunta: ¿Quieren que le hable de Zvi-Meir y de Fanny?

Murmullo: Quieren que les cuente sobre Zvi-Meir y Fanny. ¿Escuchas eso?

Pregunta: ¿Que cuánto tiempo puedo regalarles?

Farfullo: Creen que tengo tiempo para ellos, estoy harta de hablar.

Pregunta: ¿Qué sé sobre esos dos?

Siseo: ¿Qué se puede saber? Él es un imbécil, igual que ella.

Novak, es decir, Prokor, está empezando a removerse en su silla y le dice a Akaki, es decir, Akim, que dirija a la señora con preguntas más precisas. ¿Cuándo se fueron? ¿A dónde fueron? ¿Dejaron alguna nota? ¿Quién fue la última persona en verlos? ¿Cómo se relacionan los dos familiares perdidos?

Pregunta: ¿Cuándo se fueron? ¿Quién va a saber cuándo se fueron?

Murmullo: Para ser honesta, ¿a quién le importa? ¿Me importa contar los días? Estos dos hacen demasiadas preguntas. Todos están aquí hasta el día en que deciden desaparecer. ¿Por qué de pronto es tan importante? No han estado aquí un tiempo. ¿Qué clase de marido desaparece y abandona a su mujer? Pobre Mende, se casa con un brillante estudiante de la *yeshivá* y descubre que es un indolente bueno para nada. Y Fanny: ¿cuándo se ha escuchado de una mujer que envíe a su suegra a dormir al patio?

Pregunta: ¿A dónde fueron? ¿Cree que me dirían a dónde se fueron?

Farfullo: Ese Zvi-Meir se sentaba en la misma mesa que yo en la cena del Yom Kipur. Nunca me dirigió una sola palabra. Filosofaba el día entero, mucho barullo en torno a la nada, eso es lo que él es. ¿Qué sé yo sobre la creación del mundo? ¿Es que yo estaba ahí cuando se inventó el mundo? ¿Quién soy yo para hablar de Adán y Eva? *Kvatsh mit zozze*, tonterías. Ese es Zvi-Meir. Así que ahora, antes de desaparecer, ¿usted cree que iba a venir conmigo a contarme a dónde se iba? ¿Y Fanny? Peor aún. Soy la abuela de sus hijos y nunca ha siquiera pensado en contarme nada. En verdad no pido mucho. Intento estar del lado de todos y tal vez ése es el error. ¿Qué obtengo a cambio? Espero el día entero para que pidan mi consejo: "Abuela, tú tienes experiencia de vida, me gustaría saber lo que piensas". "Abuela, ¿tú qué harías?", "Abuela, ¿cómo fue para ti?". Pero ¿me pregunta algo? Jamás. Ella lo sabe todo. Así que ahora que tiene ese gran secreto que la hace huir de casa, ¿cree que vendría a contarme?

Pregunta: ¿Dejó alguna nota?

Siseo: ¿Qué clase de pregunta es ésa? ¿Soy una oficina postal? ¿Una oficina del gobierno? ¿Un secretario? ¿Camino por la casa buscando notas vacías? ¿Ellos qué van a saber? No saben nada. Creen que la vida de los demás es como un espectáculo de teatro. ¿Qué nota? ¿De qué diablos están hablando? ¿Se puede romper el corazón de alguien y dejarle una nota? ¿Destruir una familia y dejar unas cuantas palabras de despedida? ¿Qué puede uno escribir? ¿Cuídense hasta que vuelva? No sé cómo criaron a esta gente.

Novak está casi al borde de la desesperación. Está furioso. Esta musaraña tenía que aparecer justo cuando pensaba que tenía la investigación en el bolsillo. Por su parte, Akim asume un comportamiento de ángel con su piel sonrosada y su puchero de pez y parece estar pendiente de cada palabra de la anciana. Novak sabe que Akaki está haciendo uno o dos trucos. Maldición, probablemente le haya advertido a la abuela sobre él. Agitado, Novak agarra la muñeca de Akaki y le susurra al oído:

—Escúchame, idiota, dile que deje de balbucear. Quiero respuestas directas. Dame cada respuesta en una sola oración.

—¿Qué quiere que le diga? —Akaki susurra de vuelta.

—Dile estas palabras exactas: señora Keismann, para poder ayudarla, necesitamos que nos responda con claridad, en una sola oración.

Si Novak hubiera imaginado la consecuencia de su petición, habría elegido sus palabras con más cuidado.

Pregunta: ¿Para ayudarme?

Murmullo: Creen que me están ayudando. Estos cosacos entran a mi casa, me molestan, asustan a mis nietos y, ¿para qué? ¡Para ayudarme! Si necesitara su ayuda le habría rogado al Santo Bendito que me liberara de esta pesadilla a la que llaman vida. ¿Alguna vez pedí algo más que pan, Torá y familia? ¿Pedí que vinieran Avremaleh y Pinchasaleh Rabinovits? ¿Le dije a alguien: "Quisiera que dos hombres justos renovaran el *mikve*"? Déjame decirte algo, nuestro *mikve* está bien tal como está. Nuevo no significa necesariamente mejor. ¿Qué diría el padre de Natan-Berl si viera quién acudió en mi ayuda? ¿Sabes cómo empecé en la vida? No teníamos nada en casa. El pozo estaba a cuatro verstas de distancia. Nada crecía en los pantanos. Tuvimos que vender nuestros zapatos para comprar *kartoshkes*. ¿Y ahora tú, de todas las personas, me ayudarás?

Pregunta: ¿Quieren que responda en una oración corta?».

Siseo: ¿Quieren una respuesta corta? ¿Quiénes son ellos, los policías de sentencia? Dime, por favor, ¿cuándo empecé a trabajar para alguien que me dice cuántas palabras puedo usar? Porque si ése es el caso, exijo el pago completo por cada palabra que no digo, y créanme, no importa cuánto dinero tengan o no tengan, se encontrarán sin dinero muy rápidamente. "Una sola frase", esas cosas se las pueden decir a sus soldados en el ejército, aquellos con los que comían cerdo o no, y cantaban o no cantaban en la iglesia, pero no a Rivkah Keismann, que sigue siendo la dueña de su propia lengua, y quien le diga una vez más "una sola frase" será echado de su casa».

Reb Moishe-Lazer Halperin, que acaba de terminarse un trozo entero de queso, aunque no del tipo que más le gusta, sonríe con indulgencia y dice:

—¡Les dije que Rivkah Keismann es la mejor!

Novak está al borde de los nervios. Felizmente podría estrangular a Akaki y dispararle al rabino regordete. Si tan sólo tuviera su pistola en este momento habría asustado a la anciana hasta que dejara salir hasta la última gota de información. Su paciencia está agotada. Si uno debe tener un oído entrenado para apreciar a los compositores más innovadores, entonces claramente se necesita entrenamiento antes de escuchar a la señora Keismann, una forma de preparación de la que Novak carece en este momento.

Lo que es más, Novak ya ha tenido suficiente. Después del golpe en su pierna herida, después de renguear a lo largo de todo el país asumiendo identidades distintas, solicitando informantes y reclutando aliados traicioneros, se siente obligado a mostrar los músculos de la poderosa Ojrana. Se imagina apretando el puño y asestando un golpe que dejará atónito a todo Motal. Todo lo que tiene que hacer es poner la ciudad bajo toque de queda y rodear esta casa con policías y soldados. Sabe lo que dirán todos.

—¿Lo ven? Incluso Novak se cansó de jugar. ¿Lo ven? Incluso Novak recurre a métodos de cosacos.

¿Y tal vez así es como deberían ser las cosas? Basta de disfraces: violencia en lugar de subterfugio. Cierto, solía ser un comandante del ejército con un futuro brillante por delante. Es cierto que luchó en Pleba y la gente todavía habla de su valiente liderazgo en el Paso de Shipka. Es cierto que fue testigo de la rendición del gran Othman Pasha. Pero ¿quién es él ahora? ¿Cuánto tiempo puede uno aferrarse al pasado? ¿Cuándo fue la última vez que se miró en el espejo y dijo «Bien hecho, Novak, te mereces los elogios»? ¿Quién lo admira? Albin Dodek y su manada de tontos. El mayor en el ejército más orgulloso del mundo se ha convertido en una sombra de su antiguo yo. Reflexionando sobre esto, Novak piensa que contradecir los viejos hábitos e imponer un toque de queda podría no ser tan mala idea. Ya nadie podrá mantener las apariencias y cuando terminen los juegos y todas las cartas estén sobre la mesa, no pasará mucho tiempo antes de que aprenda todo lo que necesita saber. Y tal vez esto lo libere de las ataduras de la nostalgia por sus días en el ejército para que finalmente acepte en lo que se ha convertido: un bruto que no es mejor que el peor de los matones...

¡No, maldita sea! Debe haber otro modo. Si su conclusión es que todo puede resolverse por la fuerza, entonces ha dedicado la segunda mitad de su carrera a juegos infructuosos de la mente y manipulaciones sin sentido. Si no es mejor que Dodek, bien puede empezar a escribir sus letras con una gramática vergonzosa. Si lo único que se necesita es un puño de hierro, ¿por qué la Ojrana necesita ser un servicio secreto? ¿Y qué dirá el gobernador Gurko cuando se entere de la pérdida de temperamento de Novak? ¿Cómo reaccionarán los oficiales que han sido entrenados por Novak? ¿Toque de queda? ¿Extorsión? ¿Tortura? ¿Realmente viajaron hasta Minsk para aprender a hacer lo que cualquier persona en su profesión puede hacer? Tiene que idear otro plan, incluso a costa de perder dos días más.

Reb Halperin, que acaba de tragar su último bocado de pan, sonríe a Akim y a Prokor con franca alegría.

—¿Descubrieron todo lo que querían saber? Maravilloso. Podemos volver a la ciudad para cenar con los dignatarios locales.

Akaki mira a Novak, quien no lo mira a los ojos, pero susurra:

—Di que agradecemos su tiempo y no los molestaremos más.

Mientras los dos se dirigen hacia la puerta, y el rabino barre las migajas de la mesa y corre tras ellos, los niños, que han estado jugando afuera, vienen corriendo a la casa con una mujer aterrorizada a cuestas y cierran la puerta de golpe. Novak mira por la ventana. Docenas de agentes de la Ojrana montados galopan hacia la casa, guiados por Albin Dodek. Novak se pregunta qué puede estar haciendo y espera que no sea él a quien persiguen los agentes. Sin pensarlo dos veces, apresura a la familia a la habitación trasera.

Dodek y los agentes se detienen en la puerta. Luego baja de su caballo y saluda a su comandante de pie en la veranda.

—¡Señor!

—¿Qué estás haciendo, imbécil?

Novak podría haberlo abofeteado. Dodek acaba de arruinar su papel encubierto.

—Hemos venido a arrestar a la familia.

—¿Arrestar a la familia? ¿Quién te dijo que arrestaran a la familia?

Dodek abre la puerta y camina hacia su comandante. El ganso se aleja y se reúne con los suyos. Dodek sube los escalones y se quita el ridículo sombrero con forma de hongo que hace tan fácil de reconocer a los agentes secretos.

—Las cosas se nos están saliendo de las manos, señor —dice Dodek con la respiración entrecortada, sin mirarlo directamente—. La gente está hablando.

—¿La gente está hablando? —dice Novak—. ¿Qué pueden hacer los idiotas además de hablar?

—Y sin embargo, señor, la situación es delicada.

—¿Quién te envió?

—Usted, señor.

—¿Yo te envié? ¡Te dije que esperaras! ¿Quién más está involucrado en esto, Dodek? ¿Quién te envió?

—Dios mío, señor, no tengo idea de qué quiere decir, todos estamos involucrados en esto. El desastre con todos los muertos no es secreto. Todo el distrito lo sabe. Especialmente ahora que el gobernador Gurko está involucrado.

—¿Gurko? —dice Novak aturdido—. ¿Hablaste con el gobernador Osip Gurko? ¿Él te dijo que vinieras?

—¿Por qué hablaría conmigo, señor?

—¡Acabas de mencionar a Gurko!

—No, señor, ese fue usted. Cuando envió a los agentes a Mishenkov, usted me dijo que Gurko estaba involucrado.

—¡Dodek! —grita Novak— ¡Era sólo una amenaza!

—¿Cómo iba a saber eso, señor?

—¿Entonces Gurko lo sabe todo?

—No tengo idea.

—¿Cómo me encontraron? ¿Quién me siguió?

—Nadie, señor, era obvio que estaría aquí.

Estas últimas palabras sacuden a Novak. Mira fijamente a su ayudante, estupefacto, asimilando todo el significado de lo que acaba de escuchar. ¿Sus astutos métodos se han vuelto predecibles? ¿El diputado más lento de las fuerzas armadas, un hombre de mente débil y cerebro raído, adivinó el próximo movimiento del coronel Novak?

—Bien, ¿y ahora qué? —dice Novak, concediendo el hecho de que lo han atrapado con la guardia baja.

—Todo está organizado, señor. Hemos ordenado un toque de queda. Tenemos el control total de todas las entradas y salidas, señor, la ciudad está bloqueada. Ahora debemos arrestar a los familiares e interrogarlos. ¡Una operación brillante, señor, felicitaciones! Ya sea que Gurko ya lo sepa o no, definitivamente estará orgulloso.

Perplejo, Novak se rasca la cabeza. Dodek lo mira como si fuera un extraño o, tal vez, incluso un sospechoso. De pronto, el coronel Novak tiene una idea. Golpea su bastón contra el suelo y hace una cara de amargura.

—Oh, Dios. Has cometido un terrible error.

—¿Error, señor?

—En efecto. Actuaste demasiado rápido. Te olvidaste de Zvi-Meir. Él es la clave de todo este asunto.

—¿Zvi-Meir? —pregunta el ayudante confundido.

—¡Suficientes preguntas, Dodek! Envíe un mensaje urgente a los agentes que persiguen a Zvi-Meir en Minsk. Dígales que estén listos para arrestarlo.

—Por supuesto, señor. Zvi-Meir. No había pensado en él.

—Pensar no es parte de tu trabajo.

—Por supuesto, señor.

—¿Para qué sirven los asesinos sin su mente maestra?

—Estoy de acuerdo, señor.

—Ahora ve.

El cerebro de Dodek está destinado a dejar lo esencial al descubierto. Para evitar encontrarse nuevamente en esta posición, Novak hace una nota mental para recordar que esta investigación es única. Sus giros y vueltas no involucran sólo a los fugitivos; también tienen a los investigadores sujetos de la garganta. ¿No es así?

MINSK

I

Escrita y firmada en Minsk
Por Zvi-Meir Speismann
En el doceavo día del mes de Elul, año 5654

Queridos sabios y maestros, dechados y amigos, los amados y amantes, intelectuales, sagaces y estudiados en las verdades de la Torá, preciados hombres de sabiduría. A mi querido amigo, el Rabino Scheinfeld; y a mi querido amigo, hombre de letras, el erudito Rabii Kahnah; y a mi querido amigo, el escolar, pío Rabino Leibowitz. Me dirijo a ustedes, tres hombres sabios, en paz, pues vuestra virtud sostiene al mundo.

El hombre que les escribe no es otro que Zvi-Meir Speismann, el joven al que expulsaron de la Yeshivá de Valózhyn hace años, cuando tenía la tierna edad de dieciocho. No teman, no pretendo burlarme de ustedes ni maldecirles. Mi corazón no guarda una sola gota de amargura ni me regodeo en torno al cierre final de las puertas de Valózhyn. Ya no soy el hombre puro e inocente que solía ser. Yo, Zvi-Meir Speismann, estaba destinado a seguir el tormentoso camino de los profetas.

Ahora mismo estoy en el bajo mercado de Minsk sin hogar ni dinero. Mis días están contados, pero no podría ser más feliz. He encontrado mi llamado. Mi corazón está encendido con las llamas de la fe y mi espíritu se eleva a los cielos. Mis palabras de verdad se han esparcido por toda Rusia. Por más que lo intenten, mis perseguidores nunca arrancarán de raíz la verdad que se ha aferrado a tantos corazones y ganado incontables almas. Por el contrario, mi muerte servirá sólo para enfatizar la justicia de mi causa y probar la injusticia que he soportado. Contrario a lo que dicta nuestra tradición, la justicia prevalece sin importar si es apoyada por una mayoría. Todo lo que la verdad necesita es un heraldo y un heraldo he sido por su causa.

Queridos amigos, mendigos sin hogar me han advertido que legionarios temibles vienen a buscarme. No quiero hacer señalamientos, pero al tratar de entender cómo llegó a ser que Zvi-Meir Speismann —un pensador manso y oscuro, un erudito subalterno— se convirtió en una amenaza para el gran Imperio ruso, la respuesta apareció frente a mí brillando con mil luces: ustedes, miembros de la vieja guardia, consideran perniciosas mis enseñanzas. Cegados por su sagacidad, se han vuelto insensibles y distantes. Como aquellos que escucharon a los profetas de Israel, impulsados por los celos y la picardía, rehusaron escuchar mis palabras y me desecharon.

En Motal yo era un aspirante a erudito —si los saltos mortales de memoria y verbales pueden describirse como «erudición»—. En el jéder, el tutor solía llamarme «el pequeño chucham» y cantaba mis alabanzas. Mi compromiso con la verdad, y no con la modestia, me obliga a agregar que mis compañeros de estudios eran tontos por causas ajenas a ellos. Convencidos desde la infancia de que no sabían nada y que su conocimiento no habría sido más que una gota del océano de la Torá, ¿qué razón tenían para estudiar? Los niños se quedaron mirando por la ventana, esperando que el tutor les diera permiso para salir a jugar al patio.

Yo, por mi parte, no dejé un solo libro sin abrirse. Contra todo pronóstico, yo estaba destinado a asistir a Valózhyn. Si el pueblo elegido es la luz de las naciones, Valózhyn es su faro, salón de la sabiduría, templo de aprendizaje y fuente de inmaculada argumentación. Esta academia, se me dijo, nutre las reflexiones profundas, edifica el debate e incluso persigue las siete ciencias: matemáticas, geometría, música, astronomía, las ciencias naturales, teología y filosofía. Era insondable, ¡eruditos judíos estudiando astronomía, demostrando teoremas y cazando mariposas! Este sueño se hizo realidad en Valózhyn, elevándose por encima de todas las demás yeshivás en la Zona de Asentamiento. *Su reputación, queridos amigos, se extendía a lo largo y ancho de cada ciudad y pueblo.*

El tutor fue un día a hablar con mis padres sobre mis asombrosos prospectos en la aclamada academia. Mi madre, Rochaleh Speismann, se desmayó en el acto. Mi padre, un sordo casi absoluto, gritó: «¿¡qué pasa!?», y mi madre se recuperó lo suficientemente rápido como para regañarlo e informarle: «¡Valózhyn, Eliyahu, Valózhyn!».

Sabios y maestros míos cuya virtud sostiene al mundo, imaginen la emoción que sentí cuando mi padre me dejó en el tren y me despidió ondeando su pañuelo desde la plataforma. «¡No regreses!» me gritó mientras el tren se alejaba. Fui abandonado en el monte Moriá, pero a diferencia del Patriarca Isaac, yo no estaba atado a la piedra de sacrificio; al contrario, sentía que ahora había sido bendecido por el ángel de Dios. Ahora, sabía, mis tediosos días en Motal se habían terminado. No tendría que soportar a mis perezosos compañeros de clase que intentaban cazar insectos y jugar a los dados. Yo viajaba para entrar en la casa de los más sabios entre los judíos, que son los más sabios de los hombres.

Queridos amigos, ¿o debería llamarlos mis verdugos? Cuando los jefes de la policía y del ejército les preguntaron quién es Zvi-Meir Speismann, seguramente me han descrito como altivo e insolente, una amenaza para los judíos de la Zona de Asentamiento que difunde mentiras, incita a la rebelión, manipula a los mansos y corrompe las almas más tiernas. Mis compañeros vagabundos me han estado dando advertencias: «¡Cuidado, Zvi-Meir! ¡Lo creas o no te están buscando generales del ejército! ¡Has enfurecido a los más altos mandos de la policía!». Pero yo sé perfectamente bien quiénes son los hombres a los que he enfurecido. Ellos me criaron y me enseñaron lo que necesitaba para ser pura sabiduría, pero ahora el conocimiento es sólo un sueño, un castillo en el cielo, un árbol sin hojas.

Llegué a Valózhyn a los diecisiete años y todavía recuerdo mis primeros días en la yeshivá como una pesadilla. Allí estaba yo, sentado hombro con hombro con grandes eruditos, presenciando sus disputas sobre cada jota y cada tilde, apenas capaz de notar la diferencia entre una letra y la siguiente. Cuando citaba un verso, respondían con una cita del Chayei Adam de Avraham Danzig, una línea de Eleazar de Worms y un contraargumento del rabino Shmuel Eidels. Luego buscaban fallas en la Guía para los perplejos, despedían a Abravanel y presentaban un argumento ganador del rabino Yehuda Shmuel de Ratisbona. Y allí estaba yo, mirando con incredulidad una página del Talmud, abrumado por la vergüenza. ¿Qué había estado haciendo en Motal? Entonces yo era la cabeza del zorro y ahora era la cola del león. Me había deleitado con la calidez de los elogios de mi tutor, quien habría sido un chiste en la yeshivá si alguna vez llegara allí. Como supe demasiado tarde, la promesa que tenía en Motal sólo existía a ojos de los tontos.

Maestros, durante cuatro meses, ciento veinte puestas de sol, me senté sin decir palabra. Cuando me hablaban, yo asentía con solemnidad y el resto del tiempo me alimentaba de las enseñanzas sagradas. «Levanta la cabeza de la página y refuta a tu debatiente. Los profetas de Israel no eran eruditos», me dijeron. Y sin embargo, yo sentía que mi capacidad de razonar aún era un bebé de brazos, arrastrándose sobre su estómago, llorando por la noche y buscando a tientas un punto de apoyo. Antes de terminar un tomo, ya estaba en el siguiente, y luego releía el primero por la noche. Estudiaba y leía bajo la luz de la linterna, torturando a mis ojos. No podía esperar a que el primer trimestre terminara el quince de Av para poder usar el feriado para prepararme para el segundo trimestre. Mientras mis compañeros volvían con sus familias, ganaban un poco de dinero, comían muslos de pollo y dormían en cómodas camas, yo me quedaba, vivía de modo abstemio y devoraba libros.

Reflexionando sobre las discusiones de los comentaristas sobre el árbol del conocimiento, ya fuera que diera manzanas, higos, vid o trigo, una idea me persiguió implacablemente. Me acerqué al rabino Scheinfeld, el primer miembro de su troika, con las manos temblorosas y las piernas débiles, y le pregunté débilmente al venerado maestro: «¿Cómo puede ser que el mandato de no comer del fruto del árbol del conocimiento haya sido emitido a Adán y Eva antes de que lo hubieran probado, es decir, antes de que pudieran distinguir el bien del mal?».

De hecho, rabino Scheinfeld, amigo mío, ¿recuerda la inocente pregunta que tan rápidamente descartó? Recuerda cómo me explicó que muchos habían abordado este enigma antes que yo, y los más grandes y brillantes entre ellos habían propuesto una respuesta que estaba justo delante de mí —¿cómo era posible que no la entendiera?—. «El conocimiento del bien y del mal» en este sentido no tiene nada que ver con la virtud, ya que denota el descenso de las verdades inmutables de Dios al ámbito de la conducta humana, donde el bien y el mal están determinados por los caprichos y las pasiones, por lo que el primer hombre y la primera mujer estaban vestidos con hojas de higuera y no hay nada más que decir.

Asentí con la cabeza, pero en lo profundo me negaba a aceptar esta sugerencia. ¿Había escuchado al menos mi pregunta? ¿No propuse una pregunta bien estructurada? Es decir, ¿por qué Dios le negaría al primer hombre el «conocimiento del bien y del mal» y cómo el pecado podía otorgarle al hombre la virtud del conocimiento? Honorable maestro, lo que yo quería saber era cómo podría el hombre comprender esta prohibición en primer lugar. Sin haber visto nunca la muerte, ¿cómo podría entender el mandamiento: «Mas del árbol de la ciencia del bien y del mal no comerás. Porque el día en que comieres de él, morirás tu muerte»? ¿Cómo podría haber imaginado la prohibición o el castigo que implicaría?

Le hice la misma pregunta al rabino Kahanah, el erudito, quien, para mi sorpresa, me miró y murmuró: «El Creador nunca tuvo la intención de matar en ese momento y lugar al hombre, sino de hacerlo finito, en otras palabras, hacerlo destinado a morir». Honorable rabino, ¿puede reconocer que planteé una perplejidad ineludible? ¿Es demasiado para usted aceptar que un bebé en brazos pueda plantear una pregunta digna de reflexión?

Me dirigí al sabio y perfecto rabino Leibowitz, el primero en ver el acertijo por lo que era y se dedicó a señalar sus fallas: «El hombre entendió perfectamente la prohibición pues se le dijo: "Porque el día en que comieres de él, morirás tu muerte", es decir, dejarás de trabajar y el hombre sabe lo que es el trabajo, pues Dios lo puso en el paraíso para que lo labrara y preservara».

Maestros y sabios míos, me tomó sólo unos momentos encontrar las fallas en la respuesta del rabino Leibowitz; pero antes de que pudiera responderle, el rabino Scheinfeld vino a llamarme la atención: «Speismann, ¿otra vez con tu "conocimiento del bien y el mal"? ¡Lee tu Talmud!». ¡No! Quería llorar, ésa no era la respuesta correcta, pero no tenía a nadie que me defendiera y, por lo tanto, me alejé de ahí, rechazado y en silencio.

Me había decidido a confrontarlos con esta pregunta a ustedes, los tres sabios, sólo hasta que pudiera formularla más claramente. Estudié detenidamente los libros día y noche sin dejar que las sagradas escrituras se apartaran de mi vista. Una y otra vez reflexioné sobre cómo el primer hombre podía haber entendido la prohibición a la que estaba sometido antes de tener el conocimiento del bien y del mal, y antes de que Dios lo reprendiera. Cuanto más examinaba esos mismos versículos y leía todos los comentarios, más hambre sentía por la verdad, hasta que de pronto me di cuenta: «el conocimiento del bien y del mal» no tiene nada que ver con el árbol y su fruto, ya sea higo o manzana. El conocimiento se obtuvo sólo una vez que se violó la prohibición. Si no hubiera violado la prohibición, el hombre no podría haber conocido lo que es bueno o malo; nada más podía obedecer. El árbol del que Adán y Eva tomaron el fruto prohibido se convirtió en el árbol del conocimiento del bien y del mal sólo una vez que hicieron la trasgresión, ni un momento antes.

Queridos maestros, no puedo describir los sentimientos que me sobrecogieron. Me derrumbé tan pronto como dejé ir mis perturbaciones. Yacía en el suelo, estupefacto, el hombre más feliz del mundo, espíritu sin carne. La sagrada escritura de pronto tuvo perfecto sentido. Innumerables dilemas se me resolvieron al instante. Me quedé pensando qué más podríamos aprender de este descubrimiento: sólo una vez que el hombre violó el decreto divino, pudo ver que hay fe e infidelidad, fue este el momento en que pudo elegir por primera vez entre la devoción y la herejía. La violación del decreto divino es, por tanto, una condición necesaria de la fe. Ésta es la pura verdad. La verdad no tiene necesidad de mi conocimiento. Dos más dos son cuatro con o sin Zvi-Meir Speismann.

Para mí, este descubrimiento estaba demoliendo las montañas hasta convertirlas en polvo: sólo un pecador puede ser un creyente verdadero. Si no hay trasgresión, uno no es más que un perro servil.

Emocionado, esperaba que las mentes más brillantes de nuestra generación, mis amados maestros, continuaran la conversación conmigo; pero todo lo que hicieron fue dedicarme una mueca y pasar de la furia al desdén. «Sólo el negro puede ser blanco», murmuró el rabino Scheinfeld, «y sólo el día puede ser la noche», se rió el rabino Kahunah, «y sólo los tontos pueden ser sabios», exclamó el rabino Leibowitz. No podía creer lo que escuchaba. La troika me había desarmado y humillado; me dejaron como presa fácil para sus discípulos. Quería morirme de vergüenza.

Los eruditos se arremolinaron para lanzarme contradicciones en la cara: «sólo un judío puede ser gentil», «sólo las kartoshkas son nabos», etc. Por la noche, pedí ayuda a las luminarias de generaciones pasadas —¡Gaón de Vilna! ¡Rabí Yehudah Shmuel de Ratisbona! ¡Aquí estoy!—, pero incondicionales como ellos que festejan en el más allá en la mesa de Dios no podrían preocuparse menos por el novicio de Valózhyn. Se me negó el acceso a mis venerados maestros que me habían visto sufrir día tras día. Si abría la boca, me callaban, se burlaban y abusaban como un ignorante abominable. La gente me llamaba «gentuza de Motal» y «rey de los pantanos» a la cara.

Condenado al ostracismo, queridos míos, sabía que mis días en la yeshivá estaban contados. En realidad, no fui expulsado ni excomulgado oficialmente. Sin embargo, sabemos demasiado bien que la denigración y el menosprecio duelen más que el destierro. Si me acercaba a colegas absortos en un debate, antes de que pudiera abrir la boca, mis debatientes huían. En poco tiempo, la única mesa a la que podía unirme era la reservada para los cabezas huecas que habían sido admitidos en Valózhyn gracias a las donaciones de sus padres ricos.

En ese momento, me di cuenta de que la Yeshivá de Valózhyn es un mercado de ideas donde el éxito de uno depende de la capacidad que se tenga para afirmar lo obvio; en otras palabras, depende de si uno acepta o no seguir sus reglas. Y los tres sabios preeminentes que ustedes son, los gedolim, caminaban corrigiendo sus declaraciones, guiados no por la verdad, sino por el capricho. Un bazar turco, señores; eso es lo que era la yeshivá. En mi opinión, Valózhyn se trataba de hacer cualquier pregunta, siempre que tuviera rima y razón. Resultó que presidieron a Valózhyn como los únicos árbitros de lo que podría ser la rima y la razón. No es de extrañar que la intromisión se generalizara, ya que una ola de filtraciones e informes a las autoridades finalmente condujo al cierre de sus puertas.

El día en que dejé la yeshivá fue el día en que cumplí el propósito de mis estudios. Me acerqué al rabino Leibowitz y me quité el sombrero como un cristiano, de pie con la cabeza desnuda frente a Dios. Yo, Zvi-Meir Speismann, pasé al otro lado para experimentar la herejía de primera mano, para decidir por mi cuenta si debía seguir al Todopoderoso. Fue entonces cuando prometí caminar en el camino de Dios, no de la manera que ustedes lo entienden, sino como un hombre común; si esto significa que seré un buhonero, que así sea, pero no lucraré con la verdad.

Me casé con Mende Schechter, hija de Meir-Anschil Schechter, un carnicero de Grodno. Mis padres estaban complacidos con esta pareja y la dote que traía consigo. Mende era suficientemente buena: se comportaba de modo agradable, tenía un hoyuelo agraciado adornando su barbilla, ojos inocentes, era amable y de buenos modales. Y aunque no hacía que mi corazón cantara, ciertamente era digna de un intelectual lleno de promesas como yo era.

Para ganarme la vida, tiraba de un carro cargado con los artículos imprescindibles en una casa judía: ropa, muebles, utensilios de cocina y leña; pero cuando ofrecía mis productos a la venta en las aldeas, me encontré dudas y sospechas. Todos preguntaron, ¿qué hace un estudiante de Valózhyn con un carro de mendigo? Mis clientes me consideraban demasiado inteligente para ser vendedor ambulante y los eruditos me consideraban demasiado vendedor ambulante para ser inteligente. No tuve más remedio que contar mi historia y explicar mis descubrimientos a cualquiera que quisiera escuchar. No van a creer sus reacciones. Se pinchaban las orejas, se erizaban los pelos y se olvidaban por completo de las mercancías que se ofrecían a la venta. Uno tras otro me aconsejaron que volviera a estudiar. Cuando traté

378

de compartir mis problemas con mi esposa embarazada, ella me mira-
ba sin comprender y me pedía que me fuera, argumentando que le
dolía la cabeza. Al día siguiente todavía le dolía la cabeza, y al día si-
guiente le daba vueltas, y cuando nació nuestra hija Mirl, Mende es-
taba cansada la mayor parte del día. Cada vez que intentaba sacar el
tema, me pedía dócilmente que dejara la conversación para otro mo-
mento. Dios Todopoderoso, ¿con quién puede hablar un hombre, con
un burro?

Les diré, maestros, que si no fuera por los niños, me habría muda-
do a Minsk hace nueve años, pero ¿cómo podría dejar atrás a mis po-
lluelos? Noche tras noche sostenía a Yankele en mis brazos y le con-
taba sobre el Talmud y sobre la yeshivá a la que asistirá cuando
crezca. Fundada por su padre, el rabino Zvi-Meir Speismann, esta
academia será la envidia de Valózhyn. La yeshivá del rabino Speis-
mann enseñará, ante todo, destreza intelectual. Cualquiera que me-
morice versos será expulsado. Esto es lo que le decía a mi hijo peque-
ño; pero cuanto más resplandecientes y grandiosos se volvían mis
sueños, más insoportables encontraba mis tareas. Allí estaba yo, ca-
minando por las calles, predicando las palabras de la Torá y maldi-
ciendo a los clientes que se negaban a comprar mis productos. Tomaba
nota de la riqueza de mis hermanos que asisten a la sinagoga para
cumplir los mandamientos enseñados de memoria, sin ejercitar ni un
ápice de libre pensamiento. A mis ojos eran una horda de insectos
abandonando los charcos en busca de migajas.

Pero ¿cómo podría quejarme? Las migajas eran nuestra principal
preocupación en casa. Mende parloteaba sobre las cosas que compra-
ba, quién hizo qué cosa y a quién, qué dice la gente sobre fulano, cuán-
do visitó X a Y, cuánto cuestan los tomates aquí y por qué nadie com-
pra lino allí. ¿A quién le importa? Vagando por los reinos de la
mente, de repente pedían mi opinión sobre un abrigo que le había
comprado a un vecino. Y si alguna vez pedía paz y tranquilidad,
Mende se tapaba la cara con las manos y se escabullía por la casa como
una gallina desplumada.

Mis dulces y brillantes hijos eran los niños de mis ojos. Podía, por
ejemplo, ver a Yankele sentado en un rincón, explorando el contenido

379

de un cuenco. Yo le regañaba: «¡Yankele, deja ese cuenco en paz!», y él me devolvía una mirada cómplice y seguía en lo mismo. El niño, que aún no había cumplido los tres años, ya comprendía lo que tomó un tortuoso año en Valózhyn para darme cuenta, la transgresión es una necesidad. Díganme, ustedes que mantienen el mundo firme con su virtud, ¿cómo podrían ustedes, los más sabios de los hombres, no comprender lo que es claro como el día para un niño inocente?

Hice todo lo que pude por los niños, viajando de un pueblo a otro como un pobre vendedor ambulante para poner pan en su mesa. La dote de Mende se acabó y no me quedaba tiempo para estudiar la Torá. La gente preguntaba: «Zvi-Meir Speismann, un hombre sabio como tú, ¿por qué no estás en la sala de estudios?» Y yo respondía con una sonrisa: «No hay Torá sin pan. Mi carro es mi sala de estudios». Y, sin embargo, estaba mortificado. Por encima de todo, me compadecía de mis hijos. Yankele estaba a punto de comenzar a asistir al jéder, donde su espíritu sería aplastado. Mirl crecería para ser como su madre. ¿Cómo define Mende lo que es un buen día? Una buena oferta en zapatos, chismes jugosos y regodearse en las desgracias ajenas. Todo lo que nuestra hija podía aprender es que la conversación ociosa es todo lo que hay en la vida.

Queridos amigos, no pude soportarlo más. Los ojos de mis hijos se llenaron de vergüenza. Compartí con ellos palabras de la Torá en la cena del sábado y partí la noche siguiente, después de la cena Melave Malka que marcó la salida del sabbat. *Tocando puertas para ganarme la vida, ¿qué podría compartir con mis clientes? No comprarían un solo artículo antes de hacer pedazos mis precios. Me pedían que volviera, los bastardos, una vez que me negaba a negociar y me daba la vuelta para irme, como si el comercio fuera un juego de flexión muscular en el que sólo sobreviven los más aptos. Mirándolos, me di cuenta de que éramos exactamente iguales: lo único que nos importaba era el dinero.*

Deseaba poder separar mi vocación de mi profesión. Desafortunadamente, la profesión de uno nunca se basa sólo en el cuerpo; siempre termina saqueando las riquezas de la mente. Sentado al atardecer en casa, con la esperanza de refrescarme y demás sin ser perturbado, el parloteo de Mende roía mis pensamientos. No podía soportar ver a mi familia cenando a mi alrededor. Masticando pan con avidez, hartándose de grasa hasta que les goteaba por la barbilla y engullendo sopa hasta la última gota. Perdí el apetito por completo. No comí durante días y me convertí en un esqueleto andante entre animales de presa.

Mi corazón daba un vuelco cada vez que veía una hoguera pensando que podría ser la zarza ardiente que me convocaría a mi llamado. Sin embargo, cada vez que me acercaba, las personas sentadas alrededor del fuego arrojaban piedras para alejarme. Por la mañana, me levantaba esperando escuchar una voz desde lo alto, pero en cambio escuchaba los ronquidos de Mende. Tenía la intención de esperar hasta que Mirl creciera y Yankele pudiera pensar por sí mismo antes de irme, pero después de nueve años mi vida se volvió insoportable. Abandoné el carro y juré no volver a Motal hasta que mi deseo fuese cumplido: convertirme en un mejor hombre y, sobre todo, un padre merecedor de sus hijos.

Llegué a Minsk sin una sola moneda. Personas buenas me tomaron bajo su ala, permitiéndome pasar la noche en su casa o en su granero. Se negaban a dejar que un compañero judío muriera congelado en la calle. Cuando preguntaron por mi historia, la conté de principio a fin; fue entonces cuando me dijeron que la ilustre yeshivá a la que asistí había cerrado, y me contaron sobre la historia de peleas y traiciones de Valózhyn. Yo estaba avergonzado, maestros míos, pero no sorprendido. Les prometí a mis anfitriones que surgiría una nueva y magnífica yeshivá, esta vez sobre una base sólida, y pedí una donación que me permitiera dirigir el deteriorado salón de estudios local para empezar. Me invitaron a sus academias para compartir mis descubrimientos y acepté, pero dondequiera que iba, los antiguos Valózhynitas actuaban como guardianes y me negaban el acceso a cualquier estrado o salón.

Reconociendo mi derrota, sabía que mis días estaban contados, no podía ver un rayo de esperanza en este valle de muerte. Regresar a Motal no era una opción: a mis hijos les hubiera partido el corazón ver a su padre tan derrotado y cabizbajo. Palestina es un pantano de matones, y Nueva York, die goldene medina, es un lecho de espinas.

Tenía la intención de quemar mi manto de oración a la manera de los Mendelssohn, los famosos judíos conversos de Alemania, y luego suicidarme como los poseídos por el dybbuk. Saber que esto haría el juego a mis detractores fue la única razón por la que no seguí adelante con mi plan. Empecé a vivir en la calle y seguí difundiendo mis enseñanzas desde el amanecer hasta el anochecer. Perdí tres dedos por congelación, mis pulmones estuvieron dos veces al borde del colapso y sólo el Santo Bendito me sostuvo y me dio la fuerza para seguir difundiendo su palabra.

Los transeúntes gritaban: «¡Consigue un trabajo, estás vendiendo basura!». Yo respondía sólo con palabras puras e inocentes. Díganme, ¿en qué mundo vivimos, desprovistos de toda verdad o espíritu, cuyos habitantes no son mejores que las bestias? Pocos se detenían a escuchar mis sermones, pocos me tiraban kopeks a los pies y sólo mis compañeros vagabundos me ayudaban a tomar un plato de sopa caliente todos los días. No me acerqué a la casa de limosnas y nunca puse un pie en una taberna. Queridos maestros, yo era todo mente, y estaba feliz y orgulloso de mi trabajo.

Hace unas semanas escuché que la policía me estaba buscando. «¡Cuidado, Zvi-Meir!», me susurró un mendigo al oído. «Te están vigilando». Mirando a mi derecha e izquierda, vi personajes dudosos en la esquina de una calle. Caminé hacia la plaza y allí estaban, escondidos en una nube de humo de cigarrillo en la escalera de la iglesia. En silencio, me deslicé dentro de la fría sinagoga, die kalte Shul, y los vi sacando sus libretas para tomar notas.

¿Quién los envió a buscarme? No hay lugar a dudas. Eran los jefes de la Yeshivá Valózhyn, que ahora estaba cerrada. Venerables sabios, intelectuales eruditos comenzaron a temerle a las ideas de Zvi-Meir Speismann. Se percataron de que hay una nueva vida, una bocanada de aire fresco que revivía a los residentes de Minsk. Las sabias enseñanzas del sinvergüenza se difundieron de boca en boca, y en poco tiempo la gente comenzó a darse cuenta de que la fe religiosa está condicionada a la libertad de elección. De repente vieron a hombres judíos que aceptaban usar sombreros de copa y trajes, convirtiéndose en oficinistas. Mirando el reloj se dan cuenta de que esos hombres *judíos están trabajando en sus oficinas hasta tarde y no asisten a la sinagoga para la oración vespertina. Y cuando se corrió la voz, los líderes de la comunidad no tuvieron más remedio que unirse y luchar hasta la muerte contra el hombre al que habían denunciado, yo, Zvi-Meir Speismann. Pero el agua fría, queridos señores, no apagará el sol.*

Ustedes envían informantes de la policía para advertir contra el gran peligro del imperio: Zvi-Meir Speismann, un judío manso, pero astuto; un poco más inteligente que ustedes. Lo que es más, hace poco se ha hecho de mi conocimiento que el ejército se ha unido a la cacería. Me he convertido en el enemigo número uno de la nación. No ha existido más grande amenaza al zar desde Napoleón Bonaparte.

Bueno, hijos queridos, sus obras me han hecho justicia. Estoy ante la zarza ardiente que anhelaba, sólo que esta vez no es la zarza la que arderá en llamas sino el profeta. Su cuerpo ciertamente será consumido, queridos discípulos, pero no su espíritu. Su nombre estará en boca de todos en Motal. Regresará con su esposa e hijos en las alas de la gloria para corregir el mal que se les ha hecho. El cuento ha llegado a su fin. Mi trabajo en este mundo está hecho. Envíen mi amor a los miembros de mi pueblo, al que me he consagrado y a mi familia, a la que he amado más que a nada.

Sinceramente suyo,
Zvi-Meir Speismann
Un hombre sencillo
Minsk, año 5654

II

Sus viajes por la carretera, del cuartel a Minsk con escolta militar, son muy diferentes del viaje anterior de los caminantes. En primer lugar, sólo quedan tres de ellos; se desconoce el paradero de Shleiml el Cantor. En segundo lugar, esta vez están tomando la carretera principal, con calma y confianza. Los somnolientos pasajeros de los carros que los adelantan tiemblan de miedo en cuanto reconocen la caravana que se aproxima. Los viajeros inocentes miran hacia otro lado como culpables, los alborotadores inclinan la cabeza sumisamente. Todos se tensan al verlos y respiran aliviados cuando avanza su convoy.

El calor del verano hace que uno descubra nuevas partes del cuerpo, partes que habrían sido ignoradas si no se hubieran vuelto húmedas y pegajosas. La primera noche se detienen durante varias horas en un campo de betabel. El comandante de la guarnición, el capitán Istomin, deja dos guardias para vigilar el carruaje y permite que los demás soldados duerman la siesta en el suelo. El reposo es demasiado breve, los caballos están cansados y el capitán les dice a las dos mujeres del carruaje, Fanny y la enfermera, que cubran a su pasajero herido con una manta. Sólo una de ellas obedece, e Istomin se sorprende por la indiferencia de la otra mujer. Él le dirige una mirada autoritaria que ella contrarresta con sus ojos de lobo depredador. Se pregunta si debería hacer valer su rango militar, pero, después de reflexionar un poco, decide que ella podría simplemente negarse y dejarlo humillado.

Los ojos de Fanny siguen la espalda robusta del capitán Istomin mientras se aleja del vagón y luego mira hacia su propio cuerpo para ver el uniforme de enfermera que lleva puesto. Ya ha perdido la cuenta de las identidades que ha asumido a lo largo de este viaje.

Cabría suponer que se siente culpable por la precaria situación en la que se encuentra. Si no hubiera salido de Motal dos horas después de la medianoche, una familia —aunque fuera una familia de ladrones— todavía estaría viva. Dos agentes, hombres de familia, también habrían regresado a casa. Y los dos hombres a su lado, uno suspendido entre el mundo de los vivos y el mundo de los muertos, y el otro entre el pasado y el presente, se habrían quedado quietos; el primero en una taberna de mala calidad, el segundo en un bote, y ninguno de los dos se habría arriesgado jamás a un encuentro con la horca. Ella habría continuado con su vida, Mende se habría recuperado y Zvi-Meir Speismann, bueno, tal vez ser Zvi-Meir Speismann es un castigo suficiente en sí mismo.

Y, sin embargo, incluso cuando aquel detective la tomó del cuello en la hora más oscura de la noche con el aliento frutal sobre su cara, ella no consideró volver a Motal. Si logra llegar a Minsk, está segura de que se encontrará con el hombre de la Ojrana una vez más, pero el pensamiento de esconderse de él no atraviesa su mente. Ha pasado un tiempo desde que sabe si está corriendo de sus perseguidores o acercándose a ellos.

La enfermera mira a Fanny con reprobación. Algunas mujeres se enfurecen por la indolencia de las otras mujeres. Al ver poca diferencia, si es que hay alguna, entre un mundo donde tales mujeres existen y un mundo donde no existen, preguntan: «¿Esta perezosa es útil de alguna manera?». Y dado que consideran que la existencia y la utilidad son lo mismo, concluyen que la falta de utilidad significa que no existen. Cada acción simple —como cubrir a un hombre herido con una manta— se convierte en una exhibición para ellas. La enfermera al lado de Fanny sacude las mantas sobre el costado del carro, dobla dos de ellas cuatro veces y las coloca en diferentes partes del cuerpo de Adamsky. Luego desdobla las mantas, las vuelve a extender sobre él, alisando los pliegues y suspira. Luego frota aceite y ungüentos en su cuerpo herido, administra analgésicos y brebajes a base de hierbas y enfatiza aún más la ociosidad de Fanny.

Fanny comienza a sentir como si todos estuvieran en su contra: detectives, soldados, centinelas, oficiales de la ley, verdugos, jueces. Incluso sus compañeros de viaje. Si Adamsky estuviera sano, no habría podido controlarse. Y Zizek no ha recibido más que golpes por culpa de ella desde el momento en que se unió a su viaje. ¿Y su familia? Natan-Berl debe estar furioso. Al regresar a casa por la noche, probablemente ignora su lugar en el banco de la mesa del comedor. Se sienta a cenar, juega con los niños y se acuesta. Si se menciona su nombre, se aleja como si hubiera escuchado una palabra en un idioma extranjero. A sus ojos ella no existe si no está allí. Dirá su parte sólo cuando ella regrese. Gavriellah, la mayor, no puede reemplazar a su madre, por muy sensata que sea. Sus otros hijos, Dios Santo, no deben tener idea de cómo lidiar con su resentimiento. Mientras que Rivkah Keismann debe estar eufórica, seguramente.

Fanny recuerda cómo solía pasar los dedos por el cabello de Elisheva todas las noches, cómo solía arropar los pies de David con las mantas y deslizarse en su cama, sintiendo en sus huesos que el desastre era inminente. La vida no puede permanecer tan pacífica por mucho tiempo, eso lo sabe ella, y el peligro nunca está lejos de casa. Su mundo, el mundo tranquilo, sereno y maravilloso al que anhela volver a unirse, se fundó sobre la injusticia de la que fue cómplice. Su vida bien ordenada apostó con la justicia mientras seguía haciendo la vista gorda ante las catástrofes en el umbral de su puerta. «Ahora no, Fannychka, ahora no. *Mamaleh* está cansada».

Y de este modo se encerró en su casa, puso los postigos y cerró la puerta. Ella estaba perfectamente satisfecha en su reino, agradeciendo al Creador por sus hijos y esposo sanos. Estaba agradecida por cada aliento que tomaba su Mishka, llena de alegría por cada palabra de hebreo que aprendía Gavriellah. Sin duda, las tragedias que sucedieron a sus vecinos debían de haber ocurrido por una razón. Su madre le había enseñado eso. Descuido, negligencia, transgresión; en retrospectiva, se podría haber predicho cualquier desastre. Y el pasado es una profecía que esconde una amarga verdad: Fanny no tiene control sobre nada. Fannychka no puede controlar nada. «Ahora no, Fannychka. *Mamaleh* está cansada».

Y tú, Fanny Keismann, tu ruina también estaba predicha. ¿Tenían razón? Durante años, Mende le dijo que las personas de la ciudad se burlaban de la decisión de Fanny de vivir entre los *goyim* del pueblo. Su hermana no dejaba de decirle que el pueblo quería que los Keismann volvieran al redil, los que se acuestan con perros no deberían sorprenderse si…; pero Fanny no le devolvió a su hermana las palabras. No le dijo a Mende lo que la gente decía sobre su esposo, que Zvi-Meir Speismann era un bufón que se hacía pasar por un genio, un hombre que debería aprender un oficio en lugar de pretender ser el líder de la nación.

Sin embargo, una vez que Zvi-Meir abandonó a su hermana, fue casi imposible ignorar la calumnia. Fanny se vio obligada a escuchar los insultos que circulaban, especialmente los de otras mujeres. Qué más se podía esperar de una pareja así, decían. Al principio, culparon a Zvi-Meir por ser un fracaso total disfrazado de *tzadik*. Luego, a su debido tiempo, comenzaron a nombrar las faltas de Mende, una a una. Después de todo, una esposa vigilante, firme y responsable no deja que su hogar se desmorone. La culparon de su propia situación, de ser una esposa sin marido, como si fuera la responsable de la huida de Zvi-Meir. Fanny quiso arrancarse los cabellos cuando esta calumnia llegó a sus oídos.

Luego fue demasiado tarde. Mende casi se ahoga y fue rescatada del río por Zizek, el hombre al que todos creían el tonto del pueblo, quien ahora está sentado a su lado, sosteniendo la mano de su amigo, el dueño del burdel.

Eso sí, a las puertas de Motal le espera un duro sermón. Definitivamente será regañada por el camino que ha tomado. ¿Cómo podrían dos errores hacer justicia para su hermana? Una delegación de rabinos podría haber traído de vuelta a Zvi-Meir sin dejar tras de sí un rastro de cadáveres. Una carta de sus padres podría haber llegado más lejos que el viaje de Fanny con matones. ¿Por qué buscaste aventuras, Fanny Keismann? Si eso era todo lo que querías, no deberías haber defendido la causa de la justicia en vano. Hay cientos de mujeres como tu hermana. ¿Por qué no persigues a cada esposo pródigo de Grodno? Al menos podrías confesar que estás actuando por interés propio, después de todo, el mundo no se arreglará gracias a ti. Si de verdad te importara tanto rescatar a tu hermana, habrías tomado un camino diferente. Y si era otra causa la que te guiaba, ahora es el momento de admitirlo. En pocas palabras, ¿de qué se trata?

No lo sabe. Lo único que sabe con certeza es que es demasiado tarde para volver atrás.

III

Al final del tercer día de su viaje, pueden ver las luces de Minsk brillando a la distancia. No obstante, el comandante de la guarnición ordena a sus tropas que vuelvan a acampar. Fanny se sorprende al ver que no se quedan en una taberna después de un viaje tan largo, con las espaldas adoloridas, las barbas polvorientas, las caras llenas de hollín y las gargantas resecas. El encuentro de los soldados con el suelo duro no mejora su moral.

Comen los pocos vegetales que les quedan, en su mayoría calabacines y unas cuantas coles amargas y arrugadas que recogieron cuando marchaban entre los campos. Los soldados se sientan separados de sus tres acompañantes y no le toma mucho a su grupo comenzar a emitir risas ebrias y humo de pipas. Un húsar se acerca humildemente al Padre y lo invita a unírseles. Zizek se niega, el soldado le besa una mano y le pone salchicha seca, tabaco y galletas en los bolsillos de la camisa.

La enfermera prepara una de las tiendas para su amigo herido y le indica a Zizek y a Fanny que deben permanecer en la otra tienda. Sin embargo, Zizek se niega a dejar a Adamsky y a Fanny le parece una mala idea dormir sola. Mira a su alrededor con inquietud, esperando captar la atención de Zizek. Su rostro sin rasurar está quemado por el sol y su boca herida babea, sus ojos brillan ante la débil luz de la linterna.

—Por favor, señora Keismann —dice—. Vamos a quedarnos con ellos.

Fanny suspira aliviada y entra en la pequeña tienda. Los olores del ron y la orina se mezclan con el olor a vendas viejas y antiséptico. Zizek le entrega un trozo de queso y rompe una galleta con los dientes para que la compartan. Mastican sus galletas; luego cae el silencio y sólo queda el latido de sus corazones. Una extraña sensación de parentesco se filtra en el cuerpo asediado de Fanny y la emoción la abruma. ¿Quién habría creído que llegaría tan lejos?

—Zizek Breshov —susurra—, ¿por qué viniste conmigo?

—Lo siento, señora Keismann —dice de inmediato sin mirarla directamente, como si esta frase hubiese estado lista en su garganta durante un largo tiempo—. Pero usted vino a mí.

—Muchas personas van contigo y aún así sólo me ayudaste a mí.

—¿Muchas personas? —Él tose con pesadez—. Lamento decirle esto, señora Keismann, pero nadie más vino. Sólo usted.

Antes de que Fanny se quede dormida, él suspira y murmura:

—Usted y él.

IV

Se despiertan por la mañana y descubren que han acampado justo en las afueras de la ciudad. El comandante de la guarnición sabe que si hubiera un francotirador apostado en una de las casas cercanas, habrían sido un blanco fácil. Zizek piensa que si la ciudad tuviera murallas y un centinela se hubiera meado desde una de las torres de vigilancia, se habrían mojado todos. Adamsky está imaginando el patio de su casa y de Ada, su rostro deforme radiante, su pecho regordete invitando debajo de su delantal. Dos gallinas picotean granos, y ropas de diferentes tallas, desde infantes hasta viejas, ondean con la última brisa del verano. Cada hombre está en sus propios pensamientos.

Los soldados están exhaustos. Los rostros de los húsares están demacrados y el polvo rellena las arrugas de sus caras. Cuando el comandante les ordena que doblen las tiendas y comiencen a moverse, se miran los unos a los otros con incredulidad.

Su entrada en la ciudad es sencilla. Fanny cree que los habrían recibido con la misma indiferencia incluso si hubieran llevado uniformes otomanos. Unos cuantos empleados cacarean como gallos junto a la estación. Los mendigos somnolientos se despiertan lentamente y los ven pasar con inquietud, como si estuvieran invadiendo el espacio de los soldados. Los trabajadores llegan a la ciudad con la esperanza de conseguir trabajo para ese día. Fanny nota que hay muchos judíos entre ellos.

Tendría sentido que el comandante los dejara en una taberna mientras los soldados buscan a Zvi-Meir Speismann, pero así no funcionan las cosas. A medida que pasa el tiempo, Fanny se da cuenta de que vagan sin rumbo fijo por las calles. De vez en cuando, dos jinetes se separan del grupo y otra pareja se une a ellos. Esta artimaña, supone, es una precaución para asegurarse de que no los sigan.

Comienzan su búsqueda en el centro de la ciudad. Fanny mira con los ojos muy abiertos a través de la ventana del carruaje. Ve edificios altos, oficinas y fábricas, un cartel de teatro y luego otro y un café en cada esquina. ¿A qué hora trabajan aquí en Minsk? ¿Y qué es eso… un ómnibus tirado por caballos? ¡Dios mío! Y este olor a humedad, ¿será que aquí las casas tienen agua corriente? Y los edificios tan grandes, ¿es que un piso no era lo suficientemente bueno para ellos? Deben tener una vista de…, ¿qué es eso? ¡Qué puente tan impresionante!

También los judíos se ven distintos aquí, con sus zapatos brillantes, barbas acicaladas y sombreros elegantes. Pero, Dios Santo, algunos van adornados con sombreros de piel de visón y otros con sombreros de hongo como los *goyim*. Nadie se atrevería a caminar por Motal vestido de ese modo. Mira, ese hombre acaba de sacar un reloj de oro de su abrigo y justo detrás de él un grupo de judíos están sentados bromeando con estudiantes universitarios. ¿Será necesario preguntar por la denominación de las personas para poder conocerlas?

Se alejan de la plaza superior del mercado, que está dominada por un palacio —probablemente el del gobernador—, y cruzan un gran río que debe ser el Svíslach, en dirección este. Cuando ya no hay más carruajes a la vista, se multiplican los baches y los caminos se estrechan; saben que han llegado a los barrios marginales, conocidos aquí como «el pantano» de Minsk, *die Blotte*, el barrio judío. Fanny se sorprende de la miseria que la rodea. En Minsk, le habían dicho, hay más comedores populares que pobres. Todo lo que necesita hacer un hombre hambriento es volver la cabeza y encontrará una organización de caridad: Salvadores de los Mansos, Actos de Bondad, Vivienda Caritativa, Tienda de Israel…; pero el espectáculo que ve Fanny desde la ventana de su carruaje es muy diferente: judíos con la espalda encorvada, envueltos en la miseria y agobiados por el hambre. Se parecen a las multitudes de Motal y Grodno, pero tal vez sea su pobreza lo que los hace tan indistinguibles.

Dos ancianas se pelean por un cliente en una esquina de la calle, cada una de ellas sostiene una canasta de pepinos marchitos. Una le grita a la otra:

—¡Ya vendiste dos hoy, ahora me toca a mí!

A lo que su amiga responde:

—¡Aquí no hay filas, señora Gurevits, esto es un mercado!

Después de otro tour a las sinagogas, el capitán Istomin detiene al grupo de búsqueda cerca de un cónclave de locales que no parecen haberse percatado de la extraña procesión de soldados que se aproxima. El capitán Istomin baja de su caballo y camina hacia la calandria.

—Bueno —le gruñe a Fanny y Zizek—, apúrense, salgan y pregunten por su hombre. Estaremos cerca.

Con los ojos hundidos y las expresiones aturdidas, Fanny y Zizek parecen haber olvidado por qué están allí.

—Adelante —dice el capitán—. No querrán que nosotros hablemos con ellos, ¿verdad? Saldrán corriendo y gritando ¡Gevalt!, y despertarán a toda la ciudad.

Por algún motivo, Fanny y Zizek siguen sin moverse.

—¡Ésta es *su* gente! —dice el oficial en voz alta, y los judíos acurrucados levantan la cabeza como uno solo.

Istomin se percata de que está llamando la atención y baja su voz hasta que se vuelve un susurro.

—Miren, ésta es la cuestión: nadie de nuestro ejército puede hablar con nadie de su gente sin provocar rencor y sospechas. Así es como son las cosas en Rusia. Es un hecho. ¿Cómo terminará la historia? No lo sé; pero el coronel Pazhari me ha asignado esta misión y yo pretendo seguirla hasta el final. Ahora, por favor, bajen de la calandria y hablen con esta gente antes de que comience una revuelta.

Las palabras del capitán tienen sentido. Fanny y Zizek bajan. El grupo de judíos permanece quieto, aferrándose unos a los otros como si ya estuviesen bajo arresto. Unos cuantos levantan momentáneamente la cabeza y cuando Fanny y Zizek se les aproximan, éstos se meten las manos en los bolsillos y se sujetan con fuerza del caftán.

—*Shloem Aleichem* —comienza Fanny—, *a gute morgen*.

El grupo retrocede, golpeándose unos contra otros mientras se echan hacia atrás. Si se les hubiese acercado el comandante, habrían sabido cómo reaccionar. Pero ¿una dama *goy* con cabello claro y ojos ardientes que camina hacia ellos y les habla en un yidis fluido? Nunca en su vida habían visto semejante mestizaje.

—*Wart a minut! Halt!* Esperen un momento —grita Fanny y ellos se giran para verla, avergonzados—. Necesitamos hacerles una pregunta.

—¿*Fragen?* —dice uno de ellos con nerviosismo tocándose los rulos—. ¿Hacernos una pregunta? Nadie hace preguntas con los soldados cuidándole las espaldas. Sus fusiles son suficientes.

Fanny intenta tranquilizarlos.

—No tienen nada de qué preocuparse. Están de nuestro lado.

Un hombre explota a carcajadas.

—O eres una demente o una mentirosa —dice—. El ejército nunca está de nuestro lado —luego añade en un susurro—: el ejército es para los cerdos. ¿Y qué te hace pensar que están de tu lado?

—Lo siento, pero venimos en paz —dice Zizek Breshov.

Aunque habla en polaco, acompaña sus palabras con gestos tranquilizadores y el grupo parece entenderle.

—Por favor, escúchennos —dice—. No queremos hacerles daño. Estamos buscando a Zvi-Meir Speismann. Eso es todo. Díganos dónde está y nos iremos de aquí.

Los hombres suspiran aliviados.

—¿Zvi-Meir Speismann? Claro, Zvi-Meir Speismann. ¿Quién sino Zvi-Meir Speismann? —repiten el nombre una y otra vez.

El más viejo de todos cuyos ojos parecen llenar más de la mitad de su cara, explica:

—Es un loco, un *meshugener*, libertino, sinvergüenza, *shkotz*. Nunca se ha visto a alguien más pobre; da miedo. Vive en las calles con ratas por vecinos. Va diciendo que es uno de los *gedolim*, pero todos saben que no es más que un gorrión tirando pedos. Su nariz siempre apunta al cielo, es intolerablemente arrogante y no escatima en sermones a nadie. Está lleno de amargura hacia los grandes eruditos de la Torá y está convencido de que la ilustre Yeshivá de Valózhyn es una guarida de idiotas. Sigue repitiendo una frase estúpida como si fuese una profecía: «la fe es pecado», o al revés, nadie puede recordar. Basa toda su tesis en la historia del jardín del Edén, y ni una sola alma ha logrado entender qué es lo que quiere decir. Pasa sus días persiguiendo mujeres casadas, bebiendo *yash* y de vez en cuando termina en una taberna. Entonces, ¿quieren a Zvi-Meir Speismann? ¡Por favor! Vayan al mercado inferior y pregunten por él en los callejones de la calle Rakovias. No pasará mucho tiempo antes de que lo vean en todo su esplendor. ¿Él es a quien buscan? ¿Debieron decirlo antes? ¡Quédenselo!

Por alguna razón, Fanny siente una lástima repentina por su cuñado. Ella, de todas las personas, debería haberse alegrado de saber que Zvi-Meir es considerado un tonto; pero en este momento, por Dios, preferiría salvarlo de la manada de soplones que se ha reunido a su alrededor. Tan pronto como se dieron cuenta de que no estaban en peligro si hablaban de Zvi-Meir Spelsmann, ladraron como si no hubiera un mañana. Nunca pensaron en preguntar sobre la mujer que los interrogaba, o el hombre que hablaba polaco, sin mencionar su escolta militar. Este grupo simplemente lo delató sin pestañear.

—Vayan al mercado inferior —reitera el viejo— y encontrarán al personaje Speismann.

Los otros asienten a cada palabra, claramente orgullosos de tener a este hombre hablando en representación de todos.

Mientras el anciano disfruta de las miradas de admiración de sus amigos y se regocija en la aprobación de sus finas palabras, Zizek nota que la mano de Fanny se desliza hacia su muslo y rápidamente la agarra y la retira. Fanny está agotada, lo que podría explicar su acción precipitada; hasta ahora, nunca se ha atrevido a sacar el cuchillo para atacar a uno de los suyos. Es cierto, no se inmutó cuando mató a la familia de bandidos o cuando cortó las gargantas de los agentes tan rápidamente, y si hubiera tenido que sacar su cuchillo a los soldados en el campamento, lo habría hecho sin titubear. Pero ahora siente la necesidad de proteger a Zvi-Meir Speismann de su propia gente; una manada de lobos que acaba de darse un festín con su cadáver. Las palabras del anciano han tocado una fibra sensible porque son ciertas. Él había dicho: «¿Qué te hace pensar que estamos del mismo lado?». En realidad, está muy lejos de estar segura de que estén del mismo lado, y si ella no está de su lado, ¿de qué lado está? Es por eso que su mano alcanzó la vaina en su muslo. Si no hubiera sido por Zizek, quién sabe cómo habría terminado este encuentro.

—Lo siento, gracias —dice Zizek y la arrastra del lugar.

V

De entre todos los lugares, es en el mercado —donde los sobornos suelen ser efectivos— en donde escuchan informes contradictorios sobre el paradero de Zvi-Meir. El dedo de un vendedor de papas les señala en dirección a una pequeña sinagoga cerca del cementerio. Otro dedo, el de un mendigo calvo, los envía a un comedor de beneficencia dirigido por los Salvadores de los Mansos. Un *luftmensch* con el que se encuentran afirma que llegó ayer a la ciudad desde Vítebsk y no sabe nada de lo que sucede en la ciudad. Y un chico con un montón de harapos dice que nunca ha oído hablar de nadie llamado Zvi-Meir Speismann. El dinero que ofrecen a cambio de información no ayuda; en todo caso es posible que sólo aumente la confusión. Atraen a una manada de mendigos, cada uno de los cuales intenta demostrar que la información que tiene merece una recompensa. Sólo después de dar varias vueltas por el mercado, ven a un mendigo parado con algunos borrachos en la esquina de una calle cercana —si a una hilera de cabañas de madera puede llamarse calle—, implorando a los transeúntes:

—Vengan y escuchen las palabras de un hombre sencillo, Zvi-Meir Speismann, que tiene poca fortuna, pero de cuya boca brota la verdad.

Fanny y Zizek se acercan al autoproclamado profeta. Cabello tan lacio como tallos caídos cae sobre su rostro y oculta sus ojos, pero Fanny puede reconocer claramente la voz de su cuñado, el hombre que destruyó la vida de su hermana. Al contrario de lo que ella recuerda, su voz está libre de sarcasmo y presunción, ahora tiene un deseo de protesta y condescendencia.

—Vengan y escuchen las palabras de un hombre sencillo —los invita, y Fanny nota una bolsa entreabierta en el suelo a su lado, que contiene una manta delgada, algunas hojas de col y un trozo de pan duro.

Fanny se acerca a Zvi-Meir. Se encuentra con un profeta sudoroso y andrajoso, con zapatos rotos y que huele a cebolla. A su mano izquierda le faltan tres dedos. Zizek se queda atrás, no queriendo entrometerse en un asunto familiar que no le concierne.

—¡Acérquese y escuche! —Zvi-Meir llama a Fanny con la cabeza inclinada—. No tema pues soy un hombre sencillo: mi nombre es Zvi-Meir. Pregunta a cualquier persona en Minsk y te dirán quién soy. Puede invitar también a su esposo, querida dama. No necesita temer a mis palabras, su sabiduría habla por sí misma.

—Zvi-Meir —comienza Fanny, incapaz de ver sus ojos a través del largo cabello.

—Sí, mi nombre es Zvi-Meir, puedes preguntarle a quien quieras. En público la gente te dirá que soy un tonto, pero pregúntales en privado y te hablarán de mis virtudes. Por Dios, señora, enviaron al ejército imperial a perseguirme. ¿Y quién soy yo? Mi nombre no tiene importancia. Soy una persona sencilla al igual que usted misma. No pido nada.

—Zvi-Meir —intenta de nuevo Fanny con voz temblorosa.

—En efecto soy Zvi-Meir, querida mía, puedo escuchar aprehensión en su voz. —Extiende hacia ella su mano mutilada estirando un dedo índice y un pulgar—. Todo el mundo sabe que hay que mantenerse alejado de Zvi-Meir. Sus palabras son peligrosas y los *gedolim* lo desaprueban. Y, sin embargo, al igual que usted, todo el mundo viene a escuchar. ¿Y por qué? Porque la verdad no necesita aprobación; la verdad no tiene necesidad de rebaños crédulos. Las mentiras pueden difundirse entre las masas, pero la verdad toca los corazones de las almas individuales. Si tienes un alma que anhela la sabiduría, uno de estos días te encontrarás aquí, en la sala de aprendizaje de Zvi-Meir Speismann.

—Zvi-Meir, soy yo, Fanny Keismann.

¡Por Dios! El primer destello de su mirada la sobresalta. Detrás de su costra de pobreza y de sus mugrientos cabellos, arden un par de ojos verdes, brillantes y entusiastas. Su rostro es hermoso, aunque su sonrisa revela que le faltan varios dientes.

—¿Fanny Keismann? —susurra con lágrimas inundando sus ojos—. ¿También Mende está aquí? ¿Y mis bebés, Mirl y Yankele? ¡Cuánto los extraño! Oh, Dios, ¿cómo es posible? ¿Mi reputación ha llegado hasta Motal? ¿Tengo influencia en el distrito de Kobryn y en el condado de Grodno?

Fanny no dice nada. De un modo extraño, está conmovida por sus palabras.

De pronto, escuchan una conmoción en un tejado cercano. La voz de un niño gritando:

—¡Zvi-Meir Speismann! ¡Corre por tu vida! ¡Los soldados están aquí!

El profeta levanta la cabeza y ve, por encima del hombro de Fanny, al capitán Istomin y sus soldados que se acercan a él. Una amplia sonrisa se extiende por su rostro roto y comienza a mecerse hacia adelante y hacia atrás en oración.

—Al fin, Fanny Keismann —susurra con voz temblorosa—. Mis hijos finalmente tendrán un padre del que puedan estar orgullosos. Cuéntales cómo llegaron los soldados a llevarse a su padre. Cuéntales cómo su padre sacudió al mundo con las verdades que enseñó. Deben saber que todo lo que hice fue por ellos y que, aunque sufran, no habrá sido en vano. Y besa a Mende, mi amada, que debe pensar que la he ofendido sin razón. Probablemente piensa que frecuentaba los burdeles o que iba en busca de fama y fortuna. Por Dios, Fanny, habría sido mucho más fácil explicar mi decisión si hubiera abierto una fábrica de fósforos. Hubiera sido mucho más fácil convencerlos de mi amor si hubiera tratado de apoyarlos a través del comercio; pero todo lo que pido para mi familia es sabiduría e integridad. Debes contarle cómo su marido se convirtió en el terror de los corruptos y los insensatos. ¿Lo harás?

El capitán Istomin se acerca y Zvi-Meir alza las manos para ser esposado.

—No temo nada —declara el profeta—. Estoy preparado para pagar el precio de la justicia.

—¡Vamos! —le dice el oficial a Fanny en polaco—. ¡Tenemos que irnos! ¿Conseguiste lo que querías de este bueno para nada?

—Sólo necesito un par de minutos —responde Fanny.

Zvi-Meir agita las manos en la cara del capitán Istomin rogando que lo esposen.

—¡No intentes defenderme, Fanny Keismann! He estado esperando a que vengan. Por Dios, ¡los he esperado por años!

—Dile que me quite las sucias manos de la cara —gruñe el comandante.

—Zvi-Meir. —Fanny vuelve a dirigirse a su cuñado—. Vine hasta aquí para hacerte firmar una orden de divorcio. Vendrás conmigo a ver al jefe de la orden rabínica de Minsk y en su presencia firmarás una orden de divorcio de mi hermana.

—¿Divorcio? —murmura Zvi-Meir—. ¿Qué quieres decir con «divorcio»?

—Un *get*, Zvi-Meir, firmarás un *get**.

Zvi-Meir hurga en su nariz, pero no encuentra nada. Inclina la cabeza y se para sobre una sola pierna como si intentara vaciarse la oreja.

—No lo entiendo —alza la voz como si se dirigiera a una multitud—: un minuto antes de que me cuelguen en la plaza de la ciudad, ¿quieres que firme un acuerdo para divorciarme de tu hermana?

—Nadie va a colgarte, Zvi-Meir Speismann —murmura Fanny.

—Fanny Keismann —dice el profeta con voz atronadora—. ¿No ves que la fuerza militar está rodeándome? ¿O se ha reunido un escuadrón de media docena de húsares sin motivo alguno en el mercado? ¿Quién piensas que los envió?

—Yo lo hice, Zvi-Meir —dice ella—. Yo los envié.

—¿Tú? —ríe el profeta—. ¿Desde cuándo eres un general del ejército del zar?

—Zvi-Meir. —Fanny está ahora rogando—. Ven conmigo y firma el *get*.

—¿Un *get*? —ruge—. ¿Eso qué tiene que ver con nada? Amo a mis hijos y ninguna esposa es más devota que Mende Speismann. ¡Daría mi vida por ellos!

—¡Zvi-Meir! —Lo toma del brazo—. Sube a la calandria para que vayamos con el rabino. De otro modo, volverás conmigo a Motal.

—¿Motal? —Sus ojos brillan y su voz se vuelve más suave.

---

*Documento que formaliza la finalización de un matrimonio en la ley religiosa judía.

Se hunde en el suelo y esconde su rostro entre sus manos. Sus hombros tiemblan. Empieza a llorar. Levantando un poco la cabeza, inspecciona su mano mutilada.

—¿Cómo puedo volver a Motal? —le pregunta a las palmas de sus manos—. Mis hijos no pueden verme así, un fracaso absoluto, un mendigo sin una moneda, la burla de la ciudad.

—Vamos, Zvi-Meir.

Ahora hay caras curiosas a su alrededor mientras ella intenta hacer que se ponga de pie.

El cabello de Zvi-Meir cae hacia adelante cubriendo su rostro húmedo y éste comienza a murmurar:

—¿Por qué Dios establecería prohibiciones para aquellos que no pueden comprenderlas? Adán reflexionó sobre la prohibición y no logró captar su magnitud. ¿De qué se trata? Es como ver una línea dibujada en el suelo que separa nada de la nada y que te digan: «No cruces esta línea».

De pie junto a Zvi-Meir, Fanny comienza a sentirse incómoda. Cada vez más personas se reúnen alrededor de la extraña escena, ansiosas por resolver el misterio: ¿por qué se ha llamado a un ejército tan amenazador para capturar a un sujeto tembloroso? Vagabundos y comerciantes, ancianos y niños se acercan a ellos, todos curiosos por ver qué será del desdichado Zvi-Meir.

El capitán Istomin vuelve a acercarse a ella.

—¿Ves lo que has hecho? Este desastre está a punto de llegar hasta otros barrios.

Con una mano en la empuñadura de su espada, se vuelve hacia Zvi-Meir:

—¡Levántate! —ordena.

El profeta se tambalea hacia adelante con los brazos extendidos, pidiendo esposas nuevamente.

—¡He aquí, casa de Israel! —grita Zvi-Meir—. ¡Aquí estoy, Zvi-Meir Speismann, enemigo de la nación, cuya sabiduría amenaza a los *gedolim* hasta el punto de que han llamado al ejército del zar para arrestarme por cometer el crimen de luchar por la verdad y la justicia!

—Zvi-Meir —dice Fanny sombríamente—, ven con nosotros a firmar el divorcio.

—¡Quieren que me divorcie de la verdad, caballeros! ¡Quieren que firme una falsa confesión! Queridos sabios y maestros, ¡no firmaré nunca este pedazo de papel! ¡Nunca me separaré de la justicia!

La multitud reunida a su alrededor es cada vez más grande. La curiosidad está en su punto álgido. La gente ha comenzado a curiosear alrededor de la calandria y abundan las especulaciones. El paso de los caballos está bloqueado por la multitud y el capitán Istomin saca su espada y ordena a la multitud que se retire. Sus cinco húsares poco acostumbrados a manejar el desorden civil, hacen lo mismo.

Y luego, en aquel momento, varios miembros de la multitud se quitan los caftanes negros y Fanny se da cuenta de que está rodeada de detectives encubiertos, verdaderos agentes secretos para desafiar al capitán Istomin y sus húsares. Han colocado francotiradores en los tejados, han bloqueado todas las calles y callejones de los alrededores y encerrado a la multitud en una trampa hermética. Arrastran a los húsares de sus caballos en un abrir y cerrar de ojos, y no uno, ni dos, sino tres oficiales saltan al carruaje, inmovilizando al paciente y su enfermera. El capitán Istomin logra sacar su pistola, pero cinco agentes más lo detienen y lo desarman. No se disparó un solo tiro, no se perdió un solo diente y no se golpearon narices en el proceso.

En cuanto a Fanny y Zizek, nadie se les acerca. Más de veinte policías los rodean y su comandante le ordena a Fanny que saque el cuchillo escondido debajo de sus faldas y que lo coloque en el suelo. Su inteligencia era precisa, y ahora más de veinte balas acechan en los cañones de las armas circundantes, en caso de que Fanny o Zizek, y especialmente Fanny, hagan un gesto sospechoso. Ella saca el cuchillo y lo pone en el suelo, Zizek levanta los brazos en señal de rendición y cuatro matones se adelantan y lo golpean en el estómago. Fanny se gira en su dirección, pero, anticipando su movimiento, uno de los brutos le lanza un puño directo hacia la mejilla derecha. Mientras cae al suelo, justo antes de perder el conocimiento, Fanny siente la fuerza del golpe, que desencadena primero una especie de dolor metálico, luego una sensación de humillación y finalmente una epifanía. Ha estado esperando este puñetazo toda su vida sin darse cuenta, y ahora que ha llegado, mientras cuatro hombres se apresuran a esposarle los brazos y las piernas, se siente enormemente aliviada.

Un momento después, policías uniformados con sus elegantes gorras aparecen de la nada. Aparentemente, ésta es una operación compleja que involucra a más de doscientos hombres. Su comandante instruye a su adjunto para que envíe un mensaje urgente a Motal: «Inspector Novak, hemos arrestado a los sospechosos: mujer, hombre, Adamsky y Zvi-Meir Speismann. La unidad de Mishenkov dirigida por el capitán Istomin también fue interrogada. El sospechoso descrito como *palillo* sigue desaparecido, será rastreado pronto. Convoy para llegar a Motal en tres días». Entonces el comandante enciende su pipa y ladra:

—¡A la estación de tren, vamos!

MOTAL

I

En la enésima mañana de su servicio, el soldado Shleiml el Cantor despierta a causa de una irritante mosca que descansa en la punta de su nariz y se da cuenta de que tiene hambre.

La noche anterior fue algo especial. Había una última botella de *yash*, una salchicha fina —*kósher*, por supuesto—, media hogaza de pan, tres galletas y una manzana. Cantor decidió que si comía sólo la mitad de aquello sería suficiente para estar satisfecho y, en efecto, es lo que ocurrió. Sin embargo, no podía dejar de pensar en la mitad restante...

Ahora que la mosca ha sido ahuyentada y la caja de comida está abierta, está a punto de decirle a Olga: «¿Comemos?», pero no queda comida. Cantor mira a su compañera, avergonzado. Le han pillado desprevenido. Ella le devuelve la mirada, con los brazos cruzados y su boca torcida. Ya es bastante malo que haya tenido que reemplazar a Oleg en un rincón tan desolado del campamento, sin mencionar el calor insoportable que tiene que soportar, pero ¿se espera que el guardia y su compañera vivan sólo del aire fresco? ¿De qué sirve un centinela si su cuerpo tiembla de debilidad? Para que Cantor recupere su fuerza, debe tener algo para comer lo antes posible. Sin detenerse a considerar su deber, el cantor se levanta, estira los miembros y abandona su puesto arrastrando consigo a Olga. No acostumbrada al movimiento, se desmorona. Pero Cantor no es de los que dan la espalda a la desventaja o la discapacidad. Toma a su amada en sus brazos como un novio y se dirige al campamento para reponer sus provisiones.

Por desgracia, ni el sentido de la orientación ni la facultad de razonar son el fuerte de Cantor. Recuerda que, cuando llegó por primera vez al puesto de guardia de Oleg, caminó en dirección al sol. Por lo tanto, supone que debe caminar en la dirección del sol para regresar, y alegremente parte en la dirección equivocada. ¿Qué dirán los soldados cuando lo vuelvan a ver, después de tanto tiempo? ¿Qué dirán cuando vean que no regresa solo, sino con una compañera?

Después de medio día de marcha «hacia el campamento», Cantor llega a una pequeña choza que podría describirse como un bar. El cabo entra al lugar sosteniendo a Olga, e inmediatamente nota cierta actitud de deferencia hacia él. Los hombres nunca se atreverían a abusar de él, piensa, porque ahora viste el uniforme del ejército del zar. Sienta a Olga en una silla a su lado, golpea la mesa y grita:

—¿No pueden un cabo y una dama conseguir una copa en este lugar?

Los rugidos de risa que siguen se escuchan hasta Nesvizh, tal vez incluso hasta Baránavichi, si uno tiene el agudo oído de un búho; pero los transeúntes comunes no necesitan sentidos sobrehumanos para darse cuenta de que algo está pasando en el bar local y acuden en masa para disfrutar del espectáculo de un judío idiota con barba recortada y mechones rapados quien se hace pasar por un soldado casado con un tablón de madera y dando órdenes a todos a su alrededor.

No es necesario decir que se sientan con él, escuchan sus historias y lo dejan endeudarse gravemente en un juego de cartas que estaba seguro de poder ganar. Una vez que se da cuenta de que su uniforme no logrará sacarlo del embrollo, se ofrece a pagar cantando *Adon Olam* o dejando de cantar. Sus deudores, sin embargo, prefieren cobrarse dándole una paliza.

¿Qué le queda ahora a Shleiml? Ni comida, ni bebida y sólo un par de dientes. Lo único que lo salva es el paso del tiempo por la simple razón de que en ese momento los *mujiks* se van hacia sus casas y lo dejan ser. Shleiml el Cantor sale del bar con apenas un pedazo de su cuerpo sin magulladuras, sin uniforme ni insignia, pero también sin resentimientos. A veces estás arriba y otras veces estás abajo, y en este momento él está abajo. ¿Y qué? Al menos tiene a Olga, aunque ella también está bastante maltratada y magullada. Al amanecer, un carro desvencijado que transporta papas pasa a su lado. El cantor toma a Olga en sus brazos, sube al carro y la pareja llega al pueblo más cercano poco después. Aquellos que se apresuran a concluir que las almas buenas son una especie extinta deberían sentirse avergonzados, herejes que son. A saber, cuando se acercan a Baránavichi, el conductor del carro le grita a Cantor:

—¡Ahora sal, desgraciado! —Y arroja un cuarto de barra de pan tras él. Shleiml agradece al granjero por su viaje gratis y marcha hacia Baránavichi. Pero, por desgracia, Baránavichi no es un lugar para estar si eres el rival del cantor local, y mucho menos si eres uno de los cuatro sospechosos de asesinato en una ciudad repleta de agentes secretos, todos en alerta máxima por tu llegada.

Ingenuamente, Cantor no se considera a sí mismo en vínculo con los asesinatos en cuestión. Más temeroso de su némesis profesional que de la ley, evita la sinagoga y entra en una taberna local en la calle principal con la esperanza de encontrarse con la señorita Suerte. Esta vez, no recibe un puñetazo. En cambio, se sorprende al encontrar ojos que registran su parecido con el compuesto facial en los avisos de «Se busca» que hay pegados por toda la ciudad. No pasa ni una hora antes de que lo esposen y lo lleven a reunirse con el inspector Novak en Motal, con las manos todavía sujetando con fuerza dos tablas rotas y una lona alquitranada.

II

Hay momentos en la vida de una nación, piensa el coronel Novak, que presagian su desaparición. El final siempre comienza con algo pequeño, una nimiedad, que habría carecido de importancia si se hubiera atendido con prontitud. Y, sin embargo, una vez que ha echado raíces, es casi imposible de erradicar pues sus zarcillos llegan a los rincones más remotos del imperio.

Se supone que el ejército y la policía, las marcas distintivas del gobierno estatal, están del mismo lado: el primero lucha contra las amenazas externas, el segundo contra las amenazas internas. Ahora están flexionando sus poderosos músculos el uno contra el otro en una tensa confrontación. Claramente, el ejército ha estado tratando de proteger a los cuatro sospechosos y no hay duda de que el coronel Pazhari mintió entre dientes en su informe sobre «Zizek Adamsky» y «Patrick Breshov». Además, Novak ahora ha llevado a cabo una investigación exhaustiva sobre la verdadera ascendencia de David Pazhari. ¿Por qué? Bueno, sorprendentemente, nadie había pensado en intentarlo antes que él. Para tener un sobrino, el conde Alexander Pazhari tendría que tener un hermano, y de hecho lo tiene: una hermana. Excepto que ni una sola alma en San Petersburgo recuerda haber visto embarazada a la hermana, que es bien conocida en muchos círculos. ¿Ebria? Absolutamente. ¿Haciendo una exhibición de sí misma con una amiga llamada Dushinka? En algunas ocasiones. ¿Cometiendo adulterio? Cuidado, su esposo no sospecha nada. Pero ¿embarazada? Oh, no, ni siquiera los corsés de San Petersburgo podrían haberlo ocultado. Por lo tanto, el conde Alexander Pazhari de San Petersburgo debería ser puesto bajo vigilancia, porque por alguna razón nunca se ha molestado en negar esta falsa conexión familiar con el ilustre oficial. A decir verdad, fue gracias a este descubrimiento que todo el asunto salió a la luz. Por fin, toda la cadena de hechos relacionados con este caso conduce a un poderoso e influyente hombre de la capital. Ésta es la única explicación plausible para que un falso noble que se ha convertido en uno de los personajes de rango más alto del ejército ponga su vida en la línea por cuatro sospechosos de asesinato. También sirve para explicar por qué el capitán Istomin, un impresionante oficial con un récord impecable, hizo lo mismo.

Con base en esto, se puede suponer que Alexander Pazhari es un conde decadente que, por alguna razón, no está contento con su suerte. Por algún capricho, reclutó a varios secuaces para provocar desorden en el distrito de Kobryn. Lo sorprendente de su plan es que logró reclutar judíos para su esquema, a pesar de su cautela habitual, lo que sugiere que debe haberles hecho una oferta que no pudieron rechazar. Hay gente, entre ellos tontos e intelectuales, que creen que los *zyds* están conspirando para apoderarse del mundo. Novak se sentirá amargamente decepcionado si su investigación termina apoyando los prejuicios de esos bufones y genios. Desafortunadamente, por ahora no tiene otra teoría, pero la teoría que no tiene le preocupa mucho más que la que tiene. ¿Se ha perdido algo? No está seguro. Aún así, es seguro decir que todos los involucrados en este asunto sabían que la Ojrana los perseguía y, sin embargo, no se desanimaron. Así es exactamente como se ve el fin de una nación, cuando la gente ya no piensa que la ley es sinónimo de justicia.

Pero ¿por qué se sorprendería? Todo lo que tiene que hacer es echar un vistazo a sus propios hombres. Está rodeado por una manada de idiotas. Afortunadamente, Albin Dodek al menos no es un borracho, pero los demás apestan a vodka y ni siquiera intentan disimularlo con licor de frutas. Se queman el estómago con *kvas* barato y luego salen a hacer arrestos nocturnos. Son incapaces de cualquier forma de pensamiento, reflexión o meditación. Cuando se les dice que «traigan a tal y tal», van y lo hacen, sin hacer preguntas. Otro signo más de la caída de la nación: patanes llenando las filas de su policía y fuerzas de seguridad.

¿Y qué hay del comandante en jefe, su excelencia, mariscal de campo Gurko, el celebrado gobernador? ¿Por qué diablos Gurko le confió este papel pestífero en primer lugar? ¿Por qué no ha invitado a Novak a una audiencia privada en tantos años? Cuando Gurko lo convenció de aceptar el trabajo, le dijo: «Piotr, te necesito aquí. Tú sabes por qué». Y lo sabía, al menos creía que lo sabía. Pero ahora, señor gobernador, carajo, no entiendo nada. ¿Dónde está el respeto que me prometieron? No el respeto que se deriva del estatus o del salario, sino el respeto por la profesión de uno. Todo lo que soy es un soldado, mariscal de campo Gurko; todo lo que siempre quise fue ser un soldado. Siempre me enfrenté a otros soldados armados, como yo. Me enfrenté a fuerzas que estaban organizadas como la mía. Con banderas ondeando como la mía; pero tan pronto como fui arrojado de un caballo y me arruiné la pierna, me convertí en poco más que una rata de alcantarilla.

Ahora mis enemigos tienen un fuego inferior, sus fuerzas están desordenadas y, al carecer de cualquier tipo de bandera, se aferran a una u otra creencia absurda en su lugar. ¿Cómo llegamos a esto? ¿Se imaginaba que me enviaría a un campo de batalla diferente? ¿O ya sabía, cuando me invitó a su oficina y me llenó de halagos al notar mi cojera, que un inválido como yo sólo sirve para acechar en las cloacas del imperio? ¿Será verdad, señor Gurko, señor gobernador, que no me ha invitado a su despacho porque no sabe mirar a una rata a los ojos? Hay otra señal de la inminente caída de la nación: el comandante de la investigación está al borde de volverse loco.

—Señor —Dodek lo asusta—. Está listo.

—¿Está listo? —dice Novak intentando entender de qué le hablan—. ¿Quién está listo?

III

Cuando Novak se da cuenta de que su honorable invitado es Shleiml el Cantor, su moral finalmente colapsa y tira su bastón. Hasta el momento, no ha descubierto nada nuevo de ninguna de las entrevistas que ha realizado en Motal, incluida la *conversación* con ese recluso mudo, Natan-Berl y el monólogo de la infinitamente locuaz de Rivkah Keismann.

Novak no tiene intención de preguntar a los ciudadanos locales sobre el coronel David Pazhari y claramente no tendría sentido preguntarles sobre el conde Alexander Pazhari, de quien nunca han oído hablar. De hecho, es dudoso que algún ciudadano de esa ciudad haya conocido alguna vez a un noble ruso. Tan pronto como escuchan el nombre de «San Petersburgo», agitan los brazos como si se estuvieran ahogando. Encuentran abominable la mera mención de la capital; para sus oídos, suena como una palabra en un idioma elegante que no entienden.

Sin embargo, no puede quejarse de los lugareños, judíos o gentiles, que cooperan sin protestar. Los informes detallan asuntos que a Novak no podrían importarle menos: evasión de impuestos, sospechas de insurrección, deserciones y sólo Dios sabe qué más. Incluso han delatado a los adúlteros locales, a todos y cada uno. Esto ha creado una paradoja, los residentes, deseando que se levante el toque de queda y que los agentes de la Ojrana se vayan, se han esforzado por darle a Novak información que sólo lo convence de la necesidad de la presencia de la policía secreta en la ciudad. Resulta que Motal no es tan inocente como parecía al principio. Hay pruebas sólidas de la presencia de los soñadores palestinos, e incluso se ha visto uno que otro panfleto comunista. Los vecinos divulgan esta información bajo el supuesto de que el Departamento de Seguridad y Orden Público está en Motal para atender un tema específico que el toque de queda debe resolver. Ninguno de los residentes imagina que el bloqueo es un fin en sí mismo y que la Ojrana tiene preocupaciones muy distintas en mente.

Reb Moishe-Lazer Halperin es especialmente diligente y está demostrando ser de gran ayuda. De hecho, al principio se mostraba herido y reticente. Había tratado a Akim y Prokor como si fueran sus propios hijos. Otros pueblos los habían ahuyentado, pero él generosamente les había abierto las puertas de su congregación. ¿Y cómo le pagaron? Sembraron falsas esperanzas en su corazón, luego se quitaron los disfraces y sacaron sus documentos de identificación. Qué vergüenza para ellos, los muy villanos. Qué desgracia.

Sin embargo, no le tomó mucho tiempo al rabino darse cuenta de que como figura pública no tiene el lujo de ceder ante sus emociones privadas. Debe proteger a su comunidad y hacer enmiendas por sus errores. Da la casualidad de que Novak lo ha designado como representante de los ciudadanos ante las autoridades. El rabino va de casa en casa, suplica a sus feligreses que respondan a sus preguntas, les cuenta los acontecimientos recientes y luego vuelve a Prokor, es decir, Piotr Novak, y le cuenta todo lo que sabe.

Si tan sólo hace una semana alguien le hubiera dicho al coronel Piotr Novak, el comandante de la Ojrana de los distritos del noroeste, que entrevistaría a Yoshke-Mendel, el dueño de la tienda; interrogaría a Schneider, el sastre, y presionaría a Ledermann, el zapatero, para obtener respuestas; que investigaría a Grossman, el vendedor de pañuelos; que haría hablar a Blumenkrantz el pastelero; que adularía a Isaac Holz, el comerciante de madera; que susurraría al oído de

Mordecai Schatz, el propietario del carrito de libros; e incluso, que le gritaría a Simcha-Zissel Resnick, el carnicero —que por alguna razón no deja de hablar sobre la lujuria que Mende Speismann siente por la carne fresca—, Novak les habría dicho que estaban locos. Él no se molesta en llevar a cabo interrogatorios tan inútiles. Para eso está Dodek, aunque su adjunto sea un especialista en guardar la paja y tirar el grano. Y, sin embargo, a pesar de hablar con tantos lugareños, Novak no puede juntar las piezas para formar una imagen cohesiva, y ciertamente no puede vincularla con el conde, su alteza Alexander Pazhari de San Petersburgo.

Sólo dos familias de la ciudad se niegan a hablar con Novak y permanecen indiferentes a las amenazas e intimidaciones. Reb Moishe-Lazer Halperin salió en su defensa y suplicó al inspector que no demolieran sus casas.

—Esas dos familias son obstinadas —explicó—. Y de todos modos no saben nada.

—¿Cómo pueden no saber nada? —dijo Novak furioso—. ¡Son las familias Berkovits y Abramson! ¡Sus hijos son mis sospechosos!

—Es cierto. —El rabino se tocó la frente y el corazón—. Pero las familias perdieron todo contacto con Pesach Abramson y Toshke Berkovits cuando los niños tenían doce años.

—¿Cómo es eso posible? —preguntó Novak y de inmediato lamentó haber hecho la pregunta porque lo condujo a una lección de treinta minutos por parte del rabino.

Es difícil recordar cada detalle del efusivo discurso del rabino, pero el punto es que, hace mucho tiempo, ocurrió una terrible tragedia. Las autoridades arrancaron a los niños judíos de sus hogares. Ninguna familia ofreció voluntariamente a su progenie, lo que obligó a los líderes comunitarios a decidir de quién separarse. ¿Puede haber una tarea más ingrata? Después de muchos cálculos, anunciaron su decisión de buena fe y sin prejuicios.

—Si mis hijos hubieran sido los elegidos para ir, —el rabino se pasó la mano por la barba despeinada—, ¿no los habría dejado? Permítame decirlo de esta manera, querido señor, aunque usted no está bien versado en el Antiguo Testamento, ¿Abraham no entregó a Isaac?

De eso se trata todo. Bien —continuó el rabino—, estas dos familias se rehusaron a aceptar la decisión de la comunidad. No escatimamos en nuestro intento de reconciliarnos con ellos, pero nunca perdonaron ni olvidaron. Debe saber esto, inspector Novak, cada judío es como un eslabón en una cadena; todos estamos conectados por un vínculo inquebrantable. Zizek Breshov y Patrick Adamsky son eslabones que se salieron de la cadena. Sus familias empeoraron las cosas al optar por negar que este vínculo existe en absoluto. Por supuesto, uno no debe ser juzgado en su hora de dolor, pero en este caso, el dolor amenazó con deshacer el tejido mismo de la comunidad.

En uno de sus pocos lapsos de juicio, Novak pierde el control. Lleva consigo a cuatro agentes e irrumpe en la casa Berkovits. El padre, por supuesto, murió hace mucho tiempo, y sólo hay un hermano que vive todavía con la madre. Novak ordena a dos agentes que interroguen a la madre frente a su hijo para extraerle información, pero para su sorpresa, con esto no logran nada en absoluto. No importa el hecho de que no obtienen casi ninguna información por parte del hijo, incluso cuando se ve obligado a ver cómo dos cosacos inmovilizan a su madre, pero la anciana misma permanece imperturbable. Ella está más allá del miedo, piensa Novak para sí mismo. Esta mujer no es más que arrugas; la vida ya la ha exprimido hasta la última gota, ya no se le puede arrancar nada más.

De repente, Novak se dio cuenta de que cuando el Estado aplasta por completo a sus ciudadanos, sólo los vuelve inmunes a las amenazas. Un Estado que busca asegurar el control absoluto sobre sus ciudadanos debe dejarles algo precioso, un mínimo de libertad a la que aferrarse. Ordena a sus hombres que abandonen la casa de los Berkovits de inmediato, y no se molesta en ir a la casa de los Avramson.

A medida que avanza la operación, Novak ordena que su cuartel general temporal se establezca en una casa cerca de la sinagoga, dejando sólo una habitación para la familia que vive allí, los Weitzmann. Una vez que Novak se establece, los residentes de la ciudad son llamados para ser interrogados uno por uno en el patio. Akaki Akakievich, anteriormente conocido como Akim y ahora con su nombre de nacimiento, Haim-Lazer, se desempeña como intérprete de Novak. El inspector sabe que una vez que haya interrogado a todos los demás, será el turno de su intérprete para un interrogatorio. Algo en las frecuentes sonrisas, muecas y rostro relajado de Haim-Lazer le da a Novak la sensación de estar en manos de alguien que es cualquier cosa menos sumiso y que podría incluso resultar peligroso.

—¿Qué piensas? —le pregunta Novak después del interrogatorio a Mikhail Andreyevich, el conductor del vagón que llevó a Fanny fuera de Motal en la noche de su huida. El testimonio de Mikhail no sólo resultó ser completamente inútil, sino que el hombre no dejaba de toser flemas y no se molestaba en mantenerlas en su boca.

—Es hilarante —ríe el intérprete.

—¿Qué es lo hilarante de cinco cuerpos sin vida? —exige Novak.

—Nada —dice rápidamente Haim-Lazer, pareciendo recordar que no está libre de peligro—. Quiero decir, estas personas no tienen idea, viven igual que vivían sus ancestros hace un siglo.

—¿Por qué no les das uno de tus panfletos? —sugiere Novak, pero sabe que hay algo más detrás de las observaciones de su intérprete.

Este modo obsoleto de vida que hay aquí en Motal está condenado a desaparecer. No ganará nada interrogando a estos inútiles.

—Cuando todo esto termine, me iré a Nueva York —dice inesperadamente Haim-Lazer.

—¿Nueva York? —dice Novak—. ¿Cómo encaja esa decisión en tus ideas socialistas?

—No lo hace —responde Haim-Lazer—. Pero este lugar está condenado.

Novak decide dejar de interrogar a los residentes locales. El resto de la investigación no está saliendo demasiado mal, considerando la situación. El coronel Pazhari ha sido llamado a Motal para *testificar* sobre el paradero de los sospechosos. Novak no quiere arrestar al coronel con toda una unidad de sujetos armados tras él, es por eso que decide encontrarse con Pazhari cuando las sospechas contra él aún no son oficiales. El coronel llega presuntuoso a Motal sólo para encontrarse encadenado.

Todos los residentes están bajo toque de queda. Nadie puede entrar ni salir. No es necesario decir que los *mujiks* tienen permiso de seguir con sus vidas cotidianas —no hay necesidad de castigar a los campesinos inocentes—, pero ellos también están sujetos a inspecciones de documentos y cateo de sus vagones. Las familias en el ojo del huracán, Keismann y Speismann, están bajo una presión constante. Todo lo que le queda hacer es atrapar a los sospechosos en Misnk.

Así que no es de extrañar que, cuando el sospechoso es llevado hacia Novak y éste se da cuenta de que es Shleiml el Cantor, suspira con desesperación. ¿Qué información puede obtener de este palillo, maldita sea? ¿De qué sirve este cantor descabellado, imbécil y borracho? ¿Qué puede hacer con el jugador compulsivo al que salvó de ser linchado en la taberna de Adamsky, quien procedió a orinar en la cama contigua a la de Fanny más tarde esa noche?

Cuando se le dice al palillo que se siente, éste exige comida de inmediato, para él y para la dama. ¿Qué dama? Novak se pregunta, pero luego se da cuenta de que la supuesta compañera de Cantor está formada por dos tablones rotos y una lona alquitranada. Novak comienza a sentirse avergonzado, rodeado como está por sus agentes. Tal interrogatorio corre el riesgo de manchar su reputación.

—Enciérrenlo —ordena Novak—. No sirve para nada.

—Ése no es modo de hablarle a un soldado —dice Cantor muy serio.

Los detectives de la Ojrana se ríen a carcajadas.

—¡Llévenselo! —Novak levanta la voz—. ¡Y tiren esas malditas tablas!

Novak no podría haber anticipado lo que sucedería a continuación. Algunos hombres tienen una familia, esposa e hijos, a quienes abrazan todos los días. Y luego están las personas como Shleiml el Cantor, que tienen dos tablones de madera y una lona que significan todo para ellos. Estaban destinados a no crecer bajo las alas de una madre tranquilizadora y un padre reconfortante. Por lo que pueden recordar, experimentaban el contacto de piel contra piel sólo cuando los kopeks se pasaban de una mano a otra, si tenían suerte, pero más a menudo cuando recibían bofetadas y puñetazos. Entonces, un día, Cantor fue enviado a un puesto de guardia donde conoció a una agradable doncella. ¿Es la mujer más bonita que jamás haya visto? ¿Es la mejor conversadora? Ciertamente no, pero ¿quién es Shleiml el Cantor para esperar lo mejor? Así que se unió a ella. Y aunque ciertamente está acostumbrado a perder, Olga es algo que no está preparado para perder, por lo que cae de rodillas y comienza a llorar.

—¡Olga! —grita sollozando, con la boca escurriendo saliva, la nariz goteando, los ojos hinchados y los hombros temblorosos—. ¡Olga!

Naturalmente, la pequeña escena de Shleiml hace que la audiencia se ría aún más fuerte. No hay nada más divertido que un hombre que ha caído tan bajo como es posible. Uno casi se ve obligado a reír, de lo contrario, podría imaginarse en su lugar. Todos se ríen excepto Novak, quien por alguna razón se conmueve con las lágrimas del cantor. Él, Novak, no podría llorar de ese modo aunque quisiera. Él, Novak, no podía regocijarse como sus anfitriones jasídicos en Grodno. No hay drama semejante en su vida, para bien o para mal. Es como una casa abandonada, saqueada, sin muebles, marcos de ventanas ni entarimados; un armazón desnudo sostenido por cimientos viejos. Así que incluso este palillo tiene una ventaja sobre él, aunque dicha ventaja no sea más que dos tablones y una lona alquitranada. Maldita sea, Novak, ¿estás perdiendo la cabeza? Ordena a sus agentes que dejen que Cantor se reúna con su novia.

Un mensajero entra en la habitación sosteniendo un telegrama. Novak lo escanea ansiosamente y sonríe, con una sonrisa que despeja todas sus dudas pasadas. Es la sonrisa del éxito.

—Los cuatro sospechosos han sido aprehendidos en Minsk —le informa a sus agentes—. Fanny Keismann, Zizek Breshov, Patrick Adamsky y Zvi-Meir Speismann.

La habitación retumba con aplausos, apretones de manos y golpecitos en la espalda y Dodek mira a Novak asombrado.

—Lo hemos hecho, señor —dice, dándole un golpe amistoso en el hombro.

Novak no dice nada, pero golpea su bastón contra el suelo.

—Bien hecho —susurra Shleiml el Cantor—. Ese Zvi-Meir al fin pagará por sus acciones.

—¿Sus acciones? —Novak endereza la espalda, se apoya en el bastón con los oídos bien abiertos—. ¿Qué sabes sobre las acciones de Zvi-Meir?

—Bueno —tartamudea Cantor—. Es todo un bribón, ¿no es así, Olga?

—Suéltenlo —ordena Novak— y déjennos solos.

IV

Los sentidos de Novak lo llevan a asumir que el palillo humano está diciendo algo que puede ser invaluable o completamente inútil, pero no se le ocurre que lo contado por Cantor resultará ser de un valor tremendo, precisamente porque no vale nada.

En este momento no necesita de Haim-Lazer ya que el palillo habla polaco, al menos. Novak lleva a Cantor hasta el Yaselda. ¿Cuánto dura su conversación? No mucho. Novak comienza preguntando sobre sus vínculos con la pandilla y el palillo se horroriza por su sugerencia. En lo que respecta a Cantor, no existe ningún vínculo en absoluto. Lo encontraron en el camino y se aprovecharon de su ingenuidad. ¿Qué negocio tiene con ellos? Su relación es como la que existe entre las personas y el clima. Cuando el primero está presente, el segundo siempre aparece, pero esto no prueba causa y efecto. Esta metáfora sorprende a Novak. Aunque lejos de ser perfecta, no es algo que esperarías de un completo imbécil.

—Aún así —presiona Novak—, ¿cómo conoces a Zvi-Meir?

—¿Zvi-Meir? —dice el palillo—. Obviamente no lo conozco en absoluto.

—Y aún así hiciste la observación de que es un bribón —dice Novak.

—Un bribón hecho y derecho —afirma el cantor—. Fanny tiene razón en perseguirlo.

—¿Fanny?

—Creo que ése es su nombre, ¿no es así?

Qué extraño, piensa Novak, «¿no es así?» es mi frase. Hay más que saber de este esperpento de lo que se puede ver y especialmente de lo que se puede oler.

—¿Por qué lo está persiguiendo? —pregunta Novak.

413

Cantor repite toda la historia que escuchó en las barracas. En pocas palabras, Zvi-Meir, un villano de primer orden, abandonó a su esposa y a sus hijos para huir a Minsk. Fanny, la mujer a la que el honorable caballero está dando persecución, fue a buscarlo para que firme el divorcio y para poder salvar así a su hermana de la soledad. Y por lo tanto él, el cantor, no tiene relación alguna con la trama. Si ser pobre significa que se conspira, entonces el honorable caballero debería de arrestar absolutamente a todos los ciudadanos del imperio. De cualquier modo, debe de….

—¡Ya fue suficiente! —interrumpe Novak y el palillo deja de hablar y se endereza como un abeto—. ¡Ahora vete!

El cantor se da la vuelta y camina en círculos hasta que, finalmente, elige una dirección de manera aleatoria. Podría recibir un disparo por violar el toque de queda, piensa Novak, y sin embargo no lo llama para que vuelva. De pie en la calle principal de la ciudad que ahora está vacía, el inspector mira a su alrededor. Puede sentir a la gente del pueblo mirándolo a través de las persianas cerradas, los jasidistas burlándose de él desde los tejados, los cuervos negros listos para picotear sus ojos.

Se pone en marcha en dirección al cementerio judío, luego hacia la carretera de salida de Motal. ¿Una orden de divorcio? ¿De esto se trata todo el drama? ¿Está toda la Ojrana en alerta máxima debido a esta ridícula historia? Imposible. Las mujeres no salen de sus casas con cuchillos en los muslos en medio de la noche para darle una lección a un cuñado descarriado. Es más, no hay nada en esta historia que explique los otros detalles de la investigación. ¿Por qué el ejército se unió a su causa? ¿Por qué un grupo de completos extraños acudieron en su ayuda? ¿Cómo ha llegado este asunto hasta su alteza, el conde Alexander Pazhari? La historia del divorcio debe ser una pista falsa.

O tal vez…, tal vez realmente hay una explicación muy simple. Una mujer busca ayudar a su hermana infeliz y se defiende con un cuchillo de carnicería; pero incluso si éste es el verdadero curso de los hechos, ¿cómo llegaron hasta este punto? De nuevo, ¿por qué recibió ayuda de todos estos extraños? ¿Cómo un asunto tan trivial condujo a las dos fuerzas más leales del imperio a una confrontación frente a frente? Tiene que haber algo más. Tiene que haberlo.

Cuanto más intenta Novak enfrentarse a la historia que le acaban de contar, más le dice su corazón que se ha dejado engañar. No hay nada profundo en este negocio. La historia es vergonzosamente simple. Fanny le pagó a Zizek para que se uniera a ella y después de que tuvieron el encuentro con la familia de ladrones, se asustaron y recurrieron al viejo amigo del ejército de Zizek, Patrick Adamsky, en busca de ayuda. Luego, el desastre se convirtió en un baño de sangre y se vieron obligados a buscar refugio en el campamento del ejército. Debieron de haber usado antiguos contactos con David Pazhari, o uno de los oficiales superiores, y lograron que la guarnición los escoltara hasta Minsk. Mishenkov se pondrá las botas en Nesvizh como de costumbre, Alexander Pazhari saldrá libre por falta de pruebas y, ¿qué le queda a Novak? Delirios absurdos sobre una revolución.

Novak mira hacia arriba. Las nubes llenan el cielo otoñal. Las puntas de los pinos se mueven con el viento. En una o quizá dos semanas, las lluvias comenzarán a caer y la región entera se convertirá en un pantano. Camina a lo largo del Yaselda y se detiene en sus orillas. ¿Qué se necesita para que un hombre camine sobre el agua? Si diera un paso confidente, ¿podría evitar ahogarse? ¿Qué se necesita para que un hombre se ahogue en el río? Si metiera la cabeza bajo el agua, ¿se abrirían sus fosas nasales? Ésa sería una carta de renuncia magnífica.

A la distancia, Novak escucha el sonido de cascos galopando y se vuelve hacia el bosque en la orilla opuesta. ¿Es posible que los sospechosos ya hayan llegado desde Minsk? Al darse cuenta de que la procesión se dirige hacia él, rápidamente se acerca a la orilla para observar mejor. Los jinetes desenganchan los caballos de sus carruajes e instan a los animales a entrar al río. Maldición, éstos son jinetes hábiles. Las cabezas de los caballos se balancean sobre el agua a medida que avanzan hacia la mitad de la corriente hasta que finalmente cruzan a nado a la otra orilla. La sorpresa de Novak se desvanece una vez que reconoce a los nuevos invitados.

Un hombre canoso de bigote tupido y extravagante desmonta su semental. Su uniforme, el suntuoso atuendo de un general de alto rango, es impresionante. Sus botas están atadas hasta las rodillas, la empuñadura de su espada brilla por encima de su vaina y la culata de su arma está bien pulida. Ése sí es un ruso orgulloso, piensa Novak. En él hay un rostro intrépido, el bigote de un guerrero, la mirada de un líder, el uniforme de un conde, una barbilla bien afeitada —¿cuánto tiempo ha pasado desde la última vez que Novak se afeitó? Debe parecer un miserable viejo vagabundo—. Ahí lo tienes, Piotr, este hombre es todo lo que tú podrías haber sido.

—Su excelencia —le dice al Gobernador Osip Gurko.

—¿Su excelencia? —ladra Gurko alborotando el cabello de Novak como si fuesen sólo dos humildes soldados—. Tú y yo nadamos juntos entre la mierda.

—En efecto, su excelencia —dice Novak sonriendo—. Sin embargo, su rango reclama el título.

—¡Rango mis nalgas! Novak, viejo amigo, dame un abrazo. ¡Han pasado años! ¡Sabes cuántas ganas tenía de visitarte! Siempre se lo digo a Arkady —dice girándose hacia el jinete cuyo nombre debe ser Arkady—. «Debemos visitar a Novak»; pero el trabajo, mi querido amigo, como tú sabes mejor que nadie, nos obliga a mantener las narices en la fábrica.

—Así es —dice Novak, asintiendo.

—¿Qué has estado haciendo?

—No mucho.

—¿No mucho? —ríe Gurko—. ¿Escuchaste eso, Arkady? Desearía que todos hicieran tan poco como este hombre. ¿Y cómo está tu pierna, viejo? —Gurko le da un apretón en el hombro—. ¿Ha mejorado?

—Está empeorando —dice Novak mientras su sonrisa se desvanece y Gurko ríe de nuevo.

—¿Escuchaste eso, Arkady? ¡Está empeorando!

Novak siempre ha detestado el hábito de Gurko de repetirle lo que dice a todos los presentes. Se percata de que el que se llama Arkady ni siquiera levanta la cabeza. Arkady también debe de estar acostumbrado a este artificio retórico.

—¿Viniste a recibirnos? —pregunta Gurko.

—Sí, señor —miente Novak preguntándose quién había mandado a llamar a Gurko.

La respuesta más obvia sería Dodek, pero eso implicaría un ingenio que aquel tonto no tiene.

—Caminemos un poco —dice Gurko quitándose la gorra—. Quiero hablar contigo.

Novak lo sigue. Caminan a lo largo del río y Gurko se detiene bajo un árbol de cerezos desnudo e inspecciona sus ramas. Mirándolo de cerca, Novak se da cuenta de lo profundas que son ahora las arrugas en el rostro de Gurko. Ha envejecido, maldita sea. Las manos que emergen del uniforme del gobernador están pálidas y marchitas, como si estuvieran cambiando de piel cual serpientes.

—Tu nombre sigue llegando a mis oídos, Novak —dice Gurko—. ¿Sabías que se está planeando una reorganización masiva para esta región? Necesitaremos gobernadores nuevos, mayores; no hoy ni mañana ciertamente, pero tú sabes, cuando llegue el día…, en su momento. Tu Anna estará complacida y ciertamente también los chicos estarán felices.

—Sí, su excelencia, gracias. —Novak inclina la cabeza—. Mi Anna ciertamente estará complacida.

—¿Hay algún problema, Novak? Pareces deprimido.

—Todo está bien.

—Pensé que estarías feliz de escuchar las noticias.

—Muy feliz, su excelencia.

Gurko suspira.

—Bueno, viejo, ¿quieres decirme qué está pasando aquí?

Novak sabe que ha llegado el momento de la verdad. Le gustaría decir «No es nada, su alteza, este asunto ha resultado ser mucho menos serio de lo que pensábamos en un inicio. Una judía perdió la cabeza, eso es todo». Sin embargo, incluso esta oración sería mentira, pues Novak no puede negar su admiración por la sospechosa principal, Fanny Keismann. ¿Puede separar sus sentimientos de las conclusiones de su investigación? ¿A quién intenta engañar? ¿Cuánto poder tiene realmente? Si se atreve a compartir esta versión de la historia, se enfrentará al ridículo. «Se volvió loco», dirá la gente, «nada de su versión se corresponde con la evidencia». ¿Cómo era posible que se hubiera movilizado al ejército entero por un acta de divorcio? ¿Un coronel desobedeció sus órdenes sólo para perseguir a un esposo fugitivo? ¿El honorable conde Alexander Pazhari mintió para rescatar a una mujer judía de la soledad? ¿El gobernador se tomó la molestia de viajar hasta este lugar sólo para perder el tiempo? La sola presencia de Gurko exige la construcción de una historia que pueda llevar de vuelta hasta San Petersburgo.

En este momento Novak se da cuenta de que es impotente. No tiene el control sobre absolutamente nada. No importa lo que diga, la única versión respaldada será, necesariamente, la versión que se considere más beneficiosa para los poderosos y los influyentes. El conde Gurko volverá a San Petersburgo como un héroe, los agentes de la Ojrana demostrarán una vez más la eficacia de la policía secreta, Novak conservará su puesto y puede que incluso consiga un puesto como funcionario público —¿un alcalde? Nunca se imaginó sin uniforme—. Los sospechosos y sus cómplices pagarán el precio en la horca o en Siberia y la mafia local dará rienda suelta a sus sentimientos, organizando un pequeño pogromo. En lo que respecta a las autoridades, sólo hay una forma de llevar esta historia a una conclusión satisfactoria.

—¿Y bien, querido amigo?

Novak hace entrega de la historia. Gurko no se esperaba semejante cuento. A medida que avanza la historia de Novak, éste nota que la satisfacción se extiende por el rostro de Gurko. Esto es lo que el inspector le dice al gobernador: el conde Alexander Pazhari, nominado para ser el asesor más cercano del zar y, según algunos, ya sirviendo en esta capacidad a falta de un nombramiento oficial, ha estado mintiendo durante años sobre los lazos familiares con un alto cargo del ejército, el coronel David Pazhari. La naturaleza precisa de la relación entre los dos hombres aún no está clara, pero lo que sí está claro es que el conde Alexander Pazhari tiene a su disposición una formidable fuerza militar que puede usar a voluntad. Mientras aún está decidiendo a qué fin debe poner esta unidad, el conde ha estado enviando agitadores para hacer circular las opiniones radicales de un *zyd* de

Minsk, llamado Zvi-Meir Speismann. La naturaleza precisa de las actividades de Speismann aún está por ser determinada, pero lo que ya se sabe es que sus seguidores están dispuestos a degollar a cualquiera que se niegue a adherirse a sus enseñanzas. Los casos en cuestión —y ciertamente debe haber otros que aún no se conocen— fueron cometidos por Zizek Breshov y Patrick Adamsky, dos exjudíos, —¿qué otra cosa podían ser?— que han dejado un rastro sangriento tras de sí. De vez en cuando, el conde Alexander Pazhari envía, a través del coronel David Pazhari, una pequeña tropa de soldados para ayudarlos a llevar a cabo sus fechorías. La guarnición que los escoltó a Minsk, por ejemplo, fue enviada para asegurar una reunión secreta con su líder, Zvi-Meir Speismann. Es razonable sospechar que el conde Alexander Pazhari está esperando el momento oportuno para hacer uso de su unidad privada, momento en el que cinco cadáveres parecerán una nimiedad.

—Estamos al borde del desastre —concluye Novak—; se levanta una quinta columna formada por nuestros mejores hombres, altos nobles de San Petersburgo, consejeros del zar que levantan ejércitos privados ante nuestras narices. ¿Puede creerlo?

—¿Creerlo? —El bigote monumental de Gurko tiembla—. Los de San Petersburgo son todos unas víboras. Si de mí dependiera, mandaría a todos a fusilar.

—Pues así es como están las cosas.

Mientras Gurko reflexiona en torno a esto, cada hebra de bigote que tocan sus dedos parece brindarle un pensamiento nuevo.

—Pero ¿qué hay de la mujer? —pregunta y Novak se sonroja avergonzado.

¿Quién diablos ha estado manteniendo informado al gobernador de cada detalle de la investigación?

—Oh, ¿ella? No es importante. Oveja descarriada, pero es inocente.

—Aunque escuché que es muy buena amiga de su cuchillo.

—Bu... bueno —tartamudea Novak—, eso es lo que pensábamos al inicio... Es decir..., al ser carnicera..., parecía tener sentido. Pero al final parece que los hombres son los culpables.

—La quiero también a ella, Novak.

—Por supuesto, su excelencia, no tengo intención de liberarla.

—No estoy hablando de liberar a nadie. Quiero a todos colgados en la horca, sin peros.

—No los habrá.

—Excelente. ¡Estoy harto de ellos! Esos *zyds* no son rusos.

—Por supuesto que no.

—No son como nosotros.

—¿Cómo podrían serlo?

—Apestan y viven encimados como escoria. Son unos incultos.

—Estoy de acuerdo.

—Mira lo lejos que hemos llegado. Somos una nación orgullosa. La gente al fin tiene la cabeza erguida. No peleamos en vano, Novak. No perdiste tu pierna para nada.

—Por supuesto. —Novak inclina la cabeza.

—¿Por qué no se van a otro lado? ¿No hay más países en este mundo?

—No lo sé, señor, tal vez están demasiado cómodos aquí.

—Demasiado, exactamente ése es el problema. Todo este asunto llega en el momento indicado. Le probará a la gente que sólo tenemos una alternativa.

—Por supuesto, su excelencia.

V

Motal se ha convertido en Ojrana-berg. Parece una academia de policía o una barraca. Esto es sorprendente ya que el toque de queda no aplica para la mitad de su población —los gentiles—, quienes por alguna razón no se han adelantado para apoderarse de los negocios y hacer ganancias ahora que no están los judíos. El mercado está cerrado y pocas personas abandonan sus casas. Motal está desolado. Sin judíos es como una criatura paralizada.

Los agentes entran a los hogares y salen cargando *kartoshkas* y botellas de *yash*. De vez en cuando, salen con un candelabro dorado que los anfitriones les regalan; lo que sea para que se vayan.

Reb Moishe-Lazer Halperin pasa entre las casas de sus feligreses. Él es el único judío al que se le permite ignorar el toque de queda por orden de Prokor, es decir, de Piotr Novak. El rabino espera ser recibido como de costumbre: con la mesa puesta, una hogaza de pan lista para ser servida y los ojos hambrientos por recibir cada una de sus palabras. Pero ahora, sus rostros, Dios mío, sus rostros son tan sombríos. El desastre está a punto de golpear la ciudad; todos pueden sentir la muerte inminente.

No les tomó mucho a todos armar la historia. Sin ninguna experiencia en investigaciones de asesinatos, vincularon la desaparición de Zvi-Meir Speismann con la naturaleza impredecible y los antecedentes de Fanny Keismann en la matanza ritual, y encontraron la solución para uno de los episodios más complejos en la historia del Imperio ruso. «Si tan sólo se hubiera quedado quieta, nada de esto habría sucedido. ¿Y qué cosa buena ha salido de esto? Deshonró a su familia, dejando su casa después de la medianoche, Dios sabe por qué, como una solterona loca por la luna».

Por temor a la mirada acusadora de Rivkah Keismann, el rabino se ha alejado de la casa Keismann, donde Mende se ha instalado con sus hijos. Rivkah Keismann culpa al rabino de todo. Si no hubiera sido engañado por Akim y Prokor, Avremaleh y Pinchasaleh Rabinovits, nombres que obviamente son falsos, la ciudad no habría sido sitiada. Rivkah no le había pedido mucho al rabino. Todo lo que quería era que su hijo se uniera a la hermana de su esposa. ¿Y qué obtuvo ella en su lugar? Una espada en contra el cuello. ¿Cómo puede abandonar este mundo? Dios la ayude, estaría mejor muerta.

La gente dice: Rivkah Keismann es una mujer fuerte.

La verdad es: Rivkah Keismann está al borde del colapso. Su hijo se sienta a la mesa del comedor desde el amanecer hasta el anochecer, con la cabeza entre las manos. No puede atender a su rebaño, no se le permite reparar las cercas. Ni siquiera puede salir a vaciar sus intestinos sin permiso. De vez en cuando mastica un trozo de pan, sin queso, como si en un momento dado pudiera tirar la mesa contra la pared y enfrentarse a los agentes afuera. Todo este tiempo Rivkah se sienta frente a él y no se mueve. Tiene miedo de que tan pronto como le quite los ojos de encima, hará algo de lo que todos se arrepentirán.

¿Y qué hay de los niños? Dios la ayude. Ingobernables, salvajes, como su madre. La mayoría de los pequeños se orinan tan pronto como escuchan la palabra *policía*. Pero ¿estos niños? Se escabullen de la casa, se arrastran debajo de las cercas, se esconden en los arbustos. Piensan que todo este asunto es un juego divertido. Olvidémonos de los más pequeños, estarán bien mientras no se hagan daño. Ni siquiera el más brutal de los soldados trataría a un niño como un criminal. Pero ¿Gavriellah, la mayor? Ya tiene ocho años. Las niñas *adultas* como ella pueden ser acusadas de conspiración. Y lo cierto es que desaparece durante horas y horas. ¿A dónde va? Nadie tiene idea.

—Natan-Berl, ¿dónde está Gavriellah?

—Mmmm… mmmm… ¿Gavriellah? Estará bien.

La gente dice: Rivkah Keismann es una mujer amargada.

La verdad es que Rivkah Keismann siempre tuvo razón. Fanny Keismann no causó más que problemas y ahora todos pueden ver el resultado. Rivkah probablemente debería haberse puesto firme desde el principio, pero siempre trata de complacer a todos. Tal vez todo esto sea su culpa.

Mende Speismann se encierra en su habitación. Está furiosa. ¿Cómo podía su hermana menor humillarla de ese modo tan público? ¡Por Dios! ¿No se las estaba arreglando Mende, incluso sin Zvi-Meir Speismann a su lado? ¿Mende se comportó como esas mujeres miserables que envían un anuncio servil al *Hamagid*? ¿Permitió que su nombre apareciera debajo de cualquier titular de periódico que diga «Perdido» o «Ayuda»? ¿Le pidió al mundo entero que se interesara por sus asuntos privados?

Ahora su nombre será conocido por todos, se leerá no sólo en los anuncios, sino en las secciones de noticias; no sólo en el *Hamagid*, sino también en el *Ha-Melitz* y en otros periódicos también. ¿Qué le hizo Mende a su hermana menor para merecer esta tortura? ¿Es tan celosa Fanny?

Mende no es de las que devuelve las ofensas que recibe. Ciertamente no busca venganza a expensas de los niños. Sólo hay una cosa en su mente en este momento: asegurarse de que ningún niño salga del patio. Natan-Berl es inamovible. Rivkah Keismann está con ella en espíritu, pero su carne carece de la energía para perseguir a nadie. Entonces Mende se encuentra vigilando a sus dos crías y las cinco joyas de Fanny como un halcón.

Sólo Gavriellah escapa de la mirada atenta de Mende. De hecho, incluso si Mende hubiera buscado más allá del patio, no habría logrado encontrar a su sobrina. Gavriellah ha comenzado a pasar largas horas fuera de casa y nadie en Motal podría adivinar dónde. El lugar es bastante céntrico, a tan sólo un cuarto de versta de la plaza principal de Motal; sin embargo, nadie la ha visto. ¿Es que encontró un escondite en un nido de cigüeñas abandonado? Si no, ¿dónde está?

Al igual que los otros niños, Gavriellah ha recuperado fragmentos de la historia por aquí y por allá; pero, a diferencia de ellos, entendió exactamente lo que significan los detalles y se esforzó por saber todo lo que pudo sobre Zizek, el cómplice de su madre. Se ha puesto del lado de las familias Berkovits y Abramson y ha comenzado a sentir un fuerte resentimiento por todos los demás.

Leah Berkovits, una anciana cascarrabias en el mejor de los casos, no podía creer lo que veía cuando abrió la puerta y encontró a una niña de ocho años en el umbral.

—¿Qué haces aquí, mocoso? —chilló confundiéndola con un niño, pues la vista de la vieja ha tenido mejores momentos.

—He venido a quedarme con ustedes —respondió Gavriellah.

Y eso fue precisamente lo que hizo.

¿De qué hablaba Gavriellah con Leah? De pocas cosas. Al igual que los Keismann, los Berkovits no son muy habladores. ¿Qué hacía entonces? Bueno, pues lo que la mayoría de los residentes de Motal hacen. Se sientan, se levantan, limpian, comen, tejen, leen, sueñan despiertos, cabecean y esperan. En definitiva, hacían algo, eso es seguro. Después de todo, ni la vieja ni su hijo le cerraron la puerta a Gavriellah en la cara como siempre lo hacían con los demás. Lo que es más, dejaron que llamara *Babushka* a Leah Berkovtis. Y no sólo eso, sino que la dejaban tocarle la cara arrugada, una cara por donde las lágrimas habían cavado surcos indelebles.

—He venido a quedarme con ustedes —les dijo Gavriellah.

Y la dejaron entrar.

VI

Cuando Fanny se despierta, aún siente el dolor penetrante en la mejilla que recibió el puñetazo. En realidad le duele la cara entera. Su mandíbula truena. ¿Se le cayó un diente? Tiene la nariz entumecida. ¿Está rota? Siente que alguien la tira hacia arriba desde la coronilla de su cabeza. ¿Está drogada? No puede saberlo.

¿No preferiría ser dueña de un rostro sin golpes? Por supuesto que sí. Sin embargo, en este momento, está segura de que una persona que nunca ha recibido un puñetazo en la cara no sabe nada sobre la vida. El golpe que recibió no sólo le lastimó el rostro; la sacudió hasta la médula. La pérdida de control fue absoluta. Estaba completamente a merced del bruto que la golpeó y que podría haberle golpeado la otra mejilla de haber querido. Pero su único golpe fue perfectamente preciso, una conclusión necesaria para su viaje.

Su cabeza está adolorida. Lleva muchas horas viajando en un vagón destartalado y el conductor no ha evitado ni un solo bache. Su cuerpo está encadenado en una posición incómoda y está hacinada con tres hombres. Uno está inconsciente, aún lo atiende una enfermera. ¿Qué estará soñando? Quién sabe. El segundo tiene un rostro que no se había visto tan sereno en muchos años. Aún sostiene la mano de Adamsky, no está claro si está vivo o muerto. Y el tercero, bueno, esto no es precisamente lo que Zvi-Meir Speismann tenía en mente cuando escuchó que tanto el ejército como la policía lo estaban buscando. Tenía los ojos clavados en el suelo del vagón y sus labios murmuraban palabras sin sentido.

Fanny ve a otro carro más adelante; éste transporta al capitán Istomin y los cinco húsares robustos. Por lo que ha escuchado, nada en la historia del excelente comandante de la guarnición podría haber predicho que algún día enfrentaría acusaciones de desobediencia y motín. Ahora, por supuesto, ninguno de los muchos actos valientes que ha realizado por el bien del imperio estará a su favor. La gente se equivoca cuando piensa que la buena ciudadanía les otorgará inmunidad. Basta que alguien nade una sola vez contra la corriente para encontrarse frente a un pelotón de fusilamiento, hombro con hombro con criminales y traidores.

Detrás de ella relinchan dos caballos. Uno es gris con una melena negra y el hueco que tiene en la espalda muestra que ha vivido durante muchos años. No tiene edad. No hay guerra en la que no haya estado. El segundo es un potro que no deja de menear la cola. En la noche en que se fue, cuando Fanny cruzó el Yaselda y se dio cuenta de que Zizek había preparado caballos y un vagón, se dio cuenta de que este viaje no se trataba sólo de ella. Ahora está orgullosa de la gente que ha reunido a su alrededor, los tipos a los que la gente del pueblo señalaría y diría: «¿Los ves? Son exactamente lo contrario a nosotros». Pues bien, éste es su ejército. Y aunque ninguno de ellos lo admitiría, ella sabe que sea cual sea el poder que une a esta tripulación dividida y maltratada, han producido olas en todo el imperio.

¿Está en su sano juicio o está loca? No podría importarle menos. La sobrecogen emociones incontables, pero el arrepentimiento no está entre ellas. Tiene claras todas sus posibilidades, incluso la de perder a sus hijos y, sin embargo, no desea poder retroceder en el tiempo y hacer las cosas de manera diferente. Deben llevarla a encontrarse con ese inspector. A pesar de su incuestionable inferioridad, esta vez tendrá que hablar con ella cara a cara, a la luz del día y no mientras la agarra por la garganta. Fanny siente que esta reunión es de suma importancia. Sabía que volverían a verse después de la noche en la taberna de Adamsky. ¿Qué le dirá? Aún no lo sabe; pero esta vez lo enfrentará como su igual, incluso si ya no tiene consigo su cuchillo. Él le parece ser la única persona en el imperio con la que puede hablar.

No espera intercambiar una palabra con sus hermanos en Motal. Sabe muy bien que casi todos están convencidos de que está loca. La comunidad del pueblo es la encarnación del infierno, de eso está segura. Cada uno de los habitantes del pueblo oscila en algún lugar entre la individualidad y la conformidad, haciendo todo lo posible por pensar como todos los demás. Nunca serán independientes. Consideran cualquier forma de libertad como una forma de rebelión; cualquier singularidad como una desviación. ¿Hay algo que no dirán de ella? Dios santo, debería esperar lo peor; pero Natan-Berl no les creerá, ni tampoco Gavriellah. Y los pequeños no la abandonarán, por muy enfadados que estén. Es muy posible que esté loca, pero sabe que los volverá a ver muy pronto.

—¿A dónde nos llevan? —susurra Zvi-Meir sorpresivamente entre su bombardeo de sinsentidos.

Fanny no dice nada y mira a Zizek, cuyos ojos se unen a la pregunta de Zvi-Meir.

—A casa —responde Fanny—, ¿a dónde más?

VII

La bondad no necesariamente va acompañada de valentía. Si lo estuviera, ¿cómo podríamos distinguir una de la otra? La bondad se revela a sí misma de muchas formas y, a veces, cuando se acompaña de valentía, las personas no la reconocen.

Las personas que ven el mundo en blanco y negro podrían argumentar que la bienvenida que dan los ciudadanos de Motal a la procesión de Minsk fue poco amable. A saber, por primera vez desde que empezaron los toques de queda, los residentes abrieron sus persianas y lanzaron una serie de misiles contra el vagón de Fanny, astillas de madera, pieles de manzana y todo tipo de verduras podridas. Sin embargo, antes de emitir un juicio, uno debe detenerse a considerar lo siguiente. ¿Qué puede hacerse después de un toque de queda de una semana? ¿Qué puede hacerse si la vida de tus hijos está en juego? Primero, se comenzaría buscando la causa. Aquí no hay dudas al respecto: Fanny Keismann ha arrastrado a todo el pueblo hasta este lío. En segundo lugar, uno se imaginaría que podría suspirar de alivio cuando todo el fiasco de Fanny sea resuelto y los agentes de la Ojrana se vayan de la ciudad. En tercer lugar, se querría demostrar la lealtad a las autoridades, tanto para diferenciarse de los responsables de esta hermosa olla de pescado como para asegurarse de que la policía no tenga motivos para quedarse más tiempo. En resumen, teniendo todo eso en mente, ¿quién no le tiraría tomates podridos a Fanny?

No obstante, hay que añadir que la dura acogida del vagón de los prisioneros podría haber sido mucho peor. La gente del pueblo podría haber arrojado piedras a los criminales, en cambio, les arrojaron cáscaras de manzana y ramitas. Podrían haberle gritado insultos a la líder; en cambio, susurraron sus reproches a puerta cerrada. En cualquier otro lugar, los presos habrían llegado a su destino con el rostro hinchado y la ropa empapada de yema de huevo podrida. Mientras que aquí, dos de los cinco húsares recogieron la cáscara de manzana que los golpeó y se la comieron. Así son los judíos de Motal, únicos.

Tomemos a Mina Gorfinkel como ejemplo. Algunas personas dicen que Yoshke Berkovits estaba enamorado de ella antes de que lo secuestraran. Algunos aún pueden recordar cómo se le veía flotando por los aires tras verla en la plaza principal. Otros aún juran que toda su vida ha soñado con el día en que volvería a verla. Nadie puede confirmar si esto es cierto o no. En cualquier caso, habían pasado cerca de cincuenta años desde la tragedia de la familia Berkovits, y Mina Gorfinkel obviamente no se sentó a esperar a Yoshke. Se casó a los quince años y se convirtió en abuela veinticinco años después; pero cuando la procesión pasó por delante de su casa, abrió las persianas y echó un vistazo a los detenidos. «¿Quiénes son?», preguntaron sus hijos. Podría haber respondido «criminales, ladrones» como todos los demás, pero en cambio cerró las persianas y guardó silencio.

En la casa Weitzmann, ahora transformada en un cuartel improvisado, el coronel Piotr Novak espera junto con los altos mandos. El gobernador, el mariscal de campo Osip Gurko, está sentado detrás del escritorio ansioso por regresar a Minsk con pruebas claras de un plan de asesinato contra el zar. El coronel Piotr Novak está de pie junto a Gurko, tenso, esperando que lleguen los forajidos. Albin Dodek y Haim-Lazer están justo detrás de él. Ninguno de los dos está contento de estar tan cerca del otro. Haim-Lazer siente que está en el lado equivocado de la barricada, como colaborador del régimen corrupto, mientras que Dodek no está feliz de verse obligado a colaborar con un prisionero. Sentado al otro lado del escritorio, de espaldas a la puerta, hay otra figura sorprendente, el coronel David Pazhari. Por ahora, cree que ha venido a unirse a los investigadores, pero pronto se unirá a los sospechosos.

—Es un gran honor, señor —le dice Novak a Pazhari cuando se encuentran—. No todos los días uno conoce al sobrino del futuro canciller —añade, esperando ver su reacción.

Pazhari asiente, pero no puede ver al inspector a los ojos. Novak asume que a Pazhari le remuerde la conciencia; sin embargo, en realidad el coronel está desconcertado por el rostro demacrado y la postura frágil del inspector. En el Paso de Shipka, se había encontrado con un coronel fornido; el hombre que tiene delante ahora le recuerda a un castillo de naipes, si extraes uno, todo el edificio se derrumbará.

A pesar de que sabe que probablemente sea una mala idea, Pazhari siente que no puede repetir el error que cometió en el Paso de Shipka. Aparta a Novak de los otros y lo mira directamente a los ojos.

—*Vaivoda* —susurra en su oído—, luchamos juntos en Shipka.

El rostro de Novak se ilumina. Ha pasado mucho tiempo desde que alguien lo llamaba *vaivoda*, es decir, comandante.

—¿De verdad? —intenta esconder su emoción.

Así que hay otro hombre en la habitación además de Gurko que ha visto al verdadero Novak. Un hombre que sabe que cualquier cosa que pase a continuación en la habitación no será algo planeado por Piotr Novak. Un hombre que conoce la diferencia entre Albin Dodek y Piotr Novak.

—¡Qué batalla! —Novak alza la voz esperando que los agentes escuchen una conversación entre dos veteranos para enseñarles cómo se ve la valentía de verdad.

—Quería decirle que… —Pazhari baja la voz— cabalgué a su lado cuando…

Hay muchas cosas que pueden decirse de Novak, pero que tenga una mente lenta no es una de ellas.

—Durante años lamenté no…

—No tienes nada que lamentar —dice Novak sonriendo—. Los turcos terminaron peor que mi pierna, ¿no es así?

Pero este intercambio deja a Novak sintiéndose terriblemente conflictuado. Por un lado, ese hombre lo ha visto conducir un regimiento en la batalla. Por otro lado, el mismo hombre lo vio retorcerse en la tierra como una lagartija. Este contraste... ¿cómo podemos decirlo?, necesita una reconciliación.

Gurko toca el hombro del inspector.

—¿Todo bien, amigo?

Novak responde con una sonrisa confiada:

—Todo perfecto, su excelencia.

Cuando llevan a los prisioneros al cuartel, Pazhari palidece ante la visión del capitán Istomin esposado. Le hace señales a Novak para indicarle que quiere hablar con él antes de que las cosas se salgan de control. El comandante de la investigación asiente y se levanta, pero Albin Dodek le hace un guiño a cuatro de los agentes y éstos dan un paso adelante y desarman al coronel. Perplejo, Pazhari no se resiste. Despojado de su pistola y su espada vuelve a ser el David del orfanato. Cuando lo posicionan al lado del capitán Istomin, escucha en su cabeza «David, *mon chéri*, mi dulce, mi joya, *petit*» y comienza a buscar una escapatoria. Por alguna extraña razón, se siente aliviado de que los hombres que hasta hacía un momento eran sus aliados, ahora se transformaran en sus enemigos.

En este punto a Novak ya no le sorprende nada. Claramente, las decisiones ya no están en sus manos a pesar de que no sabría decir en manos de quién estaban ahora. Cuando inclina su cabeza hacia Pazhari, el coronel entiende que ha llegado al final de su camino.

De derecha a izquierda, los sospechosos de pie en la oficina son: el coronel David Pazhari, el capitán Istomin, cinco húsares, Zizek Breshov, Fanny Keismann, Zvi-Meir Speismann, el capitán Adamsky —él acostado en una camilla— y, por falta de espacio, el palillo Shleiml el Cantor se apretuja detrás de ellos sosteniendo dos tablas de madera. Nadie se percataría si saliera de la habitación con Olga y, aun así, permanece quieto.

—Bien, coronel Novak —lo llama el mariscal de campo Osip Gurko—, ¿empezamos?

429

Novak sabe que quienquiera que interrogue primero proporcionará la evidencia que las personas al otro lado del escritorio quieren escuchar. Puede atrapar fácilmente a Pazhari con la relación de sangre imaginaria que nunca negó, acusar al capitán Istomin y a los húsares de traición, poner en el lugar al débil mental de Zizek Breshov, nombrar varios testigos oculares para testificar contra Adamsky y presentar su propia pierna lacerada como prueba. En cuanto a Shleiml el Cantor, bueno, esta fuente de información no requiere estímulos mayores.

Cualquiera de estos hombres le habría dado las respuestas que deseaban, pero elige empezar con Fanny. Él sabe que es el único hombre presente, incluyendo a Gurko, que es capaz de confrontarla. Éste es el momento que ha esperado durante toda su carrera.

—Bien, señora Keismann —comienza con tono grandilocuente—, por favor, identifique a las cuatro personas que están de pie aquí y describa la naturaleza de la relación con ellas.

Fanny no dice nada. Es un momento incómodo. Novak decide que debe refinar su pregunta.

—Oh, no. —Gurko se levanta repentinamente—. El tiempo apremia. Tengo que estar en Minsk pasado mañana. Dales las malditas confesiones, por amor de Dios, y haz que las firmen.

—¿Confesiones? —dice Novak estupefacto—. ¿Qué confesiones?

—Aquí están. —Albin Dodek le da los papeles.

Novak mira a su alrededor aterrado. En cualquier momento, puede sentirlo, él también se unirá a los prisioneros.

—Su excelencia —dice con voz entrecortada—. ¿Qué hay del juicio?

—¿Juicio? —pregunta Gurko sorprendido—. ¿Y cuánto tiempo nos tomará eso? ¿Crees que en casos de emergencia, cuando un peligro grave acecha al imperio, podemos permitirnos esperar a que termine un juicio?

—De cualquier modo —dice Novak—, el juicio es…

No puede terminar la oración. El juicio es… ¿qué? Maldita sea, ¿qué está intentando decir? Ni él lo sabe. Sin embargo, el juicio es importante, tal vez lo más importante de todo.

—El juicio podría exponer a más cómplices —dice finalmente Novak—, otros integrantes.

—Ése es precisamente tu trabajo, mi querido Novak. —Ha cambiado el tono en la voz de Gurko—. No hemos terminado aquí, no. Pero justo ahora estamos buscando una disuasión.

Novak está en silencio. Siente que su vida pende de un hilo. Su juicio ha sido cancelado en contra de su deseo. No puede terminar de esta manera, sin un juicio.

De pronto Fanny da un paso adelante. Sus ojos de lobo consumen los corazones de todos los hombres presentes. Cada uno de ellos siente que le han servido un trozo de muerte, un fragmento del fin. Tira al suelo el documento que le acaban de entregar, su supuesta confesión, y dice con calma:

—No firmaré nada hasta que haya visto a mis hijos.

Novak está complacido. Ahora sus colegas, y sobre todo Gurko, comenzarán a comprender cuán complicada es realmente esta investigación. Pensaron que podían enterrar el caso con confesiones inventadas. Bueno, no con una mujer así.

—Puede tener su deseo —dice Gurko y luego añade para Novak—, falsificaremos su firma. ¿Están listas las horcas?

—¿Horcas? —Novak dice atónito.

Se vuelve hacia la ventana y ve que cinco patíbulos han brotado en la plaza del mercado durante la noche. ¿Cómo pudo no haberlos visto? Están ante él como árboles antiguos, desafiantes. ¿Quién dio la orden de erigirlos?

Pazhari da un paso adelante y se para al lado de Fanny.

—No puedes matarlo —y señala a Zizek Breshov—. Él es el Padre.

—El Padre —repite Gurko—. ¿Padre de quién?

—No tiene hijos —dice Dodek—. Lo revisamos.

Novak siente que la sangre se le va de la cara. La cabeza le da vueltas. ¡El Padre! ¿Cómo pudo no darse cuenta? La familia Berkovits, ¡es un idiota! Yoshke Berkovits, que se convirtió en Zizek Breshov, no hay un solo soldado que no conozca su historia. Por eso los ayudaron en el campamento. Por Dios, esto no es una conspiración en absoluto, sino un código de amor y honor, un código que él mismo solía seguir. Novak se vuelve hacia Gurko.

—Señor —comienza, una forma extraña de dirigirse a un conde—, debemos recordar que estamos ante Yoshke Berkovits, quien no es otro sino el Padre, el ayudante del general Radzetsky. No debemos apresurar esta decisión.

—No sé quién es el Padre —ríe Gurko—, pero el general Radzetsky era un idiota.

Novak se pone rojo. Nunca antes había sido humillado de esta manera frente a sus hombres, y Gurko se inclina hacia él y le susurra al oído:

—Sabes, amigo mío, siempre podemos instalar una sexta horca. —Olfatea a Novak y arruga la nariz, como si Novak no fuera más que un borracho vagabundo. Después camufla su disgusto con una amplia sonrisa, de una punta a la otra de su magnífico bigote.

—¿Y qué hay de ellos? —Dodek señala con la cabeza a Pazhari y sus soldados.

—Deberán ser escoltados de vuelta al campamento —dice Novak—, ahí enfrentarán una corte marcial.

—No hay necesidad de eso —dice Gurko—. Pueden enfrentar una corte marcial aquí mismo. ¿Tienen algo que decir en su defensa? —pregunta dirigiéndose a Pazhari.

El coronel baja la mirada. Novak está perplejo.

—Excelente —dice Gurko—. Todos ustedes están sentenciados a muerte por fusilamiento como los traidores que son.

Novak no puede creer lo que escucha. Todo está sucediendo tan rápido que no puede ni pronunciar una sola palabra antes de que el coronel Pazhari, el capitán Istomin y los cinco húsares sean conducidos hasta la pared de una vieja casa vecina, negra y de techo bajo. El comandante del pelotón de fusilamiento grita algo, la mente de Novak está envuelta en la oscuridad y los disparos cortan el aire. Mirando a través de la ventana, Novak ve a siete soldados, incluido el coronel, tirados en el suelo sobre charcos de sangre.

—Has hecho un trabajo maravilloso, querido Novak. —Gurko le da unas palmadas en el hombro—. Parto hacia Minsk. Envíame un reporte después de los colgamientos.

—Por supuesto, su excelencia —Dodek responde en lugar de Novak, que sigue estupefacto.

Gurko se aleja marchando.

Novak deja la casa y se acerca cojeando hasta Pazhari. Por un lado, es un hombre tirado en el suelo quien lo ha visto liderar a un regimiento en la batalla. Por otro lado, es un hombre tirado en el suelo quien lo ha visto arrastrarse como una lagartija. ¿Cómo pueden reconciliarse los opuestos? Es el fin de una era para ti: una era de lo irresoluto.

VIII

Si una rama no quiere ser arrastrada por el río, ¿qué debe de hacer? Puede pedirle o incluso rogarle a la corriente que no se la lleve, pero el río mismo no puede hacer nada. Al ser un río fluye implacable y su naturaleza no cambia, ya sea que arrastre a una rama o a una ardilla en el proceso.

Tal es la situación en la oficina improvisada de Novak. En el momento en que el mariscal de campo Gurko abandona la habitación, no hay forma de detener la avalancha. Como la corriente de un río, los agentes de la Ojrana no pueden volverse contra su propia naturaleza, y después de repartir puñetazos y patadas a los cinco condenados restantes, salen a reunir a los espectadores para los ahorcamientos.

En menos de dos horas, la plaza del mercado se llena con los vecinos de Motal y sus alrededores. Los agentes asaltan una casa tras otra, sacando a rastras a mujeres y niños, dándole sólo a los gentiles la elección de seguirlos o no hacerlo. Yoshke-Mendel está parado al lado de su tienda murmurando «muchas gracias» por pura costumbre. Simcha-Zissel Resnick, habiendo sido arrastrado de la tienda que también es su casa, ha dejado a su mujer e hijos escondidos. Dos informantes notan que está sin su familia y le preguntan dónde están. Al primer tartamudeo se gana una bofetada en la cara, su segundo tartamudeo le cuesta el contenido de sus bolsillos, y sus lágrimas incitan a los agentes a irrumpir en su casa, patear a su esposa e hijos, llevarlos a rastras hasta la plaza y dejan su casa de cabeza buscando sus carnes más finas.

Reb Moishe-Lazer Halperin va de casa en casa y le ruega a los habitantes que salgan.

—¿No han escuchado lo que le pasó a Simcha-Zissel? —pregunta—. No traten de hacerse los listos. Pronto dejaremos todo esto atrás, con ayuda de Dios.

Reunirse juntos en la plaza levanta la moral a todos. Blumenkrantz le guiña el ojo a Schneider, Grossman bromea con Isaac Holtz preguntándole si él vendió la madera para hacer los patíbulos. Después de pasar una semana bajo toque de queda, aislados en sus casas, se unen para enfrentar un solo destino. Siendo una comunidad muy unida, saben que los oficiales y agentes de policía no pueden infiltrarse en sus filas, lo cual es tranquilizador. Después de un rato, a los niños se les acaba la paciencia y empiezan a jugar al escondite. Sus padres son sus escondites y los pequeños deambulan libres, riendo y gritando de alegría. Su estado de ánimo es festivo. No hay nada de malo en eso. ¿Qué más pueden hacer sus padres, decirles la verdad?

Dos calandrias se abren paso entre la multitud, escoltadas por los agentes de la policía secreta. Las personas más entrometidas que están junto a los vagones miran hacia adentro e informan de sus hallazgos al resto. En un vagón se sienta la pobre Mende Speismann. Lo que su hermana le ha hecho es abominable. Fanny la ha humillado públicamente, ha desacreditado su buen nombre y la ha convertido en la broma del pueblo. No hay un solo hogar en el distrito de Kobryn y el condado de Grodno que no haya oído hablar de la miseria de Mende Speismann. Ahora sostiene a sus dos hijos cerca, sin saber que ella, Yankele y Mirl están a punto de ver a Zvi-Meir por primera vez en un año, en circunstancias humillantes.

En el segundo vagón está Natan-Berl. Un poderoso oso esposado y con la cabeza mirando hacia abajo. Su madre, Rivkah Keismann, está sollozando a su lado. No es así como una abuela debería terminar sus días. Ojalá estuviera muerta. Toma sus fuerzas de la necesidad de proteger a sus nietos, a pesar de que la mayor ha desaparecido. La última vez que vieron a Gavriellah fue ayer y está enferma de preocupación. Qué niña tan revoltosa. Pero ¿cómo no iba a serlo? Es igual que su madre, si es que esta nuera suya puede llamarse madre. ¿Qué mujer le haría algo así a sus hijos?

Los carruajes pasan junto a Rochaleh Speismann, la madre de Zvi-Meir. Al ver el rostro de Mende, levanta los ojos al cielo: «Santo Bendito, me he esforzado toda mi vida, ¿y para qué? Si reservaste un acto de gracia para toda la vida, debes usarlo ahora, ¡salva a los mansos! Rescata a mi hijo de la mano de los gentiles y perdona a mis nietos». Eliyahu Speismann también trata de mirar hacia arriba, pero su espalda encorvada sólo le permite ver justo enfrente de él. En el intento por mirar más arriba, su mirada se posa sobre las cinco horcas y el taburete debajo de cada soga.

IX

La ejecución no ha sido bien planeada. Los patíbulos fueron instalados demasiado cerca de la casa de los Weitzmann, donde estaban los prisioneros condenados. El quinteto tiene poco tiempo para reflexionar en sus últimos momentos y la multitud no tiene espacio para vitorear y burlarse. En lugar de ser conducidos entre la multitud, los guardias y los prisioneros avanzan por una calle lateral. Aquellos que parpadean en el momento equivocado debido a la cegadora luz del sol se pierden la procesión por completo y cuando vuelven a abrir los ojos, descubren que los prisioneros ya están atados a los postes.

Novak se hace a un lado y observa el desarrollo de los acontecimientos. No tiene ningún deseo de participar en los procedimientos de ejecución y no tiene el poder para detenerlos. Ve a Dodek corriendo de un lado a otro, blandiendo papeles. Ahora no cabe ni la menor duda, alguien que no es Novak está dirigiendo el espectáculo. Los verdugos obviamente son novatos. Le sorprendería que supieran cómo atar una soga. Es el comienzo de una nueva era, todo debe hacerse con prisa mientras que la paciencia se considera obra del diablo.

Este estado general de descuido le brinda a los condenados más tiempo para aceptar que ha llegado su hora de rendir cuentas. No hay pompa ni circunstancia. Los verdugos les ponen la soga al cuello con la indiferencia de los sastres que toman medidas para hacer ropa nueva. Los taburetes sobre los que se paran los presos han sido robados de varias casas, cada uno de ellos es de diferente altura y color. Esta ejecución es un circo, ni más ni menos.

De los cinco, Shleiml el Cantor es el único que pierde la compostura cuando le aprietan la soga alrededor del cuello.

Intenta cantar *Adon Olam*, le grita «¡Ayuda!» a Olga y luego se dirige a la multitud.

—¡Éste es el Padre! —vocifera señalando a Zizek Breshov—. ¡El Padre!

Zvi-Meir Speismann, sometido, no escanea la multitud en busca de su esposa e hijos. Antes de su captura, había terminado de componer lo que sería su último sermón. Fue tremendo, un discurso para no olvidar, palabras que entrarían en los anales de la historia. Pero ahora sus labios están sellados y su mano siente el espacio vacío dejado por los tres dedos faltantes de la otra.

Patrick Adamsky requiere un trato especial. Medio consciente, sólo puede ponerse de pie si lo apoyan de ambos lados, pero protesta: ¿no pueden ver que Ada está tratando de mecer a su bebé para que se duerma en sus brazos? ¡Cállense! ¡Silencio, por favor! La gente es muy cerda.

Zizek Breshov mira a la multitud. ¿Los mira de verdad? Bueno, sus ojos están abiertos. Su lengua recorre la cicatriz de su boca y, deseando poder fumar, recuerda la caja de tabaco que le robaron en el camino a Telejany. Esta escena debería asustar a Zizek hasta el punto de dejarlo petrificado, pero la verdad es que no había sentido esta tranquilidad en mucho tiempo. Cuando el niño Yoshke Berkovits entró cabalgando en esa maldita noche con Leib Stein, el secuestrador, y su manada de matones, supo que se había abierto un abismo entre él y Motal. De un lado del abismo estaba junto a los hermanos Abramson, mientras que del otro lado estaba, bueno, todo lo demás. Se nace en el seno de la propia familia. Un bebé pronuncia una palabra e inmediatamente busca la aprobación de sus padres. Se pone de pie y los mira en busca de tranquilidad. Desde la mañana hasta la noche, se dice que significa el mundo para ellos. Entonces, un buen día, el mundo ofrece al niño como sacrificio para Moloch. Sus padres se ponen de luto, la congregación siente como si le hubieran arrancado un pedazo de su propia carne, pero el mundo sigue girando. De la noche a la mañana, el niño llega a aprender que su propio mundo y el gran mundo no son lo mismo. Lo dejan colgando como un vendaje suelto sobre una herida, esperando ser arrancado.

Y ahora, Zizek dirige sus ojos calmos y azules a la plaza y reconoce a la niña Mina Gorfinkel de doce años entre la gente. Ella toca la punta de su cabello y enreda sus trenzas, sosteniendo en la mano una muñeca de trapo que su madre le había hecho. Los hermanos mayores de Mina la molestan y Yoshke quiere ayudarla, pero teme las reacciones de los niños. Sus huesos arden cuando ella pasa y sabe que nunca la defraudará. Su familia por fin se sobrepondrá a sus penurias una vez que se convierta en un intelectual afamado que hará a Mina sentirse orgullosa. Siente urgencia por acercarse a ella, pero teme que su lengua le falle. Después ella se fue. En fin. Tienen toda su vida por delante. El mundo los hará encontrarse, un paso a la vez, y Motal celebrará su unión en sagrado matrimonio.

X

A falta de discursos o peticiones de últimas palabras —santo cielo, ni siquiera se tapan las caras de los condenados—, no está del todo claro cuándo ha llegado el momento de patear los taburetes y poner fin al asunto. Dado que no se ha designado un tiempo específico para la ejecución, nadie puede estar seguro de si se está retrasando o no. Corre el rumor de que quieren un pintor o un fotógrafo para capturar el evento, pero nadie lo sabe con certeza.

Incluso el comportamiento de los espectadores es poco convencional. ¿Dónde están los tomates, las antorchas, los gritos? Se quedan con la boca abierta como si estuvieran viendo una subasta de diamantes que nunca podrán pagar. Novak se encuentra en medio de la multitud, impotente, concentrándose en la única cosa que le da consuelo: Fanny Keismann.

Fanny no está buscando una oportunidad para atacar. No hacen falta dagas, algunas incluso están a su alcance, pero no quiere que sus hijos sean testigos de un intento de fuga sangriento que está condenado al fracaso. Atrapada con la guardia baja por el giro inesperadamente rápido de los acontecimientos, las esperanzas de Fanny se evaporan lentamente.

Ve el brazo peludo de Natan-Berl en uno de los carruajes. Ahora su rostro se vuelve hacia el otro lado y ella le ruega a Dios que la pequeña mano que puede ver en su pecho no sea…, sí, es de Elisheva. Su hija menor está sentada en el regazo de su esposo, tirando de su camisa. Natan-Berl señala la ventana opuesta a Fanny para distraer a la niña, quien también señala y se ríe.

Fanny intenta atrapar la mirada de Natan-Berl en vano. Ahora está entreteniendo a Mishka, David y Shmulke con un extraño juego que acaba de inventarse, involucrando sus esposas. Los tres niños están sobre las cadenas de hierro intentando quitárselas de las muñecas. Los agentes los dejan jugar. Natan-Berl hará lo que sea para evitar que sus hijos vean a su madre en el patíbulo.

Un apretado nudo se aloja en la garganta de Fanny. Su esposo se comporta de la manera más sensata. Ningún niño debería ver a su madre de este modo. Pero por valiente que sea, necesita la atención ahora mismo. Desafiando cualquier comportamiento que pudiera ser considerado por el bien de los niños, grita desesperada:

—¡Mishka! ¡Elisheva! ¡David! ¡Shmulke! ¡Gavriellah!

La multitud guarda un silencio sepulcral. Todos los ojos se dirigen al carruaje de la familia Keismann. Los niños miran ansiosos por la ventana. ¿Están soñando o acaban de escuchar la voz de su madre? Vuelve a llamarlos:

—¡Mishka! ¡Elisheva! ¡David! ¡Shmulke! ¡Gavriellah!

Natan-Berl la mira fijamente, completamente desdichado. El rostro le hierve de rabia y aprieta los puños. Ella le dirige una mirada suplicante. Algo, Dios sabe qué, la obligó a desaparecer una noche dos horas después de la medianoche. ¿Por qué ella, de entre todas las personas? Él no lo sabe. Y ahora, sin importar sus motivos, tiene que escucharse a sí misma llamando a sus hijos. Ella necesita mirar que la miran. ¿Está equivocada? Debe estarlo, pero Natan-Berl está acostumbrado a sus errores.

La conmoción que se produce indica a los poderes que es mejor que se apresuren a terminar los procedimientos. Uno de los niños intenta salir del carruaje, mientras los oficiales de policía luchan por evitar que sus dos temerarios hermanos salten por la ventana. Los gritos ensordecedores de «¡*Mamaleh, Mamaleh*!» se encuentran con los que aúllan: «¡Mishka! ¡Elisheva! ¡*Mamaleh* está aquí! ¿Dónde está Gavriellah?». Nathan-Berl intenta para calmarlos. Sus hijos, sin embargo, le golpean la cara en su intento de escapar del carruaje, momento en el que uno de los policías da un paso demasiado lejos. Mientras Mishka se escurre por una ventana, el oficial la toma por el cuello y la abofetea. La multitud contiene la respiración. Sorprendida, Mishka mira a su alrededor, temblando. Al darse cuenta de que todo el pueblo la está mirando, la niña rompe en llantos desgarradores:

—¡*Mamaleh*! ¡Mami!

Fanny se muerde la lengua mientras Natan-Berl desgarra su camisa en un intento por liberarse de las esposas. Los otros oficiales toman sus pistolas, la situación se está saliendo de control.

Fanny mira a la multitud. ¡Ahora! ¡Ahora es el momento! Llama a las personas con su mente. Hay treinta policías y tal vez diez agentes más, pero ustedes son más de mil, carajo. Nadie se mueve. Avergonzada, la gente de la plaza se mira mansamente, de pie bajo la luz del sol como un rebaño sin pastor. Algún extraño puede mirar con furia a los oficiales, pero por lo demás su rostro permanece apagado y su postura sumisa. Cuando la soga se coloca alrededor del cuello de Fanny, escucha: «Ahora no, Fannychka, ahora no. *Mamaleh* está cansada», y sabe que no sólo su madre está cansada, es el mundo entero el que está cansado. La multitud se derrumba bajo el peso del agotamiento y del terror. A pesar de su enorme poder colectivo, son más débiles y mansos que un sólo hombre. ¿Será que el miedo no se trata sólo de una emoción que los embarga, sino de una elección, una elección deliberada que prevalece sobre todo lo demás?

Cuando la cuerda comienza a cortarle el cuello, Fanny intenta ignorar su resentimiento y concentrarse en sus hijos; pero le resulta imposible reprimir su odio por el telón de fondo humano en la plaza. Su sangre hierve. Mientras puedan abrir sus tiendas al día siguiente, seguirán de pie dócilmente en los ahorcamientos públicos. No pasará más de un día antes de que los sonidos de regateo sobre rábanos y artículos de mercería vuelvan a sonar en el mercado. Contarán su historia entre una compra y una venta. «Una mujer trastornada», dirán, «desde la infancia», agregará alguien más, «vagabundos y renegados». Efectivamente, es un hecho, quien no resiste no sale lastimado, y quien no busca problemas no los encuentra. ¿Y Fanny Keismann? Nadie le pidió a una madre que saliera de su casa dos horas después de la medianoche.

Y sin embargo, la ejecución no le concede a la gente el alivio que esperaban. El primero en ser empujado del banco es Shleiml el Cantor. Pero, al ser de peso tan ligero, el cuello del palillo no se rompe y, aunque la cuerda se tensa alrededor de su tráquea, sigue vivo. Sacude la cabeza, a izquierda y derecha, explicando el error a sus verdugos.

—Esperen un momento, bájenme, esperen, hay algo mal con la cuerda, un momento, me está estrangulando, escuche un momento, señor, ¡Olga! Espera, no entiende, yo ni siquiera estaba… Me llevaron… ¿Por qué aprietan tanto la cuerda? —Lentamente, el flujo verbal disminuye—. Qué…, sólo un segundo…; esto está mal…, Olga…, la cuerda…

El segundo en la fila es Patrick Adamsky. A pesar de su estupor, sus piernas se niegan a levantarse del taburete. Los verdugos lo patean y retroceden rápidamente, luego de haber escuchado las historias sobre los lóbulos desgarrados y los ojos arrancados. Reuniendo una fuerza oculta, Adamsky se aferra al taburete, imaginando que sus hijos saltan sobre él y lo abrazan por el cuello. ¡Qué alegría! Ada, de pie junto a él, mirando, está radiante. La casa es cálida y fragante, y pronto se sentarán a comer. Uno de sus hijos lo aprieta demasiado. Adamsky pierde el aliento. Espera un minuto, éste no es su chico. ¿Quién irrumpió en la casa? Las personas son cerdos, maldita sea, nunca lo dejan en paz.

El tercero en ser empujado del banco es Zvi-Meir Speismann, que se rehúsa a firmar el divorcio. Los tres dedos faltantes de su mano le permiten liberar una de sus manos de las esposas y logra jalar a uno de los verdugos sujetándose de su uniforme.

—¿Romper el lazo matrimonial? —le dice al ejecutor—. ¿Para qué? ¡Nunca le daré el *get*! ¡Nunca! —grita a través de la maraña de cabello.

El cuarto en línea es Zizek Breshov. Los verdugos parecen haber olvidado lo alto y ancho que es. Tan pronto como patean el banco, sus pies chocan directo contra el suelo. Sin tener otra opción, tres agentes intentan apretarle la nariz para asfixiarlo en vez de romperle el cuello. Los ojos de Zizek brillan mientras su lengua lame su herida. No había estado en el mercado de Motal desde que tenía doce años, pero nada ha cambiado. Entonces como ahora la gente está de pie gritando: «¡Ladrones!» Entonces como ahora chillan y aúllan: «¡Asesinos!». Haber vuelto no es un intento de cerrar la grieta; es su escape final.

De niño fue arrancado no sólo de su ciudad natal, sino también de su lengua. Había olvidado montones de palabras. Cuando el rabino Schneerson de la Sociedad para la Resurrección de los Muertos entregó las cartas de su madre al campamento del ejército, Zizek nunca entendió por qué ella se dirigía a él como *mi hijo*, quién es «*meine zisalle*», ni por qué decía «*Mamaleh* está aquí». ¿Por qué afirma que su corazón arde de anhelo por él? Leía las palabras una y otra vez y se sentía culpable, ¿qué niño no entiende su lengua materna? Pensaba en responderle, pero nunca supo lo que debía escribir. Él no le envió una sola carta.

Fanny Keismann es la quinta. Ahora, por alguna razón, todos miran en otra dirección. Ella no es tan delgada como Cantor ni tan alta como Zizek. Sus manos están atadas y sus piernas no pueden aferrarse al banco. No se necesitarán ajustes con ella. Una patada al banco será todo lo necesario para que se rompa su cuello. Pero entonces comienza a elevarse un olor extraño. ¿Alguien está cocinando papas? Éste no puede ser el mejor momento. Oh, no. Algo está incendiándose. ¡Dios Santo! Una nube negra se eleva desde la dirección donde está el Yaselda y cae azufre del cielo. Los verdugos sueltan las cuerdas y Dodek le grita a sus agentes que saquen sus armas mientras

Novak mira al monstruo incendiario escupir fuego en todas las direcciones.

Llamas estupendas se elevan de inmediato, incendiando la calle entera. Hay sonidos de explosiones que vienen de las casas consumidas por el fuego mientras el humo escapa de ellas como un demonio.

—¡La sinagoga! —grita Reb Moishe-Lazer Halperin y corre hacia el infierno.

Pero antes de que pueda atravesar la plaza, el techo de *Beit midrash* se desploma en el corazón del incendio. Con pánico, la multitud se dispersa.

—¡Al río! —grita un hombre.

—¡Al pozo! —grita otro.

Y un tercero recuerda que Motal tiene un carro de bomberos.

El calor se cierne sobre la multitud desafiando a los pocos valientes que intentan acercarse con baldes de agua. Los padres protegen a sus hijos, cubriendo sus rostros con la ropa que se han quitado; todos huyen. Incluso los agentes y policías, incluidos los verdugos, corren por sus vidas. Sólo uno de ellos se niega a rendirse, el que responde al nombre de Albin Dodek. Su comandante, Piotr Novak, está de pie cerca de él.

—¡Vamos! —Dodek le ruega a Novak enterrando la cara en la camisa—. Ayúdeme, ¡debemos asegurarnos de que los cinco estén muertos!

Novak no se mueve.

—La ley es la ley —grita Dodek—. ¡Ayúdeme!

—¡Bien! Jala la primera cuerda —grita Novak acercándose a su ayudante.

Y mientras Albin Dodek toma la cuerda que aún está atada a Shleiml el Cantor, Novak saca su espada y atraviesa el corazón de su ayudante hasta que la hoja reaparece por la espalda carnosa de Dodek.

—¿Qué conclusión escribirías ahora en tu libreta? —le pregunta a su asistente, quien le devuelve una mirada vidriosa mientras cae sobre sus rodillas.

EL RÍO YASELDA

13 de agosto de 1894
Para Gobernador de Polonia,
mariscal de campo Osip Gurko

Su alteza,
Por favor, quede enterado de que la investigación en la ciudad de Motal ha sido concluida. Bajo las órdenes que usted dio, los cinco sospechosos fueron colgados y los veredictos fueron entregados a sus familias. Aunque todos los sospechosos, incluido Zvi-Meir Speismann, son peones poco peligrosos, su rastro nos lleva hasta los escalones más altos de San Petersburgo y, en particular, hasta el conde Alexander Pazhari. Por el momento, la causa del levantamiento y su meta final siguen siendo desconocidas, pero los esfuerzos principales de la investigación serán desplazados hacia la capital.

Los rebeldes del ejército fueron ejecutados por el pelotón de fusilamiento. Dos de ellos eran oficiales, uno de los cuales tenía rango de coronel. La posibilidad de que el mayor general Mishenkov esté involucrado en el asunto no se debe descartar. A lo largo de toda la investigación, el comandante estuvo en Nevizh visitando al consejero Bobkov. La naturaleza de los lazos con los Radziwills exige una investigación posterior.

Poco después de las ejecuciones se desató un fuego que consumió la sinagoga y la mitad de la calle principal de la ciudad. No parece haber sido un incendio provocado. Como es bien sabido, el calor infernal y la madera de baja calidad tienden a favorecer el esparcimiento del fuego.

Sin embargo, no hubo víctimas y en su momento el perito local infor-
mará sobre la finalización de los trabajos de renovación. Naturalmente,
todos los gastos serán pagados por la comunidad judía.

Los residentes de Motal parecen haber aprendido la lección, pero la
Ojrana aumentará su vigilancia alrededor de los pantanos negros
de Polesia.

En conclusión, se frustró un violento asalto a la seguridad ciuda-
dana. Se cree, sin embargo, que el enemigo al que nos enfrentamos si-
gue acechando entre las sombras y ocultando bien sus motivos. No
debería sorprender si se encuentran focos adicionales de resistencia.

Sinceramente,
Coronel Piotr Novak
Comandante de los condados
de Grodno y Minsk

El borrador de la carta oficial de Novak aclara una característica clave
de la investigación. Toma la verdad, dale la vuelta y encontrarás algo
que Gurko quiere escuchar. Para complacer a su maestro, Novak debe
revertir el curso de los acontecimientos. Sin embargo, si hubiera querido presentar un informe honesto, habría escrito más o menos lo siguiente:

Aunque los cinco sospechosos fueron ejecutados, ninguno murió.
Cierto, Shleiml el Cantor perdió el conocimiento cuando la cuerda
alrededor de su cuello se apretó y tuvo un breve encuentro con el Ángel de la Muerte; pero si lo vieras ahora, no creerías que hace apenas
una semana estaba atado a la horca. Se sienta en la casa de Fanny
Keismann y se atiborra de quesos libremente, pero esta vez no está
roncando, sino ganándose la vida. Y no, su trabajo no es catar quesos.
Shleiml el Cantor tiene un trabajo real: ha reemplazado a la enfermera
de Adamsky y se ha convertido en el cuidador del odiador de judíos.
Además, dado que los Keismann nunca asisten a la sinagoga de Motal,
el cantor les canta constantemente para compensar las oraciones que
se pierden.

El resultado de esto es, bueno, bastante problemático. Porque si
Shleiml el Cantor se queda en la casa Keismann y está encargado de

cuidar al capitán antisemita, eso significa que Adamsky debe estar cerca de la casa de Fanny, lo que suena absurdo. ¿No había lo suficientemente cerca una cabaña en el patio de los Keismann? Imposible. ¿Es la misma choza donde una vez vivió Rivkah Keismann? ¡Precisamente! ¿Cómo diablos Fanny estuvo de acuerdo con esto? Bueno, es fácil para uno estar de acuerdo con las propias ideas. Y así, Fanny ha elegido llevar a su arca a una buena pareja: un vagabundo borracho y un tabernero maltratado. Dios los ayude a todos. ¿Y no se opuso Natan-Berl? Bueno, Natan-Berl se considera afortunado de que éstos sean los únicos problemas que tiene ahora.

¿Deberíamos suponer que los cinco cómplices condenados se han reunido en la casa de los Keismann? Ésta es una pregunta extraña. ¿Zvi-Meir no tiene casa propia? ¿Por qué, entonces, debería morar entre los Keismann? Cuando lo sacaron del patíbulo, Zvi-Meir apareció en la casa de sus padres sin decir una sola palabra. Ha pasado una semana y todavía no ha mencionado la Yeshivá de Valózhyn, ni ha pronunciado los nombres de Adán y Eva, y ya no sostiene que el pecado es el pináculo de la fe. Busca trabajo desde el amanecer hasta el anochecer. Mientras tanto, por orden de Mende, limpió el patio, sembró semillas de vegetales y viajó con su hijo Yankele hasta Pinsk para comprar estiércol barato. Ayer le pidió al tutor local, el *melamid*, que le refiriera estudiantes jóvenes durante las horas de la tarde, prometiendo enseñarles de acuerdo a la tradición y no de acuerdo a su propio *método*. Abraza a sus hijos cada tarde y le ruega a su esposa que lo deje entrar en la cama. Mende Speismann no le muestra piedad alguna, que Dios la ayude, pero promete que todo volverá a ser como antes cuando él les consiga una casa propia. Lo que es justo es justo.

Tampoco Zizek está quedándose con los Keismann. Tan pronto como se separó de la soga, caminó directo hacia su hogar, el río Yaselda. Se quitó las ropas, nadó a lo largo de la corriente mansa y encontró su bote exactamente donde lo había dejado. Lo primero que hizo fue subir a bordo un barril de ron y luego volvió a remar entre ambas orillas. Ayer llegó su primer cliente, quien se ofreció a pagarle por el viaje, pero Zizek ignoró la mano estirada que le ofrecía la tarifa y remó hacia el otro lado.

¿Y Natan-Berl? Desde el regreso de su esposa, ha tratado de averiguar qué debe decirle, pero cuando llega el momento no dice nada. ¿Podrá convencerla de que no repita este hecho nunca más? Por supuesto que no. ¿Admite ella su propia imprudencia? Por supuesto que sí. ¿Ha aprendido la lección? Lo ha hecho y, sin embargo, si surgiera la necesidad, seguramente se iría de nuevo. ¿Alguien puede decirle algo a esta mujer? Natan-Berl no es de los que se echan atrás fácilmente, por lo que tras un prolongado silencio declaró:

—Mi madre no va a volver a la cabaña del patio. Eso es todo. Punto final.

—Bien —respondió Fanny y no se dijo ni una palabra más.

No queda del todo claro si la declaración de Natan-Berl viene de largos años de protesta contra el maltrato a su madre o como un intento de mostrarle a Fanny quién lleva los pantalones de la casa. Del modo que sea, Rivkah Keismann por fin está experimentando las bendiciones que merece en su edad madura. En principio dudó en regresar a la casa de locos de su nuera y su hijo. Por otro lado, ya no es una jovencita y le gustaría dejar este mundo lo más pronto posible. Por otro lado, ¿cómo puede dejarlos en un estado tan terrible? La casa está sucia y sus nietos no tienen disciplina. Hasta ahora, ha intentado mantenerlos felices a todos, lo cual ha sido un error. ¡Ya fue suficiente! Ella les enseñará cómo es que se cuida de una casa. Su nuera tiene mucho que aprender. En efecto, Rivkah Keismann no recibió una educación especial, pero tiene experiencia en abundancia.

—Mishka, ¡no camines descalza por la casa! David, ¡limpia el agua que tiraste! Shmulke, ¡ayuda a tu abuela a limpiar la casa! Elisheva, ¡los pequeños también deben ayudar! Y Gavriellah… ¿a dónde desapareció ahora? Que Dios me ayude, estoy criando perros, no niños. Miren mi vida nada más. Estaría mejor muerta.

¿Qué pasa con los soldados ejecutados, los que eran dirigidos por el coronel David Pazhari? Novak no puede decidir si eran rebeldes o traidores; pero llega un momento en la vida de un soldado, de cualquier soldado, en que la justicia y las órdenes que recibe chocan entre sí. Novak sabe que esto nunca es fácil. Después de todo, lo primero que se le enseña a un soldado es a creer que las órdenes y la justicia son una y la misma cosa; pero una vez confrontado con este dilema, el soldado sabe que oponerse a lo que manda su corazón lo convertiría en un cobarde. Porque no es sólo la muerte quien cobra víctimas y atacar contra un enemigo no es la única forma de medir la valentía. Un corazón justo también puede formar un ejército propio y luchar por su causa puede ser igual de fatal.

Mientras que el fuego…, ¿o deberíamos llamarlo incendio provocado? Es difícil de explicar. Novak sabe que no absolutamente todos los residentes de Motal estaban presentes durante las ejecuciones. No importa. Todos en Motal saben exactamente quiénes eran los ausentes. Primero y más importantes, las familias Berkovits y Abramson. Cuando la policía fue de casa en casa para arrastrar a los residentes hacia el sitio de ejecución, evitaron a esas dos familias. ¿Qué podían haber hecho? ¿Abofetear a Leah Berkovits? ¿Doblarle el brazo a Mirka Abramson? Las dos viejas los habrían mirado impávidas y habrían seguido sentadas. «¿Quiénes son ustedes para decirnos qué hacer? ¡Ya nos arrebataron a quienes amábamos! ¿Están amenazando a una roca inamovible con los puños? ¡Adelante!».

Hablando de las familias Berkovits y Abramson, no debemos olvidar el grito de Fanny: «¿Dónde está Gavriellah?». Al menos tres informantes le reportaron a Novak haber visto a una niña de ocho o nueve años entrando a la casa de los Berkovits durante el toque de queda. Sólo hay que sumar dos más dos para saber llegar a una conclusión plausible, la venganza volátil se encuentra con la chispa Keismann.

Otro factor que debe ser tomado en cuenta es el camino del fuego, que empezó en la calle principal, no muy lejos de la residencia Berkovits, y siguió hasta la sinagoga. Mientras que muchas de las casas cercanas se incendiaron, otros hogares que estaban igualmente cerca permanecieron intactos. El fuego siguió un camino preciso hacia la sinagoga, como si alguien hubiese regado una casa tras otra con algo inflamable, pero saltándose la casa de los locales polacos. ¿Cómo puede Novak estar seguro de esto? No importa. De cualquier modo no tiene evidencia sólida.

Los judíos de Motal están convencidos de que el incendio fue provocado por un grupo que vino para iniciar un pogromo. Después de todo, los estragos que les causaron la semana pasada sólo pueden ser una señal de la persecución tortuosa de las autoridades: una judía se descarrió y, de repente, todos los *zyds* son asesinos bárbaros. Esto es todo lo que los *mujiks* necesitan para encender su imaginación. No tienen necesidad de pruebas antes de quemar y saquear. ¿De dónde vinieron? Hay numerosas posibilidades. ¿Qué querían? Sangre judía y lágrimas de niños.

Al día siguiente del incendio, la gente del pueblo fue a la plaza para evaluar los daños en la sinagoga y calcular el costo de las renovaciones. Reb Moishe-Lazer Halperin colocó un *pushke* para donaciones en el corazón de la plaza y la gente acudió en masa para dejar dinero en la taza. Este gesto debe haber encendido una chispa milagrosa: en un instante, los buhoneros surgieron de la nada con carros repletos de vegetales y frutas. Los seguían carros llenos de mercancías, lo que les recordaba a todos que no sólo se acercaba el *sabbat*, sino que también se acercaban los *Yamim Noraim*, los días más sagrados del año. Abrieron algunas tiendas. El pescado para el *sabbat* no caería del cielo, ¿cierto?

La gente de Motal y los Keismann no parecen tener nada en común. Los judíos del pueblo están en el pueblo y los ciudadanos de Motal están en Motal. Los Speismann y los Keismann tampoco han renovado su relación. Mende nunca perdonará a su hermana por lo que le ha hecho, y sigue explicándole a Zvi-Meir lo desafortunada y desesperada que debe estar una esposa para abandonar su casa dos horas después de la medianoche. Zvi-Meir, por su parte, se sienta frente a su esposa, hojeando un número del *Hamagid* con los dos dedos que le quedan a su mano izquierda. Estas páginas, sabe Speismann, no volverán a imprimir su nombre nunca más. Su sagacidad tampoco provocará olas; pero, sinceramente, ¿el *Hamagid* puede siquiera llamarse periódico a sí mismo? Qué nivel tan bajo, qué prolijidad, locuras y caprichos de exhibicionistas ávidas por hacerse famosas. Sólo hay que mirar este anuncio: «La voz de una esposa feliz y alegre», quien quisiera agradecerle al Santísimo por tener un techo sobre su cabeza y la de sus dos queridos hijos. Por amor de Dios, ¿es esta una forma digna de escribir? Este periódico sólo sirve para envolver pescado. Vergüenza para todas las personas cuyo nombre aparece entre aquellas páginas.

Esto es lo que Novak habría escrito, más o menos, de haber dicho la verdad sobre la investigación, si hubiese querido decir la verdad, y luego habría añadido:

Para concluir, mariscal de campo Osip Gurko, célebre gobernador de Polonia, no ha habido ningún ataque violento a la seguridad personal de los ciudadanos. De hecho, la amenaza a la que nos enfrentamos está oculta para nosotros, pero sólo porque nos negamos a ver el mundo como realmente es.

Suyo infielmente,
Piotr

Novak y su intérprete, Haim-Lazer, se paran a la entrada del pueblo de Upiravah, a unas siete verstas de Motal. Antes de regresar a San Petersburgo, Novak quiere hablar con Fanny Keismann por última vez. Ya no necesita un intérprete, por lo que le pide a Haim-Lazer que espere junto al carruaje.

—Es muy pacífico por aquí —observa Haim-Lazer—. La vida en Motal parece estar volviendo lentamente a su curso.

—Si eso es lo que crees —dice Novak mientras cojea—, entonces no has aprendido nada.

—¿Va a dejarme aquí sin supervisión? —le dice Haim-Lazer.

—Vivo con la esperanza de no tener que verte cuando regrese.

Desde cierta distancia, la casa Keismann es parecida a las casas vecinas, pero mientras Novak se acerca puede ver que ha sido extendida por la parte trasera. Hay unos cuantos pollos caminando en el jardín, gansos estirando los cuellos y un perro ovejero tuerto alerta a su amo de la llegada de Novak. Natan-Berl aparece en la puerta, cargando en brazos a su hija menor, Elisheva. El oso reconoce a Novak e intenta leerle el rostro. En poco tiempo entiende que el inspector no ha venido a hablar con él y murmura algunas palabras hacia el interior de la casa.

Fanny se acerca a la puerta acompañada por Gavriellah. Natan-Berl le pide que entre, pero ella toma la mano de su hija mayor y camina hasta Novak. El inspector no puede dejar de mirar a los ojos de la niña —son indiscutiblemente los ojos de su madre— y se acerca también hacia ellas con la ayuda de su bastón.

—¿Le gustaría pasar? —pregunta Fanny.

—No —dice Novak sorprendido—. No.

—Estaba esperando su visita —dice ella.

Novak guarda silencio.

—¿Ha venido a arrestarme? —dice mirándolo fijamente.

Percatándose del movimiento de la mano izquierda de Fanny, él alista su bastón, sólo por si acaso.

—No —dice Novak mirándola con gravedad—. No tengo intención de lastimarte y espero que el sentimiento sea mutuo, ¿está bien?

Sin aviso previo, Fanny saca su cuchillo y se lo ofrece. Asombrado, el inspector mira el pequeño filo que acaba de colocar en la palma de su mano. No puede creer que algo tan pequeño haya degollado tantas gargantas con semejante precisión.

—¿Entonces por qué está aquí? —pregunta ella, percatándose de la melancolía en la cara de Novak.

¿Qué es lo que ve? Al inspector le habría gustado preguntarle. ¿A un cobarde? ¿Una piltrafa? ¿Un borracho? ¿Un hombre decente?

—He venido a advertirle —responde.

Agacha la cabeza y le devuelve el cuchillo. Espera como respuesta las preguntas obvias: «¿advertirme sobre qué? ¿Contra quién?». Pero Fanny simplemente asiente. Entendido.

Novak se da vuelta y se aleja, deambulando con vacilación; su bastón apenas soporta su peso. La mirada de Fanny lo sigue, su mano todavía sujetando el cuchillo con fuerza. No puede tirarlo ni atarlo de nuevo a su muslo. Mira a Gavriellah, quien le devuelve la mirada suplicante y entonces le entrega a su hija mayor la herencia que había recibido de su padre. Los ojos de Gavriellah brillan con orgullo y Fanny le devuelve la sonrisa, reprimiendo las lágrimas.

Las extensiones de Polesia son nítidas, los abedules se elevan hacia el cielo y las cigüeñas vigilan los campos brillantes. Debajo de él, todos los pantanos negros hierven mientras sus aguas pútridas fluyen hacia los ríos. Las nubes distantes anuncian la llegada de las lluvias de otoño, después de lo cual todo estará cubierto de nieve. Las lluvias del Diluvio comenzaron a caer hace muchos eones, Fanny lo sabe, y continúan cayendo ahora. El mundo está al borde de la catástrofe y lo que ha pasado en las últimas semanas no es nada comparado con lo que está por venir. Aún así, nadie se apresura a entrar en el arca mientras el suelo todavía no se sumerge y aún no se siente un lento declive. Siempre hay tiempo para un milagro, ¿no es cierto?

En su camino al norte, hacia Telejany, Novak cabalga atravesando Motal y presencia una extraña escena. A orillas del río, Zizek está sentado en su bote, preocupándose por sus asuntos, sujetando un vaso de ron. Hay dos caballos a su lado, uno con una hendidura en la espalda y otro meneando la cola. Y aunque no están atados, mastican tranquilamente su heno. Una señora muy vieja y demacrada se dirige hacia la orilla del río, a bastante distancia de Zizek. Novak no puede reconocerla en un inicio, pero a medida que se acerca, reconoce el rostro arrugado de Leah Berkovits.

El caballo joven relincha, su amigo joven gruñe y el tipo de la boca herida se percata de la vieja mujer que se acerca. Uno asumiría que Zizek saltaría para ponerse en pie con diligencia. Después de todo, ha esperado años enteros para volver a verla. Pero lento y seguro, no se inmuta. Deja el vaso en el asiento y ayuda a la mujer a subir al bote. Ella, por su parte, no dice nada y simplemente se sienta frente al corpulento hombre. No intercambian un «*meine zisalle*» o «hijo mío», ni tampoco un «*Mamaleh* está aquí».

Zizek rema sobre el agua calma con un rostro plácido. Cuando llegan a la mitad del río, detiene el bote como lo hace con todos sus pasajeros. Le ofrece ron del barril. La vieja mujer sonríe, le quita el vaso con su mano decrépita y se toma la bebida de un solo trago. Zizek asiente y sigue remando hacia el lado opuesto.